此防伪页系专门制造

※此防伪页内有多层次固定水印，透光看水印清晰，水印凹凸立体感明显。

※此防伪页上有开天窗安全线，安全线在可见光下改变角度可变色，线上印有"自学考试"激光字。

发现盗版　请即举报

※全国"扫黄打非"工作领导小组办公室
　举报热线：010-65212870
※教育部考试中心
　举报电话及传真：010-61957687
　举报短信号：13911597580
　举报QQ号：3022464619
　举报网址：http://zkjc.neea.edu.cn

全国高等教育自学考试指定教材

汉语言文学专业(本科段)

文学概论

(2018年版)

(含:文学概论自学考试大纲)

全国高等教育自学考试指导委员会 组编

主　编　王一川
编写组成员　(以编写及修订章节先后为序)
　　　　　童庆炳　陈雪虎　王一川
　　　　　顾祖钊　高小康　季广茂
　　　　　王纪人　李春青　方克强
　　　　　黄世瑜
审　稿　人　杜书瀛　程正民　陶东风

图书在版编目(CIP)数据

文学概论:2018年版/王一川主编. —北京:北京大学出版社,2018.4
(全国高等教育自学考试指定教材)
IISBN 978-7-301-29494-9

Ⅰ.①文… Ⅱ.①王… Ⅲ.①文学理论—高等教育—自学考试—教材 Ⅳ.①I0

中国版本图书馆 CIP 数据核字(2018)第 071372 号

书　　　名	文学概论(2018年版) WENXUE GAILUN
著作责任者	王一川　主　编
责 任 编 辑	张文礼
标 准 书 号	ISBN 978-7-301-29494-9
出 版 发 行	北京大学出版社
地　　　址	北京市海淀区成府路 205 号　100871
印 刷 者	北京瑞德印刷有限公司
	787 毫米×1092 毫米　16 开本　25.25 印张　577 千字 2018 年 4 月第 1 版　2019 年 4 月第 3 次印刷
定　　　价	52.00 元

未经许可,不得以任何方式复制或抄袭本书之部分或全部内容。
版权所有,侵权必究
官方淘宝网　网址:htthp://shop136348527.taobao.com
所购教材如有印装问题,请与当地教材供应部门调换

组编前言

21世纪是一个变幻难测的世纪，是一个催人奋进的时代。科学技术飞速发展，知识更替日新月异。希望、困惑、机遇、挑战，随时随地都有可能出现在每一个社会成员的生活之中。抓住机遇，寻求发展，迎接挑战，适应变化的制胜法宝就是学习——依靠自己学习、终生学习。

作为我国高等教育组成部分的自学考试，其职责就是在高等教育这个水平上倡导自学、鼓励自学、帮助自学、推动自学，为每一个自学者铺就成才之路。组织编写供读者学习的教材就是履行这个职责的重要环节。毫无疑问，这种教材应当适合自学，应当有利于学习者掌握和了解新知识、新信息，有利于学习者增强创新意识，培养实践能力，形成自学能力，也有利于学习者学以致用，解决实际工作中所遇到的问题。具有如此特点的书，我们虽然沿用了"教材"这个概念，但它与那种仅供教师讲、学生听，教师不讲、学生不懂，以"教"为中心的教科书相比，已经在内容安排、编写体例、行文风格等方面都大不相同了。希望读者对此有所了解，以便从一开始就树立起依靠自己学习的坚定信念，不断探索适合自己的学习方法，充分利用自己已有的知识基础和实际工作经验，最大限度地发挥自己的潜能，达到学习的目标。

欢迎读者提出意见和建议。

祝每一位读者自学成功。

全国高等教育自学考试指导委员会
2017年1月

目 录

文学概论自学考试大纲

- Ⅰ 课程性质和设置目的 ⋯⋯⋯⋯⋯⋯⋯⋯⋯⋯⋯⋯⋯⋯⋯⋯⋯⋯⋯⋯ 5
- Ⅱ 课程内容和考核目标 ⋯⋯⋯⋯⋯⋯⋯⋯⋯⋯⋯⋯⋯⋯⋯⋯⋯⋯⋯⋯ 6
- Ⅲ 有关说明和实施要求 ⋯⋯⋯⋯⋯⋯⋯⋯⋯⋯⋯⋯⋯⋯⋯⋯⋯⋯⋯⋯ 33
- 附录 题型举例 ⋯⋯⋯⋯⋯⋯⋯⋯⋯⋯⋯⋯⋯⋯⋯⋯⋯⋯⋯⋯⋯⋯⋯⋯ 36
- 后记 ⋯⋯⋯⋯⋯⋯⋯⋯⋯⋯⋯⋯⋯⋯⋯⋯⋯⋯⋯⋯⋯⋯⋯⋯⋯⋯⋯⋯⋯ 38

文 学 概 论

导论 ⋯⋯⋯⋯⋯⋯⋯⋯⋯⋯⋯⋯⋯⋯⋯⋯⋯⋯⋯⋯⋯⋯⋯⋯⋯⋯⋯⋯⋯ 41

第一章 文学观念 ⋯⋯⋯⋯⋯⋯⋯⋯⋯⋯⋯⋯⋯⋯⋯⋯⋯⋯⋯⋯⋯⋯ 52
- 第一节 文学观念的嬗变 ⋯⋯⋯⋯⋯⋯⋯⋯⋯⋯⋯⋯⋯⋯⋯⋯⋯ 52
- 第二节 文学是人类的一种文化形态 ⋯⋯⋯⋯⋯⋯⋯⋯⋯⋯⋯⋯ 65
- 第三节 文学是审美意识形态 ⋯⋯⋯⋯⋯⋯⋯⋯⋯⋯⋯⋯⋯⋯⋯ 80
- 第四节 文学是作家体验的凝结 ⋯⋯⋯⋯⋯⋯⋯⋯⋯⋯⋯⋯⋯⋯ 93

第二章 文学语言组织 ⋯⋯⋯⋯⋯⋯⋯⋯⋯⋯⋯⋯⋯⋯⋯⋯⋯⋯⋯ 105
- 第一节 文学文本 ⋯⋯⋯⋯⋯⋯⋯⋯⋯⋯⋯⋯⋯⋯⋯⋯⋯⋯⋯⋯ 105
- 第二节 文学语言组织 ⋯⋯⋯⋯⋯⋯⋯⋯⋯⋯⋯⋯⋯⋯⋯⋯⋯⋯ 109
- 第三节 文学语言组织的层面 ⋯⋯⋯⋯⋯⋯⋯⋯⋯⋯⋯⋯⋯⋯⋯ 115
- 第四节 文学语言组织的审美特征 ⋯⋯⋯⋯⋯⋯⋯⋯⋯⋯⋯⋯⋯ 129

第三章 文学的形象系统 ⋯⋯⋯⋯⋯⋯⋯⋯⋯⋯⋯⋯⋯⋯⋯⋯⋯⋯ 134
- 第一节 文学形象 ⋯⋯⋯⋯⋯⋯⋯⋯⋯⋯⋯⋯⋯⋯⋯⋯⋯⋯⋯⋯ 134
- 第二节 文学典型 ⋯⋯⋯⋯⋯⋯⋯⋯⋯⋯⋯⋯⋯⋯⋯⋯⋯⋯⋯⋯ 141
- 第三节 文学意境 ⋯⋯⋯⋯⋯⋯⋯⋯⋯⋯⋯⋯⋯⋯⋯⋯⋯⋯⋯⋯ 150
- 第四节 文学象征意象 ⋯⋯⋯⋯⋯⋯⋯⋯⋯⋯⋯⋯⋯⋯⋯⋯⋯⋯ 159

第四章　叙事作品 … 173
第一节　叙事理论与叙事作品 … 173
第二节　叙述语言 … 179
第三节　叙述内容 … 189
第四节　叙述动作 … 199

第五章　抒情作品 … 207
第一节　抒情作品与情感 … 207
第二节　抒情作品与抒情 … 212
第三节　抒情作品的特征 … 230

第六章　文学的风格 … 241
第一节　风格的诸种理论 … 241
第二节　文学风格的内涵 … 248
第三节　文学风格的审美构成与特征 … 260
第四节　文学风格类型的划分与审美价值 … 269
第五节　文学风格与文化 … 273

第七章　文学创作 … 282
第一节　文学创作的主观条件 … 282
第二节　文学创作的主客体关系 … 285
第三节　创作心理要素 … 288
第四节　文学创作过程 … 300

第八章　文学接受 … 316
第一节　文学的生产、传播、消费与接受 … 316
第二节　文学接受及其主客体条件 … 324
第三节　文学接受过程 … 330
第四节　文学接受效果 … 338
第五节　文学批评 … 344

第九章　文学的源流 … 353
第一节　文学的发生 … 353
第二节　文学发展与社会发展的关系 … 360
第三节　文学自身发展状况 … 366
第四节　文学思潮与流派 … 373

2006 年版后记 … 393

2018 年版后记 … 394

文学概论自学考试大纲

全国高等教育自学考试指导委员会 组编

大 纲 目 录

I 课程性质和设置目的 ……………………………………………………… 5
II 课程内容和考核目标 ……………………………………………………… 6
导论 ………………………………………………………………………………… 6
 一、学习目的与要求 ………………………………………………………… 6
 二、课程内容 ………………………………………………………………… 6
 三、考核知识点 ……………………………………………………………… 6
 四、考核要求 ………………………………………………………………… 7
第一章 文学观念 ……………………………………………………………… 7
 一、学习目的与要求 ………………………………………………………… 7
 二、课程内容 ………………………………………………………………… 7
 三、考核知识点 ……………………………………………………………… 9
 四、考核要求 ………………………………………………………………… 9
第二章 文学语言组织 ………………………………………………………… 10
 一、学习目的与要求 ………………………………………………………… 10
 二、课程内容 ………………………………………………………………… 10
 三、考核知识点 ……………………………………………………………… 12
 四、考核要求 ………………………………………………………………… 12
第三章 文学的形象系统 ……………………………………………………… 13
 一、学习目的与要求 ………………………………………………………… 13
 二、课程内容 ………………………………………………………………… 13
 三、考核知识点 ……………………………………………………………… 15
 四、考核要求 ………………………………………………………………… 15
第四章 叙事作品 ……………………………………………………………… 16
 一、学习目的与要求 ………………………………………………………… 16
 二、课程内容 ………………………………………………………………… 16
 三、考核知识点 ……………………………………………………………… 18
 四、考核要求 ………………………………………………………………… 18
第五章 抒情作品 ……………………………………………………………… 19
 一、学习目的与要求 ………………………………………………………… 19
 二、课程内容 ………………………………………………………………… 19
 三、考核知识点 ……………………………………………………………… 20

  四、考核要求 …………………………………………………………… 21

 第六章　文学的风格 ……………………………………………………… 21
  一、学习目的与要求 …………………………………………………… 21
  二、课程内容 …………………………………………………………… 22
  三、考核知识点 ………………………………………………………… 23
  四、考核要求 …………………………………………………………… 23

 第七章　文学创作 ………………………………………………………… 24
  一、学习目的与要求 …………………………………………………… 24
  二、课程内容 …………………………………………………………… 24
  三、考核知识点 ………………………………………………………… 26
  四、考核要求 …………………………………………………………… 26

 第八章　文学接受 ………………………………………………………… 26
  一、学习目的与要求 …………………………………………………… 26
  二、课程内容 …………………………………………………………… 27
  三、考核知识点 ………………………………………………………… 29
  四、考核要求 …………………………………………………………… 29

 第九章　文学的源流 ……………………………………………………… 30
  一、学习目的与要求 …………………………………………………… 30
  二、课程内容 …………………………………………………………… 30
  三、考核知识点 ………………………………………………………… 31
  四、考核要求 …………………………………………………………… 32

Ⅲ　有关说明和实施要求 …………………………………………………… 33

附录　题型举例 ……………………………………………………………… 36

后记 …………………………………………………………………………… 38

Ⅰ 课程性质和设置目的

　　《文学概论》是全国高等教育自学考试汉语言文学专业的一门必修的基础课。课程内容包括文学观念、文学语言组织、文学形象系统、叙事作品、抒情作品、文学的风格、文学创作、文学接受、文学的源流等方面。这些方面构成文学理论的基础。

　　设置本课程的目的，是为了使自学考试者系统地学习文学理论基础知识，初步培养和提高运用文学理论去阅读、分析和评价古今中外文学作品的能力，以便为学习中外文学史和从事文学批评打下比较坚实的理论基础。

　　学习本课程，对于继承和发扬中华民族的优秀理论传统，创造性地借鉴外国文学理论精华，培养审美情操，提高理论素质，促进精神文明建设，都是十分有益的。

Ⅱ 课程内容和考核目标

导 论

一、学习目的与要求

了解《文学概论》这门课程的性质和学习《文学概论》的目的与要求,掌握学习的具体方法。

二、课程内容

一、《文学概论》课程的性质
1. 文艺学的三个分支及其关系
2.《文学概论》课程的性质和特点
二、学习《文学概论》课程的目的要求
1. 准确掌握基本理论和基础知识
2. 提高分析文学作品的能力
三、学习《文学概论》课程的具体方法
1. 掌握原理,注重理解
2. 抓住重点,融会贯通
3. 联系实际,培养能力
4. 学习教材,攻读原著

三、考核知识点

1. 文艺学三个分支及其分工;

2. 《文学概论》课程的性质；
3. 文学理论、文学史、文学批评及其关系；
4. 《文学概论》作为文学理论的基础理论知识系统。

四、考核要求

一、识记
1. 文艺学；
2. 文学史；
3. 文学批评。
二、领会
1. 文学理论、文学史和文学批评的相互关系；
2. 《文学概论》的性质。
三、应用
1. 掌握学习文学理论的方法

第一章 文学观念

一、学习目的与要求

本章和第二章集中阐述文学观念问题。通过本章的学习,应理解文学作为人类的文化活动是很复杂的事物。重点在"文学观念的嬗变""文学的文化意义""文学的审美意识形态性"、文学是作家"个体体验的凝结"等四个问题。通过学习认识到文学观念是变化的发展的,文学是人类的一种文化活动,理解文学的审美意识形态性,理解文学与体验的关系,掌握本书的文学观念。

二、课程内容

第一节 文学观念的嬗变

一、文学四要素和文学活动
1. 文学四要素

2. 文学活动
二、历史上六种主要的文学观念
1. 再现说
2. 表现说
3. 实用说
4. 独立说
5. 客观说
6. 体验说
三、文学观念嬗变的原因
1. 文学观念变化的时代原因
2. 文学观念演变与文学自身的演变
四、文学的界说
1. 文学的定义
2. 文学定义所包含的命题

第二节 文学是人类的一种文化形态

一、文化概念
1. 广义的文化概念
2. 狭义的文化观念
3. 符号义的文化观念
二、文学的文化意义
1. 揭示人的生存境遇和状况
2. 叩问人的生存意义
3. 沟通人与人、人与自然之间的联系
4. 憧憬人类的未来
5. 学习语言文化
三、文学的文化意义的发现
1. "品质阅读"
2. "价值阅读"
四、文学与其他文化形态的互动关系

第三节 文学是审美意识形态

一、文学是一种社会意识形态
1. 文学源于生活

2. 文学改造生活
二、文学是人的一种审美活动
1. 审美的含义及其实现的条件
2. 文学审美活动的特点
三、文学是审美意识形态
1. 审美意识形态历史生成与理论概括
2. 文学审美意识形态的内涵

第四节 文学是作家体验的凝结

一、经验、体验与文学
1. 经验与体验
2. 体验与文学
二、体验在文学活动中的美学功能
1. 体验使艺术形象具有生气勃勃的活力
2. 体验使艺术形象具有诗意的超越

三、考核知识点

1. 文学活动四要素及其联系；
2. 历史上六种主要的文学观念及其嬗变原因；
3. 文化概念；
4. 文学的文化意义及其发现；
5. 文学与其他文化的互动关系；
6. 审美活动与文学；
7. 文学是一种审美意识形态；
8. 经验与体验的联系区别；
9. 体验在文学活动中的美学功能。

四、考核要求

一、识记
1. 提出文学活动四要素的学者、四要素的名称、四要素的关系；
2. 提出狭义的文化概念与广义的文化概念的学者；

3. 马克思、恩格斯等在哪些著作中提出意识形态理论；
4. 提出文学中"心"与"物"的关系理论的作者与论述。

二、领会
1. 文学活动四要素及其联系；
2. 历史上六种主要的文学观念的内容；
3. 文化概念狭义与广义的区别；
4. 文学的文化意义的几种意义；
5. 文学意义是如何被发现的；
8. 文学与其他文化的互动关系；
6. 审美活动的三层面及其关系；
7. 文学作为审美意识形态的特性；
8. 文学与体验的关系。

三、应用
1. 结合实例论述文学的审美意识形态性；
2. 联系实际分析审美活动的三层面；
3. 结合实际分析各种不同的文学观念。

第二章 文学语言组织

一、学习目的与要求

本章集中阐述文学语言组织问题。通过本章的学习，应理解文学语言组织在文学中的重要地位、存在方式和作用。本章的重点在"文学文本的层面""文学语言组织"和"文学语言组织的层面"三个问题。通过学习，认识文学文本的层面，理解文学语言组织在文学中的基本地位，掌握文学语言组织的层面。

二、课程内容

第一节 文学文本

一、文学文本概念
1. 文本
2. 文学文本

3. 文学文本与文学作品
二、文学文本的层面
1. 中国古代对文学文本层面的认识
2. 西方对文学文本层面的认识
3. 文学文本层面

第二节　文学语言组织

一、文学文本的语言性
1. 文学文本以语言的方式存在
2. 文学中的语言具有自身的特点
3. 语言在文学中的具体存在方式——言语
二、文学语言组织
1. 文学语言组织是一种语言性构造
2. 文学语言组织具有整体性
3. 文学语言组织具有表现性目的和个性特征

第三节　文学语言组织的层面

一、语音层面
1. 语音层面的作用
2. 节奏
3. 音律
二、文法层面
1. 词法
2. 句法
3. 篇法
三、辞格层面
1. 比喻和借代
2. 对偶和反复
3. 倒装和反讽

第四节　文学语言组织的审美特征

一、内指性
二、音乐性

三、陌生化

三、考核知识点

1. 阐述文学文本；
2. 文学语言组织在文学文本的位置；
3. 文学语言组织在文学中的地位和存在方式；
4. 文学文本与特定的语言组织；
5. 语言组织中文学文本隐含的其他方面。

四、考核要求

一、识记
1. 文学文本与文学作品的区别，提出这一问题的相关作者；
2. 中国古代文论中提出文学文本观的重要学者；
3. 西方文论中提出文学文本观的重要作者；
4. 文学文本构成层面的名称；
5. 文学语言组织的层面的名称；
6. 提出文学语言各种审美特性的作者。

二、领会
1. 文学文本与文学作品的联系与区别；
2. 文学文本的层面；
3. 文学文本语言性的特性；
4. 语言与言语的区别；
5. 文学语言组织的特性；
6. 文学语言组织的层面；
7. 文学语言的审美特性。

三、应用
1. 结合作品分析文学文本以语言的方式存在；
2. 结合作品分析文学语言组织的特性；
3. 结合作品分析文学语言的审美特征；
4. 结合作品分析文学语言组织的层面。

第三章 文学的形象系统

一、学习目的与要求

本章主要理解和掌握三个问题:其一是理解文学形象的重要性和系统性,树立起文学形象的分类观念和多元观念;其二是掌握文学形象的总体特征及其界定;其三是重点掌握文学形象高级形态即作为艺术至境形态的典型、意境和象征意象的特征及其原理。目的是提高识别不同性质艺术形象的能力和分析评价艺术形象的能力。

二、课程内容

第一节 文学形象

一、文学形象的系统性
1. 艺术世界的有机性
2. 不同性质文学形象审美功能的互补性

二、文学形象的总体特征
1. 文学形象的具体可感性
2. 文学形象的艺术概括性
3. 文学形象的审美理想性
4. 文学形象的审美属性

第二节 文学典型

一、典型论的发展及论争
1. 西方典型论发展的三阶段
2. 典型论在现代中国的发展

二、文学典型的美学特征
1. 典型的特征性
2. 典型的丰厚历史意蕴

3. 典型的艺术魅力
三、典型环境中的典型人物
1. 典型环境
2. 典型环境与典型人物的关系

第三节 文学意境

一、意境论的形成和意境的界说
1. 意境论的形成
2. 意境的界说
二、文学意境的艺术特征
1. 情景交融
2. 虚实相生
3. 生命律动
4. 韵味无穷
三、意境的分类
1. 刘熙载分类法
2. 王国维分类法

第四节 文学象征意象

一、观念意象及其高级形态——文学意象
1. 意象的四种含义
2. "表意之象"与"审美意象"
二、文学象征意象的艺术特征
1. 哲理性
2. 象征性
3. 荒诞性
4. 求解性
三、象征意象化的原则与方法
1. 以荒诞的幻象表达意念的真实
2. 在抽象思维指导下实现最佳的象征意象组合
3. "意象应合"的原则
四、文学象征意象的分类
1. 寓言式象征意象
2. 符号式象征意象

三、考核知识点

1. 文学形象；
2. 文学形象系统；
3. 文学典型形象；
4. 文学意境形象；
5. 文学象征意象。

四、考核要求

一、识记
1. 文学形象定义；
2. 哪些重要作者论述过文学典型；
3. 哪些重要作者论述过文学意境；
4. 哪些重要作者论述过文学象征意象。

二、领会
1. 文学形象的形成与人的知、情、意的精神需要的联系；
2. 文学形象的总体特征；
3. 文学形象系统；
4. 文学典型的特征；
5. 文学意境的特征；
6. 文学象征意象的特征；
7. 意象化问题。

三、应用
1. 分析文学典型；
2. 分析文学意境；
3. 分析文学象征意象。

第四章 叙事作品

一、学习目的与要求

本章专门讲述叙事性作品。通过本章的学习,应了解叙事理论的发展与叙事学的兴起、围绕叙述语言、叙述内容和叙述动作三个方面把握叙事学的基本概念和分析研究方法。

二、课程内容

第一节 叙事理论与叙事作品

一、从传统叙事理论到现代叙事学
1. 传统叙事理论
2. 现代叙事学
二、叙事与叙事作品
1. 叙事的意义
2. 叙事作品
三、叙事的层面
1. 故事内容与故事叙述
2. 叙事的三个层面

第二节 叙述语言

一、叙述时间
1. 故事时间和文本时间
2. 叙述时间中的时距、次序和频率
二、叙述视角
1. 第三人称叙述
2. 第一人称叙述

3. 第二人称叙述
4. 叙述视角和人称的变换
三、叙述标记
1. 叙述标记与写作意图
2. 叙述标记与人物性格塑造

第三节 叙述内容

一、故事
1. 事件
2. 情节
3. 情景
二、人物
1. "扁平"人物
2. 表意型人物
3. "圆形"人物
4. 典型人物
5. "性格"人物
三、行动
1. 叙述功能研究
2. 叙述逻辑研究

第四节 叙述动作

一、作者、隐含的作者与叙述者
1. 真实的作者和隐含的作者
2. 隐含的作者和叙述者
二、叙述声音
1. 显在叙述者
2. 隐在叙述者
三、接受者与真实读者
1. 接受活动的参与者
2. 叙述者与接受者

三、考核知识点

1. 传统叙事理论与现代叙事学观念的联系与区别；
2. 叙述语言；
3. 叙述内容；
4. 叙述动作；
5. 叙事作品的特征。

四、考核要求

一、识记
1. 中国传统叙事理论的作者；
2. 西方现代叙事理论的作者；
3. 叙述语言、内容、动作的诸种概念和定义。

二、领会
1. 叙事理论从传统到现代；
2. 文学叙事的意义；
3. 叙事的层面；
4. 叙述时间及其意义；
5. 叙述角度以及意义；
6. 叙述标记及其意义；
7. 故事、人物与行动；
8. "圆形"人物与"扁平"人物；
9. 作者、隐含作者与叙述者；
10. 叙述声音；
11. 接受者与真实读者。

三、应用
1. 分析叙事作品的叙述时间、叙述视角和叙述标记；
2. 分析叙事作品故事、人物与行动；
3. 分析作品的"圆形"人物与"扁平"人物。

第五章 抒情作品

一、学习目的与要求

本章着重讲解有关抒情作品的基本问题。学习的重点应该放在"抒情作品的内涵""抒情的本质""抒情的原则""抒情的途径""抒情的策略""抒情作品的特征"等几个方面。通过本章的学习,应该掌握有关抒情作品的基本内容。要求识记有关抒情作品的基本概念,把握抒情的本质、原则、途径、策略,理解并结合具体作品分析各类抒情作品的基本特征。

二、课程内容

第一节 抒情作品与情感

一、抒情作品的内涵
1. 抒情作品以情感为本位
2. 抒情作品的内涵
二、抒情作品的情感表现
1. 情感的特点
2. 抒情作品的情感表现
三、抒情作品的情感特质
1. 广义情感与狭义情感
2. 日常情感与艺术情感

第二节 抒情作品与抒情

一、抒情的本质
1. 抒发情感即表现情感
2. 抒发情感即传达情感
3. 抒发情感即投射情感

二、抒情的原则
1. 古典主义的抒情原则
2. 浪漫主义的抒情原则
3. 象征主义的抒情原则
4. 抒情的一般原则

三、抒情的途径
1. 以声传情,声情并茂
2. 以景结情,情景交融

四、抒情的策略
1. 抒情的语法策略
2. 抒情的修辞策略

五、抒情的传统
1. 抒情传统的形成
2. 不同的抒情传统

第三节 抒情作品的特征

一、题材与结构特征
1. 题材特征
2. 结构特征

二、意象与主题特征
1. 意象与主题特征
2. 原型意象与抒情母题例示
3. 原型意象、抒情母题与创新意识

三、文体特征
1. 文体的美学内涵
2. 抒情诗的特征
3. 抒情小品文的特征

三、考核知识点

1. 抒情作品与情感的关系;
2. 抒情的本质、原则;
3. 抒情的途径、策略与传统;
4. 抒情作品的基本特征。

四、考核要求

一、识记
1. 论述文学抒情的重要作者；
2. 文学抒情问题的主要定义；
3. 抒情与情感的概念；
4. 传达与表现的区别。

二、领会
1. 抒情作品的内涵；
2. 抒情作品的情感表现；
3. 抒情作品的情感特质；
4. 抒情的本质；
5. 抒情的诸种原则；
6. 抒情的途径与策略；
7. 中国与西方的抒情传统；
8. 抒情作品的特征。

三、应用
1. 结合作品分析抒情作品的特质；
2. 结合作品分析抒情的各种原则；
3. 结合作品分析抒情的途径与策略。

第六章 文学的风格

一、学习目的与要求

本章重点在文学风格与创作个性的区别和内在联系、文学风格的审美构成、文学风格的独创性和多样性、文学风格与文化的关系等四个问题。通过学习明确文学风格是辨识作家个人乃至一种文化的标志，了解文学风格具有重要的审美价值，掌握文学风格的定义和有关论述。

二、课程内容

第一节　风格的诸种理论

一、风格是独特的言语形式
二、风格是作家的创作个性在作品中的自然流露
三、风格是主体与对象、内容与形式相契合时呈现的特色
四、风格是读者辨认出的一个格调

第二节　文学风格的内涵

一、风格的定义
二、创作个性与文学风格
1. 创作个性界说
2. 创作个性转化为文学风格
三、文学风格与言语组织
1. 文体三层面
2. 语言的编码、词语的分布与文学风格

第三节　文学风格的审美构成与特征

一、文学风格的审美构成
1. 文采
2. 情调
3. 气势
4. 氛围
5. 韵味
二、文学风格的特征
1. 文学风格的独创性
2. 文学风格的稳定性
3. 文学风格的多样性

第四节　文学风格类型的划分与审美价值

一、文学风格类型的划分
二、文学风格的审美价值

第五节　文学风格与文化

一、文学风格与时代文化
二、文学风格与民族文化
三、文学风格与地域文化
四、文学风格与流派文化

三、考核知识点

1. 文学风格的界定和阐述的种种理论；
2. 文学风格的形成和构成都有主客观两方面的因素；
3. 文学风格的界说；
4. 文学风格的审美构成；
5. 文学风格在时代、民族、地域等影响下的文化构成；
6. 文学风格的文化表征。

四、考核要求

一、识记
1. 论述风格问题的重要理论家；
2. 文学风格问题的诸种概念。

二、领会
1. 文学风格的各种理论内涵；
2. 文学风格的定义；
3. 创作个性与文学风格；
4. 文学风格的言语组织；
5. 文学风格的审美构成；
6. 文学风格与语言组织；

7. 文学风格的特征;
8. 文学风格的类型及其审美价值;
9. 文学风格与民族文化、地域文化、流派文化。

三、应用

1. 通过作品的语言辨认文学的风格类型;
2. 结合作家与作品说明创作个性与风格的关系;
3. 结合作品说明风格的审美构成。

第七章 文学创作

一、学习目的与要求

本章集中阐述文学创作问题。通过本章的学习应理解文学创作是怎样的一种精神活动,其基本规律和特征是什么。重点在"创作心理要素"与"创作过程"这两个大问题。通过对文学创作活动的认识,从主体角度深入了解文学作为一种特殊的精神活动所具有的独特性。

二、课程内容

第一节 文学创作的主观条件

一、作家的文化修养
二、作家的独特素质

第二节 文学创作的主客体关系

一、文学创作的主体
二、文学创作的客体
三、文学创作是主客体双向建构的过程

第三节　创作心理要素

一、艺术直觉
1. 艺术直觉与认知直觉及艺术知觉的异同
2. 艺术直觉对于文学创作的重要意义

二、艺术灵感
1. 艺术灵感的特征
2. 艺术灵感与艺术直觉的异同

三、艺术情感
1. 艺术情感的特征
2. 艺术情感在文学创作过程中的作用

四、艺术想象
1. 艺术想象的特点
2. 艺术想象的类型

五、艺术理解
1. 艺术理解与创作目的
2. 艺术理解与选材
3. 艺术理解与构思过程

第四节　文学创作过程

一、创作动机
1. 创作动机的构成
2. 创作动机对创作过程的重要影响

二、创作冲动
1. 创作冲动的特性
2. 创作冲动的心理构成
3. 创作冲动的激起

三、创作过程的基本环节
1. 生活材料的储备与选择
2. 艺术构思
3. 艺术传达
4. 修改与润色

三、考核知识点

1. 文学创作的主体与客体及其关系；
2. 文学创作过程中的艺术直觉、艺术灵感、艺术情感和艺术想象；
3. 文学创作过程中的创作冲动和创作动机；
4. 文学创作过程中的艺术构思与艺术传达；
5. 作家的素养的诸方面。

四、考核要求

一、识记
1. 记住本章所列的重要作家、理论家对文学创作问题的论述；
2. 文学创作的心理机制和创作过程的重要概念。

二、领会
1. 文学创作的主体条件；
2. 文学创作的客体；
3. 文学创作的主客体关系；
4. 艺术直觉与艺术灵感；
5. 艺术情感与艺术想象；
6. 创作动机与创作冲动；
7. 艺术构思与艺术传达。

三、应用
1. 结合作品说明作家应具备的素养；
2. 结合作品说明文学创作的主客观统一；
3. 结合作家创作说明作家的创作过程。

第八章 文学接受

一、学习目的与要求

本章的学习目的是理解作品与读者间的文学接受关系以及读者在接受活动中的主动

性、创造性,能够运用文学接受的理论,解释读者在阅读活动中的诸种心理现象。通过本章的学习,要求理解文学的生产、传播、消费、接受、批评之间的关系,深刻理解文学接受的条件、过程、效果的相关理论,了解与掌握文学批评的意义及具体方法。

二、课程内容

第一节 文学的生产、传播、消费与接受

一、消费是文学活动过程的一个重要环节
1. 文学消费在文学活动链中的作用
2. 文学消费与一般消费的异同

二、文学的消费与传播
1. 文学传播在文学活动中的意义
2. 文学传播发展三阶段

三、文学消费的主动与受动
1. 购买、占有阶段的主动与受动
2. 阅读、欣赏阶段的主动与受动
3. 文学消费与文学接受的区别

第二节 文学接受及其主客体条件

一、文学接受者的素质
1. 接受者的语言文字能力
2. 接受者的文化基础和思想水平
3. 接受者的审美能力

二、作为主体条件的接受心境
1. 接受者的兴趣
2. 接受者的审美心态
3. 接受者的对话愿望

三、作为客体条件的文学作品
1. 满足接受者的阅读需求
2. 一定程度的可理解性
3. 符合接受者的艺术趣味

第三节　文学接受过程

一、期待视野与预备情绪
1. 期待视野
2. 预备情绪

二、接受者审美心理结构的同化与顺应
1. 接受者的审美心理结构
2. 审美心理结构的应对方式——同化与顺应

三、召唤结构与接受的创造性
1. 召唤结构
2. 接受者的创造性阅读与理解

第四节　文学接受效果

一、审美效果与文学功能
1. 精神的享受与愉悦感的获得
2. 情感的宣泄、补偿与升华
3. 认识空间的拓展
4. 人格境界的提高
5. 审美能力的提高

二、心灵沟通与社会交往
1. 心灵共鸣与文化认同
2. 社会交往

第五节　文　学　批　评

一、文学批评的意义
1. 文学批评对作家的影响
2. 文学批评对接受者的影响
3. 文学批评对社会的影响

二、文学批评的方式
1. 审美体验
2. 理性分析
3. 价值判断

三、文学批评的几种主要方法

1. 中国古典的批评方法
2. 西方当代的批评方法
3. 马克思主义的批评方法

三、考核知识点

1. 文学生产、传播、消费与接受各个环节；
2. 文学消费与文学接受的区别；
3. 文学批评的意义；
4. 文学批评与文学接受的联系与区别；
5. 文学接受的主体条件；
6. 文学接受的客体条件；
7. 文学接受的过程；
8. 文学接受效果；
9. 文学批评的意义与诸种方法。

四、考核要求

一、识记
1. 论述文学消费、文学接受和文学批评的重要理论家；
2. 文学消费、文学接受和文学批评的各种概念与定义。

二、领会
1. 文学生产、文学消费、文学接受和文学批评诸环节的联系与区别；
2. 文学接受者的素质与心境；
3. 作为文学接受对象的文学作品；
4. 文学接受中的期待视野与预备情绪；
5. 文学接受心理的顺化与同化；
6. 召唤结构与接受的创造性；
7. 文学接受效果及其条件；
8. 文学批评的意义与方式；
9. 文学批评的方法问题。

三、应用
1. 结合作品分析说明接受主体的素养与心境的重要性；
2. 结合作品分析说明期待视野和召唤结构；

3. 结合作品说明文学接受中的共鸣与再创造;
4. 文学批评意义的解析。

第九章 文学的源流

一、学习目的与要求

本章的学习目的是理解文学的发生、发展和文学的思潮、流派相关的理论,理解文学发展与社会发展的相互关系,通过理论、观点的运用,能够解释文学发展过程中的各种现象。

通过本章的学习,要求理解文学发生的原因,深刻理解文学发展与社会发展的制约关系及不平衡现象,了解与掌握文学自觉、文学思潮、文学流派演变的状况与特点。本章的重点是第二节第四节,难点是第四节。

二、课程内容

第一节 文学的发生

一、关于文艺起源的几种观点评述
1. 模仿说
2. 巫术说
3. 游戏说
4. 劳动说

二、文艺起源于以劳动为前提的人类早期精神活动
1. 劳动是原始艺术活动的前提条件
2. 原始艺术与劳动生活的关系
3. 人类早期的精神活动是艺术起源的直接原因

第二节 文学发展与社会发展的关系

一、文学发展以社会发展为前提
1. 社会发展为文学内容发展提供基础

2. 社会发展为文学形式发展提供动力
3. 社会发展影响文学发展的机制
二、文学发展与社会发展的不平衡现象
1. 文学发展与社会发展的平衡与不平衡
2. 物质生产与艺术生产之间不平衡的表现形态

第三节　文学自身发展状况

一、文学的自觉
1. 从不自觉到自觉
2. 文学发展中的历史继承性
3. 文学发展中的革新与创造
4. 文学发展中对其他民族文学的借鉴和吸收
二、文学体裁的形成与发展
1. 诗歌、散文、小说、剧本的形成
2. 当代文学体裁的变异

第四节　文学思潮与流派

一、文学思潮
1. 文学思潮的含义
2. 文学思潮的产生
3. 文学思潮的特点
4. 从浪漫主义、现实主义到现代主义
二、文学流派
1. 文学流派的界定
2. 文学思潮与文学流派
3. 文学流派的产生
4. 文学流派的特点

三、考核知识点

1. 文学起源的诸种理论；
2. 文艺起源的综合理论；
3. 文学发展与社会发展的关系；

4. 文学自身的演变与发展;
5. 几种主要的文学思潮(浪漫主义、现实主义、现代主义);
6. 文学流派的产生。

四、考核要求

一、识记
1. 古今中外论述文学源流的重要论点和理论家;
2. 关于文学源流的重要概念与定义。

二、领会
1. 四种文学起源理论;
2. 文学起源于以劳动为前提的人类早期的精神活动;
3. 社会经济发展与文学发展的不平衡现象;
4. 文学自身的演变与发展;
5. 文学思潮:浪漫主义、现实主义、现代主义;
6. 文学流派及其特点。

三、应用
1. 结合中国文学发展史说明文学的起源或发展的规律;
2. 结合文学思潮的历史说明浪漫主义、现实主义和现代主义的演进;
3. 文学流派与百花齐放、百家争鸣。

Ⅲ 有关说明和实施要求

本大纲是本课程个人自学和社会助学的依据,同时也是本课程命题的依据。如指定考试用书或自学指导参考书与本大纲有出入,以本大纲为准。

一、关于考核目标的说明

为了使考试内容具体化和考试要求标准化,本大纲在列出课程内容的基础上,对各章还分别列出了学习与考核目标,规定了考核知识点和考核要求。明确学习考核目标,使自学应考者能够进一步明确考试内容和要求,更有目的地系统学习教材;使社会助学者能够更准确、更全面、更有针对性地分层次进行辅导;使考试命题能够更加明确命题范围,更准确地安排试题的知识能力层次和难易程度,使命题工作更加规范化。

本大纲的考核目标中,按照识记、领会、应用三个层次规定其应达到的能力层次要求。三个能力层次是递进等级关系。各能力层次的含义是:

识记:能知道有关名词、概念、知识的含义,并能正确认识和表达,是低层次的要求。

领会:在识记的基础上,能全面把握基本概念、基本知识、基本理论、基本方法,能掌握有关概念、知识、理论、方法的区别与联系,这是中等层次的要求。

应用:在领会的基础上,能运用基本概念、基本理论、基本方法分析和解决有关的理论问题和实际问题(其中包括对某些著名的文学、艺术具体作品的分析把握),这是高层次的要求。

二、关于自考教材

全国高等教育自学考试指定教材《文学概论》,王一川主编,北京大学出版社2018年版。

三、自学方法指导

1. 自学应考者应首先认真阅读大纲,对大纲各章所规定的基本概念和基本理论以及相互之间的联系,做到心中有数,并明确考试的要求。在这个前提下,再学习指定教材和自学指导书。

2. 本课程分为导论和九章。第一章"文学观念",阐述各种不同的文学观念,在这个基础上提出本大纲所确立的具有综合性的文学观念。重点在本大纲所确立的文学观念和所包含的命题。难点是文学作为审美意识形态的内涵。第二章"文学语言组织",阐述文学语言在文学中的地位,以及文学语言组织的层面、文学语言的特点等。重点是文学语言在文学中的地位,而难点也在这里。第三章"文学的形象系统",阐述文学形象的总体特征。重点在文学形象的三种不同的形态。难点在对"象征意象"的理解。第四章"叙事作品",介绍西方叙事学的重要概念,对中国古代的叙事理论也做了总结。重点在叙事语言和叙事内容。难点在一些新的名词术语的理解上面。第五章"抒情作品",阐释抒情作品与情感的关系,抒情的本质、原则、途径、策略与传统以及抒情作品的基本特征。重点在抒情作品的基本特征,难点在抒情作品与情感的关系。第六章"文学的风格",阐释文学风格与创作个性的区别和内在联系、文学风格的审美构成、文学风格的独创性和多样性以及文学风格与文化的关系等四个问题。重点在掌握文学风格的定义和有关论述,难点在个性与创作个性的差别上面。第七章"文学创作",阐述文学创作中的各类问题。重点在"创作心理要素"与"创作过程"这两个大问题。难点在对创作心理要素的认识。第八章"文学接受",阐述读者的文学接受以及读者在接受活动中的主动性、创造性。重点是文学接受的条件、过程和效果。难点是对文学的生产、传播、消费、接受、批评之间的关系的理解。第九章"文学的源流",阐释文学的发生、发展和文学的思潮、流派相关的理论,说明文学发展与社会发展的相互关系。重点是对文学发展与社会发展的关系的理解以及文学思潮的发展。难点是对艺术生产与经济发展的不平衡现象的认识和现代主义文学思潮的理解。自学者应理清各章各节的逻辑关系,对课程的内容有一个整体性的理解。

文学理论是从文学的实践活动中总结出来的,与创作实际和欣赏实际是密切相关的,因此自学者在学习本课程的时候,必须联系文学作品的实际,多阅读文学作品,并特别注意能运用已学的理论观点来分析作品。

3. 自学者在学习本课程的时候,应特别注重对基本概念和基本理论的理解和领会。也需要适当的记忆,但记忆应在理解基础上进行。死记硬背不能达到本课程的考试要求。

四、关于社会助学者使用本大纲的说明

1. 社会助学者应认真钻研本大纲,对大纲的整体逻辑关系、基本概念、基本理论有全面的深入的认识和理解,引导自学者按大纲的内容和考试要求进行全面系统的学习。

2. 助学者对依据大纲所编写的全国高等教育自学考试教材《文学概论》(北京大学出版社 2018 年版)要有全面的理解,抓住各章的知识点、重点和难点,对自学者进行深入的辅导。通过举例等各种方法,深入浅出地加以讲解,帮助自学者掌握本课程的内容。

3. 加强对自学者习题作业的指导,完成一定数量的习题作业,使学生能有效地达到本课程学习的基本要求。

五、关于考试命题的若干要求

1. 本课程的考试命题以本大纲为依据,如指定教材和自学考试指导书与大纲规定的考试内容和要求不一致,应以本大纲为准。

2. 依据本考试大纲的规定所编写的指定教材的各章各节,都属于考试的内容,并以此来确定命题的范围、能力层次和重点。

3. 本课程考试范围覆盖到章,并适当加大重点内容的覆盖密度。

4. 能力层次分识记、领会、应用三个层次。在每份试卷中，对不同能力层次要求的试题所占分数的比例大致为：识记占 25%，领会占 40%，应用占 35%。

5. 试题的难易程度要合理。试题的难易度分为四档，每份试卷中试题难易度大致比例为：易 10%，较易 40%，较难 40%，难 10%。要注意试题的难易度与能力层次的高低是不同的概念。在各个能力层次中，都存在不同难度的试题。

6. 鉴于本课程的性质，本课程的试题要以考基本概念和基本理论为主，也要适当考理论观点的实际运用，特别是作品分析。

7. 本课程的考试方式为闭卷、笔试，考试时间为 150 分钟。试题分量以中等水平考生在规定的时间内答完全部试题为度。计分采用百分制，60 分为及格。

附录　题型举例

（一）单项选择题（在每小题的四个备选答案中只有一个是符合题目要求的,请将正确选项的代码写在题后的括号内,多选、错选均不得分）

1. 文学文本包括的层面有： （　　）
   A. 文学语言组织、文学文体结构、文学意义系统
   B. 文学语言组织、文学形式系统、文学内容结构
   C. 文学语言组织、文学形象系统、文学意蕴世界
   D. 文学语言组织、文学形式结构、文学意味世界

2. 创作心理要素主要包括： （　　）
   A. 艺术概括、艺术变形、艺术想象、艺术灵感
   B. 艺术直觉、艺术灵感、艺术情感、艺术想象
   C. 艺术情感、艺术综合、艺术想象、艺术概括
   D. 艺术想象、艺术直觉、艺术概括、艺术变形

（二）多项选择题（在每小题的五个备选答案中至少有两项是正确的,请将其全部选出,并将正确选项前的代码写在题后的括号内,多选、少选、错选均不得分）

1. 作为审美意识形态的文学是： （　　）
   A. 生活的反映　　　　　　　B. 生活的感悟
   C. 生活的复制　　　　　　　D. 生活的表现
   E. 情感的抒写

2. 人的审美活动的实现条件是： （　　）
   A. 需要人的修养　　　　　　B. 需要客观的对象
   C. 需要历史文化的积淀　　　D. 需要别人的指点
   E. 需要特定的时间与空间

（三）名词解释题

1. 表现说
2. 典型

（四）简答题

1. 文学观念为什么是发展变化的？

2. 现实主义具有什么特征？

(五) 论述题

1. 文学语言组织有哪些审美特征？请举例说明。
2. 联系文学史实际谈谈文学思潮的产生。

后 记

《〈文学概论〉自学考试大纲》是根据全国高等教育自学考试汉语言文学专业(本科)考试计划的要求,由全国考委文史类专业委员会组织编写。

参加本大纲编写的有北京师范大学童庆炳教授(导论、第一章)、王一川教授(第二章)、安徽大学顾祖钊教授(第三章)、中山大学高小康教授(第四章)、北京师范大学季广茂教授(第五章)、上海师范大学王纪人教授(第六章)、北京师范大学李春青教授(第七章)、华东师范大学方克强教授(第八章、第九章第1、2、3节)和黄世瑜教授(第九章第4节)。本大纲由童庆炳教授统稿。

参加本大纲审稿的是中国社会科学院文学所杜书瀛研究员(主审)、北京师范大学文学院程正民教授、首都师范大学文学院陶东风教授。

编写组认真吸收了审稿专家的意见和建议,并进行了修改。

全国高等教育自学考试指导委员会文史类专业委员会
2006年10月16日

全国高等教育自学考试指定教材
汉语言文学专业

文 学 概 论

全国高等教育自学考试指导委员会　组编

导　论

一、《文学概论》课程的性质

在开始自学《文学概论》这门课程之前，读者必然会提出这样一些问题：这是怎样一门课程呢？它的大致内容是什么？它属于哪一门学科？我们学习它有什么意义？

要回答这些问题，先需要弄清楚这门课程的性质。任何一门课程都必然要建立在某种特定的学科基础上。《文学概论》作为一门课程是建立在文学理论这门学科基础上的。那么，文学理论又是怎样一门学科呢？

（一）文艺学的三个分支及其关系

文学理论是文艺学学科的三个分支学科之一。研究文学的学科统称为"文艺学"（更正确的名称应该叫"文学学"）。文艺学包括三个相互独立而又相互联系的分支学科：文学发展史、文学批评和文学理论。

文学发展史以文学的产生、发展、演变的状况以及文学发展的经验和规律为研究对象。它的基本任务是：第一，揭示各个历史时期经济、政治、思想、伦理、宗教及审美趣味、审美理想等社会文化状况对文学史的作用和影响。例如，为什么某个历史时期的文学特别繁荣而某个历史时期的文学又趋向衰落；为什么某个历史时期会出现某种独特的文学活动或某种独特的文学思潮；为什么某个历史时期的文学创作在思想和艺术上会呈现出某种特点，等等。第二，揭示各个历史时期文学发展过程中继承与革新的关系。例如某个历史时期文学发展的状况与文学创作的特点，与前代文学有何承继关系，与前代文学相比它提供了什么新的东西，它对后代文学又有什么影响，等等。第三，通过对具体文学现象（作家、作品、文学运动、文学思潮等）的具体分析，评定各个历史时期作家作品在文学史中的地位、作用和意义。例如某个作家的作品的倾向以及思想和艺术的成就如何，某个文学运动有何成绩、又有何局限，某种文学思潮有何进步意义、又有何不足之处，等等。文学发展史是一门历史地和具体地考察文学发展状况、经验和规律的学科，是文艺学不可缺少的分支学科。

文学批评主要以同时代作家、作品、文学运动、文学思潮为评论对象。它的基本任务是：从美学的和历史的观点分析具体作家、作品，总结文学创作的经验教训，给以公正评价；通过对作品的思想倾向和艺术特点的具体分析，帮助读者理解作品，培养读者健康的审美趣味，提高读者的文学鉴赏能力；同时通过文学批评实践，特别是当代文学批评实践，提出并探索新问题，推动并促进文学沿着正确的方向发展。文学批评是一门及时地评论同时代作家、作品、文学运动、文学思潮以及其他相关问题的学科，也是文艺学的不可缺少的分支学科。

文学理论以人类社会历史的现实的一切文学现象作为研究对象,但它不像文学发展史和文学批评那样去具体地分析和评论作家、作品、文学运动和文学思潮,它以美的艺术方法论为总的指导,从理论高度和宏观视野上阐明文学的性质、特点和一般规律。

文学理论的基本内容一般可分为文学观念论、作品论、创作论、接受论、源流论等方面。文学理论的这几方面内容并不是人们主观随意确定的,而是由它的研究对象——文学本身所决定的。我们所理解的文学既不单指摆在图书馆书架上的诗集、小说集、散文集、剧本集,不单指作家构思中的形象和形象体系,也不单指那激起读者情感的审美刺激物。我们所理解的文学是人类的一种特殊的精神活动。文学是以活动的形式而存在的。美国当代文艺学家 M. H. 艾布拉姆斯(M. H. Abrams)在《镜与灯——浪漫主义文论及批评传统》一书中提出了文学四个要素的著名观点,他认为文学作为一种活动总是由作品、艺术家、世界(自然、生活)、欣赏者等四个要素组成的。[①] 这四个要素构成了一个流动的过程。文学理论所把握的不是这四个要素中孤立的一个要素,而是由四个要素构成的活动过程和整体。从这里我们不难看出:第一,世界所拥有的生活是文学的源泉,但生活本身还不是文学,生活要经过作家的艺术创造,才能变成文学作品,而研究作家艺术创造的过程和规律就形成了创作论。第二,作家创作出的文学作品是一个层面结构,语言层——形象层——意蕴层是一般作品的最基本的层面;文学作品多种多样,有抒情作品、叙事作品、表意作品等;文学作品有其独特的文体风格。研究作品的语言、形象、类型和风格等构成了作品论。第三,如果把作品作为文本束之高阁,不跟读者见面,那还是死的东西,还不是审美对象,作品一定要经过读者的阅读、鉴赏、批评,即接受,才能变成有血有肉的活的生命体,才能变成审美对象,而研究读者消费、传播、接受的过程和规律,就形成了接受论。第四,文学作为人类的一种特殊精神活动,不同时代、不同时期、不同群体、不同观点的人们,对它的性质的看法必然不同,这就形成了文学观念论。第五,人类的文学活动有其来源,同时又是一个发展的过程。各个时代的文学活动都是不一样的,但它们又相互联系着,而从宏观的角度研究文学活动的发生和发展的一般规律,就形成了文学源流论。由此可见,文学理论体系中的创作论、作品论、接受论、观念论、源流论等若干方面恰好是与文学活动的结构相对应的。文学活动结构规定了文学理论的基本内容。

值得注意的是,对于文学理论所涵盖的研究对象,人们又往往从种种不同的视角去加以探讨,这样就又形成了文学理论的多种分支。例如:从哲学的视角去探讨文学活动问题,就构成了文学哲学;从社会学视角去探讨文学活动与社会的种种关系,就构成了文学社会学;从心理学视角去探讨文学创造和鉴赏中的心理活动规律,就构成了文学心理学;从语言的视角去探讨文学作为一种语言结构的种种问题,就构成了文学语言学。文学哲学、文学社会学、文学心理学、文学语言学可以说是文学理论中的四大分支。当然人们还可以从其他视角去探讨文学问题,建立起新的分支。

---

① 参见〔美〕M. H. 艾布拉姆斯:《镜与灯——浪漫主义文论及批评传统》,郦稚牛等译,北京大学出版社 1989 年版,第5—6页。

总之,与文学发展史和文学批评侧重于具体地分析和评论作家、作品、文学运动和文学思潮不同,文学理论是研究文学的普遍性质、特点和规律的学科,也是文艺学的不可缺少的分支学科,其基本内容为创作论、作品论、接受论、观念论、源流论,其分支学科为文学哲学、文学社会学、文学心理学、文学语言学。

上述文艺学所包括的文学发展史、文学批评和文学理论三个分支的相互关系在于:它们既相互独立,又相互联系。文学发展史、文学批评和文学理论各有自身特殊的对象和内容,它们各自构成一门学科,但这三个分支学科又相互联系、相互渗透、相互作用。文学理论的研究,要以文学发展史所提供的材料经验和文学批评实践所取得的成果为基础。假如没有这基础,文学理论就会成空中楼阁;文学发展史、文学批评又必须以文学理论所阐明的基本原理为指导,离开这种指导,文学发展史、文学批评就失去了活的灵魂。而且从文艺学这三个分支学科的内容看,它们之间常常是"你中有我,我中有你",互相切入,互相渗透,并不能截然分开。

(二)《文学概论》课程的性质和特点

在了解文艺学及其三个分支学科的关系之后,《文学概论》这门课程的性质和特点自然也就清楚了:

1.《文学概论》作为讲授文学理论基本原理及其基本知识的课程,是文学理论的初步导引。文学理论体系中所包含的各个方面的问题,它都要概括地讲到,但它只讲最具备基础意义的部分,而不涉及其中比较专门的复杂问题。它是概论,不是专论。

2.《文学概论》作为文学理论的初步导引,与文学活动的实践保持着密切的关系:一方面,文学概论要以文学创作、文学批评实践以及文学发展史的研究所提供的生动丰富的材料作为立论的基础;另一方面,它又是对文学创作、文学批评经验以及文学发展史所提出的一般问题的概括和总结,它可以而且应该对文学创作、文学鉴赏批评活动以及文学发展史的研究活动起到有力的指导和推动作用。应该看到,文学概论同整个文学理论一样,并不是凭空产生的,也不是个别理论家的杜撰,而是从长期的多种多样的文学实践经验中总结出来的。具体地说,它是对古今中外文学创作、文学批评、文学运动、文学思潮等一切文学实践经验的理论概括。它的出发点和基础只能是各种各样的生动的文学实践。由于文学概论有如此鲜明的实践性,所以它总是随着文学创作、文学批评、文学运动和文学思潮等的发展而发展,它永远是生动的、变化的,而不是僵化的、静止的。

3.《文学概论》作为文学理论的基础部分,也包含了多种交叉学科的知识:为了阐明文学的文化意义和文学中的文化问题,必须运用文化学的方法;为了阐明文学的基本原理以及文学中的一切哲学问题,必须运用哲学的方法;为了说明文学与社会生活中各种因素的复杂关系,吸收社会学的知识也是必要的;为了揭示文学创作和接受的奥秘,必须涉及人的感知、情感、想象等心理能力,因而心理学的视角也必不可少。所以《文学概论》课虽是一门文学课程,在一定意义上又具有交叉学科的特点。

4.《文学概论》作为大学中文专业的理论基础课,与中文专业其他文学课,如"文学史""文学作品选""写作"等构成互渗互补而又互相推进的知识系统,这几门课相辅相成,联系紧密。文学概论有赖于文学史、文学作品选、写作所提供的知识材料,同时文学史、文学作品选、写作又必须以文学概论所阐明的文学基本原理为指导。当然,这几门课侧重点不同,文学史、文学作品选侧重对具体作家、作品的研究、分析,写作偏重于写作能力和写作技巧的实践,文学概论则强调理论思维和理论运用,但这几门课从各自不同的角度研究同一对象——文学,通过这几门课的学习,可以达到文学知识和能力的相互贯通和全面发展。

二、学习《文学概论》课程的目的要求

(一) 准确掌握基本理论和基础知识

通过《文学概论》课程的学习,准确而系统地掌握和理解文学的基本理论和基础知识。

《文学概论》作为一门理论课程,包括了初步而又完整的文学基本理论和基础知识。这些理论和知识从不同方面揭示了文学创作和文学发生发展的基本过程和内在规律。也就是说,《文学概论》从分析感性的文学现象入手,最终提升到理性形态而加以把握,它将初步揭开文学这个精灵之谜。因此,掌握文学基本理论和基础知识是学习《文学概论》的第一个目的。

那么,怎样才能真正掌握这些理论和知识呢?

首先,对文学基本理论和基础知识的掌握与理解应该是准确的。古今中外的文学理论遗产十分丰富,当代的文艺学发展也出现了流派众多、观点纷呈的局面。当然,无论是前者还是后者,都是人类智慧的宝贵成果,其中有许多理论和知识,深刻透辟地揭示了文学的种种规律,具有真理性。但由于时代和个人的种种局限,其中有许多理论和知识未能深入到文学本身固有的运转规律中,未能把握到真理性的东西。因此,我们面对的文学理论是十分复杂的,真理与谬误并存,精华与糟粕并存,或者是真理中有谬误,谬误中有真理,精华中有糟粕,糟粕中有精华,即真理与谬误、精华与糟粕交织在一起。这样,我们在学习文学理论的过程中,就应该用马克思主义的观点和方法,细心地加以检验和辨别,并在检验和辨别的基础上加以选择,做到存其真理,去其谬误,取其精华,剔其糟粕。只有这样,我们所把握到的东西才是准确的,即具有真理性的东西。然而这还不够。对于前人的或今人的精辟观点,在学习时也还存在一个如何理解的问题。如果我们的理解是片面的、肤浅的,那么我们仍然无法达到对文学理论的准确掌握。因此,我们在学习中特别要注意避免那种主观臆断、寻章摘句的态度,应该尽可能地学习原著,掌握第一手材料,了解某个观点是在什么时代、针对什么情况提出来的,了解某个观点和与其相关的其他观点的区别和联系。只有这样,我们对文学的基本理论和基础知识的掌握才有可能是准确的。

其次,对于文学基本理论和基础知识的掌握和理解应该是系统的。文学理论作为一个学科,有其严密的系统。就其涵盖的范围而言,它涉及文学各个方面的问题:观念论、作品论、创作论、接受论、源流论等,分别从不同的方面论述了文学的性质特征、文学发生与发展的规律、文学的创作过程和文学的接受过程,展示了文学作为人类的一种精神活动的完整特征,构筑了文学理论的完整框架。这样,我们在学习过程中,就必须对文学理论有一个整体的把握,并充分认识上述各个方面在文学理论框架内的地位和作用。这里我们还必须注意到文学理论系统内各种观点、知识之间的内部联系。应该看到,文学理论所包含的各方面内容不是截然分开的,而是相互联系、相互渗透的。正是在这种相互联系、渗透中,充分显示了文学理论作为一门学科的系统性和学科性。因此我们学习的时候,就不应孤立地去钻研一个问题,而应寻求各种观点、知识之间的内在联系,完整地系统地进行学习。实际上,许多问题都只有在多种观点的相互联系中才能求得准确的答案。

(二) 提高分析文学作品的能力

通过《文学概论》课程的学习,掌握并理解文学的基本理论和基础知识,对于学习者来说是重要的,但并不是唯一的目的,更重要的是要在掌握理论和知识的基础上,培养并提高自己的能力,即分析文学现象的能力和赏析、评论作品的能力。这一学习目的要求的提出,与文学理论的实践性有密切关系。

如前所述,文学理论作为一门理论学科,是从长期的多种多样的文学实践中概括出来的。具体地说,文学理论是对古今中外文学创作、文学批评、文学运动的经验的科学概括。它的出发点和基础只能是文学创作、文学批评和文学运动的生动实践。先有文学的实践,然后才有文学理论的概括。就是最普通的文学理论知识——文学是社会生活的反映或文学是作家主体的创造等——也是研究无数文学实践的结果,是从文学事实中抽象出来的。由于文学理论具有如此鲜明的实践性,所以它总是随着文学创作、文学批评、文学运动的发展而发展,它永远是生动的、变化的,而不是僵化的、静止的。例如,我国新时期以来,文学创作和文学批评空前活跃,出现了一大批真实地反映时代、有艺术魅力、为群众所喜爱的作品,也出现了许多有争议的作品,文学创作和批评产生了前所未有的、多样性的变异。文学创作和批评的空前活跃,导致了许多新的文学现象,这就向文学理论提出了一系列古老的或新鲜的问题,并要求做出新的理论解释,于是文学理论的探索与争鸣也随之活跃起来。在过去的三十多年中,文学理论界探讨了许多根本性的问题:如文学的审美特征问题,创作中的形象思维问题,共同美的问题,"写真实"与现实主义问题,意识流手法的引进问题,文学的民族化与面向世界的问题,文学的现代主义和先锋派问题,社会主义文学的悲剧问题,文学与人性、人道主义问题,文学的主体性问题,文学理论中的反映问题,文学创作中的"雅"与"俗"的问题,文学文体问题,历史题材的创作问题,悲剧与喜剧问题,大众文化问题,文学中的人文关怀问题,后现代文化理论问题等等。这些问题的提出与探讨,无一不是由当前创作和批评的实践提出来的,而这些问题的热烈讨论,又反过来推动、指导、影响当前的文学创作和批评。由此可见,文学理论的实践性决定了自身永远是一门生机勃勃的学科。随着社会生活的变革,文学创作的内容和形式都将出现新的深刻的变革,那么文学理论这门学科也就不可避免地要去研究新的问题,进行新的探索。因此,我们决不能用形而上学的、僵死不变的观点去看待文学理论,而要用发展的观点去看待文学理论。对马克思主义的文学理论,我们的态度应是:一要坚持,二要发展,在坚持中发展,在发展中坚持。坚持那些从实践中抽取出来又被实践证明了的基本的原理、原则,发展那些不够完善的部分。拘泥于过时的个别词句和特定时间、地点的某些论点是没有意义的,决不能拒绝去研究新情况新问题。我们要始终运用"实践是检验真理的唯一标准"这个原则。只有出自实践又经过实践检验的理论才靠得住。在文学理论这个领域,跟其他理论一样,任何一个人的手里都不可能掌握终极真理。不论过去、现在和将来,人们只能掌握相对真理。恩格斯说:"真理和谬误,正如一切在两极对立中运动的逻辑范畴一样,只是在非常有限的领域内才具有绝对意义。"①因此,有时真理变谬误,谬误变真理,一点也不值得大惊小怪,人们只能一步步接近真理,但永远不会穷尽真理。我们应该认识到,证明一个文学原理的正确性固然是好的、重要的,但证明一个看法错了,也有重大的意义。要知道,证"错"有时比证"正"还重要,证错就是给真理排除了一条岔道。

正是因为文学理论有如此鲜明的实践品格,所以我们不能把它当教条来接受,甚至不能把它当一般的知识消极地加以吸收,而要特别注意学以致用,尽可能把理论和知识转化为能力。这样,我们通过学习,对于不断涌现的各种各样的文学现象,就能进行具体的、深刻的分析,并从中引出正确的结论来。对于各种各样的文学作品,既能够感受到其艺术的成功或失败,指出其成败的原因,又能够对其社会的、伦理道德的和审美的倾向进行具体的、符合实际的、深刻的评论。达到了这一步,我们学习《文学概论》课程的目的,可以说也就达到了。

三、学习《文学概论》课程的具体方法

怎样才能学好《文学概论》这门课程呢?前面在讲学习的目的要求时,已讲了一些,这里再集中谈几点:

(一)掌握原理,注重理解

我们一翻开《文学概论》就会遇到一些抽象的概念,如文学观念、文学四要素、文学的文化意义、文学思潮、文学流派等等。这些概念是对各种文学现象的反映和概括,文学理论家运用这些概念来阐明文学的基本原理、原则,弄清楚这些概念的内涵与外延并牢牢地掌握它,是十分必要的。如果这些基本概念掌握得不准确、不牢固,那么我们要进一步掌握文学的原理、原则,就会发生困难。但是,如果我们单是死记硬背一些简单的定义,对基本的原理、原则不求甚解,那就舍本逐末了。对于一个文学理论的学习者来说,更重要的是要尽力去掌握基本的原理、原则,而不仅仅是记住一些定义。恩格斯在《反杜林论》中有这样一段话,对我们会有启发,他说:"我们的关于生命的定义当然是很不充分的,因为它远没有包括一切生命现象,而只是限于最一般的和最简单的生命现象。在科学上一切定义都只有微小的价值,要想真正详尽地知道什么是生命,我们就必须探究生命的一切表现形式,从最低级的直到最高级的。可是对日常的运用来说,这样的定义是非常方便的,在有的地方简直是不能缺少的,只要我们不忘记它们的不可避免的缺点,它们也无能为害。"同样的道理,文学现象也是非常复杂的,它往往是多方面展开的形态。因此,文学理论中的定义,即使很完备,在复杂的文学事实面前,也会显示出它的苍白无力来。譬如,文

---

① 恩格斯:《反杜林论》(1876—1878),《马克思恩格斯选集》第3卷,人民出版社1995年版,第430页。

学作品中的典型人物,其形态是多种多样的、极其丰富的,而文学理论中典型的定义则只能概括最一般的典型。我们如果只记住典型的定义,用它去贴标签,就没有多少意义。因此,如果我们在学习中只注意那些定义,这是远远不够的。对学习者来说,更重要的是要求得到对文学的基本原理的全面深入的理解。理解,这才是打开理论之门的一把钥匙。一方面,我们不能忽视基本概念的掌握;另一方面,我们又不能把这些概念封在硬结的定义中,而是要在它们的历史的或逻辑的形式过程中阐明它们。我们在学习过程中,应该记忆力和理解力并用。运用记忆力,可以记住一些基本概念;运用理解力,才能掌握理论的精髓。显然,后者比前者更为重要。

(二) 抓住重点,融会贯通

文学理论作为一个学科是一个完整的体系,在这个体系里,包含了许多问题。但是,文学理论所包含的问题,并不是平列的、各自独立的、同等重要的。它就像一个链条一样,环环相连,其中却有主要的环节,人们要是抓住了主要环节,就容易把整个链条拾起来。就文学理论的内部构成而言,文学观念问题,就是一个制约着整体的主要的问题。因此,我们在学习中,要紧紧抓住这个重点。一旦我们把这个重点搞清楚,那么我们就摸到了文学理论的主动脉,因为其他一系列问题,如文学的文化意义、文学的审美意识形态、文学语言、艺术真实性、艺术典型、意境、意象、叙事作品、抒情作品、风格流派等问题,或是由此生发出来,或是与此密切相关,或是以此为内在根据。抓住了这个重点,全部问题也就融会贯通。就文学理论的分论而言,各论中又各有重点。"观念论"的重点在"文学是社会审美意识形态"和"文学是语言的组织"。如果将这两个论题弄清楚,那么就可以将文学艺术跟其他意识形态区别开来,进而将文学与其他艺术区别开来,而文学作为语言艺术的审美本质特征也就被充分揭示出来了。"作品论"的重点则在作品的语言层面和形象层面,以及叙事作品和抒情作品的一些新问题;"创作论"的重点在"创作心理要素"和"创作过程"这两个论题上面。"源流论"所包含的方面多,文学的起源、文学随着社会生活的发展而发展、文学发展中的继承和革新、文学发展中的现实主义、浪漫主义以及现代主义等论题,从不同的方面阐明了文学发生与发展的原因与形态,是比较重要的。"接受论"实际上是由鉴赏论和批评论两部分构成的,重点是理解读者在文学接受中的作用和接受过程的各种心理现象。教材中提出的"文学消费"也是一个重点。抓住各论的重点(各章的重点在《大纲》中有详细而具体的规定)而且掌握全面,这是我们学习《文学概论》课程应采取的一个方法。

(三) 联系实际,培养能力

理论联系实际是学习一切理论的共同方法。学习文学理论自然也要坚持这个方法。如前所述,文学理论是从各种文学实践中总结、概括出来的,如果我们不联系实际,从定义到定义,就很难掌握文学理论的基本原理。那么,学习文学理论要联系什么实际呢?首先是要联系文学史的实际。文学史给文学理论提供了具体的材料和经验,如果我们对中外文学发展历史一无所知或知之甚少,那么,我们对通过历史的、逻辑的方法概括出来的文学理论的原理、观念,也就难以理解。所以,一定要把文学理论的学习和文学史的学习紧密地结合起来。其次,还要联系文学欣赏、批评的实际。文学欣赏和文学批评是文学理论的基础,如果我们缺乏欣赏作品的兴趣,没有起码的分析、评论作品的能力,对文学理论的学习也很难深入下去。所以,我们要多多地阅读和分析古今中外的名篇名著,含英咀华,反复体味,注意总结自己欣赏、评论作品的经验。还有,理论的价值在于它是可以指导实践的。在我们通过学习掌握了一定的理论观点和知识之后,还要有运用这些理论的热情和积极性,运用有关的观点和知识,试着去分析、评论一些文学现象(特别是文学作品),通过反复的练习,既可以加强对理论观点的理解,又可提高分析作品的能力。而分析作品的能力是一切学习文学的人的基本功,是十分重要的。

(四)学习教材,攻读原著,核实网上资料

学习文学理论,要把学习教材和攻读原著结合起来。教材的优点是系统性强,阐述问题既全面,又有内在的逻辑性。它是专为自学文学理论的人编的,充分考虑到了读者原有的基础与程度。因此,反复认真地阅读、钻研教材是自学文学理论的基本途径。但是,教材也有局限性,它只能给读者提供一个平面的东西,纵深感不够。因此,对一个有志于学习文学理论的人来说,如果时间许可,就应尽可能地去攻读原著。原著常针对问题而发,对问题的阐述一般都比较精深。攻读原著可以掌握第一手材料,可以了解问题的来龙去脉,可以了解理论家的不同见解等。这有助于我们对问题的深入把握。

中外文学理论的资源大致可以分成马克思主义的文学理论、中国古代的文学理论、中国现代的文学理论和西方的文学理论四个方面,著作均十分丰富。

1. 马克思主义经典作家关于文艺问题的著作

马克思、恩格斯在他们的一系列关于辩证唯物主义和历史唯物主义的著作中,阐明了社会存在和社会意识的关系,建立了社会的经济基础和上层建筑的学说,给文学理论以科学的世界观和方法论。马克思、恩格斯的多篇文艺问题的通信(如马克思、恩格斯分别给拉萨尔的信,恩格斯给哈克奈斯的信,恩格斯给敏·考茨基的信)论述了文学现实主义、真实性、倾向性、历史悲剧等许多重要问题。列宁的文艺著作主要是《党的组织和党的出版物》和多篇关于列夫·托尔斯泰的评论等。列宁在这些著作中主要阐明了文学与党的事业的关系、文学与人民的关系、文学与现实的关系以及批判地继承文学遗产等问题。毛泽东的主要文艺论著是大家都比较熟悉的《在延安文艺座谈会上的讲话》,这篇著作的中心思想是讲文艺为人民大众首先是为工农兵服务以及与此相关的问题。马克思主义经典作家的文艺论著是文学理论著作中重要的组成部分,其主要特征是科学性与革命性的统一、理论与实践的统一,我们应该仔细地认真地学习它。在运用马克思主义观点来论述文艺问题的人们中,普列汉诺夫(ГеоргийВалентиновичПлеханов,1856—1918)、高尔基(М. Горький,1868—1936)、卢卡契(GyörgyLukcs,1885—1971)和鲁迅、瞿秋白、冯雪峰、胡风、周扬、何其芳、朱光潜、宗白华、黄药眠、王朝闻、王元化、童庆炳等人的文艺论著,也值得研究。

2. 中国古代传统的文艺论著

中国古代传统文论也非常丰富,而且具有本民族的特点和长处。从先秦时期出现的诸子的文艺散论、汉代的《毛诗序》，到魏晋南北朝时期曹丕的《典论·论文》、陆机的《文赋》、刘勰的《文心雕龙》和钟嵘的《诗品》，到唐宋时期出现的诸如司空图的《二十四诗品》、苏轼的文论与诗论、严羽的《沧浪诗话》等诗话词话，再到明清时期出现的金圣叹等人的小说评点、王夫之的《姜斋诗话》、叶燮的《原诗》、刘熙载的《艺概》等，总结和概括了中国几千年的文学创作和批评经验，是非常宝贵的。例如《文心雕龙》，就是一部构思恢宏、体例完整、内容丰富、论述精辟的文学理论专著，其中含有许多真知灼见，值得认真研读。

3. 中国现代的文学理论

"五四"前后，中国的文学理论实现了现代转型，产生了一批用新观点来总结文学活动的理论家，出现了一批有新思想、新观点、新面貌的文学理论著作，如王国维的《人间词话》《文学小言》，梁启超的《论小说与群治之关系》，鲁迅早期的《摩罗诗力说》和后来的许多著作，朱光潜的《文艺心理学》《论诗》，宗白华的《美学散步》，钱锺书的《谈艺录》，王元化的《文心雕龙创作论》，钱谷融的《论文学是"人学"》，蒋孔阳的《美学新论》等。

4. 西方的文学理论

西方文论专著也很多，它们是西方各国文学长期发展的经验总结，其中积累了不少真理性的东西。比较重要的著作有：亚里士多德(Aristotle，前384—前322)的《诗学》、贺拉斯(Quintus Flaccus Horatius，前65—前8)的《诗艺》、狄德罗(D. Diderot，1713—1784)的《论戏剧艺术》、莱辛(G. E. Lessing，1729—1781)的《拉奥孔》、歌德(JohannWolfgangvon-Goethe，1749—1832)的《歌德谈话录》、康德(Immanuel Kant，1724—1804)的《判断力批判》、黑格尔(G. W. F. Hegel，1770—1831)的《美学》，以及别林斯基(В. Г. Белинский，1811—1848)、车尔尼雪夫斯基(Николай Чернышевский，1828—1889)等的文学批评和文学理论著作。进入20世纪以来，西方的文学理论呈现出多元化发展的趋势，不同文学理论派别交替或同时涌现。其中比较重要的有俄国的形式主义批评、英美新批评、结构主义文学理论、精神分析的文学理论、"原型"批评、现象学批评、符号学批评、阐释学批评、接受理论、解构主义批评、文化批评、新历史主义批评、女性主义批评等，每一种派别都从某个不同的视角来揭示文学及规律。代表上述派别的著作很多，我们可以从中挑选一些来阅读。

此外，还需特别指出的一点是，在当今互联网时代，随着网络在日常生活乃至艺术生活中的作用日趋发达，大学生可以便捷地从网上获取包括文学作品和文学理论名著在内的诸多文学及文学理论资料，这无疑可以丰富和促进日常学习生活。但是，网上资料及信息难免充斥着误解或者垃圾，不少信息伴随着谬误或混淆，务必用心加以核实，避免以谬误代替真理，以混淆代替准确。

马克思在《资本论》(初版序)中说："一切事的开头总是困难的。这一句话，在一切科学上都可以适用。"当我们打开《文学概论》，开始学习第一章的时候，我们可能会遇到困难，但只要我们迈出第一步，第二步就可能会容易些。当然，学习总是艰苦的，业余自学就更艰苦，这是不待言的事。但"谁怕用工夫，谁就无法找到真理"，让我们用列宁这句话来鞭策、勉励自己吧!

四、本书的逻辑线索和特点

(一) 本书的逻辑线索

本书除导论外,共分九章。这九章的逻辑关系是这样的:

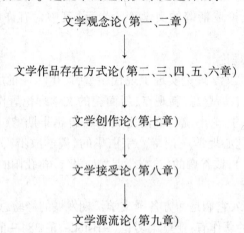

第一章讨论文学观念,这个问题是关系到对文学活动这一事物的总体看法问题,当然是文学理论首要的问题。由于这个问题本身的复杂性,第二章文学语言的论述,是对文学观念的进一步展开。但文学语言问题又不单纯是文学观念问题,实际上也是作品论的构成部分,这样第二章就处于"文学观念论"过渡到"作品存在方式论"的中介地位。不难看出本书特别重视作品论。文学实际上是以作品为中心展开的活动,因此文学作品论理应处在文学理论的中心地带。文学作品是如何存在的呢?我们认为文学作品是一种多层面结构:首先,作品是一种文学语言存在,语言问题是文学的核心问题之一;其次,读者通过对文学语言的阅读,就会在头脑中唤起鲜活的寓含意蕴的艺术形象,艺术形象也是作品的存在方式之一;文学作品有不同的类型,其中比较重要的是叙事作品和抒情作品两类;剧本也是叙事作品,所以本书设了叙事作品和抒情作品两章加以论列;成熟的作品总会形成风格,风格问题也是作品论的重要问题之一。本书从第二章文学语言、第三章文学的艺术形象、第四章文学叙事作品、第五章抒情作品和第六章文学风格,构成了文学作品存在方式论。作品是如何产生的呢?那就是要通过作家的创作,这样第七章自然就是"文学创作论"。但是文学作品创造出来以后,若是封存起来,不经过读者阅读,仍然不是审美对象,于是自然就有一个读者的接受问题,所以第八章讨论文学接受,也就顺理成章了。最后一章是文学源流论,是从总体上讨论文学的起源、发展、思潮流派的演变等,是对人类的文学活动的全景式鸟瞰。

(二) 本书的特点

本书写作的指导思想是马克思主义的辩证唯物主义和历史唯物主义,对于这一点我们始终是坚定不移的。但是以马克思主义为指导并不是对于马列词句的照抄照搬,而是在考察各种文学问题时贯穿其思想与方法。考虑到中国古代文论资源的丰富和特色,考虑到西方文论的巨大进展,考虑到文学理论在当代中国所获得的成就,我们在本书中力图突出以下特色:

1. 综合性

我们尽可能综合古今中外文论的优秀成果。对于古人和外国人一切有价值的有现代意义的成果,我们都酌情加以吸收。对于同一个问题有不同的见解,而且这些见解又有正确的成分,我们就尽量把它们介绍出来,供大家学习时进行必要的比较参考。当然我们在介绍和分析了不同的意见之后,总会根据学术界多数人所形成的共识和我们的理解,对概念、范畴做出界说和阐释。

2. 新颖性

在稳妥的基础上,力求出新。一部教材总要使用相当一段时间,如果都是陈旧的知识,没有一定的前瞻性,那么就必然会与变化了的时代和文学活动实际相脱离,所以本书尽量吸收一些新观念、新范畴,以便为学习者提供新视野。有的学习者遇到这些新的内容,也许会觉得太深了。其实,新的不一定就是深的,新的东西只要理解了也许是很容易的。当然,过去沉淀下来的经过实践检验的知识都保存在教材中,我们所说的新颖性也不过是稳中求新而已。对于一些与写作课重复的概念、范畴,本书基本上略去不讲。

3. 实用性

这是一本专供自学的教材,我们充分注意到自学可能遇到的困难,因此通过清晰的界说、详尽的阐述和举例分析等多种途径,尽可能做到深入浅出和化难为易。

第一章 文学观念

文学观念就是对文学的看法,是对"文学是什么"的回答。任何一种文学理论的出发点和归宿点,都存在于这样一个不知多少人探问过的问题中,即文学是什么?不同民族有不同的文学观念,不同的群体有不同的文学观念,不同的人由于立场的不同也会有不同的文学观念。文学观念又属于历史的范畴,它是流动着的、变化着的,世界上没有一种文学观念是永恒不变的。本书将在清理和概括已有的几种比较重要的文学观念基础上,说明文学观念的嬗变原因,并提出我们对文学的看法,表达我们对文学的理解。

第一节 文学观念的嬗变

自有文学之日起,文学是什么就成为人们反复探讨的问题,虽然这是一个不容易说清楚的问题,但人们还是在不断地说。前人已有过许多解答,这些解答尽管可能是不完善的,但都有其一定的合理因素。所以我们今天想要给文学一个界说,不能不首先回顾一下文学观念演变的历史,并从中吸收合理的、仍有价值的部分。我们这里所做的历史回顾,需要寻找到一个可以参照的坐标。

一、文学四要素和文学活动

(一) 文学活动四要素

古今中外对人类的文学活动都进行过分析。在现代,最具影响的可能是波兰现象学派美学家英加登(Roman Ingarden,1893—1970)提出的作为作品存在的层次论。他在《文学的艺术作品》一书中认为,作品的构成可以分为四个层面:语音层、意义单元层、再现的客体层和图式化的外观层。有时他还认为有的作品有第五层,即形而上学层面。英加登的作品层次说有其合理性,但由于它仅限于作品,没有包括整个文学活动的各个方面,所以又有局限性。我们认为真正意义上的文学是人类的一种精神活动,单有作品不能构成文学的完整活动。文学的完整活动必须考虑到作家、生活、作品、读者及其这几个方面的联系。

如果从这个角度看,美国学者艾布拉姆斯(M. H. Abrams,1912—2015)广为流传的文学"四要素"理论就比较值得我们重视,他说:"每一件艺术品总要涉及四个要点,几乎所有的力求周密的理论总会在大体上对这四个要素加以区别,使人一目了然。第一要素是作品,即艺术作品本身,由于作品是人为的产品,所以第二个共同要素便是生产者,即艺术家。第三,一般认为作品总得有一个直接或间接导源于现实事物的主题——总会涉及、表现、反映某种客观状况或者与此有关的东西。这第三个要素便可以认为是由人物和行动、思想和情感、物质和事件或者超越感觉的本质所构成,常常用'自然'这个通用的词来表示,我们却不妨换用一个含义更广的中性词——世界。最后一个要素是欣赏者,即听众、观众、读者。作品为他们而写,或至少会引起他们的关注。"①

艾布拉姆斯认为文学活动应包括作品、作家、世界和读者四个要素。实在说,把文学活动分为四个要素并不是什么高深的理论,稍有文学常识的人都是可以理解的。他的主要贡献是把这四个要素按照他的理解联系起来,把这种要素之间的联系画了一个示意图:

艾布拉姆斯却把艺术活动的要素及其联系揭示得很清楚。一切文学作品都有源泉,这就是生活,即上图的"世界"。生活要经过作家的艺术加工改造,这样才能创造出具有意义的文本,这就是上图所示的"作品"。如果把作品束之高阁,不跟读者见面,也还不能构成完整的文学活动,所以读者也是文学活动中重要的一环。而世界、艺术家和欣赏者所组成的文学活动,又都是以作品为中心所展开的活动。艾布拉姆斯的见解对我们是具有启发性的。

(二) 文学活动

艾布拉姆斯的文学四要素理论给我们最重要的启示,在于它把文学理解为以作品为中心所展开的活动。过去我们经常把单个的文本看成作品,也就是把置放在书架上的小说集、散文集、诗歌集、剧本集看成是文学。实际上这种看法是有问题的。这些集子严格地说只能称为文本,是死的东西,还没有变成活的审美对象,还不是作品。只有在经过读者的阅读、理解和接受后,文本才在读者的头脑中化为栩栩如生的具有诗意的艺术形象,才成为审美对象,这才变成为作品。作品是经过读者阅读、体验、想象的对象,作品是与读者的参与创造分不开的。由此可见,文学按其本来形态说,是人类的一种多环节的精神活动。作家面对着客观的社会生活,有自己的所见所闻所感,甚至经历了生活中的甜酸苦辣,有了刻骨铭心的体验,心中才会有许多感受要抒发。这是一个曲折复杂的体验过程。有了体验之后,作家才会拿起笔,对生活进行艺术的加工改造,进入文学创作的状态。文学创作本身又是一个曲折复杂的过程。作家经过这个曲折复杂的过程,终于写出文本来了。文本是一种无声的文字序列,可能是一个蕴含情感、意义和诗意的存在,但仅是一种"可能"而已。只有经过读者的阅读,又读进去了,在头脑中幻化出了各种人、事、景、物的形象,并有了自己的理解,文本中蕴含的情感、意义和诗意才在读者的接受中得到实现。这接受的过程也是曲折复杂的过程。世界——作家——文本——读者这四个要素,其间包含了体验、创作、接受三个过程,这才构成完整的文学活动。

我们说文学是一种活动,不仅是在文学"四要素"和"三过程"的意义上说的,更重要

---

① 〔美〕艾布拉姆斯:《镜与灯——浪漫主义文论及批评传统》,第5页。

的是在文学作为人的对象性活动上来理解的。人为什么能体验,为什么能创作,为什么能鉴赏,根本原因在于"人的本质力量的确证"(马克思语)。千百年的实践活动,使人成为人,成为具有人性心理的人。例如原始的人只有性的欲望和活动,如同一般动物一样。但是经过长期的社会实践活动,一点一点地改变自己,人最终使本能的性欲变成了同时具有精神品格的爱情。人与动物就这样区别开来,感觉成为人的感觉,人性心理终于成熟,人的意识终于觉醒。人具有了人的一切肉体的和精神的本质力量。如同马克思所说:人的"五官感觉的形成是以往全部世界史的产物"①。在这种条件下,自然(包括外部的自然和人的自然)在人的意识、心理的主动作用下,终于可以成为人的对象。比如,在人的祖先那里,山水无所谓美不美,因为当时的人还不能用人的眼光去看它,无法将自己的感受和感情灌注到山水对象上去。或者说山水是外物而已,还没有成为当时人的对象。只有等到人性和人的意识觉醒以后,山水才成为对象,成为吟咏的对象,我们才会感受到山水的美,这才有了山水诗。可见,文学是一种人的对象性精神活动,就是因为人在文学活动中体现了人的意识、心理和一切本质力量,把自然当作人的对象,从而建立起了活动的机制。这样文学作品中描写的人物、景物等表面看是物理对象,实际上是情感对象。例如唐代著名的诗人、散文家柳宗元的《至小丘西小石潭记》:

> 从小丘西行百二十步,隔篁竹,闻水声,如鸣佩环。心乐之。伐竹取道,下见小潭。水尤清冽,全石以为底。近岸卷石底以出,为坻为屿,为嵁为岩。青树翠蔓,蒙络摇缀,参差披拂。潭中鱼可百许头,皆若空游无所依。日光下澈,影布石上,佁然不动,俶尔远逝,往来翕忽,似与游者相乐。潭西南而望,斗折蛇行,明灭可见,其岸势犬牙差互,不可知其源。坐潭上,四面竹树环合。寂寥无人,凄神寒骨,悄怆幽邃。以其境过清,不可久居,乃记之而去。同游者吴武陵龚古,余弟宗玄。隶而从者崔氏二小生,曰恕己,曰奉壹。

表面看这是柳宗元对小石潭的客观摹写,这里所摹写的一切似乎就是小石潭的本然存在,小石潭的位置、小石潭的山光水色和小石潭的凄清,其实不然。应该说,这里描写小石潭的景色环境,无论是竹子、水声,还是清水、游鱼,无论是日光、影子,还是岩石、小洲,都是经过柳宗元的诗人的眼光观照过、过滤过,渗入了他的情感。所以这已经不是自然物,而是情感物,是人的意识活动的产物,是人的精神的产物。柳宗元自己说过"美不自美,因人而彰",意思就是自然的山水景物本身无所谓美与不美,美是对人来说的。如果某个山水景物与人没有发生联系,与人的精神世界没有发生联系,那么它只是一个蛮荒世界的客观存在而已。就像柳宗元笔下的小石潭,如果没有柳宗元等游人的发现,它就只是一个纯然的客观存在,是一处与人无关的山水存在,它对谁而美呢?只有柳宗元发现它之后,小石潭由自然物变成了情感物,它的美才因人的观赏而彰显出来。小石潭的美是主体的意识活动的结果,这里包含了人对自然对象的感知、体验、理解等。这短短的一篇游记,可以说

---

① 马克思:《1844年经济学哲学手稿》,刘丕坤译,人民出版社1979年版,第79页。

是人的整体精神活动表征。可见人的本质力量与自然对象之间,在人性心理的作用下,建立了一种关系,这种关系的建立之日,也就是人的对象性精神活动展开之时。我们说文学是人的一种对象性的精神活动,就在于在文学创作和文学活动中,作家把外部自然和人的自然作为自己本质力量的确证,从而把文学变成人的精神活动过程。

在这里我们必须严格区别客观存在与审美对象,当客观存在只是一种纯然的存在时,并不能为我的感觉所掌握,那就还不能成为我的对象,既然存在还不能成为我的对象,我与存在的关系也就还不能建立,那么文学活动也就还不能形成。马克思在《1844年经济学哲学手稿》中说:"从主体方面来看:只有音乐才能激起人的音乐感。对于不辨音律的耳朵说来,最美的音乐也毫无意义,音乐对它说来不是对象,因为我的对象只能是我的本质力量的确证,从而,它只能像我的本质力量作为一种主体能力而自为地存在着那样对我来说存在着,因为对我说来任何一个对象的意义(它只是对那个与它相适应的感觉说来才有意义)都以我的感觉所能感知的程度为限。"①

这里马克思就音乐的欣赏,对欣赏中的"存在"和"对象"做了有意义的区分。马克思的意思是,音乐演奏当然是存在,但这存在就必然是审美对象吗?这还不能肯定。按马克思的说法,一支乐曲(任何审美客体都如此)虽然是客观存在,但它不被人们所欣赏,或由于主体缺少音乐的耳朵而实际上没有欣赏,这时候它对该主体来说是毫无意义的,它不是对象,欣赏活动无法形成。因为"我的对象只能是我的本质力量的确证",活动有待于主体与对象关系的建立。同样的道理,春天的景色是客观存在,但是如果"我"因为暂时无欣赏春天景色的愿望或我的欣赏能力有限,"我"不能把握它的美,因此春天的景色还不能成为"我"的对象,"我"与春天的景色没有建立起诗意的联系,那么"我"不能欣赏它,更不能用语言描写它,于是文学活动也就无法形成。

文学四要素所形成的流动过程,其中必然包含人的本质力量的对象化,才能成为文学活动。换句话说,我们所说的文学活动,不仅是指文学四要素所形成的流程,更重要的是人与对象所建立的诗意关系,是人的本质力量的全部展开。我们理解文学是一种活动,必须包含这两层意思,而且后一层意思是更根本的。

二、历史上六种主要的文学观念

如果文学四要素的坐标可以成立的话,那么我们就能够从四要素的不同联系中,揭示出历史上六种主要的文学观念:再现说、表现说、实用说、独立说、客观说和体验说。

(一) 再现说

"再现说"是指在文学四要素中强调"世界"与"作品"的对应关系,认为作品是对世界的模仿或再现。在西方,最古老的"模仿说"也就是再现说。在公元前500年的古希腊时期,伟大的思想家赫拉克利特(约前530—前470)就提出了"艺术模仿自然"的论点②,对

---

① 马克思:《1844年经济学哲学手稿》,刘丕坤译,人民出版社1979年版,第79页。
② 〔古希腊〕赫拉克利特:《著作残篇》,见《欧美古典作家论现实主义和浪漫主义》一,中国社会科学出版社1980年版,第7页。

古希腊文学和美学思想产生了很大的影响。稍后,另一位古希腊思想家苏格拉底(前469—前390)也认为:"绘画是对所见之物的描绘",艺术以不同的媒介,准确地把自然再现出来;这种描绘与再现,不仅是对事物外表的逼真模拟,而且还"应通过形式表现心理活动"。苏格拉底还说,诗人、艺术"在塑造优美形象的时候,由于不易找到一个各方面都完美无瑕的人,你们就从许多人身上选取,把每个人最美的部分集中起来,从而创造出一个整个显得优美的形体"。① 应该说,在苏格拉底那里,模仿说的形态已相当的完备。其后,柏拉图提出"理式模仿说",亚里士多德提出"自然模仿说",虽然有"唯心"与"唯物"之分,但他们的"模仿说",与苏格拉底的说法一脉相承。"模仿"的文学观念统治西方两千年,直到18世纪末至19世纪初,欧洲出现了浪漫主义的文学思潮,这种"模仿说"才开始被打破。

与西方的再现说相似相通的是中国古代的"度物象而取其真"说。五代大画家荆浩在《笔记法》一书中说:"画者,画也,度物象而取其真。"这里的"物象"就是客观外物,"度"就是观察,"取其真"则是"模仿",并达到形神兼备。所以"度物象取其真"就是对外物进行模仿。清代文艺思想家叶燮也说:"曰理、曰事、曰情三语,大而乾坤以之定位,日月以之运行,以至一草一木一飞一走。三者缺一,则不成物。文章者,所以表天地万物之情状也。"②这可以视为"度物象取其真"思想的具体阐释和发展。

当然我们必须看到,中国古代是一个诗歌大国,"抒情言志"的传统十分强大,"再现"的文学观念只是到了宋元以后,在戏曲和小说发展起来以后才被重视。因此这种"度物象取其真"的观念在整个历史发展中并不占优势。如果进一步深入分析,那么我们还会发现,由于中西文化历史语境不同,中西的"再现说"也是有很大差异的。

(二) 表现说

"表现说"(expression)是指在文学四要素中强调作品与作家的关系,认为作品是作家情感的自然流露。西方的真正的表现说产生于19世纪初兴起的欧洲浪漫主义文学思潮中。英国诗人华兹华斯(1770—1850)在1800年发表的《抒情歌谣集》(序言)中第一次提出:"诗是强烈感情的自然流露。"③诗人柯勒律治(1772—1834)认为:"有一个特点是所有真正的诗人所共有的,就是他们写诗是出于内在的本质,不是由任何外界的东西所引起的。"④雪莱(1792—1822)在著名的《为诗辩护》一文中也指出:"诗是最快乐最良善的心灵中最快乐最良善的瞬间之记录。"⑤

尽管这些诗人的论点有所不同,但其基本思想是相同的。他们一致抛弃了文学是生活的模仿的由外而内的观点,而认为以诗为代表的文学,是作家、诗人思想感情的流露、倾吐和表现,而形象是诗人心灵的表征。表现说的基本倾向是:

---

① 〔古希腊〕柏拉图:《苏格拉底回忆录》,《欧美古典作家论现实主义和浪漫主义》一,第10页。
② 叶燮:《原诗·内篇》,《清诗话》下册,上海古籍出版社1963年版,第576页。
③ 《十九世纪英国诗人论诗》,刘若端编,人民文学出版社1984年版,第22页。
④ 同上书,第111页。
⑤ 同上书,第154页。

1. 文学本质上是诗人、作家的内心世界的外化,是情感涌动时的创造,是主观感受、体验的产物。因此,一篇作品的本原和实质是诗人、作家的属性和活动。文学创作的起因不是诗人、作家模仿人类活动及其特征所获得的愉快,也不是为了打动欣赏者并使其获得教育的终极原因,真正的动因是诗人、作家内心的感情、愿望寻求表现的冲动。

2. 表现说也主张以外部现实作为对象。但诗并不存在于对象本身,而存在于审视对象时的作家、诗人的心境或心理状态。当诗人描写一头狮子时,描绘狮子本身是虚,描写观看者的兴奋状态是实。所以在表现说的主张者看来,"是情感给予动作和情节以重要性,而不是动作和情感给予情感以重要性"①。诗也必须忠实,但不是忠实于对象,而是忠实于情感,忠实于诗人自我和人类的情感。

3. 诗人可以描写平凡的事物,但要使事物以不平凡的色彩呈现出来。华兹华斯说:"这些诗的主要目的,是在选择日常生活里的事件和情节,自始至终竭力采用人们真正使用的语言来加以叙述或描写,同时在这些事件和情境上加上一种想象力的色彩,使日常的东西在不平常的状态下呈现在心灵的面前。"②柯勒律治也说过相似的话:"通过想象力变更事物的色彩而赋予事物新奇趣味的力量","给日常事物以新奇的魅力,通过唤起人对习惯的麻木性的注意,引导他去观察眼前世界的美丽和惊人的事物,以激起一种类似超自然的感觉"。③ 因此强调想象力的充分发挥是表现说的一个特点。

从19世纪到20世纪,西方的表现说有许多变种,但由内而外的情感表现的基本观点始终未变。

(三) 实用说

"实用说"是指在文学四要素关系中,强调作品被读者所利用的关系,认为文学是一种工具和手段。文学可以给人带来快感和娱乐,但是文学的根本目的是外在的功利性的。比较典型的实用说是中国古代的"教化说"("文以载道"说)和西方的"寓教于乐"说。

中国古代有所谓的"教化说"。中国古代儒家的思想作为封建统治阶级的理论,把"克己复礼"作为人的一切行动与活动的规范,因此在儒家的典籍以及受封建正统思想影响的理论家、作家的著作中,文学活动就被纳入到维护"礼义"的思想轨道。这样他们就把文学视为王者的伦理、道德教化的工具。如汉代《毛诗序》写道:

风,风也,教也;风以动之,教以化之。……情发于声,声成文谓之音。治世之音安以乐,其政和;乱世之音怨以怒,其政乖;亡国之音哀以思,其民困。故正得失,动天地,感鬼神,莫近于诗。先王是以经夫妇,成孝敬,厚人伦,美教化,移风俗……上以风化下,下以风刺上,主文而谲谏……发乎情,止乎礼义。④

中国古代封建社会长期在儒家思想的统治下,提倡和实行的是伦理中心主义,"君君、

---

① 《十九世纪英国诗人论诗》,第7页。
② 同上书,第5页。
③ 同上书,第62—63页。
④ 《毛诗序》,《先秦两汉文论选》,人民文学出版社1999年版,第343—344页。

臣臣、父父、子子"成为人人必须遵守的生活准则。这种伦理中心主义就不能不渗透到意识形态的各个领域,作为意识形态之一的文学就不能不强调教化功能。这样一来,实用说就成为中国古代一种占主导倾向的文学观念。当然,中国古代的实用说是和"诗言志说"紧密结合在一起的。因为在儒家思想的控制下,"诗言志说"中的"志"与实用说所说的"道",尽管有情感与理智的区别,但从根本上说都以遵从儒家的"礼义"为旨趣。因此在中国古代文论发展史上,"言志说"和"教化说"双管齐下,并行不悖,成为中国古代文学观念的重要特色。

在西方,实用说也源远流长。古罗马时期贺拉斯在《诗艺》中提出"寓教于乐,既劝谕读者,又使人喜爱,才能符合众望"①的观点,反映了贺拉斯对罗马国家和奥古斯都的忠诚。在"教"与"乐"这两者中,他把"教"作为目的、根本,把"乐"作为手段、工具,而他的所谓"教",即是教育人民遵守罗马宫廷的道德规范。显然,贺拉斯的"寓教于乐",开西方实用说之先河。在整个中世纪,神学统治一切,文学理论不过是神学中一个小小的分支,对待文学更是采取实用态度,把文学视为歌颂神明与圣徒的工具。14—16世纪文艺复兴时期的思想家都主张文学应与人性的解放、个性的解放和推动社会变革联系在一起。恩格斯说:"这是一次人类从来没有经历过的最伟大的、进步的变革。"但丁的《神曲》、薄伽丘的《十日谈》和莎士比亚的戏剧都是为这个变革服务的工具。所以培根说:文学"可以使人提高,可以使人向上"②。启蒙主义时期,狄德罗则说:"任何一个民族总有些偏见,有待抛弃,有些弊病有待革除,有些可笑的事情有待排斥,并且需要适合于他们的戏剧。假使政府在准备修改某项法律或者取缔某项习俗的时候善于利用戏剧,那将是多么有效的移风易俗的手段啊!"③在古典主义时期,实用说的文学观念也处于主导地位。因为像17世纪的法国,王权统治达到了顶峰,一切都要为王权服务,文学也不能例外。当然,这一时期的文学观念也讲真和美,但真和美必须为王权所推崇的"义理"所规范。古典主义理论家波瓦洛就明确提出:"首须爱义理:愿你的一切文章永远只凭着义理获得价值和光芒。"④为什么要如此强调"义理"呢?这是因为要通过文学中的"义理"来规范读者的思想。

实用说的价值取向也不可一概而论,这里有消极和积极之分。大致说来,有的实用说其目的是保守的,是为了使文学成为麻痹人的精神,阻止人民反抗,维护现有秩序或巩固已有统治的工具。如西方古典主义的"义理"说都属于这一类。他们提出文学的实用性,目的是为巩固他们的统治服务。如中国封建主义后期,封建统治已经成为压在人民头上的大山,那些文人所喊的"文以载道",就是为维护封建统治的目的服务的。这类实用说不能不说是消极的。但还有另一类实用说,它的目的是为了促进人的解放,变革社会,推动社会前进。如西方14—16世纪文艺复兴时期文学改善人性的工具论,18世纪启蒙主

---

① 〔古罗马〕贺拉斯:《诗艺》,杨周翰译,见《诗学·诗艺》,人民文学出版社1962年版,第155页。
② 〔英〕培根:《学术的进展》,见《西方文论选》上卷,伍蠡甫等编,上海译文出版社1979年版,第248页。
③ 〔法〕狄德罗:《论戏剧艺术》,见《文艺理论译丛》1958年第2期,人民文学出版社,第135页。
④ 〔法〕波瓦洛:《诗的艺术》,任典译,人民文学出版社1959年版,第5页。

义时期的文学手段论,以及后来列宁的文学是革命机器的"齿轮螺丝钉"的论点,毛泽东的文学是"团结人民,教育人民,打击敌人,消灭敌人的武器"的论点等,都是在特殊时期特殊情境中对文学功能的革命性借用,这当然是合理的、必要的。在这种特殊的语境中,实用说是积极的。

（四）独立说

"独立说"是与实用说相对立的观念。这种观念包括文学自律、艺术无功利、纯形式、纯审美等。"为艺术而艺术"是这种观念的主要口号。

大体而言,独立说主要强调文学是无关现实功利的独立的艺术形式的创造。这种观念来源于德国美学,特别是康德和席勒的美学。后来在英、法出现了"唯美主义"的艺术思想潮流。他们主张艺术独立于现实生活,与功利无关等。如英国作家王尔德（1854—1900）说："艺术除了表现它自身之外,不表现任何东西。它和思想一样,有独立的生命,而且纯粹按自己的路线发展。"①法国作家波德莱尔（1821—1867）说："诗不等于科学和道德,否则诗就会衰退和死亡;它不以真实为对象,它只以自身为目的。"②

这种文学观念在中国近现代也有。其所强调的也是文学是一种人的游戏,文学无关现实,无关真理,无关利用。这种文学观其实也是某种现实的产物,也与某种利益相关,所以文学的独立说是很难成立的。

（五）客观说

客观说是指在文学四要素中,把文本抬到高于一切重于一切的地步,认为文本一旦从作家的笔下诞生之后,就获得了完全客观的性质。它既与原作家不相干,也与读者无涉。客观说认为文学已经从外界的参照物中孤立出来,作品本身是一个"自足体",出现了所谓的"客观化走向"。这种客观说最早与上面所说的"为艺术的艺术"的思想相关,或者说是这种思想的一个成分。20世纪初叶开始,出现了种种文学形式论,认为文学是一种独特的语言建构。当然,文学不可能不与社会生活及读者发生关系,客观说并不否认此种关系的存在,但认为文本与社会生活的关系,文本与读者的关系,都是"文学性"之外的关系,不在"文学性"之内,只有文本语言的结构关系才是文学之内的关系,才具"文学性"。

客观说实际上是20世纪初叶由俄国形式主义学派首先提出的,其后由于英美"新批评"派、捷克和法国的文学结构主义、德国的文本主义批评在观念上大体一致,成为现代西方文论中影响最大的一个流派。俄国形式主义对文学的理解与再现说、表现说完全不同,他们认为文学不是社会生活的再现,因而不是社会学;文学不是作家情感的流露,因而也不是心理学;文学不是在读者中发生的作用,因而也不是伦理学。文学就是文学。文学仅仅是一种特殊的语言建构,是"对于普通语言的系统歪曲"（罗曼·雅各布逊语）,或者说文学就是"艺术手法"。捷克文学结构主义的代表人物杨·穆卡洛夫斯基看到了俄国形式主义的片面性,他提出的结构主义似乎要把传统的再现说、表现说与新兴起的作品本体

---

① 〔英〕王尔德:《谎言的衰朽》,杨恒达译,中国人民大学出版社1988年版,第142页。
② 〔法〕波德莱尔:《波德莱尔论文学》,郭宏安译,人民文学出版社1987年版,第74页。

说结合起来,认为"每一个文学事实都是两种力量——结构的内部运动和外部干涉的合力"①,但他的整个立场与俄国形式主义是相似的。如他曾讲过:"内容的要素在一定意义上具有形式的性质","新的句型和新的用词也能表示对现实的新态度。所以,节奏在诗歌中经常更新人评价世界的方法。"很明显,在他那里是形式决定内容,因此文学的本质还是由形式决定的。

另外,托·斯·艾略特1928年的一句名言:"论诗,就必须从根本上把它看做诗,而不是别的东西。"②得到广泛认同,特别是对英美"新批评"派产生很大影响。英美的新批评发挥了艾略特的论点,提出:"艺术品似乎是一种独特的可以认识的对象,它有特别的本体论的地位。它既不是实在的(物理的,像一尊雕像那样),也不是精神的(心理上的,像愉快或痛苦的经验那样),也不是理想的(像一个三角形那样)。它是一套存在于各种主观之间的理想观念的标准的体系。"③

如果说文学活动是由世界—作家—作品—读者这四个环节构成的话,那么新批评派就把中间一环单独抽出来,作为独立存在。为此,就必须切割作品与作家、读者这两头的联系。这样,作品才成为完全客观的、可供解剖的"自足体"。而文学的本体也就只能从作品内部的形式构造去寻找了。

(六) 体验说

读者"体验说"是指在文学四要素中强调读者对作品的意向性体验这种关系,强调读者阅读作品时的感受和再创造。这派文论认为作家笔下的白纸黑字或是报刊发表出来的诗歌、小说等,只是"文本"(text),而"文本"有许多"未定点"和"空白",当它只是放在书架上的时候,它还是死的,还不能成为供读者观照的审美对象。"文本"一定要在读者阅读过程中,经过读者的体验和想象,并与作者构成对话关系时,才能实现为审美对象,这才转变为真正的作品。所以在读者的阅读活动之外,在读者的意向性体验之外,就不存在文学。文学只存在于读者与文本的交流活动中。

读者体验说古已有之。如中国古代孟子就提出"以意逆志"说,意思是说文学的文本如何才能变成活生生的艺术形象呢? 这就要读者在阅读文本的时候,根据文本所提供的文字符号,以自己之"意",去推测作者之"志",这里就有一个"逆"的过程,即借助文本往作者那里"逆"向而动,通过体验和想象,把握住作者赋予文本的意义。又如法国著名诗人保尔·瓦莱里早就有"我诗歌中的意义是读者赋予的"的说法,重视读者在整个文学活动中所起的作用,认为读者对作品的体验、解释、理解是十分重要的。但真正成为一种系统的文论是后来的事情。

在西方,现象学派的阅读理论是较早把作品理解为一种"意向性客体"的,这种客体不是实在的审美对象,它等待读者的"投射"。波兰现象学派美学家英加登认为,作品中

---

① 〔俄〕什克洛夫斯基:《散文论》(捷译本序言),见《世界艺术与美学》第七辑,文化艺术出版社版1986年,第35页。
② 参见〔美〕艾布拉姆斯:《镜与灯》,第32页。
③ 〔美〕韦勒克、沃伦:《文学理论》,刘象愚等译,三联书店1984年版,第164页。

有许多"不定点",这些"不定点"使作品成为"待机存在状态",必须经过"具体化"的阅读体验行为,才能使作品真正实现为作品。

1960年代中期,联邦德国几位志同道合的年轻学者又共同提出了"接受美学"的构想。接受美学作为一种新兴的文学理论有它的体系、范畴、概念、术语,这里不拟详细介绍。在这里只就接受美学的基本文学观念做些述评。就文学的观念而言,接受美学的提倡者认为,文学并不是作家这个主体面对着自然这个客体的活动,而是作者与读者缔结的一种"对话"关系。不错,作家笔下的"文本"建立了某种"召唤结构",但此种"召唤"有待读者的响应,才能构成对话关系。这种对话关系建立之日,才是真正的文学作品诞生之时,因此读者的体验对于蕴含美学对象的作品的产生具有举足轻重的作用。

接受美学的创始人之一的德国学者姚斯说:"文学作品并不是对于每一个时代的每一个观察者都以同一种面貌出现的自在的客体,并不是一座自言自语地宣告其超时代性质的纪念碑,而像一部乐谱,时刻等待着阅读活动中产生的、不断变化的反映。只有阅读活动才能将作品从死的语言材料中拯救出来,并赋予它现实生命。"姚斯又说:"在作家、作品和读者的三角关系中,后者并不是被动的因素,不是单纯地做出反应的环节,它本身便是一种创造历史的力量。文学作品的历史生命没有接受者能动的参与是不能想象的。"根据这样的原理,他们提出了这样的文学观念:"文学的本质是它的人际交流性质,这种关系不能脱离其观察者而独立存在。"[①]

以上以文学四要素作为参照的坐标,推衍出六种主要的文学观念。这六种文学观念两两相对,再现说与表现说相对,实用说与独立说相对,客观说与体验说相对。历史上还有各种各样的文学观念。

三、文学观念嬗变的原因

世界上没有一种文学观念是固定的、永远不变的。就上述六种文学观念而言,也是随着时代的变化而变化。在文学观念的发展变化中,情况十分复杂,可以说是犬牙交错的。粗略地看,文学似有一个从写实到写意,从写意又到图案化,由再从图案化又回到写实的过程。文学观念也随这一演变过程发生相应的变化。那么,怎样来解释文学观念变化的原因呢?

(一)文学观念变化的时代原因

中国和西方文学观念发展变化的事实说明,文学观念不是固定的、僵死的,永远定于一尊的。文学观念随着时代的变化而变化。中国梁代著名的文学理论家刘勰所著的《文心雕龙》,专门列了"时序"篇来讨论时代的变化如何推动文学的变化。他说:"时运交移,质文代变,古今情理,如可言乎!"意思是说,时代风气在交替着发生变化,推崇质朴或崇尚文采各个时代不同。古往今来作品情理的变化是可以解释的。他又说:"故知歌谣文理,

---

[①] 〔德〕H. R. 姚斯等:《接受美学与接受理论》,周宁、金元浦译,辽宁人民出版社1987年版,第24、26页。本文所引译文略有不同。

与世推移,风动于上,而波震于下者。"其意是,歌谣的文采与情理,随着时代而变化,时代的政治等因素像风在上面吹动,而歌谣就像水波在下面震荡起来。所以刘勰总结说:"文变染乎世情,兴废系乎时序。"

刘勰的这些论述重点在说明时代的变化,包括政治风云、社会风气、学术倾向等,推动着文学的变化。随着文学的变化,文学观念也随之变化。可以说,文学随着时代的变化而变化,文学观念则随着文学的变化而变化。如果打一个比方的话,那么可以说时代是"根"和"茎",文学是"花"和"叶",文学观念则是看花人对花的"看法",每个人或每群人观察点不同,因此看法也就不一样。文学和文学观念随时代的变化而变化这一论点是确定无疑的。

(二) 文学观念演变与文学自身的演变

由于受直接的、间接的社会生活变动、斗争和不同社会心理作用的影响,文学和文学观念发展的路线和形态并不是直线型的,而往往是极其复杂的。在同一个时期,几种文学形态与观念并存的局面也是存在的。但就总趋势而言,则总是由再现到表现,由表现到装饰。①

在人类的原始时代,文学艺术在其初始阶段多半是原始人巫术活动中的图腾、仪式,这些图腾、仪式,往往是原始人某种生活的再现和模拟。随着历史的发展,这些本来是再现性、模拟性很强的图腾、仪式开始走样,逐渐成为一种写意式的、符号式的东西,再往后就全走样了,变成了一些纯粹的抽象的线条、动作和图案了。原始时代的艺术从写实到写意,从写意到图案化,其内容并未消灭,可能是恰恰相反,原始图腾、仪式等符号的情感内涵加强了,拿李泽厚的话来说,可以叫作"内容积淀为形式"。但后来的人们由于不处在图腾崇拜的活动中,他们仅能识辨写实、写意的形式,已无法识辨图案化的形式。也就是说,就抽象的图案化形式而言,在后来的人们看来,仅是一种美观的装饰而已,是一种无内容的纯形式。

一般地说,当一种艺术走到纯粹装饰之日,也正是它衰亡之时。此时,人们就会逐渐厌倦这种纯形式,而希望注入一种明确而富于诗意的具体内容,这时候,艺术又在一个新的层次上走"再现→表现→装饰"的路线。艺术的演变就沿着这条路线循环上升,不断地为人类所享用。就文学发展的历史来看,当写实抒情的文学达到高峰之后,随之而来的往往是形式主义文学的兴起。但形式主义盛行之后,就又会有人不满,以充满崭新的具体内容的新文学取而代之。

中国文学的发展大体上也走着这样的路线,先秦的诗文,是写实抒情的,是重内容的。孔子的"有德者必有言""辞达而已矣"的说法,可以概括先秦时期的诗文重道德修养的具体内容和不强调形式的特征。而汉代的赋体,则一反先秦诗文的作风,内容空泛,一味堆砌辞藻典故,所谓"饰其辞而遗其意",开始走向形式主义。六朝的骈体文把这种形式主义发展到极致,注重对偶,特别重视具有装饰性的音律,把形式主义推向高峰。但也正是

---

① 参见李泽厚:《美感谈》,《李泽厚哲学美学文选》,湖南人民出版社 1985 年版,第 394 页。

这个时期又提出诗文创作的"风骨"问题,以复古为复兴的倾向也出现了。这个时期可以说是两种文学倾向反复较量的时期。到唐代,初唐"四杰",反对六朝绮靡的诗风。盛唐时期的诗歌既有"风"又有"骨",把内在的美与外在的美结合起来,从而把中国古代的诗歌推到了高峰。白居易创作"新乐府"并提出和实践了"系于意,不系于文"的主张。韩愈则在散文方面起来造骈体文的反,他和柳宗元发动"古文运动",恢复先秦文的朴实,被誉为"文起八代之衰"。韩、柳的古文运动,淡化形式,充实内容,可以说是从汉魏六朝的重形式的"装饰"重新走向重内容再现、表现。

在欧洲,文学演变的路线就更为清晰:18—19世纪的现实主义、浪漫主义文学,内容超越形式,而从19世纪末20世纪初以来,形形色色的以反传统、重形式为特征的现代派文学则是从再现、表现过渡到装饰的证明。然而时至今日,抽象性、装饰性引起人们的反感,现代派文学又开始衰落,以高科技为依托的注重"复制"和"逼真"的文学艺术,引起人们的兴趣。以上情况说明,文学观念的嬗变是与文学自身的矛盾发展运动过程密切相关的。

此外,文学观念的变化,还与人的观点的不同与变化有关。不同的社会团体、群体具有不同的观点,不同价值取向的人也有不同的观点,同一个人在不同的时期的观点也可能发生变化,这些观点的变化都会导致对文学的看法发生变化。所以文学观念的变化还跟研究者的观点有着密切的关系。

四、文学的界说

(一) 文学的定义

尽管文学观念是变化发展的,不是固定不变的。但是文学观念毕竟是文学理论的首要问题,我们学习文学理论不能没有一个文学观念。如果我们没有自己的文学观念,那么就没有自己的考察文学的眼光,我们也就不可能深入文学这一广延性很强的事物的堂奥。我们认为,文学定义要具有综合性。所以我们关于文学的定义是:文学是人类的一种文化样式,是一种社会的审美意识形态,是一种语言艺术,它包含着人的个体体验,它沟通人际的情感交流。用一句话概括就是:文学作为一种人类的文化形态,它是具有社会审美意识形态性质的、凝聚着个体体验的语言艺术。

(二) 文学定义所包含的命题

文学作为人类的一种文化样式,它是具有社会的审美意识形态性质的、凝聚着个体体验的、沟通人际的情感交流的语言组织。这个文学观念包含了五个主要命题:

1. 文学是一种文化形态;
2. 文学是一种审美意识形态;
3. 文学是作家个体体验的凝聚;
4. 文学是作者与读者沟通情感的一种独特渠道;
5. 文学是一种语言艺术。

可以说我们这里提出的文学观念就是从文学要素分析与"视界融合"相结合的基础

上推衍出来的。

从社会结构的角度看,文学是审美意识形态。按照马克思主义的观点,社会是由社会经济基础与上层建筑结构而成的。社会的上层建筑中,又分为制度与意识形态。意识形态又可以分成许多种类,例如哲学意识形态、道德意识形态、政治意识形态、法律意识形态、宗教意识形态和审美意识形态。审美意识形态中就包含了文学审美意识形态。在这里我们强调了作品与社会的联系。

从作家的角度看,文学是作家个体的体验的凝结。文学是作家对生活的评价和情感的流露。没有深刻体验,也就不会有真实的评价和情感,没有真实的评价和情感的流溢,文学是没有生命力的。在这里,我们强调了作品与作者的关系,更具体地说是作者的深刻情感体验与作品的关系。

从读者的角度看,文学是作者与读者情感沟通的渠道。读者在文学活动中,不是被动的接受者,而是积极参与创造的力量,作品中的"空白"和"不定点"都等待读者的填充。只有这样才可能实现读者与作者的情感沟通,艺术效果也才能显现出来。在这里,我们强调的是作品与读者的关系,更具体地说是读者对作品进行再创造的关系。

从作品构成的角度看,文学是语言的艺术。语言是文学作品的直接现实。没有语言和语言的结构也就没有文学。人类最早的艺术是诗乐舞三位一体的。随着艺术的发展,才区分为多种艺术形态。根据塑造艺术形象的材料和手段的不同,一般把艺术分为表演艺术(如音乐和舞蹈)、造型艺术(如绘画和雕塑)、综合艺术(如戏剧和电影)和语言艺术。语言艺术是指以语言为材料来营造艺术氛围和塑造艺术形象的艺术,这就是文学。高尔基说:"语言把我们的一切印象、感情和思想固定下来,它是文学的基本材料。"[1]作家离开语言不能营造艺术氛围,不能创造出艺术形象,没有语言和独特的语言组织也就没有文学。这是显而易见的。

如果说以上的命题是从文学四要素及其关系引申出来的,基本上还属于文学的元素分析的话,那么我们说文学是一种文化形态,就是"视界融合"的结果。"视界融合"(Horizontverschmelzung)是一个阐释学术语,意思是说对同一个对象,人们理解的视界不是封闭的,而是开放的,不断生成的。理解者对对象理解的视界同历史上已有的视界相接触,形成了两个视界的交融为一,达到"视界融合"。我们这里借用这个术语,旨在说明对文学元素分析的视点应汇入更大的文化视界中。仅仅把文学理解为"审美意识形态""作家个体的体验的凝聚""作者与读者沟通情感的渠道""语言的艺术"还是不够的,我们还必须把上述视点和命题汇入到"文学是一种文化形态"的更大的视点和命题中。文化的视点看起来是一个大而无当的视点,但正如我们研究一个对象必须超越该对象一样,我们要考察地球,就必须把地球置于太阳系这个更弘阔的视界中去。我们要理解文学,也要把文学放到文化这个更大的系统中。

上述命题我们这里只是粗略谈到,下面各节将展开论述。文学是语言的艺术,它有独

---

[1] 〔苏联〕高尔基:《论文学》续集,人民文学出版社1979年版,第337页。

特的语言组织问题,关系到文学文本内部结构的重要而细致的分析,因此我们除了在本章讨论文学是语言的艺术外,第二章将会做专门的讨论。

第二节　文学是人类的一种文化形态

文学是人类的一种文化形态,这个观念大家都能接受。但深入追问下去,就会发现仍然有许多问题。譬如,文化是什么,文学承载着什么文化意义,文学这种文化形态与其他文化形态有何关系等,就是本节要着重要阐明的问题。

一、文化概念

我们说文学是一种文化形态,那么首先要追问文化是什么。文化这个词大家都是熟悉的,但要把它说清楚不是容易的事情。这要从人与人之间的差别说起。人与人之间的差别一般都认为有"体质"和"精神"两项。人与人之间体质的差别现在已经可以用人类体质学的科学检测,做出准确的说明。譬如黄种人、黑种人和白种人体形、血液、体内各种素质的差别,属于生理上的差别,在生物科学十分发达的今天,说明这种生物的差别的确不是难事。但是若要说明人与人之间精神上的差别,就关系到文化的差别了。假设有一对双胞胎兄弟,在其出生之初,一切都相似到极点,因为某种原因在出生后分养在中国和美国,那么长大后这对同胞兄弟虽然在体质上还是十分相似,但精神上一定有了很大的差别。因为他们在不同的文化背景下生活,学习不同的语言,养成不同的习惯,形成不同的思想性格,学会了不同的情感表达方式,具有不同的艺术趣味,崇奉不同的信仰,等等,这种差别就属于文化的差别了。所以文化是与形成人的不同精神状态的社会承传密切相关的。

究竟怎样来界说文化,目前的意见异常分歧,据说对文化的界说就有一百六十余种。不过较重要的有广义、狭义和符号学义三种:

(一) 广义的文化概念

广义的文化概念是很多人主张的。英国19世纪人类学家泰勒的文化定义是广义的。他在《原始文化》(1871年)一书中说:"文化或文明,就其广泛的民族学意义上来说,乃是包括知识、信仰、艺术、道德、法律、习俗和任何人作为一名社会成员而获得的能力和习惯在内的复合整体。"[①]这个意义上的文化概念最为流行。在西方文化开始于拉丁文 Cultura,英文 Culture,文化原是"耕作"的意思。通过"耕作"人由动物变成了人。通过不同的"耕作"人变成了具有不同"精神"状态的人。

英国著名的文学人类学家马林诺夫斯基(Malinowski,1884—1942)也是从广义的视点来界说文化的,他说:"文化是指代那一群传统的器物、货品、技术、思想、习惯及价值而言的,这概念实包容着及调节着一切社会科学。我们亦将见,社会组织除非视作文化的一部

[①] 〔英〕爱德华·泰勒:《原始文化》,上海文艺出版社1992年版,第1页。

分,实是无法了解的;一切对于人类活动、人类团集,及人类思想和信仰的个别专门研究,必会和文化的比较研究相衔接,而且得到相互的助益。"① 马林诺夫斯基对文化的界说与泰勒的界说是一致的。马林诺夫斯基在同一部书中,还详细说明了"文化的各方面":甲,物质设备;乙,精神方面的文化;丙,语言;丁,社会组织。各国多数学者都是在这个意义上来理解文化的。

中国学者对文化的界说也多偏于这种广义的界说。如梁漱溟先生在《东西文化及其哲学》中说:"所谓一家文化不过是一个民族生活的种种方面。总括起来,不外三个方面:(一)精神生活方面,如宗教、哲学、科学、艺术等是。宗教、文艺是偏于情感的,哲学、科学是偏于理智的。(二)社会生活方面,我们对于周围的人——家庭、朋友、社会、国家、世界——之间的生活方法都属于社会生活一方面,如社会组织、伦理习惯、政治制度及经济关系是。(三)物质生活方面,如饮食、起居种种享用,人类对于自然界求生存的各种是。"② 这是一个包罗万象的文化定义,凡人类创造的一切,不论是精神方面的,还是物质方面的,都可以称为文化。庞朴用更学术化的语言将文化分为三个层面:"文化,从最广泛的意义上说,可以包括人的一切生活方式和为满足这些方式所创造的事事物物,以及基于这些方式所形成的心理和行为。它包含着物的部分、心物结合的部分和心的部分。如果把文化的整体视为立体的系统,那时它的外层便是物质的部分——不是未经人力作用的自然物,而是'第二自然'(马克思语),或对象化了的劳动。文化的中层,则包含隐藏在外层物质里人的思想、感情和意志(如机器的原理、雕塑的意蕴之类)和不曾或不需体现为外层物质的人的精神产品(如科学猜想、数学构造、社会理论、宗教神话之类)以及人类精神产品之物质形式的对象化(如教育制度、政治组织之类)。文化的里层或深层,主要是文化心理状态,包括价值观念、思维方式、审美趣味、道德情操、宗教情绪、民族性格等等。"③

在这个意义上,文化与人的本质问题联系在一起,文化是人创造的,人又是文化创造的。文化从一定的意义上就是"人化"。在广义的文化概念中文化被分为三个层面,即物质文化、制度文化和精神文化。物质文化不是指原本的自然,是人创造的"第二自然",或者说是对象化的劳动的结果。制度文化则是指渗透了人的观念的社会的各种制度。精神文化是最深层的东西,如文化心理、价值观念、思维方式、审美趣味、道德情操、宗教情绪、民族性格等。物质文化最为活跃,容易变化(如不论什么时代,对外来物质文化的吸收总是先行的)。精神文化则惰性最大,不容易改变。这个广义的文化概念就是指整个社会生活,可以说无所不包。人所需要的一切,所制作的一切,所发明的一切都可以叫作文化,如企业文化、校园文化、寺庙文化、商业文化、村庄文化、城市文化等,还有很多。只要你能说出一种有特色的生活活动,就有一种文化。这个文化概念与文明概念是很难区分的,虽然

---

① 〔英〕马林诺夫斯基:《文化论》,费孝通等译,中国民间文艺出版社1987年版,第2页。
② 梁漱溟:《东西文化及其哲学》,见《梁漱溟学术精华录》,北京师范学院出版社1988年版,第7页。
③ 庞朴:《文化结构与近代中国》,《稂莠集——中国文化与哲学论文集》,上海人民出版社1988年版,第6页。

马林诺夫斯基说过:"'文明'一词不妨用来专指较进展的文化中的一个特殊方面。"①

(二) 狭义的文化概念

另一种是狭义的文化概念。文化是个人的素养及其程度,包括人受教育的程度、知识的多少、涵养的高低等。《现代汉语词典》中"文化"的第三义"指运用文字的能力及一般知识",这是狭义的文化概念。个人知识积累的多少,是文化。由于知识积累的多少导致个人教养的高低,也是文化。运用文字的能力高,会写文章,叫有文化,水平高;反之,就是文化水平比较低。如我们说某人在胡同里小便,太没有文化教养了。某人连世界分几大洲也说不清楚,文化水平很低。如填表时候的"文化程度"的"文化"就专指教育程度而言。这个意义上的文化只是从知识修养方面来说的。

(三) 符号论的文化概念

从符号学的意义看,文化是人类的符号思维和符号活动所创造的产品及其意义的总和。这个观点是由德国现代哲学家卡西尔(Ernst Cassirer,1874—1945)提出的。卡西尔认为:人是什么?人的本性是什么?那就是文化。过去有"人是政治的动物"(亚里士多德)的说法,有"人是理性的动物"(启蒙主义)的说法,都有一定的道理。但卡西尔认为与其说人是政治的动物或理性的动物,不如说人是文化的动物。因为正是文化把人与非人区别开来。那么文化又是怎样创造出来的呢?这就是人的劳作(work)。卡西尔说:"正是这种劳作,正是这种人类活动的体系,规定和划定了'人性'的圆周。语言、神话、宗教、艺术、科学、历史,都是这个圆的组成部分和各个扇面。"②

卡西尔认为,动物只有信号,没有符号。信号只是单纯的反应,不能描写和推论。他解释说,动物世界(如类人猿)最多只有情感语言,没有命题语言,而人则具有命题语言。例如,一只猴子愤怒了也会咬人,但它的愤怒和咬人是对刺激的直接的情感反应,它不会运用符号来思考如何进行报复,如思考等待若干天之后进行特别的报复。因为情感语言只能直接简单地表达情感,不能指示或描述任何事物。但命题语言就不仅能曲折细微地表达情感,而且还能指示、描述、思维等。例如一个人遭到了不公平的对待,他愤怒,他可以做出立即的直接的情感反应,但也可以控制自己,对这个命题进行思考,等待机会进行最有理、有利、有节的报复。中国有句古语:"君子报仇,十年不晚。"在这等待中,他一定有许多运用语言符号的复杂思考。因此动物与人类对外界的反应是不同的,动物是直接的迅速反应,人则是应对。应对常常是间接的延迟的,是被思想的缓慢复杂过程所打断与推延。能否应对常常是"命题语言与情感语言之间的区别,就是人类世界与动物世界真正的分界线"。③ 人因为拥有符号因此创造了文化。他的公式是这样的:人——运用符号——创造文化(语言、神话、宗教、艺术、科学、历史等)。人与符号和文化可以说是三位一体的。符号思维、符号活动不是直接的单纯反应式的,符号所创造的文化形态,如语言、神话、宗教、艺术、科学、历史等,都是意义系统。

---

① 〔英〕马林诺夫斯基:《文化论》,费孝通等译,中国民间文艺出版社1987年版,第2页。
② 〔德〕卡西尔:《人论》,甘阳译,上海译文出版社1985年版,第87页。
③ 同上书,第38页。

不难看出,广义的文化概念与符号论的文化概念有相同之处,那就是都认为文化是与人的本质相联系的,一方面是人创造了文化,另一方面文化创造了人。有无文化是人与动物的根本区别。符号论的文化概念又与广义的文化概念在强调"人化"这一点上是相同的,但是它们之间又有不同:首先符号论的文化概念把符号作为人的最重要的标志,没有符号、符号活动和符号思维,人的本质就无法凸显出来,文化是人运用符号及其意义而创造的;其次,符号论的文化概念认为文化就是指蕴蓄在人的灵魂深处的精神文化、观念文化而言,具体说文化是人性展开的语言、神话、宗教、艺术、科学、历史等各个"扇面"。换言之,文化是人类的符号思维和符号活动所创造的产品及其意义的总和。

本书所讲的文化,是符号论意义上的文化。我们为什么要选择符号论的文化含义呢?

1. 因为文学作为一种语言艺术,的确是人类深层的文化,它是人运用语言符号系统,展现诗意的人生意义和精神追求,尤其包括人的审美理想的追求。

2. 我们从这个文化概念上来理解文学,旨在强调文学作为一种文化,与语言、神话、宗教、科学、历史等精神形态的文化有更加密切的互动关系,而且揭示这种互动关系正是从更广阔的视野来考察文学自身的一个重要途径。有人会问,文学不也要描写那些物质文化、行为文化吗?例如花草树木等自然景观,人物行为等社会景观,这岂不说明文学属于前面所说的广义文化吗?这种理解是不对的。文学虽然也描写物质文化、行为文化,甚至描写本真的自然,但文学不是把这些物质文化和行为文化拿出来展览。文学在描写这些物质文化、行为文化或本真的自然的时候,作家以自己的诗意的情感去把握、拥抱它们。当作家把这些物质事物写进作品中去的时候,已经属于观念形态或精神形态的东西,已经不是原本的物质文化、行为文化,它已经是一个符号的世界、意义的世界和艺术的世界。例如,杜甫的《望岳》:

> 岱宗夫如何?齐鲁青未了。
> 造化钟神秀,阴阳割昏晓。
> 荡胸生层云,决眦入归鸟。
> 会当凌绝顶,一览众山小。

这是描写山东泰山的一首诗,意思是说:泰山的形象究竟怎么样啊?从齐地到鲁地都望不尽它的山色。大自然把神奇秀丽都集中于泰山,山的南面与北面,就像清晨与傍晚两个世界。远望山中层云叠出,目送归鸟入山,几乎把眼角都睁裂了。将要登上顶峰,往下一看,那众多的山都变得十分的小。全诗似乎只是描写泰山,写从山下望山上,写它的神奇秀丽,写它的山南山北的区别,写山旁边的云层和飞鸟,最后写从山上往山下望的情景。表面只是写山,其实不完全是。这是写杜甫眼中、心中的山,通过对泰山的描写,表达了对祖国山河的热爱。这里作为自然物的泰山,已经变成了诗人用他的情感掌握过的一种具有意义的符号,如果说这首描写泰山的诗是文化的话,那么是属于符号论意义上的文化,即独特的精神文化。可以这样说,所有的物质文化、制度文化和行为文化,一旦进入文学作品中,就变成了具有符号意义的精神文化了。也正是在这个意义上,我们认为以符号论的文化概念来审视文学是最为可取的。

二、文学的文化意义

文化既然是人类的符号思维和符号活动所创造的产品及其意义的总和，既然人与符号和文化是三位一体的，那么文学的文化意义就必然与人的生存状态、人的生存意义、人与人的交往沟通境况以及人所憧憬的理想密切相关，一句话，是与人的精神关怀密切相关的。从这个意义上说，文学的文化意义至少有以下四点：

（一）揭示人的生存境遇和状况

人的生存是偏于动物性还是人性，这是文化首先关心的问题。奴隶社会、封建社会和资本主义社会，那是一个人剥削人、人压迫人的社会，这就必然出现马克思所说人的"异化"。所谓人的"异化"，即人的本性的丧失，人成为非人。奴隶社会、封建社会和资本主义社会人的"异化"，即一部分人因其受压迫的地位而变成被宰割的"羔羊"，而另一部分人因其压迫人的地位，而被动物性的贪欲所控制而变成"豺狼"，这种状况就是由那种社会的文化所造成的。文学若能揭示人的现实生存状况，那么就有了文化意义。因为它是在揭露这种文化的非人性和反人性的性质，这里就具有了对人的精神关怀的价值了。批判现实的假、恶、丑的作品，一般而言就在这方面具备了文化意义。例如，鲁迅的小说《祝福》是大家都熟悉的作品。作品的主人公祥林嫂本来是一位平凡、善良、淳朴的劳动妇女，她正派、俭朴、老实、寡言、安分，但也顽强。她的身上充满了人性，但封建文化及其权力形式摧毁了她的一生。她生活在封建文化弥漫的社会中，她的悲剧可以说是必然的文化悲剧。她一生有几个转折点，先是夫死，她自身受封建文化中"守节"的毒害，不愿改嫁，但她的家族不给她"守节"的权力。她被当作货品那样强制地被出卖了。接着出现第二个转折点，她再嫁的丈夫又病逝，心爱的儿子被狼吃掉了。"出嫁从夫，夫死从子"，这是封建文化的规定。她无法在这里生活下去了。她面临第三次命运的转折，再次到鲁四老爷家当佣人。但这次她因其遭遇而被视有"罪"的人，连祭祀时候的祭品都不让她动，使她精神上遭到前所未有的打击。再接着她又面对着第四次转折，这次是普通人给她的信息：凡嫁过两个男人的人，到了阴间将被阎罗大王锯成两半分给两个死鬼。她虽然反抗过，但她终于冲不出封建文化设下的罗网，悲惨地倒下了。《祝福》的文化意义是揭露了腐朽的封建文化压抑中国普通人民的生存，从而呼唤一种适宜于普通中国人生存的新的文化。再如西方19世纪的批判现实主义作品，一般都认为是对资本主义的吃人文化的揭露。在英国狄更斯的作品、法国巴尔扎克的作品和俄国列夫·托尔斯泰的作品中，深刻地揭露了资本主义如何欺压下层人民，下层人民如何过着非人的生活，他们在精神上如何陷入悲惨的境地，他们的人性如何在那金钱主义统治的社会受到扭曲，等等。在资本主义社会中，一方面是财富的急剧增长，一方面是人性的丧失，这种情况是怎样造成的呢？批判现实主义作品通过艺术描写令人信服地指出，这就是资本主义文化生产出来的恶果。批判现实主义作品在揭露资本主义人性丧失的描写中，呈现出人的生存境遇和状况，从而显示出文学的文化意义。其实，不仅批判现实主义的文学作品重点在揭露人的生存境遇和状况，从古至今大量的文学作品,都着力于对人的生存状况的揭露。譬如,我们实施改革开放,发展现代化的工业、农业和商业等,通过多年的努力,人民的生活水平有了很大的提高,精神生活也比过去丰富,但也出现一些严重问题,如自然环境污染、消费主义流行和贫富距离拉大等。这些社会问题的出现,必然影响人的生存境遇,其中也折射出我们社会文化转型的现实。我们现在已经看到一些文学作品对社会文化转型时期的人的遭际进行了艺术的描写,那么这些作品也就会具有文化意义。

（二）叩问人的生存意义

人为什么活着？什么是幸福？什么是爱情？什么是爱国之情？什么是民族之情？等等。对这些问题的回答,体现了人的生存意义,也是精神文化中一些基本的观念。文化把人的生物性的欲望变成一种美学的哲学的精神活动。例如文化使求偶要求变成为心心相印的爱情活动,文化使衣食的温饱变成为一种精神的享受,文化使求生变成一种回归家园的精神过程……作家在其作品中也必然要艺术地探索这些问题,以其语言所塑造的形象表达什么样的生活是值得过的,什么样的生活是不值得过的。这样,文学的文化意义就在叩问人的生存意义问题上凸显出来。例如,杜甫的诗《茅屋为秋风所破歌》是大家都熟悉的。杜甫在描写了大风卷去屋上三重茅之后,描写了"床头屋漏无干处,雨脚如麻未断绝"之后,呼喊道："安得广厦千万间,大庇天下寒士俱欢颜,风雨不动安如山。呜呼！何时眼前突兀见此屋？吾庐独破受冻死亦足。"这里表达出儒家的"仁义"之心,即那种"先天下之忧而忧,后天下之乐而乐"（范仲淹）的精神。儒家文化中积极的生活意义在于：先人后己,先忧后乐。杜甫诗中"忧"天下人的精神就是儒家文化积极人生态度的表现。

（三）沟通人与人、人与自然之间的联系

文化的群体性是十分突出的。文化在一定意义上就是一个群体、一个民族、一个国家、一个共同体在长期的历史中形成的共同遵守的思想和行为准则。真正的文化都是以爱护人为目标的,所以文化可以使人与人变成兄弟姐妹,可以变野蛮的抢夺变为和平的竞赛,可以使弱肉强食变成互相支援与帮助,可以使对抗变成友谊,可以使陌生甚至敌对的自然变成亲和之物。文学中的交往对话关系,以诗情画意延伸了人与人之间、人与自然之间的和谐,从而显示出文学的文化意义。例如,男人与女人之间的恋爱,就是一种爱的感情的沟通。但是在这种沟通中,不是没有困难和问题,文学从情感这个领域出发,关心这种沟通。例如中国现代诗人汪静之有一首题为《恋爱的甜蜜》的诗：

> 琴声恋着红叶,
> 亲了永久甜蜜的嘴。
> 他俩心心相许,
> 情愿做终身的伴侣。
> 老树枝,
> 不肯让伊
> 自由嫁给琴声。
> 幸亏伊不受教训,

> 终于脱离了树枝,
> 和琴声互相拥抱,
> 翩跹地乘着秋风,
> 飘上了青天去。
> 新娘和新郎
> 高兴得合唱起来,
> 韵调无限和谐:
> "啊!祝福我们,
> 甜蜜的恋爱,
> 愉快的结婚啊!"

这首诗歌所歌唱的就是青年男女之间甜蜜恋爱的关系,经过追求,遭遇困境,走上反抗,终于实现爱的沟通的理想。这里充满了追求爱的自由这种文化理想。当然爱的沟通除了要有这种作为人的文化精神的勇气之外,也许还要有更多的东西。让我们来读一下舒婷的《致橡树》:

> 我如果爱你——
> 绝不像攀援的凌霄花
> 借你的高枝炫耀自己;
> 我如果爱你——
> 绝不学痴情的鸟儿
> 为绿荫重复单调的歌曲;
> 也不止像泉源
> 常年送来清凉的慰藉;
> 也不止像险峰
> 增加你的高度,衬托你的威仪。
> 甚至日光。
> 甚至春雨。
> 不,这些都还不够!
> 我必须是你近旁的一株木棉,
> 作为树的形象和你站在一起。
> 根,紧握在地下,
> 叶,相触在云里。
> 每一阵风过
> 我们都互相致意,
> 但没有人,
> 听懂我们的言语。

> 你有你的铜枝铁干
> 像刀,像剑,
> 也像戟;
> 我有我红硕的花朵
> 像沉重的叹息,
> 又像英勇的火炬。
> 我们分担寒潮、风雷、霹雳;
> 我们共享雾霭、流岚、虹霓。
> 仿佛永远分离,却又终身相依。
> 这才是伟大的爱情,
> 坚贞就在这里:
> 爱——
> 不仅爱你伟大的身躯,
> 也爱你坚持的位置,足下的土地。

在这首诗里同样也描写爱的沟通,但显示出更多的现代文化的意义。爱不仅是互相依赖,不是一方衬托另一方。爱是彼此的情感沟通,共同拥有一片情感的天空,同时又各自独立,各自有独立的人格、独立的创造、独立的表现,爱是平等的。这就是现代人的爱的理想。我们追求的应该是这样的爱,诗人以象征、比喻生动地展现了这种爱的"交往",使文学凸显出爱情关系中的精神文化意义。

人与自然的交往在许多诗篇中也显示出文化意义。例如现代诗人芦甸的《大海中的一滴水》:

> 我多么渺小,
> 我是大海中的一滴水;
> 然而,我骄傲,
> 我为大海所包容。
> 海,推动我,
> 我也推动海。
> 在暴风雨的袭击下,
> 我是波涛上飞射的水柱,
> 我是急流中翻腾的浪花,
> 我,永不屈服,
> 我和兄弟们一同
> 向风暴做决死的斗争。
> 风平浪静的时候,
> 我是一个沉默的工作者,

>人们只看见无际的碧蓝,
>看不见我……
>任何一滴水,
>都要归向海,
>离开海,
>必然死亡!
>我多么渺小,
>我是大海中的一滴水;
>然而,我骄傲,
>我为大海所包容……

在这首诗里写的一滴水与大海的关系,似乎与人的精神文化无关,其实不然。这里所写的是一点水与大海的关系(自然)和个人与集体的关系(人类)的对应同构。在这里,一滴水和大海并不是陌生的自然,而是亲切之物,或者说是一种亲切的思想感情,即关于个人与集体、渺小与伟大、必然与自由的辩证思考。这里显示出人类与自然在本质上的同构关系,也说明文学在以自然为对象时,作家的确赋予了自然以精神文化意义。

（四）憧憬人类的未来

人与动物的根本区别之一,就是动物总是浑浑噩噩地活着,它们没有理想,不能预测未来。尽管蜜蜂构造的蜂房,它的精密灵巧可能使许多建筑师感到惭愧不如,但蜜蜂不如人的地方,是它只是凭本能在构造,它不可能事先有筹划,而人则可以有意识地构造未来。例如人构造一座房子,哪怕再简陋,也总会在事前拟定一个蓝图。人是一种具有理想的动物。人每天都怀着对未来的筹划、希望生活着。人之有理想、幻想,乃根源于他们的文化。或者说,人的愿望、理想和幻想,如果没有文化的升华,那么人类就要倒退回原始状态中去。人类因为有了文化,才真正地成为人。同时文化使未来有现实之根,未来因文化之助变得美好起来。文学诗意地表现人的愿望、理想和幻想,展现了一个充满人性的未来,而获得文化意义。

例如,宋代文学家苏轼的《水调歌头》:

>明月几时有？把酒问青天。不知天上宫阙,今夕是何年？我欲乘风归去,又恐琼楼玉宇,高处不胜寒。起舞弄清影,何似在人间。　转朱阁,低绮户,照无眠。不应有恨,何事长向别时圆？人有悲欢离合,月有阴晴圆缺,此事古难全。但愿人长久,千里共婵娟。

这是苏轼在中秋之夜月下畅饮时怀念弟弟苏辙写下的名篇。这首词最大的特点是,一方面抒发了现实的苦闷,亲人离别,无法相见等,另一方面则是展开了幻想,把酒问天,"欲乘风归去",抒发对天上宫阙的向往。但又觉得天上宫阙虽是"琼楼玉宇",却"高处不胜寒"。现实与理想都并非圆满,人间有"悲欢离合",天上有"阴晴圆缺",难于十全十美。词人真诚地祝愿"人长久",虽彼此在千里之外,却能"共婵娟"。这首词的突出特点就是人能展开广阔无限的幻想,向往美好的未来,表现了人的特性,从而获得文化意义。

需要补充的是,文学的文化意义不但表现在对人的生存状况、生命意义等人文关怀上面,而且还表现在对文学自身的理解上面。就是说,我们不应该把文学理解为一种与社会文化无关的独立封闭的存在。一部文学作品,无论它如何拒绝或忽视其社会文化,如作品可以不过问政治,不描写现实的斗争,与政治和现实保持距离,但它总会在不知不觉中描写人情风俗,抒发人的情感,而这种人情、风俗和情感总是深深根植于社会文化之中,不能不带上社会文化的烙印。文学的文化意义是一种自然的存在,因而并不存在完全封闭的"自在的文学作品"那样的东西。

(五)学习和丰富人们的语言

文学是一种语言艺术,语言是构建文学作品的基本手段,离开语言也就没有文学。而语言本身又是一种文化,即语言文化。语言文化蕴藏在哪里?其中最重要的部分就蕴藏在古今中外的文学作品中,最优美的语言、最生动的语言、最形象的语言、最具有诗意的语言、最简洁的语言、最具有表现力的语言都在文学作品中,因此文学的文化意义之一,就是为人们学习和丰富自己的语言文化提供了取之不尽的宝库。从某种程度上,我们阅读文学作品就是阅读语言。人们可以在愉快的阅读中大大丰富自己的语汇、强化自己的语感、调整自己的语调,提高自己运用语言的能力。

大家知道,现代汉语来源于古代汉语,所以我们今天学习用古代汉语撰写的文学作品,仍然能够增进我们对现代汉语的理解和运用。例如,我们在日常生活中,经常要用成语,这些成语大部分就在中国古代的文学作品和文献中。例如,我们都读过的晋代李密的《陈情表》,其中就有许多用语和成语,成为我们学习语言的宝库。其中成语如"躬亲抚养""孤苦伶仃""茕茕独立""形影相吊"等二十余个。至于读古代长篇小说,其中的各种用语,更是我们学习语言不竭的源泉。例如《红楼梦》中的"大有大的难处""机关算尽太聪明,反误了卿卿性命""红颜命薄古今同"等,如果我们多读几遍《红楼梦》,那么这些具有文化积淀的又是鲜活的言语,就自然会被吸收到我们的日常的言语中。此类例子不胜枚举。所以,学习语言是文学的文化意义的重要方面。

三、文学的文化意义的发现

那么如何去发现文学的文化意义呢?英国伯明翰当代文化研究中心的学者们把文学—文化阅读分为"品质阅读"和"价值阅读"。

(一)"品质阅读"

"品质阅读"是指"试图尽可能完全地把握作品的肌质,表示首先注意到语言中的各种要素:重音和非重音、重复和省略、意象和含混等等,然后由此向人物、事件、情节和主题运动"[①]。这是就西语而言的,若是论汉语文学中的"品质阅读",则要讲究用字、比兴、押

---

① 参见〔英〕理查德·霍加特:《当代文化研究:文学与社会研究的一种途径》,见《当代西方艺术文化学》,周宪等译,北京大学出版社1988年版,第34页。

韵、平仄、对仗和用典等,再进一步深入到情景的描写或人物、情节的叙述。简要地说,"品质阅读"是对于文学作品的语言技巧的运用以及艺术素质高下的解析。如中国差不多历代都有描写"怨妇"的诗,我们这里且举一首六朝时期谢朓的《玉阶怨》来进行"品质阅读":

  夕殿下珠帘,流萤飞复息。长夜缝罗衣,相思此何极。

头一句点明了时间与环境,这个妇女因丈夫外出不归可能等了许多天。这"夕殿"是说黄昏时刻她仍在房间里抱着希望,但终于不见丈夫的身影,希望破灭了,所以"下珠帘"。这一个"下"字表现了她的无奈。此时周围的萤火虫飞着,随后飞走了,就像那灯火熄灭了。这里有动有静,暗示出这个思妇内心感情的起伏。但这样就不想了吗?没有。"长夜"漫漫,思妇忍不住还是思念,她把思念之情似乎一针又一针地缝进为她的丈夫所做的罗衣里去了。实际上这个时候她的思念达到极点。这自然是一首好诗。它把思妇之情感烘托得很具体。但是最后一句"相思此何极"虽然是点题,但失之于直露。所以这首诗的"品质"还未达到最高远的地步。让我们再来看李白的《玉阶怨》:

  玉阶生白露,夜久侵罗袜。却下水精帘,玲珑望秋月。

按中国古代的以含蓄为美的审美标准,李白这首诗纯用形象说话,其中包括了"玉阶""白露""水精帘""秋月"等色调一致的形象,加上"生"(表现时间过程)、"侵"(表现人物的感觉)、"下"(表现人物的动作)、"望"(表现人物的感情)等几个动词的配合,就把怨妇的思念之情具体地传达出来了。始终没有用"思"与"怨"这样的字眼,说思却不用"思"字,说"怨"却不用"怨"字。这样,李白的诗虽然与谢朓的诗传达的同一旨意,但"品质"的高远更胜一筹。到此为止,我们的阅读还只是在诗的内部进行,没有超出诗的语言文字的内部,这就是所谓的"品质阅读"。不难理解,"品质阅读"只属于语言和审美的范围内。对于"文学—文化"阅读来说,仅有"品质阅读"还是不够的。我们的解读还必须从艺术文本走向社会文化。这就是"价值阅读"的事情了。

(二)"价值阅读"

  "价值阅读"则表示阅读者"试图尽可能敏锐和准确地描述出他在作品中所发现的价值"[1]。简要地说,"价值阅读"就是通过对作品的阅读和理解,发现作品的价值意义,尤其是其中的文化意义。发现文学所负载的文化意义,其基本途径就是要"价值阅读"。上面两首怨妇诗对于不了解中国古代民族文化的人,是不容易发现它们的特有的文化内涵的。在中国古代长期的封建社会中,妇女(包括贵族妇女)是没有地位的。儒家正统思想是所谓的"夫为妻纲",所谓"在家从父,出嫁从夫,夫死从子",特别是丈夫乃是妻子的依靠,能不能伺候好丈夫成为当时妇女价值是否实现的标准。丈夫外出不归,唯有苦苦思念才是妇女的美德的体现。但妇女又往往无法表达自己的情怀,所以思妇诗、怨妇诗常常成为

---

[1] 参见〔英〕理查德·霍加特:《当代文化研究:文学与社会研究的一种途径》,见《当代西方艺术文化学》,周宪等译,北京大学出版社1988年版,第35页。

"男子作闺音"的一种艺术形式。另有一层意思,封建社会的知识分子经常是怀才不遇的,自己怀着满腔的热情和一身的本事,却不被赏识,得不到重用。这样,妇女思念丈夫又成为他们自身希望效忠朝廷的一种寄托、象征和比喻。这也是中国古代文化所特有的现象。这就是说,思妇诗、怨妇诗有着双层的文化意义。

需要说明的是,"价值阅读"只是发现作品中的文化内涵,不是价值评判。就是说,通过"价值阅读"只是发现文化内涵的有或没有,如果有的话,具体又是有什么,不是评论其中的好与不好。

作为发现作品文化内涵的"价值阅读",常会给予习见的作品以新的解读。例如朱自清的散文《背影》,大家都是熟悉的。一般的分析认为这篇作品写出了父子之间深厚的感情。但季羡林的文化解读就很有新意,而且也符合中国历史的情况。他说:"要想真正理解这一篇文章的含义不能不从中华民族的文化、中华民族的历史谈起。"他认为中华民族的伦理道德重视处理人际关系的"和"的精神。"《背影》所表现的就是三纲之一的父子这一纲的真精神。中国一向主张父慈子孝。在社会上孝是一种美德……然而在西方呢?拿英文来说,根本就没有一个与汉文'孝'字相当的单词,要想翻译中国的'孝'字,必须绕一个弯子,译作 filial piety,直译就是'子女的虔诚'。你看啰唆不啰唆!"①季先生从文化视角的分析,挖掘出作品的文化蕴含,是很有意味的。

四、文学与其他文化形态的互动关系

人类的精神文化有多种多样的形态,其中主要的有语言、神话、宗教、艺术、科学和历史等。通过这多种多样的文化形态展现人性的各个"扇面"。文学作为一种文化形态与其他各种文化形态有着密切的互动关系。我们通过文学与其他文化形态的互动关系的论述,既可以了解文学作为一种文化形态与其他文化形态的联系,又可以在比较中凸显文学作为一种文化形态的特点。关于文学与其他文化形态的关系,可以做出许多研究,这里仅就文学与科学文化、文学与历史文化、文学与其他艺术文化的关系做扼要的说明。

(一) 文学与科学文化

文学(包括艺术)与科学文化(我们这里指的自然科学)是不同的:文学的中心问题首先是人的世界,人的感受、情感、愿望和理想;科学的中心问题则主要是自然世界,科学也研究人自身,但在科学中,尤其在自然科学中,人主要作为一种自然对象而进入科学的视野。文学和科学都要揭示世界的奥秘:文学要揭示的是人的心灵方面的奥秘、情感的奥秘,科学揭示的是自然方面的奥秘。文学偏重感性,科学偏重理性。文学与科学都追求真与美,但文学追求的真主要是人的情感的真,科学则追求客观世界规律的真。科学在必须选择时,它选择真而牺牲美,文学则在真与美二者中永不可做单一的选择,文学要求真、善、美的统一。

但是文学(包括艺术)与科学文化又有着密切联系和相互促进的关系。包括文学在

---

① 季羡林:《读朱自清"背影"》,《季羡林散文全编》第三集,中国广播电视出版社1999年版,第184—185页。

内的艺术文化与科学文化都是人类智慧的结晶,它们之间的关系是无法截然分割的。艺术文化可以增强人的人文素质,从而促进科学的发展,科学文化则增强人的科学素质,而给艺术文化以推动的力量。诺贝尔奖得主、著名科学家李政道在一次"科学与艺术研讨会"上曾介绍1950年代美国和苏联空间技术的竞赛,结果苏联于1957年11月把人类第一颗人造地球卫星送上天,美国自认为是20世纪科学技术第一大国,举国顿感耻辱,开始进行反省。10年后,一些教育家提出了这样的观点:美国的科学教育是先进的,但艺术教育落后。也即两国科技人员不同的艺术素养导致了美国空间技术的落后。俄国人说,他们仅仅贡献出一个列夫·托尔斯泰(1828—1910),19世纪的俄国人就无愧于世界,更何况他们还有普希金(1799—1837)、屠格涅夫(1818—1883)、陀思妥耶夫斯基(1821—1881)、契诃夫(1860—1904)等,此外还有那么多的画家和音乐家。李政道提出:"我想,现在大家可以相信科学和艺术是不可分割的。它们的关系是智慧和情感的二元性密切关联的。伟大艺术的美学鉴赏和伟大科学观念的理解都需要智慧,但是随后的感受升华和情感又是分不开的。没有情感的因素,我们的智慧能够开创新的道路吗?没有智慧,情感能够达到完美的境地吗?它们很可能是的确不可分的。如果是这样,艺术和科学事实上是一个硬币的两面。它们源于人类活动的最高部分,都追求着深刻性、普遍性、永恒和富有意义。"①

这就是说,艺术文化与科学文化虽然偏重于感性与理性之分,但都是人类智慧的结晶,它们在塑造人的素质这个根本点上是相通的。对于艺术文化来说,科学文化以它的理性智慧的知识性和深刻性塑造了文学家,进而促进了艺术文化的发展,科学技术的进步总是从某些方面启示艺术文化的开展。反之,包括文学在内的艺术文化以它的情感智慧,影响科学家的精神世界,给科学的发展带来感受力、情感力、想象力和创造力等,从而促进科学技术文化的发展。文学与科学永远是关联在一起的。文学与科学一样参与了开发世界的统一过程。文学与科学有着共同的根。人类既要科学真理,也珍惜艺术真理。文学与科学是难分高下的。科学为自然立法,文学艺术为人生立法;科学文化是自然之根,文学艺术是人生之根。在科学面前,文学艺术绝不是可有可无的东西。美国著名诗人惠特曼认为,诗、艺术"应当表现科学赋予人和宇宙的广袤、光彩和现实感……在诗的美中,有科学献的花束和最终的鼓掌"②。

(二) 文学与历史文化

文学(包括艺术)作为一种文化形态与历史文化的关系也值得重视。早在古希腊时期,亚里士多德就对文学与历史进行过比较,他说:"诗人的职责不在于描述已发生的事,而在于描述可能发生的事,即按照可然律或必然律可能发生的事。历史学家与诗人的差别不在于一用散文,一用'韵文'。希罗多德的著作可以改写为'韵文',但仍是一种历史,有没有韵律都是一样。两者的差别在于一叙述已发生的事,一描写可能发生的事。因此,

---

① 见《中国青年报》1999年6月10日《科学与艺术——一个硬币的两面》一文。
② 转引自赵毅衡《新批评》,中国社会科学出版社1986年版,第6页。

写诗这种活动比写历史更富于哲学意味,更被严肃地对待。因为诗所描述的事带有普遍性,历史则叙述个别的事。所谓'有普遍性的事'指某一种人,按照可然律或必然律,会说的话,会行的事,诗首先追求这目的,然后才给人物起名字。至于'个别的事'则是指亚尔西巴德所做的事或所遭遇的事。"①

在这里,亚里士多德贬低"历史",认为历史只是描写"个别的事",不能达到对事物的规律性的把握。他抬高"诗"的地位,认为诗才描写"普遍性的事",也才能有"哲学意味"。这种看法当然是片面性的。但他肯定文学可以达到对于事物的普遍的认识,具有哲学意味,这看法是经得起历史检验的。中国人对文学与历史的看法更全面一些。最古老的诗被称为《诗经》,最古老的历史《春秋》也被视同"经"。鲁迅称屈原的《离骚》"逸响伟辞,卓绝一世",同时又赞美司马迁的《史记》为"史家之绝唱,无韵之《离骚》"。不要在文学与历史两种文化形态中去分高下。

事实上,文学重虚构、重情感、重诗意,历史重真实、重事实、重理智。它们是两种不同的文化形态。这是应该加以区分的。所谓"文之与史,较然异辙"②。但是我们应该认识到,无论历史还是文学,都可以达到对事物的普遍性的揭示。就历史而言,辩证法表明:历史路径是螺旋形上升的,每一种社会形态(如历史人物、历史事件、历史行为等)都可能在低级阶段和高级阶段重复若干次,因而在不同的历史阶段上,常常会发生惊人相似的人物与事件,亦即"在高级阶段上重复低级阶段的某些特征、特性等等"(列宁语)。这种在不同历史阶段上出现的相似点,就是沟通历史和现实的桥梁,从而具有普遍性。就文学而言,并不因其虚构性而丧失真实性和普遍性。就文学所反映的现实生活层面说,它能深入到现实的底层,达到对现实生活的本质规律的揭示。马克思、恩格斯对狄更斯(1812—1870)、巴尔扎克(1799—1850)等现实主义艺术家的评价,认为他们的作品包含了某些真理性的东西,甚至超过了当时某些经济学家的研究水平,就是从这个意义上说的。列宁说"列夫·托尔斯泰是俄国革命的一面镜子",又说:"如果我们看到的是一位真正伟大的艺术家,那么他就一定会在自己的作品中至少反映出革命的某些本质方面。"③英国18世纪现实主义作家菲尔丁在评论塞万提斯的《堂·吉诃德》时,更把这种意义上的文学的普遍性揭示得淋漓尽致。他说:"难道记载著名的堂·吉诃德的业绩的书,比起甚至像玛利安那(文艺复兴时期西班牙神学家,著有《西班牙史》——引者)的著作,不是更合乎历史的称号么?玛利安那的历史局限于某一时期、某一国家,而《堂·吉诃德》则是一部世界通史,至少可以算是有法律、艺术、科学的文明世界的历史,而它的时代则包括从有文明起直至今天,不仅如此,还包括将来,直到文明消失的时候为止。"④

更全面一点说,历史中有文学,文学中有历史,文学与历史作为两种文化各有不同的

---

① 〔古希腊〕亚理斯多德:《诗学》,见《诗学·诗艺》,人民文学出版社1962年版,第28—29页。
② 刘知几:《史通·核才》。
③ 列宁:《列夫·托尔斯泰是俄国革命的镜子》,《列宁论文学与艺术》,人民文学出版社1983年版,第201页。
④ 〔英〕菲尔丁:《约瑟·安德鲁传》,见《欧美古典作家论现实主义和浪漫主义》(一),中国社会科学出版社1980年版,第240页。

个性和特点,但它们又是相通的。文学与历史不但是相通的,而且它们之间具有互动关系。历史为文学提供创作的题材,使文学开辟了一个重要的方面,文学与历史"联姻"后产生的历史剧、历史小说、历史故事等大大丰富了文学的世界。文学又反过来丰富历史,历史书中所缺少的细节和情感,都可以在文学中寻找到,所以人们把规模宏大的文学篇章称为"史诗"或"百科全书"。例如《红楼梦》对中国古代社会场景、等级制度、交往礼仪、风气习俗、人物心理、建筑工艺、饮食穿着等各种具体细微的真实描写,在一般的历史著作中是很少见的。这样,它的真实的活生生的细节描写,就成为历史的重要补充。

(三) 文学与其他艺术文化

在艺术文化中,有许多种类,文学、绘画、音乐就是其中最古老最重要的三种:绘画以线条、色彩描绘世界,作用于人的视觉,是视觉艺术;音乐以声音、韵调抒发人的情感,作用于人的听觉,是听觉艺术;文学以语言描写世界,作用于人的感情和想象,是语言艺术。这几种艺术的区别,早就成为一个文艺理论的话题。最为著名的是 18 世纪德国学者莱辛的《拉奥孔或称论画与诗的界限》,他说:"我的结论是这样:既然绘画用来模仿的媒介符号和诗所用的确实完全不同,这就是说,绘画用空间中的形体和颜色而诗却用时间中发出的声音;既然符号无可争辩地应该和符号所代表的事物互相协调;那么,在空间中并列的符号就只宜于表现那些全体或部分本来也是在空间中并列的事物,而在时间中先后承续的符号也就只宜于表现那些全体或部分本来也是在时间中先后承续的事物。"① 莱辛的意思是绘画用的是自然的符号,所以它适合于表现在空间中并列的事物,适合于表现静态的事物,如若要表现动态的事物,就要选择最富于生发性的时刻;而诗用的是语言符号,所以适合于表现前后持续的事物,适合于表现动态的事物。这些意见揭示了各种艺术之间的区别,值得重视。

但是,文学、绘画、音乐等艺术文化又有共同性,这是人们很早就观察到了的。例如古希腊西蒙尼底斯(前 556—前 496)就说过:"画是无声诗,诗是有声画。"中国宋代的苏轼也说过:"味摩诘(王维)之诗,诗中有画。观摩诘之画,画中有诗。"(苏轼:《东坡题跋·书摩诘蓝田烟雨图》)他们的意思都在强调艺术文化的相通处。的确,无论文学,还是绘画、音乐,在追求诗意、描绘形象、传达情感和动人心魄这几点上是大体相似、相通的。因为有这种相似和相通,所以我们常常可以看见从一种艺术转化为另一种艺术的现象,如诗转化为画,画转化为诗,诗转化为音乐,音乐转化为诗。

更进一步看,各种艺术不但是相似相通的,又是互动的。一般地说,文学的特点是善于传达人的情意和思考,影响到绘画、音乐,可以使绘画与音乐获得深刻的思想;绘画的特点是善于描绘空间形象,作用于诗歌和音乐,可以使诗歌和音乐增强形象性;音乐的突出特点是它的节奏性,作用于诗歌与绘画,可以使诗歌和绘画增强节奏感。总之,各门艺术可以相互配合、阐发、影响和补充。我国最古老的诗歌总集《诗经》,既是诗,又是音乐,因为 305 篇诗都是可以合乐歌唱的,有的还配以"舞容"。汉代的乐府诗原是各地的民歌,六

---

① 〔德〕莱辛:《拉奥孔》,朱光潜译,人民文学出版社 1982 年版,第 82 页。

朝时期的文论家刘勰论到"乐府"诗时候说:"诗为乐心,声为乐体。"(刘勰:《文心雕龙·乐府》)意思是诗是音乐的心灵,声调是音乐的体式,诗与音乐相互为用。诗与画的互动关系集中体现在它们可以相互转化,诗可以转化为画,画也可以转化为诗。例如中国艺术历来讲究"诗情画意",诗情可以转化为画意,画意也可以转化为诗情。如宋代画院考试时就曾以"野水无人渡,孤舟尽日闲""踏花归去马蹄香"等诗句为题,要求考生在绘画的二维空间画出时间。但这些都没有难倒考生,如有一考生画"踏花归去马蹄香",以夕阳和野花为背景,画一书生骑马缓缓走来,几只蝴蝶围着马蹄飞舞。这就把"归来"的动态,和属于嗅觉的"香"都通过画面体现出来了。宋代画院之所以难不倒考生,是因为诗与画有着天然的联系。

第三节 文学是审美意识形态

如果我们把文学放置于"人性"的原野,那么文学是人类的一种文化形态。如果我们把文学放置于社会结构的范围,那么文学是社会结构中的一种审美意识形态。本节我们将着重论述文学作为社会意识形态的一般性质,进一步申说文学与人类的审美活动的关系,最后说明文学是审美意识形态之一种。

一、文学是一种社会意识形态

同以前的种种关于文学的观念不同,在马克思主义的历史唯物主义体系中,把包括文学的艺术界定为社会意识形态。马克思在《政治经济学批判·序言》中,在强调了"人们的社会存在决定了人们的意识"后说:"社会的物质生产力发展到一定阶段,便同它们一直在其中运动的现存生产关系或财产关系(这只是生产关系的法律用语)发生矛盾。于是这些关系便由生产力的发展形式变成生产力的桎梏。那时社会变革的时代就到来了。随着经济基础的变更,全部上层建筑也或慢或快地发生变革。在考察这些变革时,必须时刻把两者区别开来:一种是生产的经济条件方面所发生的物质的、可以用自然科学的精确性指明的变革,一种是人们借以意识到这个冲突并力求把它克服的那些法律的、政治的、宗教的、艺术的或哲学的,简言之,意识形态的形式。"[①]

在这段话中,强调了"物质"世界的变革,必然要引起精神世界也随之发生变革。在马克思看来,思想精神世界中的法律的、政治的、宗教的、艺术的、哲学的变革,都是"意识形态"的变革。很明显,马克思把艺术和艺术观念(其中包括文学和文学观念),都归入了"意识形态"。这段话中,"艺术的""意识形态""形式"在德文中都是复数,充分证明了在马克思看来,文学观念和文学作品都是社会意识形态的形式。自马克思建立人类社会结构的系统理论,并确定艺术(包括文学)在人类社会系统坐标中的位置,指出文学是社会的经济基础上的一种社会意识形态以后,文学与社会的关系才得到科学的深刻的阐释。

---

① 马克思:《政治经济学批判·序言》,《马克思恩格斯选集》第 2 卷,人民出版社 1995 年版,第 32—33 页。

(一) 文学源于社会生活

要弄清楚文学是一种社会意识形态,首先就要弄清楚作为社会意识形态的文学是从哪里来的问题,即文学的源泉的问题。对于这个问题无论古代的中国还是西方都有过朴素唯物主义的回答。大约成书于战国末年或西汉初年的《礼记·乐记》说:"凡音之起,由人心生也。人心之动,物使之然也。感于物而动,故形于声;声相应,故生变;变成方,谓之音;比音而乐之,及干戚羽旄,谓之乐。"这里的"乐"不等于我们今天的音乐,而是诗歌、音乐、舞蹈结合体的统称。显然,在《乐记》的作者看来,乐的产生是客观外界("物")作用于人心的结果,其本源在于客观存在的事物。由于外物的刺激,人心产生感动,由于感动而发出不同的声音,各种声音的相互应和、变化,加之身体的动作,这就产生了诗歌、音乐和舞蹈三位一体的艺术。这样,《乐记》就给我们描画了一个艺术产生过程的图式:物→心→乐。这个图式显然含有朴素的反映论思想。其后刘勰的《文心雕龙·明诗》说:"人禀七情,应物斯感,感物吟志,莫非自然。"钟嵘在《诗品》中说:"气之动物,物之感人。故摇荡性情,形诸舞咏。"把《乐记》的思想推进了一步,提出了"物感论"。这种"物感论"强调人的性情在"物"的作用下"感悟""摇荡",然后形成艺术的心理机制。要指出的是,仅仅强调"物"是源泉的观点是不够的,因为这种观点没有触及社会中各种复杂关系。

马克思主义用反映论来解答文学的源泉问题。马克思、恩格斯根据"人们的社会存在决定人们的意识"①的基本观点指出:"意识一开始就是社会的产物,而且只要人们还存在着,它就仍然是这种产物。"②这就是说,包含复杂社会关系的社会生活是客观的真实存在,而意识形态是它在人的头脑中的反射和回声。这一看似简单实则十分深刻的基本原理为解决文学的源泉问题奠定了可靠的理论基础。毛泽东正是在这一理论的基础上,考察了文学与社会生活的关系,然后鲜明地提出:"一切种类的文学艺术的源泉究竟是从何而来的呢?作为观念形态的文艺作品,都是一定的社会生活在人类头脑中的反映的产物。革命的文艺,则是人民生活在革命作家头脑中的反映的产物。人民生活中本来存在着文学艺术原料的矿藏,这是自然形态的东西,是粗糙的东西,但也是最生动、最丰富、最基本的东西。在这一点上说,它们使一切文学艺术相形见绌,它们是一切文学艺术取之不尽、用之不竭的唯一的源泉。这是唯一的源泉,因为只能有这样的源泉,此外不能有第二个源泉。"③毛泽东对文学艺术源泉的论述至今仍然是正确的。在这里,特别引起我们注意的是,为什么他把社会生活看成是文学艺术的唯一的源泉?对此,我们应该有这样的认识:

第一,之所以说社会生活是文学艺术的唯一源泉,这是因为文学作品中的一切因素都来自社会生活,文学的题材、主题、情景、人物、情节、结构、语言和技巧等都来自生活或生活的赐予、暗示和启发,写实的与虚构的、曲折的与直线的、离奇的与平淡的、抒情的与非抒情的、崇高的与渺小的、悲的与喜的、幽默的与滑稽的、模糊的与鲜明的、豪放的与婉约的、严谨的与松散的……统统来自社会生活的赐予、暗示和启发。

---

① 马克思:《政治经济学批判·序言》,《马克思恩格斯选集》第2卷,第82页。
② 马克思、恩格斯:《德意志意识形态》,《马克思恩格斯选集》第1卷,第35页。
③ 毛泽东:《在延安文艺座谈会上的讲话》,《毛泽东选集》第3卷,人民出版社1991年版,第860页。

第二,我们所面对的社会生活,不是单纯的自然物,而是社会物,这里包含了时代、民族、社会形态、阶级、集团以及法律、宗教、道德、伦理、政治、文化传统等复杂关系。这样,文学之反映不可能仅仅是对于单纯自然物的反映,而往往是一种带有意识形态性的反映。

(二) 文学改造社会生活

既然社会生活是文学艺术的源泉,那么文学艺术就是对社会生活的反映。当然这里必须强调的是,文学是社会生活的反映,但文学不等于社会生活本身。社会生活必须经过作家头脑的能动的观察、反映、体验、研究、感悟、加工、提炼和描写,一句话,经过艺术的改造,才能转化为文学。在这个过程中,文学创作者的主观精神世界起着巨大的作用。我们绝不可把文学对生活的反映视为机械的复制和刻板的摹写,必须承认作家主观世界对生活的能动改造。辩证唯物主义和机械唯物主义的根本分歧就在于承认不承认文学是对生活的加工和改造。马克思在《关于费尔巴哈的提纲》中说:"从前的一切唯物主义——包括费尔巴哈的唯物主义主要的缺点是:对事物、现实、感性,只是从客体的或直观的形式去理解,而不是把它们当做人的感性活动去理解,不是从主观方面去理解。"[1]

马克思这里谈的是哲学,他认为我们对事物的理解,既要从客观的方面去理解,同时又要从人的主观方面去理解。因为事物一旦成为人的认识对象,就不能与人的主观无关。这个思想对于我们理解"文学反映生活"是十分重要的。就是说,文学对社会生活的反映不是消极的被动的摹写,而是积极的能动的感悟。文学创作也是人的一种生产实践,人的生产实践是人的本质的展开。马克思早就说过:"动物只是依照它所属的物种的尺度和需要来进行塑造,而人则懂得按照任何物种的尺度来进行生产,并且随时随地都能用内在的尺度来衡量对象,所以人也按照美的规律来塑造。"[2]在这里,马克思把人的主观能动性,即人能按照自觉的动机、需要和美的规律进行生产(其中包括艺术的生产),作为人区别于动物的基本标志。为什么人会有这种自觉的能动性呢?这是因为人类的头脑是一种高度严密复杂的物质体系,它是在长期的社会实践中发展和完善起来的,是几千年人类文明积淀的结果。所以,作为人脑的机能,在反映认识世界时,就不会简单地机械地摹写世界。人脑以它的机能积极地介入世界、改造世界。

在文学创作中,作家的"心"与外在的"物"是互动的。这一点,六朝时期的刘勰早就有过十分精辟的论述,他说:"是以诗人感物,联类不穷。流连万象之际,沉吟视听之区;写气图貌,既随物以宛转;属采附声,亦与心而徘徊。"[3]这意思是,诗人对外物的感受,所引起的联想与类比是无穷无尽的;流连玩赏于万种景象之中,吟味体察于各种看到和听到的事物之间。描写事物的神情和外貌,要随着景物曲折回旋,运用辞藻和音调则要联系自己的心情反复斟酌。刘勰在这里提出的"心物交融说",对于作家如何来感受和描写生活,有重要的意义。王元化先生在解释刘勰此说时指出:"'与心徘徊'显然是与'随物宛转'相对而提出来的。'物'可解释做客体,指自然对象而言。'心'可解释做主体,指作家的

---

[1] 《马克思恩格斯选集》第1卷,第91页。
[2] 马克思:《1844年经济学哲学手稿》,第50—51页。
[3] 刘勰:《文心雕龙·物色》。

思想活动而言。'随物宛转'是以物为主,以心服从于物。换言之,亦即以作为客体的自然对象为主,而以作为主体的作家思想活动服从于客体。相反的,'与心徘徊'却是以心为主,用心去驾驭物。换言之,亦即以作为主体的作家思想活动为主,而用主体去锻炼、去改造、去征服作为客体的自然对象。"①

这种解释是符合刘勰的本义的,并深刻说明了作家在反映生活时,一方面是主体受客体制约,另一方面则是客体也受主体的驾驭,这里"制约"与"驾驭"是相反相成的。19世纪德国古典作家歌德对文学与生活的关系也有辩证的理解,他说:"艺术家对于自然有着双重的关系:他既是自然的主宰,又是自然的奴隶。他是自然的奴隶,因为他必须用人世间的材料来进行工作,才能使人理解;同时他又是自然的主宰,因为他使这种人世间的材料服从他的较高的意旨,并且为这较高的意旨服务。艺术要通过一种完整体向世界说话。但这完整体不是他在自然中所能找到的,而是他自己心智的果实,或者说,是一种丰产的神圣的精神灌注生气的结果。"②

在歌德的论述中,批判了当时德国流行的两种错误的思想倾向,一种是单纯地"追求理性"而不顾现实的倾向,一种是所谓"妙肖自然"而不顾主体的倾向,清楚地表明作家反映生活又以主观锻炼生活的辩证态度,即作家对现实的反映,是一种融合着自己生命的感悟的、能动的、创造性的反映。

值得特别指出的是,关于作家反映生活具有能动性的观点,还得到现代心理学的有力支持。从心理学的观点看,人对现实的认识、反映和把握总是主客观的统一:一方面它是客观的,因为反映是受外界事物所制约的,是外界事物的映象;另一方面它又是主观的,因为对外部事物的反映是由人这个主体来进行的,总是受他所累积的全部个人经验和全部个性心理特征制约的。实际上,人们在把握对象时就是创造那个对象,已不完全是客观对象本身,它已是经过心理过滤的对象。按近代完形心理学派的观点,经验世界与物理世界是不一样的。物理世界被称为"物理境",它是事物的纯然的客观存在。经验世界称为"心理场",它是事物在人的心目中的存在。"物理境"与"心理场"之间并不存在一一对应关系。同一对象,作为"物理境"是一种纯客观的恒定的存在,它一般是可以计量的。例如,1小时就是60分钟,无所谓长与短,这是"物理境"。在烈日下干很重的体力活,你会觉得它太长了,但在凉风习习的树荫下谈情说爱,你就会觉得它太短了,这是"心理场"。"母亲珍视的老式椅子在她的时髦女婿看来可能是一堆破烂。或者想一想那些政治信仰敌对的人在斗争白热化时倾听一位政治家的演说会有多么显著不同的反应。"③由此可见,从心理学观点看,把握即是创造。对作家来说,尤其如此。

我们说文学是一种意识形态,就是说社会生活本来就充满各种复杂的社会关系,经过作家的艺术改造,渗透进作家的带有价值取向的评判,这样就不能不变为一种意识形态。但特别要指出的是,关于文学的意识形态性,在不同的时间和空间中,其意识形态的强弱、

---

① 王元化:《文心雕龙创作论》,上海古籍出版社1979年版,第74页。
② 〔德〕爱克曼辑:《歌德谈话录》,朱光潜译,人民文学出版社1980年版,第137页。
③ 〔美〕J.P.查普林、T.S.克拉威尔:《心理学的体系和理论》上册,林方译,商务印书馆1983年版,第186页。

隐现,都可能是千变万化的,要做出具体的历史的分析,绝不可一概而论。如某些娱乐、休闲的作品,或描写山水花鸟的作品等,其中可能不具有鲜明的意识形态性,不可牵强附会硬贴标签。

二、文学是人的一种审美活动

社会是人的活动的舞台。人在社会中有各种活动,其中比较重要的有生产活动、政治活动、科学活动、伦理活动、宗教活动和审美活动等。马克思说:"人也按照美的规律来塑造。"人的一切活动中都含有审美的因素,但只有文学艺术活动才把"审美"作为基本的功能。文学艺术是审美的高级形态,审美在文学艺术中的实现反映了文学艺术的特征。

那什么是审美呢?审美活动的实现需要哪些条件呢?文学活动中的审美又有何特点?这是要着重探讨的。

(一) 审美的含义及其实现的条件

审美是心理处于活跃状态的主体,在一定的中介作用条件下,对于客体的美的观照、感悟、判断。换言之,审美是对事物的情感评价。我们感觉到花很美,是我们的视觉对于花这一对象的评价;我们感觉某首乐曲很好听,是我们的听觉对这一乐曲的评价;我们感到某部小说很动人,这是我们的心灵对这一小说的评价。这些都是情感的评价。审美活动的实现过程是创造的过程。审美是瞬间实现的,它的微妙性是难于分析的。这里为了帮助大家了解审美的实质,不得不进行层面的分析。大体说来,审美的实现是如下三个层面的协同合作:

1. 主体心理层

审美的"审",即观照——感悟——判断,是作为主体的人的信息的接受、储存与加工。即以主体的心理器官去审察、感悟、领悟、判断周围现实的事物或文学所呈现的事物。在这观照——感悟——判断过程中,人作为主体的一切心理机制,包括注意、感知、回忆、表象、联想、情感、想象、理解等都处在高度活跃的状态。这样被"审"的对象,包括人、事、景、物以及它们的表现形式,才能作为一个整体,化为主体的可体验的对象。而且主体的心灵在这瞬间要处在不涉旁骛的无障碍的自由的状态,真正的心理体验才可能实现。主体的动作是审美的动力。主体如果没有"审"的愿望、要求和必要的能力,以及主体心理功能的活跃,审美是不能实现的。例如,我们欣赏唐代柳宗元的《江雪》:

  千山鸟飞绝,万径人踪灭。孤舟蓑笠翁,独钓寒江雪。

我们先要有欣赏它的愿望、要求,进一步要全身心投入,把我们的感觉、感情、想象、记忆、联想、理解等都调动起来,专注于这首诗歌所提供的画面与诗意,我们才能进入《江雪》所吟咏的那种与天地融为一体却又孤寂的诗的世界。

当然,就主体层面说,美的呈现与主体的审美能力有密切关系。欣赏音乐要有音乐的耳朵,如果没有音乐的耳朵,再美的音乐也对他没有意义。同样的道理,欣赏绘画要有绘画的眼睛。主体的审美能力也是审美的条件之一。

2. 客观对象层

审美的"美"是指现实事物或文艺作品中所呈现的事物,这是"审"的对象。对象很复杂,不但有美,而且有丑,还有崇高、卑下、悲、喜,等等。因此,审美既包括审美(美丽的美),也包括"审丑""审崇高""审卑下""审悲""审喜"等,这些可以统称为"审美"。当"审"现实和文学艺术中的这一切时,就会引起人的心理的回响性的感动。审美,引起美感;审丑引起厌恶感;审崇高,引起赞叹感;审卑下,引起蔑视感;审悲,引起怜悯感;审喜,引起幽默感等。尽管美感、厌恶感、赞叹感、蔑视感、怜悯感、幽默感等这些感受是很不相同的,但它们仍然属于同一类型。这就是说,我们热爱美、厌恶丑、赞叹崇高、蔑视卑下、怜悯悲、嘲笑喜的时候,我们都是以情感(广义的,包括感知、想象、感情、理解等)评价事物。客体的"美"是信息源,是审美的对象。没有审美对象,审美活动是不能实现的。例如我们欣赏柳宗元的《江雪》,必须有这首诗歌的文字的形迹、语言的声音、节奏的快慢、声律的特点以及这些因素的复合所构成的意境,我们才有可能面对可欣赏的客体。如前面两句的"绝"与"灭"这两个字,恰好衬托了后面两句中的"孤舟"和"寒江";"千山""万径"与"蓑笠翁"的对比,描写出一种万籁俱寂、一尘不染的雪天气氛。全诗押入声韵,则更给人增加了孤寂之感。没有这些文字、声音、形象、氛围等所构成的整体意境,我们对这首诗歌的欣赏就不可能。从这个意义上说,文学审美活动的第二个层面是客体对象层。

3. 中介层

主体与客体之间如何才能建立起有效的联系,从而使审美活动得以实现呢?这还有赖于主体与客体的中介。没有中介层面,审美活动也是无法实现的。

(1)特定的心理时空和心境

审美作为一种活动必须有特定的心理时空的关系组合。在审美活动中,孤立的事物若与主体各个方面的条件缺乏契合,那是无所谓美或不美的。马克思早就说过:"忧心忡忡的穷人甚至对最美的景色都无动于衷;贩卖矿物的商人只看到矿物的商业价值,而看不到矿物的美和特性。"①

马克思的话对我们是一个重要的提示:美不是无条件的。在不同的时间、不同的空间,对不同的人,这是不一样的。如果有人问,暴风雨美不美?那是无法回答的。你还必须问:这对谁?在怎样的时间、空间和心境中?如果你是一个农民,正在挑柴,那么每当暴风雨来临,不论你正在山上砍柴,还是挑着柴走在山路上,这对你来说都是灾难,你绝对不会在这个时候认为暴风雨是美的。但是如果你是一个诗人,此时安全又悠闲地在高楼上,缺少刺激,突然听见雷电的轰鸣,随后是那排山倒海般的风雨,你觉得那风那雨像刘邦的《大风歌》一样壮阔雄伟。还有我们在电影、电视中多次看见伴随着暴风雨战士出征的画面,显得特别的悲壮。暴风雨只有在特定的时间、空间和心境中,才可能是美的。孤立的暴风雨无所谓美不美。

---

① 马克思:《1844年经济学哲学手稿》,第79—80页。

(2) 历史文化的积累

审美活动的实现还必须有赖于主体的历史文化知识条件。因为审美活动不但是瞬间的存在,它的每一次实现都必然渗透人类的民族的历史文化传统,或者说历史文化传统又渗透、积淀到每一次审美活动中。人们总是感觉到审美活动让我们想起了似曾相识的东西。所谓"所见出于所知",人的审美活动往往是审美者历史文化"前见"的投射。因为美往往是历史文化凝结而成的。例如我们欣赏柳宗元的《江雪》,就会想起在中国漫长的封建主义的严酷统治下,许多知识分子怀才不遇,就是当了官员也常因不合最高统治者的要求而被罢免,或不屑于与统治者同流合污而自动离去,不得不过所谓的"穷则独善其身"的日子。进一步我们还会想到中国历史上道家的生活理想,在纷乱现实中追求"逍遥游"的生活,等等。如果我们对历史上这种情况了解得越多,我们就会对在寒江上的"蓑笠翁"的孤寂心理有越深刻的理解,那么我们就越能欣赏这首诗。从这个意义上说,审美主体的历史文化的积累往往成为一种中介。

审美活动的过程是多层面协同的过程,是创造的过程。也可以说,审美活动的根本精神是人的心理器官的全部畅通,是人的内在丰富性的全部展开,是人本质力量的对象化。在审美的瞬间,人们暂时摆脱了周围熙熙攘攘的现实,摆脱了一切功利欲念,最终实现精神超越和净化。

(二) 文学审美活动的特点

审美活动是到处都存在的。人们的衣食住行中都存在审美,人的活动中无处不存在审美。而各种艺术活动中的审美是审美活动的高级形态。那么作为艺术之一种的文学,与其他艺术中的审美活动相比又有什么特点呢?

1. 文学审美活动具有广阔的包容性

文学是语言艺术。语言有巨大的功能,词语可以与世界上一切事物发生广阔的联系。世界上一切人物、事件、场景、色彩、声音、气味、感觉、知觉、想象、情感、心态……无一不可以用词语符号表示出来,并间接地刺激人的感官。高尔基说过:"民间有一个最聪明的谜语确定了语言的意义,谜语说:'不是蜜,但可以粘一切东西。'因此可以肯定说:世界上没有一件东西是叫不出名字来的。语言是一切事实和思想的外衣。"[1]只要作家创作需要,那么大至无边的宇宙,小至一个人一刹那的细微的心理变化,都可以用词语加以描写、表现。凭借语言符号来把握世界的文学,其描写具有无比的广阔性和丰富性。黑格尔说:"语言的艺术在内容上和表现形式上比起其他艺术都远为广阔,每一种内容、一切精神事物和自然事物、事件、行动、情节,内在的和外在的情况,都可以纳入诗,由诗加以形象化。"[2]

黑格尔在对比中凸显出文学作为语言艺术的特征,这是符合实际的。例如大家都熟悉的《红楼梦》描写生活的广阔程度是任何其他艺术都无法达到的,人们称它为封建社会

---

[1] 〔苏联〕高尔基:《和青年作家谈话》,《论文学》,孟昌、曹葆华、戈宝权译,人民文学出版社1983年版,第332页。

[2] 〔德〕黑格尔:《美学》第3卷上册,朱光潜译,商务印书馆1979年版,第13页。

的百科全书,称它为全景小说,是毫不夸张的。护花主人评《红楼梦》时,曾写下这样一段文字:"一部书中,翰墨则诗词歌赋,制艺尺牍,爱书戏曲,以及对联匾额,酒令灯谜,说书笑话,无所不精。技艺则琴棋书画,医卜星相,及匠作构造,栽种花果,蓄养禽鸟,针黹烹调,巨细无遗。人物则方正阴邪,贞淫顽善,节烈豪侠,刚强懦弱,及前代女将,外洋诗人,仙佛鬼怪,尼僧女道,娼妓优伶,黠奴豪仆,盗贼邪魔,醉汉无赖,色色皆有。事迹则繁华筵宴,奢纵宣淫,操守贪廉,宫闱仪制,庆吊盛衰,判狱靖寇,以及讽经设坛,贸易钻营,事事皆全。甚至寿终夭折,暴亡病故,丹戕药误,及自刎被杀,投河跳井,悬梁受逼,并吞金服毒,撞阶脱精等事,亦件件俱有。可谓包罗万象,囊括无遗。"①

像《红楼梦》这种百科全书式的巨著,其反映生活的丰富广阔,不要说绘画、雕刻、音乐、舞蹈等特别受时间空间限制的艺术难于表现,就是百集电视连续剧也无法再现。不但文学描写生活的广度是别的艺术无法相比的,而且文学描写的细致入微、深入曲折的程度也是其他艺术无法相比的。例如王蒙的意识流小说《春之声》,写主人公岳之峰从国外回来之后坐闷罐子车回阔别多年的故乡过春节的内心感受。故事十分简单,可对主人公心态描写的细致、深入、微妙是惊人的。王蒙在解释自己这篇小说时曾说:"我打破常规,通过主人公的联想,突破时间和空间的限制,把笔触伸向过去和现在,外国和中国,城市和乡村,满天开花,放射性线条,一方面是尽情联想,闪电般的变化,互相切入,无边无际,一方面却是万变不离其宗,放出去的又都能收回来,所有的射线都有一个端头,那就是坐在八〇年春节前夕里的闷罐子车里的我们的主人公的心灵。"②《红楼梦》之所以能把生活展现得如此丰富宽阔,《春之声》之所以能把生活描写得如此细致入微,这不能不归功于语言的神力。文学如果不是借助语言,就不可能如此宽广如此细致地反映生活。

文学的这一特点充分地反映现在文学审美活动上面。审美活动不是封闭的,而是开放的。审美可以融化生活的一切内容,所以文学的审美最为辽阔丰富。文学的审美对象中有美,也有丑、有悲、有喜、有崇高、有卑下。就是说在文学的审美活动中,人们可以以自己的情感或拥抱或排斥或喜爱或憎恨一切,生活里的一切都可以当作审美观照的对象。文学审美活动所具有的包容性,是别的艺术不可能达到的。

2. 文学审美活动具有思想的深刻性

文学作为语言艺术,它所蕴含的思想往往比其他艺术更深刻。因为词语并非物质性材料,具有实质性内容的词义是一种精神性表象,这样,"语言在唤起一种具体图景时,并非用感官去感知一种眼前外在事物,而永远是在心领神会"③。人们的这种心领神会直接趋向认知、思考,便于对生活进行理性的、深入的把握。所以,我们不能不说文学是所有艺术中最富思想性的艺术,甚至可以直接称为思想的艺术。一幅画,让我们看到一些构图、色彩;一首乐曲,让我们听到一连串声音;一段舞,让我们看到一些人体的姿态、动作……这些都可以给我们的情绪以感染,也能给我们一些思想的启迪。但文学则除了给我们情

---

① 引文见《中国小说历代序跋选注》,长江出版社1982年版,第229页。
② 引文见《小说选刊》1980年第1期。
③ 〔德〕黑格尔:《美学》第3卷下册,朱光潜译,商务印书馆1981年版,第6页。

绪的感染之外,还能给我们以大量的、强烈的、深刻的、理性的认识。马克思在谈到英国批判现实主义作家时说:"现代英国的一批杰出的小说家,他们在自己的卓越的、描写生动的书籍中向世界揭示的政治和社会的真理,比一切职业政客、政论家和道德家加在一起所揭示的还多。"①恩格斯在谈到巴尔扎克时也说:"他在《人间喜剧》里给我们提供了一部法国'社会'特别是巴黎'上流社会'的卓越的现实主义历史,他用编年史的方式几乎逐年地把上升的资产阶级在 1816 年到 1848 年这一时期对贵族社会的日甚一日的冲击描写出来……他汇集了法国社会的全部历史,我从这里,甚至在经济细节方面(如革命以后动产和不动产的重新分配)所学到的东西,也要比从当时所有职业的历史学家、经济学家和统计学家那里学到的全部东西还多。"②我们认为马克思、恩格斯这两段话,不仅是在充分肯定英国和法国一批批判现实主义作家作品的认识价值,而且也说明了文学作为一种语言艺术,其思想认识的深刻性特点是其他艺术无法相比的。为什么巴尔扎克敢于宣称自己要做"法国社会的书记",就因为他手里拿的笔不是画笔,而是能够源源不断地写出语言文字的笔。

作为语言艺术的文学比其他艺术更能蕴含深刻的思想性,突出地表现在语言最为凝练的诗里。诗最能达到"言有尽而意无穷"的境界,最具有哲学的深度。如"路漫漫其修远兮,吾将上下而求索"(屈原)、"此中有真意,欲辨已忘言"(陶渊明)、"江流天地外,山色有无中"(王维)……这些诗句都有鲜明的形象,可形象背后却蕴含着深刻的哲学意味。

文学所蕴含的思想的深刻性在文学审美活动中同样得到充分的体现。文学审美活动的一个特点,是人的感性和理性都充分活跃起来。因为人面对的文学是一个言——象——意的结构,在审美活动中就不会停留在对作品表面的语言阅读和形象的感受上面,而必然深入到"意"这个层面。换句话说,文学的审美必然要深入到文学的最深层的内容中。例如在文学审美活动中必然要追问这句话这个形象有何意味,这个悲剧是怎样酿成的,那个卑下的人物与社会的关系等。正是这种审美追问和随后的审美判断使思想的深刻性得到充分的体现。

三、文学的审美意识形态性

上面我们分别说明了文学是一种意识形态,文学是人类的一种审美活动。实际上,人类的审美意识在一定条件下就要转变为审美意识形态。文学是人类的审美意识形态之一。这里我们将简要地说明审美意识形态的历史生成和理论概括,以及文学的审美意识形态的丰富含义。

(一) 审美意识形态的生成和理论概括

审美意识形态是怎样生成的呢? 审美意识形态首先有一个历史生成的问题,然后才是对审美意识形态的理论概括。简要地说,在人类历史刚刚开篇的时候,当时的人类意识

---

① 马克思:《英国资产阶级》(1854),《马克思恩格斯全集》第 10 卷,人民出版社 1957 年版,第 686 页。
② 恩格斯:《致玛·哈克奈斯》,《马克思恩格斯选集》第 4 卷,人民出版社 1972 年版,第 462—463 页。

是混沌一片的,只是随着社会实践的发展和人类劳动分工的形成,人类的审美意识才从混沌一片的意识中剥离出来,开始有了相对独立的审美意识。我们可以从远古的许多岩画中考察这一剥离的过程。人类审美意识的产生,才使人在劳动中能够"按照美的规律塑造"(马克思)。但是,随着社会的进一步发展,出现了奴隶社会的阶级对立,各种复杂的社会关系发展起来了,政治的、哲学的、道德的、伦理的、法律的等意识也发展起来,并与审美意识发生联系,在这种情况下,社会的、种族的、阶级的、地域的、政治的价值取向,不能不渗透进审美意识之中,于是审美意识的相对独立性被拆解,或者说审美意识具有了价值倾向的意识,这就形成审美意识形态。在中国古代的《诗经》各类作品中,不但像《硕鼠》《伐檀》这类作品作为审美意识形态而出现,就是描写其他生活的作品,由于折射了各种复杂的社会关系,如人与人之间的礼仪关系之类,而成为审美意识形态。

马克思在1859年的重要著作《政治经济学批判·序言》中,就是根据历史事实,提出了基于社会经济基础上的法律的、政治的、宗教的、艺术的、哲学的意识形态。其中艺术的意识形态的提法,可以理解为审美意识形态的雏形。审美意识形态的概念最早见于俄国革命的文艺理论家沃罗夫斯基1910年《马克西姆·高尔基》一文中。1984年中国文学理论家钱中文在《文学理论:观念与方法》一文力图寻找文学艺术与政治之间的平衡点,提出了文学的"审美的意识形态"的理论。后来他在《文学发展论》等著作中又有详细的阐释。应该说,在马克思主义引导下,后来的理论家对于审美意识形态理论的概括,都是基于上面所述的事实。在我们看来,并不存在抽象的意识形态,意识形态只有在各种具体的表现中——作为哲学意识形态、政治意识形态、法律意识形态、道德意识形态、审美意识形态——才会现实地存在。换句话说,这些意识形态都是具体的,而非抽象的。因此文学艺术作为审美意识形态,是意识形态中一个具体的种类,它与其他意识形态是有联系的,可它们的地位是平等的。在这里不存在简单的谁为谁服务的问题。文学当然往往具有政治性,与政治意识形态有联系,但像过去那样把文学等同于政治、说文学必须为政治服务、把文学看成是政治的附庸是不对的,是不符合马克思主义的理论精神的。

(二)文学审美意识形态的内涵

文学具有意识形态性,又具有审美特性,当意识形态性与审美特性有机结合在一起,就不再是两者简单的相加,而变成为文学的"审美意识形态"独立系统。文学的审美意识形态本身不是简单的,既非单一的意识形态的表现,也非单纯的审美,它是复杂的、丰富的,它的具体内涵可以从下面几点加以说明:

1. 从性质上看,有集团倾向性又有人类共通性

文学作为审美意识形态,的确表现出集团的、群体的倾向性,这是毋庸讳言的。这里所说的集团、群体,包括了阶级但又不只是阶级。例如,工人、农民、商人、官吏、知识分子等,都是社会的不同集团与群体。不同集团、群体的作家由于所处的地位不同,代表着不同的利益,这样他们必然会把各自的意识渗透到文学的审美描写中,从而表现出不同集团、群体的意识和思想感情的倾向性。例如,《诗经》里的《伐檀》《硕鼠》等篇描写奴隶与奴隶主的关系,作者显然是站在奴隶的立场上对奴隶主表示愤恨和抗议,作品的阶级性是

十分明显的。又如在商业社会,老板与雇工的地位不同,他们之间也各有自己的利益,作家若是描写他们的生活和关系,那么作家的意识自然也会有一个倾向于谁的问题,如果在文学描写中表现出来,自然也就会有集团或群体的倾向性。

但是,无论属于哪个集团和群体的作家,其思想感情也不会总是被束缚在集团或群体的倾向上面。作家也是人,必然也会有人与人之间相通的人性,必然会有人人都有的生命意识,必然会关注人类共同的生存问题。如果体现在文学的审美描写中,那就必然会表现出人类普遍的、共通的情感和愿望,从而超越一定的集团或群体的倾向性。例如描写人与自然之情、男女之情、父子之情的作品,往往表现出人类普遍的感情。大量的描写山水花鸟的作品,也往往表现出人类对大自然的热爱的普遍之情。

这里要特别指出的是,在一部作品的审美描写中,往往既含有某个集团和群体的意识,同时又渗透了人类共通的意识。就是说,某个集团或群体的意识与人类的共通的意识并不总是不相容的。特别是下层人民的意识,常常与人类的普遍意识相通。下层人民的善良、美好的情感常常是人类共同的情感的表现。例如下面这首《菩萨蛮》:

枕前发尽千般愿,要休且待青山烂,水面秤锤浮,直待黄河彻底枯。白日参辰现,北斗回南面。休即未能休,且待三更见日头。

这是下层人民的歌谣,但那种表达恋人对爱情的忠贞感情,则属于全人类的共同美好感情。正是从这个意义上,我们说集团倾向性和人类共通性的统一,是文学审美意识形态的重要表现。

2. 从主体特征看,是认识又是情感

文学是社会生活的反映,无疑包含了对社会的认识。这就决定了文学有认识的因素。认识有感性认识和理性认识,文学中的认识是感性认识与理性认识的结合,更多的情况下是理性认识渗透到感性认识中。完全没有认识因素的作品是极少见的。即使那些自称是"反理性"的作品,也包含了对现实的认识,只是其认识可能是虚幻的、谬误的而已。当然有的作品的认识表现为对现实的批判解析,如西方批判现实主义作品,就表现为对资本主义世界的种种不合道义的弊端的评价与认识;有的作品则表现为对现实发展的预测和期待,许多浪漫主义的作品都是如此。有的作品看似十分客观、冷静、精确,作者似乎完全不表达对现实的看法,其实不然。这些作品不过是"冷眼深情",或者用鲁迅的话说"热到发冷的热情",不包含对现实的认识是不可能的。但是,我们说文学的反映包含了认识,却又不能等同于哲学认识论上或科学上的认识。文学的认识总是以情感评价的方式表现出来的,它与作家情感态度完全交融在一起。例如,我们说法国作家巴尔扎克的作品有很高的认识价值,它深刻揭示了他所生活的时代的法国社会发展的规律,但我们必须注意到,他的这种规律性的揭示,不是在发议论,不是在写论文,他是通过对法国社会的形形色色的人物及其命运的描写、各种社会场景和生活细节的描写以及环境氛围的烘托暗中透露出来。或者说,作者把自己对社会现实的情感评价渗透在具体的艺术描写中,从而表达出自己对生活的看法和理解。在这里,认识与情感是完全结合在一起的。

那么,这样的认识与情感结合的形态究竟是什么呢?黑格尔把它称为 Pathos,朱光潜先生译为"情致"。黑格尔说:"情致是艺术的真正中心和适当领域,对于作品和对于观众来说,情致的表现都是效果的主要来源。情致所打动的是一根在每个人心里都回响着的弦子,每一个人都知道一种真正的情致所含的意蕴的价值和理性,而且容易把它认识出来。情致能感动人,因为它自在自为地是人类生存中的强大的力量。"①

按黑格尔的意思,情致是两个方面的互相渗透:一方面是个体的心情,是具体感性的,是会感动人的;另一方面是价值和理性,可以作为认识。但这两个方面完全结合在一起,不可分离。因此,对那些情致特别微妙深邃的作品,它的情致往往是无法简单地用语言传达出来的。俄国批评家别林斯基在发挥黑格尔的"情致"说时也说:"艺术不容纳抽象的哲学思想,更不容纳理性的思想,它只容纳诗的思想,而这诗的思想——不是三段论法,不是教条,不是格言,而是活的激情,是热情……因此,在抽象思想和诗的思想之间,区别是明显的:前者是理性的果实,后者是作为热情的爱情的果实。"②

这应该是别林斯基在他的文学批评活动中把握到的真理性的东西。事实的确如此,文学的审美意识作为认识与情感的结合,它的形态是"诗的思想"。因此文学史上一些优秀作品的审美意识形态,就往往是难于说明的。例如《红楼梦》作为审美意识形态表现了什么,常常是只可意会不可言传。《红楼梦》中曾云:"都云作者痴,谁解其中味?"关于《红楼梦》的主题思想至今仍没有满意的"解味人"。这就是因为《红楼梦》的旨趣是十分丰富的,人们可以逐渐领会它,但无法用抽象的言辞来限定它。有人问歌德他的《浮士德》的主题思想是什么,歌德不予回答。他认为人们不能将《浮士德》所写的复杂、丰富、灿烂的生活缩小起来,用一根细小的思想导线来加以说明。这些都说明由于文学作品的审美旨趣是情致,是认识与情感的交融,认识就像盐那样溶解于情感之水,无痕有味,所以是很难用抽象的词语来说明的。

3. 从目的功能上看,是无功利性又是有功利性

文学作为审美意识形态的又一表现,就是它不以功利为目的,但又有功利性。文学是审美的,那么在一定意义上它就是游戏,就是娱乐,就是消闲,似乎没有什么实用目的,仔细一想,它似乎又有功利性,而且有深刻的社会功利性。就是说它是无功利的(disinterested),但又是有功利的(interested),是这两者的交织。鲁迅说过文学是"无用之用",所传达的也是这个意思。

在文学活动中,无论创作还是欣赏,无论作者还是读者,在创作和欣赏的瞬间一般都没有直接的功利目的性。如果一个作家正在描写一处美景,却在想入非非地动心思要"占有"这处美景,那么他的创作就会因这种"走神"而不能艺术地描写,且使创作归于失败。一个正在剧场欣赏《奥赛罗》的男子,若因剧情的刺激而想起自己的妻子有外遇的苦恼,那么他就会因这一考虑而愤然离开剧场。在创作和欣赏的时刻,必须排除功利得失的考

---

① 〔德〕黑格尔:《美学》第 1 卷,朱光潜译,商务印书馆 1979 年版,第 296 页。
② 〔俄〕别林斯基:《别林斯基论文学》,梁真译,新文艺出版社 1958 年版,第 52—53 页。

虑，才能进入文学的世界。法国启蒙时代的思想家狄德罗(Diderot,1713—1784)说："你是否在你的朋友或情人刚死的时候就作诗哀悼呢？不会的。谁在这个当儿去发挥诗才，谁就会倒霉！只有当剧烈的痛苦已经过去，感受的极端灵敏程度有所下降，灾祸已经远离，只有到这个时候当事人才能够回想起他失去的幸福，才能够估量他蒙受的损失，记忆才和想象结合起来，去回味和放大过去的甜蜜的时光。也只有到这个时候他才能控制自己，才能做出好文章。他说他伤心痛哭，其实当他用心安排他的诗句的声韵的时候，他顾不上流泪。如果眼睛还在流泪，笔就会从手里落下，当事人就会受感情的驱遣，写不下去了。"①狄德罗的意思是，当朋友或情人刚死的时候，满心是得失利害的考虑，同时还要处理实际的丧事等，这个时候功利性最强，是不可能进行写作的。只有在与朋友或情人的死拉开了一段距离之后，功利得失的考虑大大减弱，这时候才能唤起记忆，才能发挥想象力，创作才有可能。这个说法是完全符合创作实际的。的确，只有在无功利的审美活动中，才会发现事物的美，才会发现诗情画意，从而进入文学的世界。

丹麦文学史家勃兰兑斯(G. Brandes,1842—1927)举过一个很能说明问题的例子："我们观察一切事物，有三种方式——实际的、理论的和审美的。一个人若从实际的观点来看一座森林，他就问这森林是否有益于这地区的健康，或是森林主人怎样计算薪材的价值；一个植物学者从理论的观点来看，便要进行有关植物生命的科学研究；一个人若是除了森林的外观没有别的思想，从审美的或艺术的观点来看，就要问它作为风景的一部分其效果如何。"②商人关心的是金钱，所以他要细算木材的价值；植物学家关心的是科学，所以他关心植物的生命；唯有艺术家是无功利的，这样他关心的是风景的美。正如康德所说那样："那规定鉴赏判断的快感是没有任何利害关系的。""一个关于美的判断，只要夹杂着极少的利害感在里面，就会有偏爱，而不是纯粹的欣赏判断了。"③康德的理论可能有片面性，但是就审美意识在直接性上是无功利的角度而言，他是对的。

但是，我们说文学审美意识形态在直接性上是无功利的，并不是说就绝对无功利了。实际上，无论是作家的创作还是读者的欣赏，在无功利的背后都潜伏着功利性。在间接上看，创作是为人生的、为社会的，就是所谓的"无功利"实际上也是对人生、对社会的一种态度，更不必说文学创作往往有很强的现实性的一面，或批判社会，或揭示人生的意义，或表达人民的愿望，或展望人类的理想等，其功利性是很明显的。就是那些社会性比较淡的作品，也能陶冶人的性情，"陶冶性情"也是一种功利。所以鲁迅说，文学"给人的愉快与休息""是劳作和战斗前的准备"④。鲁迅所说的文学是"无用之用"。这意思也是说，文学意识的直接的无功利性正是为了实现间接的有功利性。

总而言之，文学审美意识形态作为一个完整体，它的内涵是极为丰富的，它是集团倾向性与人类共通性的统一，认识与情感的统一，无功利性与有功利性的统一。

---

① [法]狄德罗：《演员奇谈》，见《狄德罗美学论文选》，张冠尧等译，人民文学出版社1984年版，第305—306页。
② [丹麦]勃兰兑斯：《十九世纪文学主潮》第1卷，侍桁译，人民文学出版社1958年版，第161页。
③ [德]康德：《判断力批判》上卷，宗白华译，商务印书馆1964年版，第40—41页。
④ 鲁迅：《小品文的危机》，《鲁迅全集》第4卷，人民文学出版社1959年版，第443页。

第四节 文学是作家体验的凝结

从作品与作家的关系来看,文学又是作家个体体验的凝结。在上一节,我们谈到文学源于生活又改造生活的观点,留下了一个重要问题,那就是作家是根据什么来改造生活,从而创造出文学作品呢? 实际上,作家就是通过自己的刻骨铭心的审美体验来改造生活、来塑造文学形象、来创造文学作品的。如果没有作家的审美体验,那么生活的生气、意义和诗意,就不会被显现出来,文学创作也就不可能获得成功。本节将讨论经验、体验与文学的关系,再进一步研究审美体验在文学中的美学功能。

一、经验、体验与文学

(一) 经验与体验

人们在社会生活中,都有自己的经历。人从儿童成长为成年,要经过许多人生阶段,遭遇许多事情,有自己的见闻,也有自己亲自参与过的事情。这些个人的见闻和经历及所获得的知识和技能,统称为经验。例如一个从事医疗职业的人,他先要学习,获得医疗方面的知识和技能,然后到一所医院去当医生,医治了许多病人,有的医治成功,有的医治失败,还有他要过一个人的普通生活,所有这些都叫作经验。我们常说某某大夫治病有丰富经验,就是对"经验"这一概念的准确理解。但是人的经验是他的生物的或社会的阅历,大致说来又可分为两种:一种是纯经历性的,就是说他经历了这件事情,并有相关的常识和知识;还有一种是不但有过这个经历,而且在这经历中见出深刻的意义和诗意的情感,那么这经验就成为一种体验了。体验是经验中的一种特殊形态。可以这样说,体验是经验中见出深意、诗意与个性色彩的那一种形态。例如一个人吃饭,如果是纯生物性的需要或一般的日常生活行为,那是经验;但假如这次吃饭富于个性特点,并从中引起或深刻的感情激荡,或令人回味的沉思,或不可言说的诗意等,或者如别林斯基所说小说家"可以描写一次他(指小说主人公)吃饭的情形,假如这一餐对他发生了影响,或者在这一餐可以看到某个时代某个民族吃饭特点的话"①,那么这种情况下的"吃饭"就是体验了。更进一步说,经验一般是一种前科学的认识,它指向的是准真理的世界(当然这还是常识、知识,即前科学的真理);而体验则是一种价值性的认识和领悟,它要求"以身体之,以心验之",它指向的是价值世界。换言之,体验与深刻的意义相连,它是把自己置于价值世界中,去寻求、体味、创造生活的意义和诗意。例如白居易的诗《观刈麦》:

> 田家少闲月,五月人倍忙。夜来南风起,小麦覆陇黄。妇姑荷箪食,童稚携壶浆,相随饷田去,丁壮在南冈。足蒸暑土气,背灼炎天光,力尽不知热,但惜夏日长。复有贫妇人,抱子在其旁,右手秉遗穗,左臂悬敝筐。听其相顾言,闻者为悲伤。家田输税尽,拾此充饥肠。今我何功德,曾不事农桑,吏禄三百石,岁晏有余粮。念此私自愧,

---

① 《别林斯基论文学》,新文艺出版社 1958 年版,第 127 页。

尽日不能忘。

这首诗所写的内容与白居易的生活经验有关。诗中写了三件相关的事情：夏天农民收割麦子的艰辛，贫穷妇人因饥饿而悲伤的诉说，诗人自叹愧疚。本来所写的不过是经验，即所见所闻所感，但诗的成功却不在写出了经验上，而在于作者在经验的基础上有了深刻的体验。例如，作者对农民夏日劳动的艰辛充满同情与感动，作者体会出"力尽不知热，但惜夏日长"的景况，这就含有不同寻常的个性化的体验，属于诗人个体心灵的闪光了。尤其是对贫穷妇人的特写镜头式的描写，突出了收成之日就是她们饥饿之时，这都是租和税太重之故。这样诗的深刻的揭露意义就很明显了。最后作为官员的白居易自愧的感叹，也表达了诗人的同情心。这样，这篇诗的真正基础就不仅仅是一般的经验，而是作者的体验了。可以说，《观刈麦》是白居易的个体体验的结晶。

总起来说，体验与经验是有密切联系的，经验是体验的基础，没有经验，或没有起码的可供想象发挥的经验，就谈不到体验。但体验则是对经验的意义和诗意的发现与升华。科学与人的经验的关系更为密切，因为科学是知识的体系；文学则与人的体验有更密切的联系，因为文学是对人的生命、生活及其意义的叩问，是情感的领域，是价值的体系。这说明，有同样经验的人，为什么有的能写出文学作品来，而有的则完全不能写文学作品，因为前者在经验的基础上有体验，后者则停留在一般的经验上面，没有提升为具有诗意情感和深刻意义的体验。

（二）体验与文学

对于文学创作，鲁迅和毛泽东都十分重视"体察""体验"这个观念。鲁迅说："日本的厨川白村（H. Kuriyakawa）曾经提出过一个问题，说作家之所以描写，必得是自己经验过的么？他自答道，不必，因为他能够体察。所以要写偷，他不必亲自去做贼，要写通奸，他不必亲自去私通。但我以为这是因为作家生长在旧社会里，熟悉了旧社会的情形，看惯了旧社会的人物的缘故，所以他能够体察……所以革命文学家，至少是必须和革命共同着生命，或深切地感受着革命的脉搏的。"①在这里鲁迅所说的"体察"和"深切地感受"，可以不是直接所做的事情，但却因为生长在旧社会，熟悉旧社会的情形，所以也可以是某种经验（如所见所闻所感）的提升，与我们所讲的"体验"是很相似的。因为鲁迅谈到这种"体察"要与对象"共同着生命"，要有"深切的感受"。毛泽东《在延安文艺座谈会上的讲话》在号召作家到人民群众中去时，强调要"观察、体验、研究、分析一切人"，其中"体验"列在"观察"之后，"研究""分析"之前，说明"体验"是其中"承前启后"的关键之点，对文学创作来说是极为重要的。

在理论传统深厚的德国，从19世纪70年代起"体验"（Erlebnis）成为"经历"（Erleben）相区别的惯用词。德国现代哲学家加达默尔（Hans-Georg Gadamer，1900—2002）曾对"体验"这个词及其意义的形成，做过溯源工作。他还说："如果某个东西不仅被经历过，而且它的经历存在还获得一种使自身具有继续存在意义的特征，那么这种东西就属于体

---

① 鲁迅：《上海文艺之一瞥》，《鲁迅全集》第4卷，第237页。

验。以这种方式成为体验的东西,在艺术表现里就完全获得了一种新的存在状态(Seinsstand)。"①这段话的意义不仅在于把经验和体验做了区别,而且说明了体验与艺术的密切关系。经验或者经历是直接性的,这种直接性的经验和经历,有许多被人淡忘了,因而没有什么"继续存在的意义"。例如,我们每天的吃喝,天天如此,它的意义是现时的,即满足了人的眼前的需要。但其中也会有些经验或经历因各种原因而持久存留于记忆深处,获得了"继续存在意义",这就是"体验"了。这种"体验"要是凝结在文学艺术中,那么就会获得深意和诗情,成为一种"新的存在状况"。

例如,杜甫的诗《羌村三首》:

峥嵘赤云西,日脚下平地。柴门鸟雀噪,归客千里至。妻孥怪我在,惊定还拭泪。世乱遭飘荡,生还偶然遂! 邻人满墙头,感叹亦歔欷。夜阑更秉烛,相对如梦寐。(其一)

本来一个游子久别回家,是一个普通的经验。但是,由于杜甫是在"安史之乱"后,家人不知他的生死,为他日夜担忧的情况下突然回家,所以出现了一些意想不到的场面,如"妻孥怪我在,惊定还拭泪",如"夜阑更秉烛,相对如梦寐"等。这些场面由于它的独特性,使人久久不能忘怀,于是经验提升为刻骨铭心的体验,成为具有诗情画意的诗句。由此,我们可以说,从作者的角度看,文学是作家个体体验的凝结。

那么具体说来,作家的体验有哪些特性呢?

1. 情感的诗意化

马克思说过,"人是社会存在物",人的本质是"社会关系的总和"。从这个意义上说,人的生命就不是纯生物性的存在,人的生命是与社会关系以及文化、历史紧密相关的。这样,个体的人的感觉、情感、想象、回忆、联想、欢乐、希望、憧憬以及失望、痛苦、无奈等内心活动,就必然与社会存在、社会关系分不开。所以,人的体验首先面对的是社会存在、社会关系和文化历史。体验是具有社会性的。但是当个体的人去体验社会的时候,他不是被动消极地去反应,而是主体生命的全部投入,是人的生命的全部展开。正如马克思在《1844年经济学哲学手稿》中所讲的,人的类特性是就是人的自由自觉的生命活动。人的自由自觉的生命活动,使一切对象物成为人的本质力量的展开。一个孩子向湖面投出一个石子,湖面上失去平静,漾起了一圈圈涟漪,他高兴地欣赏那涟漪,实际上是在欣赏自己的生命的力量。他是在对象世界中肯定自己,他在对象世界中确证自己生命的力量的存在。这个欣赏体验过程是把外在的世界包含在自身生命中,世界已经主体化、情感化。

文学是作家的个体体验,这种体验的第一个特征就是情感的诗意化。作家的经历中所遇到的某些人、事、景、物(对象),进入到他的情感领域,他与这些人、事、景、物共同着生命,在沉思中进行了诗意的"处理",并时时拨动他的情感的琴弦,甚至幻化为种种形象。一旦作家动笔写这些人、事、景、物,那么所写的其实就是他自己的生命体验迸发出来

---

① 〔德〕汉斯-格奥尔格·加达默尔:《真理与方法》上卷,洪汉鼎译,上海译文出版社1999年版,第78页。

的情感火花。

法国美学家米盖尔·杜夫海纳(Mikel-Dufrenne)在论述艺术家体验时说:"梵·高(van Gogh)画的椅子并不向我叙述椅子的故事,而是把梵·高的世界交付给予我:在这个世界中,激情即是色彩,色彩即是激情……它不是向我提出有关世界的一种真理,而是对我打开作为真理源泉的世界。因为这个世界对我来说首先不完全是一个知识的对象,而是一个令人赞叹和感激的对象。审美对象是有意义的,他就是一种意义,是第六种或第 n 种意义,因为这种意义,假如我专心于那个对象,我便立刻能获得它,它的特点完全是精神性的,因为这是感觉的能力,感觉到的不是可见物、可触物或可听物,而是情感物。"①杜夫海纳所强调的是在体验中,对象内在于主体的心灵世界,尽管画的是椅子,但那已经不是画家生命之外的可见物、可触物或可听物,而是情感物。它不是知识的对象,是情感的对象。这里说的绘画,其实在文学世界也是一样,作家尽管写的是现实世界,可由于它处于作家个体的体验中,它已经属于诗意化的情感世界。例如,李白的诗《月下独酌》:

花间一壶酒,独酌无相亲。举杯邀明月,对影成三人。月既不解饮,影徒随我身。暂伴月将影,行乐须及春。我歌月徘徊,我舞影零乱。醒时同交欢,醉后各分散。永结无情游,相期邈云汉。

这首诗是由于诗人的孤独体验而引起的。诗中的花、酒、月、月与人的关系等,都不是外在于诗人的客观景物,而是内在"情感物"。特别是用诗人的醉眼看出,就更属于他个人的体验中的诗情。

但是,为什么在体验中会发生对象情感化和诗意化呢?这就与"移情"有关,即在体验中"物"与"我"的距离缩短乃至最后消失,进入"物我同一"的境界。自我仿佛移入到对象中,与对象融为一体。这就是中国古代哲人庄子所说的"身与物化":"昔者庄周梦为胡蝶,栩栩然胡蝶也,自喻适志与!不知周也。俄然觉,则蘧蘧然周也。不知周之梦为胡蝶与?胡蝶之梦为周与?周与胡蝶,则必有分矣。此之谓物化。"(《庄子·齐物论》)这意思是说,从前庄周梦见自己变成蝴蝶,翩翩飞舞的蝴蝶,自由自在快意之极,根本不知道自己是庄周。忽然醒了,才知道自己分明就是庄周。这不知是庄周做梦化为蝴蝶,还是蝴蝶做梦化为庄周呢?庄周和蝴蝶一定是有区别的。这种转化就叫"物化"。

这种忘情的体验,与西方美学上著名的"移情论"极为相似。"移情"就是把"我"的情感移置于物,使物也获得像人一样的生命与情趣。德国美学家、"移情"论的创立者里普斯(Theodor-Lipps,1851—1914)说:"这种向我们周围的现实灌注生命的一切活动之所以发生而且能以独特的方式发生,都因为我们把亲身经历的东西,我们的力量感觉,我们的努力,意志、主动或被动的感觉,移置到外在于我们的事物里面去,移置到在这种事物身上发生的或和它一起发生的事件里去。这种向内移置的活动使事物更接近我们,更亲切,因而显得更易理解。"②里普斯说明了所谓"移情"就是我们把自己的情感移置到事物里去,

---

① 〔法〕米盖尔·杜夫海纳:《美学与哲学》,孙菲译,中国社会科学出版社1985年版,第26页。
② 〔德〕里普斯:《空间美学》,见马奇主编《西方美学史资料选编》下卷,上海人民出版社1987年版,第841页。

其结果是使事物更接近我们,更亲切,更易于被我们理解。因为我们把自己沉没于事物,把自己也变成事物,那么事物也就像我们一样有情感。

文学创作中的体验,也应该是这种"移情"的体验。作家"使自己移居到对象里去,以那些对象的生活为生活"①。这样,当对象与"我"同一的时候,"我"就是那人物那景物,就能设身处地为笔下的人物、景物着想,而描写出来的人物、景物也就有了诗意的情感,就像我们的朋友那样亲切和有情趣。例如李白的《独坐敬亭山》:

　　众鸟高飞尽,孤云独去闲。相看两不厌,只有敬亭山。

在这首诗中,李白作为诗人的体验,是"移情"体验。他把自己的情感移置于"云"与"山",所以云会感到"闲",而那敬亭山,则会与他久久对视而不厌倦,景物情感化了。这不但表达李白孤寂、悠闲的情感,而且也把对象(云与山)写得具有情感,并且显得更逼真、更生动、更有情趣。不难看出,这首诗里的一切都属于"情感物"所构成的情感世界。

2. 意义的深刻化

与第一点相联系,由于体验直接指向人的生命,以生命为根基,它带有强烈的情感色彩。可以说,情感是体验的核心,但情感中又包含理解。体验总是将主体自己与命运、遭遇相联系,而且从自己在社会生活中体会到的文化情感积淀出发,去探问、去升华、去深化,所以体验在产生新的情感的同时,也产生深刻的意义。可以说,意义的深刻化是体验的又一特征。体验一方面具有直观性(感觉的形象的),另一方面又超越情感和形象,生成更深刻的意义世界。换句话说,体验不会停留在表面的印象上面,而且必然会在美学的哲学的沉思中进入意义的世界,甚至是深刻的意义世界。让我们举一个例子来说明,当一个生物学家在他的实验室里侍弄着花时,他只是经验着花,他不会动什么情感,最终也不会有诗意情感上的收获和深刻意义上的收获。但是当列夫·托尔斯泰有一次看到牛蒡花而想起生命的意义时,他就"体验"着花了。"昨日我在翻犁过的黑土休耕地上走着,放眼望去,但见连绵不断的黑土,看不见一根青草。啊!一兜鞑靼花(牛蒡)长在尘土飞扬的大道旁。它有三个枝丫:一枝被折断,上头吊着一朵沾满泥浆的小白花;另一枝也被折断,溅满污泥,断茎压在泥里;第三枝奢拉一旁,也因落满尘土而发黑,但它依旧顽强地活下去,叶枝间开了一朵小花,火红耀眼。我想起了哈吉·穆拉特。想写他。这朵小花捍卫自己的生命直到最后一息,孤零零地在这辽阔的田野上,好好歹歹一个劲地捍卫了自己的生命。"②列夫·托尔斯泰如此细致地观察花,不是因为他要认知这朵花的客观属性,而是因为他发现了花与生命之间的内在联系;他的兴趣不是生物学的,而是美学的、哲学的。他对花倾注了自己的情感,发现花的顽强不屈,这样一来,他的体验也就超越了花本身,他的收获是关于他准备描写的一个坚强的人的生命意义的思考。在这个过程中,托尔斯泰从情感出发,并以新的意义生成作为结束。托尔斯泰的出发点是情感,他发现的是这朵小花

---

① 《别林斯基选集》第1卷,上海译文出版社1979年,第443—444页。
② 〔俄〕列夫·托尔斯泰:《1896。日记》,见《列夫·托尔斯泰论创作》,董启篁译,漓江出版社1982年版,第171页。

的生命意义。当然,如果这次体验没有深意,那么这次体验也不能称为真正体验。

作家的体验为什么会生成深意呢?原因是多方面的,但其中最重要的是体验中含有一个"反刍"的阶段。"反刍"就是主体对体验的体验。体验者似乎把自己一分为二,一方面他是感觉者,他在感觉着对象,并在感觉中受到刺激,不能不产生反应,这个过程他是受动的;另一方面,他是被感觉者,他自己在受动中感觉到的一切,让另一个"自我"来重新感觉和感受,这一过程他是主动的,因为此时他是在体味和领悟。或者说,他是跳出去与自己原有的带有功利性质的经验与印象保持距离,再次感觉自己的感觉,感受自己的感受,或者说把先前自己的感觉、感受拿出来"反刍""再度体验"。例如,你年轻的时候曾经有过一次失恋,痛苦得想自杀,这是一种体验。这个过程是受动的,不得已的。但是当你后来获得了美满的爱情,你享受着幸福,你把年轻时期失恋的体验拿出来"反刍",重新体味,你也许就会从失恋的往事中领悟到一种深刻的意义,甚至想写一篇以失恋为题材的小说。这是一个主动的过程。

西方美学上的"距离论",就是主张体验是一种拉开功利距离的体会。"距离论"的提出者瑞士心理学家布洛(Edward-Bullough,1880—1934)举出了一个"雾海行航"的例子来说明,他说在大海航行中突然遇到大雾,这对大多数旅客来说都是极不愉快的经验,伴随着人们的是焦虑、恐惧和紧张等。但是只要我们把眼前的可能发生的危险等抛在一边,换一种客观的眼光来看这景象,周围的大雾迷迷蒙蒙,变成了半透明的乳状的帷幕,这不是很美吗?这里实际上是将已有的经验换了一个角度重新审视,即所谓在观照中"插入了距离"。布洛解释说:"距离的作用不是简单的而是相当复杂的。它有否定的抑制的一面——割断事物的实用的方面以及我们对待事物的实践态度,它还有积极的一面——精心制作在距离的抑制作用所创造的新的基础上的经验。因此,这种对事物做有距离的观看,不是也不可能是我们正常的观看。通常,经验总是把同一方面向着我们,即具有最强的时间的感染力的方面。一般情况下我们意识不到事物不直接、不实际地触及到我们的那些方面,我们一般也意识不到同我们自己的接纳印象的自我相分离的印象。把事物颠倒过来,意外地观看通常未注意到的方面,这使我们得到一种启示,这就是艺术的启示。"[①]所谓"艺术的启示"也就是在换了一个视角之后,重新审视自己的体验,以便看到通常未注意的方面,即事物的深意和诗意的方面。

文学体验一般说也是"反刍"式的,而对体验的"反刍"往往是产生深意的必要条件。作者曾有过一段经历,当时并没有显示出诗情画意来。隔了若干年后,重新回忆这段经历,在回忆中体味和领悟,由于经历时的"功利"考虑都变淡了或消失了,那么经历的另一面的美学意义也显示出来了。例如曹雪芹不可能在他刚刚经历家庭变故时开始写《红楼梦》,必须是经过多少年后,家庭变故所遭受的损失、所产生的种种利害考虑也早就搁置一边,于是在"经历一番梦幻之后","忽念及当日所有的女子,一一细考较去,觉其行止见识

---

① 〔英〕布洛:《艺术距离——艺术与审美原理中的一个因素》,《西方美学史资料选编》下卷,上海人民出版社1987年版,第1030页。

皆出我之上","细玩颇有趣味",这才决定将"真事隐去",借"假语村言""编述一集,以告天下"(见《红楼梦》第1回)。所谓"经历一番梦幻",所谓"细考较去",就是对过去经验的"反刍"式的体验,所谓"颇有趣味"也就是发现了深意和诗意。

有人以为诗人写诗都是即兴式,是一瞬间的事情,哪里会有时间来"反刍"?其实诗人的写诗活动确有两种,一种是所谓的"苦吟派",一种是所谓的"冲口而出派"。"苦吟派"为修改一个字往往需要很长时间的推敲,"冲口而出派"写诗看起来是瞬间完成的,其实换一个角度看,诗人为了在某个时刻能够"冲口而出"已经准备了很长时间。这里所说的"准备",包括长期的修养,也包括艺术直觉的训练,还包括他对描写对象的熟悉和了解。如果没有这些准备,他要"冲口而出"也是不可能的。例如宋代的诗人苏轼,就是主张"冲口而出"的诗人。他的不少诗既有生动的形象,又有很深的理趣。如他的《饮湖上初晴后雨》:

水光潋滟晴方好,山色空濛雨亦奇。欲把西湖比西子,淡妆浓抹总相宜。

苏轼在杭州当官,对西湖十分熟悉,并对古代的美人西施也十分了解,加上他对湖光变幻的体验,所以似乎不费什么思索就能写出这首诗来。诗中的理趣也似乎在无意间流露出来。

3. 感受的个性化

体验的再一个特征是感受的个性化。在日常的经验中,由于只是满足现时的一般需要,与自己的动机、兴趣、爱好、理想、信念、性格、气质、能力等无涉,所以一般只具有共性,而很少个性。例如在饥饿的情况下,人们要求吃饭,吃饱后生理上感到满足。这种感受是人人如此的,不论你年龄大小,不论你经历如何,也不论你动机、兴趣、理想、信念、性格、气质、能力等如何,反正饥饿了都要吃饭的,这是共性,这里很少个性的成分。但是在体验中,情况就不同了,因为体验的东西是难忘的,是情感的起伏激荡,是意义的深刻领悟,那么你体验中的感受必然受到你自己的出身、经历、动机、兴趣、爱好、理想、信念、性格、气质、能力等的"塑造",而成为你个人的独特的感受。这样在体验中感受的个性就充分表现出来了。例如《红楼梦》第38、39回写大观园内的螃蟹宴,其实写的就是吃饭而已,但曹雪芹写出了不同人物在吃螃蟹后的不同体验所生成的不同感受。对于贾宝玉、林黛玉、薛宝钗等贵族公子小姐来说,他们的感受可能是美食节、狂欢节、诗歌节等。虽然他们的感受也有细微的区别,这从他们各人所写的螃蟹诗可以看出,但是,作为一个贫穷农妇的刘姥姥的感受就另是一样,她仔细算了一笔账,说:"这样螃蟹今年就值五分一斤,十斤五钱,五五二两五,三五一十五,再搭上酒菜,一共倒有二十多两。阿弥陀佛!这一顿的钱够我们庄稼人过一年的了。"那么刘姥姥的感受为什么会与那些公子小姐相差那么远呢?这主要是刘姥姥的出身、经历、动机、欲求、阶级地位等与那些公子小姐不同,由此形成的对生活的体验制约着他们的感受。

对于作家来说,个性化是非常重要的。因为个性化往往是艺术独创性的标志。俄国著名作家屠格涅夫说:"在有文学才能的人身上……不过我想在具有任何才能的人身上也是如此,重要的是我敢称之为自己的声音的东西。是的,重要的是自己的声音。重要的是生动的、特殊的、自己本人的、在其他任何人的嗓音里找不到的音调……为了这样说和正好发出这个音,应当具备正是这样特殊的嗓子。"①

屠格涅夫的话说得很好。作家的确需要发出"自己的声音",需要个性化。按屠格涅夫的见解,这种个性化的东西来自作家的"才能",这个意见也不错。问题是这种能力从何而来,难道仅仅是天才的作用吗?实际上,这种能力主要还是来源于作家对生活的体验。在刻骨铭心的体验中,作家变得更敏锐、更独特了,这样他们的感受也就具有个性特点,写作时也就自然会发出与别人不同的声音。例如两个作家同样面对一个相同或相似的情景,由于长期所形成的体验类型不同,感受不同,结果描写就会显示出个性的差异。例如王维的诗句"行到水穷处,坐看云起时"(《终南别业》),与陆游的诗句"山重水复疑无路,柳暗花明又一村"(《游山西村》),所描写的情景和所含的意味是相似的,但这两个诗人发出的是具有个性的不同的声音:王维诗句的个性是随遇而安、自然而然、平淡至极;陆游诗句的个性是鲜明、用心、用力,给人心中不平感。这根源于他们不同的修养,王维受禅家影响甚深,所以凡事听其自然;陆游生活于民族危亡之际,又深受儒家"兼济天下"思想影响,所以心中常有不平之气。这样他们的体验也就各异,对事物的感受也就各异,随之对相似景物的描写也就各异,个性也就在这差异中表露出来。

二、体验在文学活动中的美学功能

在上面的论述中,我们已经在很大程度上接触到体验对于文学的美学功能。下面将更进一步对这个问题概括化和具体化。王国维说:"诗人对宇宙人生,须入乎其内,又须出乎其外。入乎其内,故能写之。出乎其外,故能观之。入乎其内,故有生气。出乎其外,故有高致。"(王国维:《人间词话》)可以说,王国维这段话高度概括了作家的体验在文学活动中的美学功能。因为作家的体验一方面要进入对象生命内部,这就是"入";另一方面作家的体验又要求"反刍",对体验进行自审,这就是"出"。那么这种"入"和"出"会产生什么美学效果呢?

(一)体验使艺术形象具有生气勃勃的活力

根据王国维《人间词话》最初的手稿,在"入乎其内,故有生气"一句中,"生气"二字原为"生气勃勃"。意思是作家体验不同于站在对象的旁边,只是作为一个旁观者做外部的观察和描写,而是进入对象,物即是我,我即是物,物我同一。这样作家对描写的对象就有了极为真切的理解,简直就像理解自己一样地理解对象,那么作家笔下的艺术形象自然生气勃勃,就像活的一样。这就是我们上面说过的"移情"体验。许多作家都有这种体验,当自己的体验进入上面所说的"移情"境界的时候,主体与客体完全合一,自己分享着对象的生命,对象也分享着自己的生命,外在陌生之物就变为内在亲近温暖之物。例如,法国浪漫主义作家乔治·桑说:"我有时逃开自我,俨然变成一棵植物,我觉得自己是草,是

---

① 转引自〔苏联〕《赫拉普钦科文学论文集》,刘捷等译,人民文学出版社1997年版,第138页。

飞鸟、是树顶、是云、是流水、是天地相接的那一条横线,觉得自己是这种颜色或是那种形体,瞬息万变,去来无碍。我时而走,时而飞,时而吸露。我向着太阳开花,或栖在叶背安眠。天鹄飞举时我也飞举,蜥蜴跳跃时我也跳跃,萤火和星光闪耀时我也闪耀。总而言之,我所栖息的天地仿佛是由我自己伸张出来的。"①乔治·桑作为浪漫主义作家,笔下的人物、景物十分生动、活泼,生气灌注,就是与她写作时这种投入式的生命体验密切相关的。体验的"物我同一"境界,使作家似乎进入对象的生命内部,从而能够把握对象的活动轨迹和生命血脉,这才导致了文学中艺术形象的生气勃勃。

在现实主义作家那里,这种情况也是同样存在的,如法国著名作家福楼拜谈到他写《包法利夫人》的经过:"写书时把自己完全忘去,创造什么人物就过什么人物的生活,真是一件快事。比如我今天同时是丈夫和妻子,是情人和他的姘头,我骑马在树林里游行,当着秋天的薄暮,满林都是黄叶,我觉得自己就是马,就是风,就是他俩的甜蜜的情话,就是使他们的填满情波的眼睛眯着的太阳。"②福楼拜被认为是现实主义大师,他的描写是客观的、冷静的。但为了使自己的作品中的形象真切动人,具有生命活力,他在写作的体验时仍然必须进入"物我同一"的境界,为人物和景物"设身处地",充分领悟人物和景物的生命,这样他才能在客观的描写中不失活泼泼的生气。由此可见,作家体验的美学功能之一是使自己描写的艺术形象具有生气勃勃的打动人的力量。

(二)体验使艺术形象具有诗意的超越

根据王国维的《人间词话》的最初原稿,"出乎其外,故有高致"的"高致"二字原为"元著超超"。意思是当作家的体验达到"出乎其外"的境界时,所写事物的根本性质就会显著地突现出来,放射出诗意情感的光辉。作家的体验可以说是一个"悖论",一方面它要"入",可另一方面它又要"出"。"出"就是在体验时的超越,超越可以有好几层意思:

第一层意思是获得对对象本身的超越。作家的描写不受对象本身形体、姿态和颜色等物理性的束缚,而能见出事物的物理性以外的美学意义来。这也就是说作家写的是平凡的事物,却能放射出不平凡的光辉。作家所写的是司空见惯的事物却能放射出特异的诗性光辉。清代文论家叶燮说:"凡物之美者,盈天地间皆是也,然必待人之神明才慧而见。"(叶燮:《集唐诗序》)就是说美是到处都有的,问题在发现。那什么人能发现呢?叶燮认为要有"神明才慧"的人才能发现。实际上"神明才慧"也可以理解为人的一种精神状态,那就是当作家处于体验的超越状态时,人的神明才慧也就显露出来,也就有可能从平凡的事物中发现意义和诗美。的确,人的精神可以处于不同的状态中,当人们处于麻木的状态中时,就是有靓丽的美,也会熟视无睹。相反,一旦人们进入体验的状态,那么平日很不起眼的事情也会闪现出诗意的火花。

关于这一点,英国浪漫主义诗人柯勒律治说过一段很精彩的话:"给日常的事物以新奇的魅力,通过唤起人们对习惯的麻木性的注意,引导他去观察眼前世界的美丽和惊人的

---

① 〔法〕乔治·桑:《印象与回忆》,转引自《朱光潜美学文学论文选集》,湖南人民出版社1980年版,第79页。
② 转引自《朱光潜美学文学论文选集》,湖南人民出版社1980年版,第80页。

事物，以激起一种类似超自然的感觉。世界本来是一个取之不尽、用之不竭的财富，可是由于太熟悉和自私的牵挂的翳蔽，我们视若无睹，听若罔闻，虽有心灵，却对它既不感觉，也不理解。"[1]这里所讲的就是人们如何从一般的观察转到体验的境界中的问题，在一般的经验性的观察中，人们习惯性的麻木占了上风，就是对最美的对象也只能视若无睹、听若罔闻，对美的事物既不感觉也不理解。只有当人们转到体验的状态，那种超越的感觉才会被唤醒，于是获得一种"内视点"，不是用常人的眼睛去"看"，而是用心灵去"看"，这样人们就"能从惯常的平凡的事物中见出引人入胜的一个侧面"（歌德），日常的世界中将分离出意义的世界、情感的世界，也就是诗意的世界。例如树木是我们经常看到的，它是一种普通物，只有被体验所掌握时，才会出现超越普通物而变成具有诗性意义的审美物。请读中国当代诗人曾卓《悬崖边的树》：

　　不知道是什么奇异的风
　　将一棵树吹到了那边
　　平原的尽头
　　临近深谷的悬崖上
　　它倾听远处森林的喧哗
　　和深谷中小溪的歌唱
　　它孤独地站在那里
　　显得寂寞又倔强
　　它的弯曲的身体
　　留下了风的形状
　　它似乎即将倾跌进深谷里
　　却又像是要展翅飞翔

这首诗中的树，还保留了我们所熟悉的树的身姿，但它已经不是木本植物，它大大地超越了树这种对象，它是一种孤独而又倔强的人的象征，可"孤独而又倔强"这个短语又不足以完全概括它。它有极为丰富的审美内涵，它的诗意不是几句话能说尽的。诗人之所以能从一颗普通的树里见出一种精神力量、一种人生、一种生活，就是因为诗人的体验具有诗性的超越性。换句话说，诗人的独特的诗性体验导致了对树的审美发现。

第二层意思是获得"童心"，对传统的陈规旧习和既定成见实现超越。明代学者李贽曾提出"童心"说，强调诗人应该用"赤子之心"去感受世界。他说："夫童心者，真心也。若以童心为不可，是以真心为不可。夫童心者，绝假纯真，最初一念之本心也。若失却童心，便失却真心；失却真心，便失却真人。人而非真，全不复有初也。"（李贽：《童心说》）李贽为什么要提出"童心说"，作家为什么要有"最初一念之本心"呢？这是因为人由儿童到成人的过程中，是一个不断地学习道理、增加闻见的过程。这种道理和闻见在一般的情况下，是整个社

---

[1] 《十九世纪英国诗人论诗》，人民文学出版社1984年版，第63页。

会多数人遵从的东西,是一种没有个性特点和诗性精神的常规、常法、常理,甚至可以说是一种人云亦云的东西。但又是一个必然的过程,人人都要变成成人,适应社会,这样才能被社会和团体所接纳。然而随着岁月的增长,儿童变为成人,那么他们所积累的闻见、道理越多,其童心的丧失也就越多。所以对于作为成人的作家、艺术家来说,要保持"童心""最初一念之本心"是不容易的。毕加索晚年已经蜚声世界,有一次他去参观一个画展,他出人意料地说:"我和他们一样大时,就能画得和拉斐尔一样,但是我要学会像他们(指儿童)这样画,却花去了我一生的时间。"①我们如果认真分析毕加索的画的风格的话,我们就会觉得他这样说完全是真诚的,因为他的确画得像儿童的画一样天真和富于想象力。另一位著名画家柯罗也说过相似的话:"我每天向上帝祈祷,希望他使我变成个孩子,就是说,他可以使我像孩子那样不带任何偏见地去观察自然。"②柯罗这句话的意义,在于说明世界上伟大的艺术家总是要向自己身上累积起来的成见和偏见做斗争,以便能摆脱平庸的常识的眼光,用孩子般的率真而惊奇的眼睛去看世界。英国浪漫主义诗人华兹华斯在《彩虹》一诗里也直率地写道:"儿童是成人的父亲",因为儿童对一些司空见惯的事物也会有敏锐的感觉。但是,无论是李贽,还是这些画家、诗人,都存在一个"悖论",画家、诗人都已经是成人,都已经被道理、闻见的熏染而社会化,他们如何能返回童年,重新获得童心呢?

在这个问题上,美国当代人文主义心理学家马斯洛提出了"第二次天真"和"健康的儿童性"的概念。意思是说,对于已是成人的艺术家来说,"既是非常成熟的,同时又是非常孩子气的"③。这看起来是对立的,但作家、艺术家的视角,就是这种双重的视角,他们一方面以成熟的、深刻的、理性的眼光看待生活,能够把生活的底蕴揭示出来,可另一方面又是以儿童般天真的、陌生的、非理性的眼光看待生活,充分地把生活的诗性光辉放射出来。而作家、艺术家这种双重视角的产生,在于作家、艺术家的审美体验的形成。正是在体验中,一种混合着成熟与天真、深刻与陌生、理性与感性的"健康的儿童性",能够成为作家、艺术家的独特诗性精神,并以这种精神超越一切既成的偏见和成见,从而见到普通世界的令人惊奇的一面。

本章小结

本章讨论文学观念问题。首先我们说明了文学观念是变化的、发展的。其次,我们提出了本书的文学观念,认为文学是人类的一种文化活动,它是具有审美意识形态性质的、凝结着个体体验的、并沟通人际情感交流的语言艺术。这是一个综合性的文学观念。从人性的大视野看,文学是人类的一种精神性的文化活动;从社会结构的观点看,文学是社会上层建筑中的审美意识形态;从作家创造的角度看,文学是作家个体体验的凝结;从文学与读者的角度看,文学是人际情感的交流;从文学作品本身看,文学是一种语言艺术。关于文学是一种文化形态,文学是一种审美意识形态,文学是作家个体体验的凝结,本章

---

① 〔英〕潘罗斯:《毕加索的生平和创作》,潘国珍等译,人民美术出版社1982年版,第339页。
② 〔英〕库克:《西洋名画家论绘画技法》,杜定宇译,人民美术出版社1981年版,第73页。
③ 〔美〕马斯洛:《存在心理探索》,李文译,云南人民出版社1987年版,第87页。

都列了专节加以讨论。文学与读者的关系,我们将在文学的接受一章中做深入的研究。文学作为语言艺术的问题很重要,我们专列第二章加以详细的论述。

本章的概念与问题

　　概念：

　　文学观念　文学四要素　文学活动　再现说　表现说　实用说　独立说　客观说　体验说　文学的定义　符号论文学概念　品质阅读　价值阅读　审美　审美意识形态　经验　体验　移情说　距离说　出入说　情致

　　问题：

1. 文学四要素理论有何启示意义？
2. 文本与作品有何区别？
3. 再现说等六说的要点是什么？
4. 综合性的文学定义是什么？共有哪几个命题？
5. 文学观念的演变有何规律性？演变的原因是什么？
6. 广义的、狭义的和符号论的文化概念有何区别？
7. 文学有什么文化意义？
8. 品质阅读与价值阅读有何区别？
9. 文学与历史文化有何异同？
10. 文学与科学文化的关系是怎样的？
11. 我们怎样理解文学源于生活又改造生活？
12. 怎样理解审美活动？实现审美的条件是什么？
13. 文学的审美活动有何特点？怎样理解？
14. 怎样理解文学是审美意识形态？其内涵是什么？
15. 经验与体验有何联系与区别？
16. 作家的体验对于文学创作有何意义？

第二章 文学语言组织

文学作为由作者和读者共同参与的语言艺术活动,总要通过对具体语言艺术品——文学文本(如诗、小说或散文等)的创作、阅读及批评等过程进行。因此,要明白文学这种语言艺术活动的究竟,就需要了解文学文本,而文学文本的基础正是特定的语言组织,通过这种语言组织,文学文本的其他方面(如形象及意义等)才得以生成。

第一节 文 学 文 本

什么是文学文本?现在的文论著述为什么不大谈论文学作品而常常谈论文学文本呢?

一、文学文本概念

需要首先弄清什么是文本,然后去理解什么是文学文本。

(一) 文本与文学文本

"文本"一词,来自英文 text,另有本文、正文、语篇和课文等多种译法。这个词现在不仅广泛应用于语言学(linguistics)和文体学(stylistics)中,而且也在文学理论与批评中扮演活跃的角色。但它含义丰富而不易界定,给实际运用和理解带来一定困难。一般来说,文本是语言的实际运用形态。而在具体场合中,文本是根据一定的语言衔接和语义连贯规则而组成的整体语句或语句系统,有待于读者阅读。

在文学理论与批评领域,文学文本是指构成文学这种语言艺术品的具体语言系统,如运用语言写成的特定小说、诗、散文和报告文学等语言艺术品。可以说,文学文本是传达作家的人生体验及其想象性世界的特定语言系统,包括诗、小说、散文和剧本等形态。

文学文本除了具有一般文本的共同性外,还具有自身的特点:

第一,文学文本总是指一种实际语言系统。它不是指理想的具有普遍适用性的社会语言结构,而是指特定个体或群体在社会生活中对语言的具体运用。这里的"个体"主要指具体的个人如作家,而"群体"则主要针对某些文本的集体作者而言,如远古口头文学、史诗的作者往往是一个群体,当代城乡民谣也总是出自群体之口。这种实际语言形态常常是由一系列语句组成的结合体,如诗、散文和小说等,当然有时也可以是单一语句的整体(如一首正文只一行的小诗)。如果离开了这种实际语言形态,就不可能存在所谓文学文本。

第二,文学文本要通过传达人生体验及其想象性世界而表达相对完整的意义。它通过语言而呈现体验,但这种呈现的目的是创造一种渗透着人生体验的想象性世界,并由此而表达某种相对完整的意义,或者说有足够的信息能让读者体验到一种想象性世界并借此表达相对完整的意义。如果其意义不完整或残缺不全,则不能称作文学文本。

第三,文学文本有待于读者阅读和接受。如果它仅仅停留于作者头脑里,而无法由任何一位读者读到并感觉到,则只是一种不确定的心理过程,不足以称为文学文本。如果已经被读者在阅读中赋予特定的意义,则就已经从文本变成了作品。

总之,文学文本是有待读者阅读的包含完整意义的实际语言系统。

(二) 文学文本与文学作品

需要注意,"文学文本"与"文学作品"是一对经常容易混淆的概念。这里可从专用概念和一般术语两个层次做一大致区分。

在专用概念层次上,文学文本与文学作品有着比较清楚的区别:文学文本(literary-text)是指由作者创作出来有待于读者阅读的语言系统,而文学作品(literarywork)则是指已经读者阅读并赋予特定意义的语言系统。一部由作者创作出来的语言艺术品,当其未经读者阅读时,就还只是文学文本;而当其被读者阅读后,才变成了作品。简言之,文学文本加读者阅读大体就等于文学作品了。

以往文学理论多使用"文学作品",现在转而强调文学文本并把它与文学作品区分开来,意在表明两点:第一,文学的意义建立在文学文本的语言组织基础上,离开了语言组织不存在意义;第二,读者才是把文本意义现实化的关键角色,其阅读既可以寻求作者原意,也可以发现新的开放的意义空间。可见,区分文学文本与文学作品,有助于适当弱化读者的文学阅读对作家创作意图的单方面依赖性,转而使文学文本的基本语言特性显示出来,并且强化读者阅读的艺术发现作用和增强文本意义的开放性。

不过,在日常生活的一般使用中,文学文本与文学作品之间的区分往往并不明显,两者有时都可以不加区分地用来指文学这种语言艺术品。如"这篇作品写得不错",这句话里的"作品"完全可以换为"文本"而不影响其原义。这反映了"作品"的传统用法在日常使用中的延续形态。

这样,文学文本与文学作品之间,在专用概念层次上是存在明显区别的,而在一般术语运用上则没有多大区别。这也是学习本书时需要留意的:有时作为专用概念要区别文学文本与文学作品,而有时则视为一般术语加以使用。

二、文学文本的层面

文学文本的内部有什么奥秘呢?人们曾经从不同角度探讨它的内在层面构造问题。

(一) 中国古代对文学文本层面的认识

中国古代存在过两种文学文本层面观。一种认为文学文本由言、意两层面构成,另一种则认为由言、象、意三层面构成。

1. 言意两层面说

中国人很早就注意到文本中的"言""意"问题。《周易·系辞》记载有"书不尽言,言不尽意"和"圣人立象以尽意"的观点,《庄子·外物》明确地说:"言者所以在意,得意而忘言。""言"的目的是要表"意",但如果拘泥于"言",就无法"得意"。只有"忘言",才可能"得意"。"言"在这里只能起到暗示的作用。庄子虽然极端地重视"意"而轻视"言"(语),但毕竟以这种独特方式划分出文本的"言"与"意"两个层面,并就两者之间的关系提出了自己的主张,从而为后人分析文本层面提供了一种可资借鉴的典型。

2. 言象意三层面说

三国时思想家王弼,在继承庄子"言意"说的基础上,进一步提出言、象、意三层面说。他在《周易略例·明象》中指出:"夫象者,出意者也。言者,明象者也。尽意莫若象,尽象莫若言。言生于象,故可寻言以观象;象生于意,故可寻象以观意。意以象尽,象以言著。故言者,所以明象,得象而忘言;象者,所以存意,得意而忘象。犹蹄者所以在兔,得兔而忘蹄;筌者所以在鱼,得鱼而忘筌也。"王弼在"言"与"意"两层面之间加入"象"这一层面,就构成文本由表及里的言、意、象三个层面。于是,文本的二层面变成了三个层面。在这新的三层面里,最外在层面的"言"本身没有实质性意义,其任务只是表达"象"("言者明象者也"),所以读者可"得象而忘言",在领悟"象"后就可舍弃"言"了;而中间层面的"象"也不是读者的目的,而只是在表达"意"("象者出意者也"),所以读者可"得意而忘象";"意"位于文本的内在终极层面,它才是目的所在,主宰着一切。《周易》和王弼的注释,都还局限于古代独特的哲学层面,而且所说的"象"乃是指"爻"所构成的图形,是古人象征自然现象和人事变化的一套符号,用以占卜吉凶,并不是专指文学文本中寓含的艺术形象。庄子的"言"与"意"也是在哲学层面讲的。无论是庄子、《周易》还是王弼,在分析文本层面时都只是从所设定的符号性文本这一总体上考察,还没有就文学文本的层面构造做出专门梳理。

自觉地分析文学文本层面构造的,是清代桐城派文论家刘大櫆和姚鼐师徒二人。刘大櫆《论文偶记》把文学文本区分为"粗"与"精"两个层次:"神气者,文之最精处也;音节者,文之稍粗处也;字句者,文之最粗处也。然论文而至于字句,则文之能事尽矣。盖音节者,神气之迹也;字句者,音节之矩也。神气不可见,于音节见之;音节无可准,以字句准之。"

这里虽然沿用了庄子曾用过的"粗"与"精"二层面说,却不存在抑粗扬精之义。他相信文学文本由"粗"与"精"两层面构成:"粗"是指文学文本的外在可见的语言层面,即"音节"和"字句";"精"则是不可见的内在意义或意蕴层面,即"神气"。但这一二层面说还过于简略,在文学文本分析中还难以具体操作。倒是刘大櫆的弟子姚鼐在《古文辞类纂》中进而使上述二层面说具体化了:"凡文体类十三,而所以为文者八,曰神、理、气、味、格、律、声、色。神、理、气、味者,文之精也;格、律、声、色者,文之粗也。然苟舍其粗,则精者亦胡以寓焉。学者之于古人,必始而遇其粗,中而遇其精,终而御其精者而遗其粗者。"

姚鼐把内在意义层次"精"细分为神、理、气、味四要素,而把外在语言层面"粗"细分为格、律、声、色四要素,这显然更有助于认识文学文本的具体层面构造。他还认为:读者在阅读文学文本时,必然要经历"由粗而精"的步骤,读者总是先接触文本的语言层面即格、律、声、色,然后才能由此领悟蕴含在内部的意义层面即神、理、气、味。

这两种文学文本层面观稍有不同,但都是从"可见"(外在)与"不可见"(内在)的区别上去立论的。这种文本层面理论传统对于我们今天认识文学文本的层面构造应是有启发意义的。

(二)西方对文学文本层面的认识

西方也存在过大致两类文学文本层面观:一是两层面说,主张文学文本包含外在语言层面和内在意蕴层面,如但丁和黑格尔;二是四层面说,认为文学文本由更为复杂的四层面组成,如英加登。

1. 两层面说

中世纪晚期意大利著名诗人但丁已认识到,诗有四种意义:字面意义、譬喻意义、道德意义和奥秘意义。字面意义是词语本身字面上显示出的意义,譬喻意义是以寓言方式隐藏着的意义(即"美妙的虚构里隐蔽着的真实"),道德意义是需要从文本中细心探求才能获得的道德上的教益,奥秘意义则是从精神上加以阐明的神圣意义(即"超意义")。这大致相当于说把文学文本划分为两个层面:字面意义层面,和由字面意义表达的超意义层面,如譬喻意义、道德意义和奥秘意义。在但丁看来,譬喻、道德和奥秘等超意义层面固然重要,处于核心地位,起决定性作用,但字面意义层面绝不是无关紧要的,而是具有优先性,"因为其他的各种意义都蕴含在它里面,离开了它,其他的意义,特别是譬喻的意义,便不可能理解,显得荒唐无稽",所以,"不首先理解字面的意义,便无法掌握其他的意义"①。在这里,但丁明确提出文学文本两层面主张,并且把字面意义层面置于阅读与阐释的优先地位上。

德国美学家黑格尔就艺术作品提出"外在形状"与"内在意蕴"的新认识。他认为:"遇到一件艺术作品,我们首先见到的是它直接呈现给我们的东西,然后再追究它的意蕴和内容。"他把这种"直接呈现给我们的东西"称为"外在形状",而把这种"外在形状"所"指引"的"内在的东西"称为"意蕴"。所谓"意蕴",就是"一种灌注生气于外在形状的意蕴",即"一种内在的生气、情感、灵魂、风骨和精神"。艺术作品的"外在形状"是有价值的,但这种价值"并非由于它所直接呈现的",也"不因它自身而有价值",而是因为它像符号或寓言那样,"代表另一种东西",即"意蕴"。② 从总体上看,黑格尔是贬低"外在形状"(如语言)的作用的,没有像但丁那样明确提出一种文本层面观,但其思路却隐然指出文本的"外在形状"与"内在意蕴"之间存在区别,这为后人探讨文本层面提供了重要参照。

2. 四层面说

到了20世纪,波兰现象学美学家英加登对文学文本的层面构造做出了真正富有突破性意义的划分。他在《文学的艺术作品》(1931)中提出了著名的"文学文本四层面":字音及其高一级语音组合、意义单元、多重图式化面貌、再现的客体。

文学文本的第一层面是字音及其高一级语音组合,这属于文学文本的最基本层面,是

---

① 〔意大利〕但丁:《飨宴》第二篇,吕同六译,据《欧美古典作家论现实主义和浪漫主义》一,中国社会科学出版社1980年版,第89—91页。

② 〔德〕黑格尔:《美学》第1卷,朱光潜译,商务印书馆1979年版,第24—26页。

由语音素材来传达的携带可能的意义的语音组织,它超越语音素材和个人阅读经验而具有恒定不变的特性;第二层面是意义单元,是由字音及其高一级语音组合所传达的意义组织,它是文学文本的核心层面,与其他层面相互依存,但又规定着它们;第三层面是多重图式化面貌(schematized aspects),是由意义单元所呈现的事物的大致略图,包含着若干"未定点"(spots of indeterminacy)而有待于读者去具体化;第四层面是再现的客体(represented objects),是通过虚拟现实而生成的世界,这是文学文本的最后层面。这四个层面都有自身的审美价值,但又相互渗透和依存,共同组成文学文本的层面构造。任何文学文本都必定包含这四个层面。此外,英加登又补充说,在某些文学文本中还可能存在着"形而上特质"(metaphysical quality),如崇高、悲剧性、恐怖、震惊、玄奥、丑恶、神圣和悲悯等。可以说,这种"形而上特质"并不属于文学文本必有的层面构造,而仅仅在"伟大的文学"中出现。[①] 英加登的文学文本四层面说明确、具体、细致地区分了文学文本的层面构造,并且通过认可"形而上特质"而为文学文本的深层意蕴留下了空间。

(三) 文学文本层面

如何认识文学文本层面?上述中外"层面论"总是离不开这样一些理论内涵:首先,文本是一种语言的艺术构造,所以语言是必不可少的要素;其次,这种语言构造总是要表达一种活生生的艺术形象,故形象不可或缺;最后,这种由语言表达的艺术形象总是要指向某种体验及其意蕴世界,因此,意蕴十分重要。大凡成功的或优秀的文学文本,总是具备这三种要素。这样,我们可以说文学文本由三个层面组成:文学语言组织、文学形象系统和文学意蕴世界。

1. 文学语言组织是文学文本的最直接和基本的存在方式。没有这种存在方式,就不可能有文学。作家的写作创造出文学语言组织,而读者的阅读则首先必须借助这种语言组织。因此,文学语言组织构成了文学文本的基本现实。文学语言组织是文学文本的最基本层面。

2. 文学形象系统是文学语言组织所显现的感性生活画面。文学形象系统是沟通文学语言组织和文学意蕴世界的中介,处在核心层面。这一层面既离不开文学语言组织,又规定着文学意蕴世界。

3. 文学意蕴世界是文学语言组织及其显现的感性生活画面所可能展现的深层体验空间,文学意蕴世界是文学文本的最深层面。这一层面依存于文学形象系统和文学语言组织。本章着重考察文学文本的最基本层面——文学语言组织。

第二节　文学语言组织

要进入文学文本,首先需要面对它的基本的语言构造——文学语言组织。

[①] Roman Ingarden, *The Literary Work of Art*, Evanston: Northwest University Press, 1973.

一、文学文本的语言性

文学文本总是由语言构成的,即由一定的语言行为及其产品构成的。无论是作家创作还是读者阅读,都必须也只能根据这种语言特性。文学文本即便有无数种特性,也都要以这种特性为生成的基础。这样,文学文本具有一种语言性。文学文本的语言性是指文学文本具有的基本的语言组织特性,这是其他一切特性所得以生成的基础。这可以从下面三方面去理解。

(一) 文学文本以语言方式存在

文学文本总是以语言方式存在的,这是文学文本的语言性的基本标志。我们通常所说的"中国文学"其实应包括用汉族、藏族、维吾尔族和回族等多民族的语言来表述的文学,但如果单就汉民族文学而言,它一般即是指以汉语这种特定语言来表述的文学,所以实际上可以简称为"汉文学"。对于汉文学来说,文学文本当然是以汉语来表述、以汉语方式存在的。请看唐代杜牧的诗《江南春》:

> 千里莺啼绿映红,
> 水村山郭酒旗风。
> 南朝四百八十寺,
> 多少楼台烟雨中。

这首诗文本是由一组汉语词汇组成,28个字组成4个句子,由这4个句子组成1篇。诗人为着准确而生动地表述自己的体验,最终按照一定的规则而精心选择和创造了这些语句,而听众或读者要想领会它的意义,除了首先聆听或阅读它们本身,别无他法。今天的读者已与杜牧的时代远隔千载,但却能从他留下的这些汉语语句中读到他那依然鲜活动人的体验:千里江南,听不尽莺歌燕语,赏不完柳绿花红。依水有村,傍山有城,一面面酒旗迎风漫舞。那南朝以来的四百八十座佛寺啊,楼台曾经何等壮丽恢宏,如今却悄悄伫立烟雨中,只留下难以追忆的一片朦胧!当然,稍有文学史知识的读者都会知道,诗人并不以此单纯抒发一己感慨,而是别有一番讽喻:南朝统治者耗竭人力财力营造的大批佛殿经台,如今还悄然掩映在朦胧烟雨中,可统治者们又到哪里去了呢?对这些意义的领会都是绝对离不开上述汉语文本的。正像前引但丁指出的那样:"不首先理解字面的意义,便无法掌握其他的意义。"

其实,无论是短到一行的小诗,还是长达千页的长篇小说甚至系列长篇小说,它们都有各自的独特语言组织。由于这个缘故,人们已习惯说"文学是语言的艺术"。可见,正是语言构成了文学文本,语言因而是文学文本的必不可少的重要因素。

(二) 文学中的语言具有自身的特点

什么是语言?文学中的语言又是怎样的?一般说来,语言是一种声音与意义结合的符号表意系统,是人类交际最重要的工具。美国语言学家萨丕尔(E. Sapir,1884—1939)有个著名定义:"语言是纯粹人为的、非本能的,凭借自觉地制造出来的符号系统来传达观念、情绪和欲望的方法。"①这个定义突出了语言是人类最重要的交际工具这一特点;语言是人类创造的、旨在表达意义(观念、情绪和欲望)的符号系统。文学文本正是由这种语言构成的。不过,"文学语言"却并不等于"文学中的语言"。文学语言,即西文 literary language,又译标准语,是加工过的规范化了的书面语。它通常与口语或土语相对,是指一定社会和教学情境中的标准语言形态。一般电影、电视、话剧、广播、教育、科学和政府机关所用的书面语,都是文学语言。可见,文学语言一词具有远为宽泛的含义。

与文学语言不同,文学中的语言具有自身的特点。文学中的语言,也就是文学文本的语言,是指经过作家加工的、旨在创造艺术形象并表达意义的特定语言系统。一般说来,各种语言形态,如口语、土语、方言、书面语和文学语言,以及文言和白话等,都可以经过作家艺术加工后进入文学文本,成为文学文本语言组织的组成部分。鲁迅小说《肥皂》(1924年)写道:

四铭踱到烛台面前,展开纸条,一字一字的读下去:
"'恭拟全国人民合词吁请贵大总统特颁明令专重圣经崇祀孟母以挽颓风而存国粹文。'——好极好极。可是字数太多了罢?"
"不要紧的!"道统大声说。"我算过了,还无须乎多加广告费。但是诗题呢?"
"诗题么?"四铭忽而恭敬之状可掬了。"我倒有一个主意在这里:孝女行。那是实事,应该表彰表彰她。我今天在大街上……"
"哦哦,那不行。"薇园连忙摇手,打断他的话。"那是我也看见的。她大概是'外路人',我不懂她的话,她也不懂我的话,不知道她究竟是那里人。大家倒都说她是孝女,然而我问她可能做诗,她摇摇头。要是能做诗,那就好了。"
"然而忠孝是大节,不会做诗也可以将就……"
"那倒不然,而孰知不然!"薇园摊开手掌,向四铭连摇带推的奔过去,力争说。"要会做诗,然后有趣。"

这里,先是白话句式("四铭踱到……"),接着有文言文戏拟("恭拟……"),再接着既有口语(如"不要紧的")、也有文言(如"无须乎""孰知不然")以及文学语言("表彰")等。多种语言形态在这里被重新加工,组合成新的语言组织——文学中的语言,成功地活化出四铭一伙的滑稽面目。

因此,文学中的语言才是我们所说的属于文学文本的语言,而文学语言组织正是文学中的语言的具体体现。

文学中的语言是进入文学文本的直接基础,研究文学文本必须首先研究它的语言。这样,文学中的语言对于文学的重要性自不待言了。而同时,文学中的语言对于研究一个民族的语言也具有重要的作用。语言学家认识到,和语言学关系最密切的是文学中的语言。一种语言的最精彩、最丰富的使用是集中在文学这种语言艺术品里面的。文学是使

---

① 〔美〕萨丕尔:《语言论》,陆卓元译,商务印书馆1985年版,第7页。

用语言的典范,为学习语言提供了最好的榜样,为研究语言提供了理想的材料。①

(三) 语言在文学中的具体存在方式——言语

语言在文学中存在的具体方式怎样?为便于理解这一点,有必要简要回顾现代语言学家索绪尔(F. de Saussure, 1857—1913)的观点。他认为,经典语言学界笼统地谈论语言,往往忽略语言固有的二重性:语言既是音响印象,又是发音器官的动作;既是音响和发音的复合单位,又与观念相结合而形成生理与心理的复合体;既有个人的一面,又有社会的一面;既包含一个已定的系统,又包含一种演变。当忽略了语言的这种二重性时,"语言学的对象就像是乱七八糟的一堆离奇古怪、彼此毫无联系的东西"。② 在他看来,解决上述混乱的唯一办法,就是对复杂的语言现象做出清晰的区分。于是,他把语言(language)具体地区分为两方面:语言结构(langue,又译语言)和言语(parole)。语言结构是语言集团言语的总模式,而言语是在特定语境下个人的说话活动。这两者之间的差异是明显的:首先,语言结构指的是从一代人传到另一代人的语言系统,包括语法、句法和词汇,而言语则是指说话人可能说或理解的全部内容;其次,语言结构是指语言的社会约定俗成方面,言语则是个人的说话;最后,语言结构是一种代码(code),而言语则是一种信息(message)。

不过,索绪尔又强调指出,语言结构和言语是"紧密相连而且互为前提的:要言语为人所理解,并产生它的一切效果,必须有语言结构;但是要使语言结构能够建立,也必须有言语。从历史上看,言语的事实总是在前的……语言结构和言语是互相依存的,语言结构既是言语的工具,又是言语的产物。但是这一切并不妨碍它们是两种绝对不同的东西。"② 由此,他把对言语活动的研究分成两部分:一是以社会的或非个人的语言结构为对象,一是以言语活动的个人部分即言语为研究对象。

按照上述看法,文学从根本上说不是作为社会的语言集团言语的总模式而存在的,而是作为一种个人的言语行为而存在的。这就是说,严格地讲,文学不应是一般的语言而是一种言语。作为个人的言语行为,文学虽然依赖于语言结构的作用,具有不容忽视的社会语言特性,但总是更直接地呈现出个人的、多方面的、异质的、不稳定的或活跃的等特点。为了理解这一点,不妨看看下面的话③:

(1) 诗人朗诵自己的诗当然该用普通话。
(2) 轮到你朗诵时你才说话。
(3) 听众觉得你的话最精彩。

显然,第一句中的"普通话"指的是一种语言结构,即现代汉语的一种普遍性语言结构;第二句里的"说话"是指一种言语动作,即运用普通话方式而实现的个人言语动作;第三句里的"话"则指一种言语产品,它是通过个人言语动作生产出来的产品。由此可见,

---

① 参见伍铁平主编:《普通语言学纲要》,高等教育出版社1993年版,第34页。
② [瑞士]索绪尔:《普通语言学教程》,高名凯译,商务印书馆1980年版,第41页。
③ 这里参考并仿照伍铁平主编《普通语言学纲要》(12—13页)的例证而拟定,特此说明。

文学中的语言实际上直接地是以个人的言语方式(包括言语动作和言语作品)存在的。文学总是以言语的方式"说话"。因此,严格说来,文学不是作为一般语言而是作为个人言语而存在的,即不是作为笼统的普遍性语言结构而是作为个人的具体言语行为而存在的。尽管在文学中以言语取代语言有着充分的理由,但是,鉴于国内文学界长期以来习惯于使用"语言"一词,所以我们在本书中还是不得不依旧沿用"语言"。只是我们应当明白,这语言应确切地理解为言语。这是需要加以特别说明的。

可见,文学文本的语言性表现在文学文本以语言的方式存在,文学中的语言具有自身的特点,它以言语为具体存在方式。

二、什么是文学语言组织

文学语言组织是文学文本的最基本层次和直接现实,它是一种具有表现性目的和个性特征的整体性语言构造。具体说来,文学语言组织具有如下三种特性。

(一) 文学语言组织是一种语言性构造

首先,文学语言组织是一种语言性构造。这里说语言性,是要表明文学文本是由语言这种符号构成的。人类创造的符号多种多样,除了语言符号以外,还有图像符号、实物符号、躯体符号等。文学文本主要是语言符号的构造。"构造",这里指语言的各个组成部分的安排、组织及其相互关系形式。一个语词,是由能指(声音)和所指(概念)组成的结构。而一个语句、语段或语篇,则由表层结构和深层结构组合而成。在文学文本中,语言的各个组成部分,如语词、语句、语段和语篇等,被协调和安排起来,成为一种相互关联的结构。这就是说,文学语言组织不是对一般语言的随意照搬的产物,而具有自身的语言存在方式。每一部文学文本都具有自身的语言性构造。

(二) 文学语言组织具有整体性

作为一种语言构造,文学语言组织具有一种整体性。在文学文本中,各个语言要素总是要相互协调,形成一个彼此连贯的有序系统,而这种系统又相对完整,从而具有一种整体性。歌德说过:"艺术要通过一个完整体向世界说话。"①在我们看来,这种"完整体"首要地和基本地表现在语言构造上。

在20世纪以前,不少理论家和作家喜欢把文学的这种语言整体形容为"有机体"。黑格尔指出:"有机体的各部分、各肢节只有在它们的联合里才能存在,彼此一经分离便失掉其为有机体的存在。"②无论是篇幅短小的一行诗,还是长达数百万言的长篇小说系列,其语言构造都具有自身的这种有机整体性。不过,20世纪以来的论者们则更倾向于认为,这种整体性不宜被理解为封闭的整体性,而是应当理解为动态的、开放的或相互作用的整体性。正如俄国形式主义者迪尼亚诺夫(1894—1943)所指出的那样:"作品的统一不是对称的、封闭的整体,而是展开的、动态的完整;它的各个要素不是由等号或加号联系起来

---

① [德]爱克曼辑:《歌德谈话录》,朱光潜译,人民文学出版社1978年版,第137页。
② [德]黑格尔:《小逻辑》,贺麟译,商务印书馆1980年版,第271页。

的,而是用动态的类比和整体化符号联系起来的。"由于注重这种动态性,他主张"文学作品的形式应当被感觉为动态的形式",这种动态性表现为各个组成部分"彼此间的相互作用"。① 显然,文学语言组织的整体性表现为各个语言要素之间的动态的、相互作用的联系。瑞士诗学家沃尔夫冈·凯塞尔(Wolfgang Kayser)在《语言的艺术作品》里指出,文学文本是语言的统一体,因而语言是文学中真正重要的东西。"文学语言的特别本事能够产生一种特有方式的客观性和语言的组织性,通过这种本事作品所产生出来一切的东西都变成为一个统一体。"② 无论是古典理论家还是现代理论家,都从各自的角度认识到文学中的语言具有自身的整体性。

(三) 文学语言组织具有表现性目的和个性特征

作为一种整体性语言构造,文学语言组织具有一种表现性目的和个性特征。这里有两层意思:

第一,文学文本中的语言为着表现特定的意义而组织成整体性语言构造,从而这种语言构造的整体性是由于表现性目的的成功实现而获得的。

第二,正是在实现表现性目的的过程中,这种语言可能呈现出独特特征,从而传达出作家的独特个性。

对此,老舍说得十分明白:

> 要把语言写好,不只是"说什么"的问题,而也是"怎么说"的问题。创作是个人的工作,"怎么说"就表现了个人的风格与语言创造力。我这么说,说的与众不同,特别好,就表现了我的独特风格与语言创造力。艺术作品都是这样。十个画家给我画像,画出来的都是我,但又各有不同。每一个里都有画家自己的风格与创造。他们各个人从各个不同的风格与创造把我表现出来。写文章也是如此,尽管是写同一题材,可也十个人写十个样。从语言上,我们可以看出来作家们的不同的性格,一看就知道谁写的。莎士比亚是莎士比亚,但丁是但丁。文学作品不能用机器制造,每篇都一样,尺寸相同。翻开《红楼梦》,绝对不能和《儒林外史》调换调换。③

对于作家来说,真正重要的不是一般性地或共性地运用语言("说什么"),而是富于个性地运用语言("怎么说")。他在运用语言时,总要考虑如何使它服从于表现特定目的,从而使它体现出作家自己的独特的个性特征。"尽管是写同一题材,可也十个人写十个样"。当不同的作家为自己提出了不同的表现性目的时,他们在语言运用上就会体现不同的要求。因此,正是"从语言上,我们可以看出来作家们的不同的性格"。

以上表明,文学语言组织呈现出语言性构造、整体性、表现性目的及个性特征等特性。

---

① 〔俄〕迪尼亚诺夫:《结构的概念》,托多洛夫编选《俄苏形式主义文论选》,蔡鸿滨译,中国社会科学出版社1989年版,第98页。
② 〔瑞士〕凯塞尔:《语言的艺术作品》,陈铨译,上海译文出版社1984年版,第7页。
③ 老舍:《关于文学的语言问题》,《出口成章》,作家出版社1964年版,第61页。

第三节 文学语言组织的层面

任何一部文学文本,都有着具体的和独特的语言组织。老舍说过:"我们的最好的思想,最深厚的感情,只能被最美妙的语言表达出来。"①一部优秀的或伟大的文学文本,往往以"最美妙的语言"去表现"最好的思想"和"最深厚的感情"。那么,这"最美妙的语言"内部会包含着怎样的奥秘呢？这就需要考察文学语言组织的层面构造。

文学语言组织有三个基本层面:语音层面、文法层面和辞格层面。这三个层面不是由外向内或由低到高地划分的,而只是不同侧面的分列,它们显示了文学语言组织的不同面貌。下面的讨论主要是针对汉语文学语言组织而言的。

一、语音层面

语音层面是文学语言组织的基本层面之一,它是文学语言组织的语音组合系统,主要包括节奏和音律两种形态。

（一）语音层面的作用

语音层面在文学中具有重要作用,这是不言而喻的。不过,对诗、散文和小说而言,语音层面的作用不同。在诗这种抒情性艺术中,声韵具有极其重要的作用,甚至可以说它本身就构成了抒情形象的必不可少的组成部分。明代李东阳在《麓堂诗话》中主张诗应讲求声韵,认为"诗……无声韵,是不过为排偶之文而已"。"诗"应有和谐的声律美,如不讲究这一点必然会同"文"没有两样。不同诗体或不同时代的诗对声律各有不同的要求,但真正优秀的诗作往往注重声律。他推崇杜甫的诗在声律方面造诣最高:"唯杜子美顿挫起伏,变化不测,可骇可愕,盖其音响与格律正相称。"现代作家林语堂注意到中国文学的特性在很大程度上"源自汉语的单音节性":

> 这种极端的单音节性造就了极为凝练的风格,在口语中很难模仿,因为那要冒不被理解的危险,但它却造就了中国文学的美。于是我们有了每行七个音节的标准诗律,每一行即可包括英语白韵诗两行的内容,这种效果在英语或任何一种口语中都是绝难想象的。无论是在诗歌里还是在散文中,这种词语的凝练造就了一种特别的风格,其中每个字、每个音节都经过反复斟酌,体现了最微妙的语音价值,且意味无穷。如同那些一丝不苟的诗人,中国的散文作家对每一个音节也都谨慎小心。这种洗练风格的娴熟运用意味着词语选择上的炉火纯青。先是在文学传统上青睐文绉绉的词语,而后成为一种社会传统,最后变成中国人的心理习惯。②

这里从汉语单音节性这一细微处入手,揭示了中国文学的美在语音层面的特征,如尤其注重汉语语音的节奏和韵律美,"每个字、每个音节都经过反复斟酌",使其展现"最微妙的

---

① 老舍:《关于文学的语言问题》,《出口成章》,第60页。
② 林语堂:《中国人》,郝志东、沈益洪译,学林出版社1994年版,第222—223页。

语音价值,且意味无穷",同时讲究词法,追求"词语选择上的炉火纯青"。在林语堂看来,这种汉语语音价值不仅表现在中国文学上,而且渗透进更为广泛、深刻而根本的中国社会传统和心理习惯之中。这反映出他对于文学的语音层面的高度重视。对他来说,汉语特有的形象之美是与中国文化的根本价值紧密相关的。他这里的描述无论是否精当,都揭示了一个不容置疑的事实:语音层面在文学文本中具有十分重要的意义。

与诗相比,语音层面在散文中的重要性一般来说要小些。但是,散文也往往讲究语音形象的创造。朱光潜明确地主张散文要讲究"声音节奏":

> 从前人做古文,对声音节奏却也很讲究。朱子说:"韩退之、苏明允作文,敝一生之精力,皆从古人声响处学。"韩退之自己也说:"气盛则言之短长,声之高下,皆宜。"清朝"桐城派"文家学古文,特重朗诵,用意就在揣摩声音节奏。刘海峰谈文,说:"学者求神气而得之音节,求音节而得之字句,思过半矣。"姚姬传甚至谓:"文章之精妙不出字句声色之间,舍此便无可窥寻。"①

他在这里列举宋代朱熹、唐代韩愈、清代刘大櫆和姚鼐的话证明声音节奏在散文中的重要性。朱光潜进而区别说:"声音节奏在科学文里可不深究,在文学文里却是一个最主要的成分,因为文学须表现情趣,而情趣就大半要靠声音节奏来表现。"问题在于,以现代白话形式表述的现代散文,还应讲究声音节奏吗?朱光潜做了肯定的回答:"既然是文章,无论古今中外,都离不掉声音节奏。古文和语体文的不同,不在声音节奏的有无,而在声音节奏形式化的程度大小。"他认为,现代"语体文的声音节奏就是日常语言的自然流露,不主故常",所以"如果讲究得好,我相信语体文比古文的声音节奏应该更生动,更有味"。②他对现代散文寄予厚望,相信其声音节奏应比古文的"更生动,更有味"。

小说主要用语言讲述故事,故事本身颇具吸引力,语音层面在小说中的作用一般来说远远没有在诗中那么显著。不过,这并不等于说小说就不注意语音层面了。事实上,小说也有自身的语音特点。一些小说家仍然十分重视语音形象的刻画。当代小说家汪曾祺就把语言的"声音美"看作小说的语言美乃至整个小说的美的关键因素:

> 声音美是语言美的很重要的因素。一个有文学修养的人,对文字训练有素的人,是会直接从字上"看"出它的声音的。中国语言因为有"调",即"四声",所以特别富于音乐性……写小说不比写诗词,不能有那样严格的格律,但不能不追求语言的声音美,要训练自己的耳朵。一个写小说的人,如果学写一点旧诗、曲艺、戏曲的唱词,是有好处的。③

他进一步明确主张"节奏"是小说最重要的因素:"一篇小说,要有一个贯串全篇的节奏。"④他因此主张以"小说节奏"去取代"小说结构"概念:"中国过去讲'文气',很有道

---

① 朱光潜:《散文的声音节奏》,《艺文杂谈》,安徽人民出版社1981年版,第80页。
② 同上书,第82—83页。
③ 汪曾祺:《汪曾祺文集·文论卷》,第10—11页。
④ 同上书,第28页。

理。什么是'文气'？我以为是内在的节奏。'血脉流通'、'气韵生动'，说得都很好。"① 当然，并非所有小说家都会同意这一观点，但这说明节奏在小说中是可以产生重要作用的。

在小说语言的节奏方面，汪曾祺自己就做过有意义的尝试。他在《受戒》(1980)里这样写道：

> 芦花才吐新穗。紫灰色的芦穗，发着银光，软软的、滑溜溜的，像一串丝线。有的地方结了蒲棒，通红的，像一枝一枝小蜡烛。青浮萍，紫浮萍。长脚蚊子，水蜘蛛。野菱角开着四瓣的小白花。惊起一只青桩(一种水鸟)，擦着芦穗，扑鲁鲁鲁飞远了。

这一段不足100字，却有17处停顿。其中7字以上的停顿句只4个，而7以下的则多达13个，可见短句占绝对多数。而在7字以下的短句中，6字句3个，5字句1个，4字句4个，3字句5个，可见3、4字句是主要的。为什么在一小段里竟运用如此密集的停顿？作家显然是着意于节奏效果的创造。整段的字句节奏是这样的：6字——6字——4字——3字——4字——5字——8字——3字——8字——3字——3字——4字——3字——11字——6字——4字——7字。字数时多时少，长短参差，表明叙述时快时慢，念起来产生古代长短句(词)之回环与婉转节奏，又如读了现代散文诗一样韵味十足。正是这样的节奏，把人于不知不觉中引入一幅清新而明丽的江南水乡风俗画之中。

可见，在诗、散文和小说中，语音层面都具有重要的作用，这表明语音层面在文学的语言组织中是一个基本的层面。语音层面具体地可以分为两种形态：节奏和音律。

(二) 节 奏

1. 什么是节奏

节奏是文学语音层面的基本形态之一，是语音在一定时间里呈现的长短、高低和轻重等有规律的起伏状况。节奏一般有三种类型：长短型、高低型和轻重型。

2. 节奏的产生

一般地说，节奏产生于声音在时间上的延续状况。朱光潜指出："声音是在时间上纵直地绵延着，要它生节奏，有一个基本条件，就是时间上的段落(time intervals)。有段落才可以有起伏，有起伏才可以见节奏。"如果一个声音平直地延续下去而很久没有起伏变化，就不能产生节奏。节奏产生的条件在于"时间的绵延直线必须分为断续线，造成段落起伏。这种段落起伏也要有若干规律，有几分固定的单位，前后相差不能过远"。这就是说，段落的起伏要见出一定的规律性，才可能产生节奏。朱光潜归纳说："节奏是声音大致相等的时间段落里所生的起伏。"②

3. 节奏的具体表现

朱光潜指出："起伏可以在长短、高低、轻重三方面见出。"因此"诗的节奏通常不外由这三种分别组成"。②这就是说，节奏往往表现为三种类型：长短型、高低型和轻重型。而

---

① 汪曾祺：《汪曾祺文集·文论卷》，第33页。
② 朱光潜：《诗论》，安徽教育出版社1997年版，第139页。

其中较为常见的是长短型,下面做一介绍。而高低型则与平仄相关,则在讨论音律中的平仄时述及。

节奏在古典诗中是必不可少的。杜甫《秋兴》有这样一句:"江间波浪兼天涌。"如果单纯从词的意义之间的关系看,该句中"天"字处是不应出现停顿的,可以念成"江间——波浪——兼天涌",一句三顿。但从诗的音响效果着眼,这样会顿得过于突然,使整句缺少起伏,从而缺乏节奏感。所以不如改成下面的念法:"江间——波浪——兼天——涌。"全句变成四个顿,前面三个顿都是两字一顿,显得间隔均衡,而最后改以一字顿,表示一种结束,从而形成起伏均衡而结束有力的鲜明的节奏感。

现代新诗在格律上更为自由,但也有自身的节奏。如闻一多的《死水》第一节:

> 这是——一沟——绝望的——死水,
> 清风——吹不起——半点——漪沦。
> 不如——多扔些——破铜——烂铁,
> 爽性——泼你的——剩菜——残羹。

每句都有四顿,虽然每顿的字数并不完全对等,但大致长短间隔均衡,停顿合理,使得节奏鲜明,读来琅琅上口,渲染出一种诗意氛围。

小说语言也可以有节奏:

> 庞家——这三个——妯娌,一个——赛似——一个的——漂亮,一个——赛似——一个的——能干。他们都——非常——勤快。天——不亮——就起来,烧——水,煮——猪食,喂——猪。白天——就坐在——穿堂里——做针线。都是——光梳头,净洗脸,穿得——整整——齐齐,头上——戴着——金簪子,手上——戴着——麻花银镯。人们——走到——庞家——门前,就觉得——眼前——一亮。
> (汪曾祺《故里杂记》)

在这段叙述里,各句的停顿间隔虽然有长有短,不如诗那样整齐一律,但正是这种长短参差变化突出了小说语言特有的更加灵活的节奏,使人从零散中仍见出有规律的起伏。

(三) 音律

1. 什么是音律

音律,也称声律、声韵或韵律,是文学的语音层面的基本形态之一,是由声调、语调和韵的变化和协调而形成的内部和谐状况。

2. 音律的形成和作用

音律的形成是与声调、语调和韵调等的相互调节与协调相关的。汉语是一种有声调的语言,而这种声调能区别词的意义。声调,也叫字调,是语言的每一音节所固有的能区别词汇或语法意义的声音的高低升降状况。汉语语音有四声之分:在古代汉语中指平、上、去、入,而在现代汉语中则指阴平、阳平、上声和去声。由于有四声之分,词的每个音节都有特定的高低和升降,如果声调错了,说出来的词就会改变意思,造成误解。例如,"妈、麻、马、骂"在汉语普通话里都念"ma",区别就在声调的高低和升降变化,即四声的区别上。按现代修辞学家陈望道(1890—1977)的观点,汉语的声调本身就具有一种形象表现力。他指出:"辞的声调是利用语言文字的声音以增饰语辞的情趣所形成的现象。语辞的声调,也和语辞的风味一样——甚或在语辞的风味之上,为过去执笔者所留心。"他举例说:"'滴'字的音,同雨下注阶的音相近,'击'字的音同持械敲门的音相近,'流'字的音同急水下注的音相近,又如'湫'字的音近于池水的声音,'瀑'字的音近于瀑布的声音之类。"[1]这些字利用声调分别模拟事物所发的音调,颇有形象性。当然,在文学文本中,声调的运用应当服从于整体音律效果的营造和意义的表现。

与声调主要指单个字、词的高低升降不同,语调是整句话或整句话中的某个片段在语音上的高低升降状况。在这个意义上,整句话的语调往往涉及对单个字、词的声调的通盘处理。汉语的语调本身就是丰富的"美的资源"。现代语言学家赵元任指出:"论优美,大多数观察和使用汉语的人都同意汉语是美的。有时人们提出这样的问题:汉语有了字的声调,怎么还能有富于表达力的语调?回答是:字调加在语调的起伏上面,很像海浪上的微波,结果形成的模式是两种音高运动的代数和。汉语的文字系统,即使把简化字考虑在内,当然是很不简单的,可是它在优美性尺度上的等级是高的。"[2]

对于声调和语调之间的关系,赵元任提出了著名的"代数和"论,认为声调(字调)加在语调的起伏上面就像海浪上的微波,即滚滚浩荡的波涛之上还有轻微起伏的小波,二者达成"音高运动的代数和",从而有助于形成汉语音律美。在他看来,汉语中"更加微妙的是韵律,诗人可以用它来象征(symbolize)某种言外之意"。例如唐代岑参的《白雪歌送武判官归京》开头四句:

> 北风卷地白草折,
> 胡天八月即飞雪。
> 忽如一夜春风来,
> 千树万树梨花开。

他认为:这四句诗如果用"官话"来念,押韵的字"折"和"雪"、"来"和"开"并没有什么特别的地方;可是如果换用他的属于吴语的家乡方言常州话来念,头两句就收迫促的入声字"折"和"雪",而后两句则收流畅的平声字"来"和"开"。这种迫促和流畅之间的明显变化,从语音上暗示出从冰天雪地到春暖花开这两个世界的转变与分野,表明"韵律象征着内容"[3]。这个例子典范地证明汉语音律变化的意义并不只是单纯语音上的,即并不只是外在形式上的,而是直接与意义的变化联系起来,或直接导致了意义的变化,从而"韵律象征着内容"。

音律的形成要素,不仅有声调和语调,而且还有韵。韵,具体是指音节的韵母。韵律

---

[1] 陈望道:《修辞学发凡》,新文艺出版社1957年版,第228—229页。
[2] 赵元任:《谈谈汉语这个符号系统》,《赵元任语言学论文选》,叶蜚声译,中国社会科学出版社1985年版,第75—76页。
[3] 同上书,第73—74页。

即音律的形成,来自于对音节的声、韵、调的合理运用,这种合理运用使得一定地位上相同音色反复出现,并且句末或行末同韵同调的音造成应和效果。音律在文学(如诗)中的作用是十分明显的。刘勰在《文心雕龙》中就有专章《声律》加以讨论:"夫音律所始,本于人声者也。声含宫商,肇自血气,先王因之,以制乐歌……故言语者,文章神明枢机;吐纳律吕,唇吻而已。"他认为,音律是根据人的发音规律制定的。人的发音符合五音,本于生理结构,从前的圣王就是根据它来创作音乐歌曲的。如果说言语是构成文章的关键和表达情思的工具,那么吐词发音则要符合音律,努力调节唇吻等发音器官。由于认识到音律在文学中的重要性,他总结说:"标情务远,比音则近;吹律胸臆,调钟唇吻。声得盐梅,响滑榆槿。"抒写情思务求深远,调配音律便较切近,因为它只是从胸腔吐气,通过唇吻使它和音律协调。文章中的声律好比烹调里的盐梅和榆槿,起到调味和滑润的作用。这表明,音律在文学中具有重要的调节、润饰和协调等作用。

3. 音律的基本类型

音律的基本类型有:双声、叠韵、叠音、叠字、平仄和押韵。

(1) 双声。双声是两个字声母相同的语音状况。如:"爱而不见,搔首踟蹰。"(《诗经·邶风·静女》)"见说蚕丛路,崎岖不易行。"(李白《送友人入蜀》)"元气淋漓障犹湿,真宰上诉天应泣。"(杜甫《奉先刘少府新画山水障歌》)

这里的"踟蹰""崎岖"和"淋漓"都属双声,使得诗句呈现一种内部应和效果。

(2) 叠韵。叠韵是两个字韵母相同。如:"窈窕淑女,君子好逑。"(《诗经·周南·关雎》)"万里桥西一草堂,百花潭水即沧浪。"(杜甫《狂夫》)"彷徨忽已久,白露沾我裳。"(曹丕《杂诗》其一)

这里的"窈窕""沧浪"和"彷徨"分别构成了叠韵效果。

(3) 叠音。叠音是由两音相叠的单纯词造成的语音状况。古典诗往往喜欢使用叠音词。如:"蔼蔼堂前林,中夏贮清阴。"(陶渊明《和郭主簿》)"柔条纷冉冉,落叶何翩翩。"(曹植《美女篇》)"秋花紫蒙蒙,秋蝶黄茸茸。"(白居易《秋蝶》)

叠音词"蔼蔼""冉冉""翩翩""蒙蒙"和"茸茸"的运用,不仅适用于感情的抒发,而且增强了语言的音乐美。有的现代作品也体现这一特点:"紫灰色的芦穗,发着银光,软软的,滑溜溜的,像一串丝线。"(汪曾祺《受戒》)"在石岛北边有一隙,水石相搏,澎澎而响,音韵美妙如人在瓮中。"(贾平凹《龙卷风》)"溜溜"和"澎澎"的使用显然有助于增强声音美。

(4) 叠字。叠字是单音节词重叠造成的。从语音情况说,叠字也属于叠音现象。例如:"无边落木萧萧下,不尽长江滚滚来。"(杜甫《登高》)"骊宫高处入青云,仙乐风飘处处闻。"(白居易《长恨歌》)"轻轻的我走了,正如我轻轻的来;我轻轻的招手,作别西天的云彩。"(徐志摩《再别康桥》)

"萧萧"意指稀疏、冷清,"滚滚"则既突出了长江在视觉上的开阔气象,又渲染出它在力量上的磅礴气势。"萧萧"与"滚滚"分别用于上下句,形成强烈对比,可谓绝妙。"处处"刻画出"仙风"盛行的状况,体现一种现实讽喻效果。"轻轻"的运用,令人印象深刻地表现了"我"的依依惜别心情。李清照的《声声慢》写道：

　　寻寻觅觅，冷冷清清，凄凄惨惨戚戚……梧桐更兼细雨，到黄昏，点点滴滴。

一首不长的词竟连用九对叠字，这显然在叠字运用上达到了一种难以企及的极致。诗人那种无限绵延的哀愁从语音层面自然流溢而出，使人似乎可以不必了解词语的意义而就从声音上直接领略到了。

(5) 平仄。"平"指平声，"仄"指上、去、入三声。平仄是平声字与仄声字之间相互有规律地调配造成的节奏与和谐状况。尤其对古典诗词来说，平仄是形成语音节奏与和谐美的基本手段之一。古典诗分为古体诗和近体诗，前者一般不大讲究平仄，而后者则严格要求平仄。近体诗的平仄格式，七律、五律、七绝、五绝各有四种，共十六种。这里以杜甫《客至》为例谈谈平仄在形成节奏与和谐上的作用：

　　① 仄平/仄仄/平平仄，仄仄/平平/仄仄平。
　　① 舍南/舍北/皆春水，但见/群鸥/日日来。
　　② 平仄/仄平/平仄仄，平平/平仄/仄平平。
　　② 花径/不曾/缘客扫，蓬门/今始/为君开。
　　③ 平平/仄仄/平平仄，平平/平平/仄平平。
　　③ 盘飧/市远/无兼味，樽酒/家贫/只旧醅。
　　④ 仄仄/平平/平仄仄，仄平/平仄/仄平平。
　　④ 肯与/邻翁/相对饮，隔篱/呼取/尽余杯。

每一句内部都是平仄有规律地交替出现，形成一种高低起伏的节奏感；同时，每一组出句与对句的平仄几乎都是相反(有的地方可平可仄)，如"舍南/舍北/皆春水"与"但见/群鸥/日日来"在平仄上正好相对应(除首字外)，这同样是要显出高低起伏的节奏。而每一个对句与出句之间的平仄相同(有的地方可平可仄)，则是为了造成一种和谐效果。这样，这首诗既有节奏又求和谐，形成一种音乐美。正是在这种音乐情境的享受中，读者能更真切地领略诗人表达的喜悦情怀：我家茅屋南南北北春水环绕，成群的白鸥来回飞旋。花间小径好久不曾因客人的到来而清扫了，紧闭的草门专为您(指诗人的母舅崔伟)的光临而敞开。幽居僻地，我无法捧出多样美味款待您，家境清贫更使得杯中只有自酿的旧酒。您如果有豪兴，肯与邻翁对饮一番，那就隔着篱笆邀他来吧，咱们同饮这最后的几杯。

注重平仄，既可以造成音乐美，也有助于意义的表达。汪曾祺曾经评论过毛泽东修改《智取威虎山》台词的事例：

　　一个搞文字的人，不能不讲一点声音之道。"前有浮声，则后有切响"，沈约把语言声音的规律概括得很扼要。简单地说，就是平仄声要交错使用。一句话都是平声或都是仄声，一顺边，是很难听的。京剧《智取威虎山》里有一句唱词，原来是"迎来春天换人间"，毛主席给改了一个字，把"天"字改成"色"字。有一点旧诗词训练的人都会知道，除了"色"字更具体之外，全句声音上要好听得多。原来全句六个平声字，声音太飘,改一个声音沉重的"色"字,一下子就扳过来了。①

这里把"天"字改成"色"字,有双重作用:既在六个平声字中嵌入一个仄声字,造成高低起伏的节奏,又在意义表达上更显具体和生动,刻画出春天的万紫千红景象。

(6) 押韵。押韵是相邻或相间的诗行或文句的末尾之间形成的韵母相同或相近的语音状况。这些押韵的字通常叫韵脚字。韵脚字的使用可以使诗读来琅琅上口,铿锵可诵,悦耳动听,使人享受到一种和谐的音乐美。应当看到,押韵的目的不仅为着造成和谐美,而且也是表达意义的重要手段。韵脚字的选择是颇有讲究的。杜甫的《闻官军收河南河北》:

剑外忽传收蓟北,初闻涕泪满衣裳。
却看妻子愁何在,漫卷诗书喜欲狂。
白日放歌须纵酒,青春作伴好还乡。
即从巴峡穿巫峡,便下襄阳向洛阳。

这里的韵脚字"裳""狂""乡"和"阳"全属阳韵字,读起来响亮、开朗,准确地传达出诗人欣喜若狂的心情。本章前引张九龄《望月怀远》诗,韵脚字"时""思""滋"和"期"押支韵,读音低沉而不响亮,与缠绵相思的情感极为合拍。

以上简要讲述了语音层面的节奏和音律状况。需要注意,节奏和音律效果的追求与意义表达之间并不存在绝对联系,这表明语音层面有时具有一定的独立性。但是,在许多情形下,两者之间又关系密切。在我们看来,追求语音层面的美是必要的,但这种追求应当最终服务于意义的表达。也就是说,一方面,语音层面的美具有一定独立性;但是,另一方面,这种独立性又容易给"形式主义"以可乘之机——在片面追求节奏和音律效果时忽略真情实感的表现。因此,正确的态度应当是:既要大胆追求语音层面的美,又必须让这种追求最终服务于意义的表达。②

二、文法层面

"文法"一词借自中国古典诗学,指的不是现代语言学意义上的"语法",而是指"作文"和"作诗"之"法",即文学创作的法则,这里主要指文学语言组织在语词、语句和篇章方面的构成法则。这样,文法层面是文学语言组织的基本层面之一,它是文学语言组织在语词、语句和篇章方面的构成法则。

词(字)有词法,句有句法,篇有篇法,文有文法。文法层面的作用历来受到重视。元人揭曼硕《诗法正宗》主张:"学问有渊源,文章有法度。文有文法,诗有诗法,字有字法,凡世间一能一艺,无不有法。得之则成,失之则否。"可见文法在文学创作中绝不是可有可无的,而是直接与其成败得失相关的,"得之则成,失之则否"。当然,人们又认识到,文法

---

① 汪曾祺:《"揉面"——谈语言》,《汪曾祺文集·文论卷》,第10—11页。
② 以上有关音律问题的论述借鉴了周生亚的《古代诗歌修辞》(语文出版社1995年版,第181—217页),特此注明并致谢。

不应是固定不变的,而应是随时变化的,即应是"活法"而不是"死法"。苏轼说"出新意于法度之中,寄妙理于豪放之外",正是指此。

文法通常有三类:词法、句法和篇法。

(一) 词法

词法,又称字法,是文法层面的类型之一,是特定文本内语词的构成法则。词法,是说用词要贴切、生动和传神,其至高境界是任你名家高手也移易不得。这就有"炼字"之说,指每个词或字为着既符合节奏和音律又实现意义的表达,往往要经过千锤百炼才最终确定下来。所谓"吟安一个字,捻断数茎须"(卢延让《苦吟》),正是指这种情形的极致。炼字的目的不仅在于符合节奏和音律、准确地表达意义,而且也在于创新。

历来为人所称道的王安石名句"春风又绿江南岸"之"绿"字,正是炼字的一个成功实例。诗人先后用过"到""过""入"和"满"等十余字,均不满意,最后才选定了"绿"字(洪迈《容斋诗话》)。与其他字相比,"绿"字好在哪里呢?好在它既形象而又富有代表性。"绿"是春天来了的具体视觉形象标志之一,同时,更是春天的最有代表性的标志之一,因而用"绿"可以形象而富于代表性地描绘出春天的动人景致。也就是说,"绿"形象而富于代表性地再现了冬去春来满眼皆绿的春色,由此传达出诗人内心对自己未来的憧憬。

另外,宋代词人宋祁的"红杏枝头春意闹"的"闹"字,张先"云破月来花弄影"的"弄"字,都是炼字方面的经典例子。王国维《人间词话》称赞说,"著一'闹'字而境界全出","著一'弄'字而境界全出"。清代王士禛对孟浩然的名句"气蒸云梦泽,波撼岳阳城"赞赏不已:"'蒸'字'撼'字,何等响,何等确,何等警拔。"(《燃灯记闻》)确实是有眼光的。

炼字并非一味求"雅",而可以求"俗"。俗语的成功运用也可使诗文增强表现力,杜甫在诗中有时就注意用俗字和俚谚。明代胡震亨《唐音癸签》卷十一指出杜诗好用俗字,他引别人的评论说:"数物以个,谓食为吃,甚近鄙俗,独杜屡用。"例如:"峡口惊猿闻一个""两个黄鹂鸣翠柳""却绕井边添个个""临歧意颇切,对酒不能吃""楼头吃酒楼下卧""但使残年饱吃饭""梅熟许同朱老吃"。这里屡用俗字"个""吃",生动而亲切,比用雅字更具表现力。胡震亨还引他人的话说杜甫"善以方言、里谚点化入诗中"。例如:"吾家老夫子,质朴古人风""客睡何曾着,秋天不肯明""一夜水高二尺强,数日不可更禁当""不分桃花红胜锦,生憎柳絮白于绵""负盐出井此溪女,打鼓发船何处郎"。这里以"老夫子"与"古人风"、"睡着"与"天明""禁当"、"桃花红胜锦"与"柳絮白于绵"、"溪女"与"船郎"等方言和俚谚去表现,更贴近日常生活现实,且由于新奇、活泼,从而更为人喜爱。

当然,炼字虽然讲究新奇,但更须准确而传神。清代李渔《窥词管见》指出:"琢句炼字,虽贵新奇,亦须新而妥,奇而确。妥与确总不越一理字。欲望句之惊人,先求理之服众。"他强调炼字应当追求新颖与妥当、奇异与准确的统一,使表达趋于合"理"。对这一点,我们不妨看看唐代诗人王之涣的《登鹳雀楼》:

　　白日依山尽,
　　黄河入海流。
　　欲穷千里目,

更上一层楼。

这首诗描绘了诗人登临鹳雀楼的体验:白日沿着远山落去,黄河朝向大海奔流;要敞开千里眼界,再登上一层楼吧!这里,"更上一层楼"的"更"值得注意。它是否用得极好呢?要判断这一点并不难:我们不妨按相同意思换用别的字试试。用"再"如何?意思相近,道出了"重复上楼"这一动作,但显然力度差远了。再换成"又"如何?这与"再"的效果相当,也只表明了重复上楼的动作,而未能传达出更深意蕴。换"需"字,只是表达了一种客观上的需要或要求,而未能传达出主体的主动性、自觉性。而"要"字也是如此。可以说,换用任何别的字都不如"更"字妙,"更"字已是不可换的、非用不可的了。它妙在哪里?从全诗看,"更"字至少可以表达出如下三重意义:

第一重是再次登楼,指登楼动作由一向多地重复增加,引申地比喻人生行为的重复出现;第二层是继续登楼,指登楼动作由低到高地逐层增加,比喻人生境界继续提升;第三层是永远不断地继续向上登楼,指登楼动作连续不断和永不停止,比喻人生境界永远不断地向上继续提升,始终不渝,至死方休。

第一重意义可视为基本而平常的意义,用"又""再"或"重"字就足够了。但如果这样的话,这首诗就没有多少意味可言了。需要找到一个字,它不仅能传达上述平常意义,而且能由此生发或发掘出更深和更高层次的意义来。正是一个"更"字,聚合了登楼可能体现的所有三重意义,使得这一平常动作竟能同至高的人生境界追求紧紧地联系起来,从而使诗人的登楼体验能越出平常的同类体验而生发、开拓出远为丰富而深长的意义空间。这三重意义确实也只有"更"字才能完满地承担起来。由此也可以看出,炼字的目的还在炼意。清人赵翼在《瓯北诗话》卷六指出:"知所谓炼者,不在乎奇险诘曲,惊人耳目,而在乎言简意深,以一语胜人千百,此真炼也。"炼字并不只求新奇或奇异,而是要"言简意深",收到以"一"胜"千百"的功效。这里"更"字的运用正是一个经典实例。

(二) 句法

句法是文法层面的类型之一,是特定文本内语句的构成法则。古典诗文十分讲究句法,尤其注重句型和炼句。正像炼字在词法中的作用一样,炼句是要通过反复锤炼句子,达到既符合句型的节奏和音律要求,又实现意义的表达的目的。诗有四言诗、五言诗和七言诗等,各有其句型要求。四言诗为四字句:

昔我往矣,杨柳依依。
今我来思,雨雪霏霏。(《诗经·小雅·采薇》)

五言诗的基本句型则为上二下三:

欲穷千里目,更上一层楼。(王之涣《登鹳雀楼》)

七言诗的基本句型为上四下三:

少小离家老大回,乡音无改鬓毛衰。(贺知章《回乡偶书》)

除上述基本句型外,还有特殊句型。例如,五言诗可有上一下四句型:

露从今夜白,月是故乡明。(杜甫《月夜忆舍弟》)

另外,词也有其句型,称"长短句",按特定词牌填写,这里不再专门列举了。

句型在古典散文和小说中不像在诗词中那样绝对地讲究,但也并非完全舍弃。现代新诗人打破古典格律而创作自由体诗,虽然没有固定句型,但也并非不讲究句法。例如,冰心的散文诗《繁星》(一):

> 繁星闪烁着
> 深蓝的天空
> 何曾听得见他的对语?
> 沉默中
> 微光里
> 他们深深的互相称赞了。

这里的第一与第二行、第四与第五行和第三与第六行,都分别是彼此字数对等而句型大致相同的,虽不讲究押韵,却能创造出和谐的音韵效果。句法在文学中历来是受到高度重视的,只是它并非一成不变,而是随整个文学史的发展而历史地变化和发展的。不同的文学应当有着不同的句法。

(三) 篇法

篇法又称章法,是文法层面的类型之一,是特定文本的整体语言构成法则。前面说的词法和句法还只是就组成文本的语词和语句而言,这里的篇法则扩大到对整个文本的语篇组织的概括。就古典诗来说,篇法是十分重要的。元代傅若金在《诗法正论》中说过:"作诗成法有起承转合四字。以绝句言之,第一句是起,第二句是承,第三句是转,第四句是合。律诗第一联是起,第二联是承,第三联是转,第四联是合。"起,即开始;承,即承上;转,即转折;合,即收合。显然,这里的起、承、转、合,实际上指的是整个语篇的语言结构规律。例如唐代诗人卢纶的五律诗《送李端》:

> 故关衰草遍,离别正堪悲。
> 路出寒云外,人归暮雪时。
> 少孤为客早,多难识君迟。
> 掩泣空相向,风尘何所期。

第一联为"起联",上句点出时令为冬季,地点是故乡;次句交代伤离别题旨。第二联为"承联",承接第一联,上句指行者,下句指送者,传达出寒云低垂行路正难、暮雪塞途归家不易的境况。第三联为"转联",转出新意:想象彼此离别后的情景,既怜行者的天涯孤旅,又悲自己独自在家的寂寞。末联为"合联",合收送别后世事难料而后会难期的深切感触。这里,起、承、转、合层次分明,组成一个有序而完整的篇章结构。当然,上述篇法并非一种刻板公式。有的诗并不完全遵循这种篇法,而是根据意义表达要求予以变通,这是需要说明的。一定的篇法终究是要服务于一定的意义表达的。

三、辞格层面

辞格层面是文学语言组织的基本层面之一,它是富有表现力并带有一定规律性的表现程式的运用状况。这种富有表现力并带有一定规律性的表现程式,在修辞学中通称"辞格"(还称辞藻或语格)。汉语的辞格历来种类丰富,在文学文本中的运用可谓千姿百态,极大地丰富了作家的表现手段和表现力,构成中国文学的一大特色。

辞格的分类方法很多,且各不相同,这里仅谈谈三对六种基本辞格:比喻和借代、对偶和反复、倒装和反讽。①

(一) 比喻和借代

比喻和借代,是分别体现相似和相近原理的借他物以表现某物的语言方式。在这里,比喻和借代的共同点在于:一是都表达两相近似之意,二是都要借彼达此。不同点在于,比喻体现相似性,而借代注重相近处。

1. 比喻

比喻,是借他物来表现某相似之物的语言方式。这种方式在诗歌中运用极为普遍,通常所谓"打比方"正是指这个。比喻往往有三要素:本体、喻体和比喻词。本体指被比的事物;喻体指用来做比的事物;比喻词指用来做比的词语。例如"新月如钩","新月"是本体,"钩"是喻体,"如"是比喻词。一弯"新月"与弯"钩"之间存在形状上的相似点,所以构成比喻关系。

比喻有三种样式:明喻、暗喻和借喻。

(1) 明喻

明喻是明确地用甲比方乙的比喻样式,其特征是本体、喻体和比喻词三个成分全出现。常见的比喻词是"如""像""似""好比"和"疑是"等。例如:"宫女如花满春殿,只今惟有鹧鸪飞。"(李白《越中览古》)"离恨恰如春草,更行更远还生。"(李煜《清平乐》词)"一个人的缺点,正像猴子的尾巴,蹲在地上的时候,尾巴是看不见的,直到他向树上爬,就把后部给大家看了。可是这红臀长尾巴本来就有,并非地位爬高了的新标志。"(钱锺书《围城》)

这里分别以"花"比喻宫女的美貌,以"春草"比喻离恨,以"猴子的尾巴"比喻人的缺点,取得十分明显的修辞效果。

(2) 暗喻

暗喻(又叫隐喻)是不明确表示打比方而将本体直接说成喻体的比喻样式,其特征是本体、喻体和比喻都出现,但比喻词往往由系词"是"代替"如"和"像"等,有时也用"变成""等于"和"就是"等比喻词。例如:

母亲啊!你是荷叶,我是红莲。心中的雨点来了,除了你,谁是我在无遮拦天空

---

① 以下有关辞格的讨论或参考或借鉴了谭永祥《汉语修辞美学》(北京语言学院出版社 1992 年版,第 34—445 页),特此注明并致谢。

下的荫蔽？[冰心《往事》(七)]

用"荷叶"和"红莲"分别比喻"母亲"和"我",充分显示出母亲对女儿的爱护和关怀之情。比喻词不用"像",而用"是",这是暗喻或隐喻。在第五章还要详细论及,这里从略。

(3) 借喻

借喻是不用比喻词,甚至连本体也不出现而直接用喻体代替本体的比喻样式。例如：

花自飘零水自流。一种相思,两处闲愁。此情无计可消除,才下眉头,又上心头。(李清照《一剪梅》)

以"花自飘零"比喻作者的青春如花开花落般空自凋零,又用"水自流"比喻远行的丈夫如悠悠江水空自流,如此表达出李清照的双重情怀：一重为自己容颜易老而感慨,一重为丈夫不能和自己共享而让它白白消逝而伤怀。

2. 借代

借代是借用其他名称或语句代替通常使用的名称或语句的语言方式。借代辞格由本体和借体组成。例如：

孤帆远影碧空尽,唯见长江天际流。

以"孤帆"(局部)代替"孤舟"(整体),显得更为委婉而意味深长。而假如说成"孤舟远影碧空尽",就太直露而缺少情味了。再如：

秃头站在白背心的略略正对面,弯了腰,去研究背心上的文字。(鲁迅《示众》)

"秃头"代指没有长头发的人,而"白背心"则以服饰代人,这样既保持了汉语的鲜活,又使得人物形象具体而生动。借代的种类繁多,此处不一一列举了。

(二) 对偶和反复

对偶和反复是分别体现对称和循环原理的语言方式。

1. 对偶

对偶是上下字数相等、结构相同或相似的具有整齐和对称效果的语言方式。对偶的类型很多,分类方式多样：如从形式看,有当句对、邻句对和隔句对；从上下句语义看,有正对、反对和串对；等等。这里仅仅介绍当句对、邻句对和隔句对。

(1) 当句对

当句对,又叫本句对或句中对,指构成对偶的上下两个短语之间自成对偶。如：

襟三江而带五湖,控蛮荆而引瓯越。物华天宝,龙光射牛斗之墟；人杰地灵,徐孺下陈蕃之榻。(王勃《滕王阁序》)

几乎每个短语和词都用当句对,如"襟三江"对"带五湖","控蛮荆"对"引瓯越","物华"对"天宝","人杰"对"地灵","徐孺"对"陈蕃"。再如：

风急天高猿啸哀,渚清沙白鸟飞回。(杜甫《登高》)

先是上句内"风急"对"天高",继而下句内"渚清"对"沙白",然后上下两句又形成对偶。

(2) 邻句对

邻句对,是古代对偶句常见的方式,指相邻的两个句子形成对偶。如:

> 苔痕上阶绿,草色入帘青。谈笑有鸿儒,往来无白丁。可以调素琴,阅金经。无丝竹之乱耳,无案牍之劳形。(刘禹锡《陋室铭》)

"苔痕上阶绿"对"草色入帘青",绘陋室之景;"谈笑有鸿儒"对"往来无白丁",叙陋室之友;"调素琴"对"阅金经","无丝竹之乱耳"对"无案牍之劳形",写陋室之雅趣。这里的对偶运用有多重意义:一是造成整齐的形式感,二是表现独特的生活情趣,三是注意选用颜色词,如绿对青,素对金,使全文生"色"。

(3) 隔句对

隔句对,又称扇面对,就是具有对偶关系的上下四个句子,第一句与第三句、第二句与第四句分别相对,形同扇面。如:

> 正惊湍直下,跳珠倒溅;小桥横截,缺月如弓。(辛弃疾《沁园春》)

这里隔句相对,前两句叙激流飞泻,后两句描小桥倒影,用隔句对相映成趣。再如:

> 地也,你不分好歹何为地? 天也,你错勘贤愚枉做天!(关汉卿《窦娥冤》)

这个隔句对以呼天喊地的方式呼啸而出,可谓"感天动地",令人倾洒同情之泪。

2. 反复

反复,是意思相同的词或句多次重复使用的语言方式。这在古典诗歌中是经常运用的:"乐土乐土,爰得我所。"(《诗经·魏风·硕鼠》)"行路难,行路难,多歧路,今安在?"(李白《行路难》)

反复可以起到加强语气的效果。在现代文学中,反复也是时常采用的:

> 曾思懿:他不肯也得肯。一则家里没有钱,连大客厅都租给外人,再也养不住闲亲戚。再则(斜眼望着,刻薄地)人家自己要嫁人,你不愿意她嫁呀——
>
> 曾文清(忍无可忍,急躁):谁说我不愿意她嫁? 谁说我不愿意她嫁? 谁说我不愿意她嫁? (曹禺《北京人》第一幕)

当曾文清听妻子曾思懿说他不愿意让愫方嫁走时,内心的深层情感波澜被激发了,但又忍不住急切地反复辩解和掩饰,急躁之情溢于言表。愈辩解和掩饰,愈真切地显露出他内心对于愫方的深切爱恋之情。这三次反复,真实而生动地刻画出曾文清当时的窘迫神态。

(三) 倒装和反讽

倒装和反讽,是分别在语句上和语义上呈现相反组合的语言方式。

1. 倒装

倒装是通过颠倒惯常词语顺序来表意的语言方式。如:

> 物华天宝,龙光射牛斗之墟;人杰地灵,徐孺下陈蕃之榻。(王勃《滕王阁序》)

"人杰地灵"本应为"地灵人杰","地灵"为因,"人杰"为果,这里做词序颠倒,是为了"地灵"与前面的"天宝"形成对偶(隔句对),突出音律效果。再如:

> 静极了,这朝来水溶溶的大道,只远处牛奶车的铃声,点缀这周遭的沉默。(徐志摩《我所知道的康桥》)

正常的语序应为"这朝来水溶溶的大道,静极了",徐志摩将"静极了"倒装在主语前面,突出强调静景之美,还可以增强语气,使人印象深刻。

2. 反讽

反讽(又称倒反、反语或说反话)是意不在正面而在反面或内涵与表面意义相反的语言方式。如:

> 宝玉道:"我也歪着。"黛玉道:"你就歪着。"宝玉道:"没有枕头,咱们在一个枕头上吧!"黛玉听了,睁开眼,起身笑道:"真真你就是我命中的'魔星'——请枕这一个!"说着将自己的枕头推给宝玉,又起身将自己的再拿了一个来枕上,二人对着脸儿躺下。(曹雪芹《红楼梦》第19回)

"魔星"是黛玉对宝玉的昵称,这看来贬斥的话其实寓深情于诙谐之中,正话反说地体现了黛玉对宝玉深深的挚爱之情。还有反话正说:

> 惜春冷笑道:"我虽年轻,这话却不年轻。你们不看书,不识字,所以是书呆子,倒说我糊涂!"尤氏道:"你是状元,第一才子! 我们糊涂人,不如你明白。"

尤氏的话表面夸赞对方,骨子里却充满了贬斥。这种反讽方式显然比正面贬斥更含蓄而有力。

可见,辞格层面的成功组织往往产生多方面效果:既能强化意义的表达,又有助于造成节奏和音律之"美",从而增强文学文本的审美感染力。

第四节 文学语言组织的审美特征

文学语言组织的审美特征,是指文学语言组织之美的具体表现方式及其相应的构成法则。它主要表现在如下三方面:内指性、音乐性、陌生化。

一、内指性

内指性,是文学语言组织的一个普遍的和基本的特征,是文学语言无需外在验证而内在自足的特性。文学的语言并不一定指向外在客观世界,而是往往返身指向它自身的内在文学世界,这与日常语言有着明显的不同。日常语言往往是指向外在客观世界的,要"及物",要经得起客观生活事实的验证,否则就会被认为是说假话或讲错话。例如有人问你:"黄河水从哪里来?"这连小孩子也会知道答案,"黄河水从山上来"或"黄河水从青藏高原来",更具体而准确地可说是"黄河发源于青藏高原巴颜喀拉山脉"。但是,诗人却可以不顾这一客观事实而说成:"黄河之水天上来。"看起来李白的这一诗意语言是失真的,因为它违背了一般地理常识。但是这一有意失真的想象性或虚拟性描述却一句千钧地凸现出黄河的巨大气势和宏伟气象,并使这一描述本身成为汉语诗歌中有关黄河描述的千古绝响。为什么呢? 正是这句不顾事实的极尽夸张和虚构能事的描述,尽情展现了黄河在诗人和其他世人心中留下的真实的震撼性体验。同理,说"白发三千丈",也不符合生活事实,但这样的想象性或夸张性语言却更能准确传达诗人内心的极度愁闷。这表明文学语言总是返身指向内在心灵世界的,是内在地自足的。换言之,它总是遵循人的情感和想象的逻辑行事,而并不一定寻求与外在客观事实相符。文学语言的美,正是与这种内指性密切相关的。

二、音乐性

文学语言组织除了讲究语言的内指性外,还常常把语言的音乐性置放在重要地位。这里的音乐性,是指文学语言组织所具有的富于音乐效果的特性。也就是说,作家在组织文学语言时,不仅要追求表"意",而且要追求表"音",甚至有时还会为着表音而重组语言,或者完全让表意服从于表音。我们应该记得本章第三节所引清代沈德潜的"诗以声为用者也"的话,以及现代人朱光潜、林语堂和汪曾祺等有关声音节奏的重要性的论述。这些看法虽各有其不同,但都共同地强调音乐性在文学语言组织中的至关重要地位。这一点在中国古典格律诗对节奏和音律的追求中表现得尤其突出,而对现代文学来说,音乐美仍然是重要的。

前面曾提及毛泽东把现代京剧《智取威虎山》台词"迎来春天换人间"改成"迎来春色换人间",这里以"色"换"天",既是为了求得表意上的具体和生动,更是要追求音乐美:在全句平声中嵌入一个仄声字,一举打破声音的平板格局而造成奇妙的跌宕起伏效果。

再来看现代散文中的例子:

> 沿着荷塘,是一条曲折的小煤屑路。这是一条幽僻的路,白天也少人走,夜晚更加寂寞。荷塘四面,长着许多树,蓊蓊郁郁的。(朱自清《荷塘月色》)

> 天空变成了浅蓝色,很浅很浅的。转眼间天边出现了一道红霞,慢慢儿扩大了它的范围,加强了它的光亮。(巴金《海上日出》)

朱自清所谓"长着许多树,蓊蓊郁郁的",正常顺序应为"长着许多蓊蓊郁郁的树"。巴金所说的"天空变成了浅蓝色,很浅很浅的",正常顺序应是"天空变成了很浅很浅的浅蓝色"。做了上述改变后,语序打乱了,但却有力地加重了语气,更重要的是造成明快的节奏和悠长的韵味。

现代小说也注意创造富于音乐性的语言组织。汪曾祺总是使自己的小说语言如诗语言一样富于节奏和声韵之美,这具体表现在他那些看起来松散而随意的表述中,我们能聆听到汉语那或明快、或轻盈、或悠扬的节奏与音律。例如《幽冥钟》(1985)的结尾:

> 钟声是柔和的、悠远的。

"东——嗡……嗡……嗡……"

钟声的振幅是圆的。"东——嗡……嗡……嗡……",一圈一圈地扩散开。就像投石于水,水的圆纹一圈一圈地扩散。

"东——嗡……嗡……嗡……"

钟声撞出一个圆环,一个淡金色的光圈。地狱里受难的女鬼看见光了。她们的脸上现出了欢喜。"嗡……嗡……嗡……"金色的光环暗了,暗了,暗了……又一声,"东——嗡……嗡……嗡……"又一个金色的光环。光环扩散着,一圈,又一圈……夜半,子时,幽冥钟的钟声飞出承天寺。

"东——嗡……嗡……嗡……"

幽冥钟的钟声扩散到了千家万户。

正在酣睡的孩子醒来了,他听到了钟声。孩子向母亲的身边依偎得更紧了。

承天寺的钟,幽冥钟。

女性的钟,母亲的钟……

这里以诗的节奏和声韵,刻画出幽冥钟在千家万户中产生的神奇而悠长的音响效果,读来如诗如乐。在这里,表意性与音乐性水乳交融般地融合在一起,达到了一种近乎完美的审美效果,充分地体现了汉语的音乐美!

三、陌生化

陌生化,主要是从读者的阅读效果来说的,指文学语言组织的新奇或反常特性。根据俄国形式主义文论家的观点,陌生化(defamiliarization)是与"自动化"(automatization)相对立的。自动化语言是那种久用成"习惯"或习惯成自然的缺乏原创性和新鲜感的语言,这在日常语言中是司空见惯的。"动作一旦成为习惯性的,就会变成自动的动作。这样,我们的所有的习惯就退到无意识和自动的环境里。"[①]而"陌生化"就是力求运用新鲜的或奇异的语言,去破除这种自动化语言的壁垒,给读者带来新奇的感受。这就是说:"为了恢复对生活的感觉,为了感觉到事物,为了使石头成为石头,存在着一种名为艺术的东西。艺术的目的是提供作为视觉而不是作为识别事物的感觉,艺术的手法就是使事物陌生化的手法,是使形式变得模糊、增加感觉的困难和时间的手法,因为艺术中的感觉行为本身就是目的,应该延长。"[②]

这告诉我们,语言的陌生化并不只是为着新奇,而是通过新奇使人从对生活的漠然或麻木状态中惊醒起来,感奋起来,"恢复对生活的感觉"。

郭沫若在《凤凰涅槃》中写道:

我们新鲜,我们净朗,

[①] 〔俄〕什克洛夫斯基:《艺术作为手法》,托多罗夫编选:《俄苏形式主义文论选》,蔡鸿滨译,中国社会科学出版社1989年版,第63页。

[②] 同上书,第65页。

>   我们华美,我们芬芳,
>   一切的一,芬芳。
>   一的一切,芬芳。
>   芬芳便是你,芬芳便是我,
>   芬芳便是他,芬芳便是火。
>   火便是你。
>   火便是我。
>   火便是他。
>   火便是火。
>   翱翔!翱翔!
>   欢唱!欢唱!

单纯就日常语言的标准看,这些诗句似乎是逻辑不通、颠三倒四的,但正是这些新鲜而奇异的诗句,却可以产生一种陌生化力量,渲染出凤凰新生之后的新鲜、活泼、自由体验,体现出个性解放带来的狂欢式享受。

文学语言的审美特征还不止上面讲的三点,例如生动性、整体性、流畅性、蕴藉性等都可以视为文学语言的审美特征,限于篇幅从略。

本章小结

本章论述文学语言组织问题。文学文本是文学的基本存在方式,文学语言组织则是它最基本的层面。语言是人类社会活动的符号表意方式,具有活动性、符号性和表意性。而文学正是由这种语言来表述的,并在这种语言中存在。文学语言组织是一种具有表现性目的和个性特征的整体性语言构造,有三个基本层面:语音层面、文法层面和辞格层面。语音层面是文学语言组织的基本层面之一,它是文学语言组织的语音组合系统,主要包括节奏和音律两种形态。文法层面是文学语言组织的基本层面之一,它是文学语言组织在语词、语句和篇章方面的构成法则。文法通常有三类:词法、句法和篇法。辞格层面是文学语言组织的基本层面之一,它是富有表现力并带有一定规律性的表现程式的运用状态。这里谈了三对六种基本辞格。文学语言组织的审美特征是指文学语言美的具体表现及其相应的构成法则。这种审美特征主要表现为内指性、音乐性和陌生化等。

本章的概念与问题

概念:

文本 文学文本 文学作品 文学文本四层面说 文学文本的语言性 文学中的语言 语言结构 言语 文学语言组织 语音层面 节奏 音律 文法层面 词法 句法 篇法 辞格层面 比喻 借代 对偶 反复 倒装 反讽 文学语言组织的审美特征 内指性 音乐性 陌生化

问题：
1. 什么是文本和文学文本？
2. 如何区别文学文本与文学作品？
3. 什么是文学语言组织？
4. 文学语言组织有哪些基本层面？
5. 什么是语音层面、文法层面和辞格层面？
6. 举例说明什么是节奏。
7. 举例说明什么是音律。
8. 什么是文法层面？
9. 举例说明什么是词法。
10. 什么是句法和篇法？
11. 什么是辞格层面？
12. 文学语言组织存在着哪些基本的辞格层面？
13. 结合具体实例谈谈文学语言组织的审美特征。
14. 举例说明什么是文学语言组织的内指性。
15. 举例说明什么是文学语言组织的音乐性。
16. 举例说明什么是文学语言组织的陌生化。

第三章 文学的形象系统

文学的艺术形象,处于文学作品文本结构的中间层次。它一方面关系着深层意蕴的传达,另一方面又制约着表层结构的处理,因此文学形象就成了艺术表现的中心。高尔基说:"在诗篇中,在诗句中,占首要地位的必须是形象。"①文学形象是指文本呈现的具体的感性的、具有艺术概括性的、体现着作家的审美理想的、具有审美价值的自然的和人生的图画。文学形象的形成,与人的精神需要有着内在的联系,它是人的知、情、意的全面展开,与人的知、情、意的审美需要相适应,便形成了由文学典型、文学意境和文学象征意象三者构成的互补性形象系统。本章将着重讨论文学形象的这些问题。

第一节 文 学 形 象

文学的世界是由系统性的艺术形象构成的艺术世界。文学形象的系统性如何?文学形象的特征是什么?这是本节所要回答的问题。

一、文学形象的系统性

文学形象的系统性表现在两种意义上:其一是就艺术世界的有机性而言的;其二是就不同性质的文学形象,其审美功能的互补性而言的。让我们分而述之。

(一) 艺术世界的有机性

就艺术世界的有机性而言,艺术形象的系统性是其重要表现。从艺术形象发挥审美功能的方式来看,有的是以单个形象为主的,如文学中的典型人物形象、象征意象中的符号式意象;有的则是以整体形象为主的,如文学意境、寓言式象征意象等。但是不论哪一类艺术形象,都必须具有系统性。例如典型人物虽然在评论或鉴赏时可以把它们从作品中抽出做单独的分析评价,但它在作品中必须统一于整个艺术世界的形象系统。例如《红楼梦》是由三百多个人物形象及其关系构成的形象的有机系统,我们不能随意把其中的某个人物形象抽掉来理解《红楼梦》的艺术世界。为此,恩格斯提出了塑造"典型环境中的典型人物"的重要命题。再如文学意境,它主要靠"思与境谐"、虚实相生的形象系统形成一个审美想象的诗意空间,去实现其审美功能,孤立地机械地去分析某个景物是不妥当的。这同样说明意境形象以系统性取胜。总之,由于艺术世界的整体性和有机性,其艺术形象必然具有系统性。

---

① 〔苏联〕高尔基:《致华·阿·斯米尔诺夫》,《文学书简》上卷,人民文学出版社1962年版,第302页。

(二) 不同性质文学形象审美功能的互补性

不同性质的文学形象还存在着一种审美功能上的互补性,因而存在着更深层面的由文学形象类型之间的互补性而显示的系统性。请看下述三例。宋人喜欢以哲理为诗、以议论为诗,并非全无佳作。如苏轼著名的庐山诗:

> 横看成岭侧成峰,远近高低各不同。
> 不识庐山真面目,只缘身在此山中。

这首诗意在揭示一种哲理,是说不跳出某种事物的圈子之外,是很难看清事物的本来面目的,正如站在庐山之中看不清庐山一样。但诗的意蕴并非到此为止,不要忘了这首诗的题目是《题西林寺壁》,在佛家寺庙的墙上题上这首诗,实际上是赞美佛徒们置身世外,能看破红尘的超越地位。这样便引人从哲理入佛理,又深一层理趣。一首诗这样智慧迭出,巧机层张,包含着丰富深刻的哲理,只通过"看庐山"的形象做比譬,便使道理显豁易懂,而不留说教之痕,可见宋诗言理之妙。

再看唐代诗人孟浩然的《春晓》:

> 春眠不觉晓,处处闻啼鸟。
> 夜来风雨声,花落知多少。

这首诗表现了诗人惜春的情怀。诗中的形象是为抒情而存在的,是一首抒情诗,与苏轼那首不同。

唐代诗人杜甫的诗作素有"诗史"的称号,其代表作"三吏""三别"的形象的性质,又明显不同于上述两种。以《石壕吏》为例:

> 暮投石壕村,有吏夜捉人。老翁逾墙走,老妇出门看。吏呼一何怒,妇啼一何苦!听妇前致词:"三男邺城戍。一男附书至,二男新战死。存者且偷生,死者长已矣!室中更无人,唯有乳下孙。有孙母未去,出入无完裙。老妪力虽衰,请从吏夜归。急应河阳役,犹得备晨炊。"夜久语声绝,如闻泣幽咽。天明登前途,独与老翁别。

这首诗是对历史的实录。唐代乾元元年(758)冬,郭子仪、李光弼、王思礼等九位节度使,率兵二十万围攻叛军安庆绪所占的邺郡(即诗中"邺城",今河南安阳县境内),指日可下。但到次年(759)春,史思明援军至,唐军全线溃败,郭子仪等退守河阳(即古孟津,黄河北岸,在今河南孟县西,诗中"河阳役"即此),四处抽丁以补充军力。石壕,镇名,在今河南陕县东七十里,是759—760年间李光弼与叛军史思明激战的地区。杜甫这时从洛阳回华州任所,就途中所见,写成了这组乐府诗,为历史留下了珍贵的写真。诗歌使千余年后的我们还能通过杜甫这样的诗篇,认识和感受到"安史之乱"中人民承受的巨大灾难。诗中的艺术形象明显具有写实性,意在言史。

苏轼诗旨趣在表意即表达某种哲理,孟浩然诗旨趣在抒情,杜甫诗旨趣在写实(史),三种不同的审美效果,说到底是由三种不同性质的艺术形象造成的。文学的艺术形象为什么会形成这样不同的表意性、抒情性和写实(史)性形象呢?这是在长期的审美实践中形成的,也是由人的精神需要决定的。德国古典哲学认为,人的精神需要有知、情、意①三个方面,因此就有科学、艺术和哲学去发挥人的三种潜能,满足人的精神需要。虽然说人类知、情、意的精神需要可以分别由科学、艺术和哲学来满足,但就个人来说,却没有全面驾驭科学、艺术和哲学的可能。特别是在分工精细的现代社会,人类更没有这种自由。人的精神生活实际上常常处于偏枯状态,研究科学的人无暇顾及哲学和艺术,研究哲学的人同样无暇顾及科学或艺术。人们若想窥视自己职业以外的世界,往往只能到文学艺术的世界中来求得慰藉和满足。文学作为人类把握世界的一种方式,在审美的总前提下,必然要竭力满足人类对它提出的关于知、情、意的精神需要。与这一审美需要相适应,逐渐形成文学的三种审美类型:写实性形象、抒情性形象和表意性形象。其实,这也是人类知、情、意的审美理想的全面展开。根据艺术形象体现审美理想的程度,可以把艺术形象分为高级形象和一般形象两个级位。一般把充分体现审美理想的、达到最高审美境界的艺术形象,称为高级形象形态。中国古典文论称这种形象为艺术"至境"。"至境"一词,清人多有使用。除最早见于叶燮《原诗·内篇》之外,管同在《与友人论文书》中说:"文之大原,出乎天得,其备者浑然如太和元气;偏焉而入于阳,与偏焉而入于阴,皆不可以为文章之至境。"画家潘天寿亦有云:"唯纯真坦荡之人,方能入美之至境。"由于艺术形象分三种,因而艺术至境亦有三种,构成了三足鼎立的艺术至境结构。这三种艺术至境形态的模式和范畴,早已被人类先后发现并反复研究,长期被不同的民族所偏爱,华夏民族对意境这种抒情文学的艺术至境形态情有独钟,西方则对典型这种写实性形象的艺术至境形象研究得很深透。还有一种艺术至境形态,名叫象征意象,是表意性形象的高级形态,早已被中国两汉之前的古人发现,并进行了一些研究,后来由于艺术重心转向抒情,就把这一范畴冷落和遗忘了。西方对这类文学现象并没有引起应有的关注。20世纪现代派文学艺术普遍的哲理化倾向和象征手法的运用,使人们重新发现了古代象征意象的现代意义,发现它与意境、典型一样,都是艺术至境形态。她们犹如三位美神一样,统辖着文学艺术的天宇,指导着人类的文学艺术活动。意境,偏重满足人类情感方面的审美需要,让人类按意境规范的几种基本模式创造抒情作品,去陶冶人的性情,慰藉人的心灵;象征意象,偏重满足人们思考和幻想的审美需要,让人类按象征意象提供的几种基本模式创造出表意性艺术形象,以启人心智、思考哲理、驰骋理想;典型偏重满足人们认识社会人生的审美需要,让人类按典型的艺术范式去塑造写实性艺术形象,使人能通过文学认识生活、直观自身。这样,三位美神便独立而又互补地共同满足了人类各方面的审美需要,共同支撑起文学艺术的天宇,给人类以无限的精神享受。

下面,先让我们讨论文学形象的一般性特征,再讨论它的艺术至境形态。

---

① 关于对德国古典哲学提出的"知情意"的理解,"知"与认识理解相对应,"情"与情感欲望相对应,"意"与理念思想相对应。但是有人认为"意"是指"意志",不属哲理,而是道德。其实,这是一种机械的理解。殊不知意志的构成,是由一定的理念、真理化为信念,这些都是形而上的思想或哲理。由信念化为情感意志虽然有情感的催动,但是正如中国儒家对"道"的理解一样,是"发乎情,止乎礼义"的,所以,即使作"意志"解,仍属于哲学范畴,所以道德自来属于哲学。

二、文学形象的总体特征

通过上述分析,说明文学形象还可以分为不同性质的形象,这样,它们必然具有各自独特的特征。然而它们作为文学形象,也具有各种文学形象都具有的总体特征。这种总体特征表现为:

(一) 文学形象的具体可感性

文学作为一种审美意识形态,与其他意识形态不同,最明显的特征是它以具体可感的艺术形象为手段来实现其一切目的。所以歌德说:"诗指示出自然界的各种秘密,企图用形象来解决它们。"[①]黑格尔认为:"艺术的形式就是诉诸感官的形象。"[②]可见文学形象对于文学的重要,而文学形象最明显的特征是其具体可感性。杜甫有首五言绝句云:

迟日江山丽,春风花草香。泥融飞燕子,沙暖睡鸳鸯。

这首春光融融、景色流丽的小诗,全用具体可感的文学形象构成,而且全是诉诸人的感官的可觉、可视、可嗅、可听、可触的美好形象,从而调动人的视觉、听觉、触觉等一切感觉机能一起去感受春天的美好,一起去领略诗人对春天的赞美之情,使读者如临其境、如闻其声、如见其形。这样便形成了文学形象的具体性和可感性。黑格尔认为,诗人"必须含有天生的善于创造画境和形象的本领",但是"在艺术里,这些感性的形状和声音之所以呈现出来,并不只是为着它们本身或是它们直接现于感官的那种模样、形状,而是为着要用那种模样去满足更高的心灵的旨趣"。[③] 也就是说,作家并非为形象而形象,为具体可感而具体可感,而是要通过具有具体性可感性的形象的塑造和描绘,传达出"更高的心灵旨趣"。这就决定文学形象还有其更深层次的艺术特征。

(二) 文学形象的艺术概括性

黑格尔认为,艺术形象之所以有意义,就是因为它"并不只是代表它自己",而是"可以指引到某一种意蕴","一种为内在的生气、情感、灵魂、风骨和精神"。[④] 我们把艺术形象传达丰富的内在意蕴的功能,称为文学形象的概括性。文学形象的概括性的表现是十分丰富的,多种多样的。首先文学形象往往通过个别概括一般,通过偶然表现必然。例如,鲁迅笔下的祥林嫂的形象,可以使我们想起在旧中国、旧礼教的精神奴役下的千千万万劳动妇女的悲惨命运;杜甫的《石壕吏》虽然写的是杜甫偶然所见,但他却使我们通过偶然所见,联想到"安史之乱"中的千家万户,联想到大唐帝国为什么从此一蹶不振的必然原因。这是艺术概括极常见的一种,但却不是唯一的一种。文学形象的概括性还有多种表现:如上述孟浩然的《春晓》和杜甫的《石壕吏》两诗,艺术形象概括的只是诗人体会到的某种感情、某种精神的境界;再如上述苏轼的《题西林寺壁》,只概括了诗人悟透的某

---

① 〔德〕歌德:《慧语集》,《外国理论家作家论形象思维》,中国社会科学出版社1979年版,第35页。
② 〔德〕黑格尔:《美学》第1卷,朱光潜译,商务印书馆1979年版,第87页。
③ 同上书,第49页。
④ 同上书,第24—25页。

种道理。朱熹的《观书有感》也与此相类似。其诗云:

  半亩方塘一鉴开,天光云影共徘徊。
  问渠那得清如许,为有源头活水来。

这首诗寓哲理于形象之中,概括了读书给人带来的那种智慧之光启迪心智的精神升华和享受,说明了学问境界犹如源头活水,要常读常新,才能日新日进的道理。显然上述这两种概括性的表现,形象与意蕴的关系,已不是什么个别与一般的关系。前一种是以形象引导出一个情感的世界,后一种则是以形象暗示和说明某种观念和道理。然而,这还不是文学形象概括性表现的全部,有的形象仅为传达一种如黑格尔说的"生气""灵魂""精神"而存在。中国古代文论中称这种形象的概括方式为"传神",例如白居易《长恨歌》对杨贵妃的形象便有两处极为精彩传神的概括:早期的杨贵妃是"云鬓花颜金步摇",一语传神,再加上"回眸一笑百媚生,六宫粉黛无颜色"的夸张,便把杨贵妃的美貌、神态描绘概括得光彩照人、摄魂夺魄了。对死后成仙的杨贵妃的神情,只用"梨花一枝春带雨"一句,又写得神韵全出。然而形象的概括性不仅表现为要传人物之神,还要传达自然之神,如"红杏枝头春意闹""春风又绿江南岸""云破月来花弄影"等,也是一种形象概括。此外,文学形象的概括性还表现为能传达难以言说的事物和境界。例如:余音缭绕的审美境界,是极难表述的,而白居易《琵琶行》用"东舟西舫悄无言,唯见江心秋月白"表述之;物我两忘的境界是很难描写的,而陶渊明用"采菊东篱下,悠然见南山"概括之。总之,通过以上诸例可以看出,由于意蕴的丰富性,也形成了文学形象概括方式的多样性。由于文学形象多样的概括功能,才使文学形象具有无限的表现力,成为文学艺术表现的中心环节。

  (三) 文学形象的审美理想性

  文学形象,往往有一种妙肖自然的品格,但是苏轼却说:"论画以形似,见与儿童邻。"黑格尔也有这样的看法,他说:"仿本(按,指作品中的艺术形象)愈酷肖自然的蓝本,这种(可供欣赏的)乐趣……也就愈稀薄、愈冷淡,甚至于变成腻味和嫌厌。"这是因为"单纯的模仿,它实际给人的就不是真实生活情况而是生活的冒充"。[①] 人们为什么这样不满足于形似呢? 这是因为文学形象已经不同于自然和生活中的物象了。它已不是自然和生活的简单摹本,而是一种人类心灵创造的艺术形式了。人之所以创造这种东西,目的是为满足"更高的心灵旨趣"。在黑格尔看来,这种心灵旨趣"有时甚至是最高的、绝对的需要",因为"艺术是和整个时代与整个民族的一般世界观和宗教旨趣联系在一起的",而且人类从事艺术创造还需"出于一种较高尚的推动力"。[②] 那么这种联系着整个时代和整个民族的世界观的、体现着人类精神和心灵的最高的、绝对需要的东西是什么呢? 即人类的审美理想。所谓审美理想,这应当是指人们在自己民族的审美文化氛围里形成的、由个人的审美体验和人格境界所肯定的关于美的观念尺度和范型模式。它一方面具有个人特色和民族特色,同时又具有某些全人类性质。所谓"观念尺度"不过是人在自觉不自觉的审美活动

[①] 〔德〕黑格尔:《美学》第 1 卷,朱光潜译,第 53—54 页。
[②] 同上书,第 38 页。

中,为自己下意识地设定的关于美的种种标准;所谓"范型模式"则是合乎上述标准的感性形态。文学形象的艺术至境形态便是这种"范型模式"的具体体现。审美理想一方面通过个人的审美实践显示出个人的性格特色,另一方面又以"范型模式"的形成体现为民族审美趣味的共同性乃至人类审美理想的共同性。审美理想由此影响和制约着全民族乃至全人类的审美实践和艺术创造。

这样,文学形象必然体现着作家的审美理想。而且,正确的审美理想总是通过个人因素存在的、符合社会发展趋势的、体现时代精神的、与人类社会理想相统一的正面素质充分展现出来。文艺复兴时期意大利画家达·芬奇的杰作《蒙娜丽莎》,便具有强烈的时代精神,体现了那个时代的审美理想。这幅画的最重要特征,便是"蒙娜丽莎的微笑"。在中世纪的黑暗岁月里,千余年的封建统治和基督教禁欲主义的摧残,使得人失去了自由思想和享受幸福生活的权利,现实生活的喜怒哀乐都被教会视为触犯上帝的天条,于是中世纪的艺术形象均呆板僵硬,面部毫无表情。然而文艺复兴时代到来了,一切都在发生变化,人作为人开始受到尊重。达·芬奇以他的《蒙娜丽莎》向人展示那丧失已久的笑容又回到人间,那笑容里充满了新时代人物的乐观自信,洋溢着对未来、对真善美的渴望。达·芬奇用艺术形象表明,人已从禁欲主义下解放出来,人不再是徒具形体、没有七情六欲的模具,人能够会心地微笑了!由于这幅画充分地展现了那个时代所赋予的审美理想,所以蒙娜丽莎成了文艺复兴时期女性美的典型形象,成了欧洲人结束漫长中世纪痛苦生活的标志,这是正面体现审美理想的艺术形象。

然而文学形象对审美理想的体现却有多种方式,作家们不仅要把生活中的美加以集中、夸张升华为理想的美,加工成体现审美理想的艺术形象,而且还可以把生活中的丑陋转化为艺术美,转化为可以带来审美享受的文学形象。而这种转化必须在审美理想的观照下来进行。苏联美学家斯托诺维奇指出:"丑的现象本身不会令人高兴。同卑鄙的家伙交往很少有愉悦可言,但是痛斥他却真是一种快事呀!……这是对丑的谴责,在美的理想之光照射下使之目眩,让丑的劣迹在美面前原形毕露。由于美的理想主持对丑的裁决,难道这一切不产生特殊的愉悦和享受吗?"①这样,人类中一切丑类,生活中的虚假、丑恶和污秽,便在审美理想之光的照射下受到谴责和鞭笞,因而在文学中成为反映着审美理想的艺术形象。喜剧中的艺术形象,也属这一类,不过在手法上把批判变为讽刺而已,也体现着作家的审美理想。至此,有人会问,难道现代派荒诞丑怪的艺术形象也体现着审美理想吗?回答应当说是肯定的。不过它们不是正面的体现,而是让读者反思,引起同情,发现美的失落,它们表达的正是失去美的痛苦和焦灼。而这些情感,正是作家从审美理想的高度去审视生活的结果,都是出自作家悲天悯人的伟大情怀,都折射着作家的审美理想。这使得审美理想成了文学形象的重要特征,从而在更高的意义上满足了人类高尚的心灵旨趣,与自然物象明显地区分开来,被达·芬奇称为"第二自然"。

---

① 〔苏联〕列·斯托诺维奇:《审美价值的本质》,凌继尧译,中国社会科学出版社1984年版,第231页。

(四) 文学形象的审美属性

由于文学形象与审美理想的密切关系，这就决定了文学形象的审美属性。文学形象必须是灌注了作家审美感情的，既揭示生活意蕴，又具有审美价值的形象。因此是否具有审美属性，便成了文学形象与非文学形象的分水岭。一幅生物学的马的挂图，可以画得十分逼真：不仅有色彩，有肥瘦，而且马鬃马尾都十分逼真。凭这些挂图，人们可以很快地辨别出哪一种是蒙古马，哪一种是天山马，哪一种是云贵高原上的马。这种挂图可以给人带来增长见识的喜悦，却很少有什么美的享受。挂图画得再逼真、再精工，看后留给人的不过是动物学上马的动物特征的某些印象，而不会产生什么百看不厌的效果。但我国著名画家徐悲鸿笔下的马，就不同了。它可以让人百看不厌，每看一遍都可以给人一种崇高的美的享受，都可以让人精神振奋、热血沸腾，给人一种人格的启迪和心灵的提升。因为徐悲鸿笔下的马，虽然仍是马，却灌注了画家理想的人格和精神，灌注了画家的审美感情，已经不是自然中的马，而是一种人格化、诗意化了的马了，已经变成画家个人审美理想的表达和民族审美理想的象征了。它展示的已不仅是生命飞腾的壮美，还是我们民族那种要冲破一切阻碍、实现民族腾飞意愿的象征了。特别是当观众发现徐悲鸿用他那高度熟练准确的技巧，用我们民族喜爱的艺术形式——中国画大写意的技法，勾勒出一匹匹骏马，以驰骋民族之魂的诗意畅想时，这时艺术形式美和艺术意蕴美完美结合所形成的巨大审美冲击力，自然可以给人们留下无尽的审美价值，葆有永久的艺术魅力。因此，艺术形象应当是具有审美属性的形象。文学艺术的形象创造，应坚持对生活物象做审美的升华。如果仅以逼肖自然的形似原则照抄生活，那便是对生活"冒充"，不是艺术形象。昔日的自然主义和我国当代作家中不注意形象审美升华的倾向，是违反艺术规律的。

值得说明的是，对文学形象审美属性的理解也不能简单化，应当注意到文学形象唤起的美感形式也是多种多样的。它大致有这样几种情况：

第一是直接地给人以美的享受。这种艺术形象往往是在生活美的基础上集中升华而来，因此，这种形象往往"比普通的实际生活更高，更强烈，更有集中性，更典型，更理想，因此就更带普遍性"①。这是文学形象中最常见的审美类型。一般作家诗人倾注大量审美情感的主人公，都具有这样的审美素质，如托尔斯泰笔下的安娜·卡列尼娜、曹雪芹笔下的林黛玉等。

第二是通批判丑恶所带来的审美享受。这类艺术形象是作家凭着"美的理想主持对丑的裁决"的结果。用这种美感方式，法国文艺复兴时期的重要作品，拉伯雷的《巨人传》，对欧洲封建统治的强大支柱天主教会进行了猛烈的批判。它揭露教皇冒充"地上的上帝"，君临天下，鱼肉人民；它揭露上层僧侣骄奢淫逸、胡作非为、虚伪欺诈；它痛斥封建法律犹如蛛网，欺凌弱小，助长邪恶；它嘲笑那些道貌岸然的法官，是一群"靠贿赂为生"的徇私舞弊、贪赃枉法的丑类。这种对封建主义和宗教神权的批判和痛斥，至今读来仍大快人心。19世纪法国批判现实主义的伟大作家巴尔扎克，通过一系列资产阶级野心家和

---

① 《毛泽东论文艺》（增订本），人民文学出版社1992年版，第49页。

暴发户的典型形象,无情地批判了资本主义社会人与人之间丑恶的金钱关系,无情地痛斥那个金钱主宰一切、腐蚀一切、毁灭一切的无耻的时代。因而通过批判的目光所创造的形象使人间接地获得审美享受,也是文学形象常见的美感形式。

第三是通过同情的目光,描绘弱者屈辱丑陋的形象,以呼唤人性中求美向善之心的回归。文学作品中,还经常出现一种被侮辱被损害者的形象,他们的丑陋正是强者之罪、社会之罪,当作家倾注大量的同情去描写这种弱者的丑陋时,更容易呼唤读者求美向善之心的回归,从而达到追求美好境界的正面效果。法国雕塑家罗丹(1840—1917)的名作《老妓女》,塑造了一个逝去青春的老妓女"丑"得骇人的躯体:那低垂的似乎永远也不愿抬起的头,那贴在瘦骨嶙峋胸腔上的干瘪的乳房,那屈起的再也不愿张开的双腿,那似乎向人想说什么然而又无从言说地无奈地张开的手,那全身的每一道皱纹等,都凝结为一首令人痛苦欲绝、触目惊心的诗。它以"丑"呼唤人类的同情,呼唤着人的求美向善之心。这种形象中不仅审美性是间接的,而且作家对社会丑陋的批判也是间接的,它们仍然是具有审美价值的艺术形象,与那种直接展览丑陋的形象是不同的。

第四通过对社会和人生本质上丑陋和荒谬的展示,表达人类失去美的痛苦和对美的渴望。有人称现代艺术是审"丑"的艺术。其实它并非赤裸裸地展览丑恶现象,而往往是超越生活具象和细节真实,通过夸张、变形和象征手法去揭示社会人生本质上的丑恶与荒诞。它们不再着眼于现象的直接呈现,而是更关注现象背后"深度模式"的传达,更关注对形而上的观念哲理的阐释。这其实也是一种"审美的升华"。现代艺术之所以这样,是因为那些埋藏于内心的审美理想逼着作家不得不做如此乖张的抗议,以惊世骇俗。所以这种艺术形象最终还是要呼唤美的回归的,仍然是为着美的追求而存在的。

这样看来,凡是文学形象,都应当是具有审美属性的艺术形象。

因此我们再次强调:文学形象是指文本中呈现的具体的感性的、具有艺术概括性的、体现着作家的审美理想的、有着审美价值的自然的和人生的图画。

然而,这还只是文学形象的总体特征,不同性质的文学形象,还有着它们不同的具体特征,这要结合对其高级形态的讨论才能看得更清楚。总之,文学形象是人的知、情、意的精神需要在文学中审美地全面展开,又与人的知、情、意的精神结构有着某种对应关系。这就形成了文学形象总体上的系统性。这种系统性决定文学形象的一般形态可分为写实性形象、抒情性形象和表意性形象三种,其高级形态也就是艺术至境形态则由文学典型、文学意境和象征意象构成,成为独立互补的三足鼎立的艺术至境结构。下文将转入对艺术至境形态的探讨。

第二节 文学典型

文学典型是写实性文学形象的高级形态,是人类创造的艺术至境的基本形态之一,也是中西文论共同发现和阐释的符合审美理想的范型模式之一,不过西方文论对它研究更充分,理论更成熟。

一、典型论的发展及论争

（一）西方典型论发展的三阶段

虽然中西都有典型论，但典型（Tupos）的概念，却基本上由西方文论创立的。它的发展大致经历了三个阶段。17世纪以前，西方的典型观基本是类型说。18世纪时狄德罗就认为：如果"屠瓦拿财务员是某一守财奴""格里则尔神父是某一伪君子"，而文学作品中的"守财奴"和"伪君子"却"是根据世上所有的一切屠瓦拿和格里则尔来形成的。这要显出这类人物的最普遍最突出的特点，这不是恰恰某一个人的画像"。① 18世纪后，开始了由重视共性到重视个性的转变，形成了个性典型观占主导的时期。黑格尔便是这种观点的代表。19世纪80年代末，马克思主义典型观趋于成熟，把人类的典型理论发展到了一个崭新的阶段。进入20世纪之后，由于艺术中心的转移，西方关于典型的研究相对显得沉寂，而马克思主义典型观却在社会主义国家中得到应用和发展，并成为中心议题之一。

（二）典型论在现代中国的发展

随着马克思主义在中国的传播，西方典型观于"五四"以后传入我国，但真正的讨论和应用是在1949年之后。中华人民共和国成立初，我们主要从苏联移植了典型理论，当时认为典型性就是阶级性，典型人物便是将某个阶级的共同特征集中于一个人物身上。这种"阶级论典型说"明显地带有庸俗社会学和机械唯物论的倾向。接着出现的是"共性与个性的统一说"。这种见解开始重视个性因素，对于纠正上述庸俗社会学的影响和类型化、概念化倾向有一定作用，但仍未能把握典型的特征。因为世界上一切事物都是个性与共性的统一，把事物的最一般属性看作典型的本质，并不能把典型形象与一般形象区别开来。出于对"阶级论典型说"和"共性与个性统一说"的怀疑，有人提出了"共名说"，认为典型不仅活在书本上，而且流行在生活中，成了人们用来称呼某些人的"共名"。它是人们自觉不自觉地仿效的榜样，是人物塑造所能达到的最高成就的标志。此说在研究方法上别开生面，不是就典型本身论典型，而是企图从艺术形象的审美效果上去判定是否是典型，提出了一个新的视角。但是，由于"共名说"对典型的本质缺乏必要的理论概括，仅以是否广泛流传作为判定典型的标准，也未见周密，仅从普遍性判定典型也容易回到类型说老路上去。于是又有人寻找新途径，提出了"必然与偶然的联系说"。此说认为对典型的共性与个性的统一，不能仅做静止、抽象的理解，而应深入到比共性与个性的统一范畴更深的层次中，即放到本质与现象、必然与偶然的范畴上来考察。典型之所以具有个性体现共性的特点，其实质正在于在偶然的现象中体现必然性的本质或规律。这里以运动的而不是静止的观点透视典型，在解释典型的复杂性与多样性方面是比"共性与个性统一说"前进了一步，但"必然与偶然"，仍然是世间一切事物的普遍联系，仍不足以揭示典型的本质。"文革"后，由于人们对过去政治化、公式化文艺的反感，所以第一个出现的新观点便是"个性出典型"。这虽然对消除"四人帮"的恶劣影响有一定作用，但这个观点从理论上

---

① 狄德罗：《谈演员》，《世界文学》1962年第1—2期，第216页。

看,不过是跳到另一极上来反对这一极,并未跳出"共性与个性统一说"的格局。20世纪80年代,人们以"中介—特殊说",打破了典型研究的困境。此说认为哲学上为了便于解释复杂的事物,往往使用三个概念:个别、特殊、一般。"特殊"是个别与一般的中间环节,又叫"中介",典型就是这个"中介"。典型包含有个别的因素,但又不是个别;典型包含有普遍的因素,但又不是普遍;它是处于个别与一般之间的一个特殊层次。逻辑范畴的"特殊"揭示了典型的深层本质:典型即"特殊"。"特殊"对个别而言是本质,对本质而言又是现象;个别对一般而言是远离本质的现象,"特殊"较之于个别对一般而言,则是更加切近本质的现象。"中介—特殊说"的观察视角虽然仍用哲学切入法,但已不是生硬地运用哲学范畴去硬套文艺现象,而是一种具体的辩证分析。它的出现,使典型研究终于跳出了机械唯物论的纠缠,获得了生机。这些见解从不同角度逐步逼近了典型的本质和特征,丰富了典型理论。我们这里对典型理论研究史的回顾,说明典型陷在哲学的视角里思维被禁锢得多么艰苦。而典型作为一种文学形象、一种审美形态,为什么偏要以哲学的眼光来审视呢?人类为什么不应当首先把它当作一种美学现实、用审美的眼光直接去把握它的本质呢?这就是我们的新的典型观提出的出发点。本书将对典型做直接的审美观照。

二、文学典型的美学特征

文学典型作为符合人类审美理想的一种范型模式、文学形象的一种高级形态,它是指写实型作品言语系统中呈现的显出特征的、富于审美魅力的、含有丰厚历史文化意蕴的性格,又称为典型人物或典型性格。文学典型一般应呈现如下美学特征:

(一) 典型的特征性

马克思在《致斐·拉萨尔》的信中批评他说:"我感到遗憾的是,在人物个性的描写方面看不到什么特色。"[①]对于这条译文,朱光潜认为:"据原文,这句话应改译为'在剧中人物身上看不到什么显出特征的东西'。"[②]从这里,马克思主义提出了审视典型的重要原则,即特征性原则。这是典型必备的美学特点。"特征"(charakteristische)的概念,是由德国艺术史家希尔特(Hirt,1759—1839)提出来的,是指"组成本质的那些个别标志",是"艺术形象中个别细节把所要表现的内容突出地表现出来的那种妥帖性"。[③] 在希尔特的启发下,黑格尔把"特征性"当作艺术创作的重要原理加以提倡。所以,我们把作家抓住生活中最富有特征性的东西,加以艺术强化、生发的过程,叫作"特征化"。

典型的创造是通过特征化实现的,"特征化"在艺术表现中显示了巨大的能量。高明的作家可能通过特征化把生活的各个因素,单独地变为传世之作。如陆游的《示儿》,把临终的遗言变成千古名篇;契诃夫把"打喷嚏"一个细节,生发成一篇名扬四海的小说;杜甫的《兵车行》,是通过一个场景,给我们留下大唐帝国穷兵黩武给人民带来严重灾难的历史画卷;鲁迅通过人血馒头治痨病这件事,揭示了中华民族悲剧命运的根源,也就是说,

---

① 《马克思恩格斯选集》第4卷,第340页。
② 朱光潜:《西方美学史》下卷,人民文学出版社1979年版,第718页。
③ 〔德〕黑格尔:《美学》第1卷,朱光潜译,第22页。

上述诸因素无论哪一种被"特征化"了,都可能产生不朽之作。所以巴尔扎克说,"特征"的特点在于"用最小的面积惊人地集中了最大量的思想"①。文学典型的特征化原则,是要求调动这一切方面特征化的表现力为形成文学典型的"特征性"服务。这样,文学典型的"特征性",就分两个层次来理解了。

第一,文学典型必须具有贯串其全部活动的总特征。黑格尔认为:"性格的特殊性中应该有一个主要的方面作为统治方面。"②它就是能"把一切都融贯成为一个整体的那种深入渗透到一切的个性……这种个性就是所言所行的同一泉源,从这个泉源派生出每一句话,乃至思想、行为举止的每一个特征③。"也就是说,一个人物性格的最基本方面可以形成这个人物个性的总特征。为什么有的学者把典型称为"共名"呢? 就是因为真正的文学典型,都必须具有鲜明的总特征。如阿 Q 的"精神胜利法"就是这种总特征。阿 Q 的许多行为都与他的"精神胜利法"息息相关。此外,像林黛玉的多愁善感,薛宝钗的世故圆滑,王熙凤的心狠手辣等都是这些典型的总特征,使人物成为独特的"这一个",成为一个鲜活的富有魅力的生命。所以法国文艺理论家泰纳(Hippolyte Adolphe Taine,1828—1893)也说:"可见艺术品的本质在于把一个对象的基本特征,至少是重要的特征,表现得越占主导地位越好,越显明越好。"④

第二,文学典型还必须具有在总特征制约下的丰富多彩的局部特征。如果一个人物只有总特征,而没有丰富多彩的局部特征。那么这个人物即使写得好,也不过是一个单色人物,又称为"扁平人物",常表现为某种类型化倾向。虽然类型化典型和"扁平人物"至今仍有巨大的审美价值,但是自 19 世纪以来,叙事文学的人物描写毕竟达到了更高的境界。人物性格由单一到复杂,像托尔斯泰那样,使人物性格从心灵到行动都得到了多层次、多侧面的展现。安娜·卡列尼娜的性格展现了女人——这种上帝的杰作所包含的母性、妻性、女儿性的全部丰美的意蕴及其生命的奇光异彩。叙事文学的艺术至境追求已经发展到要塑造性格复杂丰满的"圆整人物"的阶段。黑格尔早就对这种理想的"范型模式"做了呼唤,他说:"性格同时仍需保持生动性和完满性,使个别人物有余地可以向多方面流露他的性格,适应各种各样的情境,把一种本身发展完满的内心世界的丰富多彩性显示于丰富多彩的表现。"⑤黑格尔的意思是说,典型人物的性格不仅要鲜活,而且一定展现人物性格的丰富多彩和多重结合。通过局部特征性,塑造一种十分立体的、呼之欲出"圆整形人物"。鲁迅笔下的阿 Q 形象,可以说已经达到了这样的高度。有人发现,阿 Q 的性格中竟有十组矛盾着的侧面:质朴愚昧但又圆滑无赖;率真任性而又正统卫道;自尊自大而又自轻自贱;争强好胜但又忍辱屈从;狭隘保守但又盲目趋时;排斥异端而又向往革命;憎恶权势而又趋炎附势;蛮横霸道而又懦弱卑怯;敏感禁忌而又麻木健忘;不满现状但又

---

① 〔法〕巴尔扎克:《论艺术》,《古典文艺理论译丛》第 10 册,人民文学出版社 1965 年版,第 101 页。
② 〔德〕黑格尔:《美学》第 1 卷,朱光潜译,第 292 页。
③ 〔德〕黑格尔:《美学》第 3 卷(下册),朱光潜译,商务印书馆 1979 年版,第 265 页。
④ 《西方文艺理论名著选编》中卷,北京大学出版社 1986 年版,第 171 页。("泰纳"又译"丹纳")
⑤ 〔德〕黑格尔:《美学》第 1 卷,朱光潜译,第 304 页。

安于现状,呈现了丰富多彩的性格内涵。① 然而阿Q并不是一个精神分裂症患者,所有这些矛盾着的侧面,都是一个被压迫的奴隶,带着其"精神奴役的创伤",在不同的生活境遇里表现出必然的反应。而每一种性格特征后面,都能透射出一道历史的折光,包含着深厚的历史文化内涵。文学典型就是这样,在鲜明的整体特征和丰富的局部特征的展示中,成为一个立体的"圆整人物",成为显示出无穷魅力的个性。

(二) 典型的丰厚历史文化意蕴

人类之所以创造典型这种艺术至境形态,用黑格尔的话来说,是想"从他本身召唤出来的东西"中,"观照自己、认识自己、思考自己",希望能从典型中"欣赏的只是他自己的外在现实",因此,典型应当为人类"自己而存在"。② 说到底,人类创造典型,是为了"直观自身"的审美需要,追求的是典型所应该具有的审美认识价值,看一看人是怎样在历史和现实中生活,以及历史和现实的本来面貌如何。这样,凡是世界公认的典型,总是通过丰富多彩的性格刻画,显示了"较大的思想深度和意识到的历史内容"③,从而具有丰厚的历史文化意蕴。俄国批判现实主义作家果戈理(Н. Гоголь,1809—1852)的《死魂灵》,创造了一系列形形色色的地主的典型形象:有表面上温文尔雅而实际上头脑空虚、懒惰成性的玛尼罗夫,有知识贫乏但却善于经营的女地主科罗蟠契加,有惹是生非的无赖罗士特莱夫,有笨拙而凶狠的恶棍梭巴开维支,还有贪婪悭吝的守财奴泼留希金。作者就是通过对这群丑类的刻画,揭露和谴责了农奴主阶级寄生腐朽的本质,从精神道德的高度批判了他们人性的丧失,指出他们不配有更好的命运,等待他们的必然是农奴制的崩溃和灭亡,他们不过是即将进入坟墓的"死魂灵",俄国的历史必将进入新的一页,从而显示了"较大的思想深度和意识到的历史内容",在俄国的历史和文学的发展过程中,产生了巨大的影响。鲁迅笔下的阿Q这个典型,同样表现了巨大的思想深度和丰厚的历史文化意蕴。在阿Q的悲剧命运里,就有道不尽的"思想"。仅就大的方面讲有:对中国国民性的痼疾的认识;对辛亥革命失败的反思和历史教训的总结;对辛亥革命时期历史面貌的认识和中国农村各阶层状况的分析;对农民革命的必然性和盲动性的准确揭示;对"阿Q相"和"精神胜利"的批判以及由以上方面所显示的作家思想的睿智、人道的情怀和爱国的赤诚等。茅盾甚至认为,他还有全人类的意义。总之,他是一个说不完道不尽的阿Q。这便是典型提供的丰厚的历史文化意蕴。

(三) 典型的艺术魅力

典型的艺术魅力,主要来自典型独特的审美效果。这种审美效果,主要表现在三个方面:

第一,文学典型以生命形式呈现出无穷魅力。美国现代美学家苏珊·朗格(Susanne K. Langer)认为,艺术是一种生命形式,因此它能"激发人们的美感"④。典型却是按人自

---

① 林兴宅:《论阿Q性格系统》,《鲁迅研究》1984年第1期。
② 〔德〕黑格尔:《美学》第1卷,朱光潜译,第38—39页。
③ 恩格斯:《致斐·拉萨尔》,《马克思恩格斯选集》第4卷,人民出版社1995年版,第557页。
④ 〔美〕苏珊·朗格:《艺术问题》,滕守尧等译,中国社会科学出版社1983年版,第43页。

身的生命形式创造的艺术形象,因而具有一种特殊的艺术魅力,特别具有满足人类在最充分的意义上直观自身的审美价值。

　　这种艺术魅力首先在于典型以人的生命形式所展现的生命的斑斓色彩。文学典型给人提供的精神世界是如此丰富,往往令读者叹为观止。例如《红楼梦》中的林黛玉,她的一颗心既是那晶莹、高洁、美丽可爱,聪慧过人、诗意充盈、柔情万种、富于幻想并向往着美好爱情的少女之心;又是那敏感多思、眼光超越、痛苦忧伤、缠绵悱恻、向往着自由和舒展个性的诗人之心;还是一颗饱读诗书、超凡脱俗、峻逸高洁、孤独自傲、宁折不弯的富于东方文化特色的士子之心。然而这颗心仍出自肉眼凡胎支配的世俗环境,便给这颗心打上了历史的社会的烙印;使她既有贵族少女的孤僻、乖张,又有着世俗女子的软弱和小性儿;使她的恋爱史,几乎成了不断地拌嘴、误解和流泪的历史;使她的叛逆和反抗多存在于心灵的领域,很难冲破封建礼教的规范,因而只能是无济于事的仅以眼泪和生命相拼的反抗。然而林黛玉灵魂的这一面,从艺术上看,无疑又增添了林黛玉性格的悲剧美,表现了性格的多侧面,以其性格的世俗性与非世俗性的矛盾,拓展了生命的张力,更显得有血有肉,丰富多彩,从而具有无穷的艺术魅力。

　　然而性格的魅力更来自作家塑造的灵魂的深度,即它在何种程度上表达了人类解放自身的要求和改变现存秩序的愿望。黑格尔说:"一个艺术家的地位愈高,他也就愈深刻地表现出心情和灵魂的深度,而这种心情和灵魂的深度却不是一望可知的,而是要靠艺术家沉浸到外在和内在世界里去深入探索,才能认识到。"①因此这种"灵魂的深度"一方面是作家的慧眼所在,是作家艺术家超群拔俗的标志;另一方面又是文学典型之所以称为文学典型的必备品格。林黛玉所具有的情感和灵魂的深度,是震撼人心的。她以热烈执着的情感表达的对爱情自由的憧憬,是人类自身解放愿望的体现;然而林黛玉却不是如崔莺莺那样的"爱情鸟",而是全不把贵族阶级的富贵尊荣、仕途经济放在眼里的富于叛逆的性格。她之所以一往情深地把爱情献给贾宝玉,就是因为宝玉乃是她志同道合的知己。于是这对贵族青年的爱情故事,便具有了追求个人自由幸福的民主化色彩;他们的反叛,也具有了使封建阶级后继无人的意义。而这两者,都符合历史的发展方向,符合人民群众的愿望。此外,林黛玉这样美丽的灵魂、这样美好的爱情却被封建社会和封建家族给绞杀了,正说明这样的社会和家族的反人性、反人道的性质。这不仅可以激起人们对现存社会的愤慨,而且可以增强人们对封建社会反动本质的认识。作家就是通过对林黛玉情感和灵魂的细致刻画,显示了一种历史文化的深度、批判的深度和审美认识的深度。文学典型正是因为具有了这种灵魂的深度,才更为闪光夺目。正是上述性格的丰富性和灵魂的深度,才使典型这种和人类自身一样的生命形式,更具有艺术魅力。

　　第二,典型的艺术魅力还来自它的真实性。这是艺术创造的原则,更是马克思主义典型观的核心命题,它为艺术典型规定了严格的历史尺度。典型具有的真实性,应含有更丰富深刻的历史文化意蕴。它提倡对现实关系的真实描写,希望通过卓越的个性刻画,揭示

---

　　① 〔德〕黑格尔:《美学》第1卷,朱光潜译,第35页。

出更多的政治和社会的真理,体现出历史的必然趋势。像阿Q、林黛玉这样的典型,当他们以扑面而来的特征性进入我们视野的时候,便能以他们所揭示的现实关系的真相、真理引起读者的强烈共鸣。由于这些典型所揭示的真理、真相十分深刻,不仅与读者尚处于感性状态的生活体验相一致,而且还能帮助读者把他对生活的体验提高一步,从而把握社会生活更深层次的本质,弄清了真相,懂得了真理。于是,读者便会为典型的真实性拍案叫绝,形成一种震撼灵魂的审美激动,产生一种刻骨铭心的艺术感染,使人终生难忘。所以符合历史尺度的真实性,历来是典型塑造的最高追求,也是典型具有艺术魅力的第一位元素。巴尔扎克说:"获得全世界闻名的不朽的成功的秘密在于真实。"①

值得说明的是,文学典型的真实性呈现的艺术魅力,并非仅在于它符合历史的尺度,还在于作家人格的真诚。真诚也是典型真实性的一个侧面,透过典型总是折射出作家最真诚的人格态度和情感评价。《庄子·渔父》中说:"真者,精诚之至也。不精不诚,不能动人。"文学典型,还是作家人格和情感"精诚之至"的表现。阿Q的形象之所以那样感人至深,是因阿Q的背后分明站着一个爱恨交织的鲁迅,他那"哀其不幸,怒其不争"的复杂情感态度,犹如一个慈爱的母亲流着泪去鞭打那个她倾注着厚爱的不争气的儿子。透过阿Q可悲可笑的行状,我们仍能体会到他那特有的"哀"和"怒",这是因为在作家冷峻幽默的背后,还有一颗滚烫的心,一个精诚之至的爱国者所特有的伟大人格。由于这种人格感人之至,因而它所塑造的典型也华光四射、感人之至,与典型的历史真实汇为一种夺魂摄魄的真实性,辐射着无穷的艺术魅力。

第三,文学典型的艺术魅力还来自它的新颖性。新颖性就是典型塑造的独创性。在文学典型的画廊里,绝不允许重复。别林斯基认为,在真正的艺术里,"一切形象都是新鲜的,具有独创性的,其中没有哪一个形象重复着另一个形象,每一个形象都凭它所特有的生命在生活"②。文学典型总是古今唯一的,以鲜活的生命形式呈现的十分独特的"这一个"(黑格尔语),别林斯基又称它为"熟悉的陌生人"。新颖的东西,总是富有魅力的。文学典型的新颖性,也符合文学鉴赏的客观要求。鲁迅曾风趣地说:"我本来不大喜欢下地狱,因为不但是满眼只有刀山剑树,看得太单调,苦痛也怕很难当。现在可又有些怕上天堂了,四时皆春,一年到头请你看桃花,你想够多么乏味?即使那桃花有车轮般大,也只能在初上去的时候,暂时吃惊,决不会每天做一首'桃之夭夭'的。"③鲁迅的话告诫我们不仅丑的东西的重复使人生厌,即使美的事物也不能老是重复,老是让人看雷同的东西,也会失去艺术魅力。所以文学典型总是追求新颖性,以获取更强的艺术魅力。

三、典型环境中的典型人物

(一)典型环境

马克思、恩格斯以历史唯物主义的眼光第一次科学地阐明了人的生活环境与人物性

---

① 《外国文学参考资料》(19—20世纪部分),高等教育出版社1958年版,第557页。
② 《别林斯基论文学》,新文艺出版社1958年版,第52页。
③ 鲁迅:《华盖集续编·厦门通讯(二)》,《鲁迅全集》第3卷,人民文学出版社1973年版,第361页。

格形成的关系,同时又提出了"真实地再现典型环境中的典型人物"的命题。这是对典型理论的重大贡献。恩格斯在《致玛·哈克奈斯》的信中写道:"据我看来,现实主义的意思是,除细节真实外,还要真实地再现典型环境中的典型人物。您的人物,就他们本身而言,是够典型的;但是环绕着这些人物并促使他们行动的环境,也许就不是那样典型了。"①

其实,关注人物与环境的关系,并非自马克思、恩格斯开始。除黑格尔外,18世纪法国启蒙思想家狄德罗也注意到这一问题,他认为"人物的性格要根据他们的处境来决定"②。自然主义者左拉(Emile Zola,1840—1902)也论述过环境,并且提出:"要使真实的人物在真实的环境中活动。③"然而,启蒙主义者所理解的环境,主要指自然环境;黑格尔所说的环境,是由绝对理念转化而来的一般世界情况和具体的自然环境;自然主义者所说的环境,主要是从生物学和遗传学的眼光所看到的个人生活的狭小天地和地理条件。他们都是历史唯心主义者,因而既不能揭示环境的本质,也不能正确地阐明人物与环境的真正关系。马克思主义认为,人是一切社会关系的总和,只有从对社会文化关系即现实关系的描写和揭示中,才能更好地描写人、揭示人的性格实质。所以马克思和恩格斯一贯主张"对现实关系的真实描写"。而恩格斯这里提出的"真实地再现典型环境中的典型人物"的命题,正与他们的一贯主张相统一。所谓典型环境,不过是充分地体现了现实关系真实风貌的人物生活的具体历史文化环境。它包括以具体独特的个别性反映出特定历史时期社会文化现实关系总情势的大环境,又包括由这种历史文化环境形成的个人生活的具体环境。

所谓"社会现实关系的总情势",包括两个方面的内容,一是现实关系的真实情况,二是时代的脉搏和动向。这种"总情势"往往不是直接的、公开呈现的,而是一种隐匿的、潜伏的客观存在,只有到了社会矛盾激化的阶段才会明朗。因此作家能否抓住它并且如实地表现出来,才最见功力。它直接牵涉到作家的思想水平和洞察生活的能力。小说《城市姑娘》成书后不久,伦敦东头就爆发了大规模的工人运动。这说明哈克奈斯的环境描写不够真实,或者说仅具有某些表面的真实,而没有看到真正的现实关系。就在哈克奈斯深入伦敦东头写小说期间,那里已经潜伏、涌动着革命的潜流,由于哈克奈斯仅能以人道主义的同情和空想社会主义的眼光观察生活,自然捕捉不到现实关系的真实情况和时代的脉搏,因此她笔下的环境描写也失去了典型性,连带着她的主人公也就不那么典型了。

显然,马克思主义典型观强调的是环境所应当具有的更为本质的联系,即由一定的历史文化语境条件纠结而成的现实关系,而不在于像上述非马克思主义者那样仅关注环境的表面的东西。但这并不意味着对于典型环境的描写只能有一种模式、一种风貌。由于上述"现实关系总情势"的隐匿性,而它所联系的生活现象又无比丰富,所以作家完全有可能选择富有特征性的细节、场面和场景,加工成独特的典型环境,而且每个时代的现实关系,都是通过个别的具体的社会环境体现出来的。因此具体环境描写可以是丰富多彩

---

① 《马克思恩格斯选集》第4卷,人民出版社1972年版,第462页。
② 〔法〕狄德罗:《论戏剧艺术》,《文艺理论译丛》1958年第1期。
③ 〔法〕左拉:《论小说》,《古典文艺理论译丛》第8册,人民文学出版社1964年版,第122页。

的、个别特殊的,典型环境也是特定的"这一个",富有特征性、个别性、概括性和有机统一性。任何公式化、概念化的描写,都不算是典型环境。

(二) 典型环境与典型人物的关系

恩格斯的"真实地再现典型环境中的典型人物"的命题,科学地揭示了典型人物与典型环境的辩证关系。

首先,典型环境与典型人物的关系表现为相互依存的关系。一方面,没有典型环境,典型人物就不能形成。这是因为典型人物的刻画是离不开典型环境的。典型环境是典型人物赖以生存的现实基础,没有典型环境,典型人物的言谈、行动甚至心理都失去了依据和针对性,成了无源之水、无本之木。设想在阿Q的典型环境里,若没有封建统治势力的代表人物赵太爷、钱太爷,没有竭力维护旧礼教、"革命"时又迅速戴起"银桃子"的赵秀才,没有不许阿Q革命的假洋鬼子,没有帮地主敲诈勒索的地保,没有赵、钱两家在城里的支柱白举人和衙门里的把总等,就无法造成阿Q屈辱的地位和悲惨的命运。总之,没有阿Q与上述人物的不平等压迫关系,阿Q的性格特征也不会产生,更不会成为典型人物。另一方面,典型环境也以典型人物的存在而存在,典型环境实际上主要是以典型人物为中心的社会文化关系系统。如果失去了典型人物,这个系统便失去了中心,失去了联系的纽带,环境便成了一盘散沙,也失去了存在的意义和形成的可能。因此,恩格斯关于"真实地再现典型环境中的典型人物"的命题,是一个整体性命题,失去一方,另一方也就不复存在。人物与环境是相互依存的关系。

其次,典型环境与典型人物是互动性关系。一方面典型环境是形成典型人物性格的基础。所谓环境,就是那种形成人物性格、"并促使他们行动"的客观条件。优秀的文学作品,总是让它的人物在围绕着他们的特殊环境中形成。《红楼梦》中多愁善感的林黛玉,就是环绕着她的典型环境的产物:她自小熟读诗书,才思聪慧,使她善于思考;幼年失去母亲,礼教的约束相对少点,才有了个性自由滋生的空间;寄居贾府之后,贾府所需要的却是薛宝钗那样的女性,客观环境与她自由的个性形成了强烈的冲突,造成了她与环境的格格不入。《葬花词》中"一年三百六十日,风刀霜剑严相逼"的诗句,便是她与环境矛盾的诗意写照。在这个黑暗王国里,她唯一的知己便是贾宝玉,唯一的温馨和希望来自那被黑暗王国包围着的爱情。虽然在爱情的天国里,他们可以互道衷肠,驰骋叛逆的梦想,但不利的环境又使她敏感的神经常常产生种种不祥预感,再加上寄人篱下的凄苦与孤独,她便常常"临风落泪,对景伤情"。这样丰富而又痛苦的精神生活,也只能给她留下一副"弱不禁风"的躯壳。林黛玉从内蕴到外形就是这样被环境决定着的。

然而,典型环境不仅是形成人物性格的基础,而且还逼迫人物的行动,制约着人物性格的发展变化。优秀文学作品,总是自觉不自觉地符合这一艺术规律。《水浒传》也是这样,许多不愿造反的英雄,总是被一步步逼上梁山。最典型的是林冲,他本是东京八十万禁军总教头,对宋王朝非常忠诚,要这样的人造反是不容易的。小说在前后五回里,通过"岳庙娘子受辱""误入白虎堂""刺配沧州道""大闹野猪林""火烧草料场""风雪山神庙"等情节,让他与环境发生强烈的冲突,而被一步一步地逼上梁山,使他由宋王朝的忠臣变成了造反的英雄,充分显示了环境对人物行动的制约、决定作用。

另一方面,典型人物也并非永远在环境面前无能为力,在一定条件下,又可以对环境发生反作用。例如阿Q在未庄本是微不足道、受人欺凌的,但当他一旦从城里回来,把满把的"铜的"和"银的"往酒店的柜台上一甩,地位便立刻改观:昔日被视为"伤风败俗"的阿Q,这时竟成了未庄人注意的中心,赵太爷一家深夜静候的客人。特别是当革命的风声传到乡下,阿Q大叫道:"造反了!"又立刻改变了他与未庄社会的现实关系,不但"未庄人都用了惊惧的眼光对他看",就连昔日八面威风的赵太爷,也"怯怯的迎着低声"称他"老Q",充分显示了人物在一定条件下对环境的反作用。这种现象在革命英雄或先进典型那里表现得尤为充分。通过人物的努力,可以把法庭变成讲台(如高尔基《母亲》),把监狱变成战场(如《红岩》),可以改变穷山恶水(如焦裕禄),可以对周围人物和世界产生影响。

总之,文学典型是显示出特征的、富有艺术魅力的人物性格。作为文学形象的高级形态,它包含丰厚的历史文化内容,成为人类通过文学直观自身、认识生活的主要形式。它是写实型作品的最高美学追求和理想范型模式,是人类创造的艺术至境形态之一。

第三节 文学意境

文学意境是抒情性文学追求的艺术至境形态。它是中国古代文学创立的最高审美范畴。西方早在古希腊时期便有著名的抒情诗人,远在公元前7—前6世纪,便出现了专写情歌和婚歌的女诗人萨福(Sapph),后又出现了宫廷抒情诗人阿那克瑞翁(Anacreon,约前570—?)和抒情诗人品达(Pindaros,前518?—前442?)。18世纪40年代后又出现主情时代(ageofsensibility,1744—1798)和浪漫主义时期(1798—1832),抒情文学一度成为席卷欧洲的主要文学形式,然而抒情文学的审美理想和艺术至境形态是什么?却是西方文论没有回答的问题。相反,中国古代文论对此却做了充分的研究。

一、意境论的形成和意境的界说

(一) 意境论的形成

意境作为中国古代文论独创的一个概念,源头可上溯至《庄子》。不仅提出了"不精不诚,不能动人"的情感命题,而且还较早地使用了虚化的"境"的概念,如"荣辱之境""是非之境"和"振于无境故寓诸无境"等。《庄子·齐物论》中"振于无境故寓诸无境",是指一种"无极之境"和"自由之境"的意思。古"境"字一般是指疆域边界或乐曲的一段,虚化而用于精神领域首见于《庄子》。这就为意境论的创立准备了条件。后来,刘勰在《文心雕龙·隐秀》中首先用"境"的概念来评论嵇康和阮籍的诗,说他们的诗"境玄思淡"。并提出"文外之重旨""余味曲包"等重要问题,可视为文学意境论的萌发。盛唐之后,意境开始全面形成。相传为王昌龄所做的《诗格》中,直接出现了"意境"这个概念。但他当时的意思,只是指诗境三境中的一境:"诗有三境。一曰物境。欲为山水诗,则张泉石云峰之境,极丽绝秀者,神之于心,处身于境,视境于心,莹然掌中,然后用思,了然境象,故得形似。二曰情境。娱乐愁怨,皆张于意而处于身,然后驰思,深得其情。三曰意境。亦张之于意而思之于心,则得其真矣。"

这段话从诗歌创作的角度,分析了意境创造的三个层次。认为要写好"物境",必须心身入境,对泉石云峰那种"极丽绝秀"的神韵有了透彻了解之后,才能逼真地表现出来;描写"情境"需要作者设身处地地体验人生的娱乐愁怨,有了这种情感体验,才能驰骋想象,把它深刻地表现出来;对于"意境",作家必须发自肺腑,得自心源,有真诚的人格、真切的发现,"意境"才能真切动人。他还探讨了意与景的关系,提出"诗一向言意,则不清及无味;一向言景,亦无味;事须景与意相兼始好"①。这些都是前无古人的深刻见解。王昌龄之后,诗僧皎然又在《诗式》中把意境研究推进一步,提出了诸如"缘境不尽曰情""文外之旨""取境"等重要命题。中唐以后,刘禹锡提出了"境生于象外",晚唐司空图提出"象外之象,景外之景""韵外之致""味外之旨"等观点,都进一步扩大了意境论的研究领域。后来意境论的研究可以说代有深入。宋人严羽的"别材""别趣"说进一步规范了意境论的范围,明人陆时雍重点研究了意境的韵味问题,清人王夫之深入探讨了情与景的关系问题。最终王国维总其成,他的《人间词话》可以说是我国意境论的集大成。他指出:"词以境界为上。有境界则自成高格、自有名句。"王国维这里所说的"境界"就是意境的意思。由于"境界"一词意义太宽泛,不利于意境论的现代转换,故学界基本上趋于使用"意境"这个概念,而不再混用"境界"这个范畴。

综上所述,我国意境论的基本内容和理论框架大致在唐代已经确立。总的来说它有两大因素、一个空间,即情与景两大因素和审美想象的空间。这就是所谓"境"。这个"境"由两个部分构成,即"象"和"象外之象",也就是我们下面将要论述的实境和虚境。

(二) 意境的界说

值得说明的是,由于意境论在我国历经千余年的发展,特别是南宋以后"境界"概念的混入,使其内容极为复杂。意境(与境界混用)几乎成了一个无所不包的可以做出各种引申的综合性概念。理论发展的教训告诉我们,当一个概念被引申得无所不包时,也就失去了理论意义。因此我们主张以意境创立时的基本意义为准来界定意境概念的内涵,让意境作为一个单纯表意的概念进入现代文艺学,并且要把意境从直觉性范畴转变为现代意义上的理性范畴以利于应用。应把它的其他诸多含义,让给更为宽泛的概念"境界"去承担,从而区分"意境"与"境界"的不同。只有在这样的前提下,我们才能对意境做出适当的界说:意境是指抒情作品中呈现的那种情景交融、虚实相生、活跃着生命律动的韵味无穷的诗意空间。如果典型是以单个形象而论的话,意境则是由若干形象构成的形象体系,是以整体形象出现的文学形象的高级形态。

---

① 〔日〕遍照金刚撰,王利器校注,《〈文镜秘府论〉校注》,中国社会科学出版社1983年版,第132页。学术界一般认为此条抄自王昌龄《诗格》。

二、文学意境的艺术特征

文学意境作为人类创造的艺术至境形态之一,其鲜明独特的艺术特征,把它与其他艺术至境形态区分开来。其艺术特征主要表现为情景交融、虚实相生、生命律动和韵味无穷四个方面。

(一) 情景交融

情景交融是意境创造的形象特征。王国维说:"文学中有二元质焉:曰景、曰情。"[①]然而,情感的表达是要靠景物来显示的,抒情作品具有一种对画面美的依赖性:它的艺术形象一方面具有艾略特所说的"如画性",是一种生动的直观;另一方面,这种形象又是一种情感的载体,如瑞恰兹(I. A. Richards,1893—1979)所说是"一个心理事件与感觉奇特的结合"物[②]。意境的这一形象特征,在中国就叫"情景交融"。南宋文论家范晞文在《对床夜语》中首先提出这个概念,他说:"情景相融而莫分也。"清人王夫之对此论述更为精要,他说:"不能作景语,又何能作情语耶?"这是强调情对景的依赖关系。又说:"情景虽有在心在物之分,而景生情,情生景,哀乐之触,荣悴之迎,互藏其宅。""情、景名为二,而实不可离。神于诗者,妙合无垠。"(王夫之:《姜斋诗话》卷上)这是描述情与景的辩证关系和意境中的艺术形象的情景交融的状态。同时,王夫之还揭示了意境的形象创造的两种主要方式。他在《唐诗评选》卷四中说,诗有"景中生情,情中含景"两种表现方式。如果把居于二者之中的也算作一类,那么,我们就有了三种情景交融的不同类型:

第一是景中藏情式。在这类意境的创造中,作家藏情于景,一切都通过生动的画面来表达,虽不言情,但情藏景中,往往更显得情意深浓。如杜甫绝句《漫兴》:

> 糁径杨花铺白毡,点溪荷叶叠青钱。
> 笋根雉子无人见,沙上凫雏傍母眠。

这首诗,全是写景,春色如画:杨花撒满小径,荷叶点缀小溪,竹笋暗生,小水鸭傍母而眠。从景物中一股融融春意扑面而来,诗人那种热爱春天的喜悦心情和闲适自得之意亦自画里涌出,足以让人能分享他的幸福和喜悦。景色和画面中无一处涉及情字,但情藏景中,处处都在抒情,真如王国维所说:"一切景语皆情语也。"意境的这种创造方式,历来最受人们推崇,因为它在风格上极为含蓄,达到了如司空图所说的"不着一字,尽得风流"的境界(司空图:《二十四诗品·含蓄》),而这正是中国诗学追求的最高最难的境界。这种方式,在中国古代诗词中极为常见,在西方也不乏其例,如英美意象派诗作中,就有许多意境恬美的诗。

第二是情中见景式。这种意境的创造方式,往往是直抒胸臆的。有时甚至全不写景,但景物却历历如现。请看李白的《月下独酌》之二:

[①] 王国维:《文学小言》,《静庵文集续编》。
[②] 转引自〔美〕韦勒克、沃伦:《文学理论》,刘象愚等译,三联书店1984年版,第202页。

> 天若不爱酒,酒星不在天;地若不爱酒,地应无酒泉。天地既爱酒,爱酒不愧天;已闻清比圣,复道浊如贤。贤圣既已饮,何必求神仙;三杯通大道,一斗合自然。但得酒中趣,勿为醒者传!

此诗全用酒后谵语成篇。可笑的逻辑、荒谬的胡话中透露出诗人天真放达的个性。一个醉眼蒙眬、酣态可掬的"酒仙"形象便在这种酒香醇浓的诗境里不写自现了。这不仅是"情中见景",更是"语中见景"了。它有点类似于小说中的语言描写显示个性的手法,又是意境创造中化实为虚的艺术处理。皎然认为:"境象非一,虚实难明""可以偶虚,亦可以偶实"(皎然:《诗式·诗议》),也就是认为意境中的景物和情感的处理方式,可有多种形式。如果说上述"景中藏情"者,是以"偶实"的面貌出现的;而第二种"情中见景"式,便是以"偶虚"的面貌出现的了,仍是"情景交融"的一种方式。有人机械地理解"情景交融",认为像陈子昂的《登幽州台歌》、陆游的《示儿》等直抒胸臆的诗中没有形象、没有景物,不算"情景交融",因此不算意境诗,实在太机械,有违于风人之旨。

第三是情景并茂式。这一类是以上两种方式的综合型,抒情与写景在这里达到浑然一体的程度。如李白的《南陵别儿童入京》:

> 白酒新熟山中归,黄鸡啄黍秋正肥;呼童烹鸡酌白酒,儿女歌笑牵人衣。高歌取醉欲自慰,起舞落日争光辉。游说万乘苦不早,著鞭跨马涉远道。会稽愚妇轻买臣,余亦辞家西入秦。仰天大笑出门去,我辈岂是蓬蒿人!

此诗是李白天宝元年(742)受诏入京时的作品,时年42岁,居家安徽南陵,正值壮志未酬之时,忽然听到天子召见的喜讯,全家一片欢腾,诗人兴奋异常,因为也许从此就告别受人轻贱的布衣生涯,像汉代朱买臣一样成为社稷重臣了!于是他为自己将要游说皇帝、大有为而浮想联翩,为自己将要超越凡俗民间而仰天大笑。兴奋、扩张的自我,欢欣、狂放的个性,随着举家欢腾的现实,游说万乘的想象,仰天大笑的忘形境界被表现得淋漓尽致、历历如现,声情并茂地展现了李白生命史上那最喜悦、激动、豪放的一页。虽历经千年而犹在目前,情态毕现,让人为之激动不已。这种意境一般出自天才诗人大喜大悲的情怀和一泻千里的手笔,一般诗人很难达到。杜甫的《闻官军收河南河北》,苏轼的《念奴娇·赤壁怀古》,毛泽东《贺新郎》(题杨开慧)、《沁园春·长沙》,都属于这一类。

当然,以上三种情景交融的方式创造意境,都可以写出上乘之作,方法本身并无高下之分。

(二)虚实相生

这是意境的结构特征。虚与实本是一对哲学范畴,在我国古代文论中有广泛的应用,在意境的结构论中也表现出来。宋人梅尧臣说:"必能状难写之景,如在目前,含不尽之意,见于言外,然后为至矣。"(参见欧阳修:《六一诗话》)这句话含义十分丰富,其中有一层是告诉我们意境包括两个部分:一方面是"如在目前"的较实的因素;一方面是"见于言外"的较虚的部分。意境从结构上看,正是二者的结合。所以后人干脆提出"全局有法,境分虚实"的主张(陈凡编:《黄宾虹画话录》),把意境中较实的部分称为"实境",把其中较虚的部分称为"虚境"。实境是指逼真描写的景、形、境,又称"真境""事境""物境"等;而虚境则是指由实境诱发和开拓的审美想象的空间,又称"诗意的空间"。它一方面是原有画面在联想中的延伸和扩大,另一方面又是伴随着这种具象联想而产生的情、神、意的体味和感悟,即"不尽之意",所以又称"神境""情境""灵境"等。请以唐代诗人刘禹锡的《乌衣巷》为例:

  朱雀桥边野草花,乌衣巷口夕阳斜。旧时王谢堂前燕,飞入寻常百姓家。

《乌衣巷》是刘禹锡《金陵五题》的第二首。诗中的乌衣巷是当时金陵(今南京)东南的一条街巷。这是一个很古老的地名,相传三国时吴国守卫石头城(即金陵)的军队常驻扎此地,兵士多穿黑衣,"乌衣巷"的名字便由此得来。乌衣巷在秦淮河南,离朱雀桥也不远。朱雀桥是秦淮河上的一座浮桥,东晋时叫"朱雀航",面对金陵城的朱雀门。东晋时江南巨族都居住在朱雀门外,如当时不可一世的豪门世族王导、谢安的宅第便在乌衣巷。六朝以来,石头城一直为六朝故都,金粉楼台极一时之盛,当时的王导、谢安等世族富甲天下,煊赫的气势,豪华的宅第亦可以想见。但这一切均随六朝的灭亡成为过眼云烟,六朝故地、王谢旧址已一片荒凉。诗人自眼前实境写起:只见昔日冠盖如云的朱雀桥,今日已十分冷落,只有桥边的野草野花长得十分旺盛;在乌衣巷昔日王谢煊赫的宅第废墟上,如今建起了许多平民的住宅,沐浴在一片春日夕阳的斜晖里;只有那不解人间沧桑和诗人心中悲苦的燕子,仍在人们眼前翻飞不停,它如今只能在平民百姓家做窝了。这中间野花野草的茂盛、夕阳的灿烂、燕子的忙碌与无知都成了强烈的反衬与讽刺,不知不觉便把读者引入对历史的沉思。首先浮现在读者脑际的应是通过朱雀桥、乌衣巷这些历史旧址引起的对昔日六朝国都金粉楼台和王谢府第极盛一时的联想,接着通过昔日繁华与今日荒凉的强烈反差,又形成对历史沧桑的一种感悟。而当诗人用这种洞察历史兴衰的眼光描写历史陈迹时,他发现今日的大唐帝国正步六朝历史后尘而去!刘禹锡作为一个伟大的思想家和政治改革家,曾和柳宗元等一批爱国志士积极赞助王叔文的政治革新运动,想扶社稷于既倒。但革新失败,牵连坐罪,被贬为朗州司马,后又辗转连州、夔州、和州等地。越接触现实,越深入百姓,越知晓唐代社会问题的严重,越有一种大厦将倾的预感,从而越有举世皆醉我独醒的孤独与焦灼,和一种报国无门的痛苦。这首诗便是在这种复杂的情感背景上写成。显然它是一首警世之作,诗人发思古之幽情全是为着现在。这首诗的意境结构十分明显:除夕阳黄昏、春燕翻飞于六朝荒凉旧址的画面是实境外,其余对六朝繁华景象的联想、对历史变化的洞察与领悟、对现实的联想与对比、对大唐社稷的担忧以及诗人忠贞正直的形象和无边的思绪等,均在虚境之中。这数层意蕴均由实境开拓的审美想象空间得来。由此可见,虚境的开拓,才是意境创造的目的所在。意境便是这种虚实相生的产物。

  那么虚境与实境的关系怎样呢?一般来说,虚境是实境的升华,它体现着实境创造的意向和目的,体现着整个意境的艺术品位和审美效果,制约着实境的创造与描写,处于意境结构中的灵魂和统帅的地位,因此才有神境、灵境的别名。我国文论历来十分重视虚境的这种重要作用。唐代诗僧皎然在《诗式》中说:"夫诗人之思,初发取境偏高,则一首举体便高;取境偏逸,一首举体便逸。"这里说的"取境",是指对虚境的提炼和设想。皎然认为,它在意境中处于核心统帅的地位。但是,虚境不能凭空而生,核心并不等于艺术表现的重心。在意境创造中,一切还必须落实到实境的具体描绘上。清人许印芳对此曾有很好的阐释。他说:"功候深时,精义内含,淡语亦浓;宝光外溢,朴语亦华。既臻斯境,韵外之致,可得而言,而其妙处皆自现前实境得来。"(许印芳:《与李生论诗书跋》)

也就是说,再好的虚境,也要由实境得来。虚境与实境看似两个部分,但一到艺术表现时,功夫全要落实到对实境的描写上。这从上例《乌衣巷》已可充分看出,它的意蕴层面的虚境,全是由诗人描绘的展现于眼前的荒凉的实境和诗人有意设置的历史陈迹以及通过燕子故意勾起人们对历史的联想来造成。诗人采用反衬、对比、讽刺的艺术手法,也使实境具有了无限的蕴含力。一切都要在实境描写上见功夫。那么,怎样通过实境的描写完美地表达出虚境呢?古人也总结了一条艺术规律,即"真境逼而神境生"(笪重光:《画筌》)。清雍正时期的画家邹一桂说得更清楚:"人言绘雪者,不能绘其清;绘月者,不能绘其明;绘花者,不能绘其馨;绘人者,不能绘其情;此数者虚,不可以形求也。不知实者逼肖,虚者自出,故画北风图则生凉,画云汉图则生热,画水于壁则夜闻水声。谓为不能者,固不知画也。"(邹一桂:《小山画谱》)

这里强调的"实者逼肖,虚者自出",道出了意境创造的奥秘。然而"实者逼肖",并非是照抄生活,而是要在设想中的虚境指导下对生活物象进行选择提炼和加工。这种功夫,都是以更好地表达或开拓虚境为目的,既求形似,又求神似,而后者更为重要。总之,虚境要通过实境来表现,实境要在虚境的统摄下来加工。这就是"虚实相生"的意境的结构原理。

(三) 生命律动

生命律动是意境展示的生命本真的幽情壮采,或曰生命本身的美。由于意境从主观方面来考察,它就是一种生命的审美体验极致,所以如果言意境而忽视了生命的本真元素,那就还是一种未及根本的看法。因此宗白华谈意境,总是从生命律动开始。认为,意境中"物象呈现着灵魂生命的时候,是美感诞生的时候"[①]。这与中国人的诗化宇宙观、哲学观有联系。他又说:"中国人抚爱万物,与万物同其节奏:静而与阴同德,动而与阳同波(庄子语)。我们宇宙既是一阴一阳、一虚一实的生命节奏,所以它根本上是虚灵的时空合一体,是流荡着的生动气韵。哲人、诗人、画家,对于这世界是'体尽无穷而游无朕'(庄子语)。'体尽无穷'是已经证入生命的无穷节奏,画面上表出一片无尽的律动,如空中的乐奏。'而游无朕',即是在中国画的底层……里(按,即虚境里)表达着本体的'道'。"[②]

宗白华在这里剖析了我们民族的审美心理结构,从而把宇宙境界与艺术意境浑然为一,试图说明艺术意境与宇宙境界的同构关系。"体尽无穷而游无朕"一语,出自《庄子·

[①] 宗白华:《论文艺的空灵与充实》,《宗白华全集》第2卷,安徽教育出版社1994年版,第349页。
[②] 宗白华:《中国诗画中所表现的空间意识》,《宗白华全集》第2卷,第441页。

应帝王》,由于宇宙本身便是一种生命形式,所谓"体尽无穷"用今天的话来说是诗人对生命律动的体验,而意境便是这种生命律动的表现。"游无朕",原意是对"道"的审美把握,是一种"振于无境故寓诸无境"的自由境界,这里则是指意境追求的最高审美效果。"无朕"兼有无我、无形、无迹之意,即在一种"超以象外"的生命律动如阴阳、虚实中,体味到生命节奏——"道"的本真状态,即庄子眼中的"大美"。前者的生命律动是形而下的状态,后者则是生命律动的形而上的状态。然而不论形上或形下,表现的都是生命的律动。因此,生命律动便是意境的本质特征。

同时,中国诗化哲学又认为宇宙即"天地和合是一大生命",而人则是由"此大生命而行之传之"形成的"小生命",而每一个"小生命"同时便是那个"大生命"的象征。① 人心虽小,可以装得下整个宇宙,画家、诗人之心,本身就是宇宙的创化,所以它的卷舒取舍,都可以像"太虚片云""寒塘雁迹"似的"映射着天地的诗心",宇宙的灵气。因此艺术意境本质上是一种心理现实,一种人类心灵的生命律动。清人恽南田在《题洁庵图》中说:"谛视斯境,一草一树、一丘一壑,皆……灵想之所独辟,总非人间所有。"画家方士庶在《天慵庵随笔》中也认为,绘画中的"山苍树秀,水活石润",是画家"于天地之外,别构一种灵奇"。②因此文学意境作为一种人类心灵的生命律动,它便具有三个特点:

1. 表诚挚之情。王国维在《人间词话》中说:"尼采谓:'一切文学,余爱以血书者。'后主之词,真所谓以血书者也。"又说:"能写真景物、真感情者,谓之有境界,否则谓之无境界。"王国维此处所说的"境界",就是文学意境。他显然主张诗人应当表达最诚挚的情感,甚至不惜蘸着生命的鲜血而凝为诗情,这样才能表现生命的律动,才算有意境。如李清照的词《声声慢》就是如此。意境中固然是要描写景物的,然而"意境是使客观景象作我主观情思的注脚"③诗人心中情思起伏,波澜变化,只有用大自然的全幅生动的山川草木、云烟明晦才能表达,所以在诗人画家这里,景物成为抒情的媒介。故恽南田题画时说"写此云山绵邈","皆清泪也"。自古诗画一理。

2. 状飞动之趣。唐代诗僧皎然在《诗式》中提出,意境要"采奇于象外,状飞动之趣,写真奥之思"。意境作为一个诗意的空间,不是空旷无物,更不是一片死寂的净土,而是一个充满了人的宇宙意识和生命情调的空间,是一个鸢飞于天、鱼跃于渊的空灵流动的世界。唯其动态千种,方能显示生命的律动和意境的魅力。清人王夫之说:"自然之华,因流动生变而成绮丽……动人无际矣!"④看来,努力描写意境的"飞动之趣"已成了一条普遍的艺术规律。李白名句:"两岸青山相对出,孤帆一片日边来。"在古人那里,不仅动的景物要状出"飞动之趣"来,就是静的事物也要化静为动,写出"飞动之趣"来。王维在《书事》中有一联:"坐看苍苔色,欲上人衣来。"颜色不论怎样说都是不会动的,但王维为了表达苍苔的生命律动,竟然让它有了"行动",有了意念,增添了"飞动之趣",从而把苍绿色

---

① 参见钱穆《中国文化特质》一文。
② 转引自宗白华:《中国艺术意境之诞生》(增订稿),《宗白华全集》第 2 卷,第 360 页。
③ 同上书,第 330 页。
④ 王夫之:《古诗评选》卷五,谢庄《北宅秘园》评语。

的苔藓鲜嫩可爱的生命写活了。

3. 传万物之灵趣。东晋画论家宗炳的《画山水序》有"山水质有而趣灵"。他的意思是说，山水均有"以形媚道"的"灵趣"，这是一种"旨微于言象之外"的东西。画家诗人就是要传达出这种"嵩华之秀，玄牝之灵"来。显然"灵趣"有"传神"论的内涵，但又不全指"传神写照"之意。它传的并非全是物象之神、客观之神，而是主观情感浸染的、诗意盎然的生命异彩和神韵。例如王国维在《人间词话》中评论说："'红杏枝头春意闹'，著一'闹'字而境界全出。'云破月来花弄影'，著一'弄'字而境界全出矣。"显然，这里的"春意闹"和"花弄影"已经不是自然的真实，而仅是诗人体验的真实，确实把自然神韵和那种生命的律动传神地传达出来了。值得说明的是，"灵趣"与"飞动之趣"是没有最终界限的。若一定要说它们的不同，只有细微的区别："灵趣"在于传达生命的神韵美，以"活"气呈现生命律动；"飞动之趣"在于展示生命的运动美，以动态呈现生命律动。

（四）韵味无穷

这是意境的审美魅力所在。"韵味"是指意境中蕴含的那种咀嚼不尽的美的因素和效果，它包括情、理、意、韵、趣、味等多种因素，因此又有"情韵""韵致""兴趣""兴味"等多种别名。刘勰提出的"余味曲包"说，钟嵘提出的"滋味"说，都是此说的前奏。晚唐司空图在此基础上创立了"韵味"说。他认为意境的审美效果有一种绵绵不尽的韵味，不仅有味内之味，还有味外之味，他又把这种"味外味"称为"韵外之致"和"味外之旨"。自宋代起，更突出了"韵味"的美学内涵。范温在《潜溪诗眼》一书中说"韵者，美之极"，又说："凡事既尽其美，必有其韵，韵苟不胜，亦亡其美。"①明人陆时雍则进一步认为，"韵"是意境的生命，"有韵则生，无韵则死"。又说："物色在于点染，意志在于转折，情事在于犹夷，风致在于绰约，语气在于吞吐，体势在于游行，此则韵之所由生矣。"（《诗境总论》）由此可见，所谓"韵味"是由物色、情感、意味、事件、风格、语言、体势等多种因素构成的美感效果，它虽然从属于整个文体层面，但在意境这种内蕴的领域表现更为充分，它是由意境传达的极美的韵味，是意境必备的审美效果。请看相传为李白所作的《忆秦娥》：

箫声咽，秦娥梦断秦楼月。秦楼月，年年柳色，灞陵伤别。　　乐游原上清秋节，咸阳古道音尘绝。音尘绝，西风残照，汉家陵阙。

传说秦穆公时，箫史善吹箫，每吹则白鹤孔雀翩翩而至。穆公就把自己的女儿弄玉嫁给他。箫史教弄玉吹箫作凤鸣，结果连凤凰也飞来了。穆公高兴，便筑起高高的凤台，让他们夫妻在上面吹奏，不想他们双双乘着凤凰飞走了。这个美丽的神话很能勾起人们对秦国极盛一时的回忆。但转眼间世事沧桑、秦梦残破，只有秦楼的夜月、灞陵的烟柳依旧，但已成为人们伤心离别的象征了。读到这里，一种历史变迁的悲凉扑面袭来。然而，历史的悲剧却是一再重演的。词的下阕，又浓缩了两个朝代的沧桑变化。乐游原，秋高气爽，是一个多么值得畅游的好地方呀，但昔日（暗指盛唐时）冠盖如云的盛况哪里去了呢？曾经

---

① 范温《潜溪诗眼》一书已亡佚。唯有《永乐大典》卷八〇七《诗》字条下引此一则，为钱锺书先生钩沉。见《管锥编》第4册，中华书局1979年版，第1362—1363页。

是车水马龙的咸阳古道啊,如今已是音尘杳然了,只有那夕阳西下的一抹残阳,投照在汉朝皇家的陵墓上,显得分外苍凉。王国维评价这首词说:"太白纯以气象胜。'西风残照,汉家陵阙'寥寥八字,遂关千古登临之口。"(《人间词话》第10则)真正是中的之言。这首词长吟远慕,气势博大,意境苍凉沉郁,其中的情韵太丰富了,有历史与现实、神话与人世、目睹与遐想、清丽与哀婉、苍凉与悲怆、忧伤与焦灼、柔情与思考等美的韵致,再和以箫声柳色,伴以西风晚霞,让人回味无穷。谁能道尽其中的情韵?其"韵外之致""味外之旨"也将随着人的体味不断深入而层出不穷。

总之,意境以它情景交融的形象特征、虚实相生的结构特征、韵味无穷的美感特征和呈现生命律动的本质特征,集中体现了华夏民族的审美理想,成为抒情性文学形象的高级形态,成为许多诗人作家的艺术至境追求。

三、意境的分类

关于意境的分类,其理论尚待深入。中国古代文论为我们提供了两种分类方法。

(一) 刘熙载分类法

第一种是清代刘熙载从意境的审美风格上提出的分类方法。他说:"花鸟缠绵,云雷奋发,弦泉幽咽,雪月空明,诗不出此四境。"(《艺概》)

所谓"花鸟缠绵",是指一种明丽鲜艳的美,"云雷奋发"是指一种热烈崇高的美,"弦泉幽咽"是一种悲凉凄清的美,"雪月空明"乃是一种和平静穆的美。这四种都是中国抒情文学意境美的表现,哪一种写好了都能出上乘之作。一般来说,风格不应有高低偏正之分。当然个人鉴赏时是允许有偏爱的。

(二) 王国维分类法

王国维在《人间词话》中,也提出一种分类方法。他说:"有我之境,有无我之境……有我之境,以我观物,故物皆着我之色彩。无我之境,以物观物,故不知何者为我,何者为物。"

所谓"有我之境",是指那种感情比较直露、倾向比较鲜明的意境。如杜甫的《春望》:

> 国破山河在,城春草木深。
> 感时花溅泪,恨别鸟惊心。
> 烽火连三月,家书抵万金。
> 白头搔更短,浑欲不胜簪。

此诗道出了作者历经战乱、目睹"安史之乱"后京城的破败景象的痛苦心情。花草本不含泪,鸟儿也不会因人的别离而惊心,只因诗人痛苦不堪,所描写的景物都带上了人的情感色彩,这就是"有我之境"。所谓"无我之境",并不是指作者不在意境画面中出现,而是指那种情感比较含蓄的、不动声色的意境画面。王国维认为,陶渊明的"采菊东篱下,悠然见南山"就是"无我之境",作者自己虽出现在画面中,但他的情感却藏而不露,一切让读者自己从画面中去体会。

此外,在署名为樊志厚的《人间词乙稿序》①中,又提出一种三分法,即"以境胜"者、"以意胜"者和"意与境浑"者。这实际上与"情景交融"的三种方式近似。值得说明的是,这种提法把"境"混同于"景","意"混同于"情"似为不妥。前面已讲,"境"主要是指情景交融造成的诗意空间。这里把"境"等同于景,可以引起内涵外延等一系列混淆。故此说不宜采用。

第四节 文学象征意象

文学象征意象②是哲理性文学追求的艺术至境形态。哲理文学和观念艺术,也是人类最古老的文艺形式。黑格尔认为:"象征无论就它的概念来说,还是就它在历史上出现的次第来说,都是艺术的开始。"③他这里说的象征,是指象征型艺术,认为象征型艺术是人类艺术的最早阶段和最初形式,接着出现的才是古典型艺术和浪漫型艺术。他认为古典型艺术最合"理想"。古典型艺术(即一般称为写实型)追求的"理想"就是我们前面论述的典型。然而象征型艺术追求的是什么呢?他没有回答。西方文论也基本上没有回答。当20世纪现代派文学再次走上象征和哲理化的创作道路、席卷世界并成为历史的时候,西方现代文论仍基本上没有回答。这种理论上的残缺,实属西方文论的遗憾。但中国古代文论却早有阐发和概括,这就是我们发掘"意象"的古义,并提出文学象征意象论的原因。

一、观念意象及其高级形态——文学意象

(一)意象的四种含义

意象(image)一词,是一个中西都有的概念,但它的内涵和外延却是十分模糊的。美国著名学者 M. H. 艾布拉姆斯说:"意象是现代文学批评中最常见,也是最含糊的术语。"④英国《现代评论术语词典》在解释意象时,也慨叹这是一个"灵活得令人困惑"的术语:"任何由文学语言所引起的可感效果,任何感人的语言、暗喻、象征,任何形象,都可以被称为意象。"⑤显然,这在理论上并不是好现象。当一个概念被泛化得什么都是的时候,也就意味着什么都不是。这种现象亟待从理论上梳理和规范。

---

① 署名为樊志厚的《人间词乙稿序》,据赵万里的意见,是王国维自己的作品,但学术界也有人认为樊志厚实有其人,是王国维的朋友。
② 这里出现的"文学象征意象"概念,更为恰当的概念应当是"文学意象",从"表意之象"的意义上看,它可以分为象征、寓言和比譬等多种意象,"象征意象"只是表意之象的主要形式。采用"象征意象"的提法,乃是一种无奈之举,是想通过意象的"主要形式",让人们明白表意之象和哲理文学确实存在。以便进一步能看到文学三元,即言理、言史和言情的文学的真实存在,以改变人们以往那种根深蒂固的一元论的抒情文学观。象征意象只是打破它的第一块石头。
③ 〔德〕黑格尔:《美学》第2卷,朱光潜译,商务印书馆1979年版,第9页。
④ 〔美〕M. H. 阿伯拉姆:《简明外国文学词典》,曾忠禄等译,湖南人民出版社1986年版,第150页。此人通译名为 M. H. 艾布拉姆斯(M. H. Abrams)。朱金鹏等将此书名译为《欧美文学术语辞典》,北京大学出版社1990年出版。
⑤ *A Dictionary of Modern Critical Terms*, London, 1978, pp. 92-93.

意象在文艺学、心理学、语言学等学科中主要有四种含义：

1. 心理意象，即心理学意义上的意象。国内心理学界一般把它译为"表象"，是指在知觉基础上所形成的呈现于脑际的各种感性形象。

2. 内心意象，即人类为实现某种目的而构想的、新生的、超前的意向性设计图像。在文学创作中则表现为艺术构思所形成的心中之象，或曰"胸中之竹"。

3. 泛化意象，是文学作品中出现的一切艺术形象或语象的统称。语象（verbelicon）为新批评派术语，是指不脱离具体语词或词组的语言级的形象。有别于脱离语言后在意识和想象中留存的形象，基本上相当于"艺术形象"或"文学形象"这个概念，简称"形象"。不仅英美目前有这种用法，而且中国自明清以来"意象"也已演化到与"形象"一词等同的地步。由于它的含义太宽泛，容易引起混淆，所以本书尝试重新启用近十年来被冷落的"文学形象"或"形象"的概念，转而复活"意象"一词的古义，用它专指一种特殊的表意性艺术形象。

4. 观念意象及其高级形态。

（二）"表意之象"与"审美意象"

"意象"是中国首创的一个审美范畴。它的最早源头可以上溯到《周易·系辞》："子曰：书不尽言，言不尽意。然则圣人之意，其不可见乎？子曰：圣人立象以尽意。"所以意象的古义是"表意之象"。这个"意"根据孔颖达的解释，是指那种只有圣人才能发现的"天下之赜"，即"天下深赜之至理"。所以意象的古义是指用来表达某种抽象的观念和哲理的艺术形象，可称为观念意象。"意象"作为一个概念，最早出现于汉代王充《论衡·乱龙》。其云："夫画布为熊麋之象，名布为侯，礼贵意象，示义取名也。"这里的"意象"是指以"熊麋之象"来象征某某侯爵威严的具有象征意义的画面形象，从它"示义取名"的目的看，已是严格意义上的象征意象。王充还在这篇文章里另举一例："礼，宗庙之主，以木为之，长尺二寸，以象先祖。孝子之庙……虽知非真，示当感动，立意于象。"说明王充是深谙象征原理的。总之，我国在汉代以前，象征意象说已名实俱备，十分成熟，把意象理解为"表意之象"，理解为象征，这正是中国当时文学艺术的实际决定的。如黑格尔考察的那样，世界上一切民族古代都有象征艺术阶段。中华民族自然也不例外，与世界上其他文明民族一样，有着自己堪称辉煌的象征艺术时代。那不断焕发出新意的龙、凤图像，半坡出土的彩陶上的人面含鱼纹，关于盘古、女娲、后羿、夸父和精卫等的神话，以及殷商时期重875公斤的后母戊青铜大方鼎等，都是这个艺术时代存在的证明。形形色色的观念意象，则是那时人类精神生活中最重要和最普遍的形式，至今还在中国人的社会生活和文学艺术中留下了广泛的影响：如在某英雄胸前戴上一朵大红花，在新娘子床上撒上一把红枣、花生，在小孩子脖子上挂一副金锁，在某工程开工时埋一块奠基石等，这些都是观念意象，其原理都和王充说的孝子对着祖先牌位敬礼一样，明知是假也感动，是"立意于象"的缘故。可见观念意象的应用范围多么广泛。但是，由于它们的立意明确而又简单，都只能算是一般意义上的观念意象。由于观念意象是中国上古诗性文化象征性思维的产物，所以许多文论家都认为,《易》象通于《诗》之比兴①。不过,文学艺术追求的却是那种最能体现作家艺术家审美理想的高级象征意象。我国清代文论家叶燮说:"可言之理,人人能言之,又安诗人之言之?可征之事,人人能述之,又安诗人之述之?必有不可言之理,不可述之事,遇之于默会意象之表,而理与事无不灿然于前者也。"(《原诗·内篇》下)

关于这种"不可言之理""不可述之事",叶燮称为"至理""至事",他认为诗人追求的应是这种表达"至理""至事"的高级艺术形象,可称之为达到艺术至境的象征意象。这些见解,充分说明了中国古代象征意象论的成熟和完整。

相比之下,西方对象征意象的理性认识则相当迟。也许是因为他们过分喜欢写实型叙事性文学艺术,才使象征意象成为长期被冷落的一位美神。到了德国近代哲学家康德,才发现了象征意象美神的迷人风采。康德提出的最高审美范畴叫作"Asthetische Idee",朱光潜根据这个概念的希腊文本意,翻译为"审美意象"②,并把它看成是与典型、意境处于同样地位的艺术形象的高级形态。什么是"审美意象"呢?朱光潜说:"我们综合康德的意思,可以把审美意象界定为一种理性观念的最完满的感性形象显现","一种暗示超感性境界的示意图"。把康德的"A sthetische Idee"译为"审美意象",除朱光潜外,还有蒋孔阳。他根据 J. C. 梅瑞狄英译本,并参考宗白华的译文,再次把这个词译为"审美意象"③,蒋孔阳还在《德国古典美学》中多次使用这一范畴,并认为这一范畴是康德美学的"中心概念"④,康德的"理性观念"是一种"越出经验范围之外的东西",一种抽象的概念,或是一种先验的观念,如天堂、地狱、创世等,即是一种主观的"意",那么这种暗示理性观念的"示意图",自然便与中国古代的"表意之象"相通。同时,康德认为,这种"表意之象"并不是一般的形象形态,而是一种"借助于想象,追踪理性",能把某种"理性观念"做"最"完满的感性显现的艺术形象,这种艺术形象的表现力已达一种"最高度"(Maximum),即最高范本、最高理想的境地。所以它也是达到艺术至境的意象。遗憾的是,康德的这一天才发现,在西方理论界应者寥寥。20世纪当西方现代主义作品普遍进行意象创造时,他们仅满足于用"象征""荒诞"等意象的特征来标榜自己与传统艺术的不同,而忽略了追问他们追求的审美理想模式和所创造的艺术形象在本质上与过去有什么不同。写实型文学艺术有自己的审美理想模式,那就是典型,现代主义各派难道不应该有自己的审美理想模式吗?所以我们从中国古代文论中把意象的古义发掘出来,让它重新服务于人类。

二、文学象征意象的艺术特征

文学象征意象是以表达观念、哲理为目的,以象征为基本艺术手段的具有荒诞性和审美求解性的艺术形象。它和典型、意境鼎足而居,也是达到艺术至境的高级形象形态之一。它的基本特征是:

---

① 顾祖钊:《中西文艺理论融合的尝试》,人民文学出版社2005年版,第264—281页。
② 参见朱光潜:《西方美学史》下卷,人民文学出版社1979年版,第399—401页。
③ 见伍蠡甫编:《西方文论选》上卷,上海译文出版社1979年版,第563页。
④ 蒋孔阳:《德国古典美学》,商务印书馆1980年版,第100、101、108、112、116页等。

（一）哲理性

这是文学象征意象的本质特征。文学象征意象作为"表意之象"，所表之"意"，便是人们在社会实践中形成的对事物的哲理性观念、意念，或者说是一种哲理性思考。传统的看法总是以为哲理不能进入文学，如黑格尔认为："哲学对于艺术家是不必要的，如果艺术家按照哲学的方式去思考，就知识的形式来说，他就是干预到一种正与艺术相对立的事情。"①但现代派诗人的主张则完全相反。如法国诗人瓦莱里说："然而我说过，诗人有他的抽象思维，也可以说有他的哲学。我说过，就在他作为诗人的活动中，他的抽象思维在起作用。"②艺术实践证明，黑格尔的看法过于绝对，而瓦莱里的说法却有他的道理。自古以来，意象诗人总是以哲理入诗。请看朱熹的《泛舟》：

　　昨夜江边春水生，艨艟巨舰一毛轻。
　　向来枉费推移力，此日中流自在行。

显然这是借助泛舟的形象来表达哲理的诗。它也许是议论人生施展才能，必须等待一定的机遇。一般情况下读书人怀才不遇，犹如舟大水浅，满身本事也施展不开；而机遇一到，则犹如满江春水，哪怕是艨艟巨舰也能被时机轻轻地托起，自由航行，泛舟中流。这是否在劝诫读书人要潜心治学，待机勿躁呢？其次，这也许是议论某种人生境界。如果把满江春水理解为主观上豁然贯通的境界，似在强调做学问只要功夫到家，便会一通百通，获得自由，泛舟中流而举重若轻，左右逢源，那才是学问家的自由、自在、自豪的人生境界呢！当然，也许这首诗并非是这两层意思，而是另有所指。一首小诗能这样让人思索玩味不尽，谁又能说它不是文学、不是好诗呢？

中国古人都能以哲理为诗，那么 20 世纪现代派文学艺术的许多流派，都以表达哲理和观念作为创造象征意象的目的和最高审美理想，就不足为怪了。如英国诗人 T. S. 艾略特说："最真的哲学是最伟大的诗人之最好的素材，诗人最后的地位必须由他诗中所表现的哲学以及表现的程度如何来评定。"③他的《荒原》就是某种哲学观念的诗意表达。现代派文学公认的先驱、奥地利作家卡夫卡也说："我总是企图传播某种不能言传的东西，解释某种难以解释的事情。"④他的小说《变形记》，通过商品推销员格里高尔·萨姆沙一觉醒来变成大甲虫的意象，深刻地表达了作家关于人性异化的哲理思考。德国戏剧家布莱希特（Bertolt Brecht）也在戏剧中追求哲理化倾向。他认为现代"戏剧被哲理化了"，"科学时代的戏剧能使辩证法成为享受"，"戏剧成了哲学家的事情了"。⑤ 由于意象本质上是表达哲理和观念的"表意之象"，那么，用形象表达哲理的文学艺术作品，往往又称意象艺术。这就使它与以再现生活为目的典型和以抒情为目的意境区别开来，成为人类创造的审美理想范式的又一类型。

---

① 〔德〕黑格尔：《美学》第 1 卷，朱光潜译，第 358—359 页。
② 伍蠡甫主编：《现代西方文论选》，上海译文出版社 1984 年版，第 37 页。
③ 转引自傅孝先：《西洋文学散论》，中国友谊出版公司 1986 年版，第 15 页。
④ 参见叶廷芳：《现代艺术的探险者》，花城出版社 1986 年版，第 100 页。
⑤ 同上书，第 248 页。

(二) 象征性

这是文学意象的基本表现手段。这里的"象征",是取狭义象征论。另有一种广义象征论,认为一切文学艺术作品都是象征的,由于缺乏理论针对性,本书不拟采纳。对于狭义的象征,黑格尔曾有过严格的界定,他说:"象征一般是直接呈现于感性观照的一种现成的外在事物,对这种外在事物并不直接就它本身来看,而是就它所暗示的一种较广泛较普遍的意义来看。因此,我们在象征里应该分出两个因素,第一是意义,其次是这意义的表现。"①

显然,象征一般由两种因素构成:"第一是意义,其次是这意义的表现。"但"呈现于感性观照"的只能有一个因素,即"意义的表现"。这种"意义的表现"或者说是一种"感性存在"物,如金字塔、陵园或纪念碑等,或是一种艺术形象如《变形记》中的大甲虫等。也就是说象征的"意义的表现"部分是一种艺术形象,这种"形象"实际上已经变成某种意义的载体了。现在让我们结合台湾诗人余光中的《夸父》来体会一下什么是象征手法:

为什么要苦苦去挽救黄昏呢?
那只是落日的背影
也不必吸大泽与长河
那只是落日的倒影
与其穷追苍茫的暮景
埋没在紫霭的冷烬
——何不回身挥杖
迎面奔向新绽的旭阳
去探千瓣之光的蕊心?
壮士的前途不在昨夜,在明晨
西奔是徒劳,奔回东方吧
既然是追不上了,就撞上

这是一首立意警策的象征诗,表达了诗人对民族前途乃至人类命运的思考与担忧。20世纪以来,中国人仰慕西方文明,穷追不已,已成可悲的思维定势。其实西方文明已是夕阳西下的落日,它的美好,不过是中国人心造的一种幻影,犹如长河落日的绮丽。而中国人为了追赶西方,有时竟然去干不惜"吸(尽)大泽与长河"的蠢事,再这样"穷追苍茫的暮景",等待着他们的显然只有葬身"紫霭的冷烬"的结局。最后诗人提醒我们,"既然追不上了",何不迎头撞上去,从东方的"旭阳"那里,寻求光明美好的未来呢?显然,这里的"旭阳"正象征着东方文明,"夸父逐日"则象征着中国人 20 世纪追逐西方文明的历史进程。诗人以他清醒的历史理性,反思 20 世纪人类文明的悲剧,希望中国人能发扬自己的历史主动精神,从追逐西方的思维定势中解脱出来,树起雄心壮志,从古老的东方文明中

---

① 〔德〕黑格尔:《美学》第 2 卷,朱光潜译,第 10 页。

去探索世界的未来。这是诗人通过象征献给中华民族的一份自强的方案,同时诗人也在告诫世界:既然西方文明已无法挽救,何不一起"奔回东方"呢？理解到这一层,才能发现诗人那伟大的悲天悯人的情怀和诗意的历史沉思,乃至于对人类命运的终极关怀。就这首诗中的形象性质来看,它们已"并不直接就它本身来看,而是就它所暗示的一种较广泛较普遍的意义来看"了,在这里,"形象"实际上已经变成某种"意义"的载体了。这一点,便成了判定一个艺术形象是不是象征意象的可靠尺度。而阿Q和祥子的形象不是象征意象,因为这两个形象可以"直接就它本身来看",阿Q就是阿Q,骆驼祥子就是骆驼祥子,从他们身上看不出什么影射和暗示。他们以"直接体现"的方式与象征的文学意象判然有别。美国当代著名学者杰姆逊宣称:"现代主义的必然趋势是象征性。"[①]艾布拉姆斯也认为"第一次世界大战后的几十年,是文学上的象征主义繁荣兴盛的时期",这一时期的许多重要诗人作家都"自始至终地使用象征主义的表现手法"。[②]由此我们可以界定现代主义文学的主流形态是象征意象艺术,因为象征往往是他们创造艺术形象的最基本的表现手段。

(三) 荒诞性

这是文学象征意象的形象特征。在现代艺术中,"荒诞"成了一个极常见的术语,如"荒诞派文学"(Absurd Literature)、"荒诞派戏剧"等,其实都是由象征意象的形象的"奇辟荒诞"引起的。对于象征意象的这一特征,中国古典文论早有所揭示。李贺的诗,常是意象荒诞的。晚唐杜牧在《李贺集序》中就抓住了象征意象的这一特征,认为其诗的意象"鲸呿鳌掷、牛鬼蛇神,不足为其虚荒诞幻也"。清代学者章学诚则对文学象征意象的荒诞性特征更有清醒的认识。他说:"《庄》、《列》之寓言也,则触蛮可以立国,蕉鹿可以听讼;《离骚》之抒愤也,则帝阙可上九天,鬼情可察九地……愈出愈奇,不可思议。"[③]

章学诚认为,意象是一种"人心营构之象",已不是"天地自然之象"和生活物象本身的形态,它往往以一种奇辟荒诞的形象"以衷(表达、暗示)天地自然之理"[②],达到象征的目的。这样,象征意象的荒诞性便可以从两个层面上来理解了。其一是指形象形态上的荒诞性。比如,中国古代神话中的刑天,头被砍掉后,仍以乳为目,以脐为口,继续战斗。此外还有埃及狮身人面兽是人与兽的嫁接,华沙美人鱼是美女与鱼的合成等,都是现实中不可能有的事物。现代文学意象,也往往具有荒诞的形态。如卡夫卡笔下的人变成大甲虫,法国剧作家尤涅斯库笔下一个小镇上的人都变成犀牛的故事,也具有这个层面上的荒诞性。其二是指生活情理上的荒诞性。现代派文学更是刻意表现人类生存的困境与荒诞,侨居法国的爱尔兰作家贝克特的代表作品《等待戈多》,描写两个流浪汉在荒野里无望地等待一个不明身份的人——戈多,表现人类对无望的未来充满期待的荒谬悲剧,以示人生的荒诞性。总之形象上的"愈出愈奇",生活逻辑上的"不可思议",是古今象征意象的一般特征,这可以概括大多数作品。但由于某些作家刻意追求写实手法和象征手法的

---

① 〔美〕弗·杰姆逊:《后现代主义与文化理论》,唐小兵译,陕西师范大学出版社1986年版,第154页。
② 〔美〕艾布拉姆斯:《欧美文学术语词典》,朱金鹏、朱荔译,北京大学出版社1990年版,第368—369页。
③ 章学诚:《文史通义·易教》下,中华书局1985年版,第19页。

结合,使象征意象的传统形态常有例外。如美国作家海明威(E. Hemingway,1899—1961)的《老人与海》以写实的手法创造了寓言式象征意象。

(四) 求解性

这是文学象征意象的审美特征。由于象征意象创造的目的是为了表达哲理或观念,那么对象征意象艺术的审美过程,便形成了不断追问、不断求解的审美鉴赏的过程。这种审美求解的过程有点近似猜谜。当象征意象以不合常理、不合常情的形象呈现于人们眼前时,常使人接触它头脑里便顿生疑窦。例如,当你站在毕加索巨幅油画《格尔尼卡》面前,你的灵魂便立刻会被震惊,并且会产生无数的疑问,如画家画的是什么?他为什么这样画?惊马代表什么?牛头代表什么?奔跑的脚、手握断剑的臂、电灯的微光、手拿煤油灯的人等,分别又代表什么?无数的疑问接踵而至。当你从倒地的士兵、怀抱婴儿号哭的母亲、仰天呼叫的失魂者身上,猜想到这可能在表现一场非正义战争给人类带来的灾难时,便会产生一种了悟的兴奋。伴随这种审美情感,你越解越想解,你便会想到牛头可能代表法西斯,惊马也许代表人民?有了这样的理解你还不满足,还将继续求解下去。这种打破砂锅纹(问)到底的追问,几乎充满了象征意象审美鉴赏的过程,读者通过思索和求解,往往能领悟到意象所载负的某些抽象观念和哲理。但好的意象往往使人始终也难得出最确切的结论,造成这种现象的原因有二:其一是艺术家有意隐藏自己的立意,以求神秘含蓄。诚如黑格尔所说,象征(意象)到了极致就变成了谜语。法国象征主义诗人马拉美(Stéphane Mallarme,1842—1898)也认为:"诗永远应当是一个谜","诗写出来原是叫人一点一点地去猜想"。① 其二,是作家选择的象征物,对作家来说虽然是他为思想寻找的"客观对应物",但读者并不了解作者的思路,而只能凭自己的经验、知识和鉴赏力去猜测。这样,不同的读者因为知识经验的结构和智慧程度不同,便会猜出不同的意义来,有的甚至南辕北辙。这便是文学意象常显得歧义丛生,所包含的意义神秘莫测、扑朔迷离的原因。请看英国诗人布莱克(William Blake,1757—1872)的《病玫瑰》:

哦!玫瑰,你病倒了。无影的昆虫,飞翔在夜幕里,在狂吼的风雨中。
昆虫飞到你的温床边,你的床富有欢乐之情,但它那邪恶而神秘的爱,尚能摧毁你的整个生命。

在西方,玫瑰是爱情的象征,这首诗当然首先可理解为"痴情女偏遇歹心郎"的爱情悲剧主题。但布莱克笔下的玫瑰也不仅仅是玫瑰,诗中愤激的语调和强烈的情感迫使读者推断出一个被描述的"花"的悲剧,有着更深的暗示和更神秘的含义。也许它还象征着狡诈玷污了圣洁,欺骗愚弄了真诚,"邪恶"利用"美"的纯真善良而摧毁了美,也许这才是人类社会更大的悲剧!难道这样的悲剧至今不是一再重演吗?然而这样的结论也仅仅是一种猜测。由于诗人并没有提供更多线索,所以只能成为千古诗谜,犹如唐代诗人李商隐的许多"无题"诗一样,始终没有确指。也许正是由于文学意象的这种多义性,则更能调动读

---

① 〔法〕马拉美:《关于文学的发展》,伍蠡甫编:《西方文论选》下卷,上海译文出版社1979年版,第262—263页。

者审美求解的冲动。由于意象"寄托在可言不可言之间,其指归在可解不可解之会"(叶燮:《原诗·内篇》下),因而能引起读者对"象下之义"产生一种不懈的求解冲动,在有所解又不能全解、有所悟又不能全悟的情况下,了悟的兴奋和求解的冲动便可以形成审美思维和情感的峰巅状态。求解的冲动和意象意蕴的无限性,便可以形成一种征服与反征服的斗争:鉴赏者由于有所解而引起的审美兴奋和愉悦越解越想解,而象征意象又不断地发射出新的审美信息让人猜不透;最后,个人的智慧终于在神秘、无限的意象的意蕴面前发挥到底而仍不能穷尽其奥秘,于是求解的冲动终于变成无言的认同,了悟的兴奋也渐渐趋于静态的迷醉。在这种审美的迷醉里,鉴赏者从活跃的议论者变成了无言的认同者,从了悟的兴奋者变艺术的迷醉者,从要征服象征意象到变成了象征意象的俘虏,终至忘我的极境。最后的结局竟是:不是鉴赏者征服了象征意象,而是象征意象征服了鉴赏者;不是象征意象被鉴赏者解读了,而是鉴赏者在象征意象面前"消失"了。诚如叔本华描述的那样,只"保持纯粹的观照的状态,忘我于这个观照之中",从而"完全忘记了自己"。[①] 文学象征意象在读者面前竟有如此"魔力",这是它可与典型、意境争奇斗艳的地方。象征意象的审美求解性,正是将读者带入艺术鉴赏的高峰体验——艺术迷醉状态的推动力量。正像典型通过如同亲历其境的描写产生感同身受的体验使读者进入艺术迷醉,意境是通过诗意的联想造成对意境的品味进入艺术迷醉一样,而象征意象是通过不断思索的审美求解来达到的。这也使象征意象美神独具风采,而有别于意境和典型两位美神。

三、象征意象化的原则与方法

由于文学象征意象的范畴在理论界和一般人心目中是一个比较生疏的概念,而在20世纪作家艺术家那里又是孜孜不倦地追求的目标。所以,这里再介绍一点关于象征意象创造的基本原理和方法。我们把作家营构文学象征意象的原则和方法称为象征意象化,它是象征意象创造的必经之途。它的原则可以归纳为以下三点:

(一)以荒诞的幻象表达真实的意念

象征意象创造以表意为目的。"意"在象征意象的结构中是"主","象"则是结构中的"客",如同俗话说的"客随主便"一样,只要"意"的真实性、难以言传性能够表达,那么在文学形象上甚至可以放弃具象的真实性、合理性,而用夸张、变形、拼接和臆造等方式,去创造荒诞离奇的形象,以求主观的哲理和意念能做真实地表达。T. S. 艾略特说:"哲学理论一旦进入诗里便可以成立,因为某种意义上真与伪已经无关紧要,而在另一种意义上其真实性已经被证明了。"[②]这里艾略特提出两种真实,即具象意义上的真实和哲学意义上的真实。在意象创造中,为了哲学意义上的真实可以表达,甚至可以牺牲具象意义上的真实性与合理性。例如,卡夫卡为了表现资本主义社会中人的"异化"的真实,这是一种观念的真实,而不惜把人变成甲壳虫,而甲壳虫又具有人的思想和人的感情。这种描写在具

[①]〔德〕叔本华:《表象世界:艺术的目的》,《缪灵珠美学译文集》第2卷,中国人民大学出版社1998年版,第329页。

[②]〔英〕艾略特:《玄学派诗人》,《艾略特诗学文集》,王恩衷译,国际文化出版公司1989年版,第32页。

象上是荒诞的,但在更高的层次上却表现了更为内在的本质的真实,即"人变成了非人"的异化状态,从而给人以石破天惊的启迪。因此,象征意象化必须以哲理的真实为目的和美学原则。

(二) 在抽象思维指导下实现最佳的象征意象组合

象征意象创造不同于典型和意境之处,最明显的区别在思维方式上。典型与意境,均是可以在具象思维上和意象思维相对举的范畴,二者均属于艺术思维。旧说以为艺术思维就是形象思维,实为不妥:一方面形象思维是和抽象思维相对举的范畴,非艺术的思维也可能是形象思维;另一方面艺术思维并非全是形象思维活动,也有抽象思维指导下的意象思维和抽象思维不时介入的具象思维,宜用艺术思维概括。典型和意境均可以在具象中进行,是一种从具象到具象,甚至是始终不离开具象的思维。不论构思、想象或是联想,均需结合着具象进行,而象征意象的创造则必须严格地在抽象思维指导下进行。所以象征意象创造的思维方式,又可以称为象征思维。如何使象征意象既具有鲜活的艺术魅力,又与要表达的意念或哲理巧妙地契合,这就要在抽象思维指导下实现最佳的意象组合。德国文学家席勒也许是西方最早发现这一原理的人。他说:"待表现的对象先须经过抽象概念的领域走一大段迂回的路,然后才被输送到想象力的面前,转化为一种观照的对象。"朱光潜就此评论说:"足见诗必须假道于抽象思维","这在诗论中是一个值得注意的创见"。① 值得说明的是,两位大师的意见若是泛论所有艺术形象的创造,那将是不够准确的;若是仅就意象创造而言,他们的确揭示了意象化的一条重要原则。请以杜甫的《病柏》一诗为例:

> 有柏生崇冈,童童状车盖。偃蹙龙虎姿,主当风云会。神明依正直,故老多再拜。岂知千年根,中路颜色坏。出非不得地,蟠据亦高大;岁寒忽无凭,日夜柯叶改。丹凤领九雏,哀鸣翔其外;鸱鸮志意满,养子穿穴内。客从何乡来,伫立久吁怪?静求元精理,浩荡难倚赖。

杜甫寓居成都之后,一气写下了《病柏》《病橘》《枯棕》《枯楠》四首五言古诗。试想当年成都四季如春,植物的葱茏茂密是不亚于现在的,但杜甫为什么偏偏以这种病、老、枯、朽的植物为描写对象,这显然是在抽象思维指导下对形式进行的选择。这幅"崇冈巨柏"的意象设计,实际上寄托着杜甫对江山社稷前途的一种评价。杜甫历经"安史之乱",从一个高度繁荣的大唐帝国的朝臣,一变而为隅居西南一角的惨淡诗人,对社稷飘摇的体会和理解是很深刻的。主观上有了这个观念之后,就为思想寻找它的"客观对应物",进行意象化的工作。他不去描写这棵树,而是改为评价和议论这棵树,指出它是从"根"上坏的;本来"岁寒"对松柏是无所谓的事,而这里却大写冬天对柏树的摧残;丹凤之为鸟,纯系乌有,但诗中可观其形,可闻其声,意在象征忧国忧民的高洁之士;鸱鸮(猫头鹰)钻营打洞逞能一时,小人得志,大树朽腐之日可待,意在象征病因与国运。为了突出这个中心意旨,

---

① 朱光潜:《西方美学史》下卷,人民文学出版社1979年版,第443页。

诗人又设计了一位外乡来客,久伫巨柏之旁做思考状,意在引发读者也来思考其中的"元精理"。总之,诗中每设一景,每画一物,都是为了把人引向另外的抽象之域,处处可见抽象思维介入的痕迹。一向善于对自然景物做逼真描绘的杜甫,在这首诗中一反常态,先违自然之理,又造荒诞之象,就是在谋求最佳的象征意象组合,去表达他对社稷前途和社会病态的理解。很明显意象化的工作是必须在抽象思维指导下进行的。

(三)"意象应合"的原则

这个原则,是明代学者何景明提出来的。他说:"夫意象应曰合,意象乖曰离,是故乾坤之卦,体天地之撰,意象尽矣。"(何景明:《与李空同论诗书》,《何大复先生全集》卷三十二)何景明是用《易》象结构证明意象的特点,目前,利用这个概念与古意稍有不同,是想用它强调象征意象构成中的两个部分既"应"(指对应)且"合"(指相契合)的统一性。黑格尔也有类似的见解,他说:"在艺术里,我们所理解的符号(按,指象征之象)就不应这样与意义漠不相关,因为艺术的要义一般就在于意义与形象的联系和密切吻合。"①现代派对这一问题也很重视,他们提出要把"思想知觉化"的原则。T.S.艾略特进一步把它理论化,提出要为思想找到它的"客观对应物",使人要"像你闻到玫瑰香味那样地感知思想"。② 总之,古今中外的理论家都有人强调"意象应合"。为什么要"意象应合"呢?这是因为有"象"而无"意",这"象"就是一个没有灵魂的傀儡,无生命力;如果只有"意"而无"象",就成了直接说教,令人生厌,也失去了艺术的魅力。那么怎样做才算好呢?明代葛应秋认为,要做到"意自不逞,象自不浮,不期合而自合者"最佳(葛应秋:《制义文笺》,《不丈斋集》卷三)。他的意思是说,在象征意象创造中,"意"与"象"都不应单独出现,而是要结合到自然天成不留斧凿痕的程度,这才是"意象应合"的佳构。

从"意象应合"的原则出发,便形成了象征意象化的基本方法。意象化,主要包括两个方面的工作。第一是努力捕捉客观物象与主观意念的对应关系,选择好最佳的象征物。做好这一工作必须从大处着眼、从本质特征入手,方能选准象征物。自然界的昆虫那样多,卡夫卡为什么一定要选择甲虫作为他的描写对象,而不选择小青虫、小蚊子呢?他一定是发现了甲虫的本质特征:有甲壳,与现代社会中异化的人们之间有某种本质上的对应关系。这种选择既需哲理眼光,又需审美眼光,是作家长期对生活观察与思考的结果。第二是准确把握对应点。即在准确加工和描绘对应点的同时,暗暗铺下能诱发人们思考的"跳板",从而通过形而下的描写,巧妙地把人们引向形而上的思索。当然这种"跳板"是暗中铺就的,一般说来常见的方法有这样几种:

第一,在选择好"客观对应物"之后,人们便会发现,自然物与象征意义之间,并非每一个特征都对应,因此意象化工作最常见的方法是剪除不对应的部分,突出描写对应的部分。例如:卡夫卡选择了大甲虫之后,肯定就会考虑怎样加工这个形象。甲壳本是自然界生存竞争中自卫本能长期进化的结果,恰与处于资本主义制度重重打击下的人的自我保

---

① 〔德〕黑格尔:《美学》第2卷,朱光潜译,第10页。
② 参见袁可嘉编:《外国现代派作品选》第1册(上),上海文艺出版社1980年版,第15页。

护本能相对应。因此作家在描写时保留并突出了这个特征。但自然界的甲虫一般都有翅膀,而翅膀就意味着自由,这一点与作家所要表现的"异化了的人"的特征相反,所以作家就把这个不对应的特征剪除了。这样,再通过对对应点的具体描写,便可以突出对应点,暗中埋下诱发想象的跳板。

第二,如果对应点不够,作家可以通过虚构细节、添设环境、创造气氛等手法,扩大和增添对应点,以求观念的完美表达。请看陆游《卜算子·咏梅》：

驿外断桥边,寂寞开无主,已是黄昏独自愁,更著风和雨。无意苦争春,一任群芳妒,零落成泥碾作尘,只有香如故。

这首词之所以脍炙人口,是因为它很好地象征了中国知识分子的人格美。旧时代的知识分子得志者不多,即使有的能中个举、做个什么官,但由于封建制度的腐败,也不能按知识分子的正直人格行事,仍是抑郁不得志。所以他们不愿意与统治者同流合污,只能孤芳自赏。陆游的词就把知识分子这种共同心境表达出来了,所以这首词历来为知识分子所交口称赏。梅花在中国以其高洁清芬早已成为高洁人格的象征,但却不具备孤独落魄的悲剧特征。陆游为了写好它与失意文人的对应点,突出时代和社会给读书人造成的痛苦与无奈,诗人就给梅花重新设置了环境,渲染了气氛：让它开在驿站之外断桥之旁,桥断了,路已不通,已无人来赏梅,这孤独中的梅花在热闹的通衢驿站的反衬下,更显孤寂。这还不够,复加以凄风苦雨和寂寞黄昏的渲染,这就与一个落魄文人的凄苦处境完全对应了起来。上阕是客观的渲染,下阕几乎是让梅花自宣其志,在昏暗、恶劣的环境中仍然坚守节操,不改其志,更显梅花胸怀的高尚,人格的磊落。这最能敲击读者的心弦了,遂成千古绝唱。从环境和氛围上取得对应,创造象征意象,是中国古代诗词一个传统手法。

第三,从上述《咏梅》词中,还可以归结出意象化的另一条基本方法,那就是拟人化的方法。即通过拟人化的方法来写好对应点,也就是在象征物上注入人的生命、人格、气质甚至德性;在对应点注入人的观点,让无生命的东西呈现出人的生命特征。陆游不就是通过这种方法把梅花变成了诗人高尚人格的象征吗？其实,用这种方法创造意象,中外诗人都深得其道。可见意象化的方法是多种多样的,它将随人类艺术创作实践的不断发展更加丰富多彩。

四、文学象征意象的分类

文学象征意象的分类至今尚无定则。本书尝试从表意的方式这一角度,把文学象征意象分为两种,即寓言式意象和符号式意象。

(一) 寓言式象征意象

寓言式象征意象是指通过一则故事暗示一种哲理或观念,而这正是故事的主旨。寓言式象征意象的显著特征就在于它有故事情节,哪怕是最稀薄的淡化了的故事情节。这类象征意象常见于叙事性作品,常以叙事诗、小说和戏剧的形式出现,通过有情节的整体性形象系统来实现某种观念的表达。尤涅斯库的《秃头歌女》,人物形象虽影子般的模糊,但通过舞台组接了夫妇对面不相识的事,显示了现代社会人际关系的冷漠与隔阂及作家的忧虑与思考。这便是一则寓言式象征意象。关于寓言的象征意象性质,歌德在《准则与感想》一文中早就有所揭示,他认为寓言是诗人"为了普遍性才寻找特殊性","寓言把现象转换成某一概念(按,即观念与哲理),又把这个概念转换成某一意象(按,指寓言中的整体性形象系统),但这个概念始终受制于这个意象之内,它完全被意象所左右,也被意象所表达"。① 显然寓言在本质上仍是"表意之象",只不过它是通过一个故事、一种整体性形象系统来表达的。寓言作为一种古老的文体,自古便大量存在,在中国先秦诸子散文中十分发达,说明这种象征意象是人类创造和使用的最古老而又最普遍的艺术形式之一。在现代艺术中,通过"现代寓言"的形式,表达作家对社会人生的思考,是很值得重视的象征意象形式。

(二) 符号式象征意象

符号式象征意象是指不具有情节性的整体意象和单个意象。它以整体的或单个的形象特征,暗示和象征着某些观念或哲理。从本质上看,其作用不过是一种表意的符号。符号式意象又可分为两类:一类是抽象型,一类是具象型。抽象型符号式意象一般在建筑、绘画、雕塑等视觉艺术中比较发达,而在语言艺术中比较少见。所谓抽象型,是指找不出适当的自然物体概念来描述它的形态,而只能借助于某些抽象概念、术语去表达它。正如埃及金字塔,只有用巨大的"方锥体"这个概念来描述它,称它为"金字塔",也是取基大顶尖像个汉字"金"字的造型。某些现代雕塑越来越超越自然物象,不好说出它的形态,而只能用诸如 S 形、不规则图形等来描述它。这种抽象型符号式意象不仅自古有之,而且在生活中也是很常见的,比如巴黎埃菲尔铁塔、西方各类教堂、教堂上的巨大十字架、各国的国旗、各种大企业的商标等,都属此类。所谓具象型符号式意象,一般是由自然物体的变形、夸张和拼接组合而成,不论在哪一门艺术中都是符号式意象的主要形态,比如我国的龙凤图像和人面含鱼纹、埃及的狮身人面兽、华沙的美人鱼、美国的自由女神像等。在文学中,这种形象更为常见。如:李贺笔下的"天马"、李商隐笔下的"锦瑟"、郭沫若笔下的"天狗"、闻一多的"死水""红烛"、臧克家的"老马"、诗人余光中的"夸父"等均是意象佳构,并非西方现代派才热衷于这类象征意象的创造。

值得说明的是,有些象征意象之作,从总体上看它是单个象征意象,如李商隐的《锦瑟》和艾略特的《荒原》,但它们实际上又是由一个复杂的象征意象体系来构成。李商隐也许是以"锦瑟"象征自己的半生身世,而其中又以"庄生晓梦""望帝春心""沧海月明""蓝田日暖"等意象象征着诗人不同的人生境遇,共同构成一个璀璨的意象整体,使人联想无限,求解不尽。也就是说,单个意象与整体意象有时候还是一个互相包含的关系,不能理解得太死、太直。

---

① 转引自〔美〕艾布拉姆斯:《欧美文学术语词典》,第 366 页。

本章小结

　　从以上论述可以看出,文本中呈现的艺术世界,是由文学形象构成的世界。这个艺术世界实质上便是文学形象的系统,因此文学形象是一种具有系统性的形象建构。这种形象建构的系统性,体现在两个方面:一是就艺术世界的有机性而言的;二是就文学形象审美功能的互补性而言的。由于审美功能的不同,适应人的知情意的精神需要的角度不同,便形成了三种不同性质的文学形象,即写实性文学形象、抒情性文学形象和表意性文学形象。在审美理想指导下,又分别形成了它们的高级形态,即达到艺术至境的形象形态:典型、意境和象征意象。本章又就文学形象的一般特征及其界定、高级形态的审美特征和相关理论做了论述,阐述了这个三足鼎立的形象系统。学习本章时一定要理清上述思路,才能纲举目张。

　　值得说明的是,本章对文学形象的论述,仅是静态的学理意义上的把握,多半以作家塑造的形象为依据,而一旦进入文学接受的过程,情况又将发生变化。这是因为文学形象其实并不能直接诉诸读者的感官,其具体可感性只是作家塑造文学形象时的艺术追求。文学形象是必须经过读者对文学语言层面的阅读和理解,才能把作家按具体可感性原则通过语言塑造的艺术形象在自己的心中重塑出来。这时的文学形象虽然不能说与作家的原塑性形象无关,但读者在重塑艺术形象的过程中,又加上了一层自己的主体素质,已经变成读者再创造的东西了。这种在读者心目中重塑的艺术形象,与作者原创的艺术形象已有很大的不同,具有了许多新质要素,这要到本书第八章才能详细讨论。

本章的概念和问题

　　概念:

　　文学形象　艺术至境　形象的概括性　审美理想　典型　特征　特征化　典型环境　意境　虚境与实境　生命律动　有我之境　无我之境　象征意象　内心意象　泛化意象　象征　荒诞　意象化　意象应合

　　问题:

　　1. 文学形象的特征是什么?
　　2. 文学形象的系统性是如何表现的?
　　3. 举例说明什么是表意性形象、抒情性形象和写实性形象。
　　4. 试述人类知、情、意的精神需要与文学三种审美类型之间的关系。
　　5. 试述文学三种艺术至境形态的互补性。
　　6. 文学形象的概括性表现在哪些方面?
　　7. 文学形象的审美属性是怎样表现的?
　　8. 简述西方典型论的三个阶段及其在中国的发展。
　　9. 试述文学典型的特征性。
　　10. 文学典型是怎样体现丰厚历史意蕴的?请举例说明。
　　11. 文学典型的艺术魅力表现在哪些方面?

12. 简述典型人物与典型环境的辩证关系。
13. 试述意境的特征。
14. 举例说明意境虚实相生的结构原理和虚境与实境的关系。
15. 试述生命律动与意境美的关系。
16. 简述象征意象的艺术特征。
17. 举例说明什么是象征手法。
18. 象征意象的求解性与意境鉴赏时的共鸣性有什么不同？举例说明。
19. 何谓荒诞？荒诞性在文学作品中是怎样表现的？请举例说明。
20. 意象化的主要工作和常见方法有哪些？
21. 象征意象在文学艺术中主要表现为哪些类型？请举例说明。

第四章 叙事作品

本章主要讲述叙事性作品,涉及叙事理论发展、叙事定义、叙述语言、叙述内容和叙述动作等问题。无论是中国还是西方,对叙事作品的研究都有很长的历史,积累了丰富的理论成果。20世纪从法国兴起的叙事学理论则从新的角度对叙事作品进行研究,形成了一套以形式研究为主的叙事理论。本章将中国和西方传统叙事理论与现代叙事学理论结合起来,对叙事作品的特点进行全面的考察和研究,首先考察了叙事理论从传统到现代叙事学的发展,提出了对叙事与叙事作品概念的解释,然后将叙事作品分为叙述语言、叙述内容和叙述动作三个方面进行分析,将中国和西方传统叙事理论的研究成果结合到现代叙事学研究的框架中,从不同角度具体说明叙事作品的共同特征和叙事艺术发展演变的特点。

第一节 叙事理论与叙事作品

一、从传统叙事理论到现代叙事学

(一) 传统叙事理论

叙事是通过语言组织起人物的行动和事件,从而构成完整文学艺术作品的文学创作活动。叙事的核心内容是故事。故事是人类对自身历史的记忆、想象和表述行为。人们通过神话、史诗、英雄传奇、民间传说和童话故事等种种故事形式,记忆、传承和传播着一定社会的文化传统和价值观念,引导着社会性格的形成。从这个角度来说,故事通过对"过去的事"的记忆和讲述,构建着一定社会的文化形态。

但作为一种文学样式的故事和一般意义上的"历史"毕竟还有所不同。故事中所讲述的事件从总体上说是虚构的,然而这种虚构的故事又要与现实生活有某种关系。用古希腊学者亚里士多德的话来说:"诗人的职责不在于描述已发生的事,而在于描述可能发生的事,即按照可然律或必然律可能发生的事。"诗(这里指的就是叙事文学)由于不受客观事实的限制而具有了比历史更普遍的意义,比历史"更富于哲学意味"。[1] 也就是说,故事的虚构要合乎客观事物的发生和发展规律,这样就会给人以智慧的启迪。因此,故事不仅是记忆和传播文化的活动,同时也是认识和解释世界的一种方式。

叙事活动与文化的产生和发展关系密切。早在原始社会,就已出现了神话传说和史诗等早期的叙事样式。以古希腊为源头的西方文学传统就可以看出从神话到史诗、再到

---

[1] 〔古希腊〕亚理斯多德、〔古罗马〕贺拉斯:《诗学·诗艺》,罗念生、杨周翰译,人民文学出版社1962年版,第23—24页。

戏剧乃至后代最典型的叙事文学样式——长篇小说这样一个发展的过程。所以直到现代，有些学者仍然把长篇小说称作史诗。在中国文学的发展过程中，早期的叙事文学除了在寓言故事和志怪传奇的笔记杂谈中有一些粗浅的形态外，较突出地表现在历史著作中叙事艺术的发展，其中最成功的典型就是司马迁《史记》中的传记文学。到唐代以后，随着城市文化的发展，作为市民艺术的通俗叙事文学也获得了越来越大的发展，最重要的形式是"说话"和戏剧文学。从这些叙事艺术的发展中产生了中国传统叙事文学的最高成就——《三国演义》《水浒传》《西游记》《红楼梦》等优秀长篇小说和《西厢记》《桃花扇》《长生殿》等优秀戏剧文学作品。

　　随着叙事文学的发展，关于叙事艺术的观念和理论研究也一直在发展。西方至少在古希腊时代，亚里士多德的《诗学》已经是全面研究叙事艺术的理论专著。在这部书中，亚里士多德提出了对史诗、悲剧乃至一般叙事作品的一些基本要求，如按照现实生活中的可能性进行虚构，以表现比历史更富于哲学意义的真实；情节在作品诸要素中的重要性；如何进行结构安排和布局以产生所希望的情感效果等。后来古罗马诗人贺拉斯在《诗艺》一书中进一步提出叙事作品中人物形象的塑造问题，形成了对不同类型人物形象进行区分的认识。17世纪法国古典主义诗人布瓦洛（N. Boileau，1636—1711）等人又将贺拉斯的观念进一步发展，形成了以理性制约情感表现和类型化人物为中心的完整系统的古典叙事理论。启蒙运动之后，由于法国学者狄德罗、德国诗人莱辛等人对平民戏剧的推崇，叙事理论逐渐形成了关注现实社会、关注人物性格的现实主义观念。从德国学者黑格尔提出性格是现代艺术的真正中心到恩格斯提出真实地再现典型环境中的典型人物，以人物性格为中心、以反映社会历史真实为主旨的现实主义叙事理论走向了成熟。

　　中国由于早期的叙事文学主要是作为历史写作的一个方面存在，因而对叙事艺术的专门研究较少。到了宋元以后，随着通俗叙事文学的发展，对叙事艺术的研究也发展了起来。到明代后期，以评点的形式对叙事作品进行分析研究从而形成理论认识的一种特殊的叙事文学研究方式发展了起来，李贽、叶昼、金圣叹对《水浒传》的评点、金圣叹对《西厢记》的评点、毛宗岗对《三国演义》的评点以及脂砚斋对《红楼梦》的评点等，把这种具有中国特色的叙事研究形式发展到高峰。其中明末清初的文艺批评家金圣叹在继承叶昼等人对通俗叙事作品艺术特征认识的基础上，提出了全面而深刻的叙事艺术理论，中心是具有中国传统特色的人物性格理论和文法理论。金圣叹对叙事艺术的研究成果使中国传统的叙事理论达到了成熟阶段，并启发和影响了清代的叙事作品批评。张竹坡的《金瓶梅》评点、毛宗岗的《三国演义》评点、脂砚斋的《红楼梦》评点等重要的小说评点都是在他的评点著作影响下出现的。这种叙事理论和独特的批评研究方式对于细致真切地感受、理解和阐释叙事文本具有重要的价值。19世纪以后，梁启超在《论小说与群治之关系》等论著中阐述的小说理论强调了叙事艺术与国民性格的关系，进而提出"小说界革命"的口号，倡导了一种与社会改造目的直接相关的叙事理论。王国维的《〈红楼梦〉评论》是在德国哲学家叔本华的哲学和美学理论影响下进行的悲剧叙事艺术研究，他的宋元戏曲研究方面的著作则是对中国传统的戏剧叙事所进行的系统研究，标志着中国的叙事艺术研究在西方叙事文学和理论的影响下开始形成新的特征。

(二) 现代叙事学

古典叙事观念和现实主义叙事观念所关心的中心问题都是叙事作品中所描绘的世界和人物从现实生活经验的角度讲是否真实,所表达的思想从理性认识的角度看是否正确合理,艺术形式从一定的艺术标准衡量是否有审美价值之类的问题。而到了 20 世纪初,俄国形式主义文学理论开始从另一个不同的角度研究叙事艺术。普洛普(V. I. Propp, 1895—1970)于 1928 年发表的《民间故事形态学》一书对俄罗斯一百个民间故事进行分析后指出,这一百个故事表面上看纷繁离奇、变化无绪,然而它们实质上受到一个恒定结构的制约。这一结构体现在按照严格的、不可改变的次序前后相接的三十一个"功能"中。普洛普民间故事研究中功能与结构的观点首先被法国结构主义学者列维-施特劳斯(C. Levi-Strauss, 1908—2009)接受,又通过他传播到法国学术界。1960 年代的法国文学研究领域受到结构主义和普洛普民间故事分析的影响后,出现了大量的关于叙事作品结构分析的尝试,包括以格雷马斯(A. J. Greimas, 1917—1992)为代表的神话分析、以布雷蒙德(Cl. Bremond)为代表的民间故事分析和巴特(R. Barthes, 1915—1980)、托多罗夫(T. Todorov, 1939—2017)、热奈特(G. Genette, 1930—   )等人为代表的小说研究。这些探索通过一系列学术活动逐渐酝酿形成了一种新的研究叙事艺术的理论和批评方法,这种新理论就被称作"叙事学"(Narratologie)①。这种新的叙事理论由于受形式主义和结构主义影响,对叙事作品的研究侧重于形式结构方面,较多地注意到叙事文学的抽象结构关系而不是一部作品的具体特色,因而又被称作结构主义叙事学。

这种研究叙事文学的方法忽略了文学的社会文化背景,因而有一定片面性。1980 年代,以西方马克思主义学派为主的叙事文学研究开始转向文学的社会文化背景方面,尤其是意识形态方面,形成了从意识形态角度研究叙事文学意义并借助这种研究进行社会批判的叙事研究思潮。到了 1990 年代,又出现了所谓"小规模的叙事学复兴",叙事研究借鉴女性主义、对话理论、解构主义、读者反应批评、精神分析学、历史主义、修辞学、电影理论、计算机科学等众多理论和方法,扩展了研究思路和视野,叙事学研究趋向了多样化的发展。这个时期的叙事学研究被称为"新叙事学"②。

近年来,中国学术界在介绍和借鉴西方现代叙事学理论的同时,也在逐渐形成自己的研究特色,一方面吸取西方现代叙事学在叙事艺术研究方法和理论方面的新成果,另一方面也不排斥传统的研究方法和理论,通过传统叙事理论与现代叙事学的结合,正在形成更具有综合性、又具有创新和个性的中国叙事学研究方法与理论建设。

二、叙事与叙事作品

(一) 叙事的意义

叙事就是讲故事。人为什么要讲故事?从原始文化中的神话传说、史诗等早期叙事

---

① 参看张寅德编选:《叙述学研究》,中国社会科学出版社 1989 年版,第 2—4 页。
② 参看〔美〕赫尔曼主编:《新叙事学》总序和引言,马海良译,北京大学出版社 2002 年版。

形态开始,叙事行为就被视为是在表达实际生活中的经验。对于原始社会的人来说,讲述世界或人类起源的神话传说和歌颂本民族祖先英雄事迹的史诗,其中所讲述的事件无论在今人看来多么荒诞离奇,都会被认为是真实地发生过的事。到了文明社会,人们当然不会那样轻信故事了,但人们仍然认为叙事行为与人们对外部世界的兴趣有密切的关系。亚里士多德把叙事艺术创作的意图归结为对现实世界的"模仿":"一般说来,诗的起源仿佛有两个原因,都是出于人的天性。人从孩提的时候起就有模仿的本能(人和禽兽的区别之一,就在于人最善于模仿,他们最初的知识就是从模仿得来的),人对于模仿的作品总是感到快感……""诗由于固有的性质不同而分为两种:比较严肃的人模仿高尚的行动,即高尚的人的行动,比较轻浮的人则模仿下劣的人的行动……""……诗人的职责不在于描述已发生的事,而在于描述可能发生的事,即按照可然律或必然律可能发生的事。"①

亚里士多德所说的"模仿"是古希腊对于文艺与生活关系的一种传统的看法,但从上面第三段引文可以得知,他在这里所说的"模仿"并不是指简单地记录已经发生过的事实,而是说根据行动、事件发生的可能性("按照可然律或必然律可能发生")来虚构出合情合理然而实际上并不存在的世界来。同时他还认为,不同的人会模仿具有不同道德意义的对象。在这里我们可以看出,叙事与客观世界的模仿关系中包含了两个方面:一是以客观事物的发生规律为依据,二是体现着故事作者对世界的认识和自己的精神需要。

实际上,古今中外的叙事都不会脱离这两个方面的关系,叙事的意义就建立在这两方面的关系之上:它既是对外部世界的关注,又是作者自己的认识体验。讲故事和听故事的行为都意味着对外部世界的关心,是对外部世界的体验、理解和解释,同时这种体验、理解和解释在叙事行为中通过叙事语言组织构造成一个艺术整体。从这个意义上讲,叙事是由人对外部世界的体验所推动的构造艺术世界的言语行为。叙事作品就是通过这种构造活动形成的物化形态。

(二) 叙事作品

随着叙事活动的发展,叙事文学作品从早期的神话传说、史诗之类蜕变演化成越来越多样化的形态。从近代叙事观念来看,最重要的叙事作品样式就是小说,从作品容量和规模上看,包括短篇小说、中篇小说和长篇小说这三种基本类型,此外还有系列小说、微型小说以及叙事诗等特殊形态。到了当代,由于作家创新意识的加强,小说这种经典的叙事文学样式也在发生变化,出现了许多复杂形态,特别是一些反抗传统的作家提出要淡化传统小说中的主题、情节乃至人物诸要素,随之而来的是形形色色的实验性小说,如散文化小说或小说化散文及融合不同文学样式为一体的杂体小说等。

近代以来与小说的发展并行的还有属于综合艺术类型中的叙事文学作品,首先是戏剧剧本。实际上从叙事文学发展的历史过程来看,戏剧文学比小说发展成熟得更早。在西方的叙事艺术发展史上,紧接着原始史诗和英雄传奇发展起来的就是古希腊的戏剧。在中国古代文学史上,近代意义上的白话小说起源于唐代以后的说话艺术,而与此同时作

---

① 〔古希腊〕亚理斯多德、〔古罗马〕贺拉斯:《诗学·诗艺》,第11—28页。

为戏剧起源的讲唱和表演艺术也发展了起来,作为比较成熟的小说形态——话本的出现和杂剧剧本几乎是同时。因此可以说戏剧文学与小说一样,在叙事文学发展中具有重要地位。进入近现代社会以后,由于印刷传播技术的发展,小说作为一种社会性的艺术,在传播发展上具有了比传统的戏剧更大的优势,因而成为一种更重要的叙事文学样式。但随着电影和电视的兴起与发展,这两种新兴的传播媒介对于叙事艺术的发展产生了巨大的影响,在当代文化环境中,电影和电视叙事比小说影响更大,许多小说是通过电影或电视的改编而扩大其影响的。在这种情况下,影视文学又成为比小说更大众化、更具社会影响的叙事文学样式。随着互联网的发展和移动互联的普及,网络文学、网络剧的叙事形态随之兴起,并且因为接受群体庞大而产生了更为广泛的影响。可以想见,随着传播技术、社会文化和人们的艺术需要的发展,今后还可能有更新的叙事文学样式产生。

三、叙事的层面

（一）故事内容与故事叙述

当我们说"叙事就是讲故事"的时候,容易产生一个误解:似乎叙事的基本意义就在于所讲述的故事内容。然而作为艺术的叙事作品并不那么简单。举一个人们熟悉的例子,《水浒传》中武松景阳冈打虎的故事。这个故事的内容是武松喝醉酒后上了景阳冈,遇到一只老虎,他三拳两脚打死了那只虎。这样的故事内容可能是不同寻常的,但这段故事真正吸引人的魅力却不在这里。人们都知道,武松打虎的故事中主要精彩之处与其说是武松做了些什么,不如说是叙述人讲了些什么:

> 那大虫咆哮,性发起来,翻身又只一扑,扑将来。武松又只一跳,却退了十步远。那大虫恰好把两只前爪搭在武松面前。武松将半截棒丢在一边,两只手就势把大虫顶花皮胳塔地揪住,一按按将下来。那只大虫急要挣扎,被武松尽气力捺定,那里肯放半点儿松宽。武松把只脚望大虫面门上、眼睛里,只顾乱踢。那大虫咆哮起来,把身底下爬起两堆黄泥,做了一个土坑。武松把那大虫嘴直按下黄泥坑里去……

这段故事本身当然应当说惊心动魄,但这种情节毕竟距离一般人的生活经验较远。要能够产生真切的感受而打动读者,就要靠叙述的魅力了。在上面所引的叙述中,叙述人把这一小段时间很短的故事情节用详尽的描述扩展了开来,就像电影中的慢镜头一样令每一步动作细节都充分地展现出来,又像来回切换特写镜头的蒙太奇一样使读者的视点在人与虎之间来回变换,从而造成了扣人心弦的紧张感。这就是说,在这段故事情节中重要的不是行为和事件本身,而是对行为、事件如何发生的过程和形态所做的独特描述。于是如何讲述的问题就比讲述什么显得更为重要了。

（二）叙事的三个层面

基于对叙事艺术特征的认识,现代叙事学研究中就不仅仅把注意力放在故事内容中,而是从叙事的不同角度和层次来观察、分析叙事活动。法国叙事学研究者热奈特提出,人们谈论的叙事学中的"叙述"这个词,实际上包括了三个不同的概念:一个是所讲述的故事内容,一个是讲述故事的语言组织,还有一个就是叙述行为。① 有的学者把这三个方面命名为"故事"(story)、"文本"(text)和"叙述"(narrative)。②

传统上人们在谈起叙事作品时,首先想到就是所讲述的故事内容。产生这种看法的原因是对于故事内容所具有的意义的重视。在原始文化中的故事,无论是神话、史诗还是英雄传奇,都被视为真实地存在过的事实;讲述它们的意义在于使一个部落、一个民族对自己的历史、现在和未来的存在找到根据,通过故事把这个社会的文化传统和价值观念一代代传输下去。这种语境中的故事所具有的基本意义就是故事内容所显示或启示的历史和道德意义,因此故事内容本身当然成为人们最重视的东西。后来的叙事活动中,有很多仍然是为了通过故事的内容来表达某种哲理、道德观念或记述事实,如哲理性的寓言故事、历史传记类的历史叙事等,对于这类故事而言,内容同样是最重要的。

然而叙事文学的发展使得把故事内容看作叙事中最重要的甚至是唯一重要的成分,这种观念越来越显得不够全面了。事实上,很多文学作品从讲述的事件或历史事实本身来说往往是早已有的老故事,如莎士比亚的《哈姆雷特》、拜伦的《唐璜》、王实甫的《西厢记》等,至于《三国演义》《水浒传》之类的历史故事,更不知是经过多少人、多少种不同的讲述方式而逐渐发展成熟的。明代学者胡应麟在《庄岳委谈》中谈到《水浒传》的艺术魅力时指出:"其排比一百八人,分量重轻,纤毫不爽,而中间抑扬映带,回护咏叹之工,真有超出语言之外者。"显然,在他看来《水浒传》的吸引人之处就是它讲述故事的方式。他还在书中谈到当时出版的一些拙劣的删节本的问题:"余二十年前,所见《水浒传》本,尚极足寻味。十数载来,为闽中坊贾刊落,止录事实,中间游词余韵,神情寄寓处,一概删之,遂几不堪覆瓿。复数十年,无原本印证,此书将永废矣。"

在这段话中胡应麟很明确地指出,《水浒传》的艺术价值就在那些"游词余韵,神情寄寓处",也就是叙述语言所表现出的艺术性,如果抛弃掉这些东西而"止录事实",就完全失去了这部作品的价值。由此可见,在叙事文学的发展过程中,常常突出地表现为叙述语言的发展,而在很多情况下,叙述语言的发展成为叙事艺术发展的主要方面。

除了故事内容和叙述语言外,叙事中还有第三个因素,就是叙述动作,包括叙述者的情态、声音以及与叙述接受者之间的关系等。比如明代拟话本小说《拍案惊奇》中有一个故事"姚滴珠避羞惹羞,郑月娥将错就错",讲到姚滴珠因受不了公婆的气,负气出走的情节时说:

> 侵晨未及梳洗,将一个罗帕兜头扎了,一口气跑到渡口来。说话的若是同时生,并年长,晓得他这去不尴尬,拦腰抱住,擗胸扯回,也不见得后边若干事件来。

这段叙述很明显地凸现出一个与故事内容毫无关系的叙述者即"说话的"的存在。由于这个从旁插入的叙述者声音的出现,使得故事的叙述发生了变化:除了故事的内容和讲述故事的语言之外,叙述者自己的情态也影响了叙事的效果。叙述者是显现在台前还

---

① 参看张寅德编选:《叙述学研究》,第188—189页。
② 参看〔以色列〕里蒙·凯南:《叙事虚构作品》,姚锦清等译,三联书店1989年版,第5页。

是隐藏在幕后,这样一些不同的叙述动作会造成不同的叙事效果:有"说话的"在场的叙事显然使得故事内容与接受者之间拉开了距离,而叙述者隐藏在幕后的故事则可能造成读者于不知不觉中进入故事情境的幻觉效果。

从创作的角度来看,有意识地把叙述者的叙述动作突出出来的做法在传统的叙事中已经存在。除了上面提到的《拍案惊奇》的例子外,其他的例子也还有不少。像阿拉伯民间故事《一千零一夜》就把叙述者讲述故事的过程区分成不同层次,形成叙述中套叙述的风格。但对这方面问题的研究总的说来过去较少,只是在现代叙事学中才逐渐受到关注。在目前的叙事学研究中,叙述动作的研究与故事、叙述语言的研究同样具有了重要的意义。因此,我们在下面对叙事的研究也将借鉴热奈特的三分法,分为叙述语言、叙述内容和叙述动作三个方面进行研究。

第二节 叙述语言

叙述语言是使故事内容得以呈现的口头或书面陈述。从对叙事的接受角度来看叙事活动,首先接触到的就是叙述语言,因此我们在分析叙事时就将叙述语言作为第一层次来进行分析。叙述语言中对叙事有重要影响的性质包括叙述时间、叙述视角和叙述标记等方面。

一、叙述时间

(一) 故事时间和文本时间

叙述时间指的是故事时间与文本时间相互对照所形成的时间关系。所谓故事时间是故事中事件持续的长短和前后顺序;文本时间是叙述文本中叙述语言的长短和前后顺序。比如"国王死了,王后也死了"这句话中就包含着两种时间顺序:第一个时间顺序是故事时间顺序。这句话所提示的故事时间顺序可以认为是这样的:第一件发生的事是国王死了,随后发生的第二件事是王后也死了。第二个时间顺序是文本时间顺序。这句话的文本时间顺序是"国王死了"这个叙述句在前,而"王后死了"这个叙述句在后。在这里,故事时间顺序和文本时间顺序是一致的。这就是说,不管故事中到底是哪一件事在前,这个叙述句本身的顺序是确定的。如果说"王后死了,国王已先于她而死",虽然故事时间顺序没有变,但文本的时间顺序却颠倒了过来。

时间的概念不仅是有关前后顺序的概念,同时也是一个持续过程长短的概念。在故事时间中,时间的长度是通过故事内容的发展决定和显示出来的。有时这种时间长度有明确的标记,比如说故事中可能会用"多年以前""又过了几年"之类的叙述来标志故事中时间持续的长度。有时故事时间的长短是通过故事中事件的发展过程暗示出时间的推移,比如在《三国演义》中关羽温酒斩华雄的过程,就通过对整个战斗过程中袁绍营帐中听到的一阵金鼓呐喊声和关羽回到营帐时酒尚未冷的细节表明了这一事件的过程只有短短的不到一杯温酒变凉的时间。而刘备败走江夏的故事则是一段段具体的事件过程,如携民出走、长坂坡大战等,使人通过故事的进展感觉到时间过程至少持续了几天。在有的叙述中故事时间可能不明确,如上面所说的"国王死了,王后也死了"这句叙述就看不出时间长短,如果有其他情节的参照,我们才可能间接地推知国王死了与王后也死了这两件事是在多长时间内发生的。

而文本时间的长度则是与故事时间长度无关的另一个概念,是由叙述语言的长短决定的。也就是说,叙述的语言越多,文本时间就越长;叙述得越少,文本时间就越短。虽然我们不可能硬性确定文本时间的量值,比方说一千字相当于多少分钟,但可以通过不同叙述方式之间的比较形成相对意义上的时间长度概念,比如一句话的叙述就短于两三句话叙述所用的时间,因而粗略的交代所用的时间就短于详细描述的时间等。

从以上的区分可以看出,故事时间与文本时间是两个完全不同的时间概念:前者是虚构的、只存在于作品中世界的时间关系;而后者是与叙述行为直接相关的、存在于现实世界、现实的文本写作与阅读活动中的时间关系。但在叙述语言中,这两个时间却形成了互相对照的关系,由这两种互相对照的时间关系构成了叙述时间。

(二) 叙述时间中的时距、次序和频率

叙述时间中主要包括三个方面的关系,即时距、次序和频率。

1. 时距

时距也可称为叙述的步速,是故事时间长度与文本时间长度相互对照所形成的时间关系。我们可以设想这样一种叙述状况:故事情节中的人物语言被完整地叙述出来,或者把人物的动作大体按照动作进行的时间过程进行描述。在这种情形中,可以认为叙述所用的时间即文本时间,与故事发生的时间过程即故事时间,二者的长度大体上是一致的。两种时间长度相互一致的时间关系可以算作一种匀速叙述的关系。当然,由于文本时间事实上是无法精确计量的,所以所谓"匀速"只不过是一种概念意义上而非测量意义上的匀速。以这种"匀速"叙述为基准,就可以区分出不同叙述速度的各种时距。速度的两个极端形态是省略和停顿,介乎二者之间的有概略、场景和减缓。下面对这几种时距分别做简要说明:

(1) 省略。省略是对故事时间线索中整段时间不加叙述就跳过去。在跳过的这段故事时间长度中,文本时间长度为零,因而可以说叙述的步速是无穷大。在具体的故事叙述中有不同的省略方式:一种是明确省略,即在叙述中说明省略过去的时间,如"过了几日""转眼又是一年"之类。另一种是暗含省略,即不加说明而读者自己可以领会到故事中有一段不加叙述跳过去的时间。比如在俄国作家陀思妥耶夫斯基(F. Dostoevsky, 1821—1881)的小说《罪与罚》中有一段叙述大学生拉思科里涅珂夫送醉鬼回家的经过,然后下面第三章开头就说:"他一夜没睡好,次日醒得很迟……"显然在这两段不相衔接的情节之间暗含着一段省略掉的时间。

(2) 概略。概略是文本时间长度小于故事时间长度的粗略叙述。由于在较短的叙述语言中要讲述较长的时间中发生的事,因而叙述速度比匀速叙述要快,也就是说是叙述步速的一种加速状态。这种叙述方式通常是用于交代一些不很重要的事件过程。比如明代

拟话本小说集《喻世明言》中"陈御史巧勘金钗钿"的正文开头是这样的:

> 却说江西赣州府石城县,有个鲁廉宪,一生为官清介,并不要钱,人都称为"鲁白水"。那鲁廉宪与同县顾佥事累世通家,鲁家一子,双名学曾,顾家一女,小名阿秀,两下面约为婚,来往间亲家相呼,非止一日。因鲁奶奶病故,廉宪携着孩儿在于任所,一向迁延,不曾行得大礼。谁知廉宪在任,一病身亡……

这里短短几句就交代了几十年间的事。概略的叙述使故事在过渡性的情节段落上加快叙述速度,使这一部分内容起到串联故事的前后情节、构成整个故事背景的作用。

（3）场景。场景就是前面所说的匀速叙述。比较典型的匀速叙述是在话剧剧本中人物对话场景,因为在话剧中大多数故事的时间过程都是在对话或独白中持续的,所以剧本所叙述的内容几乎就是舞台表演中实际需要的时间过程。有时叙述的内容虽然不是对话而是动作,但也可以形成与动作的持续过程在时间长度上相对吻合的叙述过程。比如《水浒传》中"鲁智深火烧瓦官寺"中这段叙述:

> 智深见了,"人急智生",便把禅杖倚了,就灶边拾把草,把春台揩抹了灰尘,双手把锅摋起来,把粥望春台只一倾。那几个老和尚都来抢粥吃,被智深一推一交,倒的倒了,走的走了……

这段话中除了"人急智生"这四个字与动作无关外,其他语言都随着动作的进行而讲述,每个动作都讲到了,然而又不过分细致拖沓,因而给人的感觉是叙述的时间过程基本上与动作过程是同时的。这就是场景叙述。

（4）减缓。减缓是文本时间长度大于故事时间长度的叙述,也就是叙述步速的减速状态。减缓的叙述通常比场景叙述增添许多细节方面的内容,因而使得叙述语言加长,故事发展的速度被叙述拖延下来。在法国现代作家普鲁斯特(M. Proust,1871—1922)的长篇小说《追忆似水年华》中有一段关于喝茶的叙述是这样的:

> 母亲着人拿来一块点心,是那种又矮又胖名叫"小玛德莱娜"的点心,看来是用扇贝壳那样的点心模子做的。那天天色阴沉,而且第二天也不见得会晴朗,我的心情很压抑,无意中舀了一勺茶送到嘴边。起先我已掰了一块"小玛德莱娜"放进茶水准备泡软后食用。带着点心渣的那一勺茶碰到我的上颚,顿时使我浑身一震……①

这段叙述中所涉及的故事时间很短——不过是吃了一口点心的时间,充其量不会超过几秒钟,但叙述的文本却相当长。显然叙述把事件的过程细节放大了,像电影中的慢镜头一样把喝茶的每一个动作细部分解开来进行展示。减缓的意义就在它使得关键细节得以充分展示,形成细腻而深入的效果。

（5）停顿。停顿是故事时间长度为零而叙述文本的时间大于零的一种时距,也就是说有一些叙述的内容与故事发展中的时间进程无关,无论叙述进行了多长时间,故事时间

---

① 〔法〕普鲁斯特:《追忆似水年华》第 1 卷,李恒基、徐继曾译,译林出版社 1989 年版,第 47 页。

都没有变化。我们来看巴尔扎克(H. D. Balzac，1799—1850)《幻灭》中的一段叙述：

> 第二天，尼古拉·赛夏备了一顿丰盛的饭，竭力劝酒，想灌醉儿子……他说他挑了五十年的担子，一小时都不能再等了。明天就得由儿子来当傻瓜。
>
> 讲到这儿，或许应当说一说厂房的情形。屋子从路易十四末期起就开印刷所，坐落在菩里欧街和桑树广场交叉的地方。内部一向按照行业的需要分配。楼下一间极大的工场，临街一排旧玻璃窗，后面靠院子装着一大片玻璃槅子。侧面一条过弄直达老板的办公室……

上面所引的叙述文字中，前一段与故事的发展有关，包括吃饭和席间谈话等过程。但后面一段就与故事的进展无关了，无论这里的叙述有多长，故事本身都毫无进展，也就是说停顿了下来。这种停顿造成了整个故事进展速度的放慢，可以使读者从关心故事的发展和结局转向关心故事中的具体情境。当然，停顿过多或过久则会使故事显得拖沓冗长。

2. 次序

叙述时间中的次序是故事时间中事件接续的前后顺序与文本时间中叙述语言的排列顺序相互对照所形成的关系。一般说来，最古老、最自然的次序是故事时间中的顺序与文本时间中的顺序相一致，即先讲前面发生的事、后讲后来发生的事这样一种叙述次序，这种叙述次序称作"顺时序"。与顺时序不同的其他叙述次序统称为"逆时序"，即文本中叙述的前后顺序与故事中事件发生的前后顺序不一致。有时是将事情的结局提前到故事的开头讲述，这种叙述次序称作"倒叙"；有时是在顺时序的叙述过程中不时地插入对过去事件的追忆，这种叙述次序就是"插叙"。

不同的叙述次序会产生不同的叙述效果：顺时序叙述的效果是如同事件本身发生的过程一样自然合理，较易为人所理解。而逆时序的叙述由于违反了人们理解的事物发展顺序，因而容易产生吸引人注意力的效果。逆时序的叙述方式也在很古老的叙事作品中就已出现了。如古希腊的悲剧《俄狄浦斯王》就是一部以倒叙的方式讲述的叙事作品：故事一开始就是忒拜城遭了天疫，神谕告诉人们是有人犯了乱伦的罪孽。然后是俄狄浦斯开始调查，随着调查的展开，过去的事才一件件揭示了出来。这种倒叙的方式由于打乱了事件发展的顺序，使人猝不及防地进入到故事发展的紧要关头，从而便可能给读者造成强烈的悬念，使故事更加惊心动魄、扣人心弦。这种倒叙的方式在近代以情节的惊险刺激为特色的故事中很常见。也有一些采用倒叙方式的叙事作品并不追求悬念，比如《追忆似水年华》这部小说开始时叙述的是自己最近的情况："在很长一段时期里，我都是早早就躺下了……"然后叙述的进展逐渐如梦如烟地从现在返回到过去：

> 半夜梦回，在片刻的朦胧中我虽不能说已纤毫不爽地看到了昔日住过的房间，但至少当时认为眼前所见可能就是这一间或那一间。如今我固然总算弄清我并没有处身其间，我的回忆却经受了一场震动。通常我并不急于入睡，一夜之中大部分时间我都用来追忆往昔生活，追忆我们在贡布雷的外祖父母家、在巴尔贝克、在巴黎、在董西埃尔、在威尼斯以及在其他地方度过的岁月，追忆我所到过的地方，我所认识的人，以

及我所见所闻的有关他们的一些往事……①

这种倒叙的方式造成了一种与叙述者所处的语境相疏离的忆旧情调,与《俄狄浦斯王》式的悬念故事完全不同。

另一种逆时序叙述次序是插叙。这是在顺时序叙述的过程中插入一段或几段与上下文的时间、因果关系不连属的故事内容,使主要的故事进程造成暂时的中断和延宕。《水浒传》中宋江两次攻打祝家庄之后插入了解珍解宝的一段故事就是一种插叙。在有的故事中插叙的内容反宾为主,成了故事的基本内容,而顺时序的叙述则降到次要的地位,成为插叙内容的框架和向导。如美国当代小说家海明威(E. Hemingway, 1899—1961)的小说《乞力马扎罗的雪》中,顺叙的内容是一个人在非洲打猎时得了坏疽病后垂死时的情境。在主人公濒死的数小时生活的叙述中反复插入了大段的回忆与联想,正是这些回忆和联想展示了主人公一生的追求、颓唐又不甘沦落的精神生活历程。而顺叙的内容则把这些叙述引向一个悲剧性的归宿:在最后一段插叙中主人公飞越了被称为"上帝的庙堂"的乞力马扎罗雪峰,然后回归到顺叙的现实生活中来,他死了。《水浒传》和《乞力马扎罗的雪》等例子都表明,实际上在故事中叙述次序是可以变换的,既可以从顺叙变换为倒叙或插叙,也可以在倒叙或插叙中又转入顺叙。叙述次序的变换会造成故事情调、节奏等方面的改变。

3. 频率

频率是叙述时间的另一个方面,是文本中的叙述语言和故事内容之间的重复关系。重复有两种类型,即事件的重复和叙述的重复。所谓事件的重复指的是故事内容的重复,即同一类型的事件反复出现。比较典型的例子是海明威的小说《老人与海》,其中叙述的事件主要是老人圣地亚哥出海追寻一条大马林鱼的经过,具体的过程包括追寻大鱼、与大鱼搏斗、返航时与鲨鱼搏斗这三部分内容。但这三部分内容中每一部分都不是一次性的事件,而是反反复复多次出现的事件,如在与大鱼搏斗时一次次放线、收线的动作,与鲨鱼搏斗时一次次打退鲨鱼的进攻等情节就是重复出现的事件。由于这些事件的反复出现,使故事具有了一种强烈的节奏感,并使得这些事件的意义凸现了出来。有的故事看上去不像《老人与海》中的重复那样明显,但其实还是存在着事件的重复。如《水浒传》中许多英雄上梁山的经历都有相似之处:有好几个人是因被贪官污吏陷害而逼上梁山的,又有一些是在攻打梁山义军兵败后走投无路被宋江招降纳叛请上梁山的,还有不少下层民众是因生活所迫而自愿投奔梁山的,这样便在逼上梁山的故事中形成了几个系列比较相似的反复事件。《西游记》中唐僧四人遇妖的情形都往往有些相似之处,所以整个故事中虽说有所谓九九八十一难,但其中降妖伏魔的故事带有明显的反复性。有的只是重复一些细节,如鲁迅的《祝福》中祥林嫂一再说的"我真傻"那句话。无论哪一种重复,只要处理得当,都有助于强调故事的某种节奏感。

叙述的重复指的是同一个事件在故事中被反复叙述。一个事件在故事中被反复提及

---

① 普鲁斯特:《追忆似水年华》第1卷,第9页。

会突出其重要性,比如《西游记》中孙悟空大闹天宫的事件,在后来取经的过程中还一再地通过孙悟空自己或其他人之口被讲述出来,使得孙悟空的神通广大和桀骜不驯的性格始终受到强调。还有一些重复是虽然反复讲同一件事,但每次讲述的角度、层次等都有所不同,从而使一个事件的意义得到多方面的展示。这方面比较极端的例子有日本电影家黑泽明(1910—1998)摄制的影片《罗生门》和美国作家福克纳(W. Faulkner,1897—1962)的小说《喧哗与骚动》。这两部作品中,同一事件通过不同人物的视角观察而变成了不同的样子,几乎无法从中找到共同的东西。《罗生门》这样叙述的意图是要表现人性的弱点,而《喧哗与骚动》则是表现了某种反常的精神状态。总的说来,叙述的重复同样使故事的叙述节奏得到强化或产生变化,从而使故事的发展过程更吸引人。

二、叙述视角

叙述视角也称叙述聚焦,是叙述语言中对故事内容进行观察和讲述的特定角度。同样的事件从不同的角度看去就可能呈现出不同的面貌,在不同的人看来也会有不同的意义。叙述的魅力不仅在于讲述了什么事件,还在于是什么人、从什么角度观察和讲述这些事件的。

叙述视角的特征通常是由叙述者决定的。传统的叙事作品中主要是采用旁观者的口吻,即第三人称叙述,较晚近的叙事作品中第一人称的叙述多了起来,还有一类较为罕见的叙述视角是第二人称叙述。总起来说就是三种情形:第三人称叙述、第一人称叙述、第二人称叙述。同时还应注意到的是,在具体的叙述中有时会采取人称或视角变换的叙述方式。

(一) 第三人称叙述

第三人称叙述是从与故事无关的旁观者立场进行的叙述。由于叙述者通常是身份不确定的旁观者,因而造成这类叙述的传统特点是无视角限制。叙述者如同无所不知的上帝,可以在同一时间内出现在各个不同的地点,可以了解过去、预知未来,还可随意进入任何一个人物的心灵深处挖掘隐私。由于叙述视点可以游移,这种叙述也可称作无焦点叙述。总之,这种叙述方式由于没有视角限制而使作者获得了充分的自由。传统的叙事作品采用这种叙述方式的很普遍。但正由于作者获得了充分的叙述自由,这种叙述方式容易产生的一种倾向便是叙述者对作品中人物及其命运、对所有事件可完全预知和任意摆布,读者在阅读过程中也会有意无意地意识到,叙述者早已洞悉故事中还未发生的一切,而且终将讲述出读者所需要知道的一切,因此读者在阅读中只能被动地等待叙述者将自己还未知悉的一切讲述出来。这样就剥夺了接受者的大部分探索、解释作品的权利。因而到了现代,这种无所不知的叙述方式受到许多小说批评家的非难。

现代的第三人称叙述作品有一类不同于全知全能式叙述的变体,作者放弃了第三人称可以无所不在的自由,实际上退缩到了一个固定的焦点上。如英国女作家伍尔夫(V. Woolf,1882—1941)的小说《达罗卫夫人》,用的是第三人称。故事中有好几位人物,然而叙述的焦点始终落在达罗卫夫人身上,除了她的所见、所为、所说之外,主要是着力描写了她的心理活动。其他人物都是作为同达罗卫夫人有关的环境中的人物出现的。我们可以感到,叙述者实际上完全是从达罗卫夫人的角度观察世界的。这是一种内在式视角的叙述。这种第三人称已经接近于第一人称叙述了。

(二) 第一人称叙述

第一人称叙述是指叙述者同时又是故事中一个人物,从故事的参与者角度进行的叙述。叙述视角因移入作品内部而成为内在式焦点叙述。这种叙述角度有两个特点:首先,这个人物作为叙述者兼角色,他不仅可以参与事件过程,又可以离开作品环境面向读者进行描述和评介。这双重身份使这个角色不同于作品中其他角色,比其他故事中的人物更"透明"、更易于理解。其次,他作为叙述者的视角受到角色身份的限制,不能叙述本角色所不知的内容。这种限制造成了叙述的主观性,如同绘画中的焦点透视画法,因为投影关系的限制而有远近大小之别和前后遮蔽的情况,但也正因为如此才会产生身临其境般的逼真感觉。近现代侧重于主观心理描写的叙事作品往往采用这种方法。

但如果对各种采用第一人称叙述方法的作品进行仔细分析就会发现,在不同的作品中,这个叙述视角的位置实际上不尽相同。这通常是因为叙述者所担任的角色在故事中的地位不同:有的作品中叙述者"我"就是故事主人公,故事如同自传,比如英国作家笛福(Daniel Defoe,1660—1731)的《鲁滨孙漂流记》、鲁迅的《狂人日记》都是这样的例子。这类作品中叙述视角的限制最大,因为叙述者所讲述的内容都直接地属于他参与的或与他有直接关系的行动。尤其是像《狂人日记》这样的日记体叙事作品,人物叙述的时态也被限定了只能是当时的叙述。但这种例子并不能代表所有的第一人称叙述的特点。事实上第一人称的叙述视角同故事中人物的视角往往并不是完全重合的,因为这类作品一般是以过去时态叙述的,这就是说叙述者仍有可能以回忆者的身份补充当时所不知的情形。还有许多作品中的叙述者只是故事中的次要人物或旁观者,由于叙述者与故事中主要的事件有一定距离,这样的叙述比前面所说的那种叙述往往要客观一些。这样的第一人称叙述有时同第三人称叙述就很接近了。

(三) 第二人称叙述

第二人称叙述是指故事中的主人公或某个角色是以"你"的称谓进行的叙述。这是一种很少见的叙述视角。因为这里似乎强制性地把读者拉进故事中,尽管这只是个虚拟的读者,但总归会使现实中的读者觉得有点奇怪。阿根廷作家博尔赫斯(J. L. Borges,1899—1986)的短篇小说《玫瑰色街角的人》中就有这样的叙述方式:

想想看,您走过来,在所有的人中间,独独向我打听那个已故的弗兰西斯科·雷亚尔的事……我见到他的面没有超过三次,而且都是在同一个晚上。可是这种晚上永远不会使您忘记……当然,您不是那种认为名声有多么了不起的人……①

这里的第二人称不过是叙述者设定的一个听众,与叙述视角毫无关系,故事本身的叙述视

---

① 《博尔赫斯短篇小说集》,王央乐译,上海译文出版社1983年版,第1页。

角仍然是第一人称。事实上,讲述"你"的故事的叙述者只能是"我",也就是第一人称。即使故事中的叙述完全都是"你"的语言,那也只能是"我"在转述,但因为"我"不出场而使得叙述变成了旁观者的视角,也就是变成了以"你"为角色称谓的一种第三人称叙述的变体。但因为叙述者把叙述的接受者作为故事中的一个角色来对待,从而使得现实的读者与虚拟的叙述接受者二者之间的距离拉大,形成一种叙述者参与到故事内容中的反常阅读经验。这是作者刻意制造的一种特殊效果。由于这类作品的数量和影响都比较小,所以对于叙事学研究来说属于一种比较特殊的类型。

(四)叙述视角和人称的变换

在传统的叙事作品中,叙述人称一般是不变换的。有的理论家相信视角应当始终如一。事实上,视角的变换并非不可以。即使在古代的叙事作品中,叙述视角的变换也不是没有。如《水浒传》中"林教头风雪山神庙"一回写道:

> 忽一日,李小二正在门前安排菜蔬下饭,只见一个人闪将进来,酒店里坐下,随后又一人闪入来。看时,前面那个人是军官打扮,后面这个走卒模样,跟着也来坐下。

这一段叙述显然是从李小二的视角出发的。明末小说批评家金圣叹在这一段后批道:"'看时'二字妙,是李小二眼中事。一个小二看来是军官,一个小二看来是走卒,先看他跟着,却又看他一齐坐下,写得狐疑之极,妙妙。"他不仅看出了视角的变换,而且注意到这种变换对故事中情绪氛围变化的影响。实际上中国传统的白话短篇小说是从"说话"(即说书)艺术中发展起来的,说话人为了吸引听众,需要绘声绘色地模拟故事情境,所以常常需要变换视角以达到那种设身处地"说一人,肖一人"的逼真效果。

不仅叙述视角可以从所叙述的内容看出变换,故事中叙述人称也可以变换。如普希金的小说《驿站长》,从整体上来说是第一人称叙述的故事,但在讲到故事中老驿站长的女儿都妮亚的故事时是这样说的:

> 于是他就把他的伤心事详详细细地讲给我听了——三年前一个冬天的晚上,站长正在新登记簿上面画线,他的女儿在壁板后面给自己缝衣服,一辆三驾马车到了……①

这里用间接引语的方式讲述都妮亚的故事时,叙述人称就从第一人称变换为第三人称了。通过这种叙述视角与人称的交替变换,故事叙述中在把握远近粗细时有了更多的自由,因而也就可以叙述得更生动。

三、叙述标记

叙述标记是文本中出现的对于理解故事来说具有标志作用的叙述手段。叙事虽然是讲故事,但叙事的目的通常并不仅仅在于讲述一系列事件本身,而是通过对事件的叙述和人物的描绘来表达某种意义。但故事中的意义不同于故事所讲述的事件本身,它不是直

---

① 普希金:《驿站长》,引自《俄国短篇小说选》,萧珊译,人民文学出版社 1981 年版,第 28 页。

接讲述出来的东西,通常需要读者在接受故事本身的同时去领会其中蕴含的意义。叙述标记就是叙事作品的作者为了引导读者理解自己所要表达的意义而在叙述的过程中设置的标志。①

(一) 叙述标记与写作意图

叙述标记有时是用来提示写作意图或宗旨。叙事文本中最明显的标记就是它的标题。有的作品标题很明显地表达了作者想要体现的意图:如《红楼梦》这个标题用一个"梦"字就显示出作者在小说中想要表达的幻灭之感;《子夜》显然是用深夜作为象征,暗示小说中所表现的中国正处于黑暗时期;《幻灭》显示了主人公的命运;《暴风骤雨》则说明了激烈的革命斗争形势。有的标题虽然看上去只是对具体叙述内容的简介,但其中可能隐约暗示着作者所要表达的思想意义。如《西线无战事》这个标题虽然是故事中关于战场情况报告的内容,但这一报告与故事中所描写的战场上的残酷现实形成了强烈的反讽,将这句话作为标题就提示出作者在故事中表现的对战争的厌恶情绪;《老人与海》也是故事中具体出现的人物和地点,但标题将这二者并列,暗示了故事所蕴含的人与自然的关系问题这一哲理。传统的章回小说中的回目、元代杂剧剧末的"题目正名"也具有类似标题的功用:回目通常是将故事中本回的内容重点提示出来或将全回故事加以概括,如《红楼梦》中的"甄士隐梦幻识通灵,贾雨村风尘怀闺秀"或《西游记》中的"三清观大圣留名,车迟国猴王显法"之类;杂剧的"题目正名"是将标题进一步说明,如《窦娥冤》剧末的"秉鉴持衡廉访法,感天动地窦娥冤",《赵氏孤儿》最后的"公孙杵臼耻勘问,赵氏孤儿大报仇"。这些回目和标题正名可以帮助读者对故事的基本内容或主要思想有所了解。

除此之外,还有一些醒目句段也具有标记意义。常见的醒目句段有放在故事文本之外的序跋、题记之类,古典小说中多有这类标记。但对这类醒目句段的标记意义需要做仔细分析。就拿古典小说中的序言来说,其中的多数的确具有提示故事意义的标记作用,但另外有一些就比较可疑了。如明代长篇小说《金瓶梅词话》的序中说这部小说的意义在于"明人伦、戒淫奔、分淑慝、化善恶",这显然与人们对这部小说意义的理解有很大差距,很难想象这是这部以描写色情和邪恶见长、充满反道德意味的小说所蕴含的意义。实际上这不过是序言作者故意为抬高小说而做的矫饰之论。这样的醒目句段与作品所表达的意义之间有一定差异,当然不能简单地当作意图标记看待。

有的故事在文本之后会加入一些与故事进展无关的议论来表达作者的意见。在古典叙事作品中这种情形以司马迁在《史记》中的做法较为典型。他在每一篇人物传记之后总要加上"太史公曰"的几句议论作为这篇叙事作品的点睛之笔。后来清代文学家蒲松龄也仿照此例,在《聊斋志异》的每篇故事后加上"异史氏曰"的议论。这些议论特别放在故事最后以醒目的引入方式与故事正文区分开来,以引起读者的注意,使读者在阅读了故事文本之后能够注意到这个总结式的议论。

---

① 本节内容参看傅修延:《讲故事的奥秘》第 6 章,百花洲文艺出版社 1993 年版。

(二) 叙述标记与人物性格塑造

除了提示创作意图的标记之外,还有一些标记的作用是使故事中的人物形象特征得以凸显出来。有些是直接的或外在的标记,如人物绰号、人物描写段落等。最简单而鲜明的一种标记就是人物的绰号,通过绰号直接显示人物性格的最典型的例子就是《水浒传》。这部书中的人物几乎个个都有绰号,其中有不少绰号能够鲜明地显示出人物的性格特征,如"黑旋风""智多星""及时雨""霹雳火"之类,使人一见绰号便对此人有了初步的印象。此外,在传统的叙事作品中,往往当人物一出场就先做一个简单的介绍。在戏剧中通常是人物自己念一首定场诗来自我介绍,如关汉卿的杂剧《救风尘》中周舍一上场就念:"酒肉场中三十载,花星整照二十年;一生不识柴米价,只少花钱共酒钱。"四句诗勾勒出了这个纨绔阔少的无赖形象。小说则往往是先来一段概括描写的文字,如《金瓶梅》中第二回西门庆出场后叙述者介绍说:

看官听说:莫不这人无有家业的?原是清河县一个破落户财主,就县门前开着个生药铺。从小儿也是个好浮浪子弟,使得些好拳棒,又会赌博,双陆象棋,抹牌道字,无不通晓。近来发迹有钱,专在县里管些公事,与人把揽说事过钱,交通官吏。因此满县人都惧怕他……专一嫖风戏月,调占良人妇女。

这段文字将西门庆的家世背景、生活状况、性格特征乃至旁人的评价都概括了进去,使这个人物刚出场还未行动,读者便有了一个相当鲜明的印象。这样的标记直接而鲜明地将人物性格展现出来,因而容易使得人物形象的某些特征变得更加突出,但也可能因此而使得人物性格给读者的印象被简单化和定型化,反而影响了人物性格中更多方面或更深层次的表现。就拿上面引的这段关于西门庆性格的标记性概括描写来看,很容易使人得出这样的印象:西门庆是个霸道而淫邪的流氓无赖。这个印象与《水浒传》中那个只有匆匆几笔描写的西门庆差不多,但就《金瓶梅》中那个从多方面细致生动地刻画出来的西门庆性格而言,这样的印象显然太简单片面了,可能误导读者,使人忽略了这个形象的复杂性。实际上随着叙事艺术的发展,人物形象被塑造得越来越复杂、深刻,越来越难以用简单的标记来概括,这种标记的使用也就逐渐少了。

另外有些标记是叙述者并未直接说出,而是间接暗示出的引导标记。这种暗含的标记可以存在于人物的语言和行动之中。明代拟话本小说集《二刻拍案惊奇》的序言中讲到《西游记》时说:"即如《西游》一记,怪诞不经,读者皆知其谬;然据其所载,师弟四人,各一性情,各一动止,试摘取其一言一事,遂使暗中摸索,亦知其出自何人,则正以幻中有真,乃为传神阿堵。"这就是说人物的语言和行动都可以成为辨识其特征的标记。一般说来,一个人物的经常性动作或习惯语言最能表现出人物的特征,因而成为鲜明的标记。如《水浒传》中的人物,动辄就要抡起板斧排头砍去、就要"杀去东京,夺了鸟位"的,只能是李逵;而见人张口就自称"小可""死罪"的,则一定是宋江。但从现代读者的眼光看来,过分突出的经常性语言和动作标记,有时会使人物显得脸谱化而令人难以接受。

除了经常性的之外,偶发的语言和动作也能产生标记效果。如果一个人物经常性的言行表现出的是仁慈善良的性格,而在一个偶发的行动中却表现出凶残或恶毒的一面,这个偶发动作就会给这个人物性格提示出另一个相反的方面,从而成为一个深层意义上的性格标记。反之也一样,一个平常看来暴虐冷酷的人在某个偶发行为中表现出善良的一面,这个性格就会因为这一行为而获得更复杂的性格层面,这个行为便成为这一性格的复杂性的标记。在荷马史诗《伊利亚特》中的英雄阿喀琉斯是个勇敢而残酷的英雄,他可以毫不在意地拖着敌人的尸体走,但当特洛亚老王普里阿摩斯哀求他交还儿子的尸体时,他恻然心动,同意了老国王的要求。黑格尔认为他这一举动显示出了他的性格的丰富性。换句话说,这一偶发的行动便成为阿喀琉斯性格丰富性的标记。

不仅语言、行动可以成为人物特征的标记,外貌、服饰、环境等也同样可以成为人物性格的标记。擅长心理描写的作家甚至可以从外貌的某些细部刻画性格特征,从而使这些似乎很不起眼的地方也成为人物的标记。如奥地利作家茨威格(S. Zweig,1881—1942)在小说《一个女人一生中的二十四小时》中描写了一个神经质的年轻赌徒的手:

> 一只右手一只左手,像两匹暴戾的猛兽互相扭缠,在疯狂的对搏中你揪我压,使得指节间发出轧碎核桃一般的脆声。那两只手美丽得少见,秀窄修长,却又丰润白皙,指甲放着青光,甲尖柔圆而带珠泽……

作家通过这双手传神地把人物形象和性格的特征揭示了出来,因而手在这里便成为这个人物性格的一个特殊标记。

人物的服饰同样可以成为性格标记,像诸葛亮的羽扇纶巾、孔乙己的脏破长衫、阿Q的毡帽就是典型。注重细节描写的作家在塑造人物形象时都会精心地选择适合表现人物性格的服饰,如《儒林外史》第二回在描写夏总甲时是这样写他的服饰的:

> 两只红眼边,一副锅铁脸,几根黄胡子,歪戴着瓦楞帽,身上青布衣服就如油篓一般,手里拿着一根赶驴的鞭子……

从这身打扮上就可以看出一个自命不凡而又一身无赖气的小乡绅性格,服饰在这里显然成为这个人物的标记。

故事中人物所处的环境同样可以成为人物性格的标记。《红楼梦》中大观园里的各处住所都与主人性格有密切的关系,如潇湘馆的优雅、蘅芜院的素简、怡红院的热闹等。

第三节 叙述内容

叙述内容是指所叙述的东西,即故事本身。叙述内容涉及的首先是故事,再具体一些就是构成故事的主要成分——人物和行动。本节将从故事、人物和行动这三个方面分析叙述内容的基本特征。

一、故事

叙述就是讲故事,从这个意义上讲,故事是叙述内容的基本成分。组成故事的要素包括社会生活中的事件、由这些事件组织成的因果线索完整的情节、发生这些事件的具体场景这三个主要方面。因此我们可以从事件、情节和情景这三个方面对故事进行分析。

（一）事件

事件就是故事中人物的行为及其后果。一个事件就是一个叙述单位。武松打虎是个事件，安娜·卡列尼娜与渥伦斯基的恋情也是个事件。事件可大可小，但都必须要与人物行为有关。对作品中人物的行为和命运不发生影响的情境事态不能构成有意义的叙述单位，因而不是故事中的事件。

作品中的事件可以由若干层次构成。比如《西厢记》中的故事可以说是讲述了一个事件，即张君瑞与崔莺莺的恋爱经历。这个总的事件中包含着一系列小的事件：两人在前殿的邂逅、孙飞虎兵围普救寺、老夫人赖婚、红娘传信等。这些小的事件还可再分为更细小的事件，如崔张的初次相见就包括崔氏母女寄住西厢、张生游玩至此、佛殿前偶遇等。整个事件就由这不同层次的小事件构筑而成。我们可以这样切分下去，直到最小的细节，只要是对整个叙事有意义的东西，便可成为最初级的事件，也就是最小叙述单位。

任何事件或叙述单位在作品中都处于一定的关系中，在整个叙事中承担着一定的作用。但每个单位的关系和作用并不完全相同。我们首先可以根据这些单位在故事进展中的作用而划分出两种类型：

第一类事件的作用是推动故事情节的发展。比如《西厢记》中张生在进京赴考途中打算去探望杜确，这是个很细小的事件，因为他没能去成，访友的打算并未实现。但这个事件却具有重要的作用：一是因为打算访友而滞留于城中，从而有去普救寺游玩的事，故事由此而展开；二是打算去探望的杜确是镇守蒲关的征西大元帅，这就为后来解围埋下了伏笔，而解围又是崔张关系发展的重要契机。可见，打算访友这一事件对整个故事的发展起着重要的作用。

另一类事件的作用是塑造生动的形象。这类事件通常并不参与推动故事情节的发展，只是使故事的意义显现和丰富化。如对人物性格和身份的介绍、氛围的描绘渲染等。仍以《西厢记》为例，张生于访友途中渡河，触景生情抒发怀才不遇之感慨。这一事件同故事进展并无大的关联，但有助于塑造张生的性格，说明他是个有才有志的正人君子，而非专事偷香窃玉的好色之徒。这使得《西厢记》所叙述的男女之事超出了市井小说偷鸡摸狗的趣味，而突出了一个"情"字。

这两类事件在故事中的作用是相辅相成的：缺少了推动故事的单位，故事的连续性就会被破坏；缺少了塑造形象的单位，故事的生动性和意义内蕴都会受到损失。一般说来，比较原始、粗朴的故事形态中最主要的是推动故事情节发展的事件，后来的某些叙事类型如侦探、武侠等故事重视情节的复杂曲折，因而对前一类事件仍然很重视。而在比较晚近的叙事艺术发展中，比较普遍的趋势是人物性格的重要性超过了情节的重要性，因此而使得第二类事件变得更为重要。但在具体分析事件时应注意到，有时一个事件可以同时兼具两种作用。如《红楼梦》中黛玉焚稿断痴情的事件既推动了情节（结束了宝黛爱情故事并影响了后来宝玉、宝钗等人的命运），又起着塑造形象的作用（强化和最终完成了黛玉的性格塑造,并为全书制造一个悲剧气氛的高潮)。

对上述第一类事件再做进一步分析,我们便可发现各个事件的重要性是不均等的:有的事件是故事进展线索中的必要环节,直接影响到故事发展的可能与方向;有的则只是在两个必要环节之间的过渡,并不能改变故事进程,只是使故事线索得以延续和伸展。从故事发展的角度讲,前者是核心单位而后者是辅助单位。张生向和尚借厢暂住的事件看起来很细小,却是个核心单位,因为这个事件为以后崔张二人的接触奠定了基础,因此才会有后边的故事;而使二人关系进一步发展的核心环节则是兵围普救寺,因为有了包围和解围,张生才可能真正同莺莺接触。在这两个核心事件之间的其他事件如隔墙酬韵、做法事等则是辅助单位,因为这些事件不能改变故事的发展进程,而是使故事延续并催化情节过程的完成。从故事的基本线索来看,辅助单位似乎并不是必不可少的,但从整个叙事的效果而言绝不是可有可无的。辅助性的事件不断地触发故事的张力,不断地提示已经发生的事件同将要发生的事件之间的关系,从而强化了阅读中的期待心理,故事才因此而产生了吸引力。可以设想一下,《西厢记》中如果没有了张生与莺莺一次又一次若即若离的接触、交流事件来触发和发展两人的感情,仅仅因为解围的承诺来完成有情人终成眷属的结果,那就变成了一个幼稚乏味的故事。

(二) 情节

情节是按照因果逻辑组织起来的一系列事件,也就是把表面上看来偶然地沿着时间先后顺序出现的事件用因果关系加以解释和重组。英国小说家福斯特(E. M. Forster, 1879—1970)在《小说面面观》中举例说,"国王死了,不久王后也死去",这是个故事;而"国王死了,不久王后也因伤心而死"则是个情节。在这里,他将故事中组织事件关系的方式做了个区分:前面一种是简单地按照时间关系组织起来的一组事件,而后面一种则是根据各个事件之间的内在因果关系组织起来的。国王死了,不久王后也死去,这两个事件偶然地排列在一起,如同纯客观的通知一样,本身并不包含什么意义;而"国王死了,不久王后也因伤心而死",这段话语便包含着叙述者对这两个事件因果关系的主观解释。

情节是按照因果逻辑组织起来的一系列事件,这并不是说任何按因果逻辑组织起来的事件都会成为叙事作品中的情节。民间故事或童话等古老的叙事作品中常见到的一种故事模式是,故事开始时主人公处在正常境况中,随后便遇到了意外的事件甚至不幸,经过若干波折后,正面主人公终于得到了幸福。这个古老的模式至今仍然以各种变化了的形态出现在许多甚至最新创作的作品中。这个模式的特点在于,真正的故事情节只是出现在人物遭遇波折或不幸的时刻。因为情节必须有行为之间的冲突,人物的幸与不幸就系于人的行为同外界的矛盾冲突及其后果上。由此可见,情节不仅是按照因果逻辑组织起来的一系列事件,而且要求在事件的发展中表现出人物行为的矛盾冲突,由此而揭示人物命运的变化过程。

(三) 情景

情景是由人物的行为与环境组合起来的实际场面和景况,也就是由上述的第二类事件——用于塑造生动形象的事件组织成的具体情境。上一节曾谈到,一部叙事作品在叙述故事的过程中可以采用各种不同详略、速度的叙述方式如省略、概略、场景、减缓和停顿，这几种时距可以结合运用。但还应当强调的是，叙述故事中必须要有情景描写。也就是说，故事的进展要通过具体的行动及其环境显现为生动、个别的形象。没有情景的作品尽管可以有完整的故事线索，但却无法产生艺术感染力和审美价值。俄国作家屠格涅夫（1818—1883）的小说《白净草原》，写的是一次打猎后回家时迷了路，走入白净草原，同一群牧马的孩子过夜的故事。从情节或人物冲突的角度说，这篇小说几乎没有什么"故事"，大部分内容是"我"坐在篝火旁听孩子们讲话：

"这是什么？"科斯佳突然抬起头来问。

巴夫路霞倾听了一下。

"这是小山鹬飞过发出的叫声。"

"它们飞到哪儿去？"

"飞到一个地方，听说那儿是没有冬天的。"

……

自从我来到孩子们的地方，已经过了三个多钟头了。月亮终于升起来了，我没有立刻注意到它，因为它只是细细的一弯……但是不久以前还高高地挂在天心的许多星，已经倾斜到大地的黑沉沉的一边去了。四周的一切全都肃静无声了，正像将近黎明的时候一切都肃静的样子：一切都沉浸在黎明前的寂静的酣睡中。空气中已经没有强烈的气味，其中似乎重又散布着湿气……①

这里叙述的所有事件可以说都不具有推动故事发展的作用，这些事件无非是孩子们信口开河地讲到的生活琐事和孩子气的幻想，以及"我"看到、听到和感受到的周围环境的氛围，它们的主要作用就是构成了这篇小说所要表达的那种情调氛围。

不同作品对叙述过程中时距的变化有不同要求，因而情景在作品中的安排并非千篇一律。《白净草原》整个故事尽管时间和空间都有推移变换，但除了偶尔提到的"已经过了三个多钟头了"这样的交代外，叙述的过程基本上是用具体的描写延续而成，也就是说实际上只有一个贯穿始终的情景。这是一种比较特殊的情形，因为这篇小说不同于一般小说之处是基本上没有什么情节，整个都是情境氛围的描绘。一般说来，一部作品总会包括若干不连贯的情景，由概略的叙述或省略跳跃的方式联系起来，情景的详细叙述同概略交代交替出现：故事的高潮出现在情景的详细叙述中，使得故事具有了生动的形象和具体可感的环境氛围，叙述的速度也随之减慢，而在一般的过渡性情节中则用粗线条的概略叙述来加快叙述进度。情景与概略的交替形成了叙述中的节奏感。

二、人物

故事中的人物是故事中事件、情节发生和发展的动因，也是使一个故事真正具有意义

---

① 〔俄〕屠格涅夫：《白净草原》，丰子恺译，引自《俄国短篇小说选》，人民文学出版社1992年版，第199页。

的根据。从故事情节发生发展的进程来看,人物的作用是推动故事的进展;而从人物自身的审美价值来看,人物则应当是具体生动的形象。这两方面的意义构成了故事中人物的二重性:从推动故事进展的作用上讲,人物是行动主体,格雷马斯称之为"行动素";从构造形象的意义上讲,人物是性格(也称为"角色")。① 每一个人物都应当是一个性格,否则就没有了个性和生气。一个行动素可能由几个性格来担任,比如《西游记》中的妖魔鬼怪虽然很多,但从情节发展的功能来讲,都属于同一类行动素,即阻碍取经的恶势力。反过来说,一个性格也可能成为几个行动素,如《西游记》中的猪八戒,在前面是取经行动的阻碍者,而被唐僧降伏后则成了取经人。

故事中的人物通常不止一个。从人物与事件发生的关系来看,对故事中事件起着主要推动作用的是主人公,而阻止、反对主人公行动的就是反对者或反面主人公。如果按照一般的道德模式来讲,一个故事的主要事件和行动应当具有道德意义,那么主人公也就是道德意义上的正面人物,而另一方就是反面人物。从人物行动对事件的重要性来讲,主人公是指行动具有主要意义的人物,而其他人物就是一般人物。

从性格的角度对故事中人物的区分可以有不同的方式。从人物性格给人的不同审美感受来进行区分的一种典型方式是福斯特的区分方法,即把人物区分为"扁平"和"圆形"两种:"17世纪时,扁平人物称为'性格'人物,而现在有时被称做类型人物或漫画人物。他们最单纯的形式,就是按照一个简单的意念或特性而被创造出来。如果这些人物再增多一个因素,我们开始画的弧线即趋于圆形。"②

他所说的"扁平"人物是指形象特征比较单一、给人的印象鲜明强烈的人物,而"圆形"人物则是指形象特征比较复杂、内蕴丰富,因而读者往往难以简单概括的人物。

沿着福斯特的"扁平"人物和"圆形"人物的区分思路,我们还可以对人物进行进一步的区分:除"扁平"人物外,可以区分出仅表示某种抽象观念的表意型人物;除"圆形"人物外,还可以区分出"典型"人物。这些人物分类观念是来自西方叙事艺术理论发展的成果。在中国传统叙事艺术研究中,还形成了具有中国传统特色的人物理论,就是在明清时期小说、戏剧文学评点中发展起来的"性格"理论。下面对这几种人物观念做一概括介绍:

(一)"扁平"人物

"扁平"人物是具有单一或简单性格特征的人物。英国小说家狄更斯(C. Dickens, 1812—1870)的小说《大卫·科波菲尔》中的米考伯夫人喜欢说"我永远不会抛弃米考伯先生",这句话就可以把这个人物形象表达出来。因为这个人物的性格是单一的。在古典叙事作品中,这样单一的性格往往可见,如昏聩的官僚、鲁莽的勇士、贪婪而好色的乡绅、贫穷而机智的少女,诸如此类的人物在许多民族的传统叙事作品中都可以找到。当这种单一的性格特征反复出现并在人们的印象中成为某一类人物的特征时,这种"扁平"人物

---

① 参看[法]格雷马斯:《行动元、角色和形象》,张寅德编选《叙述学研究》,中国社会科学出版社1989年版,第119页。

② [英]福斯特:《小说面面观》,苏炳文译,花城出版社1984年版,第59页。

便成为类型人物。除了传统的叙事作品外,近代以来的叙事作品中这样的类型人物仍然有不少,如现代京剧《沙家浜》中的"忠义救国军"司令胡传魁的粗鲁而轻信、参谋长刁德一的阴险狡诈、地下交通员阿庆嫂的足智多谋,这些人物性格特征都表现得十分鲜明而且单纯。

从叙事艺术中人物形象发展的历史来看,类型人物是人物形象发展过程中的一个阶段。在古希腊学者亚里士多德的《诗学》中谈到叙事艺术的几个要素时,情节被置于第一位,而性格则放在了第二位。这实际上反映了叙事艺术发展的早期,人物形象比较简单定型的情况。而在古罗马诗人贺拉斯的《诗艺》中,则开始强调按照人物的年龄、身份等特点写出合情合理的人物,这表明如何写好人物性格的问题受到了重视。虽然贺拉斯的人物理论属于类型人物理论,但从人物理论发展的历史来看,这是叙事中人物形象塑造问题受到重视的开端。类型人物虽然简单,却已经是人物形象按照不同特征区分的开始。

"扁平"人物或类型人物的特征比较鲜明,因而易于给读者留下强烈的印象,尤其是在讽刺性的或其他喜剧性的作品中,这样的人物形象更容易产生喜剧效果。同时在人物众多的叙事作品中,这样的人物也更容易与其他人区别开来。因而在叙事作品中往往少不了这一类人物。但这种人物因其性格特征比较单一,当读者进一步深入感受和探究人物的心灵深处时,就会觉得这样的人物心灵特征实际上是一望即知的,并不存在更深层的奥秘,因而给读者的感觉未免单薄了一点。现代的批评家们常常对这类人物形象持批评态度,认为这样的形象抹杀了现实中人物心理的丰富性和复杂性。因而"扁平"人物和类型人物在当代小说批评中成了贬义的概念。

(二) 表意型人物

表意型人物是不具有性格内涵而仅仅表示某种抽象观念的人物。按照福斯特的区分方法,这种人物可以划入"扁平"人物一类。但表意型人物与一般"扁平"人物还有所区别:"扁平"人物往往因为性格单一而突出,更能给人留下鲜明强烈的印象。但表意型人物却不同,这样的人物形象自身往往很少有鲜明的特征,因而留给人的通常只是所蕴含的抽象观念。最原始的表意型人物出现在古代的寓言和一些童话以及民间故事中,如"狼和小羊""守株待兔""白雪公主"之类的故事,其中的人物主要是代表着善与恶、美与丑、智与愚等抽象观念,而不是活生生的人物。后来的叙事作品中有的也是重在表达某种哲理或道德教训,因而故事中的人物主要不是作为具有现实感的人,而是作为一种观念的表现手段而行动,这样的人物通常也会塑造成表意型人物。如现代反乌托邦小说《美丽新世界》《1984》等,都属于政治寓言性质的作品,其中的主人公也都是在那种寓言色彩的抽象环境中行动,没有什么具体生动的性格特征,而只是表现某种政治行为的手段,因此同样属于表意型人物。

(三)"圆形"人物

"圆形"人物是指具有多种复杂性格特征的人物。当作品中的人物从人们已经了解的、期待着的行为状态中超脱出去,在其言行中表现出比直接显露的性格特征更复杂、更深层的性格特点时,这个人物就具有了性格的厚度,也就是说变成了"圆形"人物。古典小说中的人物以"扁平"的居多,但随着叙事艺术的发展,人物形象的塑造也越来越朝着"圆形"方向发展。像《水浒传》中的西门庆就是一个标准的"扁平"人物——他的性格完全是通过偷情而表现的,荒淫、无赖、霸道便是他性格的全部内容。到了《金瓶梅》中,这个人物性格起了变化。在讲述他偷鸡摸狗、夺人妻女、包揽词讼、巧取豪夺的时候,他还是《水浒传》里的那个恶霸淫棍西门庆,然而在另外一些情境中就不同了:有时他会在士人面前显得彬彬有礼,一副君子风度;有时会表现得豪爽义气,慷慨周济清客朋友;在自家阃闱之内,他又会陷入妻妾之间的争风吃醋勾心斗角而一筹莫展,像个昏聩无能的主子;而当李瓶儿死后他竟变得多愁善感起来……总之,这个人物比起《水浒传》来丰富得多也复杂得多了,在许多情境中超出了读者的预期,开始走向"圆形"人物。

(四)典型人物

典型人物通常就称作"典型"。这是西方叙事艺术中人物理论的发展中形成的一个概念。对于这一概念,可参看本书第三章第二节"文学典型"中的具体阐述。简单地说,恩格斯批评小说《城市姑娘》时所说的"真实地再现典型环境中的典型人物"那段话对于理解"典型"这种人物形象的特征具有重要意义。按照恩格斯的意思,典型人物是与典型环境联系在一起的概念。也就是说,典型人物的性格特征是在历史、社会和自然的大环境以及个人生活的具体环境中产生的。与上面所讲的"圆形"人物相比,典型更关注人物特征的历史文化根据和社会背景的真实性。

(五)"性格"人物

这里所说的"性格"人物特指中国古代叙事理论中所说的"性格",即表现出真实生动的性情气质,给人以感觉上的亲切逼真的人物。明末清初的批评家金圣叹在批评《水浒传》时说:"别一部书,看过一遍即休,独有《水浒传》,只是看不厌,无非为他把一百八个人性格,都写出来。"[①]

在这里,金圣叹提出了评价叙事作品艺术性的一条重要标准,就是看"性格"描写成功与否。德国哲学家黑格尔曾说过:"性格就是理想艺术表现的真正中心。"在现代叙事文学理论中,性格问题是一个中心问题。但实际上金圣叹所说的"性格"与西方传统理论中的性格概念并不完全相同。

西方叙事艺术理论中的性格一词(character)有"特征"的含义,也可以泛指叙事作品中的人物角色。因此在文学理论中谈到性格时,往往就是指作品中的人物或有特征的人物。但金圣叹所说的"性格"并无人物角色之义。他在《水浒传》序三中说:"《水浒》所叙,叙一百八人,人有其性情,人有其气质,人有其形状,人有其声口。"这里提到的性情、气质、形状、声口,可以说就是上面所说的"性格"。这正是汉语中"性格"一词的日常用法,即指一个人的秉性、气质等心理与人格特征,而不是特指作品中的人物角色。在金圣叹之前的另一位小说评点家叶昼在谈到《水浒传》的艺术成就时指出,书中描写人物"情状逼

---

① 金圣叹:《读第五才子书法》,引自《水浒传会评本》,北京大学出版社1981年版,第17页。

真,笑语欲活",所说的也正是金圣叹提出的"性格",即人物的气质、表情等特点。总之,在中国传统的叙事艺术观念中,人物的魅力在于表现出真实生动的性情气质,给人以感觉上的亲切逼真。金圣叹在具体分析人物性格时写道:"《水浒传》只是写人粗鲁处,便有许多写法。如鲁达粗鲁是性急,史进粗鲁是少年任气,李逵粗鲁是蛮,武松粗鲁是豪杰不受羁勒,阮小七粗鲁是悲愤无说处,焦挺粗鲁是气质不好。"

他对人物细致入微的分析主要着眼于人物在秉性、气质方面的差别。这种人物性格分析与西方传统的人物性格理论不同之处在于更注重人物形象的感性特征,注重人物给读者造成的生动印象。这种属于日常生活经验意义上的"性格"理论的形成显然与中国传统白话小说的"说话"表演传统有关:说话艺人为了吸引听众,就要注重叙述的生动性,因此在描述人物时特别注意制造出栩栩如生的感觉。传统的"性格"理论就是对这种创作经验的认识和总结。

总的说来,建立在西方叙事传统基础上的典型人物观念较侧重于人物历史社会方面的特征,而中国传统的"性格"观念则更重视人物自身的心理与人格特征。这两种人物理论的互补将有助于更全面地认识叙事中人物创造的规律。

三、行动

行动是人物的有目的的行为,它是事件发生和发展的直接原因。现代叙事学有关叙事中行动的研究有各种不同的角度和方式,这里主要概略介绍从叙述功能和叙述逻辑这两个角度对叙事作品中的行动进行研究的方法。

（一）叙述功能研究

叙述功能是根据人物在情节过程中的特定作用而规定的人物行为模式。对叙述功能的研究问题是俄国形式主义学派的普洛普在民间故事和童话的形态研究中提出的。普洛普在研究了大量的童话后发现,形形色色的童话中出现了无数的人物,但许多不同的人物在情节过程中的作用却是相同的。因此他认为,不同的童话在结构上都是同质的,都是由有限的功能构成的。他共列举出三十一种功能。这三十一种功能分布在七个行动范围内。这七个范围是:反面角色、捐献者（施主）、助手、公主（被寻找的人）和她的父亲、送信人、英雄、假英雄。[①]

把五花八门的童话故事归纳、转换为有限范围内的功能,这是普洛普对叙事研究的一个重要贡献。然而这七个范围提出的根据是什么？能否概括一般叙事的行动特征？为了解决这些问题,后来法国学者格雷马斯对普洛普的七个功能范围进行研究后提出了自己对叙述功能的看法。他把故事中的行动从语法意义上进行分析,即理解为主语和谓语的关系:任何一个人物都属于故事中一定行动的主语,他称作"行动素";一切行动都是由一对基本的关系——肯定和否定组成。这样一来,故事中的行动从功能上来说就变成了几

[①] 参看〔英〕特伦斯·霍克斯:《结构主义和符号学》,瞿铁鹏译,上海译文出版社1987年版,第66—68页。

组行动相互对立的"行动素"范畴。格雷马斯提出了由六个行动素组成的三对范畴①:第一,主体对客体。即故事中的主人公(主体)与他所要完成的任务(客体)之间的关系,也就是普洛普所说的英雄和被寻找的公主之间的关系,这是以寻求或希冀为主题的传统童话或民间故事中最基本的行动关系。像《西游记》中的唐僧一行就可以看作这里所说的主体或"英雄",而西天的佛经则是他们所追求的客体。第二,送信者对受信者。这是故事情节得以发生或推进的媒介条件。故事中的英雄要实现他的愿望,必须要有一个送信者为他指示行动的目标和条件,而英雄本人就是受信者。《西游记》中时时出现为唐僧指示目标的观世音菩萨就是整个故事系列中最主要的送信者。第三,助手对敌手。这是一个起辅助作用的范畴。故事中的英雄要实现自己的目标,不可避免地要和阻碍自己的敌手发生冲突,同时在冲突过程中往往也会有帮助自己的力量出现。唐僧一行在取经路上遇到的妖魔就是敌手,为了战胜敌手,常常需要借助于诸如观世音、如来佛或太白金星等神佛的帮助,他们就是唐僧的助手。

普洛普和格雷马斯的叙述功能研究中所提出的功能类型和范畴未必普遍适用于一切类型的叙事作品,但这种区分功能的思路对于理解和研究故事中人物行动的特点应当说是有意义的。通过对行动的抽象功能的研究,可以使我们对故事中具体行动的认识上升到更深广、更普遍的社会文化语境层次。

(二) 叙述逻辑研究

叙述逻辑是根据人物行动在逻辑上的可能性而总结的人物行为模式。实际上也是普洛普和格雷马斯所说的叙述功能在行动中如何实现的规律。法国学者布雷蒙德关于叙述逻辑研究的思路是将功能组织成序列。② 按照布雷蒙德的分析方法,可以把一般故事行动逻辑的基本形式表述为三段式序列:第一,可能性。一个行动将要发生,或具有了发生的条件。合逻辑的故事行动必须在具备了可能性之后发生,但在倒叙的结构中有可能将这一阶段安排在叙述顺序的前部以形成悬念。第二,变为现实。即行动开始进行。这一阶段也可能以否定形式出现,即行动由于某种原因而被阻止或取消,没有变为现实。第三,取得结果。这可以是行动成功,达到目的,也可以是行动失败,没有达到目的。总之,一个行动在此阶段结束全过程。

一个故事中的行动常常不只是一个序列,而可能是几个序列的复合。最典型的形式有这样几种:第一,首尾接续式。一个行动的结果成为另一个行动发生的可能性。在武侠小说或犯罪小说中常见的一种接续方式是:"某坏人具有了作恶的可能性→作恶经过→犯下罪行=产生惩罚的可能性→惩罚过程→罪恶得到惩罚。"这里的前一行动结果正使后一行动成为可能。第二,中间包含式。一个行动的展开过程中又包含着作为手段的次一级行动序列,在这次一级序列的展开中还可以再包含更次一级行动序列,如此类推。比如由于犯罪而导致惩罚的可能性→惩罚方式可能性产生→特定惩罚手段可能性的产生→惩罚

---

① 参看〔英〕特伦斯·霍克斯:《结构主义和符号学》,第88—94页。
② 〔法〕布雷蒙德:《叙述可能之逻辑》,张寅德编选:《叙述学研究》,第153页。

过程(即惩罚过程、特定惩罚手段实施过程)→罪恶得到偿报(特定惩罚手段的完成与惩罚结束)。中间包含式是使行动序列由一般逻辑转化为特殊方式的重要手段。第三,左右并联式。同一事件序列中的行动可能通过变换角度而形成平行对应的两种逻辑过程。比如作恶的可能性(对应:惩罚的可能性)→作恶过程(对应:惩罚过程)→犯下罪行(对应:实现惩罚)。这两个序列可能是从同一事件序列中的行动在相互对应的两个行动素角度来看产生的对比。

故事中的行动不是单纯的物理事件,而是社会性事件,行动只有从一定的人的计划与目的出发才有意义。根据行动过程与人的计划、目的的关系,可以分成两大基本类型:改善与恶化。从行动对人物命运的意义而言,一切行动不是改善便是恶化。在故事中,这两种基本类型的行动可以通过各种方式复合起来。人物命运不论是改善还是恶化,都有一定的原因。如果这种原因仅仅是某种偶然的机缘或无法抵抗的灾害、神意等,就与行动逻辑没有必然的联系,因而也无多大意义。如果这种原因符合行动自身的逻辑并包含着深刻的社会因素,就会具有相应的审美价值和认识价值。

另一种研究行动逻辑的方法是从叙事的形式,即叙述句型出发,把故事分解、化简为一系列基本句型,最小单位叫叙述句。一个故事从行动展开的角度讲可包括若干作为核心单位的基本行动,可以把这些行动化简为句子中的谓语动词。这样一来,故事内容就转换成了由一系列叙述句构成的行动序列。

比如关汉卿的杂剧《救风尘》,我们可以把故事中的主要行动内容按照这种办法化简为下列几个叙述句:妓女宋引章嫁给了花花公子周舍;宋引章在周舍家受虐待向母亲求救;赵盼儿诱骗周舍写休书救了宋引章;赵盼儿在公堂上争讼斗败了周舍,宋引章嫁给了书生安秀实。从这几个叙述句中可以看出整个故事的基本脉络:故事中的主人公从基本句型的主语来看有两个:在第一、二两句中是宋引章,第三句是赵盼儿,最后一句是个复合句,包括了赵盼儿和宋引章两个主语。谓语则有嫁给、受虐待、求救、诱骗、争讼等。通过这四个句子所涉及的行动及其关系显示出了这部作品的基本叙事内容。

对故事中行动内容简化提炼形成这些句子表达的不可任意错乱的结构关系,即序列。《救风尘》的四个叙述句就构成了这样一个基本的序列:第一句是初始的平衡状态(宋引章出嫁,意味着她将获得一种安定的生活),第二句是平衡状态的破坏(她的婚后生活与出嫁时的期待翻转了过来),第三句是恢复平衡的努力(是以赵盼儿的行动为主进行的),最后一句是新的平衡状态的建立(离开了周舍,嫁给了安秀实)。可以看出,这个序列的次序和环节(即平衡——破坏平衡——新的积极的或否定性的平衡)是经典叙事作品中行动结构的基本条件,一旦破坏便会产生不知所云或支离破碎之感。当然,实际上很多作品中的序列远为复杂,不仅表现为叙述句的增多,更重要的是若干序列的组合,比如在一个基本序列中嵌入一个或若干个次级序列,故事套故事;或一个序列接一个序列,形成连环;还可以几个序列交织并行等。种种组合方式使故事结构复杂化,从而给阅读活动带来更多的乐趣。

第四节 叙述动作

叙述动作是指讲故事这一行为本身,这个概念包括了叙述者、接受者以及讲述故事时的声音情态三个方面。如果所叙述的内容是存在于外部世界的真实事件,那么叙述的意义就在于把这些事件本身叙述清楚,而叙述动作,即以什么方式讲述并不重要;反之,如果内容是虚构的,那么如何讲述便具有了重要性。我们都知道,一件子虚乌有的事,用开玩笑的口吻与一本正经地讲述,效果会大不相同。叙述动作在叙述的过程中会以各种方式影响读者的态度和评价。下面就从叙述者、叙述声音和接受者三个方面研究叙述动作的特征。

一、作者、隐含的作者与叙述者

叙述动作作为一种语言交流活动,所涉及的参与者实际上不止叙述者与接受者两个。有的叙事学研究者认为总共有六个参与者,他们是:真实作者→隐含的作者→叙述者→接受者→隐含的读者→真实读者。[①]

从这个图式中看,叙述者和接受者两方面各由三个层次构成。

(一) 真实的作者和隐含的作者

从叙述者这方面来看,首先应当区分的是真实的作者和隐含的作者。真实的作者当然就是创作作品的作者本人。故事固然是由作者创作的,但实际生活中的作者并没有进入作品。当作者进入作品中的叙述活动时,便进入了一种与日常现实生活有所不同的特殊精神状态,这种状态常被称为作者的"第二自我",也就是在作品整体中起支配作用的意识,这就是隐含的作者。一个人作为隐含的作者在作品中表现的思想、信念、感情等,与他作为真实的作者在现实生活中所抱有的思想、信念、感情可以不一样甚至相反。有血有肉的真实作者在现实生活中的人格情操可能是复杂或多变的,而作品中的隐含作者却被看作一个稳定的统一的人格实体。

(二) 隐含的作者和叙述者

隐含的作者不同于真实作者,也不等于作品中的叙述者。叙述者是讲述出作品中语言的人,而隐含的作者则是在叙述者背后使叙述者和他的讲述行为得以存在的一种意识。一般情况下,叙述者所说的语言往往就体现了隐含作者的态度或认识,因而人们不大容易将叙述者与隐含的作者区分开来。但二者毕竟不能混为一谈。

在有的以第一人称叙述的故事中,叙述者很像直接出场的作者,如鲁迅的《一件小事》中的"我",似乎就是鲁迅本人。但《狂人日记》中的"我"则明显可以看出来是作者虚构出来的叙述者,这个"我"的心理不仅不同于真实的鲁迅,而且也不同于作为这篇小说写作者的隐含的作者,其中有些带有精神错乱倾向的呓语和妄想显然是隐含的作者故意

[①] 参看〔以色列〕里蒙·凯南:《叙事虚构作品》,姚锦清等译,三联书店 1989 年版,第 155 页。

安排出来的叙述者心理状态,而不是隐含的作者自己的心理状态。类似这样叙述者糊涂而作者清楚的矛盾现象在意识流小说中更为常见。

在另外一些作品中隐含的作者与叙述者之间的差异比较微妙,需要仔细分析才能发现。比如《阿Q正传》,叙述者从他讲述阿Q行状时的声音来看是个冷静而潜含揶揄的性格。这是鲁迅许多小说和杂文中叙述者声音的典型风格。但这种冷静和揶揄的态度并不能简单地认为是隐含的作者的态度。事实上,隐含的作者有意地选择和突出表现那些荒唐或卑琐的事情是出于更深刻的文化批判意图,这同叙述那些事情时的冷静是两种不同的态度。那种冷静而揶揄的态度显然是隐含的作者有意让叙述者使用的叙述声音,以避免作者的态度倾向过分直露。这种以叙述者声音的无动于衷来掩盖隐含的作者主观态度倾向的做法在美国作家海明威的小说中也很典型。海明威小说中的叙述者通常是冷静甚至冷漠的,这种冷静或冷漠是从叙述语言所使用的所谓"电报式短句"上体现出来的。但叙述者的这种冷漠完全不同于选择、构想整个作品及其哲理的那个隐含的作者对世界、人生的那种执着态度。还有一些作品中,叙述者好像对故事后面要发生的事一无所知,像读者一样对自己所讲述的事件感到新鲜和惊奇。这种情况在侦探推理故事中并不罕见。这样的叙述者更明显地暴露出被叙述声音背后隐含的作者操纵的痕迹。总之,无论叙述者与隐含的作者在态度方面是否相同,二者毕竟不是一回事,叙述者只是隐含的作者所安排和操纵着的一个文本中的代言人。

隐含的作者自己在作品文本中从不露面,我们只能通过对整个作品的意图来间接地意识到他的存在。作品文本中实际存在的是叙述者,而能够表明叙述者这个角色存在的根据是叙述声音。

二、叙述声音

叙述声音是指那种能体现叙述者的叙述动作的口气或情感态度。从叙事的一般意义而言,叙述声音的功用只是传达内容意义,声音的表情特点也只是为了更准确、生动地表达内容的情感意蕴。然而有时叙述者的声音情态并不是为了表现故事内容,而是脱离叙述的故事内容,通过吸引读者对声音的注意而把叙述者自己凸显出来。如明代拟话本小说集《拍案惊奇》中有一篇小说"张溜儿熟布迷魂局",在讲到扈家的两个媳妇听到有人在门外哭泣,准备开门去外边看时,插入了这样一段话:

> 正是:闭门家里坐,祸从天上来。若是说话的与他同时生,并肩长,便劈手扯住,不放他两个出去,纵有天大的事,也惹他不着。原来大凡妇人家,那闲事切不可管,动止最宜谨慎……

这段话显然与故事的进展没什么直接关系,作为议论的成分,在故事中也是可有可无的。它的真正作用其实是凸显出叙述者。它通过巧妙的修辞和横插的议论使人注意到叙述声音,从而注意到叙述者的存在。

叙述者声音的突出把叙述者从故事的幕后推到了前台,使叙述者也成为读者关注的对象,换句话说是被"戏剧化"了。这种"戏剧化"的叙述者在话本中出现得很普遍,因为话本是供说话艺人表演用的,叙述者通过叙述声音所显示的个人魅力也是说话艺术中不可或缺的一个成分。在更经典化的案头文学中,这种"戏剧化"的叙述者出现得较少。但到了20世纪,对叙述声音的重视又成为叙事文学创作的一种创新方式。根据在不同风格的叙事作品中叙述声音的不同表现情况,我们可以把叙述者大致区分为显在叙述者和隐在叙述者这样两种情况:

(一) 显在叙述者

显在叙述者是指读者在文本中明确地倾听到叙述者声音的情形。在比较传统的带有讲故事色彩的叙事风格中,叙述者的声音往往或多或少地可以被接受者听到。巴尔扎克的小说《幻灭》开始时说:"我们这故事开场的时代,外省的小印刷所还没采用斯丹诺普印刷机和油墨滚筒。"这样一开始便使叙述者的声音显现了出来。第一人称叙述的方式,尤其是当第一人称叙述者并不是故事中的主要人物而只不过是个旁观者的时候,他作为叙述者的显现通过叙述中主语"我"而表现得更加鲜明。果戈理的小说《伊凡·伊凡诺维奇和伊凡·尼基福罗维奇吵架的故事》中是这样叙述的:

> 伊凡·伊凡诺维奇有一件顶好的皮袄!一件顶出色的!什么样的皮子啊!呸,该死的,那皮子可真油亮啊!灰蓝色里带银霜!我可以赌随便什么,谁都不会有这样的东西!①

这里所流露那种表情显然是叙述者的表情,故事虽然基本上是第三人称的内容,却时时会冒出第一人称的叙述者"我",更加强了叙述者显现的感觉。

显在叙述者的极端表现是通过干扰甚至打乱故事叙述而使叙述者自己显现出来。上面提到的话本中叙述者的声音就是典型的这种显在叙述者的例子。现代作品也有这样的叙述声音表现。20世纪法国作家纪德(A. Gide,1869—1951)的小说《伪币制造者》就常常在故事的叙述过程中突然插入与故事本身无关的叙述者声音,如书中"普氏家庭"一章的末尾:

> 父子间已无话可说。我们不如离开他们吧。时间已快十一点。让我们把普罗费当第太太留下在她的卧室内……我很好奇地想知道安东尼又会对他的朋友女厨子谈些什么,但人不能事事都听到,如今已是裴奈尔去找俄理维的时候了。我不很知道他今晚是在哪儿吃的饭,也许根本他就没有吃饭……②

在这里,叙述者声音通过破坏故事叙述的连贯和整体性而凸显出来,使叙述者"讲"的动作受到强调,从而瓦解了19世纪以来的现实主义叙事所努力制造的客观、逼真的幻觉。这正是作者所追求的特殊风格。

---

① 〔俄〕果戈理:《伊凡·伊凡诺维奇和伊凡·尼基福罗维奇吵架的故事》,满涛译,引自《俄国短篇小说选》,第74页。
② 〔法〕纪德:《伪币制造者》,盛澄华译,上海译文出版社1983年版,第22页。

（二）隐在叙述者

隐在叙述者是与上面所说的显在叙述者相反的另一种情况，指读者在叙事文本中难以发现叙述者声音的情形。隐在叙述者进行叙述的最典型的例子是戏剧文学即剧本。剧本中除了少数提示外，故事的叙述绝大部分是通过剧中人的语言进行的，由于几乎完全没有叙述者的语言，因而找不到叙述者存在的证据，叙述者似乎隐藏了起来。有的小说也采用这样的叙述方式，即主要通过人物语言来叙述故事，叙述者的讲述行为被减少到最低限度，所以给读者的印象也是似乎不存在叙述者。但应当注意的是，"隐在叙述者"并不是说不存在叙述者，而是说叙述者处于一种"隐在"即不在场的状态。只要有故事，当然就有讲故事的叙述者；"隐在叙述者"只是叙述者难以被读者发现而已。我们来看看莎士比亚的《威尼斯商人》中的一段对话：

……啊，朋友，我看见巴萨尼奥开船，葛莱西安诺也跟他同船去。我相信罗兰佐一定不在他们船里。

……那个恶犹太人大呼小叫地吵到公爵那儿去，公爵已经跟着他去搜巴萨尼奥的船了。

……他去迟了一步，船已经开出。可是有人告诉公爵，说他们曾经看见罗兰佐跟他的多情的杰西卡在一艘平底船里，而且安东尼奥也向公爵证明他们并不在巴萨尼奥的船上。①

这段完全是两个剧中人的对话，没有任何叙述者出现的痕迹。但仔细分析就可以看出，这段对话对表现这两个人物的性格或行动并没有多少价值，说这些话的意义在于交代故事发展的过程，这正是叙述的意图所在，是叙述者想要向观众交代的在幕后发生的故事进程。不过在戏剧中，叙述者自己通常不出面说话，只是通过两个剧中人把故事情节叙述了出来。也就是说，"隐在"的叙述者实际上是隐藏在人物背后，默默地支配着人物，使他们说出叙述者需要叙述的东西。

隐在叙述者还有一种特殊形态，处于显在叙述者与完全不露面的隐在叙述者之间的中间状态。这种叙述者不像显在叙述者那样直接在文本中露面，但也不像上面所说的隐在叙述者那样完全隐藏在文本背后。这种隐在叙述者存在于文本叙述之中，但并不直接显现，读者只能间接地感受到叙述者声音的存在。我们来看海明威的短篇小说《印第安人营地》中的一段叙述：

他们绕过了一道弯，有一只狗汪汪地叫着，奔出来。前面，从剥树皮的印第安人住的棚屋里，有灯光透出来，又有几只狗向他们扑过来了。两个印第安人把这几只狗都打发回棚屋去。最靠近路边的棚屋有灯光从窗口透射出来。一个老婆子提着灯站在门口。

屋里，木板床上躺着一个年轻的印第安妇女。她正在生孩子，已经两天了，孩子

---

① 〔英〕莎士比亚：《莎士比亚全集》第3卷，朱生豪译，人民文学出版社1978年版，第41页。

还生不下来。营里的老年妇女都来帮助她、照应她。男人们跑到了路上,直跑到再听不见她叫喊的地方,在黑暗中坐下来抽烟。尼克,还有两个印第安人,跟着他爸爸和乔治大叔走进棚屋时,她正好又尖声直叫起来……①

这段话是由叙述者讲述的,但平实客观的叙述使读者只能了解到故事内容,知道故事中发生了什么事,却感觉不到叙述者的态度、看法,似乎叙述者只是在不动声色地叙述事件本身,而没有体现自己存在的声音。

但这种"不动声色"的叙述语言恰恰正是海明威的叙事语言风格,他的小说中的叙述者与众不同之处就在于这不动声色的冷峻声音。换句话说,"没有自己的声音"也是一种独特的叙述声音。有时叙述者不是用不动声色的"没有声音的声音"叙述,而是故意把自己的态度、情感或思想隐藏起来。有一篇美国微型小说名叫《爸爸最值钱》,讲的是一个儿子为了赚取稿酬而编造父亲的种种劣迹。故事的叙述者是第一人称,即那个父亲。但在故事中几乎看不出叙述者对这件荒唐事的看法:

"看来你是想把你的父亲以一万元出卖了?"

"不仅是为了钱。编辑说如果我把一切都捅出去,那就连巴巴拉·瓦尔德斯都会在他主持的电视节目里采访我,那时我就再也不用依靠你来生活了。"

"好吧,如果这本书真会带给你那么多好处,你就干下去吧。要我帮忙吗?"

"太好了,就一件事。你能不能给我买一台文字加工机?如果我能提高打字的速度,这本书就能在圣诞节前脱稿,一旦我的代理人把这本书的版权卖给电影制片商,我就立即把钱还给你。"②

叙述者故意用无动于衷的口气叙述这件违情悖理的事,隐藏起了自己的真实态度,但读者实际上可以感受到隐藏在无动于衷口气背后的叙述者对寡廉鲜耻的儿子的绝望。这里我们直接听到的叙述声音实际上是叙述者制造的一种假象,用以掩盖真正的叙述者。

三、接受者与真实读者

(一) 接受活动的参与者

叙述动作作为发生在讲故事人和听故事人之间的行为,必然涉及叙述者与接受者的关系。我们在前面曾提到把叙述活动的参与者区分为六个,其中在接受者方面区分为三个,即接受者、隐含的读者和真实读者。现实中客观存在的阅读作品的人就是真实读者。真实读者与叙述文本的关系是偶然发生的,无论是作者还是其他什么人,都永远无法预料一部小说会遇到什么样的读者——阅读《红楼梦》的读者可能是一位像黛玉一样多愁善感的少女或者像宝玉一样敏感而痴情的公子,这种情况下读者与叙述者之间就可能比较容易建立某种默契或联系。但也不能排除其他类型读者存在的可能,比如某些情感生活

---

① 〔美〕海明威:《海明威短篇小说选》,鹿金等译,上海译文出版社1981年版,第8页。
② 〔美〕布赫瓦尔德:《爸爸最值钱》,李健生译,引自《中外微型小说精品鉴赏辞典》,江苏文艺出版社1991年版,第223页。

与大观园距离很远的下层社会民众,甚或对中文一知半解的外国人也可能读《红楼梦》。在这种情况下,真实读者可能与叙述者对接受者的要求相差很大,甚至可能完全不相容。因此在研究叙述动作中的接受者时所应当考虑的一个重要问题,就是将现实的阅读行为中出现的与作者无关的真实读者与文本中的叙述动作所面对的接受者加以区分。

根据前面关于接受者的区分方法,除了真实读者外还可划分出接受者和隐含的读者两个层次:接受者是与上面所说的叙述者相对的概念,而隐含的读者则是与隐含的作者相对的概念。但隐含的作者是一个不在叙述中出现的抽象意识,因而与之相对的隐含读者也只能是一个抽象的对象。对于叙述动作研究来说,显然更有意义的研究对象应当是与前面所说的叙述者相对的接受者,因此下面将不再谈论隐含的读者这个概念,而只探讨接受者(或者也可以称作隐含的接受者)的问题。

(二) 叙述者与接受者

叙述者讲述故事是一种语言交流行为,也就是说讲述活动必然要有接受叙述语言的对象,即使是作为书面文学独自进行的叙述语言创作,作者作为叙述者在叙述时心目中也存在着潜在的接受者。接受者是指由叙述者所设定的、隐含在叙述动作中的倾听故事者。中国古代小说中,接受者常常在叙述中明确地指示出来的:

> 假如你有娇妻爱妾,别人调戏上了,你心下如何?古人有四句道得好:人心或可昧,天道不差移。我不淫人妇,人不淫我妻。看官,则今日我说《珍珠衫》这套词话,可见果报不爽,好教少年弟子做个榜样。

这是明代拟话本小说《蒋兴哥重会珍珠衫》中开篇的几句话。这里明确地指出了叙述行为的接受者——"看官"。故事的语境和道德意义对于后代的或外国的某些真实读者来说也许是无法理解或无法接受的,但在文本中可以体会到,在叙述者和"看官"之间显然存在着一种理解的默契。德国诗人歌德(1749—1832)的《少年维特之烦恼》同样明确地设定了接受者:

> 凡我所能寻得的可怜的维特之故事,我努力搜集了来,呈现于诸君之前,我知道诸君是会感谢我的。诸君对于他的精神和性格当不惜诸君之赞叹和爱慕,对于他的命运当不惜诸君之眼泪。
>
> 并且你,善良的灵魂哟,你正在感受着同样的窘迫,和他一样,请从他的哀苦中汲取些慰安来,把这本小书当做你的朋友罢,你如从运命或自身的错犯中寻不出更可亲近者的时候![①]

叙述者在这里对接受者提出了明确的要求:他应当是钦佩和爱慕维特品格的,为他的遭遇而伤感的"善良的灵魂"。说到底,应当是一个具有"狂飙突进"式热情、敏感乃至脆弱、孤芳自赏的人。

有些作品文本中的叙述不像上面所举的例子那样鲜明地指示出接受者。我们来看下

---

① 〔德〕歌德:《少年维特之烦恼》,郭沫若译,人民文学出版社1955年版,第6页。

面这个例子:

> 七月初,一个特别炎热的傍晚,有个青年人从他在 S 街所租的阁楼里走出来,向 K 桥慢吞吞地走去,好像踌躇似的。
> ……
> 街上热得可怕:又闷气,又喧闹,还有石灰、木料、砖瓦,还有他周围的灰尘和那种特别的夏天臭气,每个不能到郊外避暑的彼得堡人对于这种臭气是十分熟悉的……一种极度憎恶的表情在这个青年人的温文的脸上闪现了一刹那。顺便说一下,他是特别地英俊,比中等身材要高些,苗条,骨架很匀称,生着美丽的黑眼睛和深棕色的头发。①

这里看起来没有对接受者提出任何要求,没有面对着接受者说什么,因此看不出接受者存在的状态。但实际上叙述者的每一句话都是对着接受者讲的。从一开始对周围环境、主人公行为来龙去脉的交代中可以看出,叙述者心目中的接受者与上面提到那两种不同,他并不指望接受者与自己的生活经验、自己的叙述语境完全一致。相对来说,这里的接受者对叙述者所讲述的故事语境比较隔膜,所以叙述者特别要交代一些细节,如"每个不能到郊外避暑的彼得堡人对于这种臭气是十分熟悉的"。但书中的"顺便说一下"这个插入语表明,叙述者意识到自己是在对什么人"说"着这件事。在叙述者心目中,接受者的存在是在叙述动作的进行中被明确地意识到的一种交流状态。

这几个例子表明,不同的叙述者对接受者有不同的要求。但总的说来这些接受者都是由叙述者所设定的,是隐含在叙述动作中的倾听故事者。无论是《少年维特之烦恼》中所要求的那种热情的读者,还是《罪与罚》中那种比较隔膜疏远的读者,都是叙述者心目中理想的接受者。在叙述行为中叙述者期待着自己的语言被理解,而真正的、完全的理解只能发生在叙述者自己设定的这种隐含的理想接受者的接受中。真实的读者不可能完全达到这种理想接受者的理解,尤其是不同时代、不同民族的读者由于语境的差异,与隐含的理想接受者之间存在更大距离。真实读者与隐含的接受者之间的差异导致了误读的可能,因此真实读者只有尽可能地向隐含的理想接受者靠拢才有可能相对比较正确地理解作品。当然,实际上不同语境中的读者几乎不可能真正达到作者所要求的理想接受者的水平,因此而形成了对作品文本理解的多样性,这就是人们所说的"有一千个读者就有一千个哈姆雷特"的意思。

本章小结

本章讲述的是叙事作品研究理论,重点介绍了现代叙事学理论。本章对现代叙事学理论的介绍分为三个方面,即叙述话语理论、叙述内容理论和叙述动作理论。

在叙述话语部分共讲了三个问题:时间、视角与标记。叙述时间问题首先是区分故事

---

① 〔俄〕陀思妥耶夫斯基:《罪与罚》,韦丛芜译,浙江人民出版社1980年版,第1—2页。

时间与文本时间这两个不同的时间概念,在此基础上理解叙述时间的次序和时距的不同类型及其对叙事效果所具有的意义。叙述视角是叙述语言中对故事内容进行观察和讲述的特定角度。学习对具体的叙事文本中叙述视角进行分析。叙述标记部分讲了两种标记:意图标记和人物标记。学习时应当结合对经典作品文本中叙述标记的辨识来加强理解。

叙述内容部分涉及的是故事、人物、行动三个方面。关于故事,重点是对叙事作品中的事件、情节和情景等概念的内涵理解清楚。在人物部分首先要理解叙事中人物的"行动素"和性格二重意义,然后对所介绍的"扁平"人物、表意型人物、"圆形"人物、典型人物和"性格"人物等几种人物概念的意义进行区分和理解。叙述行动问题主要介绍了叙述功能研究和叙述逻辑研究两种研究方法,应学习这两种分析方法的操作。

叙述动作部分讲述的是叙事作品中叙述与接受双方的行为关系问题。在叙述者方面,应当将作者、隐含的作者和叙述者三层之间的区别搞清楚,在此基础上学习区分文本中显在的叙述者和隐在的叙述者两种叙述声音特点。在接受方面,要求理解叙述者心目中所要求的接受者(即隐含的接受者)和真实的读者之间的差别。

本章的概念与问题

概念:

叙事　叙述时间　叙述视角　叙述标记　故事　事件　情节　情景　"扁平"人物　表意型人物　"圆形"人物　"性格"人物　行动　叙述功能　叙述逻辑　叙述动作　真实的作者和隐含的作者　隐含的作者和叙述者　叙述声音　显在叙述者　隐在叙述者　接受者与真实读者

问题:

1. 什么是现代叙事学?
2. 如何对叙事层面进行划分?
3. 什么是叙述时间?
4. 故事时间和文本时间的关系是怎样的?
5. 叙述人称与视角之间是什么关系?
6. 叙述标记在作品中的作用是什么?有哪些重要的标记方式?
7. 叙事作品中人物的二重特性是什么?
8. 举例区分"扁平"人物与"圆形"人物。
9. 怎样区分作者、隐含作者与叙述者?
10. 怎样区分不同的叙述声音?

第五章 抒情作品

抒情作品是文学作品的一个重要类型,它是依据"三分法"对作品进行分类的结果。"三分法"把文学作品分叙事作品、抒情作品、戏剧作品。这种分类方法可以追溯到古希腊时代,亚里士多德说:"史诗和悲剧、喜剧和酒神颂以及大部分双管箫乐和竖琴乐——这一切实际上是模仿,只是有三点差别,即模仿所用的媒介不同,所取的对象不同,所采的方式不同。"[1] 在这里,史诗属于叙事作品,悲剧和喜剧属于戏剧作品,而"酒神颂以及大部分双管箫乐和竖琴乐"则属于抒情作品的范畴。到了近代,黑格尔在其美学著作中,对叙事诗、抒情诗、戏剧这三类作品加以区分,认为叙事诗是客观性的文学,抒情诗是主观性的文学,而戏剧则是包含了主客观因素的综合艺术。[2] 再后来,雨果(Victor Hugo,1802—1885)在《〈克伦威尔〉·序言》中,对上述三种文体做了如下说明:人类社会经历了原始时代、古代和近代三个时期。原始时代是用牧歌来歌颂理想的抒情诗时代,古代是赞美部落和民族之间的战争和英雄的叙事诗时代,近代则是人间与天堂、肉体与灵魂、丑恶与美好、凶残与善良相互对立的戏剧时代。[3] 可见,在西方三分法是古今共同认可而一以贯之的。

本章将结合抒情作品,着重阐释、分析下列问题:第一,抒情作品与情感的关系;第二,抒情的本质、原则、途径、策略与传统;第三,抒情作品在题材与结构、意象与主题以及文体方面的基本特征。

第一节 抒情作品与情感

顾名思义,抒情作品是重在抒发作者情感的作品。没有真情实感,就没有抒情作品。真情实感,是构成抒情作品的必要条件。

一、抒情作品的内涵

(一) 抒情作品以情感为本位

我们大都有阅读抒情作品的经验,很小的时候,我们就读过李白的《静夜思》:

> 床前明月光,疑是地上霜。
> 举头望明月,低头思故乡。

它抒发了作者的思乡之愁和怀乡之苦,读来令人刻骨铭心。长大了,又读过许多火辣辣的

---

[1] 〔古希腊〕亚理斯多德:《诗学》,罗念生译,《诗学·诗艺》,人民文学出版社1984年版,第3页。
[2] 参见〔德〕黑格尔:《美学》第3卷(上册),朱光潜译,第20—21页。
[3] 参见〔法〕雨果:《〈克伦威尔〉序言》,柳鸣九译,《世界文学》1961年第3期。

情诗。

> 你侬我侬,忒煞多情,情多处热如火!把一块泥,捏一个你,塑一个我。将咱两个,一齐打破,用水调和,再捏一个你,再塑一个我。我泥中有你,你泥中有我;与你生同一个衾,死同一个椁。(《你侬我侬》)

据说这首小曲的作者是元初才女管道升,它倾诉的是如此强烈的炽热之情,以至于读过之后几乎令人窒息。

优秀的抒情作品包含着巨大的情感容量,我们常常为之陶醉、激动。抒情作品的美妙之处就在于它表达了人类丰富、复杂的情感内涵,且以孟浩然的《岁暮归南山》为例:

> 北阙休上书,南山归敝庐。
> 不才明主弃,多病故人疏。
> 白发催年老,青阳逼岁除。
> 永怀愁不寐,松月夜窗虚。

其中所表现出来的哀怨(明主之弃)、嗟叹(知己之稀)、悲伤(年华已逝)之情,都会给人留下不灭的记忆。杜甫《曲江》二首其二:

> 朝回日日典春衣,每日江头尽醉归。
> 酒债寻常行处有,人生七十古来稀。
> 穿花蛱蝶深深见,点水蜻蜓款款飞。
> 传语风光共流转,暂时相赏莫相违。

此诗表达了对万物契合的欢欣,对自身落魄的嘲讽,而嘲讽之中又包含了几分淡泊,几分幽默……这是缘于生命的大智大勇,体现了艺术情感的美妙境界。

抒情作品是以情感为本位的,这意味着情感是抒情作品的根基和血肉,脱离了情感,抒情作品就无从谈起。人人都有喜怒哀乐之情,只要能把这种日常情感予以审美的过滤,上升到美学的境界,就可以创作出抒情作品。抒情作品揭示出来的艺术情感是如此强烈、丰富、复杂、多变、奇特,以至于在抒情诗人那里常常出现这样的"错觉":只有情感世界才是真正的世界,才是人类的本质力量、人类唯一的"本真",才具有巨大无比、经久不衰的魅力。

(二) 抒情作品的内涵

抒情作品指的是简要地表现、传达作者以情感为核心的内在心性的文学作品。所谓"以情感为核心的内在心性",是指包括情感在内的诸种感性心理因素,这些因素包括情感、个性、本能、欲望、无意识、志向等。所谓"表现"(express)是指自然呈现作者的内在心性,所谓"传达"(convey)是指作者不仅要表现自己的内在心性,而且要将其传达给读者,使读者了解、分享自己的内在心性。至于表现、传达作者以情感为核心的内在心性的手段与方式,也是多种多样的:它可以是直接的,也可以是间接的;可以借助音调的变化,也可以借助词语的搭配;可以借助语法的调整,也可以借助修辞的完善。

二、抒情作品的情感表现

（一）情感的特点

人类情感是无所不在的,任何文学艺术作品都无法脱离情感的"纠缠","不动声色"本身也是一种情感。且以1990年代以来的"新写实小说"为例,"新写实"小说家以冷漠甚至残酷的情感态度表现生活的"原生态",不假任何人工雕琢和伪饰。刘震云在其长篇小说《故乡天下黄花》中描写三方抗日力量相互厮杀的历史场景,对其表现的荒诞现实丝毫不做道德的评价。方方在《落日》中描写一个守寡的母亲因为不堪忍受两个儿子的虐待而自杀,还没断气就被送去火化的故事。对于这样一个惨不忍睹的故事,作者依然保持着道德上的平静,叙述起来不带任何情感色彩。但"平静"和"冷静"本身也是一种情感,或说得更具体些,是一种情感基调。

人类情感不仅无所不在,而且高度复杂。人类情感的复杂性不仅表现在情感的形式上,而且表现在情感的内容上。快乐与悲哀、热爱与憎恨、兴奋与烦闷、轻松与沉重、肯定与否定、满意与不满、惬意与失意,常常相互融合和相互转化,所谓"乐极生悲""悲喜交集"之类的成语可以充分证明这一点。抒情作品中表现的情感也具有多样性,它可以是一种体验、感悟或心境;它复杂微妙,稍纵即逝,甚至难以言表。以著名诗人戴望舒的诗为例。戴望舒深受法国象征派的影响,又因为1927大革命失败而产生深深的幻灭感,把失望的惆怅融入诗作中,是理所当然的。他的诗在当时很有影响,1928年因发表《雨巷》而获得了"雨巷诗人"的美名。《雨巷》表达了一种怅然若失的心境,这与当时四处弥漫的失望情绪一拍即合,一时为人传唱。那幻想出来的在雨中彷徨于寂寥空巷中的忧愁女人形象,虽然并没有真正出现,还是可爱动人,令人神往。

> 撑着油纸伞,独自
> 彷徨在悠长,悠长
> 又寂寥的雨巷,
> 我希望逢着
> 一个丁香一样地
> 结着愁怨的姑娘。

这个女性可不是一般的女性形象,她有丁香一样的颜色、芬芳、忧愁、哀怨、彷徨,她冷漠、惆怅、凄婉、迷茫……如此复杂微妙的感受、体验,如此难以把握的心境、情感,诗人表现得竟然如此惟妙惟肖、细腻生动,真没有辜负"雨巷诗人"的美名。

（二）抒情作品的情感表现

抒情作品可以借助种种手段,通过种种途径,行之有效地抒发无所不在、高度复杂的情感。且以唐代著名诗人李商隐为例,李商隐是人们最喜爱的唐代诗人之一,他的诗一直广为传诵。然而对李商隐诗的解释却往往牵强附会不得真义,用"花非花,雾非雾,夜半来,天明去"来表述,是再贴切不过的。之所以如此,一方面是因为李商隐的表达方式隐晦曲折,另一方面是因为李商隐抒发的情感复杂暧昧。李商隐的《无题》本身就是"题",不过是"隐晦的主题"而已,这正如他所表达出来的情感,是可意会而难言传的。

  相见时难别亦难,东风无力百花残。
  春蚕到死丝方尽,蜡炬成灰泪始干。
  晓镜但愁云鬓改,夜吟应觉月光寒。
  蓬莱此去无多路,青鸟殷勤为探看。

这位女子(作品中的抒情主人公)在漫长的等待中,已经渐渐衰老,然而思念却像春蚕吐丝,到死方休,眼泪就像燃烧的蜡烛,不死不干。镜子中的云鬓已经斑白,夜间偶尔吟唱,只有寒冷的月光做伴。蓬莱成仙的日子不会太远了,青鸟啊,先为我时时探路吧!看到这儿,我们不能不感叹,这是多么残酷的折磨!

  抒情作品中表现出来的情感色彩斑斓、多种多样。"前不见古人,后不见来者,念天地之悠悠,独怆然而涕下"(陈子昂《登幽州台歌》),表达了对"百年孤独"的悲叹;"胜日寻芳泗水滨,无边光景一时新,等闲识得东风面,万紫千红总是春"(朱熹《春日》),表达了生命瞬间获得的欢欣;"北山输绿涨横陂,直堑回塘滟滟时。细数落花因坐久,缓寻芳草得归迟"(王安石《北山》),表达的既不是陈子昂式的悲愤,也不是朱熹式的欢欣,而是物我两忘后的一片和谐;"江南可采莲,莲叶何田田!鱼戏莲叶间。鱼戏莲叶东,鱼戏莲叶西,鱼戏莲叶南,鱼戏莲叶北"(汉乐府《江南可采莲》),表达了乡村生活所特有的情趣。这是一首质朴得有点笨拙的民歌,歌词并无特别之处,却广为传诵,秘诀就在于此。

三、抒情作品的情感特质

(一) 广义情感与狭义情感

  如上所述,抒情作品旨在简要地表现、传达作者的情感,它要把作为纯粹的心理状态的情感(存在于我们心灵中的情感),转化为某一特定抒情作品的情感;而情感具有相当的包容性,包括了个性、本能、欲望、无意识、志向等。用苏珊·朗格的话来说:"艺术品是将情感呈现出来供人观赏的,是由情感转化成的可见的或可听的形式。""这里所说的情感是指广义上的情感。亦即任何可以被感受到的东西——从一般的肌肉觉、疼痛觉、舒适觉、躁动觉和平静觉到那些最复杂的情绪和思想紧张程度,还包括人类意识中那些稳定的情调。"[①]

  可见,情感有广、狭两义。广义的情感几乎包括人类主体性的一切方面,狭义的情感则仅指人由于感受到外界的刺激而产生的心理反应,如喜爱、愤怒、悲伤、恐惧、爱慕、厌恶等。在某种程度上、在某些方面对广、狭两义的情感做出辨析,既是必要的,也是可能的。比如情绪和情感,二者都是由外部客体激发起的心理反应,但严格说来,二者之间既有联系又有区别。二者之间的区别表现在:

---

 ① 〔美〕苏珊·朗格:《艺术问题》,滕守尧、朱疆源译,中国社会科学出版社1983年版,第14、24页。

1. 情绪主要源于人的生理性需要，是由机体的生理性需要引发的体验；情感主要源于人的社会性需要，是由机体的社会性需要引发的体验。

2. 情绪产生较早，出生不久的婴儿即有快乐与痛苦的情绪表现；情感产生较晚，它是在社会交往中逐渐形成的。

3. 情绪还有一定的情境性，它可以由一定的情境引发，一旦情境改变，情绪即告消失或转移；情感既有情境性又有稳定性。

二者之间的联系表现在：

1. 情绪依赖于情感，情绪的变化受情感及其特点的制约；情感也依赖于情绪，情感总是在不断变化的情绪中表现出来。

2. 情绪是情感的外部表现，情感是情绪的本质内容，同一情感在不同的条件下表现出来的情绪是各不相同的。且以爱国主义情感为例，它可以表现为喜悦的情绪（当看到祖国繁荣昌盛时），可以表现为愤怒的情绪（当看到乌烟瘴气时），还可以表现为焦虑的情绪（当看到处于危难时）。可见，情绪与情感存在着密切的关系，二者之间的区别是相对的。

（二）日常情感与艺术情感

如果说在情绪与情感之间做出必要的区分意义还不是特别大的话，那么在日常情感与艺术情感之间做出区分，则不仅意义重大，而且必不可少。不懂事的小孩子一怒之下当街打滚，丢了鸡的老太太情急之中沿街叫骂，虽然都自发地流露了强烈的情感，但除非经过审美的筛选过滤和艺术的加工处理，否则无论如何都与艺术无缘。这是因为从艺术创作的角度看，艺术情感是审美的情感，它是对日常情感的提炼与升华，是对现实、对表现对象持特定审美态度的一种情感体验。

黑格尔曾经提出过"审美的情感"这一范畴，可惜语焉不详。[①] 首次对"审美情感"(aesthetic emotion)做出阐释的是英国学者克莱夫·贝尔(Clive Bell, 1881—1964)。他在1914年出版的《艺术》一书中，提出了这个范畴。贝尔认为，艺术欣赏所引发的情感是审美情感，审美情感不是我们在日常生活中所体验到的情感，而是艺术形式引发的情感。审美情感来源于艺术品的"有意味的形式"(significant form)。[②]

从艺术欣赏的角度看，读者在艺术作品中体验到的情感也不同于日常情感。我们在欣赏悲剧作品时也许会感到悲哀或悲壮，尽管如此，我们依然喜欢欣赏悲剧性作品。听那肝肠寸断的歌曲，我们也许会流泪不止；听那恐怖惊惧的故事，我们也许会毛骨悚然，但我们还是喜欢一直听下去。因为此时的"悲哀"和"恐怖"毕竟不同于我们在日常生活中亲历的"悲哀"和"恐怖"，因为我们与之保持着相当的"审美距离"，能够对作品的情感进行反思和观照，我们在此感受的是审美的情感而非日常的情感。正是在这个意义上，华兹华斯(William Wordsworth, 1770—1850)认为艺术情感乃是一种在极为平静的心境中回忆起来的情感。在这里，艺术不仅要"倾吐"情感，而且要"理解"情感；读者不仅要"感受"情

---

① 参见〔德〕黑格尔：《美学》第1卷，朱光潜译，第42页。
② 参见〔英〕贝尔：《艺术》，周金环、马钟元译，中国文联出版公司1984年版，第1—24页。

感,而且要"反思"情感。这固然削弱了初始状态下的情感的强烈程度,却是艺术创作所必不可少、不可或缺的过程。

那么如何把日常情感转化为艺术情感呢?有人主张在"直觉"的层次上表达日常情感,有人主张在"反思"的层次上表达日常情感。这也是浪漫主义与非浪漫主义在艺术情感问题上的主要分歧点。例如在古典主义看来,所谓艺术表现就是使某种情感状态或情感体验向着审美理解转化,它使非理性的冲动转化为艺术的理解,即把情感状态转化为审美意象。显然,古典主义的表现论带有明显的认识论倾向。在它看来,情感表现就是对情感的审美理解,而艺术情感最主要的标志则是它的清晰性和可理解性。这样,在艺术创作中,"情感"一词就包含了两个方面的含义:其一是内心的感受,其二是对这种感受的认识和理解。前者是个人的、主观的、隐秘的,后者则具有了社会性和客观性。恐惧可以是个人的、主观的、隐秘的感受,但要表达这种感受,就不仅要使读者体验这种感受,而且要使他认识到,这是在人们遇到某种威胁时做出的情感反应。没有这两个方面的结合,任何艺术表现都是不可能的。艺术家的内心情感虽然是艺术创作的源泉和动力,却不是艺术最后表现出来的东西,因为在艺术中,内心的原始情感已经得到转化,它已经从个人情感转化为社会情感、公共情感,能够为公众共同分享。没有这个转化过程,艺术欣赏活动就根本不可能发生,艺术的情感交流亦无从谈起。

第二节 抒情作品与抒情

抒情作品重在抒情,但何谓抒情,抒情的本质是什么?抒情是否需要依据一定的原则,依据何种原则?抒情是否需要通过一定的途径,通过何种途径?抒情是否需要运用某种策略以强化抒情的效果,运用哪些策略?最后,不同的民族是否在长期的文学实践中形成了不同的抒情传统?这是本节所要回答的问题。

一、抒情的本质

何谓抒情?对于抒情作品来说,这是一个十分重要的问题。在这个问题上,不同的学派、学者基于不同的学术背景、文学见解,往往有着不同的回答。概括起来,这些回答不外乎三种:第一,抒发情感即表现情感;第二,抒发情感即传达情感;第三,抒发情感即投射情感。

(一)抒发情感即表现情感

1. "表现"的内涵

艺术与情感密切相关,艺术是情感的宣泄或展示。简言之,艺术是情感的表现。在西方,这是抒情理论中的主流观点,一般称之为"表现论"。"在日常英语中,'表现'这个词有两种含义,一种类似人们以'哎哟'的喊声来'表现'自己痛苦的情感;另一种则指用一个句子来'表达'作者想要传达的某种意义。由于前一种涉及情感的表现,所以一直主宰着艺术表现理论,尽管第二种意义上的艺术表现论更为合理……按照上述第一种含义,艺术表现主要是指一个艺术家内心有某种情感或情绪,于是便通过画布、色彩、书面文字、砖石和灰泥等创造出一件艺术品,以便把它们释放或宣泄出来。这件艺术品又能在观看和倾听它的人心中诱导或唤起同样的感情或情绪。"①

作为一种抒情理论,表现论(expression theory)是20世纪西方最为重要的艺术理论,它最基本的内容是阐明艺术的本质在于表现情感,因而这种理论又被称为"情感论"(emotionalis theory)。首倡此说的是法国学者欧盖尼·弗尔龙(Eugene Véron),随后许多理论家相继提出了自己的"表现论",其中最著名的是克罗齐和科林伍德。弗尔龙在1878年出版的《美学》英译本中指出:"如果要为艺术下一个一般的定义,我们不妨这样说:所谓艺术,就是感情的表现,表现即意味着使情感在外部事物中获得解释,有时通过具有表现力的线条、形式或色彩排列,有时通过具有特殊节拍或节奏的姿势、声音或语言文字。"②

在此之后,克罗齐把艺术归结为直觉,把直觉归结为(情感)表现;科林伍德进一步强调艺术的表现性特征,认为只有表现情感的艺术才是真正的艺术。在西方,克罗齐和科林伍德一直被人们相提并论,之所以如此,不仅因为他们的思想基础、学术见解大致相同,而且因为科林伍德宣称他的著作《艺术原理》是在克罗齐的影响下完成的。

在科林伍德看来,第一,表现情感不是显露情感(betraying emotion),"显露情感"指以本能或自动的反应来显示个人的情感,如喜则微笑,悲则哭泣,苦则呻吟,惧则战栗,这些都是低层面的心灵表现(psychical expression)。第二,表现情感不是传达情感(communication),因为传达情感有一个前提条件,那就是艺术家要知道他所传达的情感究竟是什么,然后才能通过外在可感的媒介达成目的。然而艺术家在"表现"情感之前并不知道他要表现的情感究竟是什么,他所感受到的只是莫名其妙的情感骚动而已。只有通过表现,才能把情感统一和固定下来,才能确认情感的基本内容。表现的目的是使我们明白自己的情感,而传达的目的则是使别人明白我们的情感。第三,表现情感不是煽动情感(instigation),艺术的目的并不在于使读者"群情激昂",使其处于情感的巅峰状态而不能自已。第四,表现情感不是描述情感(description),不能用抽象语言把内心的情感直接表现出来,例如不能以"我很快乐"或"我很悲伤"表达自己内心的喜悦或忧愁,因为"快乐"和"悲伤"只是一般性的概念,它只能表达普遍性的情感而无法表达特殊性的情感。"渭城朝雨浥轻尘,客舍青青柳色新,劝君更进一杯酒,西出阳关无故人"(王维《送元二使安西》),全诗无"离愁"二字,却把离别的伤感细腻真挚地表现了出来。如果加上"离愁"二字,反而画蛇添足。

2. "表现"与"情感"的互动关系

如前所述,科林伍德认为,表现情感不是传达情感,因为情感在得以表现之前,并没有确定的内容;只有通过表现,情感才能统一和固定下来,才能成为艺术的情感。在布洛克

---

① 〔美〕H.G.布洛克:《美学新解:现代艺术哲学》,滕守尧译,辽宁人民出版社1987年版,第128—129页。
② 转引自〔美〕H.G.布洛克:《美学新解:现代艺术哲学》,滕守尧译,第129页。

(H. Gene Blocker)看来,"艺术表现本身,乃是使某种尚不确定的情感明晰起来,而不是把内心原来的情感原封不动地呈示出来"。就艺术欣赏而言,"正如哲学分析把人们早已知道的事情变得更加清晰明确一样,一件艺术品也能使我们早已体验到的感情更加明晰和确定"。① 可见,"表现"与"情感"也是互为函数、相互影响和相互作用的。

克罗齐深深地赞同这一观点。克罗齐认为艺术即直觉,直觉即表现。言下之意,任何"直觉",只有以一种公共形式"表现"出来,才能汇入艺术之中,"直觉"和"表现"是一物之两面。"每一个真直觉或表象同时也是表现。没有在表现中对象化了的东西就不是直觉或表象,就还只是感受和自然的事实。心灵只有借造作、赋形、表现才能直觉。若把直觉与表现分开,就永没有办法把它们再联合起来。"②这意味着在创作之前,作者对自己要表现的内容几乎一无所知,只是在表现的过程中,被表现的东西才渐渐明晰起来,在创作完成后才真正定型。卡西尔也说过:"一个伟大抒情诗人有力量使得我们最为朦胧的情感具有确定的形态,这之所以可能,仅仅是由于他的作品虽然是在处理一个表面上看来不合理性的无法表达的题材,但是却具有着条理分明的安排和清楚有力的表达。甚至在最狂放不羁的艺术创造之中,我们也绝不会看到'令人陶醉的幻想的混乱状态'、'人类本性的原始混沌'。"③情感只有得到了条理分明的安排和清楚有力的表达,才能成为抒情作品的内容。

综上所述,情感与表现是互动的,它们彼此相互激荡、相克相生。一方面,情感通过表现才得以定型化,只有通过表现,艺术家才能明确自己究竟要表现何种情感,离开了表现的媒介,情感只是某种说不清、道不明的模糊感觉,而不是后来在抒情作品中清晰表现出来的情感。正是从这个意义上说,刘勰的下列主张值得我们做进一步的缜密考察:"夫情动而言形,理发而文见,盖沿隐以至显,因内而符外者也。"(《文心雕龙·体性》)"情者文之经,辞者理之纬。经正而后纬成,理定而后辞畅。此立文之本源也。"(《文心雕龙·情采》)抒情绝非如此的先经后纬、"经纬分明",先有情感后有文辞。抒情不是先脱离媒介,想清楚所要表现的东西,然后借助媒介将其表现出来。与此相反,所要表现的东西只有借助媒介,才能最终确定下来。因此,画家总是用色彩、线条去思考,音乐家总是用音符去思考,文学家总是用语言文字去思考。至于这种思考活动发生在实际动手之前,还是在着手创作之中,倒是无关紧要的事情,因为无论是在实际动手之前,还是在着手创作之中,都无法改变这样的事实——情感总是媒介化的情感。另一方面,表现的方式、途径、策略又是由情感的性质、类型所决定的,不同的情感由于性质和类型不同,需要通过不同的表现方式、途径和策略加以处理。

(二) 抒发情感即传达情感

1. 托尔斯泰的传达论

托尔斯泰认为抒发情感就是传达情感(communication),由此可以说他的艺术理论就

---

① 转引自〔美〕H. G. 布洛克:《美学新解:现代艺术哲学》,滕守尧译,第140页。
② 〔意〕克罗齐:《美学原理 美学纲要》,朱光潜译,外国文学出版社1983年版,第14—15页。
③ 〔德〕卡西尔:《人论》,甘阳译,上海译文出版社1985年版,第213页。

是传达论。他说:"在自己心里唤起曾经一度体验过的感情,在唤起这种感情之后,用动作、线条、色彩、声音以及言词所表达的形象来传达出这种感情,使别人也能体验到这同样的感情——这就是艺术活动。艺术是这样一项人类活动:一个人用某种外在的标志有意识地把自己体验过的感情传达给别人,而别人为这些感情所感染,也体验到这些感情。"①

托尔斯泰举了一个简单的例子来说明这个问题,一个男孩在森林中亲历了遇见野狼时的恐惧,为了把这种恐惧之情传达给别人,使他们也能真切地体验这种恐惧之情,这男孩要选择语言文字之类的外在符号去描述整个过程:在没有遇到狼之前四周的环境,以及他内心的愉快轻松;狼出现后狼的一举一动,以及他感受到的恐惧之情。艺术家只有把其情感传达给他的读者,使读者为之感染、激动和陶醉,艺术活动才是可能的。

在西方理论史上,托尔斯泰的传达论具有极其鲜明的特点,也具有极其明确的内涵。第一,它强调情感的重要性。艺术家所要着力传达的不是思想、意识、理性、观念,而是情感,这是艺术与哲学、科学的根本区别之所在。艺术家只有具有真情实感,才能将其传达给别人;而且这种情感必须具有极强的感染力,否则将难以打动读者,并将导致"传达"活动夭折。第二,艺术只是"传达"情感而非"表现"情感,如上所述,在西方,"表现"一词具有特殊的内涵,是指自然呈现,至于"呈现"出来的情感是否能为人所知,"表现"艺术家是漠不关心的,而"传达"艺术家则特别强调使别人了解、分享自己的情感。因而作为一种有意识的活动,传达情感不同于表现情感,一个人受到惊吓时的战战栗栗、吞吞吐吐,虽然也"表现"了情感,却无意于"传达"情感。第三,传达必须借助某种外在符号,如动作、线条、色彩、声音以及言词,只有借助这外在的符号,才能传达艺术家的内在情感。

2. 传达论的社会内涵与美学内涵

人类渴望彼此间的情感交流,这样可以增强社会的凝聚力。因为"社会内聚力来自于共同经历和交流着同一种感受,也就是说,每个人都清晰地意识到别的人也正经历着我正在经历的感受,而这又进一步意味着他们进入了一个人人都能经验到的公共世界,而不仅是具有同样的内在感受"②。情感的交流有一个基本的要求,即公开化因为在彼此间的情感交流中,我需要了解你所感受到的东西,是否就是我已经传达给你的东西;你也需要了解,你所传达给我的情感,我是否已经如数收到。可见,彼此间的情感交流,需要情感的公开展示,这样势必使个人的情感成为公众的情感、社会的情感。

彼此间的情感交流常常借助于文学作品(特别是抒情作品),"诗可以兴,可以观,可以群,可以怨",所谓"群""怨"都是某种模式的情感交流。文学作品中的字、词、形象之所以能够在读者心目中唤起某种感受、感觉、情感,是因为它们能够以某种约定俗成的方式,传达某种固定的感受、感觉、情感,通常它与欣赏者的期待心理是完全吻合的。只有这样,它才能在大多数情况下,在大多数人心中唤起同样的情感。艺术活动能使个人情感转化为公共情感,这样,作者在"传达"情感时,要着眼于一种公共的标准,而公共的标准必然

---

① 〔俄〕列夫·托尔斯泰:《艺术论》,人民文学出版社1958年版,第47—48页。
② 〔美〕H.G.布洛克:《美学新解:现代艺术哲学》,滕守尧译,第143页。

派生出情感的形式结构。比如,一个在原始森林中遇见野兽的人,看上去必定是惊恐万分的;一个咬牙切齿、大喊大叫的人,看上去必定是愤怒至极的。这样的表情和姿势不仅像浪漫主义者所说的那样,是个人"强烈情感的自然流露",而且具有能为公众识别的形式结构,具有了社会性。这样,作者传达情感不再是单个人的私事,而是公共事务的一部分,它受物理、心理、环境、传统等各种因素的制约。

因为传达的情感是公共的情感,所以任何一种能够展现这种公共特征的东西,无论是有生命的还是无生命的,都可以被感受、理解、阐释为某种情感,从而在人的内心深处引发共鸣。因此自然界的山山水水,都具有公共情感的特征。这样情感不再是个人的隐秘之情,它仿佛是客观事物的一个特性,或者"明快""轻松""振奋",或者"阴沉""忧郁""压抑",或者"亲切""安全""舒适"。江河"呜咽",北风"怒号",大海"咆哮"……"春风春鸟,秋月秋蝉,夏云暑雨,冬月祁寒"(钟嵘《诗品》),各有各的形式特征。只有这样,"遵四时以叹逝,瞻万物而思纷。悲落叶于劲秋,喜柔条于芳春"(陆机《文赋》)才是可能的。

(三) 抒发情感即投射情感

在有关抒情本质的问题上,除了"表现论"和"传达论",还有一种"移情论"或"投射论"。它认为,抒发情感就是"转移"情感("移情")或"投射"情感。"移情论"自19世纪以来在西方相当流行。英文中的"移情"(empathy)一词是对德语"移情"(Einfülung)的翻译,意为"将情感投入某物之中"(to feel oneself into something)。这个英文词的另一个含义是"同情",它包含着"设身处地""推己及物"的意思。因此,移情就是投射(projection),即把主观的情感投射于物,形成情感的"物态化"。约翰·罗斯金(John Ruskin,1819—1900)把诸如此类的"移情""投射"称为"情感误置"(pathetic fallacy)。外部事物的某些性质无法得到科学的证实,但我们常常毫不犹豫地将其归结为外部事物固有的性质,在罗斯金看来,这是滥用人类情感的结果,它把人类情感错误地置入外部事物之中。要知道,江河不会"呜咽",北风不会"怒号",大海不会"咆哮",这些都是人类情感的"误置"。他据此把人分为三种:"一种人见识真确,因为他不生情感,对于他樱草花只是十足的樱草花,因为他不爱它。第二种人见识错误,因为他生情感,对于他樱草花就不是樱草花而是一颗星、一个太阳、一个仙人的护身盾,或是一位被遗弃的少女。第三种人见识真确,虽然他也生情感,对于他樱草花永远是它本身那么一件东西、一枝小花,从它的简明的连茎带叶的事实认识出来,不管有多少联想和情绪纷纷围着它。这三种人的身份高低大概可以这样定下:第一种完全不是诗人,第二种是第二流诗人,第三种是第一流诗人。"[①]

在罗斯金看来,一流的诗人能够以理智控制情感,而不陷于滥情主义;只有二流的诗人才为情感所左右,甚至因此失去理智,错误地外射自己的情感,构成所谓的"情感谬误"。然而,实际上诗人情感的"移置"或"投射",常常是产生诗意的原因。例如,情感"外射"或"误置"的直接结果是"拟人化"的形成。拟人化是人类心灵最原始的功能之一,它把没有心性之物当成是具有心性之物,把死物当成活物,好像死物也有思想、情感、意志和

[①] 转引自朱光潜:《诗论》,《朱光潜全集》第3卷,安徽教育出版社1987年版,第60页。

认识似的。早在古希腊时期就有所谓的"活物论",它认为水、火、空气都有生命力,表现在艺术上就是"云破月来花弄影",仿佛花也有其生命;"数峰清苦",似乎山峰也有感觉。拟人化就是这样形成的。

二、抒情的原则

作者在抒发情感、创作抒情作品的过程中,在处理情感与理性、情感与现实、情感与语言等关系的问题上,有意无意间总是遵循着一定的抒情原则。就总体原则而论,抒情作品的创作过程是主客观相互融合、相互渗透的过程,它总要在理性与情感、现实与情感、语言与情感之间寻找某种平衡和达成某种默契。在这个前提下,不同的文学运动、流派、思潮遵循不同的抒情原则。

(一) 古典主义的抒情原则

进入17世纪,在欧洲占统治地位的是古典主义文学运动。古典主义既强调"古典",又崇尚"理性",其代表人物是法国的布瓦洛(Nicolas Boileau,1636—1711)。唯理主义是新古典主义文论的哲学基础,它强调理性对情感具有绝对的优先性。布瓦洛认为,理性赋予作品以价值和光芒,艺术应以表现理性为鹄的,理性也是使艺术臻于化境的唯一出路。"首须爱义理:愿你的一切文章永远只凭着义理获得价值和光芒。"①这是布瓦洛对于诗人作家的希望。"我绝对不能欣赏一个悖理的神奇,感动人的绝不是人所不信的东西。"②这是布瓦洛对于诗人作家的忠告。作为一个有实践经验的诗人,布瓦洛并不反对表现情感,他甚至强调作家在"文词里就要有热情激荡,直钻进人的胸臆,燃烧、震撼着人的心房",从而使人获得"甘美的恐惧""怜悯的快感",但理性远比情感和想象重要,这是所有古典主义者(无论新旧)的信条。诗人只有凭借理性,才能抑制感情的冲动,使作品不超出新古典主义的规范。

其实,作为一种艺术精神,古典主义是一种极具代表性的思想倾向,古今中外都可以找到古典主义的影子。在古典主义看来,人类不仅具有情感,而且拥有理智,而理智对情感的扼制、指导作用表现在诸多方面。其中最为重要的一条,是将其纳入一定的伦理范畴,来规范它的表现形态,"发乎情,止乎礼义",但理智对情感的限制也是有限度的。情感是可以抒发的,但抒发情感并非宣泄情感,更不像弗洛伊德(Sigmund Freud,1856—1939)所说的那样是本能、欲望的满足。抒情的过程是一个审美的过程,它需要理性、意识的参与和控制,需要"言有序",即创造井然有序的语言形式表现情感,它更强调抒情的自主意识、理性特点和形式创造。抒情不是即兴式的有感而发,它需要超越原始的情感状态,将其作为一个对象予以重新认识、体验、评价和组织。理性主义一直是古典主义抒情原则的灵魂。

(二) 浪漫主义的抒情原则

浪漫主义特别倚重情感。一般说来,浪漫主义强调情感的自然流露,强调直抒胸臆。

---

① 〔法〕布瓦洛:《诗的艺术》,任典译,人民文学出版社1959年版,第一章,37—38行。
② 同上书,第三章,49—50行。

华兹华斯曾经说过:"诗是强烈情感的自然流露。"但他接着改变了口气:"它起源于在平静中回忆起来的情感。诗人沉思这种情感直到一种反应使平静逐渐消逝,就有一种与诗人所沉思的情感相似的情感逐渐发生,确实存在于诗人的心中。"①华兹华斯强调诗是强烈情感的自然流露,但不是此时此刻的流露,而是在波涛平静之后的流露。尽管如此,这种流露终究是源于一种冲动,不必遵守一切既定的规则和范式。济慈(John Keats,1795—1821)对此有一句名言:"如果诗不像自自然然地长在树上的树叶子,那它就根本不必存在。"

在浪漫主义心目中,艺术乃是人类情感的表现,而表现就是外溢、宣泄或喷涌。英语中的"表现"(express)和德语中的"表现"(ausdruck),具有相同的词源,二者均指"挤出"或"压出"。这样,一种内在情感因为受到"挤压"而外溢、宣泄或喷涌出来,从人的心中进入到艺术作品之中。说得具体些,"艺术品在感知它的人心中唤起或产生某种情感,正如艺术品本身是由于艺术家的内在感情流进或溶入到画布和其他艺术媒介之中而产生出来一样。这种艺术观自19世纪末以来极为流行。即便是今天,艺术家们也倾向于使自己浪漫蒂克……"②

中国的浪漫主义抒情原则与此大同小异。就主流而言,中国传统的抒情原则应该属于古典主义的范畴。19世纪末20世纪初,中国发生了"诗界革命",从此中国抒情传统的命运为之改写。作为诗界革命的一面旗帜,黄遵宪倡导的抒情原则是具有中国特色的浪漫主义原则,他将之概括为"我手写我口"。他主张诗人直接表达自己的情感,不必事事模拟古人。"五四"新文学革命之后,浪漫主义的抒情原则得到大力张扬。它认为只有真情实感才是文学创作的动力和源泉,反对任何形式的虚伪矫饰。在郭沫若那里,情感就是波浪:"大波大浪的洪涛便成为'雄浑'的诗,便成为屈子的《离骚》、蔡文姬的《胡笳十八拍》、李杜的歌行、但丁的《神曲》、弥尔顿的《失乐园》、歌德的《浮士德》。小波小浪的涟漪便成为'冲淡'的诗,便成为周代的《国风》、王维的绝诗、日本古诗人西行上人与芭蕉的歌句,泰戈尔的《新月集》。"③无论是"大波大浪"还是"小波小浪",无论是"洪涛"还是"涟漪",总之都是文学创作的原因和根本。没有情感,一切都无从谈起。

(三) 象征主义的抒情原则

象征主义有广、狭两义。狭义的象征主义指19世纪中叶以法国为核心形成的一个文学运动,学界通常将其视为西方第一个现代主义文学运动,其代表人物是法国的波德莱尔(Charles Pierre Baudelaire,1821—1867)、魏尔伦(Paul-Marie Veriaine,1844—1896)、兰波(Jean Nicolas Arthur Rimbaud,1854—1891)、马拉美(Stéphane Mallarmé,1842—1898)和瓦莱里(Paul Valery,1871—1945)。广义的象征主义指西方19世纪中叶以来一种有别于传统古典主义、浪漫主义、现实主义的文学运动。二者的关系极为密切:前者为后者奠定了

---

① 〔英〕华兹华斯:《〈抒情歌谣集〉一八○○年版序言》,曹葆华译,载伍蠡甫主编《西方文论选》下卷,上海译文出版社1979年版,第17页。
② 〔美〕H.G.布洛克:《美学新解:现代艺术哲学》,滕守尧译,第134—135页。
③ 郭沫若:《论诗三札》,《沫若文集》第10卷,人民文学出版社1959年版,第205—206页。

基础,确立了原则,并成为后者第一个不朽的楷模。在抒情原则的问题上,前者的作用更是不可低估。事实上,象征主义之后的绝大多数抒情作家都不约而同地遵循着它所确立的抒情原则。

在狭义的象征主义中,波德莱尔以诗的形式为象征主义的抒情原则确立了基调,他提出了"交感说"(theory of correspondence)。"交感说"本是一种神秘主义玄学,18世纪时由瑞典哲学家斯威斯登提出,他认为无论是在人与人之间还是在人的各种感官之间,都存在着一种内在的、隐秘的、交相呼应的关系。波德莱尔接受了这种观念,并在《交感》(correspondence)一诗中表达了这种观念:

> 大自然有如一座庙宇,在那里
> 充满活力的廊柱不时发出含混话语;
> 穿越象征森林的人们,
> 树木正用亲切的目光注视着你。
> 宛若远处融合的连串回声,
> 汇成阴森而又深邃的整体,
> 像黑暗和光明那样无垠,
> 香、色、声交织在一起。
> 芳香似初生儿的肌肤清新,
> 管乐声一样甜蜜,草原那般碧绿,
> ——还有腐烂、浓重、辉煌的气息,
> 也勃发着无穷无尽的生机,
> 就像龙涎香、麝香、安息香和乳香,
> 在歌唱着灵与感的交递。(刘楠祺译)

这里,不同感官之间、内心世界与外在世界之间、诗人心灵和隐秘世界之间都存在着交互感应,诗人可以感受到这种神秘的交互感应。《交感》一诗既是象征主义的理论纲领,又是象征主义的忠诚实践,被人誉为"象征主义宪章"。象征主义强调以具有特定声、色、味的物象来暗示、阐发微妙的内心世界,这是他们在抒情原则问题上的主张。

因为要求以特定的声、色、味去"暗示""阐发"微妙的内心世界,所以象征主义的作品大多具有强烈的神秘主义色彩。马拉美并不回避这一点,他说:"诗写出来原就是叫人一点一点地去猜想,这就是暗示,即梦幻。这就是这种神秘性的完美的应用,象征就是由这种神秘性构成的:一点一点地把对象暗示出来,用以表现一种心灵状态。反之也是一样,先选定某一对象,通过一系列的猜测探索,从而把某种心灵状态展示出来。""诗永远应当是个谜,这就是文学的目的所在。"[①]

(四)抒情的一般原则

如前所述,抒情作品的创作过程是主客观相互融合、相互渗透的过程,它总要在理性

---

① 〔法〕马拉美:《关于文学的发展》,王道乾译,载伍蠡甫主编《西方文论选》下卷,第262—263页。

与情感、现实与情感、语言与情感之间寻找某种平衡和达成某种默契。在这个前提下,抒情作品的创作还应注意如下三个一般性的抒情原则。

第一是诚挚性原则。抒情最基本的原则是诚挚与可靠(sincerity and authenticity),它要求艺术家在抒发情感时必须真诚可靠,并表达自己的真情实感和真挚感受,无论这种感受是美是丑,是善是恶。用王夫之的话说,就是"性情贞,情挚而不滞"(《诗广传》卷二)。任何形式的虚情假意和虚伪矫饰,都是艺术创作和情感抒发的天敌。食指的《相信未来》就是这样一首"性情贞,情挚而不滞"的佳作:

> 当蜘蛛网无情地查封了我的炉台
> 当灰烬的余烟叹息着贫困的悲哀
> 我依然固执地铺平失望的灰烬
> 用美丽的雪花写下:相信未来
> ……
> 我之所以坚定的相信未来
> 是我相信未来人们的眼睛
> 她有拨开历史风尘的睫毛
> 她有看透岁月篇章的瞳孔
> ……
> 朋友,坚定地相信未来吧
> 相信不屈不挠的努力
> 相信战胜死亡的年轻
> 相信未来、热爱生命

这首诗创作于1968年,那是一个特定的历史时期,作者没有流于当时风靡全国的假大空,而是真挚表达自己的心胸。今天阅读这首诗,我们都很难相信它诞生在那个时期。时间证明,这是一首杰出的抒情作品。

第二是独特性原则。情感并不是一般性的概念,而是主体在某一特定环境中为了某一特定事件而产生的某一特定的感受。不仅不同的人在同一环境中对同一事件的感受不一样,即使同一个人在不同环境中对同一事件也会产生完全不同的感受。要把这种独特的感受传达给别人,就不能用一般性的概念来处理,否则就只能使读者在概念的层面上了解那种感受,而不能切身体验那种感受。真正高明的诗人其高明之处往往在于,他传达了某种情感,却没有提起那种情感的名称,没有使用一般性的情感概念。政治口号之类的陈词滥调,即使包含了极其强烈的情感,也无法引起读者的共鸣,这里面除了政治、伦理、宗教方面的原因,还因为它的情感是公式化的情感,丝毫没有独特之处。

第三是感染性原则。区分真抒情艺术与假抒情艺术有一个无可怀疑的标准,那就是是否具有艺术感染性。真正的抒情艺术一定会使读者神不知鬼不觉地受到感染,它消除了艺术家与读者之间的心理距离,使读者感到那艺术品仿佛是他自己创造出来的,因为它将他内心很久以来想要表现的情感彻底、充分地表现了出来。伟大的艺术家之所以常常成为公众良心的代言人,秘密就在这里。臧克家的《三代》用极其简约的文笔,概括了农民的命运:

孩子
在土里洗澡;
爸爸
在土里流汗;
爷爷
在土里葬埋。

把三代人的境况,融入一个人从生到死的经历,凝练、集中、概括,极富感染力,读来回肠荡气,感人至深。

三、抒情的途径

抒情作品重在情感的抒发和传达,但运用何种策略,使用何种技巧,借助何种文体来抒发、表达强烈、丰富、复杂、多变、奇特的情感,使内在情感外在化,使主观情感客观化,是抒情作品创作所面临的一大难题。这一难题的核心之一是以何种方式、方法表达情感。

(一) 以声传情,声情并茂

"声"指声律,"情"指情感,二者在抒情作品(特别是抒情诗)中结下了不解之缘。之所以如此,是因为诗、乐、舞本为一家,古代许多诗词皆可入乐。《诗经》中的风、雅、颂,以及后来的词牌和曲牌的分类,都是基于音乐曲式的不同。在古希腊,抒情诗是由竖琴伴唱的短歌。这样的历史事实导致的一个直接结果是,诗歌具有了音乐的某些形式特征,在声音的层面上尤其如此,它们都拥有声音和谐的音调和节奏。

音乐对抒情作品影响巨大,且以词为例。兴盛于宋代的词,代表了中国抒情传统的另一种面貌。从某个角度看,词甚至可以说是抒情精神的"纯粹"表现。从历史上看,诗词都源于"歌",但诗词后来的境遇却大不相同。诗在很早时便毅然决然地离"歌"而去自成一体,在文人手中发展成非常复杂的文体;而词虽然在形式上也较多变化,却始终没有断绝与"歌"的血肉联系,没有脱离音乐而独立,并深深地扎根于民间文学的土壤之中,本质上它永远是"抒情歌谣"。

> 转烛飘蓬一梦归,欲寻陈迹怅人非,天教心愿与身违。　待月池台空逝水,荫花楼阁漫斜晖,登临不惜更沾衣。(李煜《浣溪沙》)
>
> 一向年光有限身,等闲离别易销魂,酒筵歌席莫辞频。　满目山河空念远,落花风雨更伤春,不如怜取眼前人。(晏殊《浣溪沙》)

这两首《浣溪沙》都表达了一般抒情歌谣的特色,李煜表达的是"伤逝",晏殊表达的是"伤离"。一般说来,抒情歌谣抒发的情感是特定的情感,包括男女之别、相思之苦、今昔之比、时光之逝等,一般都具有浓郁的感伤情怀。没有和谐的音乐伴奏,宋词是否还会存在,是一个问题。

在抒情作品中,字音的有序结合和变化,可以构成和谐的音调,人们常把这种和谐的音调称为"韵律"。韵律在不同语言中的表现是不同的。在西方,韵律(meter)是一个统称,它可分为韵(rhythm)与律(rhyme)两个部分。把同一个音或类似的音予以有规则的反复排列,称为韵。按照某种规律使语音的长短、高低、强弱予以重复变化,称为律。汉语是一种声调语言。在汉语中,声调由平、上、去、入(古汉语)或阴平、阳平、上声、去声(现代汉语)的不同搭配组成。早在齐梁年间,文人们就已经认识到,不同声调的组合可以产生和谐的秩序,于是沈约提出了有关四声的理论。"欲使宫羽相变,低昂互节,若前有浮声,则后须切响。一简之内,音韵尽殊;两句之中,轻重悉异。妙达此旨,始可言文。"(《宋书·谢灵运传论》)他要求诗人合理地搭配四声,做到音调高低、清浊、轻重合理有序,以使音调富于变化和产生美感。古诗讲究平仄,而平仄一般说来就是对字音的高低和长短进行分类和有规律的排列组合。

韵律是某些抒情作品(特别是抒情诗)一个不可或缺的组成部分,失去韵律不仅会使它失去韵味,而且还会失去生命。把《诗经·小雅·采薇》的"昔我往矣,杨柳依依;今我来思,雨雪霏霏"翻译成"从前我走的时候,杨柳还在春风中摇曳;现在我回来,已经在下大雪了",就不仅失去了原诗的韵味,而且危及了原诗的生命,因为它的抒情意味大打折扣。因此,古代诗人往往通过各种方式强化抒情诗的韵律,如运用双声、叠韵、叠音、象声来构造和谐的音调。双声是两个音节的声母相同连缀成义,如"辗转反侧"中的"辗转";叠韵是两个音节的韵母相同或相近连缀成义,如"聊逍遥以相羊"中的"逍遥""相羊";叠音是两个音节的声、韵完全相同,如"杨柳依依"中的"依依";象声则是模拟自然声音,如"无边落木萧萧下"中的"萧萧"。正是基于这样的语音组合和变化,诗歌才富有音乐感,才予人以音乐美。郭沫若的《瓶·第三十一首》:"我已经成疯狂的海洋,她却是冷静的月光!她明明在我的心中,却高高挂在天上。"押了响亮的"ɑng"韵,明快而响亮。闻一多《洗衣歌》的一些段落,在诗行中间使用了与韵脚同韵的字,读来可使人感受到很强的音乐美:"年去年来(lái)一滴思乡的泪(lèi),/半夜三更(gēng)一盏洗衣的灯(dēng)……/下贱不下贱(jiàn)你们不要管(guǎn),/看那里不干净(jìng)那里不平(píng),/问支那人(rén),问支那人(rén)。"(按,诗内的省略号为原有,拼音为引者所加。)

(二)以景结情,情景交融

苏珊·朗格在其《情感与形式》中把艺术定义为"人类情感的符号形式的创造"①,由此可见,艺术品是人类情感的符号,而艺术创作的过程就是创造、制造这种符号的过程;只有借助这种符号,才能把人类情感转化成可见的或可听的形式。但对于文学特别是抒情文学而言,究竟什么是"符号",什么样的符号才能承载"情感"的重负,则是不能不问的问题。

要表现情感,就必须借助某种媒介,艾略特称之为"客观关联物"(objective correla-

---

① 〔美〕苏珊·朗格:《情感与形式》,刘大基等译,中国社会科学出版社1986年版,第51页。

tive)。他说:"表情达意的唯一艺术公式,就是找出'客观关联物',即一组物象,一个情境,一连串事件,这些都是表情达意的公式。如此一来,这些诉诸感官经验的外在物象一旦出现,就会唤发起某种特定的情意。"①因为,主观、情感、心性永远是"虚"的和难以直接表述的,只有借助"实"的和易于表述的外在景物、场景,主观、情感、心性才能真切表达出来,才能为人理解和接受,这样才能构成文学活动。

于是出现了"情"与"景"的关系问题。"情"指情感,"景"指景物,二者在抒情作品中的关系极为密切。宋代的范晞文《对床夜话》强调情景不可分:"景无情不发,情无景不生。"沈义父《乐府指迷》主张"说情不可太露""以景结情最好"。清代批评家王夫之曾经结合《诗经》探讨"情景遇合"的问题,以并此为标准评判抒情作品的成败优劣。"夫景以情合,情以景生,初不相离,唯意所适;截分两橛,则情不足兴,而景非其景。"(《夕堂永日绪论》内编)情景如何能够达到"妙合无垠"之境,一直为诗家所关注。

在王国维那里,"情景遇合"被转化为"意与境浑"。他在托名樊志厚写成的《人间词乙稿序》中说:"文学之事,其内足以摅己,而外足以感人者,意与境二者而已。上焉者意与境浑,其次或以境胜,或以意胜。苟缺其一,不足以言文学。"由此铸造了中国抒情理论最负盛名的美学范畴——意境。他认为,在抒情作品中,"一切景语皆情语也"。景物是具体有形的,而情感则是虚幻无形的,只有以"无形"求"有形",以"实"显"虚",以客观物象显现主观情感,移情入景,情景交融,抒情作品的创作才是可能的。元杂剧《西厢记》"长亭送别"时,崔莺莺送张生赴试时唱的那首"千古绝唱",很能说明问题:

> 碧云天,黄花地,西风紧,北雁南飞。晓来谁染霜林醉,总是离人泪。

天空布满了浓浓的黑云,大地铺满了厚厚的黄花,秋风瑟瑟,北雁南归……一切都是那样衰败荒凉,一切都是那样令人感伤。凉秋与悲愁融为一体,极其和谐地表现了主人公的离情别绪,淋漓尽致地传达出患难恋人依依惜别的痛苦心境,构成情景交融的艺术境界。

四、抒情的策略

抒情既是表现情感,也是传达情感,而"在一切表现中,我们可以区别出两项:第一项是实际呈现出的事物,一个字,一个形象,或一件富于表现力的东西;第二项是所暗示的事物,更深远的思想、感情,或被唤起的形象、被表现的东西"②。从这个角度看,抒情就是用字、词、形象以及具有表现力的事物,去"暗示"深刻的思想、情感;至于何种字、词、形象以及具有表现力的事物,在何种程度上、在何种意义上,适宜于表达何种思想、情感,以强化抒情的效果,是特别值得研究的问题。在创作抒情作品时,作者总是在语法或修辞上采取某种方法和手段以达到抒情的目的并强化抒情的效果,这样的方法和手段谓之抒情策略。一般说来,抒情的策略有两种:语法策略和修辞策略。

---

① 〔英〕艾略特:《传统与个人才能》,载赵毅衡编选《"新批评"文集》,中国社会科学出版社1988年版,第30页。
② 〔美〕桑塔耶纳:《美感》,缪灵珠译,中国社会科学出版社1982年版,第132页。

(一) 抒情的语法策略

所谓抒情的语法策略,是指从语言的结构方式(包括词语的构成和变化、词组和句子的组织)这一角度强化抒情效果的方法和手段。成熟、杰出的抒情作家都深谙此道。比如,诗人有所谓的"诗家语",它指的是与通常语言不同的语言表达方式。诗家语常常打破既有的语言规范,追求某种特殊的语言效果。"春风又绿江南岸"(王安石《泊船瓜洲》)中的"绿"字已经改变了词性,由形容词变成了动词。"鸡声茅店月,人迹板桥霜"(温庭筠《商山早行》),六个名词堆出了六个鲜明的形象,而没有采用通常的名词+动词句式,这极大地削弱了其叙事功能,变相地强化了其抒情功能。即使非有叙事功能不可,诗人也常常使用方位名词(东西南北、前后左右、内外上下等)或副词来代替动词,尽量不用动词,意在强化其抒情效果。"七八个星天外,两三点雨山前。旧时茅店社林边,路转溪桥忽见。"(辛弃疾《西江月·夜行黄沙道中》)除了"转"和"见"字,没有其他动词。谢榛的《四溟诗话》曾经举过一个例子,可以用来说明语法策略与美学效果的辩证关系。有三个不同时期的诗人就同一题旨写过三个不同的诗句,它们的优劣高低很能说明问题。一是"窗里人将老,门前树已秋",二是"树初黄叶日,人欲白头时",三是"雨中黄叶树,灯下白头人"。谢榛认为"三诗同一机杼",但第三首最佳。从抒情策略的角度看,前两者都使用了副词("将""已""初")或动词("欲"),形成了陈述句,带有较强的叙事色彩,从而削弱了诗的抒情意味;而后者使用的全是名词性词组("雨中""灯下"是方位词组),这不但强化了诗作的视觉效果,而且使诗作更富有抒情意味。

即使非用动词不可,诗人也常常以之造成拟人或通感的效果。"'红杏枝头春意闹',著一'闹'字而境界全出。'云破月来花弄影',著一'弄'字而境界全出矣。"(王国维《人间词话》)这两句诗之所以能够点铁成金般地"境界全出",是因为它们利用动词制造了拟人或通感的效果,"闹"或"弄"字因为与"春意""花"连在一起而产生了一般陈述句无法产生的效果。

(二) 抒情的修辞策略

所谓抒情的修辞策略,是指运用各种修辞方式强化抒情效果的方法和手段。从文学史和修辞学史的角度看,抒情的修辞策略有许多。意象(这里所说的"意象"是第三章介绍过意象概念中的第二种,即心中之象,与前面论述过的作为艺术至境的"象征意象"不同)、隐喻、典故、悖论是其中较为重要的四种。

1. 意象

意象(image)是抒情文学的第一构成因素,是抒情作品的根基;它是现代西方文学批评中最为常见的术语,也是语义最为暧昧的术语。在抒情理论中,可以粗略地将其理解为"心理画面"(mental picture)。有关意象的详细探讨,请参见本书第三章"文学的形象系统"第四节"文学象征意象"。"人闲桂花落,夜静春山空"(王维《鸟鸣涧》),"木末芙蓉花……纷纷开且落"(王维《辛夷坞》),都是这样的"心理画面"。

现代诗中充满了丰富曲折、复杂多变、含混朦胧的"心理画面"。以当代诗人海子的诗为例。除了"家园""土地""太阳"和"大海","麦地"和"麦粒"是海子诗歌最常用的意象。

> 麦地
> 别人看见你
> 觉得你温暖美丽
> 我则站在你痛苦质问的中心
> 被你灼伤
> 我站在太阳痛苦的芒上。(《答复》)
> 如果不能带来麦粒
> 请对诚实的大地
> 保持沉默和你那幽暗的本性。(《重建家园》)
> 诗人,你无力偿还
> 麦地和光芒的情义。(《询问》)

　　海子宣称,他不愿意成为抒情诗人,但不幸的是他的确是一位抒情诗人。在他看来,抒情诗是血,抒情意味着吐血。他所有的诗作都呈现为红色,他的诗句都经过了血液的浸泡,经过烈火的燃烧和锻造。在那里,土地、太阳甚至麦子都是红色的。他喜欢日出,更喜欢日落,时常陶醉于日出与日落的辉煌中。这些都影响着海子对诗意象的选择。这些新颖而独特的意象,予人以强烈的视觉冲击力和情感冲击力,以至于令人过目不忘。

　　诗人当然可以借助意象对事物进行直接摹写。美国诗人威廉·卡洛斯·威廉斯(William Carlos Williams,1883—1963)有一首《红轮手推车》("The Red Wheel Barrow"),它俨然一幅幼儿眼中纯净的油画,静静地躺在我们面前:

> 真有意思/看
> 一辆红轮/手推车
> 被雨水刷得/澄亮
> 旁边站着一群白色的/小鸡

它不假喻词,却依然美妙无比。但这毕竟只是诗作中的少数,大多数诗作都或隐或显地包含着喻词;也只有喻词(figures of speech)才能使诗人的创作曲尽其妙。庞德(Ezra Pound,1885—1972)的《地铁车站一瞥》只有这么两句:"人潮中千张面孔的显现/一条湿黑树枝上的花瓣。"这里使用的虽是两个并不相干的意象,但它们分别唤起的经验却是相同或类似的。可以将其读为"人潮中千张面孔的显现/(就像)一条湿黑树枝上的花瓣"。

　　2. 隐喻

　　真正把喻词的功能发挥得淋漓尽致的还是隐喻(metaphor)。值得注意的是,这里所谓的"隐喻"是按照西方的标准提出的,它包括一切比喻形式(明喻、暗喻、隐喻、曲喻等),因而它与中国语境中的"隐喻"存在差异。隐喻是在彼类事物的暗示之下感知、体验、想象、理解、谈论此类事物的文化行为。"婚姻是一座城堡,外面的人想进去,里面的人想出来";"婚姻是一副拉链,男女双方在相互摩擦中取得和谐统一";"婚姻是一条河,既有美丽的浪花,又有看不见的漩涡"。人们借助不同的"彼类事物"并通过"彼类事物"——城堡、拉链、河流,来感知、体验、想象、理解、谈论"此类事物"——婚姻。"婚姻"的意义就是在这个过程中被不断地创造出来和不断地完善起来的,因此又必然涉及意义的衍生和变化。

人类内心世界中的喜、怒、哀、乐、忧、愁、怨、恨等情绪,并不直接作用于人的视觉、听觉、嗅觉、味觉和触觉,它们是无形、无声、无臭、无色的存在,要想抒发这些情绪并为他人所感知,只能借助隐喻。且以"愁"为例,曹植的《释愁文》曰:

> 愁之为物,惟惚惟恍。不召自来,推之弗往。寻之不知其际,握之不盈一掌。寂寂长夜,或群或党。去来无方,乱我精爽。

虽是不速之客,总归无影无踪,对付此类无影无踪之物只能借助隐喻来表述,不同的隐喻描述了忧愁不同的向度——或重,或深,或纠缠不已,或绵延不尽。如以山喻其重,"春愁离恨重于山,不信马儿驮得动"(石孝友《玉楼春》),"夕阳楼上山重叠,未抵闲愁一倍多"(赵嘏,原诗已佚,本句引自宋人罗大经《鹤林玉露》卷七)。如以海喻其深,"请量东海水,看取浅深愁"(李颀《雨夜呈长官》),"落红万点愁如海"(秦少游《千秋岁》)。如以流水喻其绵延不绝、无穷无尽,"抽刀断水水更流,举杯消愁愁更愁"(李白《宣州谢朓楼饯别校书叔云》),"东流若未尽,应见别离情"(李白《口号》)。很难设想,如果离开这些至今看来还极富创造力的隐喻,人类丰富的内心世界将如何得以把握和表达,中国的抒情传统将以何种面貌呈现于公众面前。

3. 典故

使事用典也是抒情的一大修辞策略。"诗写性情,原不专恃数典,然古事已成典故,则一典已自有一意,作诗者借彼之意,写我之情,自然倍觉深厚,此后代诗人不得不用书卷也。"(赵翼《瓯北诗话》卷十)典故是一种历史化的隐喻,它是在神话或历史事件的暗示之下,感知、体验、想象、理解、谈论当下事件、情状或环境的文化行为。典故对构成隐喻的"彼类事物"和此类事物做出限制:隐喻中的"彼类事物"在典故中变成了神话或历史事件,隐喻中的"此类事物"在典故中变成了当下事件、情状或环境。因此,典故能够借助历史与现实在相似性基础上的相互映照表现一定的思想与情感,借助古代的神话传说、历史故事、名篇美句,寥寥数语即可达到非常效果。优秀作品总是能够援古证今,用人若己,如辛弃疾的《贺新郎》,短短百字的一首词中,竟九处用典,既表明了作者的超人才气,也揭示出典故的非凡魅力。

用活典故,能够产生虚实相生、以少总多、空灵有味、意在言外的美学效果。诗常常借助神话传统处理时空,东汉李尤《九曲歌》:"年岁晚暮日已斜,安得力士翻日车。"运用了羲和驾六龙拉日车的传说。李贺《日出行》:"羿弯弓属矢,那不中足?令久不得奔,讵教晨光夕昏。"运用了后羿射日的传说。最有意味的或许是历史典故,如李商隐的《重有感》:

> 玉帐牙旗争上游,安危须共主君忧。窦融(按,窦融,东汉人,做过凉州牧,曾向光

武帝刘秀上表,表示愿意效命,参加讨伐隗嚣的叛乱)表已来三殿,陶侃(按,陶侃,东晋人,晋明帝时苏峻谋反,他和温峤、庾亮等出兵石头城,杀了苏峻)军宜次石头。岂有蛟龙长失水,更无鹰隼与高秋。昼号夜哭兼幽显,早晚星关雪涕收。

唐文宗大和九年,文宗和李训、郑注谋诛宦官,事情败露,李、郑被杀,文宗被挟,史称"甘露之变"。事变之后,李商隐写了这首诗,希望昭义节度使刘从谏出兵长安,清除宦官解救文宗。李商隐借用了历史上两个事件,超越了历史与现实之间的距离,并进而谨慎地表达了自己的政治性建议,读起来意在言外,韵味无穷。

4. 悖论

悖论(paradox)是指那种表面上自相矛盾而实质上千真万确的语句,即所谓"似非而是"的语句。抒情作品(尤其是抒情诗)不必处处合乎逻辑,因而常常具有悖论的性质。"有的人活着/他已经死了;/有的人死了/他还活着"(臧克家《有的人》),就包含了这样的悖论。其实这里的"死"和"活"都有两个层面的含义:一指生理学意义上的死亡和存活,一指社会学意义上的死亡和永生。有的人从生理学的角度看是活着的,但从社会学的角度看却已经死去(虽生犹死);有的人从生理学的角度看已经死去,但从社会学的角度看却获得了永生(虽死犹生)。这一诗句表面上自相矛盾,实质上千真万确,因而属于"似非而是"之句,这就是所谓的"悖论"。

悖论这一术语源自瑞恰兹(I. A. Richards, 1893—1979)的"伪语"(pseudo statements),"伪语"指与客观、准确的科学叙述截然相对的叙述方式,但最终由美国新批评派理论家克林斯·布鲁克斯(Cleanth Brooks, 1906—1994)提出。在布鲁克斯那里,悖论不仅是语义陈述上的特征,而且是文学结构上的特征,特别是诗的结构上的特征。他宣称:"诗的语言就是悖论的语言。"创造悖论的方法有很多,但它有一个基本的原则——违背常情地使用语言:或者以"暴力"扭曲语言的原意,使之变形;或者把逻辑上本不相干甚至相互对立的语句联在一起,令其相互碰撞,使之扭曲;或者借助一些表面看来并不恰当的比喻,令人一时不明就里……使用这些手段,常常造成诗在语言与结构上的不协调和不一致,并进而产生丰富的含义。

西方诗作中这样的悖论汗牛充栋,颇能体现西方抒情传统的特色。"我恐惧又希望,我燃烧又冰凉"之类即是。17世纪英国玄学派诗人约翰·邓恩(John Donne, 1573—1631)曾在一首诗中探讨他与上帝之间的关系,他请求上帝将其监禁起来,因为只有这样他才能获得自由;他只有成为上帝的奴隶才能获得自由,得到拯救。这表达了诗人内心的矛盾和由此造成的痛苦,他爱上帝,想死后步入天堂,但又禁不住魔鬼的引诱,因而才使用这种悖论式语句表达自己内心深处的感受。英国19世纪著名诗人霍普金斯(G. M. Hopkins, 1844—1899)在《上帝啊,你真公正》一诗中,既把上帝视为敌人,又把上帝视为朋友,使用的也是不合逻辑的矛盾叙述。英国诗人迪兰·托马斯(Dylan Thomas, 1914—1953)在第二次世界大战结束时写过一首诗,以纪念二战期间被德国空军投掷燃烧弹烧死的小女孩,题为《拒绝悲悼被火烧死的伦敦小女孩》。表面看来,似乎作者冷酷无情,其实作者热血满腔,只是含而不露。在诗人眼中,那个小女孩并没有死,她只是回了家而已,宇宙间的生命是循环往复的,死亡是生命的重新开始。鲁迅的《为了忘却的记念》与此有异曲同工之妙。美国诗人克莱恩(Hart Crane,1899—1932)有一首公认的佳作,题为《吊麦尔维尔之墓》,其中有这样两句:"死亡恩赐的花萼,送回了零乱的一章。"死亡竟然恩赐花朵,这是多么的怪诞离奇。其实,作者这里描写的是轮船失事时的景象,"花萼"一词有双重意义,一重是神话中的丰饶角(Cornucopia),它是赐福的象征;一重是沉船后水面上形成的巨大旋涡,它仿佛一个盛开的花朵。当船沉入水面后,漩涡会把破碎的船木板送回水面,仿佛花萼。这一切,俨然象形文字,替淹死的水手在航海日志上自动记下最后的一章——当然是"零乱的一章"。读到这里,不禁令人赞叹:真乃神来之笔。

五、抒情的传统

(一) 抒情传统的形成

文学创作源于人类"表情达意"的强烈冲动。据推测,远在文字产生之前,人类就以口头语言表情达意,创作了丰富的口头文学,形成了文学的原初形态。在各种文体中,无论就其起源而言,还是就其内容而论,诗歌无疑具有代表性。"我们认为在众多的文学类型当中,没有比诗歌(包括赋、词、曲)、小说、戏剧等更具有样本(exemplar)的条件了。中国文学的首唱是诗,终末乐章也是诗歌的再翻转:从一种诗歌形式再转到另一种诗歌形式……在西元前10世纪左右,中华儿女选择了简洁、反复的歌谣体来表达他们的喜怒哀乐时,的确是从这种复沓的歌谣形式里找到了最贴合于他们的心灵秩序与美的理想的表达媒介。往后,文学创作的主流便在'抒情诗'这种文学类型的拓展中逐渐定形,终而汇结成标识中国文学特质的抒情传统,甚至影响、改变了小说、戏剧这些文类本身独具的叙事本质。"[①]

所谓抒情传统,就是这样形成的。

(二) 不同的抒情传统

正如不同的民族有不同的文学传统一样,不同的民族也有不同的抒情传统,它们分别代表着各个民族的文学精神、艺术精神甚至民族精神。如上所述,中国的文学传统是以抒情文学为主导的传统,西方文学传统则是以戏剧文学、叙事文学为主导的传统,这样的文学传统自然也会影响其抒情传统。这首先表现在"诗"与"诗人"的概念上,西方人的"诗"与"诗人"概念相当独特。西方人一般把荷马的史诗、但丁的《神曲》、莎士比亚的悲剧、歌德的《浮士德》划入"诗"的范畴,这一定令谙熟中国文学传统而对西方文学传统知之不多的读者大感诧异;西方人把莎士比亚称为"诗人",并不是因为他写了100多首十四行诗,而是因为他写了许多著名的悲剧;他们把法国著名悲剧作家拉辛称为"诗人",也不是因为他会写诗,而是因为他写了许多韵文体的悲剧……在中国人的印象中,"诗"只是"抒情诗",好像根本不存在其他种类的诗,无论《三字经》《百家姓》是怎样的合辙押韵,无论《文心雕龙》是怎样的文辞华丽,都不能称之为诗;无论关汉卿、王实甫创作了多少"韵文体"

---

① 蔡英俊:《中国文化新论·文学篇(一)·抒情的境界》"导言",三联书店1992年版,第6—7页。

的戏剧,他们也不能冠以"诗人"的美名。而在西方人的视野中,诗不仅是抒情的,除了抒情诗,还有其他种类的诗,如史诗、叙事诗、议论诗、讽刺诗,等等。严格地说,西方人虽然对"韵文"这种形式十分执着,但对其中的"抒情"意味毫不关切。在19世纪以前,西方的文学批评著作普遍采用了韵文的形式,罗马"诗人"贺拉斯、法国"诗人"布瓦洛、英国"诗人"蒲柏(Alexander Pope,1688—1744),都写过长达几百行的韵文体《诗艺》("Art of Poetry")或《批评论》("On Criticism"),以"诗"的形式讨论诗歌原理及创作技巧问题;罗马"诗人"卢克莱修(Lucretius,前96？—前55)还以韵文的形式写过六卷本的《物性论》(*On the Nature of Things*),每卷都在1000行以上,简直匪夷所思。在我国,虽然刘勰以骈体文的形式撰写了《文心雕龙》,司空图以诗的形式创作了《二十四诗品》,宋代诗人也颇喜欢在诗中发表一些"不识庐山真面目,只缘身在此山中"之类的议论,但它们是作为中国抒情传统的例外(而非常态)而为人们所津津乐道的。

同时,在西方,即便是公认的抒情诗也充斥着过多的哲理性、思辨性议论,这无疑削弱了抒情诗的抒情性。如弥尔顿的《利西达斯》,雪莱的《阿童尼斯》,虽然它们属于抒情诗中的挽歌的范畴,但其中的哲理性、思辨性议论却明显多于抒情性成分;华兹华斯的《不朽颂》,虽然也描写山水,但更注重以山水表达独特的"哲思"。相形之下,中国诗以"抒情"为主流,"叙事""议论"和"讽刺"为支脉。中国诗的"叙事""议论"和"讽刺"无论在数量还是在性质上,都与西方诗有着天壤之别。拿最具有议论、思辨色彩的宋诗与西方最具抒情色彩的浪漫主义抒情诗两相比较,可以一眼看出两种抒情传统之间存在的巨大差异。

两种文学传统存在如此差异并非偶然,西方文学传统起源于古希腊的悲剧,中国文学传统起源于先秦的抒情歌谣;西方的文学成就常以戏剧为标准,中国的文学成就常以诗歌为尺度;戏剧对西方文学的影响根深蒂固,诗歌对中国文学的熏陶既深且烈。

在西方,戏剧如火如荼之日,就是文学登峰造极之时:古希腊,文艺复兴时期的英国和西班牙,新古典主义时期的法国,狂飙突进运动时期的德国,都是杰出的范例。而且,戏剧所表现出来的戏剧性(dramatic),也深深影响了西方其他各种文体的内容与性质。众所周知,亚里士多德的《诗学》是以悲剧为理想模型的,因而它在无意之中把"戏剧性"当成了文学创作的最高目标。这样的文学理论对西方文学传统的影响是不言而喻的,一直到20世纪的英美新批评理论,还在把张力(tension)视为一切文学作品的优秀质素,而"张力"显而易见是"戏剧性"的另一种描述(没有冲突就没有戏剧,而冲突来自张力也表现为张力的消解),这不过是下意识地把戏剧的标准移用到了抒情诗上去了。中国的情形与此相反,不是戏剧影响抒情诗,而是抒情诗影响戏剧。到了元代才成熟起来的戏剧("元杂剧")不仅没能影响抒情诗,反而深受抒情诗的影响。中国的戏剧不以戏剧性相标榜,反而以余味悠长的抒情意味为特长。无论是关汉卿的《窦娥冤》还是王实甫的《西厢记》,无论是白朴的《梧桐雨》还是汤显祖的《牡丹亭》,莫不如此。《梧桐雨》的动人之处位于全剧的最后一出,在那里,整个舞台上只有唐明皇一人在诉说他对杨贵妃的思念之情,一首接一首的抒情诗从他心中流出,没有任何戏剧冲突(西方意义上的"戏剧冲突"),甚至没有完整的动作;《牡丹亭》的动人之处是"游园",那里只有杜丽娘在"游园"时的"心荡神驰",她以荡漾的情怀叙述她的幽幽"春思"。

中国的戏曲不仅在内容上强调抒情意味,而且在形式上追求诗一般的声音效果。马致远《汉宫秋》第三折写汉元帝送别昭君回到咸阳,心中闷闷不乐一片凄凉,于是唱道:

> 他他他,伤心辞汉主;我我我,携手上河梁。
> 他部从入穷荒,我銮舆返咸阳。
> 返咸阳,过宫墙;过宫墙,绕回廊;绕回廊,近椒房;近椒房,月昏黄;月昏黄,夜生凉;夜生凉,泣寒螀;泣寒螀,绿纱窗;绿纱窗,不思量!

开始一字三叠,一字一顿,给人以难以倾诉的伤感和无法排遣的愁苦;继之运用了八个连环顶真句,随着音调的抑扬顿挫和跌宕起伏,伤感逐层加重,可谓声情并茂,令人过目难忘。

这正如吕正惠所指出的:"以《梧桐雨》、《牡丹亭》这两幕来看,几乎可以说,那是'抒情的'。这当然是最独特的例子。然而,仔细想想:中国戏剧中最感人的场面,是否都有这种类似的性质?如果不怕过分简化的话,我们简直可以说,中国戏剧中情节的推移常常只是'过门'性质,当情节移转到表现感情的适当场合时(如杜丽娘游园),就会有一段长时间的抒情场面(以一连串的抒情歌词联结而成),而这往往就是全剧的'高潮'。简单地说,中国戏剧常常是由情节推移和抒情高潮配合而成的。这样的结构方式,显然和西方戏剧大为不同。西方戏剧常常一开始就小心翼翼地布置冲突因素,最后让冲突因素不可避免地碰在一起而爆发出高潮,然后全剧结束。西方戏剧并不是没有抒情的场面,但像中国式的由一组抒情诗累积而成,则极少见到。中国戏剧并非没有冲突,但像西方式针锋相对的万钧张力,却是绝无仅有。和西方戏剧比起来,说中国戏剧是'抒情式'的,虽难免简化事实,仍然有其道理在。""'戏剧性'的抒情诗,'抒情性'的戏剧,多么奇怪的对比。这却指出了一个事实:西方最高的文学境界是'戏剧性'的,中国人的则是'抒情性'的。"①

这样说虽然有失之简单化的危险,但的确能够昭示出两种抒情传统的区别与分野,其意义是不容抹杀的。

第三节 抒情作品的特征

本节讲解抒情作品的特征问题,着重讲解抒情作品在题材与结构、意象与主题、文体方面的特征。

一、题材与结构特征

(一) 题材特征

抒情作品的原初形态和典型形态是抒情诗。中国的"诗"最早仅指《诗经》,即孔子所

---

① 吕正惠:《形式与意义》,《中国文化新论·抒情篇(一)·抒情的境界》,第24—25页。

谓的"诗三百";后来才包括了《楚辞》,再后来又包括了五七言古近体诗、词、散曲和现代自由体诗。不同的文体易于表现情感的不同方面,比如,"同样是绝句,七言绝句的世界和五言绝句大不相同;同样是律诗,五言律诗和七言律诗的味道也彼此互异;同样是词,小令和长调的题材与技巧也有很明显的界限"①。就五、七言诗而论,真正具有决定意义的规范是字数、句数的限制。律诗只有八句,绝句只有四句,怎样在如此简短的篇幅内充分表达自己的内在情感和内心感受,能够表达什么,不能表达什么?作者在如此简短的篇幅内所能表达的人生经验,只能是刹那间的感受,不能是杜甫在"三吏""三别"中所表达的那样复杂的人类情感和人生体验。

  人闲桂花落,夜静春山空。
  月出惊山鸟,时鸣春涧中。(王维《鸟鸣涧》)

  这首五绝所描写的内容是简洁明了的——寂静的春山中,月亮的出现惊起了隐藏在山中的山鸟;所表达的情感也是已经高度简化的人生经验——宇宙灵音中静与动的对比。即使不是律诗、绝句,五、七言诗在表达人生经验方面所受的限制,还是可以一目了然的。

  玉阶生白露,夜久湿罗袜。
  却下水精帘,玲珑望秋月。(李白《玉阶怨》)

  这首五言诗所描述的事件依然是一个简单明了的事件——望秋月,所表达的情感依然是已经高度简化的人生经验——闺怨情怀。需要说明的是,"高度简化"只是就情感的形式特征而言的("刹那间的感受"),其内容完全可能是复杂而多变的。

  这样的形式必然影响律诗、绝句对题材的选择。要在极小的篇幅内,在极短的时间内表现刹那间的感受,达到特定的美学目的(aesthetic purposes),就必须依赖特定的美学设计(aesthetic devices)。这表现在题材的选择上,就要求诗人选取相当熟悉而普遍的景致、人物、事件,以恰当的显现(epiphany)表现恰当的主题(theme)。② 为了达到诸如此类的美学目的,诗人常常选择某些特定的题材、特定的原型意象(如杨柳),以表达特定的抒情母题(如思乡)。

  (二) 结构特征

  抒情作品在选材上的特点必定影响其结构上的特点——跳跃性,黑格尔称之为"抒情的飞跃",即"从一个意念不经过中介就跳到相隔很远的另一个意念上去"。诗可以随着情感和意念的流动,略过一般过程的交代,甩开按部就班的叙述,在节与节、行与行之间大幅度地跳跃,把时间相距较远的事物放在一起,通过暗示,使读者产生丰富的联想,从而产生"言有尽而意无穷"的美妙境界。且以欧阳修的《蝶恋花》为例:

  庭院深深深几许?杨柳堆烟,帘幕无重数。玉勒雕鞍游冶处,楼高不见章台路。

---

  ① 吕正惠:《形式与意义》,《中国文化新论·抒情篇(一)·抒情的境界》,第28页。
  ② 参见〔美〕乔纳森·卡勒(Jonathan Culler):《结构主义诗学》,盛宁译,中国社会科学出版社1991年版,第177—178页。

雨横风狂三月暮,门掩黄昏,无计留春住。泪眼问花花不语,乱红飞过秋千去。

上下两阕分述不同场景,抒发不同的感慨。由上阕的"游冶处""章台路"可知,它描写的是少妇遥想丈夫在外纸醉金迷、拈花惹草的游春场景,与之形成鲜明对比的是,下阕描写的是家中少妇愁坐秋千架的慵懒无聊。两个场景之间的切换像电影的蒙太奇那样轻松自如、简捷明快,表现在结构上,就是具有较大的跳跃性。在李商隐的诗中,这样的特点尤其明显,以一首《无题》为例:

  昨夜星辰昨夜风,画楼西畔桂堂东。
  身无彩凤双飞翼,心有灵犀一点通。
  隔座送钩春酒暖,分曹射覆蜡灯红。
  嗟余听鼓应官去,走马兰台类转蓬。

据说,它所抒写的是诗人对昨夜共度春宵、今朝各奔西东的情人的怀想。它先写了昨夜诗人在"画楼西畔桂堂东"与情人欢娱的场景,然后描写诗人此时此刻的微妙心境,再跳回去描写情人,想象情人今宵所处的灯红酒绿的热闹环境,反衬出诗人此时此刻的寂寞心情。它并没有按照一定的时空秩序描景状物,而是随着诗人意识的流动抒情达意,使不同的时间与空间交糅错杂在一起。

二、意象与主题特征

  任何一种抒情传统,在经历了长期的历史嬗变之后,都会在形象方面形成诸多的原型意象,在主题方面形成诸多的抒情母题,二者相辅相成,相得益彰,构成了抒情文学的一个重要特点。理解原型意象与抒情母题,对于理解一种抒情传统极其重要。"你由此可以看出母题多么重要,这一点是人们所不理解的,是德国妇女们所梦想不到的。他们说'这首诗很美'时,指的只是情感、文词和诗的格律。没有人梦想到一篇诗的真正的力量和作用全在情境,全在母题,而人们却不考虑这一点。"①歌德此言确为方家之论。

  (一) 意象与主题特征

  抒情作品的意象特征表现为原型意象的运用,主题特征表现为抒情母题生成。抒情作品常常借助原型意象表现相对固定的主题——母题。所谓原型意象(archetypal image),是指在某种抒情传统中长期反复使用并因之产生了固定内涵的模式化意象。所谓抒情母题(lyrical motif),是指在某种抒情传统中基于某种原型意象而形成的内涵相对固定的大型主题。原型意象与抒情母题之间的关系十分密切,前者是后者的载体,一定的原型意象表达、暗示一定的抒情母题,如浮云与思归、大雁与怀乡、流水与伤逝、蓬莱与羡仙、杨柳与惜别等。这些意象之所以是原型意象,可能是出于抒情作家的自觉承袭,也可能是因为抒情作家的心有灵犀。

  唐人句云"乡心正无限,一雁度南楼",宋人句云"正思秋信到,一叶落中庭",古

---

① 〔德〕爱克曼辑录:《歌德谈话录》,朱光潜译,人民文学出版社1978年版,第54页。

今人下笔,往往不谋而合。(《随园诗话》卷七)

原型意象与抒情母题之所以具有如此紧密的关系,是因为经过长期使用之后,原型意象具有了比喻、象征的功能,能够引发相对固定的情感、想象,暗示相对稳定的意义,形成为人熟知的"联想群",故而形成抒情母题。加拿大批评家弗莱(Northrop Frye, 1912—1991)说过:"原型是一些联想群(associative clusters),与符号不同,它们是复杂可变化的。在既定的语境之中,它们常常有大量特别的已知联想物,这些联想物都是可交际传播的,因为特定文化中的大多数人都很熟悉它们。""某些原型深深地植根于传统的联想之中,几乎无法使它们与那些联想分开。"①

(二)原型意象与抒情母题例示

中国悠久的抒情传统孕育了丰富的抒情母题,而且在不同时代侧重于表达不同的抒情母题:"如汉魏的思乡、惜时调浓;魏晋游仙、生死语密;晋宋的出处之嗟,齐梁与晚唐北宋的相思风盛;中晚唐与元代的怀古;南宋与清初的黍离之思……以及绵延不息的春恨秋悲咏叹。"②

下面仅就中国最常见的三种原型意象和抒情母题展开分析。③

1. 伤春与悲秋

中国传统上是个农业社会,季节的变化与农业生产的关系极其密切,给人的情绪变化也带来了影响,文人们对自然征候的变化相当敏感,春、秋两季尤其如此。文人们赋予春、秋某种普遍的情感价值,在季节变迁与宇宙变化、气候嬗变与人生际遇之间确立某种关系。"春者,阳气始上,故万物生""秋者,阴气始下,故万物收"(《管子·形势解》)。早在先秦时期,《楚辞》中的《招魂》有"目极千里兮伤春心",《抽思》有"悲秋风之动容"的句子,开伤春与悲秋之先河,确立了伤春与悲秋的情感基调,久而久之,形成了坚固的"伤春与悲秋"情结。"如赵德麟:'新酒又添残酒困,今春不减前春恨'……又黄山谷云:'春未透,花枝瘦,正是愁时候。'梁正府云:'拚一醉留春,留春不住,醉里春归。'"(沈雄《古今词话·词品》卷下)吴曾在《能改斋漫录》卷六中总结说:陆士衡《乐府》"游客春芳林,春芳伤客心",杜子美"花近高楼伤客心",皆本屈原"目极千里伤春心"。其实,类似的诗句还有许多,它们都使用了"春天"这一原型意象,表现了相同或相近的母题。"王孙游兮不归,春草生兮萋萋。"(淮南小山《楚辞招隐士》)"春且住,见说到,天涯芳草无归路。"(辛弃疾《摸鱼儿》)"闺中女儿惜春暮,愁绪满怀无释处。"(《红楼梦》中林黛玉《葬花吟》)

春日如此,秋日亦然。《礼记·乡饮酒义》认为"秋为之言愁,愁之以时察(杀),守义者也。"因而秋天这一季节和"秋日"这一意象大多予人以悲愁、凄苦、冷暗、惆怅之情,常用来表达事业、仕途上的失意。

---

① 〔加拿大〕弗莱:《作为原型的象征》,叶舒宪译,《神话——原型批评》,陕西师范大学出版社1987年版,第155页。
② 王立:《中国文学主题学——母题与心态史丛论》,中州古籍出版社1995年版,第59页。省略号为原有。
③ 下面对原型意象和抒情母题的分析,详见王立:《中国文学主题学——母题与心态史丛论》。

2. 离情与别绪

古代有折柳送别的习俗,而且"柳"与"留"谐音,这都暗示柳树与离情别绪之间存在着某种关系,为使柳树成为表达离情别绪这一母题的原型意象奠定了基础。抒情作品中的"柳"形象比比皆是,形成了以"柳"为核心的意象群:"烟柳""暗柳""春柳""秋柳""岸柳""边柳"……"长安陌上无穷树,唯有垂杨管别离。"(刘禹锡《杨柳枝词》)"年年柳色,灞陵伤别。"(李白《忆秦娥》)"长亭路,年去岁来,应折柔条过千尺。"(周邦彦《兰陵王·柳》)

由此看出,柳树在中国抒情传统中是分离树,它所包含的韵味是苦涩的。有学者指出:"我国文学作品中经常出现的植物很多,其中最重要的可能是杨柳。有人说'中国文学作品中最常见的树木是'杨柳',似有道理。杨柳是别离的象征,而中国人喜聚不喜散,最怕与别人或朋友分开,但在人生的旅途中,不管是生离或死别,别离又是经常发生的,于是,在我国诗中,别离成为重要的主题,诗人笔下,经常出现那依依的柳条,飘舞的柳絮,以及笛声呜咽的折杨柳曲。"①

3. 思乡与怀远

"月是故乡明。"(杜甫《月夜忆舍弟》)一般说来,人人都热爱自己的家乡,眷恋故土乃人之常情。在传统社会中,交通和通讯的不便,加重了戍卒游子的乡思与乡愁,乡思与乡愁因此成为中国抒情传统的一大母题。虽然《诗经》《楚辞》中也有怀乡之作,但这一母题的真正形成却是在汉代之后。班彪的《北征赋》就有"游子悲其故乡,心怆恨以伤怀"的句子,为思乡母题确立了基调。

表现这一母题的意象是多种多样的,但不知何故,它们大多与声音相关,可以是秋声、虫鸣、鸟啼,也可以是羌笛、琵琶、芦管:"平生最识江湖味,听得秋声忆故乡。"(姜夔《湖上寓居杂咏》)"君不闻,胡笳声最悲,紫髯绿眼胡人吹。吹之一曲犹未了,愁杀楼兰征戍儿。"(岑参《胡笳歌送颜真卿使赴河陇》)"蜀客春城闻蜀鸟,思归声引未归心。"(杜牧《闻杜鹃》)"一声梦断楚江曲,满眼故园春意生。"(柳宗元《闻莺》)

表现思乡这一母题的原型意象还有雁。《诗经·郑风·邶风》中描写的雁还没有固定的意义,到了《汉书·苏武传》中的"鸿雁传书"才将雁与思乡的关系固定下来。曹丕的《杂诗二首》中有"孤雁独南翔""绵绵思故乡"的诗句,梁武帝《代苏属国妇》中有"或听西北雁……果衔万里书,中有生离辞;惟言长别矣,不复道相思"的诗句。

戍卒游子思故乡,故乡亦思游子归,二者都可以纳入"思乡"的抒情母题之中。"故乡亦思游子归"常常借助"春草"这一原型意象来表达。"淮南王曰:王孙游兮不归,春草生兮萋萋。陆机曰:芳草久已茂,佳人竟不归。谢朓曰:春草秋更绿,王子归不归……孟迟曰:蘼芜亦是王孙辈,莫送春香入客衣。"(谢榛《四溟诗话》)这里的"春草"都表达了同一抒情母题。自汉乐府"青青河畔草,绵绵思远道"以来,"春草"这一原型意象使用得越来越频繁,它与离情别绪、相思念远紧密联系在了一起:"细雨湿流光,芳草年年与根长。"

---

① 罗宗涛等:《中国诗歌研究》,台北:文物供应社1985年版,第334页。

(冯延巳《南乡子》)"又是离歌,一阕长亭暮。王孙去,萋萋无数,南北东西路。"(林逋《点绛唇》)"来是春初,去是春将老。长亭道,一般芳草,只有归时好。"(曾允元《点绛唇》)

(三) 原型意象、抒情母题与创新意识

表面看来,原型意象陈陈相因,抒情母题了无新意,它们消灭了独立创造的空间,扼杀了抒情作家的个性才能。其实不然。创造与传统血肉相连、唇齿相依,脱离了传统的创造只是沙上建塔,脱离了创造的传统必定死气沉沉。同样的原型意象,同样的抒情母题,真正具有创造性的作家照样可以找到英雄用武之地,所谓"戴着镣铐跳舞"也包含了这样的意思。①

这里"反复出现的主题"就是母题,"反复出现的……意象"就是原型意象,它们在文学发展史上的作用不可低估;使用这样的母题和意象是一种正当的文学活动,而且灵活地运用母题和意象,可以点铁成金、化腐朽为神奇,显示作者独特的创造性。

三、文体特征

(一) 文体的美学内涵

文学艺术是语言艺术,语言是文学的媒介;但这并不意味着语言仅仅是文学的工具,它也具有能动的调节作用,二者相互激荡、相克相生。在创作之前,作者胸中只有飘忽不定的情感,条理不清的思想,模模糊糊的情境,朦朦胧胧的意念……这些只是作品的胚胎,只有借助语言文字的运作,它们才能最终确定下来。同样,更动作品中的一个字,都可能改变作品的思想内容。因此说,创作的过程是内容与语言相互选择和相互组合的过程。从这个意义上说,文学创作是一种建构性活动(constructional activity)。

既然文学创作是一种建构性活动,那它同时必定是追寻秩序的活动。追寻秩序的过程既是内容追寻形式的过程,也是形式创造内容的过程。在这个过程中,文体(genre)的概念渐渐成型。文体是文学作品的具体存在样式,如诗歌、小说、散文等。按照20世纪英美新批评派的观点,每种文体都有其独特美学设计(aesthetic devices),都追求独特的美学目的(aesthetic purposes)。当某种美学设计无法达到作者、读者对其预期的美学目的时,文体的变迁即成为无可逆转之势,王国维在《人间词话》中指出过这一规律:"四言敝而有楚辞,楚辞敝而有五言,五言敝而有七言,古诗敝而有律绝,律绝敝而有词。盖文体通行既久,染指遂多,自成习套。豪杰之士,亦难于其中自出新意,故遁而作他体,以自解脱。一切文体所以始盛终衰者,皆由于此。"

有关文体的理论来源于有关秩序的原理,不仅可以以之辨识外形结构相似的某类作品,而且可以以之认同该类作品的共同特征。每种文体都对应着某种特殊的秩序法则,同时又反映着特定的美学设计和美学目的,反映着一种抽象的法则和内在的信念。正是因为这个缘故,用来指称某一类作品所特有的质素的概念,转而传达了某种人生体验和价值信念。既然每种文体都对应着某种特殊的秩序法则,同时又反映着特定的美学设计和美

---

① 〔美〕韦勒克、沃伦:《文学理论》,刘象愚等译,三联书店1984年版,第298页。

学目的,反映着一种抽象的法则和内在的信念,那么,不同的民族在不同的时代选择了不同的文体,可以充分表明,该文体所包含的美学设计和美学目的,能够表达该民族对于秩序和美学所持有的特定信念。

(二) 抒情诗的特征

抒情作品最主要的样式是抒情诗,抒情诗是抒情作品的典型形态。它是最早出现的一种文体,它产生的初期是与乐、舞合为一体的。"情动于中而形于言,言之不足,故嗟叹之,嗟叹之不足,故永歌之,永歌之不足,不知手之舞之,足之蹈之矣。"(《毛诗序》)在西方,"抒情"(lyric)这一概念源远流长,它最早指由古希腊的七弦竖琴"里拉"(lyre)伴奏吟唱的一种歌曲,据说荷马和大卫王都有过这种竖琴,中世纪的游吟诗人也以之向情人示爱。不过现在,抒情诗一般用来指称任何旨在表达情感的短诗。抒情诗分许多种,包括颂诗、情诗、哀诗等。① 这是从其表现的情感的不同内容和历史实践来分的,我国更习惯于根据抒情作品形式的差异,将其分为诗、词、曲、赋等。

1. 颂诗

颂诗(ode)最初也是一种歌,它可以是一种节奏鲜明、格调高昂的抒情诗,也可以是一种追求技巧、沉于冥思的抒情诗,既能表现集体情感又能抒发个人感受,通常用来歌颂神圣。我国《诗经》中就不乏颂诗,屈原的《橘颂》亦可列入颂诗的范畴。西方近代以来较为著名的颂诗有:弥尔顿的《耶稣诞生之晨颂》、华兹华斯的《不朽颂》、雪莱的《西风颂》《自由颂》、济慈的《希腊古瓮颂》等。高尔基的《海燕之歌》历来为我们所称道。颂诗固然以抒情为本,但它抒发的情感具有鲜明的特征——以赞颂为主;在赞颂某物时又不免敌视与之相对的事物。且以济慈为例。1817 年,济慈在一位画家的帮助下,见到了英国海军从雅典掠夺回来的大量古希腊雕塑作品,这令他激动不已、欣喜若狂。他热爱古希腊,把它等同于真正的人类文明的化身,于是在1819 年写下了著名的《希腊古瓮颂》,以赞美这件杰出的古代艺术品:

> 你仍是文静而未被玷污的新娘,你是沉默和悠悠岁月的养女,你是幽栖山林的史家,芬芳馥郁,胜过我们的绮词丽语:你周身缠绕着树叶镶边的画图,画的是神还是人?或是两者都有?在潭碧谷还是阿卡蒂?这些是什么人?什么神?谁家的少女在发愁?为什么拼命奔跑?为什么疯狂追逐?什么样的长笛和铃鼓?什么样的狂喜?

作为一个浪漫主义诗人,济慈认为大自然和诗的王国是美丽奇妙的,是值得赞颂的;而人类社会的一切却是邪恶和卑劣的,它蕴含着无可逃避和无可救赎的苦难;他一方面热爱大自然和艺术,另一方面又强烈憎恨他所生活的那个社会和时代,醉心于所谓的"希腊主义",并千方百计地从古希腊文化中寻找美的灵魂和美的化身。我们在此虽然只引用了《希腊古瓮颂》的第一段,但一叶落而知天下秋,其中的端倪已经见出。

---

① 中国人一般不对抒情诗进行分类,常把"写景抒情诗""即事感怀诗""咏物言志诗""怀古咏史诗""边塞征战诗"并而论之。这里是根据西方理论界的共识进行分类的。

2. 情诗

情诗是用来歌唱爱情的诗,在抒情作品中,它抒发的情感最为强烈、真挚和细腻,也最具个人色彩。《诗经》中的《关雎》《蒹葭》,《楚辞·九歌》中的《湘夫人》,六朝时江南的《吴歌》、荆楚一带的《西曲》,以及历代表达男女之情的诗词曲赋,都属于这个范畴。在西方,《圣经》中的雅歌也是情诗。以描写德国中世纪的宫廷生活为主的情诗,是骑士们向贵妇人示爱的工具,12-13世纪乃其鼎盛时期。情诗或者歌颂爱情的神圣,或者赞美情人的美丽;或者抒发炽热之情,或者描写鱼水之欢;或者述见面之难,或者叙离别之苦;或者追忆往昔的欢娱,或者憧憬未来的温馨;或者意境高远,或者悱恻缠绵⋯⋯它在内容上丰富多彩,在形式上多种多样。且以雪莱的《致某人》为例:

> 有一个字常被人滥用,我不想再滥用它;有一种情感不被看重,你岂能再轻视它?有一种希望太像绝望,慎重也无法压碎;只求怜悯起自你心上,对我就万分珍贵。
>
> 我奉献的不能叫爱情,它只能算是崇拜。连上天对它都要垂青,想你也不能见外。它有如飞蛾向往星天,暗夜想拥抱天明。怎能不让悲惨的尘寰,对远方事物倾情。

值得注意的是,有些情诗抒发的男女之情、异性之爱,实际上另有所指,作者另有寄托,因而不属于情诗的范畴,而是地地道道的"伪情诗"。宋代吴曾《能改斋漫录》卷十一云:

> 曹衍,衡阳人。太平兴国初,石熙载尚书出守长沙,以衍所著野史缴荐之,因得召对。袖诗三十章上进,首篇乃《鹭鸶》、《贫女》两绝句,盖托意也。《鹭鸶》云:"波澜静处立身孤,酕雪攒霜腹转虚。尽日滩头延颈望,能销大海几多鱼。"《贫女》云:"自恨无媒出嫁迟,老来方始遇佳期。满头白发为新妇,笑杀豪家年少儿。"太宗大喜,召试学士院,除东宫洗马、监泌阳酒税。

作者以"新嫁娘"自居,想以此向皇帝表白自己求官的迫切心愿,因而不属于情诗之列,当不言而喻。

3. 哀诗

哀诗(elegy)也称悲诗、挽歌,是用来悼念死者和表达悲哀之情的抒情作品,也有为死者安魂、令败者止悲的功用。我国楚辞中的《国殇》《哀郢》、《诗经》中的《黄鸟》、宋玉的《招魂》、潘岳的《悼亡》、杜甫的《八哀诗》,皆为哀诗中的佳作。在西方,弥尔顿的《利西达斯》、格雷的《墓畔哀诗》、阿诺德的《塞西斯》、雪莱的《阿童尼斯》都是著名的长篇哀诗。

哀诗大多抒发物伤其类、同病相怜的忧伤情感。弥尔顿的《利西达斯》是为悼念因乘船失事而溺死海中的朋友而作,全诗采用一个牧人哀悼另一个牧人的抒情视角来表达哀思,寄托了诗人的自伤之情。它以采摘野花哀悼亡者开头,接着回忆昔日的美好时光,然后对生死进行形而上的思索,最后认定亡者升天为神,诗人由此获得了心理上的平衡。我国陶渊明的三首《挽歌诗》,也是精彩至极的悼亡(自悼)之作,其中一首写及他死后亲朋埋葬他时的情景:

荒草何茫茫,白杨亦萧萧。严霜九月中,送我出远郊。四面无人居,高坟正嶕峣。马为仰天鸣,风为自萧条。幽室一已闭,千年不复朝。千年不复朝,贤达无奈何。向来相送人,各自还其家。亲戚或余悲,他人亦已歌。死去何所道,托体同山阿。

表达了作者顺应自然、不贪生、不怕死的智者情怀。这样的主题,这样的哀诗还有许多。罗伯特·史蒂文森(Robert Stevenson,1850—1894)有一首《安魂曲》(Requiem),表达了几乎完全相同的情感:

在广漠的星空下方,挖个坟墓将我埋葬。我活得痛快死得舒畅,心甘情愿地平躺。

为我刻下这样的诗行:这里是他期盼长眠的地方;水手从海上返航,猎人下山回到家乡。

诗人热爱生活,但并不因此惧怕死亡;相反,他把死亡看成是水手返航、猎人还乡,大有"视死如归"的英雄气概,而没有丝毫的悲怆情感。这样的自挽诗还有许多,不过难免夹杂些哀怨和凄惨。

(三) 抒情小品文的特征

除了抒情诗,抒情小品文也是较为典型的抒情作品。

1. 抒情小品文的内涵

抒情小品文是一种短小而富有抒情意味的散文。在中国,"小品"一词最早出现于《世说新语》:"殷中军读小品……皆是精微,世之幽滞。尝欲与支道林辩之,竟不得。今小品犹存。""殷中军被废东阳,始视佛经,初看维摩诘,疑般若波罗密太多,后见小品,恨此语少。"由此可见,"小品"本为佛家用语,从"太多""太少"可推知"小品"篇幅短小。刘孝标注《世说新语》谓:"释氏辩空经,有详者焉,有略者焉。详者为大品,略者为小品。"鸠摩罗什翻译的《摩诃般若波罗密经》有两种版本,十卷本的称为"小品般若经",二十七卷本的称为"大品般若经"。那时篇幅简短之文,称为"小文"。"小品"一词用于文学,是明代之后的事情。明清小品,是我国抒情小品文的鼎盛时期,那时的小品文特别注重情感("情")、兴趣("趣")和韵味("韵")。

西方近代以来也有小品文,而且相当普遍,名为"essay",有人译为"小品文",有人译为"随笔",还有人译为"爱说",指一时兴起而信手拈来的简短文章。据朱光潜说,"essay"这个词的原义是"尝试",他认为较恰当的译名是"试笔"。① 西方的小品文起源于法国的蒙田(Michelde Montaigne,1533—1592),他在1580年出版了《小品集》;英国的培根紧随其后,于1597年出版一部小品集,此后抒情小品文在西方兴盛起来。概言之,西方抒情小品文具有这样的特点:第一,它注重描写个人的经历、境遇,抒发个人的情感、情绪;第二,它具有坦荡开阔的心胸和闲适恳切的调格。

我国20世纪二三十年代兴盛起来的现代抒情小品文,既继承了明清小品文的传统,

---

① 参见朱光潜:《论小品文》,《朱光潜全集》第3卷,安徽教育出版社1987年版,第428页。

又受到西方小品文的影响。不同作家心目中理想的小品文又各不相同。林语堂在《人间世》的发刊词中曾经指出:"盖小品文,可以发挥议论,可以畅泄衷情,可以摹绘人情,可以形容世故,可以札记琐屑,可以谈天说地,本无范围,特以自我为中心,以闲适为格调,与各体别,西方文学所谓个人笔调是也。故善冶情感与议论于一炉,而成现代散文之技巧。"此外,林语堂还主张小品文理应具有"幽默"和"风雅"的品格。鲁迅则认为:"生存的小品文,必须是匕首,是投枪,能和读者一同杀出一条生存的血路的东西;但自然,它也能给人愉快和休息,然而这并不是'小摆设',更不是抚慰和麻痹,它给人的愉快和休息是休养,是劳作和战斗之前的准备。"①

看来,即便面对同一文体,不同的人也会赋予其不同的美学价值,并寻求不同的美学设计。

2. 小品文的特征

纵观中国文学史,抒情小品文一般具有如下两大特点:

(1) 在内容上高度自由。①抒情小品文涉及的题材十分广泛,一人一事,一山一水,一草一木,一景一物,都足以成为抒情小品文的题材。②抒情小品文涉及的主题多种多样,它未必具有多么深刻的社会意义和多么长远的社会价值,但它能够从不引人注目的琐屑事物中挖掘发人深思的道理,以浓郁的诗意表现人性之美与自然之趣,以朴素的情感打动读者,陶冶人们的情操,培养高尚的生活情趣。因此,优秀抒情小品文虽然篇幅短小,却往往蕴含着深厚的意味。柳宗元的《永州八记》、韩愈的《祭十二郎文》、袁宏道的《满井游记》等都是这方面的范例。

(2) 在形式上灵活多样。①在文体方面,抒情小品文的种类十分丰富,传统文献中的序、跋、记传、祭文、书信,都可以归入抒情小品文之列。②在表现方式上,它可以叙事,但不必有完整的情节,也不必以塑造人物为目的;可以抒情,但不必受诗词格律的束缚;可以议论,但不必遵守议论文始、叙、证、辩、结的行文规范;它可以是有韵的(赋、骈体文),也可以是无韵的;可以用来达到一定的实用目的,但同时又具有高超的艺术价值,体现作家鲜明独特的创作个性。③在篇幅方面,它可长可短。短者可以数十字,长者可达几千言。庾信的《至仁山铭》、元结的《东崖铭》,都只有64字,李翱的《题峡山寺》只有83字,都是短小精悍、玲珑剔透之作。

本章小结

本章着重分析了有关抒情作品的重要问题。抒情作品是专门用来抒情达意的,它是与叙事作品相对而言的另一类文学作品。具体地说,抒情作品指的是简要地表现、传达作者以情感为核心的内在心性的文学作品。艺术情感是审美情感,它是对日常情感的提炼与升华,是对现实、对表现对象持特定审美态度的一种情感体验。每个民族都有自己的抒情传统。表现理论、传达理论、投射理论是三种最主要的抒情理论,它们各有其合理性和

---

① 鲁迅:《小品文的危机》,《鲁迅全集》第4卷,人民文学出版社1981年版,第576—577页。

片面性。就抒情的总体原则而论,抒情作品的创作过程是主客观相互融合、相互渗透的过程,它总要在理性与情感、现实与情感、语言与情感之间寻找某种平衡和达成某种默契。文学抒情的三项基本原则是诚挚性原则、独创性原则、感染性原则。抒情的途径是声情并茂、情景交融。抒情的策略既包括语法策略,又包括修辞策略,意象、隐喻、典故、悖论是最为重要的修辞策略。抒情作品在题材上的特点是简明,在结构上的特点是具有跳跃性;抒情作品大多通过原型意象表达抒情母题;在文体上分为抒情诗(包括颂诗、情诗、哀诗等)和抒情小品文两大类,而且各有其特点。

本章的概念与问题

概念：

抒情作品　广义的情感　狭义的情感　艺术情感　抒情原则　抒情的语法策略　抒情的修辞策略　意象　隐喻　典故　悖论　原型意象　抒情母题　联想群　文体的美学内涵　抒情诗　颂诗　情诗　哀诗　抒情小品文

问题：

1. 结合作品阐明抒情作品的情感表现。
2. 情绪和情感的联系和区别是什么?
3. 艺术情感和日常情感的关系是什么?
4. 关于抒情本质,有哪三种看法?其代表人物和核心内容分别为何?
5. 情感和表现的互动关系是什么?
6. 托尔斯泰的传达论的内涵是什么?
7. 古典主义、浪漫主义、象征主义抒情原则的核心内容和代表人物分别为何?
8. 抒情的一般原则是什么?
9. 抒情的途径有哪些?请结合具体作品说明抒情作品中声与情的关系、情与景的关系。
10. 结合作品说明抒情的语法策略。
11. 抒情的修辞策略有哪些?请结合具体作品说明。
12. 中西抒情传统的差异是什么?
13. 抒情作品的题材特征是什么?
14. 抒情作品的结构特征是什么?
15. 举例说明原型意象和抒情母题的关系。
16. 抒情诗的特征是什么?以此来说明抒情诗(包括颂诗、情诗、哀诗)的不同特点。
17. 抒情小品文的特征是什么?

第六章 文学的风格

文学风格通常被誉为作家的徽记或指纹,它是一种具有特征性的文学审美现象,在创作过程中即已发生,最终凝结为文学作品的一种与众不同的审美属性,从而成为人们辨识不同作家的标记。它是作家独特的艺术创造力稳定的标志,又是文体成熟的标志。文学风格涉及作家的创作个性和言语形式以及文学与时代、民族、地域文化等领域的关系,乃至涉及传统和外来文学的影响和革新等诸多问题。因此,研究文学风格是文学理论中的一个重要问题。

第一节 风格的诸种理论

一、风格是独特的言语形式

这是诸种理论中的第一种,着眼于从作品的外在形式所呈现的特色来理解风格,认为风格就是一种言语形式。在东方,14世纪印度的毗首那他曾认为,风格只是连缀词句的特殊形式(《文镜》),反对8世纪的伐摩那的"风格是诗的灵魂"(《诗庄严经》)的说法。在我国古代的风格理论中,也有从语言角度论风格的,即把文学风格理解为语言风格。但比较而言,西方在这方面有更悠久的传统,且有词源学上的依据。据19世纪德国语言学家、文艺理论家威廉·威克纳格(1806—1869)的考证,在西方,"风格"(style)一词源于希腊文,由希腊文传入拉丁文,再传入德文、英文等,取其"雕刻刀"(又译为"刀笔",古希腊人用来在蜡板上写字的工具)的本义,喻指"以文字装饰思想的一种特殊方式"。显然,"风格"一词最初属于修辞学的概念,强调语言的修辞因素。另一说认为,"'风格'这个术语本身在罗马文学中就已产生了,那时是把它当做'写作'特点的换喻名称,'写作'特点就是指某个作者的作品的语言结构、语言形式"[①]。两说虽有出入,但实质相似,都把风格理解为独特的言语形式。

亚里士多德认为,修辞的高明就是风格。他在谈论古希腊的演说术时指出:"知道我们应当说什么还不够,我们还必须把它说得好像是我们所应当说的",即"怎样把这些事实用语言表达出来"。又说,"修辞学的全部工作是关于外部表现的","语言的准确性,是优良的风格的基础"。[②] 在《修辞学》一书中,他详细讨论了体现风格的语言表达问题,如妥帖恰当、节奏、隐喻等。在《诗学》中,他同样只从修辞的意义上探讨悲剧的风格,指出

[①] 参见〔苏联〕波斯彼洛夫:《文学原理》,王忠琪等译,三联书店1985年版,第400页。
[②] 〔古希腊〕亚里斯多德:《修辞学》第3卷,伍蠡甫编:《西方文论选》上卷,上海译文出版社1979年版,第88、89、91页。

"风格的美在于明晰而不流于平淡。最明晰的风格是由普通字造成的,但平淡无奇","最能使风格既明白清晰而又不流于平淡无奇的字,是衍体字和变体字;它们因为和普通字有所不同而显得奇异,所以能使风格不致流于平凡,同时因为和普通字有相同之处,所以又能使风格显得明白清晰"①。亚氏从外部形式和修辞学的角度理解风格的观点在后世产生了深远的影响,发展出风格是"思想的外衣"的说法。17世纪的英国学者、作家德莱顿(John Dryden)指出:"诗人的想象的第一个幸运就是适当的虚构,或思想的发现;第二个是幻想,或思想的变异……第三个是辩论术,或以适当的有意义的和堂皇富丽的词藻给那思想穿起衣服或装饰它的技巧。"②言下之意是,语言是思想的外衣,而风格如这外衣的独特款式。至18世纪,英国著名作家斯威夫特在《给某位后来任圣职的青年绅士的信》中说,风格就是"恰当场合的恰当的词"③。此话一出,遂成名言,不断被人引用。但"思想外衣说"在19世纪遭到了抨击,人们认为语言和思想是无法分割的。法国著名作家福楼拜就痛斥这种说法:"这些家伙牢记住这一陈词滥调,说什么'形式是外衣'。可是,事实不然! 形式是思想的血肉,正如同思想是生命的灵魂一样。"④"思想外衣说"或更古老的"修辞说",在20世纪的现代语言学家那里却得到了阵阵的回响,这与结构主义和符号学的流行有很大的关系。其中瑞士语言学家巴依认为,风格是"给予一个已决定的意义加添的选择的附加物"⑤。这里所说的"附加物",也就是"思想外衣"的特别款式。有些语言学家认为,语言结构不同造成风格不同,而传达的信息几乎相同。也有的认为,风格的差异仅是同义的句子之间的差异。美国学者艾布拉姆斯在给风格下定义时指出:"风格是散文或诗歌的语言表达方式,即一个说话者或作家如何表达他要说的话。分析作品或作家的风格特点可以从以下几方面入手:作品的词藻,即词语的运用;句子结构和句法;修辞语言的频率和种类;韵律的格式;语言成分和其他形式的特征以及修辞的目的和手段。"⑥由于风格最终是以言语的形式呈现出来的,作品与作品之间的风格差异确实与它们不同的表达方式、语言结构、修辞技巧等有关,因此从外部来研究风格是十分必要的。然而,仅从外部研究又是不够的,把风格仅仅归结为形式更是片面的。文学风格的形成有着更为深刻和复杂的内在根源,风格的呈现也是由内及外的。

二、风格是作家的创作个性在作品中的自然流露

这是诸种理论中的第二种,即从风格形成的内在根据来理解风格,把作家的创作个性与作品的风格联系起来。这在中外都有相似的理论,而且十分丰富。在中国,较早的有西汉的司马迁根据"诗言志"的观点评价《离骚》的风格,指出:"其文约,其辞微,其志洁,其行廉,其称文小而其指极大,举类迩而见义远。其志洁,故其称物芳;其行廉,故死而不容

---

① 〔古希腊〕亚理斯多德:《诗学》第22章,罗念生译,《诗学·诗艺》,第77—78页。
② 转引自〔美〕格拉汉·霍夫(GranhamHough):《文体与文体论》,台北:成文出版有限公司1979年版,第3页。
③ 参见《简明不列颠百科全书》第3卷,中国大百科全书出版社1985年版。
④ 转引自赵俊欣:《法语文体学》,上海译文出版社1984年版,第2页。
⑤ 转引自格拉汉·霍夫:《文体与文体论》,第7—8页。
⑥ 《简明外国文学词典》,湖南人民出版社1987年版,第325页。

自疏。濯淖污泥之中,蝉蜕于浊秽,以浮游尘埃之外,不获世之滋垢,皭然泥而不滓者也。推此志也,虽与日月争光可也。"(《史记·屈原贾生列传》)认为《离骚》文约辞微、意旨深远,与作者屈原高洁的志向密切相关。此后,扬雄提出"心画心声说"。他在《法言·问神》篇中说:"言,心声也;书,心画也;声画形,君子小人见矣。声画者,君子小人之所以动情乎。"认为"声画形"是人的情感的表现,从中可以看出人的品位等第。至魏晋南北朝,曹丕以"气"论文,提出:"文以气为主,气之清浊有体,不可力强而致。"(《典论·论文》)"气"在当时是一个流行的概念,指人的气度、气质、襟怀、才性。人们在时尚的"清议"中品藻人物,常用到"气"的概念。曹丕把"气"与"体"相连,以文气论文体和风格,品评当时的作家作品。指出:"王粲长于词赋,徐干时有齐气""应玚和而不壮,刘桢壮而不密。孔融体气高妙,有过人者,然不能持论,理不胜辞,以至乎杂以嘲戏"(《典论·论文》)。司马迁所说的"志",扬雄所说的"情",曹丕所说的"气"都是作为风格的内在根据提出来的,涉及作家禀赋和创作个性的方方面面。只是他们分别从一个侧面来强调人格志向、审美情趣、个性气质对文学风格的决定作用。而刘勰则把三者整合丰富,以专论的形式充分阐述了作家的创作个性对文学风格的形成所起的决定性作用。他在《文心雕龙·体性》中明确提出:"气以实志,志以定言,吐纳英华,莫非情性""各师成性,其异如面"。这就是说,作家的精神气质充实浸透他的思想感情审美情志,思想感情审美情志决定语言格调,文章所流露的风采才华,都是作家创作个性的表现。各个作家按照自己的创作个性进行创作,作品的风貌就个个不同,正如他们的面貌个个不同一样。对此,他列举众多作家的例子加以说明:贾谊才气英俊,所以文辞洁净而风格清新;司马相如行为狂放,所以文理虚夸而文辞夸饰;扬雄性情沉静,所以辞赋含意隐晦而意味深沉;刘向性情平易,所以文辞的志趣明白而事例广博;班固文雅深细,所以文章的体裁绵密而思想细致;张衡学识广博通达,所以考虑周到而文辞细致;王粲急躁而勇锐,所以锋芒突出而果敢有力;刘桢性情偏急,所以言辞雄壮而情思警人;阮籍行为豁达,所以文辞音节高超而声调卓越;嵇康豪侠,所以兴趣高超而文采壮丽;潘岳轻浮而敏捷,所以锋芒毕露而音韵流动;陆机庄重,所以情事繁富而辞义含蓄。他由此得出结论:外表的文辞和内在的性情气质,必然是相符合的——"因内而符外者也"。

在西方,持相似观点的也不乏其人。瑞士著名美学家海因里希·沃尔夫林有这样一段文字:"路德维格·利希特(1803—1884年,德国画家、雕刻家、插图画家)曾在其回忆录中提到,他年轻时在蒂沃利,有一次同三个朋友外出画风景,四个画家都决定要画得与自然不失毫厘,然而,虽说他们画的是同一画题,而且各人都成功地再现了自己眼前的风景,但是结果四幅画却截然不同,就如四个画家有截然不同的个性那样。述者由此得出结论,根本不存在什么客观的视觉,人们对形和色的领悟总是因气质而异的。"[①]把艺术表达方式的不同也即风格的不同,最终归结为气质、性格等主观条件的不同,这在中西都是一致的。在西方,此种观点同样导源于古希腊,因为那是一个百科全书式的时代,后世的理论

---

① 〔瑞士〕沃尔夫林:《艺术风格学》,潘耀昌等译,辽宁人民出版社1987年版,第10页。

大多可从这个时代找到源头,甚至找到同一个鼻祖。如亚里士多德虽然强调从外部形式和修辞学的角度研究风格,但与此同时,他在《修辞学》中也曾指出:"外部的语言符号""也表现了你个人的性格"。因为"不同阶级的人,不同气质的人,都会有他们自己的不同的表达方式。我所说的'阶级',包括年龄的差别,如小孩、成人或老人;包括性别的差别,如男人或女人;包括民族的差别,如斯巴达人或沙利人。我所说的'气质',则是指那些决定一个人的性格的气质,因为并不是每一种气质都能决定一个人的性格。这样,如果一个演说家使用了和某种特殊气质相适用的语言,他就会再现出这一相应的性格来"。① 显然,亚氏所说的"气质"是一个非常广泛的概念,同一"阶级"的人可能具有相似的气质,只有"某种特殊气质"才"决定一个人的性格";而"外部的语言符号"也只有与之相适应,才能表现个人的性格,从而呈现为风格。在西方,而后在中国,都广为流传过一句名言:"风格即人",其实与亚氏的观点倒是一脉相承的。这句名言出自18世纪的法国博物学家、文学家布封(Buffon,1707—1788)之口,他在1753年一次论风格的演说中指出:"只有写得好的作品才是能够传世的:作品里面所包含的知识之多,事实之奇,乃至发现之新颖,都不能成为不朽的确实的保证;如果包含这些知识、事实与发现的作品只谈论些琐屑对象,如果他们写的无风致,无天才,毫不高雅,那么,它们就会是湮没无闻的,因为知识、事实与发现都很容易脱离作品而转入别人手里,它们经更巧妙的手笔一写,甚至于会比原作还要出色些哩。这些东西都是身外物,风格却是人的本身。"(又译为"风格即人"或"风格却是本人")换句话说,"风格是当我们从作家身上剥去那些不属于他本人的东西,所有那些为他和别人所共有的东西之后所获得的剩余和内核"。② 这是对前一段话的最好注解,虽然可以商榷,但其本意却是强调风格的重要性、独特性和不可替代性,这与从伦理学意义上所说的"文品即人品"或"文如其人"则相去甚远。西方人的理解往往更切近原义,如黑格尔和马克思都正确地引用过这句名言。黑格尔说:"法国有一句名言:'风格就是人本身。'风格在这里一般指的是个别艺术家在表现方式和笔调曲折等方面完全见出他的人格的一些特点。"③马克思则在《评普鲁士最近的书报检查令》一文中说:"真理是普遍的,它不属于我一个人,而为大家所有,真理占有我,而不是我占有真理。我只有构成我的精神个体性形式。'风格就是人本身。'"④无论是黑格尔所说的"他的人格",还是马克思所说的"我的精神个体",都是就人的独特的精神个性而言的。在他们看来,正是这与众不同的精神个性才是造成风格差异的最后根源。不少作家、评论家也都倾向于从主体方面去理解文学风格,至少把这作为风格论的重要内容。歌德认为:"一个作家的风格是他的内心生活的准确的标志。所以一个人如果想写出明白的风格,他首先就要心里明白;如果想写出雄伟的风格,他也首先就要有雄伟的人格。"⑤别林斯基也说过:"风格——这是才能本

---

① 《西方文论选》上卷,上海文艺出版社1963年版。
② 〔法〕布封:《论风格》,《译文》1957年9月号。
③ 〔德〕黑格尔:《美学》第1卷,第372页。
④ 《马克思恩格斯全集》第1卷,人民出版社,第7页。
⑤ 〔德〕爱克曼辑:《歌德谈话录》,朱光潜译,第39页。

身,思想本身。风格是思想的浮雕性、可感性;在风格里表现着整个的人;风格和个性、性格一样,永远是独创的。"①认为风格是作家的创作个性在作品中的自然流露,这是从主体的角度来考察,从风格形成的内在根据来理解,这无疑是必要的。历来的理论家从此出发提出了许多精辟的见解,并从作家的气质禀赋、人格个性和志趣才情等方面来分析他们的作品,描述其风格特征,对读者的鉴赏和把握也有较大的帮助。事实上,这是一种广义的心理分析,具有言语分析所不及的一面。但是,如果只看到内心表现的一面,忽视外在表达的一面,那么还不能完全理解风格。此外,日常个性不等同于创作个性,不能直接转化为文学风格,对此我们稍后再做分析。在此需要对"心画心声说",或流传更广的"文如其人""文品即人品""诗品出于人品"(刘熙载《艺概·诗概》)、"风格即人格"等说,做具体的分析。这些习惯性用语有较大的模糊性,适用于笼而统之、泛泛而谈的场合。但如果较真起来,却是不甚准确的。如晋代诗人潘岳曾写作《闲居赋》,似有隐逸之志。然而据《晋书》记载,此人"性轻躁,趋世利。与石崇等谄事贾谧,每候其出,与崇辄望尘而拜……既仕官不达,乃作《闲居赋》"。金代元好问曾以潘岳为例对"心画心声说"提出质疑:"心画心声总失真,文章宁复见为人。高情千古《闲居赋》,争信安仁拜路尘。"(《论诗三十首》)都穆在《南濠诗话》中同意此质疑,认为"有识者之论固如此",并进一步指出:"然世之偏人曲士,其言其字,未必皆偏曲,则言与书又似不足以观人者。"这就不仅反驳了"心画心声说",也诘难了"文如其人""文品即人品""风格即人格"诸说。世人常说"道德文章",把"道德"与"文章"相连,但两者既可能一致,也可能大相径庭。所以,如果仅从伦理着眼,就难保失之毫厘谬以千里。清人叶燮就犯了这个错误。他说:"诗是心声,不可违心而出,亦不能违心而出。功名之士,决不能为泉石淡泊之音;轻浮之子,必不能为敦庞大雅之响……故每诗以人见,人又以诗见。"[《原诗·外篇》(上)之八]钱锺书对此类说法做了深入的分析和辨正,他列举历代文人言行不一或言言不一、"如出两手"的种种事实,说明"以文观人,自古所难"。同样,"'心画心声',本为成事之说,实少先见之明"。他精辟地指出:"所言之物,可以饰伪:巨奸为忧国语,热中人作冰雪文,是也。其言之格调,则往往流露本相;狷急人之作风,不能尽变为澄澹,豪迈人之笔性,不能尽变为谨严。文如其人,在此不在彼也。""阮圆海欲作山水清音,而其诗格矜涩纤仄,望可知为深心密虑,非真闲适人,寄意于诗者。"②钱氏的意思很明白,写什么容易作伪,而怎么写却不易作伪,所以"文如其人"主要不在内容而在形式,如言语的"格调"、行文的"笔性"等。故如以此评说作品,当"不据其所言之物,而察其言之之词气";"莫非以风格词气为断,不究议论之是非也"。③ 此言所论,甚为精当。其实古人也有反对把人品和文品等同起来的,如梁简文帝萧纲就指出:"立身之道,与文章异;立身先须谨慎,文章且须放荡。"(《诫当阳公大心书》)

---

① 〔俄〕别林斯基:《别林斯基论文学》,梁真译,新文艺出版社1958年版,第234页。
② 钱锺书:《谈艺录》四八,中华书局1984年版,第162页。
③ 同上书,第163页。

三、风格是主体与对象、内容与形式相契合时呈现的特色

这是诸种理论中的第三种,从作家的内在个性与表现对象的结合以及内容与形式统一的观点来理解风格,防止顾此失彼,强调有机整体性,是一种比较切近实际的解释。当然,也要防止宽泛化。因为宽泛地说,文学作品都是上述结合的产物。所以这里所指的是"相契合时所呈现的特色",也即风格,而非泛指。

在中国,刘勰较早地从有机整体性的角度指出风格是作家的内在个性与外在形式的结合。他认为,文学作品是作者感于物而以文辞形于外的结果:"夫情动而言形,理发而文见,盖沿隐以至显,因内而符外者也。"(《文心雕龙·体性》)作者的创作个性和思想感情都是内在隐含的,只有通过文辞形式才得以外化显露。风格的有机整体性不仅表现于内容与形式的统一,也表现于主观与客观的统一。首先,风格与作品所要表现的题材和主旨有关,"以模经为式者,自入典雅之懿;效骚命篇者,必归艳逸之华",所以要根据客观的表现对象,变化主观的"情"。此谓"因情立体,即体成势"。(《文心雕龙·定势》)其次,风格与体裁样式也有关:"章表奏议,则准的乎典雅;赋颂歌诗,则羽仪乎清丽;符檄书移,则楷式于明断;史论序注,则师范于核要;箴铭碑诔,则体制于弘深","此循体而成势,随变而立功者也"。(《文心雕龙·定势》)即要遵循文体的规则,变化自己的风格。刘勰此说,继承了前人陆机的观点。陆机在《文赋》中早已指出:"诗缘情而绮靡。赋体物而浏亮。碑披文以相质。诔缠绵而凄怆。铭博约而温润。箴顿挫而清壮。颂优游以彬蔚。论精微而朗畅。奏平彻而闲雅。说炜烨而谲诳。"可见,在魏晋南北朝期间,理论界对风格与文体的关系已有了共识。

在西方,一部分具有辩证思想的理论家和作家都倾向于从主客体统一、内容与形式统一的观点来理解风格,而反对不顾表现对象和文体的规定性一味地张扬个性,认为那不是风格,充其量是作风。黑格尔在《美学》第1卷中曾引用吕莫尔在《意大利研究》中的观点,吕莫尔认为,"风格"这个名词应解释成为"一种逐渐形成习惯的对于题材的内在要求的适应"。黑格尔也认为,真正的风格应是适应"主题本身及其理想的表现所要求的",如果作者只顾表现自己而不顾描写的对象,这不是什么独创性,而是作风。他说:"至于作风则是特属于某一艺术形象构思和完成作品时所现出的偶然的特点,它走到极端,可以与真正的理想概念直接相矛盾。就这个意义来说,艺术家有了作风就是捡取了一种最坏的东西,因为有了作风,他就只在听任他个人的单纯的狭隘的主体性的摆布。"①歌德的说法略为婉转,他把艺术分成由低及高的三个等级,即单纯的模仿、作风和风格,认为唯有风格才是"艺术所能企及的最高境界"。他指出:"单纯的模仿以宁静的存在和物我交融作为基础;作风是以灵巧而精力充沛的气质去攫取现象,风格则是奠基于最深刻的知识原则上面,奠基在事物的本性上面,而这种事物本性应该是我们可以在看得见触得到的形体中认

---

① 〔德〕黑格尔《美学》第1卷,朱光潜译,第372、370页。

识到的。"①对此,王元化做了正确的阐述,有助于我们做深入的理解。他说:"在外国文论中,风格和作风是两个截然不同的概念,并不像我们现在的许多论文一样不仅没有对这两个词做严格的区别,甚至有时是在异语同义的情况下使用它们的。然而,在外国文论中,作风一词多半含有贬义。固然,作风也显示了作者的某种独创性,不过这只是一种坏的独创性……歌德的风格论,是把'自然的单纯模仿'——'作风'——'风格'作为不同等级的艺术品来看待的。事实上,这一问题直接涉及到美学的根本问题,即审美的主客体关系问题。'自然的单纯模仿'偏重于单纯的客观性,这就是在审美主客关系上以物为主,以心服从于物,亦即以作为客体的自然对象为主,以作为主体的作家思想感情服从于客体。'作风'则相反而偏重于单纯的主观性,这在审美主客关系上是以心为主,用心去支配物,亦即以作为主体的作家思想感情去支配、驾驭、左右作为客体的自然对象。至于'风格'则是主客观的和谐一致,从而达到情境交融、物我双会之境。因此,歌德认为它是艺术所能企及的最高境界。"②

王元化对西方文论中关于风格问题上的审美主客体关系,阐释得相当清晰。对此持辩证的观点,既是开启风格奥秘的钥匙,也是中西风格理论所共有的精髓。

四、风格是读者辨认出的一个格调

这是诸种理论中的第四种,从读者鉴赏的角度来理解风格。读者在长期的阅读过程中,对某些作家作品的特征心领神会,深有体悟,所以能举一反三,很快地辨认出来,并用几个字就可高度概括,一经流传,就成为某些作家作品的风格命名或风格描述。

中国古代文论特别强调对作家作品的鉴赏品评,认为作品的风格是读者经反复玩味后可以辨认的一种格调。如明代李东阳记载:"费侍郎廷言尝问作诗,予曰:'试取所未见诗,即能识其时代格调,十不失一,乃为有得。'费殊不信。一日,与乔编修维翰观新颁中秘书,予适至,费即掩卷问曰:'请问此何代诗也?'予取一篇,辄曰:'唐诗也。'又问:'何人?'予曰:'须看两首。'看毕曰:'非白乐天乎?'于是三人大笑,启卷视之,盖《长庆集》印本不传久矣。"为什么李东阳能一看即知唐诗,再看便知是白居易的诗呢?这是因为他对唐诗的时代风格和白居易的个人风格耳濡目染,浸润日久,所以即使让他看其中几首未曾读过的诗,也可不假思索地加以辨认。他说:"诗必有眼,亦必有耳,眼主格,耳主声。闻琴断,知为第几弦,此其耳也。月下隔窗辨五色线,此其眼也。"(《怀麓堂诗话》)诗"眼"与诗"耳"的契合,才有"格调"。格调,也即风格,固然有待读者的体悟,但毕竟源于作者的创造。正如明代后七子中的谢榛所说:"作诗譬如江南诸郡造酒,皆以曲米为料,酿成则醇味如一。善饮者历历尝之曰:'此南京酒也,此苏州酒也,此镇江酒也,此金华酒也。'其美虽同,尝之各有甄别,何哉?做手不同故尔。"(谢榛《四溟诗话》)如以为全凭饮者的感觉,而与做手无关,那是荒谬的。在西方,也有从作者与读者关系的角度来论风格的,英国著名

---

① 参见《文学风格论》,王元化译,上海译文出版社1982年版,第4页。
② 王元化:《思辨短简》,上海古籍出版社1989年版,第140—141页。

作家高尔斯华绥说:"风格——这乃是作家消除自己和读者之间的一切隔阂的能力,风格的最后胜利乃是确立精神上的接近。"①究其原因,是因为艺术风格能在一瞬间里,以信息飞跃的方式,传达出作品的总体特征,对读者的审美意识施加强有力的影响。苏联美学家鲍列夫(Борев)指出:"这里我们所碰到的是风格的信息问题。它是艺术交际的关键和焦点,在这一焦点上集结着从艺术家经由作品到达读者、观众和听众的一切纽带。在这一焦点上,作家的创作过程开始产生实际的作品,然后进入艺术欣赏过程。"②正是通过风格,作家才能传留自己个性的标志,这一标志如基因一般寓含在作品的每一个细胞之中;也正是通过作品的风格,读者才能辨认出自己倾心的作家,感到一种亲切性。总之,风格作为一种审美标志,作为时代精神和艺术趣味的多样性体现,能在作者和读者之间达成精神上的沟通和审美上的共鸣,使读者获得持久的美的愉悦。一些缺乏艺术风格的作品,有时也能引起读者的兴趣,甚至产生轰动的社会效应。它们多半靠题材取胜,提出尖锐的社会问题。虽然具有一定的认识意义,但往往缺乏持久的审美效应,一俟时过境迁、物是人非,便会湮没无闻。但批评上的短视却可能给后者以更高的评价。当然,还有一种冒似有风格的作品,靠形式的新奇取胜,其实那只是一种伪风格,也就是威克纳格所说的矫饰作风。对此,希瓦洛指出:"实际上只有后代的赞许才可以确定作品的真正价值。不管一个作家在生前怎样轰动一时,受过多少赞扬,我们不能因此就可以很准确的断定他的作品是优秀的。一些假光彩,风格的新奇,一种时髦的耍花枪式的表现方式,都可以使一些作品行时;等到下一个世纪,人们也许要睁开眼睛,鄙视曾经博得赞赏的东西。"③而真正优秀的作品一般是具有独特风格的作品,也是能够经得起长时间的考验、能够引起读者持久的审美享受的作品。

第二节 文学风格的内涵

一、风格的定义

根据以上对中外诸种风格理论的批判性总结,本书对文学风格的定义是:文学风格是指作家的创作个性在文学作品的有机整体和言语结构中所显示出来的、能引起读者持久的审美享受的艺术独创性。此定义的要点是:1. 创作个性是风格形成的内在根据;2. 有机整体性是风格存在的基本条件;3. 言语结构是风格呈现的外部特征;4. 引发读者持久的审美享受是风格的审美效应。这四点在以上阐述风格的四种理论时都已做了相应的说明,下面再就"文学风格与创作个性"以及"文学风格与言语组织"这内外两个关键问题展开进一步的讨论和界定。

---

① 〔英〕高尔斯华绥:《〈安娜·卡列尼娜〉序》,《欧美作家论列夫·托尔斯泰》,中国社会科学出版社1983年版,第185页。
② 〔苏联〕鲍列夫:《美学》,中国文联出版公司1986年版,第285页。
③ 〔法〕波瓦洛:《朗吉努斯〈论崇高〉读后感》,载伍蠡甫编:《西方文论选》上卷,第304—305页。

二、创作个性与文学风格

(一) 创作个性界说

创作个性原是苏联的文学批评术语,在我国早已通用。过去在使用此概念时,指的是表现在作品中的艺术家创作活动的独特性,而把风格定义为作家、艺术家在创作中表现出来的艺术特色和创作个性。这样,两者在外延和内涵上都十分接近,不无同义反复之嫌。同时,在习惯上,创作个性又容易与作家在日常生活中表现出来的个性混为一谈。因此,有必要对创作个性做一界说。首先,应该把创作个性与文学风格区别开来。创作个性是小于文学风格的概念,它属于文学风格的主观方面,在与客观方面结合之前,它只是潜在于作家的内心,表现为独特的个性气质、人格精神、艺术情趣、审美追求和文学才能等。当它一旦施诸创作实践并与客观方面相结合,便成为文学风格的有机组成部分。所以,一方面,它是作为文学风格的内在根据而存在,由此我们可以推断文学风格形成的主观原因;另一方面,它又是作为文学风格的构成而存在,我们又可以凭借作品所呈现的风貌来判断作家的创作个性。正因为如此,风格是"因内而符外"的产物,并成为作家"内心生活的准确标志"。威克纳格在给风格下定义时指出,如果把风格看成是"语言的表现形态",那也是由作为主观方面的创作个性和作为客观方面的内容所共同决定的。单方面不能决定风格,也不能构成风格。构成风格的客观因素,除了威克纳格等人所指出的题材主题外,还应该包括体裁等形式因素。客观因素对构成风格有一定的影响。如题材本身所蕴含的社会的、伦理的、美学的意义和悲剧或喜剧的色彩,会影响作品的风格。体裁对风格的影响则更为明显,陆机、刘勰早有明确的论述。威克纳格则从西方的体裁分类法出发,认为史诗和戏剧诗人是在实际存在的现实形式中去构成观念,感性的和生动的想象是基本的因素,他们的风格属于想象的风格;散文,无论是教诲文或记叙文,属于教导的形式,宜于采取智力的风格;抒情诗人从自己的情绪中提取材料来体现自己的观念,表现内心的冲动和激情,属于情绪的感染风格。① 显然,他认为史诗和戏剧、散文、抒情诗这些不同的文学种类有不同的风格要求。至于悲剧、喜剧和正剧,更是与风格直接相关的文学种类,悲剧要求表现崇高悲壮的风格,喜剧长于表现幽默滑稽的风格,正剧宜于表现严肃庄重的风格。西方的古典主义、浪漫主义、现实主义、现代主义等,既是各个历史时期的文艺思潮、流派,也是不同的风格类型,因为它们无论在题材内容、创作原则、表现方法、语言运用、美学追求等方面,都大相径庭,具有各自鲜明的特色。N.H.皮尔逊指出,文学的各种类别"可被视为惯例性的规则,这些规则强制着作家去遵守它,反过来又为作家所强制"②。时代、民族、地域所拥有的人文传统,更是深深地影响了同一时代、同一民族、同一地域的作家,使他们的作品异中有同,具有某种共同的风格特色。由此可见,风格并不是由创作个性单方面组成和决定的,因此两者不应混为一谈。瑞士文艺理论家沃尔夫冈·凯塞尔说得好:

---

① 〔英〕威克纳格:《诗学·修辞学·风格论》,载《文学风格论》,王元化译,上海译文出版社1982年版,第24页。
② 转引自〔美〕韦勒克、沃伦:《文学理论》,第256页。

"盛行的风格规律、公共的嗜好、代表性的模范、世代、时代等等,它们统统对创造作品的作家发生影响,正如选择的类别本身已经对他们发生影响一样。它们抓住了作家,把他们带到这里来,对他施加暴力。"①

其次,应该把创作个性与日常生活中表现出来的个性区别开来。日常个性人皆有之,如性格气质、禀赋才能、处世态度、思维习惯、表达方式等。创作个性并非人人都有,它是在创作实践中也只有通过实践才逐渐形成和发展起来的。从来也没有从事过创作的人,无所谓创作个性,充其量只具有创作潜能。作家的创作个性固然与日常个性存在着密切的关系,前者是以后者为基础的,但两者也不完全是一回事。有些作家可能存在较多的一致性,而另一些作家则可能存在较多的反差。这跟他们为了适应各自的创作需要,在多大程度上于艺术中发展起一些习性,而在生活中又在多大程度上保持原有的习性有关。文学史上不乏作家的生活习性、精神气质的个别特征与他的创作性质存在一定差异的事实。巴尔扎克曾指出:"马图林是一个神父,留传给我们的有《夏娃》、《美尔莫特》和《贝尔特拉姆》等作品;他自命风流,殷勤体贴,尊敬妇女;这个在其作品中专门描写灾祸的人,每到夜晚,就变成了巴结献媚妇女的人,就变成了花花公子。布瓦洛也是这样,他的柔和文雅的谈话跟他那种大胆诗句的讽刺精神是不相称的。"②类似这种创作个性与日常生活个性有很大差别的例子,可谓不胜枚举。通常,在一些直抒胸臆、表现自我的作品中,作家可能更多地使自己的创作个性与日常个性相一致。而在多声部的寓意复杂的作品中,可能反差大于一致。不同的艺术种类、不同的文学体裁,对创作个性形成和发展的幅度和力度都会有所不同。特别是社会生活的剧变和转型,往往产生出这样一些强有力的美学冲动,产生这样一些思想要求和审美要求,当艺术家的本性不符合这些要求时,就可能要么被淘汰,要么被吸引和改造,从而在创作中表现出与日常个性甚至相背反之处。苏联文艺理论家米·赫拉普钦科正确地指出:"创作个性和艺术家日常生活中的个人的相互关系可能是各种各样的。绝不是所有标志出艺术家日常生活中的个人的东西都可以在他的作品中得到反映。另一方面,并不经常总是,而且也不是所有一切显示出创作的'我'的东西,都能在作家的实际的个人的特点中找到直接的完全符合的表现。"③拜伦在生活中从来不妥协,不顾什么法律,却终于在创作上服从"三整一律"。歌德对此评价道:"拜伦通过遵守三整一律来约束自己,对于他那种放荡不羁的性格来说,倒是很适宜的。假如他懂得怎样接受道德方面的约束,那多好!他不懂得这一层,这就是致他死命的原因。可以很恰当地说,毁灭拜伦的是他自己的放荡不羁的性格。"④歌德对拜伦为人处世等方面的日常个性和人格缺陷还提出了种种批评,却对他的创作个性和成就给予充分的肯定:"但是他在创作方面总是成功的。说实话,就他来说,灵感代替了思考……他做诗就像女人生孩子,她们用

---

① 〔瑞士〕沃尔夫冈·凯塞尔:《语言的艺术作品》,陈铨译,上海译文出版社1984年版,第373页。
② 转引自〔苏联〕赫拉普钦科:《作家的创作个性和文学的发展》,满涛等译,上海人民出版社1977年版,第83页。
③ 同上书,第82—83页。
④ 〔德〕爱克曼辑:《歌德谈话录》,朱光潜译,第63页。

不着思想,也不知怎样就生下来了。""他是一个天生的有大才能的人。我没有见过任何人比拜伦具有更大的真正的诗才。在掌握外在事物和洞察过去情境方面,他可以比得上莎士比亚。""作为诗人,他显得像绵羊一样柔顺。"①拜伦"放荡不羁"的日常个性和"柔顺"的创作个性、人格上的缺陷和创作上的天才及成就,证实了文学中的个性不同于日常生活中的个性。克罗齐曾经忠告,不要把"诗的人格"和个人等同起来。一般说来,日常个性是作家在世俗生活中表现出来的习性,是他在实存世界中的存在方式,而世俗生活总是为实用功利的目的所困扰;创作个性是作家在精神活动中体现出来的习性,是他在虚拟世界中的存在方式,往往具有审美的超功利性。日常个性一部分来自先天的遗传基因,一部分源自后天生存环境中的习得;创作个性是在前者的基础上,进一步在创作实践中养成并体现在作品中的个性特征。它是作家的气质禀赋、世界观、艺术观、审美趣味、艺术才能等主观因素综合而成的一种习惯性的行为方式,它支配着文学风格的形成和显现。日常个性是自在的;创作个性是有为有待的,为了实现而有待于形式化。如用一句话来区分,那么可以这样表述:日常个性是人在日常生活中表现出来的人格结构方面的独特性。对此现代心理学家们如弗洛伊德、荣格等人已做了大量研究。创作个性是在其基础上经过审美创造的升华而形成的独特的艺术品格。

(二) 创作个性转化为文学风格

通过对创作个性的界定,可知日常个性不能直接形成文学风格,必须通过审美创造的升华上升为创作个性,才可能在作品中形成独特的艺术风貌。创作个性是位于日常个性和文学风格之间的中间环节,它们三者的关系可以用下列图表来表示:

$$\underset{(人格结构)}{日常个性} \xrightarrow[审美升华]{创作实践} \underset{(艺术品格)}{创作个性} \xrightarrow[形式化]{外化} \underset{(艺术独创性)}{文学风格}$$

许多风格理论往往忽略了创作个性的中介,以为日常个性能直接创造文学风格,这显然是不严密的。中国传统的风格理论起源于魏晋,当时出现了一些与风格有关的新概念,如风韵、气韵、神韵、风神、风力、风骨、气、体等,但起先不是用来品文,而是用来品人,品评士人的体貌、德性和行为等特点。品评人物之风盛于汉末,魏晋犹存。士人受重神轻形思想的影响,对于放浪形骸之外,不受封建规范约束和世俗观念束缚的精神风貌大加赞赏。如谓:"嘲弄嗤妍,凌尚侮慢者,谓之肖豁远韵。"(《抱朴子·汉过》)"安弘雅有气,风神调畅也。"(《世说新语·赏誉》)梁武帝《赠萧子显诏》,称其为人"神韵峻举"(《全梁文》卷四)。可见这些多词一义的风格概念最早是用来品人的,直至今日,习惯上还有说某某人的风格如何,其实都与论文无关。曹丕的《典论·论文》作为中国最早的文学评论专著,涉及了文学风格问题,也即从以风格论人转向以风格论文。如前所引:"文以气为主,气之清浊有体,不可力强而致。"根据黄叔琳的评注,"气是风骨之本"。近人郭绍虞主编的《中国历代文论选》进一步说:"气在于作家谓之气,形之文者谓之风骨。"②可见曹丕在这里所

---

① 《歌德谈话录》,第64—65页。
② 郭绍虞:《中国历代文论选》上册,上海古籍出版社1979年版,第127页。

说的"气",倒是与创作个性有关。至于陆机《文赋》所提出的"情志",更是就创作个性而言的。他说:"伫中区以玄览,颐情志于典坟。"意思是久立于宇宙之中观察万物,博览群书以陶冶情感志趣。联系下文来看,可知"情志"又与审美想象有关,区别于日常个性。刘勰《文心雕龙·体性》则以"情性"指有别于日常个性的创作个性:"夫情动而言形,理发而文见,盖沿隐以至显,因内而符外者也。然才有庸隽,气有刚柔,学有浅深,习有雅郑,并情性所铄,陶染所凝,是以笔区云谲,文苑波诡者矣。""情性"不同于先天的才气和后天的习得,而是经过审美的熔铸和陶染的。唯其如此,才造成了"其异如面"的风格特征。这就是说,形成文学风格的内在根据是经过审美升华了的"情志""情性",也即创作个性。"正像现实生活要经过审美活动的升华才能变成文学作品一样,作家的人格、修养、生活个性也要在审美中得到升华之后才能化入作品的风格之中。这就是说,作家的人格修养、生活个性并不能直接转化为风格,这种人格修养、生活个性必须在与作家的审美素质有了内在的适应性,并接受审美素质的改造、转换之后,才能成为创作个性的有机构成因素,然后通过整个创作个性的作用,才能转化为风格。"[①]创作个性作为一种艺术品格,是作家在生活和创作实践中所养成的相对稳定的个人气质、人格情操、审美理想、艺术志趣、创造才能和写作习惯等精神特点的总和。正是这些精神特点自动地控制着作家的创作活动,使他以独特的身份和视点去观察、感受、认识和表现生活,抒发自己的情怀,用个性化的语言构筑起一个他人所无、己所独有的艺术世界。在这个独特的艺术世界里,作家到处留下了个人的印记,从而呈现出与众不同的风貌。因此,创作个性不仅是形成文学风格的内在根据,而且要求外化和形式化,在对内容和形式的有机整合中转化成文学风格。题材等内容方面的特点,体裁等文学类别方面的要求,语言、文学技巧等形式方面的规则,诸如此类的客观因素固然都会不同程度地影响文学风格,但在一个成熟的作家那里,都无不为其独特的审美个性所把握、浸润、渗透、点化和整合。所以,关于风格和创作个性的关系可以这样说:风格是作品的内容和形式经创作个性的有机整合后所显现的独特的艺术风貌和格调;创作个性是风格的灵魂。

譬如,奠定我国田园诗基础的陶渊明就有着独特的创作个性。他"少无适俗韵,性本爱丘山""久在樊笼里,复得返自然",以性本自然为自己的人生追求和审美理想。这样,他的大部分诗便取材于躬耕后的田园生活,讴歌田园风光、自然景色,赞美自给自足的农耕生活,摒弃官场的恶俗和都市的喧嚣,抒发委运乘化的人生旨趣。诗歌语言平淡朴素,真率自然,如"胸中自然流出",于平淡中见出高远,于宁静中传递盎然的生趣。可谓"一语天然万古新,豪华落尽见真淳"。所以苏轼说陶诗的风格"似癯实丰",又说:"观陶彭泽诗,初若散缓不收,反复不已,乃识其奇趣。"再如出身于没落贵族家庭的温庭筠,性格放荡不羁,出入歌楼妓馆,精通音律,有着很高的艺术修养,"能逐弦吹之音,为侧艳之词",常为王公贵族娱宾遣兴而作,养成了与陶渊明一类田园诗人完全不同的创作个性。这就决定了他专以房帏儿女为题材,刻意描绘玉楼、纱窗、帘栊、枕屏、锦衾、薰帐、玉人、罗襦、香

---

① 童庆炳:《文体与文体的创造》,云南人民出版社1994年版,第168页。

腮、云鬓、愁黛、雪胸之类，在语言上讲究文采和声情，这就造成了秾艳香软又声情并茂的风格。赫拉普钦科指出："因此，创作个性——这就是包括其十分重要的社会、心理特点的作家个人，就是他对世界的看法和艺术体现；创作个性——这就是包括其对待社会的审美要求的态度，包括其针对读者大众、针对那些他为之写作文学作品的人们而发的内心呼吁的语言艺术家个人。""伟大的艺术家始终是他自己，一个鲜明的、独特的个性，但同时，他却反映出深刻的社会过程。"① 也有人把创作个性理解为"风格的心理构成"，并具体解析为识见、情趣、格调、气势等。② 与把创作个性仅仅理解为个人气质的狭隘观点相比，这类较宽泛的解释更具包容性。事实上对于一个成熟的创作个性来说，它确实已为作家的世界观、审美理想所渗透，同时又凝结了作家的艺术修养和情趣，因此它就是作为艺术家的个人，而不再是日常生活中的个人。这就决定了他对世界的把握必然是审美的，从而自然地而非刻意地转化为风格，在风格中流露出自己的艺术品格。

三、文学风格与言语组织

（一）文体三层面

如前所说，创作个性作为作家的艺术品格或者说作为心理构成，有待于外化、形式化才能构成作品，形成风格。文体就是风格的载体，它们是一些持久性的体制、样式、类型，都是广义的语言秩序，似乎超然于时代和个人之外。文体在不同的场合有不同的含义，大体可以分成三个层面：③

1. 作品的体裁、体制

中国古代文论对体裁、体制十分重视，认为体裁对创作十分重要，创作之前"宜正体制"，创作之后要"不失体裁"。"凡文章体制，不解清浊规矩，造次不得制作。制作不依此法，纵令合理，所作千篇，不堪施用。"（遍照金刚《文镜秘府论·论文意》）当然此种说法又过于死板，一部文体发展的历史，也就是不断建构、解构、再建构的历史，诗歌、散文、小说、戏剧的发展、演变都莫不如此，否则文学也就终止了生命。比较灵活的说法是："定体则无，大体则有"，也就是在遵守体裁大体规范的前提下，应该允许变形创造、丰富发展。中国的古代文论一方面指出不同的体裁有不同的风格要求，如前面我们曾经提到的《典论·论文》《文赋》《文心雕龙·体性》等篇章中的论述，但这只是风格与体裁关系的一个方面。另一方面又指出，风格因人而异、因时而异，这种变异也必然对体裁本身发生影响，并最终通过语言的色彩、格调等方面呈现出来。显然，这里涉及某种约定俗成的风格规范与风格的时代趋向以及个人风格之间的矛盾和协调，也涉及文学的历时性沿革。在这方面说得最为辩证和透彻的，仍当推刘勰。他在《文心雕龙·通变》中说："夫设文之体有常，变文之数无方。"意思是，文章的体式是固定的，而文辞风格却是无定的。为什么这样说呢？"凡诗赋书记，名理相应，此有常之体也；文辞气力，通变则久，此无方之数也。""气力"，在

---

① 〔苏联〕赫拉普钦科：《作家的创作个性和文学的发展》，第94—103页。
② 参见钱谷融、鲁枢元：《文学心理学教程》，华东师范大学出版社1987年版，第229—237页。
③ "三层面说"参照童庆炳《文体与文体的创造》一书。

此犹言风格。刘勰是强调"通变"的,认为文辞风格只有推陈出新才有永恒的生命,这就是"无定"的原因。"名理有常,体必资以故实;通变无方,数必酌以新声。故能骋无穷之路,饮不竭之源。"正因为诗赋等文体之名相因不变,所以文体必借鉴前人的创作,但另一方面,文辞风格的推陈出新却是无定的,必然要吸纳新声,所以文学才能不断发展。古人对体裁的认识,在很大程度上即是对风格的一种认识。刘勰论"设文之体有常,变文之数无方",就是把体式的有常与风格的无方作为一对矛盾提出来的,最终找到了"参伍因革"的"通变之数"。而比他更早的陆机也说过,"体有万殊,物无一量"(《文赋》),将体制之殊与风格之异相提并论,这是中国古代文体论也即风格论的一大特色。

2. 文学的语体
(1) 规范语体

语体就是语言的体式,是文体的第二层面。作为文体第一层面的体裁,要靠语体来体现。每一种体裁,都有自己的语言体式,构成其规定性,从而与其他体裁既相交通又相区别,以免互相混淆。这种具有规范性的语体,可称之为"规范语体"。规范语体是在文学的长期发展中形成的,既对创作有所制约,也带来了便利。曹丕《典论·论文》说:"夫本同而末异,盖奏议宜雅,书论宜理,铭诔尚实,诗赋欲丽。此四科不同,故能之者偏也;唯通才能备其体。"后来陆机的《文赋》对诗赋做进一步的区分:"诗缘情而绮靡,赋体物而浏亮。"再后,随着文体分工的进一步细密,刘勰在《文心雕龙·定势》中对当时广泛使用的七类体裁不同的语体做了区分。今人把这些称之为"文体风格",实际上就是不同体裁在语言体式上的特点。文学上的语体是指与一定的体裁相匹配从而显示其特征的文学语言,表现为特定的语言体式。从现代文体学的概念出发,可区分出三种基本语体:

① 抒情语体。表现对情感的体验,多半用于诗歌体裁。这种语体以节奏、韵律、分行为表层特征,音乐性在此语体中具有突出地位。如李清照《声声慢》:"寻寻觅觅,冷冷清清,凄凄惨惨戚戚。乍暖还寒时候,最难将息……梧桐更兼细雨,到黄昏,点点滴滴。"女诗人在一首不长的词中,创造性地连用九对叠字,又是连绵的双声叠韵,加强了哀怨感情的渲染,遂成千古绝唱。可见,抒情语体首先是一种将语言的声音魅力发挥到极致从而可以反复吟咏的语体。第二,抒情语体在遣词造句方面比一般的文学语言更喜偏离,通过偏离正常的语言规范来表现朦胧、跌宕的情意和别出心裁的构思,在短小的篇幅中以密集的偏离冲击读者的视觉和听觉,以期产生奇特的效果。如杜甫的"香稻啄余鹦鹉粒,碧梧栖老凤凰枝"(《秋兴八首》末首)实为"鹦鹉啄余香稻粒,凤凰栖老碧梧枝"的倒装,强调了此"香稻""碧梧"非寻常物,为鹦鹉所啄余,凤凰所曾栖息,极言昔日长安之良辰美景。而诗人"语不惊人死不休"的努力,于此可见一斑。温庭筠的名句"鸡声茅店月,人迹板桥霜"(《商山早行》),一连用了六个名词,故意不用任何动词和系词,却极省俭地勾画出拂晓时的乡村景象,也突现了晨行之早。用语精炼且不同凡响,达到了由陌生化而经典化的惊人效果。第三,抒情语体比其他语体更多地采用比喻、象征、夸张、对比、双关、复义、反讽、悖论、借代、用典等修辞手法。总之,抒情语体是一种特别钟爱声音功能、擅长偏离语言常规且频繁运用修辞手法的语言体式,多用于诗歌创作,也用于别的体裁中的抒情场合。

② 叙述语体。用于叙述事件,在叙事性的文体中广泛使用,如小说、叙事诗、叙事性散文等。叙述语体具有以下特征:第一,虚拟性。日常话语中的叙述是实指的,直接指向实存的世界,指向其中的人和事,因此有直接的对应关系,并且以生活事实作为检验的标准,符合则为真,反之则为假。文学中的叙述语体指向叙事作品中的虚拟世界,它在本质上是想象的、独立自足的艺术世界。即使描绘的是历史上曾经有过的人和事,也不一定完全依据史实,而是做了很大程度的艺术虚构。如长篇历史小说《三国演义》就不同于历史著作《三国志》,神魔小说《西游记》更不同于玄奘取经的真实经历。因此,史实在文学中的作用显然大大小于在历史著作中的作用,只是具有框架的意义。叙述语体依据的是性格、情感的逻辑,艺术想象的逻辑,它本身就是独立自足的。第二,叙述语体不是单声话语,而是双声话语。苏联文论家巴赫金指出叙述语体是一种"双声话语",即"它始终是叙述者与人物的混合或融合"[①]。由于第一人称和第三人称,叙述者与人物的相关作用和相互变换,日常叙述的单声话语在小说中变成了双声的叙述话语,这在当代小说中已得到了自觉的、普遍的运用,如中西的意识流小说。第三,叙述语体还具有"多音齐鸣"的特点。这一说法同样来自巴赫金。他认为小说可以是一种"复调"的形式,他说:"复调的实质恰恰在于:不同声音在这里仍保持各自的独立,作为独立的声音结合在一个统一体中",是众声交汇的奏鸣曲。正是这种虚拟的、双声的、多音齐鸣的叙述语体,使小说等叙事类文体得以构建起广阔、深邃、复杂因而也更引人入胜的艺术世界。

③ 对话语体。它用于戏剧文学。小说里永远有一个叙述者,不论是第一人称还是第三人称,或是人称的频繁转换,都是叙述视角。时间、空间、人物、事件等一切,均从叙述视角中看出和讲出。然而戏剧文学为舞台演出而作,通过人物的直接言说来向观众展示一切,这就决定了它必须采用对话语体。对话语体具有以下特征:第一,动作性。在戏剧中,事件的发展、情节的演进、冲突的开展和解决、思想性格和内心活动的表现,主要靠对话。对话本身就意味着内心或外部的动作,并推动着剧情的发展。美国剧作家、戏剧理论家劳逊说:"对话是动作的一种,动作的一次压缩和外延。一个人说话,这也是在做动作。"[②]第二,性格化。小说塑造人物的手段多种多样,而戏剧中的人物必须"依靠他自己去揭示自己"(焦菊隐语),人物性格主要是由对话来完成的。因此,对话必须体现人物的个性,如身份、阅历、教养、性格等。第三,口语化。舞台上的对话,对观众而言是转瞬即逝的,无法如阅读诗文那样可以反复品味,所以一般应要求深入浅出,即使诗化,也当朗朗上口。总之,对话语体是一种富于动作性,要求性格化和口语化的语体。只有这样,剧本才适应舞台演出的需要。

以上所述表明,体裁与语体密切相关,一定的体裁要求一定的语言体式相配合。但这并不排斥某些文体在以某一语体为主的同时,兼用其他语言体式,特别是在出现变体的情形下,如诗化小说、散文诗、电影小说、电视小说等,往往可能兼用几种语体。这又反过来

[①] 〔苏联〕巴赫金:《陀思妥耶夫斯基诗学问题》,三联书店1988年版,第50页。
[②] 〔美〕劳逊:《戏剧与电影的剧作理论与技巧》,中国电影出版社1978年版,第359页。

说明体裁与语体息息相关,体裁发生了变化,语体也相应地发生变化,反之亦然。

(2) 自由语体

不同的体裁固然要以各自的规范语体与之相匹配,但这只是语体问题的一个方面;另一方面,作家还有一个灵活运用和自由创造的问题。在规范语体的基础上加以自由创造的语体,我们称之为自由语体。规范语体只是体现了一定体裁的体格,而只有自由语体才真正体现了作家的艺术品格,也即创作个性。清代薛雪在《一瓢诗话》中说:"格有品格之格、体格之格。体格,一定之章程;品格,自然之高迈。品高虽被绿蓑青笠,如立万仞之峰,俯视一切;品低则拖绅搢笏,趋红走尘,适足以夸耀乡间而已。所以品格之格与体格之格,不可同日而语。"薛雪所说的有一定之章程的"体格之格",相当于与一定的体裁相匹配的规范语体,而有自然之高迈的"品格之格",也即表达创作个性的自由语体。作家在遵守体格的一定章程的同时,凭着自己的灵性和审美情趣,以独特的言语挥写,这就创造了自己的风格。如唐代大诗人李白,常用乐府体作诗,但又不拘泥于古体,他写的《独漉篇》即是一例。古乐府为四言诗,可是此诗却杂以五言、七言。《唐诗选脉会通评林》中收录的周敬评语说:"奇思。波委云属,居然古调。古乐府俱四言,太白为长短句,更自错综,锦心仙手。"《唐宋诗醇》也评曰:"全从古词夺换而出,其妙过之。'世人但学兰亭面,欲换凡骨无金丹',如白之乐府,真乃神移意授,变化从心,故便青出于蓝,冰寒于水。'"再如《行路难三篇》也是交口赞誉的名篇,三首的格式不一,极尽变化之能事。正如《李太白诗醇》所评:"句格长短错综,如缚龙蛇。"第二首第四句以俗语入诗:"赤鸡白狗赌梨栗",前人评曰"极粗,极雅"。又如千古名篇《将进酒》,也用长短句章法。《而庵说唐诗》云:"太白此歌,最为豪放,才气千古无双。"大凡才气横溢的诗人,总是不甘于循规蹈矩,恪守旧章,必然要打破规范的语体,创造自由的语体以直抒胸臆。李白在他的许多诗中,运用了独创的长短错综的句式,就是为了最充分地表达其豪迈的诗情和自由的个性。正如《李太白诗集》严羽所评:"一结豪情,使人不能句字赏摘。盖他人作诗用笔想,太白但用胸口一喷即是,此其所长。"由此可见,自由语体是作家对规范语体的改造和进一步的独创,这种独创绝不是偶然的,它必然地与作家的个性密切相关,是创作个性在语言格调上的自然流露。写什么有时可以作伪,而怎么写却很难掩饰,尤其在语言格调方面,往往率性而为,所以有"言为心声"之说。这就是说,作为心声的语言,与人的心理、心灵在不同的水平面上有着某种平行对应的关系。个性的细枝末节、心灵的每一变化,都可以在语言这架乐器上弹奏出来。自由语体可以说是作家的创作个性发展为风格的唯一途径,舍此以外别无他途。它本身就是风格的有机组成部分,因为它能最贴切地表达作品的情志,使作家的个性得到充分的外化。

3. 文学的风格

当作家在规范语体的基础上创造出适合自己的自由语体,并与作品的其他因素相结合时,便形成了文学风格。风格不等同于语体,也不等同于体裁,它使文体焕发出作家个性的光彩,以其独创性使读者感到亲切和惊异;它仿佛在某一文体的僵硬躯体里灌注进盎然生机,使它获得了艺术生命。所以,文学风格是文体的最高范畴和最高体现。歌德说:

"风格,这是艺术所能企及的最高境界,艺术可以向人类最崇高的努力相抗衡的境界。"因此,他主张"给予风格这个词以最高的地位"。① 黑格尔把风格理解为艺术的独创性,而独创性是"把艺术表现里的主体和对象两方面融合在一起,使得这两方面不再互相外在和对立。从一方面看,这种独创性揭示出艺术家最亲切的内心生活;从另一方面看,它所给的却又是对象的性质,因而独创性的特征显得只是对象本身的特征,我们可以说独创性是从对象的特征来的,而对象的特征又是从创造者的主体性来的"。黑格尔反对东拼西凑、以新奇诡异来标榜的"怪诞的独创性",而"真正的独创性""显现为整一的心灵所创造的整一的亲切的作品,不是从外面掇拾拼凑的,而是全体处于紧密的关系,从一个熔炉,采取一个调子,通过它本身产生出来的,其中各部分是统一的"。② 确实,风格不单纯是个思想内容的问题,也不单纯是个艺术形式的问题;不单纯是创造主体的问题,也不单纯是客体对象的问题。风格是主体与对象亲密融合、互相渗透,艺术内容与艺术形式有机统一,从而见出作家个性的一种艺术独创性。这种艺术独创性并不是任何作家的作品都具有的,而是艺术上臻于成熟,能以一个独立的创作个性参加到文学创作过程的作家才能创作出来的。语言在创作个性转化为风格的过程中始终扮演着重要的角色,它不仅担负着形式化的任务,而且其本身就是风格的有机组成部分,是风格最鲜明的标志,虽然不是唯一的标志。从这个意义上说,风格是言语结构显示出特色和稳定性的表现,是某种语体发展到极致的结果。自由语体使规范性的公共语言转化成充满个性色彩的个人言语,它所创造的艺术世界也就必然地带上个性色彩。言语的独特风味是作家匠心独运的结晶,而非模仿可成。正是语言运用的独特方式和技巧,鲜明地表现着作家的艺术修养、创造才能和对语言感情色彩、节奏韵味的追求。读者往往凭着作品的语言特色,就可以辨别出是谁的作品,把握不同作家作品的风格特点。拿李白和杜甫的诗歌做比较,语言运用的特色都十分鲜明。李诗在遣词造句上富于奇特的想象("狂风吹我心,西挂咸阳树""太白与我语,为我开天关"),超常的夸张("燕山雪花大如席""一风三日吹倒山"),高度的虚拟("我欲因之梦吴越,一夜飞渡镜湖月"),语言节奏旋律则奔泻急促,迸发突进,气势磅礴("黄河之水天上来,奔流到海不复回""天姥连天向天横,势拔五岳掩赤城。天台四万八千丈,对此欲倒东南倾"),凡此都显示了豪放的风格特色。杜诗遣词造句则重精细的写实("车辚辚,马萧萧,行人弓箭各在腰。爷娘妻子走相送,尘埃不见咸阳桥"),鲜明的对比("朱门酒肉臭,路有冻死骨""信知生男恶,反是生女好。生女犹得嫁比邻,生男埋没随百草"),紧密的结构("江浦雷声喧昨夜,春城雨色动微寒""窗含西岭千秋雪,门泊东吴万里船"),语言节奏韵律则回旋舒缓、跌宕顿挫、凝重深沉("风急天高猿啸哀,渚清沙白鸟飞回。无边落木萧萧下,不尽长江滚滚来。万里悲秋常作客,百年多病独登台。艰难苦恨繁霜鬓,潦倒新停浊酒杯"),显示出沉郁的风格。正如沃尔夫冈·凯塞尔所说,"各种语言都有风格,形式的成分越是特殊,语言也就越有个性。""语言的形式使用得越是特殊,一个作品

---

① 〔德〕歌德:《自然的单纯模仿·作风·风格》,载《文学风格论》,王元化译,上海译文出版社1982年版,第3—6页。
② 〔德〕黑格尔:《美学》第1卷,朱光潜译,第373、374、376页。

的个别风格也就越是明显。"①

(二)语言的编码、词语的分布与文学风格

从言语的角度看文学风格,首先是风格与作家对语言的编码和超码密切相关。此说起源于"现代语言学之父"、瑞士语言学家索绪尔。文学是语言的艺术,这里所说的"语言",是就文学总体而言的笼统说法,就每部作品而言,确切地说,它们都是由"言语"组织而成的。把"语言"与"言语"加以区分开来,是索绪尔的一个创造。他认为,言语是指我们每个人所说的话语和所写的话语作品,它鲜明地体现出了个人的特点。不同的个人,所说的话不一样,这是每个人的言语不同。"言语却是个人的意志和智能的行为","说话者赖以运用语言规则表达他的个人思想的组合","使他有可能把这些组合表露出来的心理·物理机构"。② 因此言语是开放的、无限的,每个人的日常话语可以如滔滔江河长流不息,人们可以不断创造新的言语。"执行永远不是由集体,而是由个人进行的。个人永远是它的主人,我们管它叫言语。""语言和言语活动不能混为一谈;它只是言语活动的一个确定的部分,而且当然是一个主要的部分。它既是言语机能的社会产物,又是社会集团为了使个人有可能行使这机能所采用的一整套必不可少的规约。整个来看,言语活动是多方面的、性质复杂的,同时跨着物理、生理和心理几个领域,它还属于个人的领域和社会的领域。""相反,语言本身就是一个整体、一个分类的原则。"③语言不属于个人,而是属于社会的,相对来说也比较封闭和保守。拿现代汉语来说,有 21 个声母、35 个韵母、4 个声调、400 多个音节、上千个词素、几十万个词,还有大量的语法规则。但语言来源于言语活动,言语活动则又受制于语言规则。根据这种区别和联系,现代风格学认为,语言本身作为未经使用的素材整体,是一种中性的代码,而经过作家的作品是活的言语,已经是编码或超码的结果,换言之,中性的语言素材经过编码和超码后,不但传递了信息,而且带有感情色调,从而体现了风格特征。格朗热就认为风格就存在于超码之中,如果仅从语言体式的角度来看风格,此说是有一定道理的。如唐代诗人张若虚的《春江花月夜》,题目中的春、江、花、月、夜这五个字就成了全篇的核心代码,作者紧扣这五个字进行编码,由"春江"带出"明月",由"明月"带出"花林"等月下夜景,由月下夜景带出游子离人的"相思"和对"人生"的感喟。如此步步推衍,层层铺叙,构成了婉转流畅、摇曳多姿的风格,成为千古流传的佳作。在形式上,它是"初唐体"诗格的代表,七言歌行的楷模。后来白居易写《琵琶行》和《长恨歌》,曹雪芹在《红楼梦》中代人物所拟的《葬花吟》《代别离》等,都深受其影响。

从言语的角度看文学风格,风格与词语的分布频率也有关。喜爱使用某些词语以及频率的疏密,如喜爱使用陌生化的词语、喜爱使用带不带强烈感情的词语、喜爱使用长句或短句等不同句式以及它们的分布频率,会显示出文学风格的特征。通过科学的统计,可进而判定某些作家偏爱何种风格以及他们之间的区别。贝纳德·布洛克(Bernard Bloch)

---

① 〔瑞士〕沃尔夫冈·凯塞尔:《语言的艺术作品》,陈铨译,第 386—387 页。
② 〔法〕索绪尔:《普通语言学教程》,高名凯译,商务印书馆 1985 年版,第 35 页。
③ 同上书,第 30—31 页。

认为,风格是"通过语言特征的分布频率及其转换的可能性而实现的信息,特别是这种分布频率和转换的可能性不同于一般语言中同一语言特征的分布和转换"①。例如据统计,普鲁斯特的作品以多从句、长句的分布频率特别大,而海明威的作品则以短句的分布频率特别大,这就形成了两个作家不同的风格特色。又如米里克(Louist Milic)在研究斯威夫特的散文风格时,有意地将其散文连接成分的情况与艾迪生(J. Addison)、约翰逊(S. Johnson)和麦考莱(T. B. Macanlay)作品中所使用的情况做了对比。他从每个作家的作品中各选2 000个句子,然后计算出各自使用连接成分的情况:

<pre>
艾迪生   约翰逊   麦考莱   斯威夫特
 15.9   13.4   13.0   33.9
</pre>

显而易见,斯威夫特使用连接成分分布频率特别大,这就具有意义,据此就可进一步描述斯威夫特的散文风格。在计算机技术愈益发达的今天,这种实证的、精密的方法是完全可行的,可与传统的体悟的方法并行不悖,互相补充。一则可以使风格的研究趋向于统计学的精确,二则可以利用科学的方法,判断作品的真实作者和辨别作品的真伪。这被称之为"统计风格学"。一些西方学者"以作家们的词汇、句子的长短和题材的重复等为内容开展统计风格学的研究","一个题材的出现频率或缺失、句子的节奏、与语言中或一套贯时或共时文学作品中的平均使用情况的差异,所有这些也许还不足以确定一种风格,但是有助于更严谨地表示一种风格的特征"。② 但正如某些理论家所告诫的那样,"这一方法的危险性在于分析者抱有一个'科学的'完整性的理想,很可能忘记艺术效果及其重要性并不简单地等同于一种语言手段使用的频率这样一个道理"③。

然而,对言语组织进行系统分析是风格研究中必不可少的重要环节,因为文学说到底是语言的艺术,正如韦勒克、沃伦所说:"语言是文学的材料。我们可以说,每一件文学作品都只是一种特定语言中文字语汇的选择。正如一件雕塑是一块削去了某些部分的大理石一样。"④从这个意义上说,文学风格也就是语言风格,即在文学作品的言语组织中所体现出来的个人特征。

在这一节的最后,我们用下列图表进一步概括文学风格的内涵:

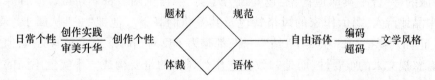

---

① 《有关语言学和语言教学第四次国际会议的报告》,美国,华盛顿,1953年。
② 〔法〕让·伊夫·塔迪埃:《20世纪的文学批评》,史忠义译,百花文艺出版社1998年版。
③ 〔美〕韦勒克、沃伦:《文学理论》,刘象愚等译,第195页。
④ 同上书,第186页。

第三节 文学风格的审美构成与特征

一、文学风格的审美构成

文学风格在作品中是一种有机整体的存在。文学风格的审美构成是那些从情绪上给人以鲜明印象的要素的融合,显现为给人以美感的整体风貌。文学风格的构成要素可以从不同的角度去分析,在这里我们主要从中国传统的文论出发,同时兼顾不同文体的要求,从内在统一性和本体论的角度提出如下的要素构成,即:文采、情调、韵味、气势、氛围。这五者相互依存、相互制约、密切相关。

(一) 文采

文采指作品中的言语色彩,是文学风格的外表。对文采的重要性及它与内容的辩证关系,古人早有明确的认识。刘勰在《文心雕龙·情采》中认为,"文附质""质待文";"情"即"质","采"即"文"。优美的文辞,必须附丽于纯正的情感;而纯正的情感,又有赖于优美文辞的表现。"情"是根本的,尚需与"形"(辞采)、"声"(音调)配合得宜,才能交织成为完美的统一体。他把文章中的情意和辞采,比作一经一纬:"情者文之经,辞者理之纬;经正而后纬成,理定而后辞畅,此立文之本源也。"刘勰把"情"与"采"并举,主张"为情而造文",反对"为文而造情",这既是"立文"的根本,也是风格创造的准则。在风格创造中,"情"与"采"也是主次相从,互为配伍的。正如明代袁宏道所说:"情随境变,字逐情生。"(《叙小修诗》)而文采的作用不仅在于传达情感,如果用得恰当,还可以增加情感的感染力。而为了增强情感的感染力,必须根据这种情感加以布采。"文采"在中国古代文论中又称"辞采""词采"或"丹彩",梁代理论家钟嵘在《诗品·序》中说:"干之以风力,润之以丹彩,使味之者无极,闻之者动心,是诗之至也。""风力"犹言风骨,有时也可泛指风格[①];"丹采"指的是辞藻文采。"风力"与"丹采"统一,就有了"滋味",那是诗的极致。晋怀帝时,文学界不重丹彩,"贵黄、老,稍尚虚谈,于时篇什,理过其辞,淡乎寡味"。至东晋时,玄言派的诗"皆平典似道德论,建安风力尽矣"。可见两者都不可或缺。钟嵘正是从此角度来品评诗人,揭示作家的风格特色及其滋味的高下。他把"采"从属于"风力"或"骨气",正如刘勰把"采"从属于"情"一样,都是为了反对当时形式主义的文风,但他们丝毫也没有忽视文采的重要性,而是一致把它作为风格的重要构成。事实上不同的文采的确构成了不同的风格特色,如有的作品典雅,有的作品华美,有的简约,有的繁富,有的质朴,有的新奇,有的舒缓,有的峻急,凡此都与文采即言语的色彩直接有关。作家对语言的选择和修饰,总是体现了他的教养、爱好、趣味等创作个性方面的因素,正如画家对色彩的选择和运用一样。因此言语的色彩也就成了风格的"色泽",不同作家风格色泽上的差异,首先也在于言语色彩上的差异。沃尔夫冈·凯塞尔指出:"风格研究所理解和探求出

---

① 《魏书·祖莹传》:"文章须自出机杼,成一家风骨。"

来的事物就是语言手段作为一种态度的表现的功用。""在提出和描写各种语言形式时，各种不同的种类都要分开：发音、词类、各类词组、词序、句的构造、大前提的形式，而且最后还有各种提供的形式、内容、节奏和结构都要证明为是表现风格的语言形式。"①以中国的古典诗歌为例，近人喻守真曾对李白的《梦游天姥吟留别》从句式的角度做过语言分析，指出："此诗体制非常解放，其中有四言五言六言七言九言句。除古诗句法外，又参用'骚体'，运用好几个'兮'字，最奇者其中又有像辞赋的语句，如'忽魂悸……烟霞'等句。这可见才气奔放，兴到笔随，不受任何体例的约束。这般作品只可鉴赏它的气势，不能加以寻常绳墨。"②《梦游天姥吟留别》极端偏离诗歌语言的常规和体式，却又那么充分地展示了诗人瑰丽浪漫奇异的想象和文采，构成了豪放飘逸、雄奇壮丽的风格。文采说到底是"语言的特殊的组合"，也就是风格的存在方式，因此历来为风格研究者所重视。

（二）情调

情调指作品中的情感格调。"格调"原来指人的风度仪态，后来又成为文章风格的同义词。其实"文采"也是一种格调，但因偏重于外在的语言形式，所以是一种语言格调。情调作为一种情感格调，相对于显在的语言格调来说，是较为内层的，但又必然地会在语言层面上得到外显，否则也就无情调可言。确切地说，情调是由情感的品质所决定的，它虽然最终呈现于语言的形式层，却在审美的形式中表现了审美的情感内容和品质。中国古代文论中"言志""载道"说固然历久不衰，但对文学情感特征的概括、确认和强调也由来已久。在魏晋这一文学的自觉的时代，自陆机提出"诗缘情"的主张后，强调文学的情感特征成为一股自觉的美学潮流。沈约在盛赞曹氏父子的文学创作时，提出"以情纬文，以文被质"（《宋书·谢灵运传论》），意思是以情组织文采，以文采润饰内容。刘勰持情志论，但把"情"提到了第一位："情者文之经"，"志"则统一于情之中；情感的作用贯穿创作的始终："情以物迁，辞以情发"（《文心雕龙·物色》）；外在的文辞是波，内在的情感是源："夫缀文者情动而辞发，观文者披文以入情，沿波讨源，虽幽必显。"（《文心雕龙·知音》）情是作品的内在境界，辞是作品的外在形式。作家所体验过的情感通过他所精心结撰的文辞而表达，批评家则是透过文辞进入作品的情感境界。由波溯源，即使作品的情感再隐秘幽深，也必能劈肌分理，使之显豁。这也就是他在《序志》篇中所说的"振叶以寻根，观澜而溯源"。试看宋代词人晏几道的《蝶恋花》：

  梦入江南烟水路。行尽江南，不与离人遇。睡里消魂无处说，觉来惆怅消魂误。欲尽此情书尺素。浮雁沉鱼，终了无凭据。却倚缓弦歌别绪，断肠移破秦筝柱。

从这首词的文辞内容来看，上片写梦境中未能与离人相遇，醒来后很觉惆怅。"离人"远在江南，而江南又是一片烟水茫茫的辽阔之地。思念者日思夜想，便"梦入江南"、又"行尽江南"，可见思念之烈，寻觅之苦。在修辞上叠用"江南""消魂"，在音节上颇具顿挫之美，又见出其魂系江南之情。下片推进一层：因夜梦难寻，欲将相思之苦尽遣笔端，但千里

---

① 〔瑞士〕沃尔夫冈·凯塞尔：《语言的艺术作品》，第393页。
② 《唐诗三百首详析》，中华书局1957年版，第65页。

迢迢,书信难达。唯有调筝缓歌以抒离恨,只因恨深情长,竟将筝柱移破。此词把怀念情人的那种刻骨铭心的相思之苦,写得很有情调,具有层层深入、节节转换、语句清疏、情真意切的特点。诚如词论家冯煦所谓:"淡语皆有味,浅语皆有致。"(冯煦《宋六十一家词选例言》)同是有情调的作品,因其情感的浓或淡、强或弱,以及阔大或狭小,在语言符号的表现中呈现出不同的色彩或格调。试再看与晏几道同时代的王安石的《桂枝香·金陵怀古》:

> 登临送目,正故国晚秋,天气初肃。千里澄江似练,翠峰如簇。征帆去棹残阳里,背西风、酒旗斜矗。彩舟云淡,星河鹭起,画图难足。　　念往昔、繁华竞逐,叹门外楼头,悲恨相续。千古凭高对此,漫嗟荣辱。六朝旧事随流水,但寒烟衰草凝绿。至今商女,时时犹唱,《后庭》遗曲。

从文辞内容来看,上片写极目远眺中金陵的晚秋景色,下片写怀古忧今之情。金陵是六朝故都,故称"故国",很容易使人从眼前想到过去,再回到目前,这就是上下片在时空和思绪上的内在联系。写眼前的景色,用笔简练,白练似的长江,青山簇拥,征帆远去,白鹭点点,一片难以画尽的晚秋宁静的美景。写怀古之情,则心绪陡转,叹六朝倾覆,山河失色,悲恨相续。作者连用唐代杜牧《台城曲》和《夜泊秦淮》中两个典故,隐晦曲折地暗示赵宋王朝潜伏着当年六朝的危机。全篇写景与抒情融为一体,怀古和感今相得益彰,用典又起了贯通古今的妙用。《古今词话》说:"金陵怀古,诸公寄词于《桂枝香》凡三十余首,独介夫最为绝唱。"尽管北宋词坛尚未打破"词为艳科"的藩篱,但王安石此词境界开阔,又具历史感,为强烈的忧患意识所笼罩,这自然与他作为"中国11世纪的改革家"的身份、视野和志趣有关,与他为文应"有补于世"的创作主张有关。他的词作不多,但挥洒自如,格调豪迈高远,一洗五代旧习,为当时词坛开辟了一个新天地。而晏几道还是沿袭旧章,局限于爱情描写,格局较小,但也自有其审美价值。正如清代词论家陈廷焯所说:"晏小山工于言情""自有艳词,更不得不让伊独步"(《白雨斋词话》)。然而两相比较,可以看出王词与晏词在情调上有很大的不同,风格也大相径庭。情感有不同的向度,但必须真实。真实的情,才能产生富于美感的情调。

(三) 气势

气势指作品中的精神状态和精神力量的运动状况。在古代朴素的唯物主义看来,"气"是一种自然物质,也是一种精神力量,世界是由一种运动着的元气构成的。作为一种自然之气,它作用于万物,四时的景色变动更替,从而感动了诗人,情以物兴,情以辞发。所以钟嵘说:"气之动物,物之感人,故摇荡性情,形诸舞咏。"(《诗品·序》)刘勰也说:"写气图貌,既随物以宛转;属采附声,亦与心而徘徊。"(《文心雕龙·物色》)气表现在人身上,就是人的自然禀赋、精神人格,这对创作来说更是至关重要的,正如曹丕所说的"文以气为主",因此需要守气(刘勰:"缀虑裁篇,务盈守气"),也需要养气(孟子:"养吾浩然之气")。韩愈进一步把"气"理解为文章的气势,指出:"气,水也;言,浮物也。水大而物之浮者大小毕浮。"又说:"气盛则言之短长与声之高下者皆宜。"(《答李翊书》)历代的很多文论家都从"气势"的含义上谈"气",重视文章的气势,明清时代的文论家甚至把"气"看得比"才"更重要。即便叶燮以才、胆、识、力论诗,但也很强调气,他说:"立言而为文章,韩愈所谓'光焰万丈',此正言文章之气也。气之所用不同,用于一事则一事立极,推之万事,无不可以立极。故白得以与甫齐名者,非才为之,而气为之也。"(《原诗》)气在中国古代文论中既是一个重要的概念,也是一个混沌的概念,大体上来说,气在内则为人格结构的组成部分,在外则表现为作品的气势,也即在言语形式中表现出来的精神状貌和精神能量的强弱与运行中的高下起伏。曹丕所谓的"气有清浊",刘勰所说的"气有刚柔",以及韩愈说的"气盛言宜",都是兼而言之的。就作品而言,气势加厚了情调的生动性和流动性,并呈现为多样的风格。所以古代的理论家纷纷从气来探讨风格特色和风格的多样性。如谢榛在论述唐诗风格时指出:"自古诗人养气,各有主焉。蕴乎内,著乎外,其隐见异同,人莫之辨也。熟读初唐、盛唐诸家所作,有雄浑如大海奔涛,秀拔如孤峰峭壁,壮丽如层楼叠阁,古雅如瑶瑟朱弦,老健如朔漠横雕,清逸如九皋鸣鹤,明净如乱山积雪,高远如长空片云,芳润如露蕙春兰,奇绝如鲸波蜃气:此见诸家所养之不同也。"(《四溟诗话》)由于诗人们所养之气不同,在作品中所表现的格调也不同,于是古人便从气这个总概念出发,推衍出一系列的从属概念。如"意气",指由高尚的气质所形成的风格。刘勰说:"意气骏爽,则文风清焉。"(《文心雕龙·风骨》)张戒云:"意气有不可及者,杜子美诗也。"(《岁寒堂诗话》)如"气力",指作品体现的力量,风格劲健。谢赫评顾骏之绘画:"神韵气力,不逮前贤。"(《古画品录》)刘勰论文:"文辞气力,通变则久。"(《文心雕龙·通变》)如"生气",指作品的精神蓬勃舒发,神采盎然。司空图曰:"生气远出,不著死灰。"(《二十四诗品》)沈德潜说:"谢茂榛古体,局于规格,绝少生气。"(《说诗语》)再如"神气",指作品传神有韵味。刘大櫆云:"神者气之主,气者神之用,神只是气之精处。"又如"才气",把才和气连用。胡应麟云:"歌行之畅,必由才气。"(《诗薮》)此外,还有辞气、气象、气格、气势、气韵、气脉、骨气、气魄等用法。这些,都是由气这个总概念派生出来的,具有总概念的共同特征,彼此又有细微的差别,构成了一个以气为中心的概念系统,从不同侧面来说明艺术风格的特征。①如韩愈的作品就可以用气势来评价,他的散文气势磅礴雄奇奔放,跌宕起伏又明快流畅。皇甫湜说他的文章"如长江清秋,千里一道,冲飚激浪,瀚流不滞"(《谕业》)。苏洵也说:"韩子之文,如长江大河,浑浩流转。"(《上欧阳内翰书》)同为唐宋八大家的欧阳修,虽以学习隔代的韩愈相标榜,但风格实不相同。从气的角度来看,主要是因为气的性质和运气的方式不同。韩愈偏刚,欧阳修偏柔,韩文滔滔雄辩,欧文娓娓而谈;韩文沉着痛快,欧文委婉含蓄。故韩文如长江大河,欧文似涓涓细流。实为气势不同,却各有各的审美价值。

(四)氛围

弥漫于作品中的特定气氛,往往与景物、场面、环境相结合,构成特定的意境和情境,

---

① 参见钱仲联:《释气》,《古代文学理论研究》第5辑;曾祖荫:《中国古代美学范畴》,华中工学院出版社1986年版,第363—364页。

常见于抒情作品和叙事作品。气氛可以是作品局部描写所达到的艺术效果,如鲁迅在《故乡》开头所描写的渐近故乡时的阴晦天气,呜呜的冷风,苍黄的天宇,萧索的荒村,为作品的展开、发展提供了特定的情境。也可以环绕整个作品,如古典长篇小说《红楼梦》就被一种特殊的氛围所缠绕,即鲁迅所说的"悲凉之雾,遍被华林"。马致远的小令《天净沙·秋思》:"枯藤、老树、昏鸦,小桥、流水、人家,古道、西风、瘦马。夕阳西下,断肠人在天涯。"通过对旅途中秋色晚景的勾勒,烘托出一个萧瑟苍凉的氛围,反衬出一个人生漂泊者的零落感。英国女作家艾米丽·勃朗特的长篇小说《呼啸山庄》则充溢着阴郁的氛围。至于鬼神故事和惊险小说,更是无例外地突出来世氛围或阴森恐怖的气氛。氛围固然部分地是依托背景或景物建立起来的,但它不是对环境的客观描写,而是对环境的情感渲染,所以在很大程度上取决于作品所具有的、能使读者和观众产生某种期待和态度的情感气氛。如霍桑的《红字》第一章对于牢门的描述所确立的阴沉氛围;在哈代的《还乡》开卷处通过对埃格顿荒原的渲染所产生的令人郁闷的宿命论感受。在美国剧作家奥尼尔和中国剧作家曹禺的不少剧作中都有类似的情境。氛围的营造不仅服从作品主题和情节的需要,也体现了作者的个性和审美意向,调节着作品或喜或悲,或高或低,或热或冷,或浓或淡,或明或暗的情调。所以氛围成了作品中的积极力量,成了无处不在的拟人化角色,有时甚至成了超自然的力量,冥冥中支配着事件和人物。在英国作家康拉德的小说中,通常贯穿了悲观神秘的情调,如《黑暗的中心》已为读者所熟知。他的另一篇短篇小说《泻湖》也如此,其中气氛情境的描写和人物事件的描写几乎平分秋色。森林地带中部的一座寂静的房子,这就是两个男人和一个垂死妇人的安身之所,与星空下明镜般的泻湖,构成了一幅自然的风景画,这就在一个充满生机而又无情无感的世界内部把中心人物与外界隔离开了,也突出了作者那热情洋溢的本性。且看下述一段文字的描写:

> 狭窄的小河像是一条沟涧,是那样的蜿蜒曲折、深不可测;一条细长的湛蓝的天空,纯净而明亮,下面的河湾却笼罩着一片黑暗。高大的树木耸立,在帷幕般纷纷簇簇的灌木丛的遮掩下悄然遁去。从这里到那里,在靠近河水波光粼粼的漆黑之处,一些参天大树的顶盖枝条缠绕,小小的蕨角树成了窗格花一般的形状,显得漆黑阴森,它们缠绕在一起不动的样子,就像是一条被捉住的蛇。桨儿的喃喃啐语在厚厚而昏昏的、像墙一般的树林之间回响。黑暗穿过灌木丛纷扰的迷阵,从树林中,从其异无比而丝毫不动的树叶中钻了出来;黑暗是那样的神秘,具有所向披靡的气势;人们只能嗅到它的气息,它沉郁得就像无法通过的森林。

在这段文字里,康拉德竭力渲染丛林繁茂而又漆黑阴暗、深不可测、沉郁神秘的气氛,正如泰勒对这段描述所分析的那样:"丛林是自然而生机勃勃的,但也是无法预言和不可知的,它对生活和生存的干预势必导致矛盾和毁灭。于是,这个故事向我们展示了人具有的相似的品质和习性这一场景。"同时他还指出,《泻湖》这些氛围描写是"风格或特征意义上的,因而也是间接的、它的目的在于提供一套判断的价值观念,这是导源于叙述者、作家本身的,也导源于语言的运用,特别是字句的选择和想象力"。"在一部作品的每个方面,作家都可以运用风格探讨的手段,提出自己的看法,来评价行动或人物形象。当然,这同样也能够把故事叙述者的价值观和看法反映出来。"①泰勒的分析是深刻的,氛围的作用不仅在于渲染烘托,而且体现了作者的价值取向;氛围不仅是风格的组成部分,而且也是"风格探讨的手段"。

(五) 韵味

韵味指作品言语结构所产生的情趣和意味,由于它是含而不露的,所以特别需要读者去品味。"韵"字的出现较晚,经籍上无,汉碑上也无,可能出现于汉魏之间。曹植《白鹤赋》"聆雅琴之清韵",是今日可以看到的韵字之始。韵表示音乐的律动,有一种和谐之美,这是其本意,但引申开去,就成为一切艺术都可能具有的情趣、意蕴或意味。韵味之所以称为"味",大抵就是因为它是需要把玩体味的,音乐如此,绘画如此,文学也如此。钟嵘曾提出"滋味"说,滋味者,"指事造形,穷形写物,最为详切"。而要达到这个目的,必须赋、比、兴并重,做到言近旨远,形象鲜明,有风力,有藻采,乃可耐人玩味,具有强大的感染力,这是"诗之至也"(钟嵘《诗品·序》)。钟嵘的滋味与韵味已很接近,是从品味着眼,并作为风格的重要组成部分。钟嵘说的是诗论,在画论方面,南齐画家、画论家谢赫则提出"气韵生动"在先,把它作为"图绘六法"之首(参见《古画品录》)。虽说是从技法着眼,却与风格相通。如他评陆绥的画是"体韵遒举,风彩飘然",即是。对于气韵的相互关系,谢赫既然并举,自然认为是互补的。推衍到文学上,梁萧子显就说过:"藻思含毫,游心内运;放言落纸,气韵天成。"(《南齐书·文学传论》)敖陶孙评价曹操说:"魏武帝如幽燕老将,气韵沉雄。"(《臞翁诗评》)但也有将气与韵分开的,如元好问《自题〈中州集〉后五首》第一首云:

邺下曹刘气尽豪,江东诸谢韵尤高。
若从华实论诗品,未便吴侬得锦袍。

此诗的原意是以当年的曹植和刘桢来比喻当时北方的金国诗人,以谢灵运和谢惠连等来比喻南宋的诗人。认为北国诗人主气之豪,南方诗人重韵之高。由于作者一贯偏重壮美的风格,所以有气比韵的品更高的意思。而明代陆时雍却极言韵之高。他说:"有韵则生,无韵则死;有韵则雅,无韵则俗;有韵则响,无韵则沉;有韵则远,无韵则局。物色在于点染,意态在于转折,情事在于犹夷,风致在于绰约,语气在于吞吐,体势在于游行,此则韵之所由生矣。"(《诗镜总论》)

看来历来诗论既有主张气韵浑成的,也有偏于主气或偏于重韵的。在创作上能做到气韵生动的总是少数,大部分则是气多韵少或气少韵多的。根据徐复观的看法,气韵之"气":"实指的是表现在作品之中的阳刚美。而所谓韵,则实指的是表现在作品中阴柔美。"②陆时雍主张的就是这种阴柔美,有了阴柔美,诗方可论雅:"诗不患无材,而患材之扬;诗不患无情,而患情之肆;诗不患无景,而患景之烦。知此始可以论雅。"(《诗镜总

---

① [美]理查德·泰勒:《理解文学要素》,黎峰等译,四川大学出版社1987年版,第94、96页。
② 徐复观:《中国艺术精神》,春风文艺出版社1987年版,第154页。

论》)陆时雍此说可能脱胎于唐代皎然的"诗有四不",即"气高而不怒,怒则失于风流。力劲而不露,露则伤于斤斧。情多而不暗,暗则蹶于拙钝。才赡而不疏,疏则损于筋脉"(皎然《诗式》)。气和韵的区别就在于:气是动的,外露的,韵是静的,内含的。节奏的调节,使气由动到静,使韵静中却有动意,但前者重在直而质实,而后者妙在曲而空灵。所以论气,讲理直气壮和雄深雅健,论韵,则讲回环往复和余音袅袅。① 唐代的诗论大家司空图也是讲韵味的,他的《与李生论诗书》着重阐明的问题就是诗的韵味问题。他指出只有辨于味,而后才可以言诗。这里所说的"味"也即韵味,所谓味在"咸酸之外""韵外之致""味外之旨"。不是意尽于句中,而是要"近而不浮,远而不尽""千变万状,不知神而自神"。这样,才可算是达到艺术的"诣极"。作者在《与极浦书》中所标举的"象外之象,景外之景",也是这个意思。这种韵味不仅存在于风格"澄澹"的诗,也存在于风格"遒举"的诗。司空图所说的"韵外之致",就是说在语言文字之外,别有余味。与作者在《诗品》中所说的"超以象外,得其环中""不著一字,尽得风流"是同一个意思。此说上承钟嵘《诗品·序》所谓的"文已尽而意有余",下启宋代诗人梅尧臣所主张的"含不尽之意,见于言外",严羽在《沧浪诗话》所说的"言有尽而意无穷",以及近代王国维所谓的"言外之味,弦外之响"。司空图的韵味论也就是他的风格论,他在《诗品》中根据味外之旨、韵外之致的理论,强调超然物外的空灵意境,并具体列出了二十四种风格,这也充分说明了韵味是风格的重要组成部分。韵味为情感所生成,又为情感着上了色彩,增添了格调。司空图说:"诗贯六义,则讽喻、抑扬、停蓄、温雅,皆在其间矣。然直致所得,以格自奇。"(《与李生论诗书》)这里所说的"抑扬、停蓄、温雅",即是诗的情调,这里所说的"格"也即风格,意思是有了韵味,又贯穿了风雅颂赋比兴六义,那么既有了讽喻,也有了情调。只要自然写出,即境会心,就能以独具的风格各自标新立异。韵与气两者既可各自独立,也可互补,合则"气韵生动",分则一为阴柔,一为阳刚。但所谓分也是相对的,两者可以各有侧重,却不可偏枯。有气而无韵,如厉声枵响,有韵而少气,则文格不振。

二、文学风格的特征

(一) 文学风格的独创性

文学风格就是作家在作品中体现出来的艺术独创性,独创性是文学风格最突出的特征。古今中外的优秀作家无不拥有自己独特的风格,如李白的清新飘逸,杜甫的沉郁顿挫,普希金的崇高恢宏,乔伊斯的幽深细密,鲁迅的刚毅辛辣,都是风格独创性的表现。自然界没有两片相同的树叶,但同一种树的树叶毕竟同大于异。风格也会有某种相似性,但风格的差异就如同物种间的差异一般,总是异大于同,否则也就无真正的风格可言,充其量不过是一种模拟性风格而已。风格具有不可替代性和不可复制性。真正的风格是建立在创造力的基础之上的,而非东施效颦的结果。

风格的独创性同作家鲜明的创作个性和自觉的艺术追求密不可分。风格的独创性与

---

① 参见刘衍文、刘永翔:《古典文学鉴赏论》,上海教育出版社1991年版,第639页。

创作个性的独特性之间关系,正如别林斯基所指出的:"文体和个性、性格一样,永远是独创的。""从文体上则可以窥见伟大的作家,正像从笔锋上可以认出伟大画家的绘画一样。"①李清照(字易安)是宋代最杰出的词人之一,据《琅嬛记》载,她以重阳《醉花阴》词致夫君赵明诚,明诚叹赏,自愧不逮,务欲胜之,一切谢客,忌食忘寝者三日夜,得五十阕,杂易安作以示友人陆德夫。德夫玩之再三,曰:只三句佳。明诚诘之,答曰:"莫道不消魂,帘卷西风,人比黄花瘦。"正易安作也。这是仅凭语言体式就能识别作家风格的生动例子,既说明了陆德夫的眼力,更证明了风格的独创性、不可替代性和排他性。正如德国作家、理论家莱辛所说莎士比亚剧作:"最小的优点也都打着印记,这印记会立即向全世界呼喊:我是莎士比亚的!"②风格的独创性是艺术审美价值最重要的内容之一,因此成为许多作家自觉的艺术追求,也成为批评家们衡量艺术价值的重要尺度之一。清代文论家方东树说:"文字成,不见作者面目,则其文可有可无。诗亦然。"(《昭昧詹言》)刘熙载也严厉批评了缺乏独创性的作品,指出:"周秦诸子之文,虽纯驳不同,皆有个自家在内。后世为文者,于彼于此,左顾右盼,以求当众人之意,宜亦诸子所深耻与!"(《艺概》)沈颢论绘画时也说:"伸毫构景,无非拈出自家面目。"(《画麈》)要获得独树一帜的风格,重要的是要发现自己,同时又要对生活有独到的发现,找到最适合自己的艺术表达方式。正如高尔基说的:艺术家要"发现自己!""人的使命是:发现自己!发现自己对生活、对人们、对特定的事实的主观态度,并把这种态度用自己的形式和自己的语言表达出来。"③这里最关键的是要发现自己,而这恰恰是十分困难的事情,需要艰苦的探索和持久的努力。高尔基就曾在1899年给画家列宾的信中诉说自己有时失去自己的苦恼:"我有时所运用的事实和思想,都是我从别人的书中拾取来的,而不是自己凭自己的心灵直接体验来的。这是十分令人难受的。不用说,这是不好的。一个人用反射过来的光亮去照耀东西,是不是很好呢?是很不好的。"④这其实就是刘熙载所批评的"于彼于此,左顾右盼"。当然,高尔基毕竟是大家,在他创作历程的大部分时间里都能"发现自己",因而创作了大量独创性的作品,它们的风格只属于他本人。风格总是和艺术独创性相联系,有独特艺术风格的作品才有永恒的艺术魅力,所以成为大部分艺术家的自觉追求。清代诗人张问陶如此说:"诗中无我不如删,万卷堆床亦等闲。"(《论文》)

(二) 文学风格的稳定性

一般说来,当作家的某种风格形成之后,在较长的时间里会保持其基本的风貌不变,有的作家即使不断调整和变化也往往万变不离其宗,有的作家在不同的发展阶段上固然会有程度不等的变化,但在其自身的风格差异中仍能看出其一脉相承的内在联系。因此风格又具有相对稳定性和连续性的特点。究其原因,还是与人的性格和在此基础上形成的创作个性的稳定性和持续性有直接的关系。19世纪法国的史学家和批评家丹纳(Hip-

---

① 《别林斯基论文学》,新文艺出版社1958年版,第234—235页。
② 〔德〕莱辛:《汉堡剧评》,张黎译,上海译文出版社1981年版,第374页。
③ 转引自《现代文艺理论译丛》第1辑,第211页。
④ 〔苏联〕高尔基:《关于我的〈读者〉及其他》,汪介之编《高尔基自传》,江苏文艺出版社1998年版,第186页。

polyte Adolphe Taine,1828—1893)说得好:"人人知道一个艺术家的许多不同的作品都是亲属,好像一父所生的几个儿女,彼此有显著的相像之处。你们也知道每个艺术家都有他的风格,见之于他所有的作品。倘是画家,他有他的色调,或鲜明或暗淡;他有他特别喜爱的典型,或高尚或通俗;他有他的姿态,他的构图,他的制作方法,他的用油的厚薄,他的写实方式,他的色彩,他的手法。倘是作家,他有他的人物,或激烈,或和平;他有他的情节,或复杂或简单;他有他的结局,或悲壮或滑稽;他有他风格的效果,他的句法,他的字汇。这是千真万确的事,只要拿一个相当优秀的艺术家的一件没有签名的作品给内行去看,他差不多一定能说出作家来;如果他经验相当丰富,感觉相当灵敏,还能说出作品属于那位作家的哪一个时期,属于作家的哪一个发展阶段。"①鲁迅在白色恐怖时期,曾频繁地更换笔名,但明眼人还是能从其文章的风格上辨认出是鲁迅写的。所以他在给黎烈文的信中说:"夜里又做一篇,原想嬉皮笑脸,而仍剑拔弩张,倘不洗心,殊难革面,真是呜呼噫嘻,如何是好,换一笔名,图掩人目,恐亦无补。"②

但是,风格的稳定性是相对的,而非绝对的。作家的世界观和艺术观不可能一成不变,随着作家所处的时代的剧变以及个人社会地位、生活阅历、文学观念和审美趣味的变化,他的创作个性也可能发生重大的变化,相应地,其作品的风格也会发生重大的转折和嬗变,这在文学史上也是不乏其例的。例如"文革"之后复出的中国作家,多数人的创作都出现了风格的变化。

(三) 文学风格的多样性

文学风格除了独创性、稳定性的特点之外,还有多样性的特点。这首先是因为作家的创作个性个个有别,如刘勰说的"才有庸俊,气有刚柔,学有深浅,习有雅郑",先天的情性和后天的陶染不同,造成了"笔区云谲,文苑波诡",也即文学创作领域的千变万化和风格的多样化。明代的方孝孺根据刘勰在同一篇文章中所说的"各师其心,其异如面"加以发挥,指出:"人之文不同者犹其形也,不可不同,天下之道,根于心者一也……人之为文,岂故为尔不同哉!其形人人殊,声音笑貌人人殊,其言固不得而强同也,而亦不必一拘乎同也。"(《张彦辉文集序》)说明风格因人而异,不可强同也不必求同,这是创作的固有规律。风格的多样化还有客观方面的原因:表现对象的广阔无限、多姿多彩,受众审美的各异其趣、变动不居,既提出了风格多样化的要求,也为作家各展所长、争奇斗艳提供了广阔的天地。

文学风格的多样化,往往是一个时代文学繁荣的重要标志。从历史上看,凡是千篇一律的时代,必然是文学艺术寂寞凋零的时代,反之,凡是众体皆备、不主一格的时代,必然是群星灿烂、文学和其他艺术都繁荣昌盛的时代。人们常说"盛唐气象",固然可以从各个角度去评说,但其风格的多样化却是非说不可,不得不说的。明代高棅就曾历数唐代三百年的诗歌风格,认为唐诗的繁荣与风格的多样化密切有关。其中谈到盛唐时说:"开元、

---

① 〔法〕丹纳:《艺术哲学》,傅雷译,人民文学出版社1981年版,第4页。
② 《鲁迅书信集》上,人民文学出版社1976年版,第371页。

天宝间,则有李翰林之飘逸,杜工部之沉郁,孟襄阳之清雅,王右丞之精致,储光羲之真率,王昌龄之声俊,高适、岑参之悲壮,李颀、常建之超凡,此盛唐之盛者也。"(高棅《唐诗品汇总序》)

文学风格多样化也体现在一些体大思精、才具多样的大家身上。如杜甫从青壮年到老年,其风格就呈现出多样性。前人曾指出:"杜诗叙年谱,得以考其辞力,少而锐,壮而肆,老而严,非妙于文章,不足以致此。"(吴可《藏海诗话》)即使从横向看,他也有几副笔墨,多种风格。如雄浑、秀丽、悲壮、豁朗等,但仍有其主导的风格——沉郁顿挫贯穿始终,给人以"浑涵汪茫,千汇万状,兼古今而有之"(《新唐书》)的包容感。这与他"转益多师",多方面吸纳前人的风格精华又能熔于一炉的苦心经营有关。对此元稹曾予以很高的评价:"至于子美,盖所谓上薄风骚,下该沈宋,古傍苏李,气夺曹刘,掩颜谢之孤高,杂徐庾之流丽,尽得古今之体势,而兼人人之所独专也。"(《唐故工部员外郎杜君墓系铭并序》)可见风格多样化也可能体现在同一个作家身上,表现出一种"浑涵汪茫"的大家风范。不仅如此,风格的多样化还可能体现在某些鸿篇巨制和史诗性的作品中,在单个作品中呈现出复合的风格。但无论体现在一个作家的不同作品中,还是体现在单个作品中,它们之间都不是割裂的,而有一个主导风格贯穿其间;不是随心所欲的,而是水到渠成的。一个伟大的作家为了驾驭不同的题材和表现对象,为了探索艺术的各种可能性,也为了表达丰富复杂的思想感情,必须有多种本领和多副笔墨,正如布封所说:"一个大作家绝不能只有一颗印章。"

第四节 文学风格类型的划分与审美价值

一、文学风格类型的划分

文学风格千姿百态,无限多样。有多少优秀的文学作品,也就有多少独特的文学风格。一部文学史,也就是一部风格的历史。为了便于鉴赏和总体上的把握研究,中外理论家都从不同的角度进行分类,并企图说明各个风格类型的审美特征。一般地说,西方古代倾向于三分法,这可以追溯到安提西尼(Antesene),他把风格分为崇高的、平庸的和低下的三种。[①] 但丁的分类相似:"悲剧带来较高雅的风格,喜剧带来较低下的风格,挽诗,我们知道是不幸人的风格。"他认为悲剧"应采用光辉的俗语",喜剧"就应该有时用中级的,有时用低级的俗语"。[②] 到了黑格尔,他按照自己的审美理想,区分出严峻的风格、理想的风格和愉快的风格三种,并做了详细的阐说。现代文艺理论家威克纳格则从文体的角度区分出智力的风格、想象的风格和情感的风格。我国古代的风格理论十分丰富,对风格的分类及其审美特征的论述可谓独树一帜。其特点是:一、对风格的分类有简繁两法,趋势

---

① 参见〔意〕克罗齐:《作为表现的科学和一般语言学的美学的历史》,中国社会科学出版社1984年版,第298页。

② 〔意〕但丁:《论俗语》,转引自《文艺理论译丛》1958年第3期,人民文学出版社。

是由简到繁,二元对立式地繁殖递加;二、对风格范畴的概括十分简约,而对风格的审美特征多取描述的方法,且常用形象化的比喻,以激发欣赏者的审美联想,强调用感性的体悟和比较去识别不同的风格,而避免做出严格明确的规定。这可能不够"科学""理性",但更切合多数人的审美经验,因为风格美是难以用逻辑推理的方法去把握的,它是只可意会难以言传的情调和韵味、色彩和境界。

中国的简分法是将风格分为"刚"和"柔"两类,也有"虚"与"实"、"奇"与"正"等二分法,但以刚柔说影响最大,且源远流长。阴阳、刚柔本是中国古代的哲学概念,后来用来解释文艺现象。曹丕始论风格,正式提出"文以气为主,气之清浊有体",以气分清、浊二体。郭绍虞的解释是:"刚近于清,柔近于浊。"在他主编的《中国历代文论选》中也说:"清是俊爽超迈的阳刚之气,浊是凝重沉郁的阴柔之气。"刘勰则说"气有刚柔","刚柔虽殊,必随时而适用"。意思是各有所适,不可偏废。有的虽然不用刚柔二字,但也大同小异,如豪放与婉约、沉着痛快与优游不迫等,都体现了将风格区分为刚柔两类,提倡刚柔相济的美学思想。至清代,桐城派的代表人物姚鼐进一步从美学的高度区分阳刚和阴柔这两种最基本的风格。他说:"鼐闻天地之道,阴阳刚柔而已。文者,天地之精英,而阴阳刚柔之发也……自诸子而降,其为文无弗有偏也。"在明确区分阳刚和阴柔之后,他分别对这两种风格美加以具体的形容描述:"其得于阳与刚之美者,则其文如霆,如电,如长风之出谷,如崇山峻崖,如决大川,如奔骐骥;其光也,如杲日,如火,如金铁;其于人也,如凭高视远,如君而朝万众,如鼓万勇士而战之。其得于阴与柔之美者,则其文如升初日,如清风,如云,如霞,如烟,如幽林曲涧,如沦,如漾,如珠玉之辉,如鸿鹄之鸣而入寥廓;其于人也,漻乎其如叹,邈乎其如有思,暖乎其如喜,愀乎其如悲。观其文,讽其音,则为文者之性情形状举以殊焉。"(《复鲁絜非书》)从他具体的形容和描述来看,阳刚之美美在刚劲、雄伟、浩大、浓烈、庄严;阴柔之美美在柔和、轻盈、幽深、淡雅、高远。前者是壮美,后者则是优美。姚鼐是提倡刚柔相济的,认为两者不可偏废,他在另一篇文章中做了更明确的说明:"吾尝以谓文章之原,本乎天地。天地之道,阴阳刚柔而已。苟有得乎阴阳刚柔之精,皆可以为文章之美。阴阳刚柔并行而不容偏废,有其一端而绝亡其一,刚者至于偾强而拂戾,柔者至于颓废而暗幽,则必无与于文者矣。然古君子称为文章之至,虽兼具二者之用,亦不能无所偏优于其间,其故何哉?天地之道,协合以为体,而时发奇出以为用者,理固然也。"(《海愚诗钞序》)在他看来,阳刚和阴柔都是美,但应相济互补,否则会发生偏执,走向极端。然而,真能做到两者兼备的却很少,所以他又认为可以"偏优"和"奇出"。简分法虽简,却有很大的包容性,其实文学史上出现的很多具体的风格,都大体上可以分别归入"阳刚"和"阴柔"两大风格模式中去。

较繁的分类法始于刘勰,他在《文心雕龙》"体性篇"中谈到风格的"各师成心,其异如面"时说:"若总其归途,则数穷八体:一曰典雅,二曰远奥,三曰精约,四曰显附,五曰繁缛,六曰壮丽,七曰新奇,八曰轻靡。"刘勰的八体又分成四组,四组之间有一正一反的关系:"雅与奇反,奥与显殊,繁与约舛,壮与轻乖",构成了一个风格系统,隐含了八卦的意象,可以说:"八途而包万举。"但刘勰的风格论仍是广义的风格论,他把非文学体裁的文章风格都包括在内,如政论、日用文体、学术著作等,说明尚未完全摆脱先秦以来把"文"看作学术文化总称的传统观念。唐代的诗歌空前繁荣,便出现了对诗歌的各种风格进行分类的理论探索。如皎然《诗式》提出"辨体有一十九字":高、逸、贞、忠、节、志、气、情、思、德、诚、闲、达、悲、怨、意、力、静、远。对其中的每一个字,他都做了扼要的说明,认为:"篇目风貌不妨一字之下,风律外彰,体德内蕴,如车之有毂,总辐归焉。其一十九字,括文章德体风味尽矣。"由于皎然用的是"风律"和"体德"的交叉标准,所以他的分类不甚协调,但对后人也不无启发。司空图的分类标准比较统一,基本上是从文学风格的本体构成出发,也较切合创作实际。他把诗歌的风格分为二十四类:雄浑、冲淡、纤秾、沉着、高古、典雅、洗练、劲健、绮丽、自然、含蓄、豪放、精神、缜密、疏野、清奇、委曲、实境、悲慨、形容、超诣、飘逸、旷达、流动。虽然区分的是诗歌风格,但也适合于其他文体,而且这些风格概念中的绝大部分,至今仍在使用。可以说,司空图的二十四诗品,建立了具有中国传统的风格分类的模型。正如《四库全书总目提要》说:"所列诸体皆备,不主一格。"司空图对二十四种风格的描述充满了诗情画意,又渗透了哲理,对后世的影响最大。如对"雄浑"的描述是:"大用外腓,真体内充,返虚入浑,积健为雄。具备万物,横绝太空,荒荒油云,寥寥长风。超以象外,得其环中,持之匪强,来之无穷。"这就是说,雄浑是一种可以笼罩万物、横贯九天的气势,它好像是广漠流动的云,又好像是在空中激荡的风。这是由实入虚,向外扩张的震撼人心的美学境界。司空图对风格审美特征的形象化描述,把我们带领到丰富多彩令人神往的审美境界,并具有某种范型的意义。

中国古代的风格分类法主要是一种主观直觉的分类法,而现代的风格分类则趋向于客观科学,陈望道在《修辞学发凡》中就做了这方面的贡献。他把风格分为四组八种:

(1) 组:由内容和形式的比例,分为简约和繁丰;
(2) 组:由气象的刚强和柔和,分为刚健和柔婉;
(3) 组:由于话里辞藻的多少,分为平淡和绚烂;
(4) 组:由于检点功夫的多少,分为谨严和疏放。

陈望道认为,简约和繁丰、刚健和柔婉、平淡和绚烂、谨严和疏放都是极端。其实风格并不一定是这两端上的东西,位于这两端中间的固然多,兼有这一组、二组、三组以上的风格也不少,例如简约而兼刚健,或简约兼刚健又兼平淡,如此类推,可以变化无穷。陈望道的风格分类法曾受到叶圣陶等人的好评,认为"这是今人的见解胜于古人处",但以今天的眼光来看,也仍有局限之处,因为他更多的是从"语文"的角度着眼。有鉴于此,又出现了各种分类方式。如童庆炳在《文体与文体的创造》中根据八卦的模式把文学风格分为八组十六种:(1) 简洁——丰赡,(2) 平淡——绚丽,(3) 刚健——柔婉,(4) 潇洒——谨严,(5) 雄浑——隽永,(6) 典雅——荒诞,(7) 清明——朦胧,(8) 庄重——幽默,似更切合现代的风格审美实际,也有更大的包容性。由于文学风格形态的无限多样又无限生成,不可能找到一种最完善的分类法。对文学风格的分类可以从不同的角度进行,而且永远是相对的,它们为读者提供了一个参照系,但大可不必胶柱鼓瑟,应该根据具体作品的审美特点灵活运用。正如小说家、理论家茅盾所说:"有的可以从全篇的韵味着眼,用苍劲、典雅、俊逸等等形容词概括其基本特点,有的则可以从布局、谋篇、炼字、炼句着眼,而或为谨严,或为逸宕,或为奇诡,等等不一。"①

二、文学风格的审美价值

不同的文学风格有不同的审美价值。如阳刚之美、阴柔之美、简约之美、繁缛之美、典雅之美、朴素之美、幽默之美、荒诞之美等等均是美。风格美不仅给人以形式上的满足,而且足以陶冶人心。雄浑刚劲的风格可以壮人胸怀,清新俏丽的风格可以舒人心脾,飘逸疏野的风格可以养人性情,沉着含蓄的风格可以启人思力……正如高山瀑布,长风出谷,大海怒涛,落日烟霞,平湖秋月,出水芙蓉,蓓蕾初绽,冬梅傲雪,或如独坐修篁,鸿雁不来,窈窕深谷,时见美人,玉壶买春,赏雨茅屋,壮士拂剑,浩然弥哀。凡此都各有风韵,给人以不同的审美享受。风格美之所以能陶冶人心,归根结底是因为它在审美的形式中凝聚了生命的内质,体现了人的各种生命状态、丰富的个性和创造力量,表达了对人生和艺术的价值取向。当读者在审美中与之相契合时,便会被它的艺术魅力和精神魅力所打动,从而进入了一个新的境界。苏东坡词改变了晚唐五代词镂金错彩和婉约缠绵的作风,成为豪放派词的开山祖。北宋胡寅说:"及眉山苏氏,一洗绮罗香泽之态,摆脱绸缪宛转之度,使人登高望远,举首高歌,而逸怀浩气超乎尘埃之外。"(《酒边词序》)

由于人们的审美有不同的心理结构为基础,也有特定的语境或心境,因此对风格美会有不同的爱好和选择,从而导致对适合自己趣味的风格作家和作品的偏爱,这是不足为奇的。朗吉弩斯推崇崇高的风格,狄德罗喜欢简朴的风格,歌德赞赏雄伟的风格,雨果爱好单纯的风格,姚鼐主张"阴阳刚柔并行而不容偏废",也有人偏爱朦胧、新奇、怪诞,如此等等。而"李杜优劣论",则成了延续至今的一个公案。有人曾问袁枚:"杜陵不喜陶诗,欧公不喜杜诗,何耶?"袁牧曰:"人各有性情。陶诗甘,杜诗苦,欧诗多因,杜诗多创,此其所以不合也。元微之云:'鸟不走,马不飞,不相能,胡相讥?'"(袁枚《随园诗话》)风格欣赏中的偏好,归根结底是因为读者与作者通过风格的纽带达到了个性间的吸引,灵魂与灵魂的相通,否则就如电流发生了短路。这正如刘勰所说:"夫篇章杂沓,质文交加,知多偏好,人莫圆该。慷慨者逆声而击节,酝藉者见密而高蹈,浮慧者观绮而跃心,爱奇者闻诡而惊听。会己则嗟讽,异我则沮弃,各执一隅之解,欲拟万端之变。所谓'东向而望,不见西墙'也。"(刘勰《文心雕龙·知音》)话虽然如此说,但作为一个有修养的读者,尤其是作为一个鉴赏家和评论家,固然不必"圆该",也即面面俱到,却也应广泛涉猎,这样才能遍知、遍识、遍品各种风格美,这不仅是一种神农尝百草般的审美认知,更是最丰盛的审美享受。所以刘勰又指出"务先博观""无私于轻重,不偏于憎爱,然后能平理若衡,照辞如镜矣"。

风格批评不妨推崇某种风格,也可批评另一种风格,这本来无可厚非,只要言之成理,持之有故就行。但如果全凭一己的好恶予以臧否,把个人欣赏的奉为唯一,把个人不欣赏

---

① 茅盾:《鼓吹续集》,作家出版社1962年版,第134页。

的弃之如敝屣,那就有失偏颇,也不符风格多样化的规律。叶燮说得好:"论者谓'晚唐之诗,其音衰飒'。然衰飒之论,晚唐不辞,若以衰飒为贬,晚唐不受也。夫天有四时,四时有春秋。春气滋生,秋气萧杀。滋生则敷荣,肃杀则衰飒。气之候不同,非气有优劣也。使气有优劣,春与秋亦有优劣乎?故衰飒以为气,秋气也;衰飒以为声,商声也。俱天地之出于自然者,不可以为贬也。又盛唐之诗,春花也:桃李之秾华,牡丹芍药之妍艳,其品华美贵重,略无寒瘦俭薄之态,固足美也。晚唐之诗,秋花也:江上之芙蓉,篱边之丛菊,极幽艳晚香之韵,可不为美乎?"(《原诗·外篇》下之十三)

在 1930 年代,我国有人将"静穆"推崇为风格的极致,甚至把不属静穆的作品也说成静穆,为此受到了鲁迅的批评。研究风格的审美价值有两点值得注意。第一,风格美是可以超越时代、民族、阶级的。过去时代形成的风格类型,其审美价值并不随时代的变化而消失。正如雨果所说:"未来仅仅属于拥有风格的人。"[①]福楼拜也说:"一部写得很好的作品从来不会使人感到厌倦,风格就是生命。"[②]古今中外凡是有独特风格的作家作品,都以其不可重复的艺术独创性,不仅在文学史上取得应有的地位,而且在审美领域里得到流芳百世的荣耀。在这个意义上,历史和未来都属于拥有独特风格的作家。第二,风格的审美价值虽然可以超越时代,但它在多大程度上得到实现,却往往受到后世的价值取向的影响。它不取决于少数人的选择,而取决于时代、民族、阶级的集体选择。一个抗争的阶级、苦难的民族、悲剧的时代,可能更激赏慷慨悲凉的风格,而冷落闲适恬淡的风格,鄙视华艳绮丽的风格,尽管被冷落被鄙视的也自有其审美价值。而一个活跃、开放、发展的时代,往往乐于对各种风格兼容并包,各个社会群体可以做出自由的选择,这就促进了文学风格的多样和繁荣。正如元好问说:"邺下风流在晋多,壮怀犹见缺壶歌。风云若恨张华少,温李新声奈尔何!"沈从文小说中的原始淳朴,钱锺书小说中的机智冷峭,都有特殊的审美价值,至今仍有广大的读者群。可是在民族危亡的年代,其现实影响力远不如热烈悲壮、慷慨激烈的作品,如郭沫若的剧作《屈原》。

第五节　文学风格与文化

一、文学风格与时代文化

风格的概念具有二重性:一方面,风格是作家个人独创的风格;另一方面,风格又是时代的风格,是某一时代所普遍采用的艺术语言。不同时代有不同的文化,作家生活于时代之中,不能不感受到时代的气息。作家的文学风格必然要渗入时代文化的因素,表现出时代性。时代文化一般是由时代的语言的新变化、时代的新风尚、时代的新信息、时代独特的心理、时代崇尚的艺术趣味、时代的新的审美理想、时代新的科学特点融合而成的。文学风格总是这样或那样反映时代文化的特点,而形成文学的时代风格,并随着时代的变化

[①] 转引自〔苏联〕赫拉普钦科:《作家的创作个性和文学的发展》,上海人民出版社 1977 年版,第 181 页。

而变化。正如波兰思想史家符·塔达基维奇(Wladyslaw Tatarkiewicz,1886—1980)所说:"这些风格并不是从一代人向又一代人过渡着的,它们是与生活与文化一道在社会因素、经济因素与心理因素的影响下发生着变化,并成为时代的表现。这些风格的变化时常是急剧的,时常是从一个极端转变到另一个极端。"[1]文学的时代风格是作家作品在总体特色上所具有的特定时代的特征,它是该时代的精神特点、审美要求和审美理想在作家作品中的表现。在具体的创作实践中,时代风格总是与个人特点纠结在一起的,但作为一种共性的概念,则是从理论上忽略了同时代各个作家的个性以后,从历史、社会的高度进行扫描得出的只属于这个时代而不属于其他时代的文学的总体特征。《礼记·乐记》说:"治世之音安以乐,其政和;乱世之音怨以怒,其政乖;亡国之音哀以思,其民困。"音乐如此,文学亦然。先秦诸子散文那种感情激越、设想奇特、辞采绚烂,富有论辩性的特点,正是那个群雄割据、学派林立、百家争鸣,富有创造力的时代特征所留下的印记。文学的时代特点不是时代印记被动的承受物,它既是时代精神的产物,又是对时代精神的发现、强调、放大和风格化。曹操、曹丕、曹植、孔融、王粲、刘桢等人是建安文学的代表,他们面对军阀混战、世积乱离、风衰俗怨的时代,既敢于正视现实,又富有"拯世济物"的宏愿。因此,尽管这些作家各有各的风格,如曹操的苍凉悲壮,曹丕的通脱清丽,曹植的豪迈忧愤,孔融的豪气直上,王粲的深沉秀丽,刘桢的贞骨凌霜,却都继承和发扬了汉乐府缘事而发、为时而作的文学精神,具有"志深而笔长"(《文心雕龙·时序》)、"慷慨以任气,磊落以使才;造怀指事,不求纤密之巧;驱辞逐貌,唯取昭晰之能"(《文心雕龙·明诗》)的共同特点。这就是古今盛赞的"建安风骨",即建安文学的时代风格。不同时代的艺术风格总是因时而异,正如刘勰所说"时运交移,质文代变"。如在欧洲曾此起彼伏盛行过的罗马式风格、哥特式风格、文艺复兴式风格、巴洛克式风格和洛可可艺术风格,都是具有鲜明时代特点的著名风格类型。

时代风格的形成,离不开文学自身的发展规律,也离不开作家有意识的创造。古文运动就是一个极好的例子。唐初以来,文风承六朝骈俪之习,成为束缚思想的桎梏,因而亟待开展一个文体革新运动,也就是反对骈文,提倡古文。至唐德宗贞元时期,韩愈把自己的奇句(不对偶)单行(未排比)、上继三代两汉的散文称为古文,以与"俗下文字"即六朝以来流行已久的骈文对立,一时为许多韩门弟子所追随。至唐宪宗元和时期,又得到柳宗元的大力支持,于是声势更大,业绩更著。通过二三十年的努力,古文终于压倒了骈文,一扫文坛上的颓靡之风,开创了一代流畅明快、清新自然、言之有物、有的放矢,具有批判锋芒的新文风,成为一种新的时代风格。显然,这种新的时代风格的产生,既是时代的需要,也是文学自身的要求,同时与韩愈"文起八代之衰"的努力是分不开的。

文学作为语言艺术,其时代特征最终会在语言层面上体现出来。如"繁丽竞繁,而兴寄都绝"的"齐梁体",与"骨气端翔,音情顿挫,光英朗练,有金石声"的"盛唐体",在语言风格上就判然有别,这是有目共睹的。

---

[1] 〔波兰〕符·塔达基维奇:《西方美学概念史》,褚朔维译,学苑出版社1990年版,第239页。

风格的时代性差异也完全可能体现在同一个作家身上。这在一些跨世纪、跨时代的作家身上体现得尤为明显。特别是当时代发生动荡、革命、战乱、改朝换代或社会政治制度和经济体制出现重大的变更转型,都会使作家的世界观、人生观、价值观、审美观、创作视野、艺术趣味乃至情调语调发生重大的变化,从而导致个人风格的时代性转变。中国的现代作家,大多都经历了个人风格的时代性转换。丁玲就十分典型,她早年接受"五四"新文化运动的影响,追求个性解放,却受到了挫折,这在她早期带有自传性质的《莎菲女士的日记》等小说中有着明显的表现,呈现为一种浓厚的感伤色彩和浪漫风格。在成为左翼作家,特别是进入延安革命根据地后,丁玲的作品和文风都判若两人。1948年她出版的反映土改的长篇小说《太阳照在桑干河上》,就具有强烈的社会主义政治色彩和写实风格。

二、文学风格与民族文化

不同的民族有不同的文化传统。作家生活于民族传统文化中,不能不受民族文化传统的影响。作家的风格必然渗入民族文化传统的基因,表现出民族性。民族文化一般由民族的语言文字、民族的神话、民族的宗教、民族的习俗、民族的性格、民族的思维、民族的审美理想、民族的艺术、民族的科学、民族的历史等特点融合而成。风格总是这样那样反映民族文化的特点,而形成文学的民族风格。民族风格的同一性一目了然,从作品的风格特征上很容易把一个国家的作品与另一国家的作品区分开来,把一个民族的作品与另一民族的作品区分开来。伏尔泰(Voltaire,1694—1778)说:"从写作的风格来认出一个意大利人、一个法国人、一个英国人或一个西班牙人,就像从他面孔的轮廓,他的发音和他的行动举止来认出他的国籍一样容易。意大利语的柔和和甜蜜在不知不觉中渗入到意大利作家的资质中去。在我看来,辞藻的华丽、隐喻的运用、风格的庄严,通常标志着西班牙作家的特点。对于英国人来说,他们更讲究作品的力量、活力和雄浑,他们爱讽喻和明喻甚于一切。法国人则具有明彻、严密和优雅的风格。他们既没有英国人的力量,也没有意大利人的柔和,前者在他们看来显得凶猛粗暴,后者在他们看来又未免缺乏须眉气概……要看出各相邻民族鉴赏趣味的差别,你必须考虑到他们不同的风格。"[①]

即使A国作家写了B国的生活和人物,我们仍可以从他的思维方式和艺术表达方式的特点,乃至集体无意识和民族偏见等方面,知道那是A国作家的作品。在好的译作中,尽管一民族的语言转换成另一民族的语言,我们仍然可以看到原作的民族特点,这是因为民族风格不仅见诸作品的语言,而且体现在语调、情调、题材、韵味和作品所体现的民族精神等方面。正如普希金所说:"气候、政体、信仰,赋予每一个民族以特别的面貌,这面貌多多少少反映在诗歌的镜子里……这儿有着思想和感情的方式,有着只属于某一民族所有的无数风俗、迷信和习惯。"[②]普希金本人就是俄罗斯文学的民族风格的杰出代表:"在他

---

① 〔法〕伏尔泰:《论史诗》,《西方文论选》上卷,上海译文出版社1979年版,第323页。
② 〔俄〕普希金:《短论抄》,《文学的战斗传统》,满涛等译,新文艺出版社1953年版,第42—43页。

身上,俄国大自然、俄国精神、俄国语言、俄国性格反映得这样明朗,这样净美,正像风景反映在光学玻璃的凸面上一样。""他一开始就是民族的,因为真正的民族性不在于描写农妇穿的无袖长衫,而在表现民族精神本身。诗人甚至描写完全生疏的世界,只要他是用含有自己的民族要素的眼睛来看它,用整个民族的眼睛来看它,只要诗人这样感受和说话,使他的同胞们看来,似乎就是他们自己在感受和说话,他在这时候也可能是民族的。如果必须讲到构成普希金属性,以别于其他诗人的优点,那么,那就是在于描写的无限敏捷和以少数特征勾画整个对象的不平凡的艺术。"①

鲁迅认为民族风格要摆脱两重桎梏:一重是"古国的青年的迟暮之感","世界的时代思潮早已六面袭来,而自己还拘禁在三千年陈的桎梏里";另一重是对外国的顶礼膜拜:"然而现在外面的许多艺术界中人,已经对于自然反叛,将自然割裂,改造了。而文艺史界中人,则舍了用惯的向来以为是'永久'的旧尺,另以各时代各民族的固有的尺,来量各时代各民族的艺术,于是向埃及坟中的绘画赞叹,对黑人刀柄上的雕刻点头,这往往使我们误解,以为要再回到旧日的桎梏里。"他高度评价了陶元庆的绘画:"以新的形,尤其是新的色来写出他自己的世界,而其中仍有中国向来的灵魂——要字面免得流于玄虚,则就是:民族性。"鲁迅最后的结论是:"他并非'之乎者也',因为用的是新的形和新的色;而又不是'Yes'、'No',因为他究竟是中国人。所以,用密达尺来量,是不对的,但也不能用什么汉朝的虑傂尺或清朝的营造尺,因为他又已经是现今的人。我想,必须用存在于现今想要参与世界上的事业的中国人的心里的尺来量,这才懂得他的艺术。"②鲁迅的这一席话说得何等深刻,不仅对理解民族性和民族风格的问题有重要的理论价值,而且对今天的文艺如何面对世界和自己的传统,仍有振聋发聩的作用。事实上鲁迅本人就是最具有民族性,同时又最具有世界性的伟大作家。鲁迅是把民族和世界、传统和现代结合得最好的作家,是最懂得国民性的弱点,并在予以鞭挞的同时,高扬民族的脊梁和精神的作家。在文学形式上,他也是彻底风格化的。正如茅盾所说:"鲁迅的作品即使是形式上最和外国小说接近的,也依然有他自己的民族形式。这就是他的文学语言。也就是这个民族形式构成了鲁迅作品的个人风格。"③

三、文学风格与地域文化

不同地域有不同的文化。作家总是生活在一定的地域中,不能不感受到地域文化的气息。作家的文学风格必然渗入地域文化的因素,表现出地域性。地域文化是历史形成的,它一般由地域的语言、地域的传说、地域的宗教、地域的习俗、地域的性格、地域的审美理想、地域的艺术等特点融合而成的。风格总是这样或那样反映地域文化的特点,而形成文学的地域风格。19世纪的法国作家、批评家史达尔夫人(Germaine de Stael,1766—1817)就指出存在地域风格的差别和地域文化对地域风格的影响。她把西欧分为北方和

---

① 〔俄〕果戈理:《关于普希金的几句话》,《文学的战斗传统》,满涛等译,第1—3页。
② 以上引文均见《当陶元庆君的绘画展览时》,《鲁迅全集》第3卷,人民文学出版社1956年版,第411—412页。
③ 《漫谈文学的民族形式》,《茅盾评论文集》上,人民文学出版社1978年版,第292页。

南方,认为南方人和北方人各有各的精神面貌,自然环境起着决定性的作用。南方气候清新,大自然形象丰富,人们感到生活乐趣,感情奔放,大都不耐思考,与女性交往很少拘束,比较安于奴役,却从气候的美和艺术的爱中得到补偿。北方土地贫瘠,气候阴沉多云,人们较易引起生命的忧郁感和哲学的沉思,但具有独立意志,不能忍受奴役,并尊重女性,而盛行北方的基督教(新教)更有助于人性的培育。因此,南方文学比较普遍地反映民族意识和时代精神,而北方文学则较多地表现个人的性格。① 我国清末民初的词人况周颐在谈论宋词与金词的区别时,也明确指出南北文学的风格分野:"自六朝以还,文章有南北派之分,乃至书法亦然。姑以词论,金源之于南宋,时代政同,疆域之不同,人事为之耳……宋词深致能入骨,如清真、梦窗是。金词清劲能树骨,如萧闲、遯庵是。南人得江山之秀,北人以冰霜为清。"(《蕙风词话》)同时代学者刘师培同样认为中国文学有南北之分:"大抵北方之地,土厚水深,民生其间,多尚实际。南方之地,水势汪洋,民生其间,多尚虚无。民尚实际,故所作之文,不外记事、析理二端。民尚虚无,故所作之文,或为言志、抒情之体。"②

无论是法国的史达尔夫人,还是中国的况周颐和刘师培,他们的地域风格论都是不无科学依据的。现代科学研究表明,在自然环境中,仅气候一项,就直接影响到人类生活的各方面。对人的性格发生影响的气候因素包括温度、湿度、阳光辐射、风、大气压、离子的平衡、污染、降雨量、空气的透明度、电磁的变动等。南方气候温和、湿润,纵横交错,植物四季常青,这种温和潮湿、相对平衡的气候有利于精神放松,使南方人具有感情细腻,对外界变化敏感,因此较多文人雅士及巨商。北方冬季漫长而寒冷,气候干燥,风大雨少。这种严酷而多变的环境,导致北方人喜喝烈性酒,他们的个性开朗,动作粗犷,对外界感觉不太敏锐,历史上多有开国君主、将才武士以及草莽英雄。地域文化除了与自然环境密切有关外,当然与在此自然环境中发展起来的社会环境,即生产力、生产关系、社会制度等同样密切相关。对后一点,在马克思主义产生之前,往往多被忽视。所以当我们在说明地域风格及其成因时,必须把自然环境和社会环境的影响综合起来考虑。以《诗经》和《楚辞》为例,它们固然产生的时代有先后,但在地域风格方面的差异则尤为明显。《诗经》中的大部分诗产生于黄河流域的中原地区,是北方文学的代表,在经过儒家学派的整理阐释之后,又成为正统文学的经典。《楚辞》产生于荆楚地区,是一部南方诗歌的总集。春秋以来,楚国在长期独立的发展过程中,形成了非常独特的楚国文化,在宗教、艺术、风俗、习惯等方面都有自己的特点。与此同时,楚国在与北方诸国的频繁交流中又吸收了中原文化,形成了以楚文化为基础的南北合流的文化形态,这正是《楚辞》产生的文化渊源。以屈原为代表的《楚辞》作者,在诗歌形式上吸收了楚地民间诗歌的影响。《楚辞》打破了北方诗歌的四言格式,且每隔一句的末尾用一个语助词"兮""思"之类,就来源于楚地民歌如《子文歌》《楚人歌》《越人歌》《沧浪歌》,当然在屈原等人的手里又有了很大的创造,成为鸿

---

① 参见〔法〕史达尔夫人《论文学》,《古典文艺理论译丛》第 2 册,人民文学出版社 1961 年版。
② 刘师培:《南北文学不同论》,《中国近代文论选》下,人民文学出版社 1959 年版,第 572 页。

篇巨制的文人创作。如《离骚》吸收了散文笔法,既有内心独白,又有主客对答,还有铺张扬厉的描写;在句式上基本上是四句一章,字数不等,多偶句,结构错落有致,语调跌宕起伏,节奏悠扬曼长,与北方较整齐划一的诗歌形式判然有别。这种熔诗歌与散文于一体的形式,后来成为汉赋的直接源头。楚地巫风盛行,《汉书·地理志》记载:"楚地……信巫鬼,重淫祀。"王逸《九歌序》说:"昔楚南郢之邑,沅湘之间,其俗信鬼而好祠。其祠必作歌乐鼓舞以乐诸神。"他又在《天问序》中说:"楚有先王之庙,及公卿祠堂,图画天地山川神灵,琦玮僪佹,及古贤圣物行事。"显然,这些祠庙上的壁画都与巫风淫祀、图腾神话密切有关。《楚辞》中的《天问》《招魂》,就涉及大量的远古神话传说。《九歌》原是民间祭神的乐歌,更是与巫术神话不可分割。与此相关的是,《楚辞》还深受地域音乐也即巫音的影响,其中不少篇章都有"乱"辞、"倡"或"少歌",它们都是乐曲的组成部分。凡此种种都不同于北方诗歌。刘勰在《文心雕龙·辨骚》中早就对《楚辞》和《诗经》做过比较研究:"其陈尧舜之耿介,称汤武之祗敬,典诰之体也;讥桀纣之猖披,伤羿浇之颠陨,规讽之旨也;虬龙以喻君子,云霓以譬谗邪,比兴之义也;每一顾而掩涕,叹君门之九重,忠怨之辞也。观兹四事,同于风雅者也。至于托云龙,说迂怪,丰隆求宓妃,鸩鸟媒娀女,诡异之词也;康回倾地,夷羿彃日,木夫九首,土伯三目,谲怪之谈也;依彭咸之遗则,从子胥之自适,狷狭之志也;士女杂坐,乱而不分,指以为乐,娱酒不废,沉湎日夜,举以为欢,荒淫之意也。摘此四事,异乎经典者也。故论其典诰则如彼,语其夸诞则如此,固知楚辞者,体宪于三代,而风雅于战国,乃雅颂之博徒,而词赋之英杰也。"刘勰所说的同于《诗经》的"四事",也就是《楚辞》与北方文学的相通之处,而异于《诗经》的"诡异之词""谲怪之谈""狷狭之志"和"荒淫之意",正是植根于楚文化之上的、以屈原为代表的南方诗歌的地域风格和个人风格。楚文化属于南方文化系统,老子、庄子、列子的哲理散文也属于南方文化系统,所以,老、庄、列、骚有着更多的共通之处。刘师培在《南北文学不同论》中指出:"荆楚之地,僻处南方,故老子之书,其说杳冥而深远。及庄、列之徒承之,其旨远,其义隐,其为文也,纵而后反,寓实于虚,肆以荒唐谲怪之词,渊乎其有思,茫乎其不可测矣。屈平之文,音涉哀思,矢耿介,慕灵修,芳草美人,托词喻物,志行芳洁,符于二《南》之比兴。而叙事记游,遗尘超物,荒唐谲怪,复与庄、列相同。"

屈、庄的相通,诗、骚的不同,是文学地域风格的有力佐证。类似的例子,还有南北朝民歌的不同,现代文学中京派与海派的不同,都鲜明地体现了地域文化所造成的地域风格的差异。当代文学的交流虽然日益频繁,而且受到全球化浪潮的冲击,可是文学的地域风格和民族风格在不少作家那里并未因此而淡化,这正是当代文学走向成熟的一个表征。

四、文学风格与流派文化

包裹在个人风格外面的,还有流派文化层。流派是一个伸缩性颇大的概念。严格地说,并不是每个作家都主动参加过一个明确的流派,但宽泛地说,又可以把大部分作家纳入已有的、相关的风格类型,从而认为某某作家属于某某流派。在文学思想活跃、文学思潮迭起的时代,确有很多作家由于人生态度和文学见解的相近或相异,而自觉或不自觉地分别参与这个或那个流派,或者被文学史家划归为这个和那个流派。文学流派的形成有不自觉和自觉两种情况,前者是自然形成的,既无组织,也无纲领,甚至可能是跨时代、跨国界的。如豪放派和婉约派就是跨时代的,写实派、浪漫派、现代派就是跨国界的。后者是以结社的形式出现的,有组织,有纲领,甚至有同人刊物和出版社,那才是严格意义上的文学流派。同一个流派的作家,既有个人的独立风格,又有流派的共同风格。流派风格是指一些在思想感情、文学观念、审美趣味、创作主张、取材范围、表现方法、语言格调方面相近的作家在创作上所形成的共同特色,是一种群体文化的表现。流派风格的多样化,往往是文学繁荣的一个重要标志。唐代诗歌极其繁荣,就与流派纷呈大有关系。如初唐时代因唐太宗和大臣们对齐梁文风的爱好,便形成了宫体诗派。宫体诗虽然多半不足为训,但在形成流派方面倒是开了风气之先。至盛唐,又出现了王孟诗派和高岑诗派,前者是以孟浩然、王维、储光羲、常建等人为代表的山水田园诗派,后者是以高适、岑参、王昌龄、王之涣等人为代表的边塞诗派。两派不仅取材不同,而且情调也大不相同。中唐时期,白居易发表反对形式主义的诗歌宣言《与元九书》,提倡新乐府运动,受到志同道合的诗友元稹、张籍、王建的支持,便形成了现实主义的新乐府派,具有共同的流派风格。韩孟诗派则是以韩愈、孟郊、贾岛为代表的一个文学流派。韩愈有自己明确的文学主张,孟郊是积极的支持者并深受韩愈的赏识。贾岛原是做和尚的,因以诗去拜见韩愈,受到韩愈的赏识,于是还俗不当和尚。他们虽然各有各的诗歌风格,但由于有共同的审美追求,就形成了某些共同的特色,"奇险冷僻"就是他们的流派风格。至晚唐,又出现了华艳纤巧的形式主义诗歌的流派风格和诗文创作方面的写实主义的流派风格。宋代是词这一诗歌样式特别繁荣的时代,而词在长期的发展过程中又形成了"婉约派"和"豪放派"两峰对峙、双水分流的风格流派,且绵延不断。柳永的词作在审美境界上虽然比晚唐词人有很大的开拓,以表达他的浪子情怀,但"秦楼楚馆"里的"浅吟低唱",使他还是属于婉约一路,但在当时很受市民阶层的欢迎,以至"凡有井水饮处,即能歌柳词"。陈振孙说:"其词格固不高,而音律谐婉,语意妥帖,承平气象,形容曲尽,尤工于羁旅行役。"(《直斋书录解题》卷二十一)他的《雨霖铃》实为婉约流派风格的创新之作。同为北宋的苏轼,其词作则视野开阔,风格豪迈,个性鲜明,意趣横生,一扫华艳绮靡的词风,成为豪放词派的开山祖。相传苏轼官翰林学士时,曾问幕下士:"我词何如柳七?"幕下士答曰:"柳郎中词只合十八七女郎,执红牙板,歌'杨柳岸晓风残月'。学士词须关西大汉,铜琵琶、铁绰板,唱'大江东去'。"(俞文豹:《吹剑录》)这位幕下士语虽调侃,却也道出了婉约和豪放两种不同流派风格的基本区别。推而广之,也可以这样来形容其他婉约派词人与其他豪放派词人的不同。中国现代文学史上同样出现过众多的风格流派,仅诗歌领域,就先后出现过:郭沫若为代表的创造诗派,具有狂飙突进的抒情风格;汪静之、应修人等人的湖畔诗派,有着一种青春期的天真风格;徐志摩为代表的新月诗派,倾向唯美的风格;李金发、穆木天等人的象征诗派,具有朦胧晦涩的风格;蒲风、杨骚等人的无产者诗派,具有平民化和鼓动诗的风格;戴望舒、卞之琳等人为代表的现代派,则以"现代诗形"与"现代词藻"相标榜;胡风为代表的七月诗派,富有战斗精神和散文化的倾向;冯至为代表的校园诗派,具有一种会通中西之后所获得的"沉潜"风格;穆旦为代表的中国新诗派,则追求意象与思想的凝合,以玄学作为诗歌的基本要素;如此等等。

流派并出造成了多种多样的流派风格,形成了风格竞争的格局,这无论是对文学的繁荣,还是对大众的审美选择,都是有百利而无一害的。多样性是自然界的规律,也是艺术的规律。

综上所述,文学风格总是在一定的文化氛围中形成和发展的,并为一定的文化所渗透,从而又成为一定文化的表征。正如鲍列夫所说:"风格是某种特定文化的特征,这一特征使该种文化区别于任何其他文化。风格是表征一种文化的构成原则。"①从文化学的角度来分析,文学风格就是由时代风格、民族风格、地域风格、流派风格和个人风格(见第二节)等几个层面构成的。这是文学风格的文化构成,是相对于前述的文学风格的本体构成(文采、情调、气势、氛围、韵味等)而言的。文学风格的各个文化层面不是独立自足的,而是互相联系、互相渗透,构成为有机的统一体。无论是时代的、民族的风格,还是地域的、流派的风格,抑或是个人的风格,最终都统一于作品的具体风格,并只能在作品风格的本体构成中得到实现。也就是说,风格的统一性概念,只有在个别对象面前才能获得生命的力量。

本章小结

本章在总结中外风格理论的基础上,对文学风格的内涵、文学风格的审美特征和构成、文学风格类型的划分和审美价值、文学风格与文化等重要问题均做了系统的阐述。文学风格作为文学独创性的标志和文学审美价值的最高体现,既是许多作家的审美追求,也是读者获得审美享受的重要原因,它关系到作品本体以及文学接受的核心问题。切实掌握文学风格的理论,有助于风格鉴赏和风格批评。

本章的概念与问题

概念:

文学风格 创作个性 文采 情调 气势 氛围 韵味 刚柔说 豪放派 婉约派 风格美 时代风格 民族风格 地域风格 流派风格

问题:

1. 如何理解和评价文学风格是独特的言语形式的观点?
2. 如何理解和评价文学风格是作家的创作个性在作品中的自然流露的观点?
3. 怎样看待"文如其人""文品即人品""风格即人格"的说法?
4. 创作个性与日常个性有何区别?
5. 文学风格是由什么因素决定的?
6. 文学风格主要由哪些审美要素构成的?

---

① 〔苏联〕鲍列夫:《美学》,乔修业等译,中国文联出版公司1986年版,第239页。

7. 我国古代文论对文学风格的划分和风格审美特征的论述有何特点?
8. 社会历史条件如何影响作家个人风格的形成和发展?
9. 文学风格为什么具有多样性和统一性?
10. 为什么说文学具有时代风格?
11. 为什么说文学具有民族风格?
12. 举例说明文学不同的地域风格。
13. 举例说明文学不同的流派风格。

第七章 文学创作

文学创作是一种极为复杂的精神生产活动。这不仅仅是因为作为文学创作对象的社会生活和人的精神世界是纷纭复杂、波诡云谲的,而且还因为在文学创作过程中创作主体的心理活动也同样是千变万化、丰富多彩的。这种内在世界与外在世界的丰富性就使得将二者联结起来,构成一个新的世界的文学创作表现出无可比拟的复杂性。概括来说,文学创作实际上就是创造一个由感觉、幻觉、知觉表象、想象、情感、意象等主观心理因素构成的完整的艺术世界,通过这个主观的艺术世界来反映客观的社会生活。文学创作之所以是整个文学活动过程中最为关键的一环,是因为只有通过创作,作家的情感体验与社会生活经验才能融为一体,从而构成崭新的艺术世界。

第一节 文学创作的主观条件

文学创作是一种精神生产,其生产者,即创作主体在这个精神生产过程中起着无比重要的作用。作家是什么样的人?他的哪些主体特征使其成为作家?社会或读者对作家有哪些要求?这些问题都直接关涉到文学创作。自古以来就有所谓"文如其人""风格即人"等说法,都表明文学创作与作家主体特征之间联系紧密。所以在具体分析文学创作过程之前,我们有必要对作为生产者的作家素质问题进行了解。作家素质是指一个作家所应具备的各种主观条件。文学创作是一种高层次的创造性精神活动,而文学作品是一种社会共享的精神消费品,因此作家就是一种具有广泛社会影响的公众人物,而非普通的生命个体。他的创作活动具有广泛的社会效应,因而不能视为纯粹个人的事情;他主要是为社会、为他人而不仅仅是为自己进行创作活动的,因此是承担着社会责任的。这样文学创作本身的复杂性与社会需求两方面都向作家们提出了高要求:他们必须是具有较高文化素养与独特素质的一类人,否则他就无法承担作为作家所应有的责任。那么作家究竟应该具备哪些必要的素质呢?如何才能成为一个为社会所认可的作家呢?这主要有两个方面:

一、文化修养

作为从事高层次精神生产活动的人,作家无疑应该有较好的文化修养。对于作家来说,必要的文化修养表现在这样几个方面:

首先,作家应该有比较丰富的生活积累。优秀的作家大都在某一生活领域积累了大量经验,这样才能对生活有超出一般人的深刻体验与理解,才能够如数家珍般地描述该领域的生活细节。因此,有志于成为作家的人都会自觉地深入生活,积累生活经验。

其次,作为作家他们应该有比较广博的文化知识与比较娴熟的技能。事实证明作品的影响力往往与作家知识的丰富性、思想的深刻性成正比。在文学史上真正拥有重要地位的大都是那些学养深厚的作家,尤其是学者型作家,如歌德、托尔斯泰、鲁迅等。

第三,由于作家创作的是能够影响人、并负载着教育人的使命的文学作品,这就要求作家具有较高的人格修养,应该是一个境界较高的人。中国古人常说"有一等襟抱,才有一等真诗",人格境界不高,也就难以创作出能够打动人的好作品来。韩愈曾提出"气盛言宜"的观点,其所谓"气",就是指人通过道德修养使自己的人格境界达到一定高度之后自然而然地产生的一种精神力量。这种精神力量并不是抽象的道德观念,而是一种充沛的生命冲动,推动着作家去进行创作活动。中外文学史上那些伟大的作家、诗人往往都是伟大的人道主义者,他们怀着一种对社会人生、人类命运的深切关怀去进行创作。人格的高尚并不是一句空话,不是自我标榜,而是有多方面的具体表现的。例如富于爱心就是高尚人格的重要表现之一。列夫·托尔斯泰曾经谈到自己爱心的形成过程说:"塔吉安娜姑姑对我的一生影响最大。从我很小的幼年时代,她就教给了我爱的精神方面的快乐。她不是用言语教我这种快乐,而是用她整个的人,她使我充满了爱。我看见,我感到,她怎样喜欢去爱别人,于是我懂得了爱的快乐。"①

爱是一种能力,也许正是这种自幼不知不觉中培养起来的爱成就了一代伟大的人道主义作家。巴金先生也曾有过类似的说法:"我的第一个先生就是我的母亲。我已经说过使我认识'爱'字的就是她……她很完满地体现了一个'爱'字,她使我知道人间的温暖,她使我知道爱与被爱的幸福。她常常用温和的口气,对我解释种种事情。她教我爱一切的人,不管他们贫或富,她教我帮助那些在困苦中需要扶持的人。"②巴金这种以"爱"为核心的人格对他的作品的影响是至关重要的。这一点我们从《家》《春》《秋》中可以清楚地看出来。

但是有一种观点认为,作家、艺术家并非圣人,也有七情六欲,所以就是用文学艺术来作为赚钱的手段也无可厚非。这种观点是不正确的。不错,作家、艺术家也是一个人,也有物质需求,也应该赚钱,社会也应该尊重他们的劳动成果。事实上,在正常情况下作家的物质生活条件也是高于一般百姓的。但是作家、艺术家却还是一种特殊的社会角色,他的作品不是写出来供自己看的,而是要作用于社会上许多人的心灵,会影响人们的精神状态,甚至影响人们做人的准则。换句话说,作家、艺术家这种社会角色是靠打动人们的心灵来赚钱的,赚的是承担着责任的钱。这就意味着文学艺术的创作对世道人心具有重要的影响作用。因此,社会就有权对作家、艺术家这种特殊的社会角色提出特殊的要求:在他们扮演这种社会角色时要能够将自己的心灵提升到一定的高度,给人以美好的东西,至少是不能给人以丑陋的东西。

最后,作家还必须具有对文学的特殊爱好。一般来说,作家较之一般人应该更加喜爱

---

① 〔英〕艾尔默·莫德:《托尔斯泰传》第1卷,徐迟等译,北京十月文艺出版社1984年版,第19页。
② 《巴金六十年文选》,上海文艺出版社1986年版,第525—526页。

文学艺术,在这方面有很好的修养。作家、艺术家对于文学艺术的爱好并不是一般的喜欢,而应该是痴迷,是一种沉醉其中的感觉。文学艺术对他来说不是可有可无的消遣,而是自我实现的最佳方式,是生命之依托。他们喜爱古今中外一切优秀的文学艺术,对好作品有一种由衷的崇拜之情。由于对文学艺术有特殊的爱好,作家经常处于对艺术世界的遐想之中,似乎形成了一种"诗性人格",他们看待世上的事物经常有着与众不同的眼光和视角,在他们眼中,一草一木、一山一水仿佛都洋溢着诗意,都可以构成一幅幅动人的图画。现实世界与艺术世界在他的眼中常常难以分拆。

二、作家的独特素质

即使一个人有很好的文化基础知识与技能,也有丰富的人生经历和很好的人格修养,并且非常喜欢文学艺术,他要想成为一个作家也还有是不够的。作为作家还需要一些独特的素质。

首先,作家应该经常处于创作激情之中。换言之,经常有创作的欲望鼓动着他。这是作家不同于他人的一个非常突出的地方。一般人也经常为生活中的事物所感动,也经常有一幅幅图画出现在眼前,有的人还具有讲故事、编故事的天分,但他们却很少想到要将这些事物写下来——他们根本没有写的意识。作家则经常处在写的冲动与亢奋之中,似乎只有写作才能将这种内心的躁动平息下来。我们常常说某某人具有艺术气质,这所谓艺术气质往往是指这些人容易激动和敏感的性格特征。作家、艺术家更容易被生活中的事物所激动,在别人看了无动于衷的事,在他们看来却是令人激动不已的事。据说有的作家半夜里睡觉时偶尔脑海里出现了某种情节或场面,就会立即爬起来将其写下来,这就是创作冲动超出常人的表现。甚至走在路上也经常拿出笔记本不停地记着,例如欧阳修作文章就有所谓"马上、枕上、厕上"之说。

其次,作家对生活中的事物,特别是那些具有特征性的、隐含着重要意义的事物具有极为敏锐的观察力,而一般人对这些则经常是熟视无睹。作家敏锐的观察力当然也是一种自觉训练的结果,但这里也的确具有某些天赋的因素在内。只有作家才会有这样敏锐的观察力。这是因为作家看到这种场景时也就同时看到了它背后隐含的意义。他敏锐的观察力使他很容易分辨哪些是有意义的事件与人物,一旦发现就决不放过。而对常人来说只有那些热闹的或离奇的事件与场面才能引起兴趣,而且也看不到其中的意义。

另外,作家对于语言也有着超常的敏感与驾驭能力。他们善于捕捉语言中细微的变化,善于将一件旁人看来很平常的事绘声绘色地叙述出来,善于发现并掌握生活中那些有特色的、富于表现力的言语。一般说来,作家都是语言的天才,能够利用语言细微的差别表达自己的思想和情感。刘勰在《文心雕龙·物色》中说过:"是以诗人感物,联类不穷,流连万象之际,沉吟视听之区;写气图貌,既随物以宛转;属采附声,亦与心而徘徊……并以少总多,情貌无遗矣。"这里"写气图貌"和"属采附声"都讲的是语言的使用问题,就是说诗人善于运用语言将眼中之景与心中之情充分地表现出来。

总之,作家素质既是一种职业的修养、习惯,又是一种个性气质以及其他方面的天赋因素。它是使作家成为作家的必备要素。当然，一个天赋并不出色的人，通过艰苦的努力，也能够弥补自己的先天不足，而成为优秀的作家。这方面的例子在文学史上也并不鲜见。

第二节 文学创作的主客体关系

文学创作作为精神生产活动亦如其他各种生产活动一样，是一种主体之于客体的加工改造活动。本质上是由客体到主体，再由主体到客体的双向交流活动。创作过程也就是主客体相互作用、相互交融的过程。在这一节里我们就来分析一下文学创作主客体各自的特征以及二者之间的关系模式。

一、文学创作的主体

文学创作主体是指已经处于创作活动过程之中的作家个体。作家并不等于创作主体，因为主体只是相对于客体而言的。一个人曾经写过一些小说，尽管他也许早已不再写小说了，人们还是可以称之为作家，但他已不再是创作主体了，因为只有相对于创作客体，并处于创作过程之中的作家才是创作主体。一般而言，作为创作主体的人具有如下特征：

（一）暂时放弃对现实的直接功利性关注

德国的哲学家康德认为审美判断的一条重要规律就是没有功利目的而能使人感到愉快。具体到文学创作，就是说处于创作过程中的人不会计较个人的利害得失，而是依据创作规律来思考。比如说，在描写一个坏人时，他不会想到这个人与自己有什么关系，是否对自己构成威胁等。这并不是说他对于现实事物不做价值判断，没有是非之心，而是说他能够将现实事物放在一定的距离之外予以观照，而不是仅仅从一己之得失的角度来看问题。西方美学史上有著名的"距离说"，认为审美主体只有站在一定的距离之外才能欣赏到审美对象的美，这也是同样的道理。审美主体与对象距离过近，就是说他对对象倾注过多的功利考虑，这对象也就不再是审美对象了。马克思曾说："对于一个饥肠辘辘的人说来，并不存在着食物的属人的形式，而只存在着它作为食物的抽象的存在；同样地，食物可能具有最粗糙的形式，并且不能说，这种食物与动物的摄食有什么不同。忧心忡忡的穷人甚至对最美丽的景色都无动于衷，贩卖矿物的商人只看到矿物的商业价值，而看不到矿物的美和特性；他没有矿物学的感觉。"[①]这就是说，无论是"饥肠辘辘"的人，还是"忧心忡忡"的人，抑或是商人，都不能与对象拉开距离，即摆脱对对象的直接的功利关注，故而无法进入审美活动之中，他不能欣赏对象的美，更不能进入创作状态之中。这是一条重要的审美规律。文学创作是一种审美活动，当然要遵循审美规律。

（二）想象力被充分调动起来

在创作过程中，作家浮想联翩，常常是全身心投入到假想的世界之中。想象力常常带

---

① 马克思：《1844年经济学哲学手稿》，刘丕坤译，人民出版社1979年版，第79—80页。

着他穿越时间与空间的限制而遨游世界,而且他会觉得这一虚拟的世界就像真的存在一样。只有在想象力的牵引下,作家才能将一幅幅画面、一组组人物串连成一个完整的艺术世界。此时他的心灵仿佛进入自由翱翔的天空,上天入地,一任所之。刘勰在《文心雕龙·神思》中说:"文之思也,其神远矣。故寂然凝虑,思接千载,悄焉动容,视通万里;吟咏之间,吐纳珠玉之声;眉睫之前,卷舒风云之色:其思理之致乎?故思理为妙,神与物游,神居胸臆,而志气统其关键;物沿耳目,而辞令管其枢机。"这是对文学创作过程中想象力被调动起来的状态的生动描述。弗洛伊德说作家的文学创作就像白日梦,如果就形象的生动性而言,此言倒是颇有几分道理。作家的想象力往往是远远超过常人的,他善于靠想象力建造一个完整的世界。

(三) 向创作对象投注强烈的情感

处于创作过程的作家一方面创造着假想的世界,一方面又深深为这个世界所吸引,并将全部情感投入其中。在这个假想的艺术世界中他就像在真实的世界中一样动感情,他会为他笔下的人物、事件而时喜时悲。有的作家在写到主人公死去时会情不自禁地大哭一场;有的作家在写完小说后会大病一场,这样的例子不胜枚举。刘勰的"登山则情满于山,观海则意溢于海"之说,再恰当不过地把这种情况形象地描绘出来了。

二、文学创作的客体

所谓文学创作客体是指作家在创作过程中加工改造的对象。文学创作的客体当然来自于生活,但是却不能说一切社会生活都是创作客体。这是因为,正如只有进入创作过程的作家才称得上是创作主体一样,也只有进入了创作过程的社会生活现象才称得上是文学创作的客体。主体是客体的主体,客体也是主体的客体。

根据马克思主义的基本原理,在总结前人理论观点的基础上,我们认为文学创作的客体只能是以人的活动为中心的社会生活,这可以从三个方面来看:其一,文学是人学,离不开人的喜怒哀乐与生活情景。只有反映了人们熟悉的,至少是能够理解的情感与生活现象的文学作品,才能为人们所接受。也就是说,文学活动是人类的自我意识的重要方式,就像一个人要照镜子一样,人类具有了解自身的需求,而文学正是满足这种需求的重要方式之一。所以,文学永远是以人为中心的。其二,文学的客体是作为整体的社会生活。科学,特别是社会科学也以社会生活为研究客体,但它们所研究的是社会生活的某一方面,或某种规律。而作为文学创作客体的社会生活则是整体性的社会生活,是完整的生活场景,是生活的方方面面。当然,所谓整体的社会生活也只是一种相对的说法,文学创作也有裁剪、有选择,也有一定程度的抽象。纯粹客观、完整的社会生活是不可能进入文学创作的。其三,文学的客体是具有特征性的社会生活。文学创作的客体是社会生活,这并不意味着随便什么生活现象都可以进入文学的殿堂。只有那些富于特征性的生活现象才能成为文学的对象。这是因为,只有富于特征性的生活现象才有可能是生动的,是包含着深刻意蕴的。把握了这样的生活现象,才可能创作出具有独创性的文学形象来。

三、文学创作是主客体双向建构的过程

文学创作的主客体是一对相互依存、不可以须臾分离的范畴,没有离开主体的客体,也没有离开客体的主体。在文学创作中二者更是相互渗透、彼此交融的。对此我们可以从两个层面来分析。

(一)情景交融、心目相取

对于抒情性作品的创作来说,心中之情与眼中之景的相互融会乃是最基本的特征,离开心中之情,则眼中之景就成了无生气的物质存在;离开眼中之景,心中之情也难以得到充分表达。因此将二者紧密而巧妙地结合在一起乃是抒情性作品创作的关键所在。对此,中国古代诗人和诗评家有过极为精辟的见解。刘勰《文心雕龙·物色》中说:"春秋代序,阴阳惨舒,物色之动,心亦摇焉……岁有其物,物有其容;情以物迁,辞以情发。"钟嵘在《诗品序》中也说五言诗是"指事造形,穷情写物,最为详尽者"。这些都是讲自然景物对人的情感的触发以及诗歌创作中情与景的交融。明末清初的王夫之的论述更为精辟,他说:"情景名为二,而实不可离。神于诗者,妙合无垠。巧者则有情中景,景中情。景中情者,如'长安一片月'自然是孤栖忆远之情;'影静千官里'自然是喜达行在之情。情中景尤难曲写,如'诗成珠玉在挥毫',写出才人翰墨淋漓自心欣赏之景。凡此类知者遇之,非然亦鹘突看过,作等闲语耳。不能作景语,又何能作情语耶?"①

这就将诗歌创作过程中诗人主观情感与客观景物之间"双向建构"的关系十分准确地揭示了出来:情与景紧密相关,互相生发,又互相依存,在诗歌创作中没有哪种景物是不包含诗人情感的。由此可知,抒情性作品的创作过程实际上是创作主体的内在情感与那些能够显示这种情感的外在景物相契合的过程,或者说是主体情感寻找"客观对应物"的过程。例如杜甫的七律《登高》的前四句:"风急天高猿啸哀,渚清沙白鸟飞回。无边落木萧萧下,不尽长江滚滚来。"这里句句写景,又句句抒情。风急天高、落叶缤纷的寒秋本就是令人产生惆怅、悲凉之情的季节,更何况还有令人心惊的鸟飞猿啸以及那"奔流到海不复回"的长江东逝之水来增加哀婉凄楚的气氛呢?虽是景句,但处处含情,真正做到了情与景的"妙合无垠"。

对于叙述作品而言,创作主体的情感同样要投注于创作客体之中,作家所写的任何人物和事件都是经过他的情感浸润过的,是主客体交互作用的产物。有些作家尽量追求客观性效果,看上去他仿佛置身于作品世界之外,实际上其中依然包含着他的情感态度。至少表现着他对社会人生的一种理解和态度——冷眼旁观也是一种情感态度。

(二)主体是客体的主体,客体是主体的客体

在抒情作品中,情与景的关系比较明显,所以主客体的交互作用比较容易理解。小说等叙事作品则往往令人感觉好像是一种客观的描述,实际上,叙事性作品的创作也同样是主客体"双向建构"的过程。对此可以从两个方面来看:

---

① 王夫之:《夕堂永日绪论内编》,见《中国历代文论选》第3册,上海古籍出版社1980年版,第301页。

第一，作为创作主体的作家并非超然独立于世界之外的人，他的思想意识、情感体验都是在与特定对象的意向性关系中产生出来的。换言之，作家的主体性是受到客体的影响与制约的，在某种意义上甚至可以说是客体所给予的。在自然科学中，主体是人，具有认知能力，客体是物，对人来说完全是外在的客观存在，所以科学研究的过程基本上是主体向客体的无限趋近。这里没有明显的客体对主体的作用。文学创作的主体是作为社会存在的人，客体是作为人所构成的社会。所以在主体与客体之间并没有不可逾越的鸿沟，由于社会的整体性、渗透性，作为创作主体的人与作为创作客体的人之间往往是你中有我，我中有你的。这里意识与自我意识并没有截然的分界，创作主体对对象的描写常常也就是对自身的描写，所以创作过程就更能显出双向建构的特征。

第二，客体又并不等于客观存在。人们经常将客体等同于客观存在，实际上二者的区别是很大的。所谓"客体"是指成为"主体"之对象的那部分客观存在，而所谓"客观存在"则指一切人以外的事物。后者是"自在之物"，即不依赖于人而存在的东西；前者是"自为之物"，即相对于人的某种能力和关注行为才存在的东西。实际上，成为"客体"的客观存在已经不同于那些没有成为客体的客观存在了：它是对于主体而言的客体，是被主体所把握的社会生活现象，因而带上了明显的主体的印记。

通过以上分析可知，文学创作既不是作家的任意而为，又不是客观事物的简单再现，而是主客体之间相互影响、相互改造的过程，这就是所谓"主客体之间的双向建构"，与此同时，主客体又都被某种外在力量，例如社会文化、意识形态或某种时代精神所规定着。所以在文学创作中很难清楚地划分出界限鲜明的主客体来。

第三节 创作心理要素

艺术创作是一种十分复杂的创造性精神活动，其具体心理过程至今依然未能完全被人们所把握。有许多理论家依据某种心理学观点试图对这一过程进行描述或解释，于是就形成了各种各样的"文艺心理学"流派，诸如"精神分析学的文艺心理学""格式塔心理学的文艺心理学"等，它们在探讨艺术创作心理过程的领域中都取得了有意义的成果。在这一节里我们即试图在前人研究的基础上对艺术创作中若干主要心理要素进行分析。

一、艺术直觉

直觉(intuition)，又译直观，在哲学和心理学中是指一种不依靠逻辑推理的过程而能够获得知识的思维方式或能力。人们常常给这个概念加上限制词，构成诸如"创造性直觉""诗性直觉""审美直觉""艺术直觉"等在美学或文学理论中普遍使用新的概念。意大利哲学家和美学家克罗齐(Benedetto Croce，1866—1952)甚至还以这个概念为核心创立了自己的美学体系，提出了"艺术即直觉"的著名观点。根据一般的用法，所谓艺术直觉是指在文学活动中主体从对象的感性形式上直接把握其内在蕴含与意义的思维方式或心理能力。人们用这个概念来指称那种区别于逻辑思维和艺术想象的独特思维方式。

(一) 艺术直觉与认知直觉的异同

认知直觉又称为科学直觉,它主要表现在人们的一般认知活动与科学研究过程中。无数科学研究的实践都以确凿无疑的事实证明了认知直觉的存在及其在科学发现中的巨大作用。作为一种思维能力,认知直觉的最大特点是不依靠概念、判断和推理的逻辑思维过程而直接把握认知对象的内在性质和本质规律。所以认知直觉的结果常常是生活知识或科学发现。一般研究者都认为,认知直觉具有直接性(无逻辑推理过程)、无意识性、创造性等特征。作为艺术创造重要方式的艺术直觉也同样具有这些特征。这两种思维方式在心理机制上有诸多相近之处,但它们的区别也是很明显的,这主要表现在下列几个方面:

首先,二者的对象不同。马克思曾说:"对于不辨音律的耳朵说来,最美的音乐也毫无疑义,音乐对他说来不是对象,因为我的对象只能是我的本质力量之一的确证……"①认知直觉与艺术直觉正是两种不同的"本质力量",故而有着不同的对象。他们是与各自特定的对象相适应而存在的,也可以说,正是由于存在着两种不同的对象,主体才会形成这样两种不同的思维方式。所谓不同的对象,并不是说二者所面对的事物是完全不同的,而是说即使是同一个事物,也是以不同的面目呈现出来的。例如面对一枝花,认知直觉所把握到的与艺术直觉所把握的是不同的东西。事物是一个,对象却是两个。认知直觉所要把握的是事物内在的特质或规律,艺术直觉所要把握的是事物蕴含的审美价值,如"趣味""神韵""格调"之类难以言说的东西。

其次,艺术直觉带有明显的主观性,认知直觉则排斥任何主观色彩。认知直觉的任务是揭示对象的固有属性和普遍的本质与规律,无论什么人在凭借认知直觉来认识这些属性、本质和规律时,其过程与结果都是基本相同的。在这里任何主观性都会破坏主体对于对象的正确把握。艺术直觉则不同了。它面对的是事物的审美价值,而审美价值带有很大的不确定性。因为对于不同时代、不同民族、不同地域的人来说,一个事物的审美价值是不尽相同的。就是说,审美价值只是有大致的规定性,而不像事物的自然属性那样可以十分精确地把握。比如,某个风景区,大家都说很美,但具体到如何美,就会言人人殊了。奔腾不息的长江在苏东坡眼中表现为一种深沉的历史感,而在李后主那里则化为不尽的愁思。如果说认知直觉主要是主体对客观存在的特性与规律的发现,艺术直觉则不仅仅是发现,而且还带有创造性,是主体与客体之间的一种双向建构的过程:客体的固有属性与主体的审美趣味相契合的过程。

再次,艺术直觉的过程带有强烈的情感性,而认知直觉的过程则没有或较少情感色彩。当然,我们不否认认知直觉过程也可能伴随有情绪上的波动,甚至强烈的情感,但是这种情感或情绪一般都是在预感到自己将有所发现或有所发现之后才出现的兴奋与激动,而不像艺术直觉那样有伴随整个过程的情感体验。艺术直觉主要是对事物审美价值的把握,这是一种在情感而不是逻辑思维推动之下的心理活动。西方近代美学史上的"移

---

① 马克思:《1844年经济学哲学手稿》,刘丕坤译,第79页。

情论"将一切审美活动都视为主体情感的外射,虽有其片面性,但毕竟也揭示了情感与艺术直觉密不可分的关系。在对艺术作品的欣赏过程中艺术直觉对情感的依赖就更加明显了,可以说没有强烈的情感也就没有艺术直觉的过程。艺术直觉的发动必然地要以情感为基础。例如只有满怀一腔愁绪的人才会把大江看作愁的化身,只有懂得爱情的人才会从戏水鸳鸯或并蒂莲上看出象征意味。正如苏联早期著名心理学家维戈茨基(Л. С. Выгоский,1896—1934)所说:"审美反应很像弹钢琴:作为艺术作品成分的每一个要素仿佛按动着我们机体的相应的感情之键,于是响起感情的音调或声音,整个审美反应就是这种回应击键的情绪印象。"①情感是我们自己的,审美对象或艺术作品不过是巧妙地将这种情感激发起来而已。这种审美反应就是审美直觉的过程,在艺术活动中即是艺术直觉的过程,它本质上乃是一种复杂的情感反应。

(二) 艺术直觉的主要构成因素

我们如果对艺术直觉进行静态分析,就不难发现,它是由感性直观因素、理解因素和与二者相伴随的情感体验三方面交织而成的。感性直观因素是艺术直觉过程中的可见因素,它在整个过程中有着十分重要的意义。正是由于艺术直觉始终伴随着鲜明的感性因素,才使它在艺术活动中能够发挥特别重要的作用。理解因素一方面是指艺术直觉的结果,即从审美对象中获取的意义、意味,一方面又是指艺术直觉的抽象作用,即将对象某一方面的特征突出出来,而将其他性质淡化掉。正是由于有了这种抽象作用,艺术直觉才能够把握对象的深层蕴涵。艺术直觉的情感因素一方面是指审美对象中包含的丰富的情感内容被审美主体内化为自己的情感体验,另一方面是指审美主体在捕捉到对象的感性形象和意味的同时也向对象投射了自己的情感。所以,艺术直觉就是这样将感性、理解、情感诸因素融为一体的复杂过程。

在实际的艺术直觉过程中,感性、理解、情感等因素并不是各自独立存在的。心理学研究早已证明,情感作为人对客观事物的一种态度与认知活动,虽分属不同的心理系统,但二者又有紧密联系。认知有感性与理性之分,情感有低级与高级之别。人的低级情感如爱好、快乐、愤怒、恐惧、忧愁等与感性认识联系较密切,它们当然以一定理性认识为前提,但一般不脱离感性认识。而诸如道德情感、爱国热情、政治情感、宗教情感等则一般不与具体的感性事物相关,而是与高层次的理性认识相联系。审美活动过程既有感性认识内容,又有理性认识内容,而这不同层次的认识内容又与不同层次的情感相融会,从而形成一种复杂的综合性的更高级的情感,这就是美感或审美体验。

二、艺术灵感

灵感(inspiration),按《简明不列颠百科全书》的解释,是指"在创作或表演文艺作品前一瞬间的创造热情状态"。实际上,无论是在日常用语还是在学术用语中,灵感一词都不仅仅用之于文艺创作活动。例如钱学森就说:"我想大家在工作中也会有体会,苦思冥想

---

① 〔苏联〕维戈茨基:《艺术心理学》,周新译,上海文艺出版社1985年版,第270页。

不得其门,找不到道路,然而不知怎么回事,它突然来了,这就叫灵感。"[①]这是指在各种工作中都可能存在的一种思维状态。艺术灵感则是指在艺术活动中主体情绪激动、思路畅通、创造力极强的思维状态。

（一）艺术灵感的特征

最早用灵感这一概念来解释文学创作活动的是古希腊哲学家柏拉图。他认为诗人在创作时由于受到神灵的凭附,会陷入"迷狂"的状态,这时他就获得了那种难以言说的灵感,最富有创造力。后人对艺术灵感的阐释虽也有各自的侧重,但大体上是在柏拉图划出的范围内思考问题的。总结人们对艺术灵感的论述,这种特殊的思维状态大约有如下三大特征：

1. 突发性

在艺术创作中,灵感的袭来是没有任何先兆的。陆机《文赋》说："来不可遏,去不可止；藏若景灭,行犹响起。"形象地描述了诗文创作中灵感的这种突发性。许多诗人、作家甚至常常是在非创作的状态中突然得到灵感,然后才开始进行创作的。诗人郭沫若谈他创作《地球,我的母亲》的经过时说,当时他在日本,有一天他在图书馆读书时,不知为何诗兴突然勃发,以至于他跑到外面倒在路上亲吻地面。据说德国大诗人歌德有时在户外散步时会突然诗兴大发,于是急急忙忙跑进书房,连坐下都来不及就匆匆写下涌现出来的诗句。这种现象表明,艺术灵感是在长期思考、积累的基础上,大量被储存到无意识心理层面的情感、认识内容,经过一定时期的酝酿突然呈现于意识的层面,以至于连诗人和作家自己都不知道它们从何处而来。

2. 迷狂性

当作家处于灵感状态时,他的思维就不再是正常的思维了。这时他处于"迷狂"之中。柏拉图之所以用"神灵凭附"和"迷狂"来解释和形容艺术灵感,正是由于他十分准确地了解到诗人创作时的那种独特的心理状态。他对灵感产生原因的解释当然是神秘主义的,但他对灵感状态的描述却是十分真实的。据说巴尔扎克在创作《高老头》时,写到高老头之死的那一节,竟然爬到地上大哭起来。这表明,在灵感状态中,作家已然完全沉浸于他所创造的艺术世界之中,其所思所想都是按照艺术世界的逻辑进行的。这样,在别人用正常的眼光看来,自然是匪夷所思了。因此可以说,灵感状态意味着作家进入了自我封闭的独特的幻象世界。唯其如此,他才能够获得超凡的艺术创造力。

3. 创造性

所谓创造性是指艺术灵感能够使作家的艺术创造力在瞬间中达到一个高峰,平常状态中难以解决的问题都很轻易地得到解决。很长时间的思路阻塞也在一时之间豁然贯通。俄国著名戏剧家果戈理在谈到一部剧本的创作时说："我感到,我的脑子里的思想像一窝受惊的蜜蜂似的蠕动起来；我的想象力越来越敏锐……最近一个时期我懒洋洋地保存在脑子里的,连想都不敢想的题材,忽然如此宏伟地展现在我的眼前,使我全身都感到

[①] 钱学森：《形象思维、抽象思维、灵感思维是普遍的思维形式》,《文艺研究》1985 年第 1 期。

一种甜蜜的战栗,于是我忘掉一切,突然进入我久违的那个世界。"①这说明灵感对于创作活动是如何难能可贵。

(二) 艺术灵感与艺术直觉的异同

如前所述,艺术灵感与艺术直觉都是对于文学创作有着重要意义的心理因素,而且它们都具有着神奇的创造力,那么二者的区别何在呢?

1. 艺术灵感是一种思维状态,艺术直觉则是一种思维能力。1972 年版的《苏联大百科全书》解释"直觉"是"以不借助于论证的直接裁夺的方式了解真理的能力"。解释"灵感"是"一种以个人内在积极性的猛烈增强、高度的激情、人的身心力量的紧张为特征的心理状态"。这对于我们区别艺术灵感与艺术直觉是有参考价值的。艺术直觉的过程是在无意识中进行的,人们不知道其运作机制究竟如何。但创作主体对艺术直觉的运用却是有意识的。作家在搜集素材时是自觉地运用艺术直觉能力去鉴别对象的价值的。艺术灵感作为一种思维状态,则完全不受创作主体的控制,它何时来,何时去,难以预知。

2. 艺术直觉具有对象性,艺术灵感则没有具体的对象。艺术直觉作为一种思维能力具有对象性——它必须面对一个具体的、具有感性形式的对象(实际的事物或知觉表象)才有意义。这是因为直觉与感知直接相关,而感知是主体通过眼睛、耳朵等感觉器官对对象外在形式的把握,包括感觉与知觉。直觉以感知为基础。也有人将感知看作直觉的初始阶段。不管怎样,没有感知便没有直觉是毫无疑问的。这就意味着直觉永远离不开具体的感性形象。灵感则不然,它只是主体心理的一种激活状态,在这种状态中他情绪激动、思维活跃,富于创造性,但却不一定有与之紧密相关的具体感知对象。灵感的到来有时是由于某种感性事物的触发,但这些感性事物与灵感的心理内容并无直接关系。不像艺术直觉那样,引发它的感性形象就是它的对象。有时灵感干脆在没有任何感性形象的触发下也会悄然降临。

3. 与前面两点相关,艺术灵感是随机性的、偶然的,艺术直觉则有一定的稳定性。直觉作为一种思维能力,一旦产生就不容易轻易失去。例如诗人对自然山水之美的直觉能力是会长期存在的,只要面对具体的对象,它的艺术直觉能力就会表现出来。灵感就不同了,它既不能预测,又不能保持,倏忽而来,渺然而去,如羚羊挂角,无迹可求。正如钱学森所说,灵感是"突然出现,瞬间即逝的短暂思维过程"②。

当然,艺术灵感与艺术直觉的紧密联系也是不容忽视的。我们不排除在灵感没有出现时,艺术直觉在创作中也能发挥自己的作用,但不容置疑的是,凡是在灵感状态中,必然是艺术直觉能力最为活跃的时候。正是由于这个原因,人们才常常将二者混为一谈,它们的确有着极为密切的关系。

三、艺术情感

情感历来被视为文学艺术的灵魂,古今中外的文艺理论普遍认为,正是由于情感的作

---

① 〔苏联〕魏列萨耶夫:《果戈理是怎样写作的》,蓝英年译,天津人民出版社 1980 年版,第 11 页。
② 钱学森:《系统科学、思维科学与人体科学》,《自然杂志》1981 年第 1 期。

用,人们才需要文学艺术。所以有许多理论家就直接将文学艺术定义为情感的表现形式或者传达工具。

那么究竟什么是情感呢?为什么它对于文学艺术有着不可或缺的重要意义呢?情感(feeling),按照《简明不列颠百科全书》的解释,是指人对自己体内事件的知觉。一般心理学教科书将情感释为:主体对外在事物引起的态度的自我体验。在人们的日常用语中,情感或感情也是随处可见的语词。在人生舞台上,正是由于有了情感的存在,这才演出了无数场悲欢离合、男欢女爱、英雄赴难、游子思乡的悲喜剧。钟嵘曾这样描述情感对文学的重要作用:"若乃春风春鸟,秋月秋蝉,夏云暑雨,冬月祁寒,斯四候之感诸诗者也。嘉会寄诗以亲,离群托诗以怨。至于楚臣去境,汉妾辞宫,或骨横朔野,或魂逐飞蓬,或负戈外戍,杀气雄边;塞客衣单,孀闺泪尽;又士有解佩出朝,一去忘返;女有扬蛾入宠,再盼倾国。凡斯种种,感荡心灵,非陈诗何以展其义,非长歌何以骋其情?"(钟嵘:《诗品序》)可见文学与情感之密不可分。但是生活中的情感并不就等于文学艺术中的情感,前者可称为"自然情感",后者可称为"艺术情感"。简单说来,所谓艺术情感就是创作和接受主体在文学艺术活动中产生并促使这一活动进一步展开的心理体验。

(一) 艺术情感的特征

情感是一个外延很宽泛的概念,其中有许多不同的类型,艺术情感属于情感的范围,但又与其他类型的情感有着根本性的区别。在这里我们不妨通过比较艺术情感与自然情感来看艺术情感的独特性:

人们在日常生活中总会产生喜、怒、哀、乐等情感体验,因为这些情感是自然而然地产生的,所以可以称为自然情感。准确地说,自然情感是指人们在日常生活中出现的心理体验,是主体对于他与客体之间利害关系的功利性评价的心理反应。自然情感的明显特征是私人性,即它是一种纯粹个人的感受与体验,仅与个人的特定境遇相关,一般不具有普遍的可传达性。也就是说,这种情感不是人人都能够理解,也不是人人都有兴趣理解的情感。对于自然情感人们常常并不愿意让别人知道,即使表现出来,也只是在一个十分狭小的范围内。例如,一个人因失恋而痛苦,这种情感只有当事人自己能够体会到,旁人也许会理解他的心情,却决不会产生同样的痛苦之情,也就是说这种情感是私人性的,不能够传达出去。与自然情感相比,艺术情感具有共通性的特点。所谓共通性是指这种情感不是纯粹个体性的,即它不与个人的利害关系直接相关,不是人们对自身境遇的直接性心理反映。正是由于这个原因,它不仅能够为人们普遍理解,而且能够在他人心中激起类似的情感,即引起共鸣。

自然情感既有令人愉快的积极情感,又有令人痛苦的消极情感——人们的利益得到满足他就会产生愉悦之情,自身利益受到损害他就会产生不愉快的情感。与此不同,艺术情感则只有愉悦而没有真正的痛苦。例如在创作或欣赏悲剧故事时文学活动的主体常常会泪流满面,但他内心真正体验到的却是愉快之感而非痛苦之感。即使是主体心中隐含的痛苦情感记忆,一旦表现于文学艺术之中也会变为积极情感。考其原因,是由于艺术情感是人与对象之间保持一定距离之时所产生的情感。所谓距离是指心理距离,即主体与对象之间淡化了功利性关系,而保持一种观赏、玩味的态度。这种态度使人成为情感的"主人"——能够控制情感,将它作为对象来观照;而不是做情感的奴隶——完全被情感所控制,甚至于失去理智。艺术情感之所以美好,之所以成为人们不可缺少的积极、健康的心理体验,也正是由于这个原因。

艺术情感与自然情感有着本质的区别,但这并不意味着二者之间就毫无关联了。实际上,艺术情感是自然情感的升华,没有自然情感也就不可能有什么艺术情感。苏联著名心理学家维戈茨基说:"我们完全可以说明,艺术是中枢情绪或主要在大脑皮层得到缓解的情绪。艺术情绪本质上是智慧的情绪。它并不表现在紧握拳头和颤抖上,它主要是在幻想的映象中得到缓解。狄德罗说得对,他说,演员流的是真眼泪,但他的眼泪是从大脑中流出来的,这就道出了一般艺术反应的实质。"① 维戈茨基所讲的就是艺术情感的特征。说这种情感是"智慧的情绪"是指它不像自然情感那样使人全身心沉浸其中,而是能够与引发情感的对象保持一定距离,也是指这种情感具有某种空灵的特点,不像自然情感那样与主体的个人利害得失直接相关。简言之,艺术情感这种"智慧的情绪"乃是为人的理智所把握的情感。

(二) 艺术情感在文学创作过程的重要作用

艺术情感对于文学创作有着至关重要的作用,对此,中国古人早已有许多论述。例如《毛诗序》就指出:"诗者,志之所之也,在心为志,发言为诗。情动于中而形于言,言之不足故嗟叹之,嗟叹之不足故永歌之,永歌之不足,不知手之舞之、足之蹈之也。"后世如陆机的"缘情说"、韩愈的"不平则鸣"说等,都是讲艺术情感对于文学创作的决定性作用。概括而言,这种作用主要表现在下列几个方面:

第一,文学创作与情感的宣泄需求。文学创作在本质上是一种情感活动,这一点已被托尔斯泰、苏珊·朗格、科林伍德以及无数中国古代学者的理论所证明。从心理学的角度看,人们的情绪必须经常得到舒泄,长期的情感压抑必然会导致身心疾病。因此,表现情感事实上乃是人的一种自我保护的本能。人们在日常生活中产生的一般情绪可以随时通过一般的情感表现方式来发泄,例如发脾气、摔东西、大笑、手舞足蹈、话多等。而有一些高级情感,即与人的高级精神生活相关联的情感,如爱情、审美情趣以及与政治、道德、宗教、民族等问题相联系的情感就无法用日常方式来宣泄了。这就需要相应的同样是高级形态的精神活动来宣泄这类情感。文学艺术正是这样的精神活动。所以艺术创作本质上乃是一种情感宣泄,是情感积累必然导致的结果。在这个意义上,可以说没有情感就没有文学艺术。

第二,文学创作与情感的再度体验。如前所述,创作主体对情感积累的回味、观照是艺术情感生成的首要环节。文学艺术的创作过程同时就是一个情感表现的过程。这个过程正是始于创作主体对于自己以往的情感积累的再度体验。对情感的再度体验也就是复现记忆中的情感并对其加以回味、观照的过程。正是这个过程,使作家自己的自然情感转

---

① 〔苏联〕维戈茨基:《艺术心理学》,上海文艺出版社1985年版,第278页。

化为具有普遍性的艺术情感。对情感的再度体验作为整个创作过程的原动力,始终存在于这个过程之中。在创作过程中主体对以往的生活画面的复现与重组实际上只是表面现象,真正促使他进行回忆的乃是情感积累。作家自己的童年经验、人生的坎坷经历、严重的精神创伤,都作为情感记忆储存在他的心灵深处,它们躁动不安,时刻寻求表现与宣泄的机会。作家一旦进入创作过程,这些情感记忆就会争先恐后地涌现于他的意识层面,迫使作家对它们进行再度体验。生活画面只是由于伴随着情绪记忆才获得意义。所以,对情感积累的再度体验可以说是艺术创作的核心。

英国浪漫派诗人华兹华斯曾谈到过这一情感的再度体验过程。他说:"诗是强烈情感的自然流露。它起源于在平静中回忆起来的情感。诗人沉思这种情感直到一种反应使平静逐渐消逝,就有一种与诗人所沉思的情感相似的情感逐渐发生,确实存在于诗人的心中。一篇成功的诗作一般都从这种情形开始,而且在相似的情形下向前展开;然而不管是什么一种情绪,不管这种情绪达到什么程度,它既然从各种原因产生,总带有各种愉快;所以我们不管描写什么情绪,只要我们自愿地描写,我们的心灵总是在一种享受的状态中。"①

这是诗人的经验之谈,这里至少讲到了三方面的道理:一是说情感的再度体验是诗人创作的动力,没有情感,就没有诗歌创作。而促使诗人进行创作的情感又不是那种当下发生的现实情感,而是来自心灵深处的情感积累,它们一旦被"回忆"起来,就获得了审美价值。二是说情感的再度体验不仅仅是一种对原有情感的回忆,而且还创造新的情感。这种新的情感不是原有情感的简单复现或有所取舍,而是具有某种独特性质,这种性质是时空距离所导致的心理距离的产物。例如一个成年人回忆起学生时代的友谊或爱情,他体验到的绝不是原来的友谊或爱情,而是一种很独特的新情感,这种新的情感不管是否表达于作品中,它实际上已经是艺术情感了。三是说情感的再度体验是一种作家或诗人以自己的内在世界为对象的审美活动,无论这种被回忆起来的情感原来是积极情感还是消极情感,对它的再度体验都会使人产生美感享受。这是由于在回忆这些情感时主体的心情是"平静"的,即与当时造成情感发生的那些生活情境拉开了心理距离,淡化了其中的功利色彩,因此就给人以审美享受。

创作过程对情感的再度体验所依据的是心理学上被称为"内省"的主体能力。这种能力使人能够对自己的心灵世界进行反观,也就是说,主体意识借助于"内省"能力将自己一分为二:一部分对另一部分进行观照与体验。这就意味着,主体自身一部分依然是主体,另一部分却成了对象。在这种自我观照与体验中,作家一方面获得一种精神上的享受,一方面又会积极地为这种再度体验的情感寻求表现形式。

第三,艺术情感与文学作品中艺术形象的形成。文学创作在某种意义上可以说就是经过作家再度体验的情感显现为文学作品中的具体形象的过程。苏珊·朗格(Susanne K. Langer,1895—1982)说:"艺术品作为一个整体来说,就是情感的意象。对这种意象,我们

---

① 《抒情歌谣集》(1815年版序言),见《西方文论选》下,上海译文出版社1979年版,第17—18页。

可以称之为艺术符号。"而这些作为艺术符号的意象就是"通过空间、音乐中的音程或其他一些虚幻的和可塑性的媒介创造出来的生命和情感的客观形式"。[①] 这就是说,文学艺术作品中的艺术形象乃是作家内在的生命体验和情感所构成的感性形象。一般说来,无论是在抒情性作品中,还是在叙事性作品中,艺术形象的形成都必然是三种因素的组合过程:一是感性形式,它直接诉诸人们的感官。二是情感,即经过作家再度体验的艺术情感,而不是自然情感。三是理性因素,即作家的政治伦理观念及其他知识系统。这里有一点必须清楚,这就是所谓感性形式并不是情感和理性因素的载体或外壳。换言之,感性形式不是作家找来负载情感和理性内容的现成的东西,它是情感和理性因素所生成的,是二者成为有形之物。正如英国表现主义美学家鲍山葵(Bernard Bosanguet,1848—1923)所说:"美是情感变成有形。"[②]对于艺术作品来说,情感因素、理性因素、感性形式三者是不可分拆的有机整体。为了清楚地说明三者的这种关系,我们不妨举个例子:

唐朝诗人刘禹锡的名作《石头城》云:"山围故国周遭在,潮打空城寂寞回。淮水东边旧时月,夜深还过女墙来。"我们只看看"月"这个富有表现性的艺术形象。在诗人眼中,月首先是一个可见之物,是感性的存在。它起于淮水之东的天际,夜深后升到女墙之上。这个自然的月是诗人心中的表象,还不是作为艺术形象的"月"。随着体验的加深,我们就会发现,在这个仿佛是自然物的感性形象之中还蕴含着丰富的表现性内涵:清冷、寂寞、惆怅的情感体验,以及对自然之永恒、人生之短暂、古今之兴废、人世之无常的深刻理解。同是一轮明月,经历过千古的盛衰嬗变,曾被无数文人墨客所歌咏描绘,而今自己也站在这月光之下,如何不令人产生无限的感慨呢!这里当然也包含着诗人的审美理解:月亮是永恒的,而人事却如过眼烟云一般。在创作过程中,并非诗人先存着这样的情感与理解,然后再去找相应的形式来承载它们,而是眼中之景与心中之情相互触发,彼此契合,共同构成这个动人的艺术形象。诗人的孤独寂寞之情自然是早就存在于心中了,但那不是艺术情感而是自然情感,不足以动人心弦。而当诗人面对淮水之月时,这些自然情感的记忆被触发起来,形成诗人对这些情感的再度体验之后,它们就生成为艺术情感了。作为艺术情感的寂寞孤独和惆怅的体验,也就与触发起它们的感性形象——月融为一体、不可分拆了。所以这个"月"的艺术形象的生成过程其实也就是自然情感升华为艺术情感的过程。这个形象是一个具有感性形式、情感内容与理性因素的复杂的审美意象。

英国诗人理查德·阿尔丁顿有一首小诗《傍晚》:

烟囱,一排接一排,划破清澈的天空;月亮,一片破纱裹着它的腰,在烟囱丛中搔首弄姿,一个笨拙的维纳斯——这里,在橱窗的洗涤格上,我肆无忌惮地望着它。

我们还来分析"月亮"这个审美意象。在诗中,"烟囱"与"月亮"这两个审美意象相对比而存在。我们不难看出,"烟囱"代表现代工业、现代社会生活;"月亮"则象征美好的大自然和人的古朴醇厚的生活方式。月亮在烟雾缭绕下失去了光洁明亮——这是诗人心中月亮

---

① 〔美〕苏珊·朗格:《艺术问题》,滕守尧等译,第129—130页。
② 〔英〕鲍山葵:《美学三讲》,周煦良译,上海译文出版社1983年版,第51页。

的感性形式。月亮本是纯洁、美好的,但却遭到了破坏——这是诗人对月亮的审美理解。而对现代工业社会生活的反感,对民风淳朴的田园牧歌式生活的向往,则是诗人注入月亮这一审美意象之中的情感内容。可见,这里的艺术情感也同样是与感性形式、理性因素交织在一起的。这正是艺术情感的普遍特征。

在审美意象的形成过程中,艺术情感起着主导作用。刘禹锡的《石头城》中所表达的情感当然不是他在赏月时才有的。他仕途的坎坷、人生的遭际早就在他的心灵中积累了深沉的感慨之情,只是在赏月时被激发起来并且得到升华而已。月亮在他的笔下之所以与人生感慨相联系,完全是由他独特的情感积累所决定的。这与杜甫在《月夜》中由月亮所激起的对妻子儿女的怀念之情或苏轼在《水调歌头》中对兄弟的思念之情显然是大不相同的。阿尔丁顿对现代生活的厌倦、反感,对美好大自然的向往之情同样是长期生活积累的产物。由于情感积累的作用,诗人眼中的一切都带上了独特的色彩。由此可见,在艺术创作过程,由情感积累到艺术情感的升华是一条主线,其他因素都是围绕这条主线展开的。艺术感性形式的真实与否不看它与实际的事物是否吻合,而看它是否准确地表达了情感;审美理解是否正确,也不看它是否合乎某种外在的道理,而是看它是否与情感体验相一致。情感在艺术创作中具有统摄作用。

四、艺术想象

在文学创作的诸种心理因素中,除了艺术直觉与艺术情感之外,最重要的莫过于艺术想象了。想象(imagination),按照心理学的解释,是指以原有表象或经验为基础创造新形象的心理过程。一般分为再造性想象与创造性想象。艺术想象则是指文学艺术活动的主体调动过去积累的记忆表象,经过艺术加工创造出艺术形象的心理过程。

(一)艺术想象的特点

想象是一种极为普遍的心理活动,它对于人类的生存具有重要意义,所以即使在日常生活中也随时可见,假如没有想象人类就根本无法进行任何有意义的创造性活动。但是想象又可以分为许多不同的种类,日常生活中的想象不同于科学研究中的想象,而科学研究中的想象又不同于艺术创作中的想象。我们这里主要通过比较艺术想象与科学想象之间的异同来揭示艺术想象的特点。

首先,科学想象是一种纯粹的认知活动,艺术想象则是审美活动。科学研究是一种严谨的思维活动,不允许任意的想象,但是离开了想象也就很难有什么科学的发现,缺乏想象力的人不可能成为优秀的科学家。在科学想象中,主体的意向是指向客观世界的某种内在规律的,目的仅仅是得到一个正确的结论。艺术想象则指向某种活生生的艺术形象,目的是创造出一个不同于现实世界的艺术世界来。所以从最终目的来看,科学想象是由具象到抽象的过程,而艺术想象则是由具象到具象的过程。可以说,离开了科学想象就没有科学发现,离开了艺术想象就没有艺术作品。前者是人类认识客观世界的重要武器,后者是人类创造一个假想的艺术世界的基本方式。

其次,科学想象是发现的过程,艺术想象则是创造的过程。科学想象最初也带有很明显的主观性,但随着主体越来越接近发现客观的规律,这种主观性也就逐渐削弱直至完全同化于客观性,科学想象是发现某种客观存在的性质或规律;艺术想象则不然,它本质上是一种审美的创造活动,在艺术想象的初始阶段是主体对以往种种记忆表象的重新唤起,随着想象的展开,就由对记忆表象的简单回忆向新形象的创造跃进了,因此,在整个艺术想象的过程中,主观性不会减弱,反而会逐渐强化,通过艺术想象主体不是去发现什么,而是创造出一个假想的世界。

通过这种比较我们不难发现,艺术想象具有形象性、主观性、创造性三大特征,它们交织在一起,成为在文学艺术创作过程发挥重要作用的基本心理机能之一。

（二）艺术想象的类型

从不同角度可以对艺术想象进行不同的分类。例如可以根据想象活动产生时的心理特点将其分为有意想象和随意想象,根据想象内容而分为再现性想象与创造性想象,等等。在这里我们根据艺术想象在创作过程中所起作用的不同而将其划分为三大类:再造性想象、创造性想象、相似性想象。

再造性想象就是主体对他所要描写的事物形象的复现。法国哲学家伏尔泰曾指出:"想象有两种:一种简单地保存对事物的印象,另一种将这些印象千变万化地排列组合。前者称为消极想象,后者称为积极想象。消极想象比记忆超出不了多少,它是人与动物所共有的。"①这里伏尔泰所说的是生活中到处存在的一般想象活动,它们构成艺术想象的基础。在创作过程中那种被伏尔泰称为"消极想象"的心理活动其实就是我们所说的"再造性想象",这是艺术创作中最基本的心理能力。在进入创作过程之后,作家首先要极力调动记忆储备,将过去曾经目睹的人和事重新在脑海里复现出来,从中寻找富有特征的、有表现价值的东西作为自己将要创造的艺术世界的基本材料。无数作家在谈到自己的创作体会时都曾说过,那些记忆中活生生的形象是如何纷至沓来,促使他将它们表现出来的,例如鲁迅对少年闰土的形象和活动的描写就是对沉潜于自己心灵深处数十年的美好记忆的复现,首先是运用再造性想象的产物。

作家在创作过程中复现过去的记忆表象固然十分重要,但这仅仅是创造艺术形象的一种方式。一般说来,作家完全依靠再造想象创造艺术形象的情况是比较少见的。普遍的情形是,在再现记忆表象的基础上,作家还要对它们进行加工改造、重新熔铸,从而创造出不同于其生活原型的艺术形象来。例如孙悟空这个艺术形象,有着人的喜怒哀乐、猴的顽皮急躁、神的神通本领,这不可能是生活事实的再现,其中蕴含了作家的大胆创造。这种艺术想象就是以伏尔泰所说的"积极想象"为基础的创造性想象。

所谓相似性想象在心理学上的依据就是联想,即由一物的触发而想到另一物的心理过程。在文艺心理学中也有人将这种想象称之为类比性想象。在创作过程中,特别是在抒情性作品的创作中,这种相似性想象的作用是非常重要的,作家和诗人们最常用的几种修辞手段,如比喻、象征、拟人等都是以这种想象类型为心理依据的。也就是说,在运用这

---

① 引自《外国理论家、作家论形象思维》,中国社会科学出版社1979年版,第14页。

类修辞手法的作品中,词语与词语的排列不是词语指涉物的时间或空间关系决定的,而是词语指涉物与之相似的那个东西所决定。所以看似毫无联系的语词常常被诗人们连在一起。这里仅举二例。柳宗元《登柳州城楼寄漳汀封连四州》一诗中有"岭树重遮千里目,江流曲似九回肠"之句,前句象征着诗人对远隔千里的朋友的思念,后句象征因思念而生出的忧愁。"江流"与"九回肠"有什么时间或空间上的联系?显然毫不相干。这里诗人就运用了相似性想象:因政治上的原因志同道合的朋友不能相聚与由于岭树的遮挡不能放眼远眺之间有着相似性,故由后者想到前者,进而构成象征与被象征的关系;诗人孤独惆怅之情郁积,可谓愁肠百结,这与曲曲折折的江流恰恰极为相似,故"曲似九回肠"之江流就成为忧愁的象征。又如苏轼著名的《饮湖上初晴后雨》:"水光潋滟晴方好,山色空濛雨亦奇。欲把西湖比西子,淡妆浓抹总相宜。"西湖的水光山色无论阴晴,都有其动人之处,这正与美女西施无论如何装扮都能显示出过人姿色一样,二者有某种相似性,诗人由西湖之景,联想到西施之貌,于是便可以在诗中以西施之貌比喻西湖之景。可见如果缺乏想象力,诗人很难创作出动人的诗句;离开想象力,人们也很难领略到诗歌的妙处。

五、艺术理解

艺术理解是指作家、艺术家在创作活动中所进行的分析、判断、识别、比较等理性思维活动。在文学创作中虽然诸如想象、直觉、灵感、情感等心理因素发挥着至关重要的作用,但这并不等于说理性思考就不重要了。相反,在整个创作过程中,特别是叙事性作品的创作中,理性思考始终发挥着不可替代的重要作用。由于在艺术创作中这种理性思考不同于在日常生活或科学研究中的理性思考,故而称为艺术理解。这主要表现在下列几个方面:

(一)艺术理解与创作目的

作家为什么要进行文学创作,在一部作品中他要达到怎样的目的,这主要是艺术理解的问题。事实上,作家产生创造动机一方面固然需要情感的激动与生活经验的触发,但另一方面理性思考总是同时发挥着重要作用。这意味着没有艺术理解的参与就不可能有效地进行艺术创作。例如鲁迅说自己的小说创作目的是揭出中国人的病根所在,以引起疗救的注意,他的小说对中国的"国民性"的揭露完全是基于冷静的思考。白居易创作"新乐府"诗,是为了"惟歌生民病,愿得天子知",这也是明确的理性思考。这种理性思考一经形成,就会贯穿作家整个创作过程,对作品的形象、情节、主题乃至形式诸因素都产生重要影响。

当然,成熟的艺术家尽管在理性思考的伴随下进行创作,但在他创作出的艺术文本中理解的因素常常是隐匿不见的。恩格斯认为,优秀的小说作品都应该有鲜明的倾向性,亦即理性的思考,但是他同时又指出:"可是我认为倾向应从场面和情节中自然而然地流露出来,而不应当特别把它指点出来;同时我认为作家不必要把它所描写的社会冲突的历史的未来的解决办法硬塞给读者。"①又说："作者的见解愈隐蔽,对艺术作品来说就愈好。"②艺术理解之所以不同于哲学思考就在于它始终不脱离艺术形象,并且遵循着艺术创作的独特规律。

(二) 艺术理解与选材

一个作家在进入创作过程时首先想到的必然是写什么的问题,因此选材是文学创作的第一步。所谓选材就是在大量的生活经验的储备中挑选准备表现的材料。一般而言,作家总是先产生某种需要表达的情感以及与之相关的创作动机,然后才寻找适合表达这种情感与创造动机的生活材料。怎样的生活材料最适合表达作家的思想情感呢？这就需要艺术理解来分析判断了。例如托尔斯泰之所以选择一个妓女被判刑的事件作为长篇小说《复活》的基本情节,是因为在他看来这一情节最适合表现他的"道德自我拯救"的思想；而鲁迅选择一个落魄书生的故事来创作《孔乙己》,那也是因为他认为整个故事恰恰能够充分表现他对旧的科举制度的深刻批判。可见选材固然离不开艺术直觉与艺术想象的帮助,但同时更离不开艺术理解的作用。在这里艺术理解是判断生活材料有用性的主要手段与标准。

(三) 艺术理解与构思过程

所谓构思是指作家艺术家调动想象、体验、分析、综合等各种主观能力将纷乱的材料组织成有序的假想世界的过程。在构思过程中,从性格刻画到情节安排,都离不开艺术理解的帮助。作家在描写人物形象和编织情节时常常要思考如何才能使其合情合理,这就离不开分析与判断。即使是抒情作品的创作,作家为了更准确地表情达意,也往往需要理性思考。没有理性思考的帮助,文学创作的构思过程是无法进行的。

托尔斯泰曾谈到他构思《复活》时理性思考所发挥的重要作用："刚才我正在散步,忽然很清楚地懂得了我的《复活》为什么写不出来的原因,开头写得不对。这一点我是在思考那篇关于儿童的小说——《谁对》——的时候才懂得的；当时我明白了那篇小说必须从农民的生活写起,明白了他们才是目标,才是正面的东西,而另外那一种——只是阴影,只是反面的东西。想到这里,我就连带地也明白了关于《复活》这部书的道理。"③

在这里托尔斯泰具体讲述了他在构思《复活》时是如何运用理性思考来调整思路的。作家的经验之谈有力地说明了艺术理解对于文学创作不可替代的重要作用。如果说情感和直觉是推动文学创作活动进行的动力,那么艺术理解就是掌握创作向何处去的方向盘。

第四节　文学创作过程

文学创作过程是指作家在进入创作状态之后,从创作动机的明确、创作冲动的产生到

---

① 《马克思恩格斯选集》第4卷,人民出版社1995年版,第673页。
② 同上书,第683页。
③ 〔俄〕列夫·托尔斯泰：《一八九五年十一月五日日记》,转引自〔苏〕贝奇柯夫：《托尔斯泰评传》,人民文学出版社1959年版,第497页。

艺术构思的各个环节,直至艺术传达的全过程。这也就是一部文学作品从情感到形式的形成过程。

一、创作动机与创作冲动

在日常用语中,动机(incentive)一词是指某种行为的目的。大凡人们做事总是出于某种动机。在心理学上,动机指引起和维持个体行为,并将这一行为导向某一既定目标的愿望或意念。在文艺理论中,创作动机就是作家、艺术家从事具体创作活动的目的。

(一) 创作动机的构成

作家进行文学创作一如日常行为一样,总会出于某种目的,或者心中有所郁积不吐不快,或者有某种思想需要传达,或者要维护或批评某种现存事物,或者呼唤某种新的社会秩序等,这都属于创作动机的范围。对创作动机可以从不同角度进行各种各样的分类,在这里我们仅按照作家人格的二重性,即同时既是个体的人,又是社会的人,既是个体言说者,又是某种社会力量代言人的特点,将创作动机的构成因素分为下列两个方面:

首先是创作动机的个体性因素。任何人首先是一个个体性的生命存在,是一个活生生的个人,然后才去扮演各种社会角色。文学创作亦如其他许多人类精神活动一样,首先是一种个体性活动,然后才是一种社会性活动。所以作家个体性的精神需求是创作动机的重要组成部分。所谓个体性精神需求是指出于作家纯粹个人的生活经历或心理体验而产生的愿望和需要。例如曹雪芹写《红楼梦》首先是由于他自己有一肚子见闻经历和不平之气需要表现,所谓"满纸荒唐言,一把辛酸泪","辛酸泪"正是"荒唐言"之动机,心中有所郁积,即有一把辛酸泪需要挥洒,故而写出满纸的荒唐言,故荒唐言乃是辛酸泪之表现。吴敬梓写《儒林外史》是由于他希望发表自己对科举制之弊的看法,他亲身经历了科举,深切体验到科举制对人的心灵的伤害,因此产生抨击科举制的强烈愿望。对于作家的创作而言,个人的童年经验、精神创伤、阅历与见闻都可以成为重要的动机因素。另外,有时由于纯粹个人的原因,有的作家开始从事创作完全是出于强烈的模仿需要,有人则把文学创作当成表现自身价值的主要方式,还有人则是出于赚钱养家的目的,等等,这些也都属于创作动机的个体性因素。

然而,仅仅从单一动机出发进行文学创作的情况大约是极少的。即使是个体性创作动机也不是一种单一的因素,而是由许多因素构成的,是综合性的。这些因素常常交织在一起构成一种强大的心理驱力,促使作家去进行创作活动。例如,一个作家写一篇小说常常就是这种综合性动机的产物:在个体心理层面,他是有郁积于胸,不吐不快;从个体生活层面看,他是需要以创作作为谋生的手段,要养家糊口;从个体精神层面看,他还要实现自身的价值,获得他人的尊重。这些动机有些是明显的,有些是潜在的;有些是强烈的,有些是和缓的;有些是主导的,有些是次要的。如果单独来看,它们也许都不足以构成创作动机,但是它们加在一起就形成一种巨大的心理力量。

其次是创作动机的社会性因素。文学的本性决定它永远不可能是纯粹个体性精神活动的产物:作家永远是社会的一分子,是社会生活塑造了他,使他成为他应该的样子,也可以说使他成为社会所需要的样子。文学作品永远一方面面对读者而存在,一方面面对作家而存在,完全独立存在的文学作品是毫无意义的。所以任何文学作品都一方面是社会的产物——依赖于社会;另一方面又是具有社会功能的精神产品——向着社会言说并影响社会。所以任何文学创作实际上都是一种社会性行为,或者说是社会借助于作家而进行的关涉到社会整体性的活动。

看上去文学创作似乎是独立性最强的个体性精神活动,但由于作家无不生活在社会关系的网络之中,因而受着社会的制约,所以文学创作除了具有个体性动机之外,还必然具有社会性动机。也可以说,文学创作的动机,从某种意义上来说,经常是作家对社会向他发出的某种"召唤"的积极回应。换言之,作家经常充当某种社会需求之传声筒的角色。这不是他愿不愿意的问题,作为社会的存在物,他只能是如此,没有他选择的权利。

在有的社会状态下作家会挺身而出,明确表示要代表社会言说,充当社会的"良心"或某个社会集团的代言人。例如中国古代的儒家诗人,总是强调美刺教化的作用与意义,时而站在君主的立场上向着民众说教,要他们遵纪守法,忠君爱国;时而又站在民众的立场上向着君主和当政者言说,要他们仁民爱物,以身作则。这无疑是社会需求所决定的。但在有的社会状态下,作家的表现却刚好相反,极力要淡化自己的社会身份,标榜个体性、独立性,甚至隐私性,将自己打扮成一个纯粹的私人话语的言说者。对于这种情况,乍看上去似乎是个体性动机占了绝对上风,社会性动机隐匿不见了,其实不然。正是社会要求他们以这种面目出现的。他们之所以选择这样的创作态度,是特定社会需求"召唤"的结果,而不是个人所决定的。他们在这种创作态度之下创作出来的作品同样起到一种社会作用,满足着某种社会需求。所以,无论作家个人如何标榜自己,他都无可避免地成为某种社会需求的体现者与言说者。

在具体的创作过程中情况往往是比较复杂的,在这里社会需求常常要转化为个体情感而发挥作用,以至于作家自己还以为完全是出于个人的动机来创作的。换言之,社会历史因素往往是通过转化为个体性因素而作用于文学创作的。例如,斯托夫人创作《汤姆叔叔的小屋》是出于对黑人悲惨处境的同情,是她个人亲眼看见和亲身经历的许多人和事对她触动的结果。所以她有理由认为创作这部小说完全是出于个人的动机,而不是代表什么社会的声音,但实际上她的创作是满足着一种普遍的社会需求:普遍的废奴主义思想借助于斯托夫人的口说了出来,而这种社会需求是美国资本主义发展的需要决定的。又如,卢梭创作《忏悔录》和《爱弥儿》这样的作品可以说是对个体心灵的自我拷问,是出于纯粹的个人心理需求,但实则在个体需求下面隐含的是社会普遍的启蒙精神。在这里,真实的情况是这样的:个体精神与社会精神构成某种深刻的一致性,以至于代表社会言说也就是代表自己言说,反之亦然。

以上关于创作动机的分类是根据不同动机的性质来进行的,如果从创作动机在创作过程所起到的作用来看,又可以将其分为主导动机与非主导动机。主导动机是在整个创作过程起着主要作用,决定着创作方向的动机;非主导动机则是起着从属作用的动机。例如在商品社会中任何作家进行创作活动时都不免有经济上的考虑,有时赚钱的目的还发挥着很大的作用。但是,一般对于那些比较优秀的作家来说,赚钱仅仅是从属性的动机,而创作出优秀作品、发挥较大的社会作用、表现某种思想观点等才是主导动机。又如,一个儒家诗人在创作含有美刺教化内容的作品时,社会性动机可能是主导动机,但也不能否认其中同时又常常包含个体情感宣泄的因素,这就是个体性动机了,只不过在这里它是处于非主导动机的位置而已。

如果从动机内容的价值属性来看,又可将其分为积极动机与消极动机。积极动机指那种指向比较高尚的目标的创作动机,消极动机则是那些指向较为低级目标的创作动机。例如,追求艺术的完美或表现社会理想、赞扬美好事物、批判丑恶事物,都属于积极动机;而仅仅为了赚钱或者表现个人的某些私人情感,如泄私愤之类,就属于消极动机。当然,既然是价值属性,就有一个评价标准问题。谁来判断目标的高尚与低级呢?这里最容易导致"公说公有理,婆说婆有理"的相对主义。既然在价值问题上没有纯粹客观的标准来衡量,那么也只好借助于在特定时期、特定文化语境中的普遍共识了。例如,在目前社会的价值共识中,完全为了金钱的目的去创作就会受到鄙视,因而就会被判定为低级动机;而主要是为了对社会的某种责任心例如对腐败现象的痛恨而去创作,就被认为是出于高尚的动机。

我们还可以从其他的角度出发对创作动机进行各种各样的分类,这表明,创作动机不是一种单一的心理因素,在实际的创作过程中,往往是多种动机构成一种合力起作用。

(二) 创作动机对创作过程的重要影响

创作动机并不是仅仅起到激励作家进入创作过程的作用,创作动机作为作家创作活动的最终意图,它在整个创作过程中都发挥着重要的影响作用,在某种程度上还决定着作品的风格与基本价值取向,甚至还能决定一部作品的成败。这表现在下列三个方面:

一是创作动机影响着作家对创作手法和技巧的选择。创作手法和技巧是在一定的创作动机的指导下被作家选择和使用的,所以不同的创作动机就会影响作家对创作手法与技巧的选择。如果一位作家的创作动机或主导动机是在艺术上有所创新、独树一帜,那么他势必极力寻求不同于他人的独特手法与技巧。就像西方现代派文学那样,由于他们有着反传统、标新立异的创作动机,所以就在手法与技巧上极力创新,运用了诸如意识流、内心独白、自动写作、物主义、电报式、夸张、变形、荒诞、黑色幽默、拼贴等许多传统文学创作中少见或者根本不存在的手法与技巧。可以说,没有这些技巧与手法,现代派文学也就产生不出来。如果一位作家的创作动机主要是建构新的创作风格,那么他就会在形式方面绞尽脑汁,力求对前人有所突破。如中国南朝齐梁时期"永明体"诗歌的开创者们大讲音律,讲所谓"四声八病",根本目的就是要创造一种不同于前人的诗歌风格与形式,所以他们就必须在写法与技巧方面大动脑筋。如果一位作家进行创作完全是为了某种干预社会的目的,那么他也许就不肯在形式方面花费过多的心思,而是采取平实通俗、人们耳熟能详、喜闻乐见的叙述方式来写作。例如《红楼梦》的作者实际上是借助于创作来表现自己心中长期积郁的悲慨伤痛之情与长期积累的独特的生活经验,要达到此目的,就必须采用现实主义的创作方法。

二是创作动机影响着文学作品的内容。一部作品在内容方面是怎样的,表现了什么样的价值取向,这在很大程度上也取决于作家的创作动机。例如以商业利益为主导创作动机的作家所写的作品往往会具有媚俗的特点,作家在构织情节、描写人物时主要想的是如何才能令更多的人喜欢,从而能够增加销量。这时普遍的通俗趣味就成为他可以追求的目标。一位以探索新的叙事方式为主导动机的作家所写的作品大都会让人"看不懂",因为他所写的故事被新奇的形式所改变了。他的创作动机就是要通过采用新奇技巧来改变读者的阅读习惯,造成某种"陌生化"效果。而以移风易俗、世道人心为己任的作家所创作的作品则常常以伦理观念的冲突作为构织情节的主要线索,这样的作品往往有曲折的情节、激烈的矛盾冲突、感人的人物形象以及鲜明的价值观对立等。总之,创作动机能够在一定程度上决定作家的材料取舍与结构安排,从而对作品的内容构成重要影响。

三是创作动机影响着作品的风格。作家出于怎样的目的去从事创作,也往往会表现在作品的风格上。例如,如果形式上的独创性成为某位作家创作活动的主导动机,他的作品必然给人以新奇之感,西方和中国现当代的"先锋派"作家都是如此。如果一位作家出于消遣、游戏的目的去创作,那么他的作品就往往会呈现轻巧、华艳或清新、精致的风格,例如北宋晏殊、欧阳修等人的词作。同样,如果作家的创作动机是揭露社会丑恶现象,对不合理的现实进行控诉,那么作品就常常表现出凝重、悲凉或深沉的风格。

有时甚至会有这样的情形:一位作家出于不同的目的创作,其作品就会产生迥然不同的风格。还以欧阳修为例,当他填词度曲之时,其创作动机完全是游戏消遣,所以其词作的风格就华靡艳丽;当他写诗时大都出于较为严肃的动机,又比较欣赏李白诗风,其诗作的风格就显得豪迈雄奇;当他作政论文时,其动机完全在国计民生,故而其文风就痛快淋漓、说理透辟。三种风格表现了三种基于不同心态、不同社会角色的不同动机。其他中国古代文人如韩愈、白居易等人都有这种特点。

总之,创作动机作为文学艺术创作的第一个重要环节,对创作过程与作品内容、作品风格都具有重要的影响作用,有时甚至起决定性作用。对此,论者应该予以足够的重视。

(三) 创作冲动

什么是创作冲动?以往人们常常将它与创作动机混为一谈,其实二者并不是一回事。一般说来,创作动机虽然给整个创作过程以重要影响,但它的最终目标却在创作过程之外:或者是作品风格(追求新奇等),或者是个人利益(情感宣泄、表现不满、传达个人意见等),或者是社会状况(批判社会、宣传某种政治见解、赞扬某种社会现象等),创作冲动则始终指向创作过程本身。就是说,对于创作动机而言,创作过程结束之后才能实现自身;而对于创作冲动而言,整个创作过程就是它的实现过程,而且它只实现于这个过程中。创作动机是一种有意识的行为目的,是作家想要通过文学创作活动获得某种结果的意图;创作冲动则是一股心理驱动力,它可以被意识到,但它并不是意识本身,它植根于无意识心理层面。创作动机是一种理性的东西,它能够脱离创作活动而存在:常常有这样的情况,一位作家怀着某种创作动机许多年也没能将其实现为创作行为。创作冲动则不能离开创作活动而长时间存在下去,它是倏忽而来,倏忽而去的。冲动产生之后或者在作家实际的创作活动中表现出来,或者转化为其他的心理能量而在其他的行为中得到实现。对于创作冲动有无数作家、艺术家都曾描述过,这里我们仅举著名哲学家和诗人宗白华青年时代留学德国时的一段生动描述来说明之:"1921年的冬天,在一位景慕东方文明的教授夫妇的家里,过了一个罗曼蒂克的夜晚。舞阑人散,踏着雪里的蓝光走回的时候,因着某一种柔情的萦绕,我开始了写诗的冲动,从那时以后,横亘约莫一年的时光,我常常被一种创造的情调占有着。黄昏的微步,星夜的默坐,大庭广众的寂寞,时常仿佛听见耳边有一些无名的音调,把捉不住而呼之欲出。往往是夜里躺在床上熄了灯,大都会千万人声归于休息的时候,一颗战栗不寐的心兴奋着,静寂中感觉到窗外横躺着的大城在喘息,仿佛一座平波微动的大海,一轮冷月俯临这动极而静的世界,不禁有许多遥远的思想来袭我的心,似惆怅,又似喜悦,似觉悟,又似恍惚,无限凄凉之感里,夹着无限热爱之感。似乎这微妙的心和那遥远的神秘的暗道,在绝对的静寂里获得自然人生最亲密的接触。我的《流云小诗》,多半是在这样的心境中写出的。"①根据宗白华的描述可知,创作冲动是作家、艺术家创作活动的心理驱动力,它推动着作家进行艺术创造活动,因此没有创作冲动也就没有艺术创作。它主要有三大特性:

首先,创作冲动是一种具有主导性的朦胧的情绪体验,创作冲动本质上是一种情感活动,是一种情绪体验,而且在一时之间它还居于主体心理的主导位置。就是说,作家本人明确意识到这种情绪体验,并且为它所控制,他的几乎全部心理机能都处在这一情绪体验的制约之下。宗白华对城市"喘息"之声的感觉,对自己与"遥远的自然""茫茫的人类"的那种"亲密的接触"的体验,以及所听到的"无名的声音",都是这种具有主导地位的朦胧情绪所造成的纯粹主观性的感受,类似于幻觉,而非对具体客观存在的真实反应。这种朦胧的情绪体验来源于诗人的心灵深处,诗人只能体验到它们的存在,却无法说出它们从何处来,向何处去。处于这种情绪体验中的诗人就仿佛失去了自己的主体性,而听命于情绪体验的左右。这"似觉悟,又似恍惚"的情绪使诗人超越于现实生活之上,好像不再是芸芸众生中的一员,而成了与无限的自然宇宙相沟通的巨人,他要去拥抱整个世界、整个人类。这种在一般人那里也许永远不会出现的情绪冲动,对于那些大诗人、大艺术家来说却是时常推动他们去创作的巨大动力。在它的推动下,诗人、艺术家们情不自禁地要与自然宇宙对话,要礼赞日月山川之壮丽,要倾诉芸芸众生之苦难。由此观之,创作冲动乃是一种主体本质力量的激发,是人的生命力的扩张。

我们在日常生活中常常说某某人具有艺术气质,或者说艺术家、诗人有某种不同于常人之处,似乎有些神经质,实际上造成这种印象的主要原因就是这些人常常处于创作冲动之中,其所思所想与常人有所不同。刘勰在《文心雕龙》中曾说诗人"登山则情满于山,观海则意溢于海",正是指创作冲动对诗人观察方式的重要影响。所以完全可以说,正是创作冲动将人从日常生活情境带进艺术创作情境的。

其次,创作冲动不是一般的情绪体验,而是一种复杂的、混合的情绪,并且经过净化或

---

① 宗白华:《美学与意境》,人民出版社1987年版,第177页。

升华的情绪。创作冲动并不是某种单一的情绪,例如,欢乐、忧伤之类,它是一种综合性的复杂情绪。它"似惆怅,又似喜悦",在"无限凄凉之感里,夹着无限热爱之感"。西方人讲"愤怒出诗人",中国古人讲"不平则鸣",由此许多研究者都将诸如愤怒、焦虑、心理失衡、孤独、忧郁等消极情感作为文学创作的主要心理驱力。毫无疑问,这些情感都能够进入创作过程并最终显现于作品,但它们成为创作冲动之时必须经过一个净化或升华的过程,而且要与其他的情感相融会沟通,从而构成一种综合性情感。

例如,一个作家在处于现实的愤怒或痛苦的情感中时,他的心理状态与常人毫无二致,他也会咬牙切齿、捶胸顿足,这时绝无创作冲动产生。在这种愤怒或痛苦情感转化成创作冲动时,它们已经发生了根本性的变化:它们不再是现实的自然情感,而成了被再度体验的情感了。这一对情感再度体验的过程就像净化器一样,使这些情感得到升华,而且这种情感还与其他情绪记忆相混合,从而成为宗白华所体验到的那种朦朦胧胧的、似真似幻的情感,这也就是我们前面所说的艺术情感。它不再是那种盲目的,给人以痛感的消极情绪,而成了有明确指向性的、给人以快感享受的情绪。所谓"长歌当哭,势必在痛定之后"也正是这意思。这样看来,创作冲动又可以视为一种宣泄、呈现自然情感的欲望——人们有宣泄情感的生理的与心理的需求,当这种需求指向某种实践性的行为时,它就成为激情;而当它指向文学艺术的创作时,它就成为创作冲动。

英国著名现代派诗人、批评家 T. S. 艾略特指出:"诗人之所以引人注意,引人感到兴趣,不是由于他自己生活中的特殊事件所激起的那种情绪,他的特有的情绪可能是简单的,或是粗糙的,或是平庸的……诗人的任务并不是寻求新情绪,而是要利用普通的情绪,将这些普通的情绪锤炼成诗,以表达一种根本就不是实际的情绪所有的感情。"[①]这一论述与前面所引的宗白华的自述完全吻合,都是讲作为创作冲动的情感体验不同于日常生活中的自然情感。二人都是很有成就的诗人,他们所说都是经验之谈。

其三,创作冲动具有内指性特征。根据宗白华对自己创作经验的描述,在创作冲动产生之后,他的全部注意力实际上都集中在自己的内部世界之中。他所提到的"大都会""广大的人类""遥远的自然"都不是客观存在,而是他的内心世界的意象。这说明创作冲动具有内指性。

让-保尔·萨特(Jean-Paul Sartre,1905—1980)在他那有名的论文《为什么写作》中指出:"如果我们的创作冲动来自我们内心最深处,那么我们在我们自己的作品中所能找到的永远只能是我们自己,是我们自己发明了我们据以判断作品的规则;我们在作品里认出来的是我们自己的历史,我们的爱情和我们的欢乐;即使我们只是看着我们的作品,再也不去碰它,我们也永远不能从他那里收到这份欢乐和这个爱情,是我们自己把欢乐和爱情放到作品里面的;我们在画布上或者在纸上获得的效果对我们来说永远不会是客观的;我们太了解(取得它们的)方式了,而它们不过是这些方式取得的效果而已。"[②]这就是说,创

[①] 〔英〕艾略特:《艾略特诗学文集》,王恩衷译,国际文化出版公司1989年版,第7页。
[②] 柳鸣九编:《萨特研究》,中国社会科学出版社1981年版,第4页。

作冲动将作家的注意力引向自己内在的心理现实,从而使他按照一种内在的逻辑去思考、去体验,完全放弃了对外在事物自身逻辑的关注,这里的一切都"着我之色彩"(王国维语)。创作冲动的这种内指性使整个创作过程都成为作家自我体验的过程。外部世界的一切人和事都要经过作家的体验才能进入文学作品之中。据此,我们可以说,在文学艺术世界中纯粹客观的东西是不存在的。

总之,创作冲动作为一种特殊的情绪状态,它具有独立的心理形式和独特的心理功能。它一方面使人处于某种神奇的兴奋与激情之中,令人跃跃欲试,另一方面又促使人按照某种特殊的方式去思考与体验;它既给人以审美享受,又给人强大的创造力;它将人引向神奇无比的艺术世界之中:一方面创造这个世界,一方面欣赏这个世界。

二、创作过程的基本环节

作家积累了比较丰富的生活经验,产生了特定的创作动机,并且也激发起了强烈的创作冲动,这样他就具备了进行文学创作的基本条件,接着他就要进入具体的创作过程了。所谓创作过程,就是作家从特定的创作动机出发,在创作冲动的驱使下所进行的建构艺术世界的全部活动。它具体包括生活材料的储备与选择、艺术构思、艺术传达、修改与润色等环节。

(一) 生活材料的储备与选择

人们常说"文学是人学",这句话的实际意义是说文学总与人的生活密不可分,它就是人的生活的一种再现或表现形式。所以一切文学创作活动都必然从生活材料的储备开始。生活材料的储备是指作家在特定创作动机的指导下对某方面的生活材料的自觉搜集。我们常常听到某某作家到工厂、机关、学校或农村"体验生活"去了,根据作家们的自述,这一般有两种情况:一是作家并无具体创作动机,到工厂、机关或农村等处去是为了了解生活中发生的变化,从而培养起具体的创作动机;二是已有具体创作动机,只是感觉生活积累还有所欠缺,因此到生活中去继续充实材料。一般说来,只有当作家积累的生活材料远远超过他能够写进作品的内容时,他才肯动笔写作,因为只有这样他才有充分的选择余地。不少作家为了写几十万字的小说,往往要做上百万字的笔记材料。中国古人常说,要读万卷书、行万里路才能写出好文章,就是这个道理。文学创作是作家对生活经验的提炼和表现,社会生活是文学的第一源泉,只有在生活中积累起大量的材料,作家才有可能写出优秀的文学作品来。

有一种情况看上去似乎与上述观点相悖:有些文学作品表现的是某种内心的幻觉或飘忽的思绪,从中根本看不出什么生活内容。这样的作品也需要积累什么生活材料吗?按照荣格的理论,文学总体上分为心理型和幻觉型两大类,前者是理性的、写实的、再现性的,后者是非理性的、无意识的和表现性的。在荣格看来,这种幻觉型文学所表现的内容不是来自于现实生活,而是来自于人类上古时代积累的"集体无意识"。然而在我们看来,这种幻觉型文学所表现的那些支离破碎的画面与意象也同样是生活积累的产物,其中包含着对生活的某种理解与感受。即使是一首写景的小诗也体现了一种独特的生活情景,任何文学创作都离不开对生活材料的积累。

生活材料是混沌的、整体性的,无论多么精彩的生活材料都不能原封不动地搬进文学作品之中,这实际上也是不可能做到的。既然作家积累起来的生活材料并不能直接成为作品的内容,那么他就必须对这些材料进行选择和取舍。那些被储存到作家记忆中的生活材料一般都是极为丰富而又杂乱无章的,那么,他根据什么判断哪些材料有用,哪些无用呢?换言之,他是根据什么来选取其中最值得表现的那一部分呢?

首先,作家往往选择那些最能打动他、在他的记忆中印象最深的生活材料作为表现对象。这些生活材料是作家头脑中挥之不去的,因而是他最乐于表现的;同时,由于这些材料都曾深深地打动他,是其印象最深的生活片段,作家当然也有充分的理由认为作品写这样的生活最容易给读者留下深刻的印象。例如,列夫·托尔斯泰的名著《安娜·卡列尼娜》中的女主人公是一位外貌极为美丽、博学多才、举止优雅、富于魅力的青年贵族妇女。托尔斯泰本人就是一位贵族,又是名作家,他的社交面很广,见过的美貌的贵族妇女当然是很多的,选谁作为这部小说女主人公的原型呢?他选择了诗人普希金的女儿玛丽娅·普希金娜。实际上,托尔斯泰只见过普希金娜一面,并无密切交往,但她的美丽、教养和气质给他留下了极为深刻的印象,成为他内心深处挥之不去的影子,以至他在十几年后描写安娜的肖像时,竟能酷似普希金娜。作家当然愿意以这样的人物为主人公的原型了。

其次,作家都知道一条简单的道理:先要感动自己,才能感动读者。所以作家所选取的创作对象,还必然与他的深刻的情绪记忆或心理创伤即曾经深深打动他的生活事件有关。情绪记忆是作家创作活动的动力,同时也是他选材的重要依据。所谓情绪记忆是指曾经发生过的强烈情感在人的心理上留下的深刻印记。有时甚至事情的经过已经不是很清晰了,但是那种刻骨铭心的情绪体验却还是鲜活地存在着。例如,高尔基的《童年》所描写的大都是痛苦与不幸的遭遇,而托尔斯泰的《童年》所描写的则更多的是亲情和友爱。这是因为,高尔基作为贫苦家庭的孩子,饱受艰难困苦的折磨,当他一想起童年生活,首先出现在脑海中的就是那些与屈辱、痛苦的情绪记忆相伴随的事件;而托尔斯泰作为贵族地主家庭的孩子,自幼生活在爱护与关注之中,与他儿童时代的情绪记忆相联系的都是美好的生活经验。

再次,作家的选材还与他具体的创作心境有关系:当他心情愉快时,那些美好的生活经验就容易呈现出来;反之,在他心情恶劣时,消极的生活现象就更容易浮现在眼前。例如,当一个诗人热情高涨、心情愉快时,一般不会去写那些忧愁伤感的诗歌;而当他失意潦倒时,则以往积累的郁闷不平之情就都争先恐后地浮现在他的眼前了。

(二) 艺术构思

1. 艺术构思的基本阶段

作家在确定了所要描写的生活材料之后就开始进入艺术构思阶段了。所谓艺术构思就是作家在特定创作动机的指引下,在已然激起的创作冲动的驱使下,在选定创作对象的基础上运用艺术概括、艺术变形等手法塑造艺术形象、构织故事情节并最终形成完整艺术世界的整个思维过程。艺术构思是创作过程的核心部分,它一般有这样几个基本阶段:

一是作品整体构架的形成。文学作品都是由具体形象和情节、细节构成的,但是一般来说,艺术构思却不是"由小到大""由局部到整体"的过程。相反,大多数的情况下艺术构思都是"由大到小""由整体到局部"的:在构思之始,作家先要对作品整体面貌有一个大致的设计,形成一个大体上的轮廓。如果是抒情作品的创作,那么创作主体先要有一个整体意境或画面。例如写诗,好诗都不是一句一句想出来的,而是先有整体意境,然后再推敲诗句的。苏东坡说画竹"必先得成竹于胸中"而不能"节节而为之,叶叶而累之"①,正是这个意思。当然,在诗人心中首先出现的整体意境不可能是很清晰的,很可能只是一种朦胧的感觉和意象,但它必然是作品整体性的构成,而不是作品的某一部分。作品完成之后,这种朦胧的感觉或意象就作为一种整体性的格调或意味笼罩在作品各个组成部分之上了。

如果是叙事作品的创作,则作家构思时先要对这个故事有一个大体上的设计:从何处开始,主要人物是谁,主要发生哪些事件,这事件是如何引起的,发展的经过如何,结局是怎样的,等等。也就是说,在作家心中,一个故事的大体轮廓应该是清晰的,他一般也不能写到哪里算哪里。当然也有例外。比如鲁迅写《阿Q正传》就是写一段想一段的。但是即使这样,鲁迅心目中早就有关于阿Q这个形象的整体轮廓了,只是情节需要临时构思而已。至于那些"著书只为稻粱谋"的作家,只是在拿起笔来时才临时编造故事的所谓"创作",不是一个严肃的作家的所作所为,不在我们的论述范围。

二是具体艺术形象的设计。在整体上有了大致的构思之后,具体的艺术形象设计就是最重要的了:在叙事作品中主要是人物形象,他的肖像如何,性格如何,甚至有何癖好都应有详细的构想。在这里经常出现的情况是作家首先注意的是人物的某种特征,然后再围绕这一特征来形成他的言行举止。当然,在整体构思阶段,人物形象在作家头脑中已经有了大致的轮廓,这里所需要的主要就是细部的勾勒与描画了。也常出现另外一种情况:最初设计的人物形象会发生比较大的变化,有时甚至是根本性的改变。例如前面提到的托尔斯泰笔下的安娜·卡列尼娜这个形象,最初的设计与后来的定型之间就有着根本性的差异。在抒情作品中则主要是意象形成与设置,它的形状、声音、色彩及其内在蕴含、与其他意象之间的连缀等,都是艺术构思的内容。

三是情节的演变发展。在叙事作品中,当人物形象已经有了大致眉目之后,所要做的就是让他行动起来,即场面与情节的形成。在情节构思中作家最为关心的不仅仅是故事情节本身是否合情合理的问题,更重要的是这情节能否与他所设计的人物性格相吻合的问题,也就是故事情节能不能成为人物性格的合乎逻辑的展开的问题。在最初的构思中,故事情节已经有了大致的梗概,这时则需要填补细节了。故事情节的突然改变也是常有的事情:作家改变初衷以一种新的方式安排情节。不过,这种情况的发生一般都是基于对人物形象设计的重要改变或者对主题的深入挖掘。

---

① 《苏东坡全集·前集》卷三十二,中国书店影印本,第395页。

2. 艺术构思的主要方式

艺术构思的主要方式有艺术概括与艺术变形等。艺术概括是指创作主体从一定创作动机出发对其选定的材料进行进一步提炼加工的过程,具体包括艺术综合与艺术简化两种方式。

艺术综合就是对各种材料重新组合,从而形成艺术形象的过程。鲁迅说他的小说人物的原型往往"嘴在浙江,脸在北京,衣服在山西"[1],这就是艺术综合。作家创作文学作品很少严格按照完全真实的生活经验来写,都要经过概括与综合的过程,因为只有这样才能创造出既有普遍性,又有鲜明个性特征的艺术形象来。艺术综合还表现在作家常常将生活中在许多人身上发生过的事情集中在一个人物身上,使之更具代表性。例如《三国演义》写诸葛亮之智,写关、张之勇,都是集中了许多人的事情。这就意味着,文学艺术家们不是去再现这个世界,而是去创造一个新的世界;前者是现实的,后者是假想的;文学艺术正是要通过创造一个假想的世界来折射或间接地呈现那个现实的世界。尽管实际上现实世界永远无法真正被完全呈现出来,但是通过假想的世界可以在一定层面上表现其真实,而这恰恰就是文学艺术的使命。

艺术简化是指创作过程中作家对所写事件和人物只寥寥几笔,将其特征勾勒出来,而对于那些大量的、无关紧要的细枝末节完全省略。一般说来,艺术简化是一切文学艺术创作所必不可少的手段,因为任何创作都不可能将生活中发生的一切都写进作品中,只能是抓住重点,突出特征。例如《水浒传》写武松只写了那些与表现其性格特征直接相关的事件,而对于他的那些无关紧要的生活细节就完全省略了。但是相对而言,作家根据不同的需要,对有些事件、人物的描写会浓墨重彩,文字密度很大,而对另一些人物事件就十分简略,只是勾勒出其大体轮廓而已。例如《红楼梦》写林黛玉的心理活动往往极为详尽,而写其外貌则极为概括,这同样是艺术简化手法的表现。

实际上,艺术简化不仅表现在情节安排和人物刻画上,而且也表现在艺术知觉上,即每一个艺术画面的形成都存在着艺术简化问题。美国著名的格式塔心理学美学流派的代表人物鲁道夫·阿恩海姆曾提出过一个有名的"简化原则",他说:"任何作品的形式都应当在主题所允许的范围内尽可能地简单,这是一个正确的艺术原则(如同科学中的省略原则)。"[2]他这里所说的简化原则是指抓住表现对象的结构特征,用最精粹的形式将其呈现出来。基于对艺术的这种简化原则的认识,阿恩海姆认为艺术品一般都要对所表现的事物进行一定的抽象,即"抽象的再现"。他指出:"实际上,公平地对待艺术史就会知道:艺术只是非常罕见地,而且是在非常特殊的文化条件下才追求'照相式'的逼真。在普遍情况下,高度抽象的再现风格倒是相当普遍……"[3]这种"抽象的再现"不是对生活原型的简单重复,而是"对原型模式"的一种阐释。

艺术变形是指作家为了达到某种艺术效果而在创作过程中有意将描写对象以扭曲

---

[1] 鲁迅:《我是怎样做起小说来》,《鲁迅全集》第4卷,人民文学出版社1958年版,第394—395页。
[2] 〔美〕鲁道夫·阿恩海姆:《走向艺术心理学》,丁宁等译,黄河文艺出版社1990年版,第49页。
[3] 同上书,第44页。

的、畸形的形式表现出来。例如《儒林外史》中的严监生就是一个艺术变形的人物,他临死前伸出两个手指来表示两根灯草这一细节是变形的,生活中无论怎样吝啬的人,也决不会到这样的地步。又如表现主义作家卡夫卡的《变形记》,写主人公一觉醒来发现自己变成了大甲虫的情节也是变形的;其另一篇小说《老光棍勃鲁姆·菲尔德的一生》,写主人公回到家中发现两只小球一上一下地跳跃,还会躲避人的追逐,这也是典型的艺术变形。这样的例子在现代派文学那里可谓随处可见,变形是现代派文学的主要创作手法之一。

艺术变形是不是歪曲生活呢?当然不是。恰恰相反,艺术变形正是要准确地反映生活的本质。我们知道,生活是千姿百态的,无论多么精细的描绘也不可能穷尽生活本来面貌。所以照相式的真实仅仅能够反映生活的表皮,而无法揭示生活的深层意蕴。艺术变形正是为了达到深刻地反映生活的目的而采取的必要手段:作家艺术家对生活有某种深刻的体验或理解,而这些又无法用一般的叙述和描写的方法来表现,于是他们就将人们习以为常的生活现象进行扭曲,创造出一种具有象征性的艺术形式,以此来呈现自己对生活的体验与理解。事实证明这是很有效的一种艺术表现方法。

(三) 艺术传达

所谓艺术传达是指作家艺术家将构思成熟的艺术形象用某种人们普遍认可的艺术形式显现出来。艺术传达是创作过程的最后阶段。经过作家的精心构思,艺术形象与整个艺术世界已是初具规模,只不过它还是作为作家的"内在世界"而存在,它要成为可供读者欣赏的文学文本,还需要显现为语言组织。从艺术构思到语言的显现,这之间还要经过极为艰苦的创作过程才能最终形成作为语言组织的文学作品。

清代著名画家、诗人郑板桥曾描述自己作画的经验说:"江馆清秋,晨起看竹,烟光、日影、露气,皆浮动于疏枝密叶之间。胸中勃勃,遂有画意。其实胸中之竹,并不是眼中之竹也。因而磨墨展纸,落笔倏作变相,手中之竹又不是胸中之竹也。"①

这虽是讲绘画创作,但与一切艺术创作,包括文学创作完全是一个道理。这里的"眼中之竹"是指客观存在的竹子(实际上,"眼中之竹"已然不同于园中之竹,因为作为知觉形象的眼中之竹已经有主观的因素了)②。这里的"胸中之竹"乃是艺术构思之后的艺术形象,当然与作为视觉形象的"眼中之竹"又有所不同了。"手中之竹"是经过艺术传达之后的竹子,是画在纸上的图画,是最终完成了的作品。它比"胸中之竹"多了一个由内向外的过程,故而也就有所不同了。经过由"外"而"内",再由"内"而"外"的创作过程之后,竹子就由实在之物变为艺术品了。

与画家不同的是,作家在艺术构思完成之后要用语言将其呈现出来。尽管在构思过程中作家也要依靠语言,但用文字写出来毕竟又是一番工夫。不同作家在这里有很大的差异,有时作家的高下正是由此而见出的。

关于这个问题,王国维曾有一段深刻的论述:"问'隔'与'不隔'之别?曰:陶、谢之诗

---

① 郑板桥:《题画》,见《中国美学史参考资料》下册,中华书局1984年版,第340页。
② 关于知觉形象的主观性问题,西方现代格式塔心理学有十分深入的研究,可参见〔美〕鲁道夫·阿恩海姆:《艺术与视知觉》,滕守尧等译,中国社会科学出版社1984年版。

不隔,延年则稍隔矣。东坡之诗不隔,山谷则稍隔矣。'池塘生春草'、'空梁落燕泥'等二句,妙处唯在不隔,词亦如是……如欧阳公《少年游》咏春草上半阕云:'阑干十二独凭春,晴碧远连云。千里万里,二月三月,行色苦愁人。'语语都在目前,便是不隔。至云:'谢家池上,江淹浦畔。'则隔矣。白石《翠楼吟》:'此地,宜有词仙,拥素云黄鹤,与君游戏。玉梯凝望久,叹芳草、萋萋千里。'便是不隔。至'酒祓清愁,花消英气'。则隔矣。"①

　　王国维在这里讲得极为形象生动,实际上这个问题是中国古代千百年间许多哲学家、诗人共同关心的大问题。这个问题的实质是,如何能够使语言将人们所思所想准确地传达出来而不生歧义,特别是如何将那些本身就不是清晰的概念或判断的思绪、感觉、情愫、觉察等心理因素完整、准确地传达出来。老庄之学本来就不相信语言文字传达意义的准确性;儒家也认为圣人创制卦象、爻象是为了弥补语言文字的不足;至于禅学更是提倡"以心传心""心心相印""不立文字""教外别传"的传道方式,根本不相信语言文字可以传达禅家心法。然而,儒道释三家又都离不开文字的传达,即如我们今天之所以能够知晓这些思想流派的主张,也无不是通过他们传下来的文字书写。这说明人类无法真正超越语言,如果说可以超越的话,也只能借助于语言来超越语言。在这方面中国古人可以说积累了无比丰富的经验与智慧,而王国维正是在吸收了古人的经验与智慧的基础上提出自己的见解的。他的"隔"与"不隔"之论正是在探讨诗歌创作如何既要超越语言的限制,又要借助于语言来完成超越的途径。

　　这里所谓"隔"就是文字使用得拙劣,以至影响情感与意念的表达;也是指用事用典过多,诗人的真实情感与意思被湮没在那些典故之中了。"隔"的诗就像是在读者与诗歌意蕴之间横亘着一堵墙似的,使人很难透过墙壁体验到诗歌意蕴。"不隔"就是文字运用得恰到好处,使读者能够直接体会到诗词中蕴含的内涵而不感到丝毫文字的障碍。根据现代心理学美学与接受美学的研究,所谓诗歌传达情感实际上并不是诗人将自己的情感传达给读者,而是通过各种艺术技巧来调动起读者自己的情感积累,并使之依据审美的规律得到升华,成为审美情感或者艺术情感。如果从这样的观点出发,则"隔"的意思就是指语言运用、描写等艺术技巧使用得很拙劣,不能够有效地调动起读者心中积累的情感并使之升华为艺术情感。这种解释也是有道理的,因为读者从作品中得到的体验的确不同于诗人作诗时的体验。

　　"不隔"的另一层含义是指用"直寻"的方式作诗,不堆砌典故,因此使人可以直接感知诗中蕴含的情感意念而不劳猜想。但是这并不等于说不要技巧,而是说技巧要用得巧妙,令人看不出有什么技巧。这里很符合老子的那句话:"大巧若拙。"例如皎然《诗式·文章宗旨》说:"真于情性,尚于作用,不顾词彩,而风流自然。"司空图《二十四诗品·含蓄》②说:"不著一字,尽得风流。语不涉己,若不堪忧。"严羽《沧浪诗话·诗辨》说:"所谓不涉理路、不落言筌者,上也。诗者,吟咏情性也。盛唐诗人惟在兴趣,羚羊挂角,无迹可

---

① 王国维:《人间词话》,《王国维文学美学论著集》,北岳文艺出版社 1988 年版,第 395 页。
② 关于《二十四诗品》,近来学术界有的学者认为非司空图所作,这里暂从旧说。

求。"这里都是在强调诗歌创作的文字表达要讲求技巧。"不顾词彩""不著一字""不落言筌"云云,都是讲使用语言文字不要"隔"。要技巧又似乎无技巧,用语言又似乎无语言,这就是"不隔"的境界。我们如果再联系其他作家、批评家有关诗歌语言技巧方面的论述,概括来说,在文学创作中关于语言的运用问题有下列几点需要注意:

第一,文学创作的语言表达要恰如其分。作家心中之情、眼中之景都要靠文字才能呈现于作品,故而选词觅句就显得十分重要。如何才能寻找最恰当的词语来表情达意是作家们苦思冥想的事。例如法国19世纪著名现实主义作家福楼拜就认为,写作的才能主要看选择词语,因为对于表现一个动作或事物来说,只有一个词是最恰当的,好的作家就最善于找到这个词语。他写作长篇小说《包法利夫人》,用了近五年的时间推敲每一个字句,可谓不厌其烦、精益求精。中国古代诗人吟诗作赋时更是在推敲词语上殚思竭虑、绞尽脑汁。据说著名的苦吟诗人贾岛自述自己的"独行潭底影,数栖树边身"这两句诗的创作经过说:"二句三年得,一吟双泪流。诸君若不赏,归卧荒山丘。"可见其苦思之甚。观前人之意,选择词语也不仅仅是语言与所表现之物是否相符的问题,而且还是这个词语在读者心目中能够产生怎样的效果的问题。高明的诗人就是最善于利用词语在读者心中激发起某种他所希望的情绪或感觉,从而构成一种既定的艺术效果。由于在不同语境中即使是同一个语词也会产生迥然不同的效果,故而如何选择词语就成为诗人最重要的本领之一。

第二,文学创作的语言表达要有透明性。语言无论如何准确、如何巧妙,都不是作家的目的所在。作家在语言上寻词觅句、反复推敲,目的是将自己内心世界中经过再度体验的情感、朦朦胧胧的意象以及某种意念完整而准确地呈现出来。所谓"呈现出来"并不是说从诗人的角度看那些被压抑的情感得到宣泄和升华就可以了,更重要的是从读者角度看,自己那些被压抑的情感在诗歌词语的触发下被重新激起,也得到再度体验,而且升华为审美情感。

如何能使语言透明,使人"但见性情,不睹文字",是令作家心向往之的事。依据现代语言学理论,人们能够直接看到的语词乃是语词的"能指",其所负载才是"所指"。在"能指"与"所指"之间并无固定的、必然的联系。人们都是约定俗成地使用着言语,这就是说语言的运用是一件十分灵活、有着很大创造性空间的事情。一个词是如此,一句话、一篇文章、一首诗同样如此。例如一首诗作为一个"能指"即是若干语词按照特殊的规则的排列,其"所指"则是诗人在心里的诗情与意象。如何能够使人一见"能指",不劳猜想即刻悟见其"所指",乃是中国古代诗人千百年间苦苦思索的事情。这里不仅仅是语言运用的问题,而且涉及文化语境、文本间性(intertextuality又译为"互文性")以及接受习惯等问题。所以诗人的文化修养、天赋、情性、心态在这里就具有非常重要的作用了。总之,无论采取怎样的方式,能够使人从语词形式和技巧上直接体验到(或者说产生出)某种意味或情感蕴含,乃是作家们在文学创作中所普遍追求的目标。

第三,文学创作的语言表达又要有独创性。我们前面讲到语言表达的透明性,并非是说文学语言越通俗易懂就越好。在创作中作家们还刻意追求语言表达的独创性,就是说追求一种陌生化效果。语言表达有特点、不同凡俗,才会引起接受者的阅读兴趣。反之,文学语言像一碗白开水一样,就是再通俗,也无人感兴趣。所谓独创性是说语言表达要有作家自己的特色,与别人都不一样,给人以新奇之感。所谓文学语言表达的陌生化效果是指文学语言的一种独特的吸引力,使接受者产生强烈的阅读兴趣。一般说来,诗歌的格律、节奏、修辞手法,小说的叙事方式本身即包含了某种程度的陌生化效果。但作家、诗人运用语言的独特性会使这种陌生化效果大大增加。

这样一来,在文学语言的独创性、陌生化效果与语言的透明性之间就存在着某种矛盾:追求透明性就很容易影响独特性与陌生化;而追求独特性与陌生化又很容易妨碍透明性。这就使得文学创作在语言表达方面更增加了难度,作家们必须使二者统一起来。古今中外的优秀作品,其文学语言无不既有独特性、陌生化效果,又给人以透明之感。杜甫说他"老来渐于诗律细,语不惊人死不休",这是强调语言的独特性与陌生化;但他的诗却绝不给人以生涩艰深之感,这是将语言的透明性与独特性、陌生化结合得比较好的例子。与之相比,元结、白居易的不少诗作透明性有余而独特性、陌生化不足;韩愈、李商隐的许多诗作则独特性、陌生化有余而透明性不足,在文学史上都曾受到过批评,仅就诗歌而论,他们均不及杜甫成就辉煌。

(四) 修改与润色

作家经过艺术构思而形成的那些蕴含着再度体验的情感的意象系列和故事情节又通过艺术传达过程而显现为一定的语言组织,至此创作过程已经基本完成,接下来作家们所要做的就只剩下修改与润色了。修改与润色看上去不是很重要的创作环节,而实际上它是绝对不可缺少的。那些创造出优秀作品的著名作家很少不在修改润色上花气力的。据说,托尔斯泰写《安娜·卡列尼娜》时,一个场面经常要重写几十遍。甚至常常有这样的情况:修改过程实际上就是重新创作,从人物性格、场面设计、情节安排到语言表达都改写一遍。一般说来,修改与润色有两种情形:

1. 提高性的修改润色

所谓提高性修改润色是指作品完成后作家大体满意,只是出于精益求精的目的,再加以修改润色,追求完美无缺。对于那些具有艺术良心或有远大抱负的作家来说,这一环节是非常重要的,因为它的确能够使作品锦上添花、更上层楼。有作家说过,好文章是改出来的。我们看大作家的手稿常常改得面目全非。而对于那些仅仅出于赚钱的目的,将文学作为谋生手段的作家来说,这个环节就不那么重要了,他们往往将粗制滥造的东西拿出去。这种情形在我们现在所处的商品经济的大潮中,可以说是屡见不鲜的。

当然也有特殊的例子,比如鲁迅的文章,如果仅从手稿上看似乎是很少改动的,古人也有所谓"文不加点""一气呵成"之说。这里大约有两种不同的情况:一是作家具有超常的天赋,头脑异常清楚,故而写出的每一句话都十分精粹,没有修改的余地。二是作家有一种特殊的写作习惯:非在大脑中想好不宣之于笔墨。人们常说"烂熟于心""打腹稿"就是指此而言。

2. 纠谬性的修改润色

这是指这样一种情况,作家创作出一部作品之后,或是听取了别人的意见,或是出于自己的发现,他觉得作品中存在比较严重的问题,需要做大的改动。例如我们常常听说某作家的某部作品是"几易其稿"才写成的,大抵属于这种情形。因为一般提高性的修改润色是不需要数易其稿的。

本章小结

本章集中阐述了文学创作的基本规律与主要环节。在第一节我们分析了作家所必备的文化修养与独特素质,从而为进一步阐述文学创作过程提供前提。第二节是从理论上分析文学创作主客体各自的特点。说明文学创作的过程本质上即是创作主客体之间双向建构的过程。第三节用了较大篇幅阐述文学创作的心理要素。具体分析了艺术直觉、艺术情感、艺术想象、艺术理解等创作心理因素各自的特点、在创作中的重要作用以及它们之间的联系。对创作心理要素的单独分析有助于我们对创作规律的揭示。第四节则在前三节的基础上展开对文学创作过程的论述。在这一节中具体分析了创作动机、创作冲动的基本特征,阐述了创作过程的基本环节,对材料积累、艺术构思、艺术传达以及修改与润色等问题进行了深入分析。通过这一节,文学创作的大致过程被勾勒出来了。

本章的概念与问题

概念:

创作主体 创作客体 艺术直觉 艺术灵感 艺术情感 艺术想象 艺术理解 创作动机 创作冲动 艺术构思 艺术概括 艺术简化 艺术变形

问题:

1. 什么是创作客体?
2. 创作主体的基本条件是什么?
3. 如何理解创作主体与创作客体的关系?
4. 艺术直觉与艺术知觉的异同何在?
5. 如何理解艺术情感与自然情感的区别?
6. 在文学创作中艺术灵感有何重要意义?
7. 创作冲动与创作动机的区别是什么?
8. 艺术概括的特点与作用是什么?
9. 结合中国古代诗词谈谈艺术简化的特点与意义。
10. 结合西方现代派作品阐述艺术变形的特点与意义。

第八章 文学接受

　　文学接受是文学活动全过程中的重要环节。从艺术生产理论的角度看,它又与文学生产、文学传播、文学消费密切相关。如果说在文学创作阶段作家是能动的主体,那么在文学接受阶段主体无疑是具有主动性的读者。文学接受者的素质、心境在相当大的程度上决定着文学接受的过程与效果。同时,文学接受也应提升到文学批评的高度。

第一节　文学的生产、传播、消费与接受

一、消费是文学活动过程的一个重要环节

　　文学消费是相对于文学生产、文学产品而言的,它是指人们为了满足自身文化、审美与娱乐等方面的精神需求而对文学产品加以占有、利用、阅读或欣赏的一项活动。有了文学消费,文学生产才实现了其对象化的目的,文学再生产才有可能有方向,整个文学活动过程才得以顺利运转。在社会化大生产与商品经济的条件下,"文学消费"概念的提出与运用具有重要意义。

　　(一) 文学消费在文学活动链中的作用

　　社会化大生产主要是指物质生产,但也包括精神生产,如艺术生产、文学生产。这就是说,物质生产与精神生产、文学生产之间不仅存在着一种类比关系,而且制约着物质生产的社会化大生产原理在一定程度上也适用于精神生产、文学生产。社会化大生产一般由生产者、产品、流通(分配)渠道、消费者等要素组合,由此形成生产领域、流通领域和消费领域。与此相应,文学的整个社会过程也包括创作出版、发行传播与消费接受三个主要环节。文学生产是指作家观念形态的文学创作与出版者赋予其物质形态的复制出版,简言之即文学产品的生产。文学流通领域包括发行网络、宣传手段与传播方式,它是生产者与消费者之间沟通文学信息的桥梁,主要由作家、出版者通过文学作品正向传递给读者,但并不排斥读者意见与需求的逆向反馈。文学消费则由读者充当主角,它包括读者对文学产品不同角度与多种方式的占有、利用,主要指对作品的阅读、欣赏与接受。

　　文学从生产到传播再到消费直至接受,构成了环环相扣的文学活动的全部过程。其中文学消费是一个不可或缺的重要环节,其重要性深刻地体现在文学生产与文学消费之间对等、互动的辩证关系上。没有文学生产,文学消费就没有了对象和前提而不复存在;反之,没有文学消费,文学生产也就丧失了目的与动力而无法实现。文学生产与文学消费是互为前提与手段、相互媒介与促进的关系。从艺术生产论的角度看,文学作品是产品或商品,作家是生产者,读者观众是消费者,文学创作是生产,文学阅读与欣赏是消费,就能

比较清楚地认识与肯定文学消费的巨大作用。

具体而言,文学消费在整个文学活动链中的重要作用表现在以下三个方面。

第一,文学消费活动使文学生产、文学传播、文学产品的价值与目的得以最终达成。文学的生产、传播与产品都是指向消费,为了消费,并以消费为中心与终极目标。古人说:"藏之名山,传于其人。"落脚点还是在人,在被人阅读。如果只是"藏之名山"而无人知晓,那么对于社会和消费者而言,与仅仅存在于作家头脑中的构思、腹稿是没有根本性区别的。离开文学消费这一最后环节,文学生产变得毫无意义,文学传播失去了对象,文学产品也不成其为真正的现实的文学作品。

第二,文学消费生产着生产与生产者。这里"生产着"的意思是指产生、制约与创造。文学消费不仅对生产起调节作用,而且它本身即是生产过程的组成部分。也就是说,消费产生了生产的动机与需要,从而制约着文学生产的规模与方式。作家都有自己心目中的读者,都有将作品传播于他人的需要,这就决定了作家事实上无法躲避文学消费对自己的影响,并在一定程度上为文学消费所塑造。

第三,文学消费者参与生产着文学产品。文学消费区别于物质产品消费的一个根本性特征,就在于它不仅是对产品单纯的享用,同时也是对产品价值与意义的再生产、再创造。消费者在文学活动过程中并不是文学产品的被动接受者,他对作品的理解并不与作家完全一致,他完全可以在创造性的阅读与欣赏中使作品增值与丰富。于是,消费者就在某种意义上转化为生产者,成为文学生产的参与者与作家的合作者。

(二)文学消费与一般消费的异同

文学消费与文学生产相关,更与文学产品发生直接联系。文学产品作为消费的对象,作为区别于一般物质产品的一种特殊的精神产品,它的性质在很大程度上决定了文学消费的性质。

从物质生产与精神生产、物质产品与精神产品之间的某些一致性看,文学产品如同一般物质产品一样具有商品的属性。文学产品具有商品性主要原因有两点。第一,文学产品是作家脑力劳动的物化形态,作为精神产品,它有使用价值和交换价值,作家通过稿费或版税的形式取得劳动报酬,这使文学产品具有一般商品的特征。第二,文学不是作家个人的纯精神产品,它必须借助于一定的物质媒介才能流传于世。例如,一本文学书籍就融合了造纸、印刷、出版、销售等各种环节的劳动。因此文学产品的存在形式既是精神产品,又是物质产品。产品物质的成分越多,它的商品性格就越明显。在文学史上,文学不仅随着城市的兴起和商业活动的增长而以商品的面目出现,并且还因其商品性而促进文学的繁荣。宋元话本小说,产生于说话艺人在"勾栏"中的商业性演出活动。所谓"话本"就是说话艺人用的"底本"。明代冯梦龙的"三言"、凌濛初的"二拍"是"拟话本",实际上是为大众消费而生产的通俗短篇小说集,其收集、写作、编辑、印刷、出版都一定程度上受到商业利润的推动。由此可见,商品性是文学在商品经济条件下的本质特征之一,在一定程度上是文学发展的润滑油和推进剂。

马克思曾多次论述过物质生产、精神生产和文学生产之间的共性,揭示出在物质生商品化的社会里，文学产品也会商品化。他在《资本论》中说："在这里，演员对观众说来，是艺术家，但是对自己的企业主说来，是生产工人。"①

正是艺术家身份的二重性导致了艺术产品的二重性。对于文学产品来说，它既具有意识形态性与审美性，也担负着商品的功能与效用。

文学消费同样具有二重性。它既是意识形态消费与审美消费，又是商品消费；既是有形的实物形式的损耗（如书籍、电影拷贝、音像带等），又是无形的精神文化的享受；既是产品的欣赏与接受，又是产品的再创造与再生产；既须遵循商品消费的一般规律（如等价交换与市场供需原则），又受制于意识形态体制与艺术法则。总之，文学消费具有商品消费的属性，但又不同于一般的商品消费，它是一种特殊的文化审美产品的消费，是既享用又创造的一种精神活动。

文学消费与一般商品消费相比较，主要有以下三方面不同：

第一，在消费需求与目的上，一般物质产品的消费主要满足人们物质生活的需要，以实用性、功利性为目的；文学消费则主要满足人们精神文化生活的需要，以审美性、娱乐性为目的。尽管一般物质产品也是按照美的规律来设计与制造的，具有或多或少的精神文化含量，文学产品也必须借助于一定的物质载体，至少是语言文字，它们都不可能是纯物质或纯精神的创造物，但是物质消费与精神消费在功能上有着根本区别。文学消费不仅要求有精神文化方面的一般享用，而且更需要获得艺术审美的愉悦。

第二，在消费方式与评价上，一般物质产品的消费都造成实物的减少或破旧，引起价值有形或无形的损耗，而文学消费则只损耗产品的物质形式方面的价值，其内蕴的文化审美价值并不因传播与接受而减损。同样道理，一般物质产品的价值依据经济学原理有一定的衡量与计算标准，而文学产品除了其物化形态的商品价值可以计算外，作为其主体的精神产品的价值是无法计算的。凝聚在文学产品中的作家的创造性劳动和真善美的精神内蕴，事实上无法用货币来测量其价值。这就是说，等价交换的商品原则只是在一定程度上适用于文学消费。两本同样价格的不同文学读物，其文化审美品味及消费价值可能相去甚远；不同的文学消费者对同一本书的价值评判也可能南辕北辙。

第三，在消费实现上，一般物质产品以被使用和主体的享受为消费实现，非艺术、文学的精神产品一般也以某种知识、观念的汲取与引用为消费过程的终结，它们都是为消费而消费，并不对产品本身构成新的生产与再生产。文学消费则既是名副其实的消费，又是富有创造意义的生产，两者同步进行，构成了消费实现。文学产品中的文学形象并不等同于消费者精神活动中的文学形象，作家的创作意图也相异于读者的理解与接受，这说明文学消费不是被动的接受过程，而是能动的想象过程与使文学价值增生的创造过程。文学消费的最终实现，总是意味着对作品形象及其意义或多或少的丰富与补充，甚至于"创造性的背叛"与"有意识的误读"。

总之，文学消费既具有一般商品消费的性质，又体现了文化审美产品消费与特殊精神

---

① 《马克思恩格斯全集》第 26 卷第 1 册，第 443 页。

活动的特点。其二重性对于我们理解与处理整个文学活动过程中商品性与意识形态性、价值规律与艺术规律、经济效益与社会效益、高雅文学与通俗文学之间的矛盾是有益的。

二、文学的消费与传播

（一）文学传播在文学活动中的意义

在文学活动的全过程中，文学传播与文学消费是紧紧相扣的两个环节。文学消费是文学传播的直接对象，是传播导入的社会行为。正因为有了传播，文学产品才得以面对消费者；如果没有传播，那么作品只能是作家自我欣赏的"独白"，至多只能算"半成品"。此外，文学传播又联结着生产与消费，充当着文学价值实现的社会中介。文学价值只有经过一定的传播通道传递和散布到文学消费者那里，其价值才有可能实现。作为不可或缺的中介环节，文学传播直接沟通着文学信息源（创作者）与文学消费者之间的联系。人类学家爱德华·萨皮尔说过："每一种文化形式和每一社会行为的表现都或则明晰或则含糊地涉及传播。"①

这就是说，社会是一个主要由传播所维持的各类关系的网络，文学作为社会文化活动与形式之一，并不能例外。

所谓传播，就是人类通过语言或非语言符号的方式，直接或间接地进行信息、观念与情感的交流。换言之，传播是信息从点到面的过程，是信息的沟通、传递与共享。而文学传播，则是传播者借助于一定的物质媒介和传播方式，将文学信息或文学产品传递给文学消费者的过程，也就是人们通常所说的文学的出版发行与社会流通活动。文学传播需要一定的人员或机构来执行其职能，如与文学活动相关的出版社、报社、杂志社、影剧院、电台、电视台、网站等。

文学传播的目的主要是将作家的个人创作转化为某种程度的社会共享，但其实现的手段与方式却可以是多种多样的。文学传播手段与方式的改变，可以极大地影响到传播的效果与范围，影响到文学消费接受系统的结构与性质，甚至引发一场文学革命。中国"五四"新文学运动无疑是一场现代化意义上的文化革命与文学革命，但它同时又是一场传播符号与媒介手段的革命。后者不仅是前者的先导与表现形态，而且也是前者最显著的成果之一。胡适当年阐述"建设的文学革命论"时说："中国这两千年何以没有真有价值真有生命的'文言的文学'？我自己回答道：'这都是因为这两千年的文人所做的文学都是死的，都是用已经死了的语言文字做的。死文字决不能产出活文学。所以中国这两千年只有些死文学，只有些没有价值的死文学'……中国若想有活文学，必须用白话，必须用国语，必须做国语的文学。"②

文言文、古文与白话文作为文学传播的两种不同的语言形态，直接关联着旧文学与新文学，可见传播工具对文学革命的重大意义。此外，"五四"新文学之所以能够影响广大

---

① 转引自〔美〕威尔伯·施拉姆、威廉·波特：《传播学概论》，新华出版社1984年版，第4页。
② 《胡适学术文集·新文学运动》，中华书局1998年版，第42—43页。

文学消费者，也离不开当时正在兴起与发展的现代文化传播机构与传播方式，如报刊、书籍和书店、出版社、机器印刷等。如果没有《新青年》《语丝》《小说月报》、商务印书馆、各种报纸的文学副刊与近代印刷技术、发行手段，我们难以设想"五四"新文学的进程与实绩。总之，文学的发展是与传播手段的革新以及消费接受系统的变化密切相关的。

(二) 文学传播发展三阶段

文学从诞生的那天起，它的传播就离不开一定的手段与方式。随着科技的进步与社会的发展，文学传播方式发生着历史的变化并趋向多样化，由此也引起文学消费的日益大众化与世界化。总的来说，文学传播经历了口头传播、书写印刷传播和电子传播三个阶段。

在原始社会，文学是通过口传方式被接受与流传的。那时人类有了语言，并运用语言和想象方式创造了解释世界万物的神话。在部落、氏族里，作为文学源头的神话以最自然朴实的口口相传方式被一代又一代人延承下来。有声语言是神话唯一的存在方式与传播媒介，因而这一时期的文学被称为口头文学或口传文学。

文学的口传方式具有以下三个特点：首先，它是面对面的直接传播，有利于传播者与接受者之间的双向信息交流。其次，口传方式主要靠语言进行，部分靠非语言符号如手势、表情、姿态等进行，因此它是视、听结合的复合符号的传播，比文字传播具有更大的信息量。再次，口传方式使传播内容不能以物化形态固定下来，相反，它在口口相传、代代相传中处于不断的变动、修改、丰富、补充状态。总之，口传是原始的传播方式，它的传播速度较慢，传播面不广，生产、传播、消费之间没有明确的分工与界限，往往传播者就是消费者，甚至还是加工创造者。

随着文字的发明，人类进入了文明时代，出现了书写印刷的文学传播方式。先是书写，文学以笔墨纸张等物质载体与文字形式流传。中国古代印刷术的发明标志着一种新的传播方式的诞生，但手工作坊的印刷物数量有限，其传播范围只能局限于官员与文人阶层。15世纪德国人古腾堡发明印刷机是传播史上的一大事件，由此开大众传播的先河。随着机器印刷技术与大工业生产方式的出现，文学产品的大规模复制才成为现实，报纸、杂志、书籍才成为大众传播媒介（又称为印刷媒介）。从作家书写到传抄到手工印刷再到机器复制，意味着文学作品有了固定的文字形态和有形的物质载体，意味着传播范围的历史性扩展。

书写印刷传播方式的特点首先是非直接的单向信息传递。由于有了书写印刷文本的中介，传播无须以面对面的方式进行，于是一方面文本得以跨地域跨时代地传播，另一方面文学生产者与文学消费者之间也互相隔离而变得陌生。其次是文字符号的单一性与非直观性。口传文学借助语言也借助非语言的手势、表情、姿态等直观信息，具有视听复合性与直观性。文字是单纯的视觉符号，不能直接呈现形象，需要依赖读者的想象才能将文字转化为头脑中的视听图像。书写印刷传播的这些特点，决定了它与文学消费者的特殊关系。它选择着消费者，把不识文字的人排斥在外，使文学成为文人、读书人的专利。书写印刷方式意味着生产者与消费者的分离以及彼此地位的不平等，作家处于书写文化的重要位置,而报纸、杂志、书籍的出版者、编辑、评论家则充当着引导读者的角色。

电子媒介的出现是传播方式的又一大飞跃。广播、电影、电视的产生,作为最现代化最大众化的传播方式冲击着书写文化与文学的传统地位。一些更新颖的电子媒介还在不断涌现,如多媒体技术改变了人类的信息接受系统,互联网将世界融为一体,现代数码成像技术比古老的神话更善于制造虚拟现实。新的传播工具和手段一旦与文学相结合,还会形成新的文学样式或边缘性的综合艺术,如电影、电视剧、广播剧、网络文学等。这大大拓展了文学的领域,并由此产生出新的消费群体与消费方式。

电子传播方式同样具有自己的特点。首先电影、电视是视听复合符号的信息传播。从视觉来说,它又可以是影像与文字的融合,既保留文字符号的长处,又体现画面的特点。与口传方式的语言、非语言符号并用相比,它强化了视觉符号,影视中的大特写与镜头调度是前者所不可企及的。其次,影视提供的直观性是空前的真实与虚假的混合。画面显示的是事物与人本身,而不是文字符号,相对文字作者,影像制造者更深地隐蔽在画面之后。观众仿佛面对的就是真实,但影像却最容易作假:小水池里可以重现"泰坦尼克号"的沉没。再次,与语言文字、印刷术的发明不同,电影、电视从它们诞生的那天起,就属于大众传播媒体,具有世界性与商业化的倾向。但是影视文学仍是单向传播的,无法做到及时的双向交流。消费者虽有越来越大的选择自由,但在整体上容易为媒体与生产者所控制和影响。

从文学传播与文学消费关系的历时态演变来看,我们可以得出两点结论。其一,传播方式的发展使文学越来越走向更广大的消费者。其二,新的传播方式的出现并不排斥旧的传播方式,而是在多种方式并存中占据主导地位。在当下的电子传媒时代,仍然存在话剧、戏曲、评弹等面对面的口头传播方式,报纸、杂志、书籍等印刷传媒仍然占据着相当多的文学消费份额,因此各种传播方式都有自己的长处与特点,都有各自的消费对象与群体。

三、文学消费的主动与受动

文学消费具有物质消费与精神消费的二重性。它既是对以物态形式出现的文学产品的占有与利用,又是对文学产品的审美文化内涵的阅读与欣赏。它既符合一般物质产品消费的规律,又有特殊的精神产品消费的特点。然而,文学消费的精神享用是以物质占有为前提的。也就是说,消费者只有先以一定的货币支付方式换取文学产品的拥有权,然后才能进入鉴赏、接受的精神活动。因此,文学消费作为物质形式的消费与一般商品的消费,总是消费过程首先发生的行为。

(一)购买、占有阶段的主动与受动

随着教育的普及、人们精神需求的增长和大众传媒的发达,文学产品日益成为大众日常消费品之一,文学消费是人们生活方式不可缺少的一部分,文化企业与文化市场也构成整个社会商品经济的重要环节。于是消费者一方面将文学消费纳入所有消费项目中去通盘考虑,另一方面又根据购买力的大小与精神需求的品位而对文学产品加以选择。在购买、占有文学产品的消费行为中,文学消费者具有主动性与受动性。从主动性方面来说,只要消费者具有一定的主体条件,如购买力与消费欲望,他就拥有买与不买、买多买少以及买怎样的文学产品的选择权与决定权。他是消费行为的主人,可以决定文学消费与其他消费所占的份额;他可以选择精装本与平装本、高雅文学与通俗文学、文学读物与影视作品;他既可以作品的作者与内容而买,也可以仅仅欣赏产品的外观如装帧、印刷、插图而买;他购买文学产品可以是为了阅读与欣赏,也可以是收藏、增值或显示身份、财富、修养的炫耀行为。从受动性方面来说,文学生产与文学消费客观上总会存在某种程度的脱节现象,消费者面对的总是既成的文学产品,他们只能在特定的市场规模和产品范围内选择,他们不能直接决定生产什么与不生产什么。此外,生产者为了推销产品,经常会展开广告宣传攻势,影响甚至制造消费趣味与潮流,一定的新产品也会创造出懂得它欣赏它的新的消费者,因此消费者的购买欲望与消费需求在一定程度上是受控制的、被动的。

(二) 阅读、欣赏阶段的主动与受动

当消费者购买、占有文学产品后,就进入阅读、欣赏阶段。物质占有是为了精神享用,文学消费主要是一种特殊的精神活动。这种精神活动与文学产品的购买行为一样,作为主体的消费者既有主动性又有受动性。也就是说,文学消费是一种主动选择性、主观评价性的精神活动,同时它又是一种具有被动接受性、被熏陶与感染的精神活动。

消费者的阅读、欣赏活动通常是个体的,它深刻地体现着消费者各自的个性和不同的消费需求,是依据主体的文化品位与审美能力主动选择的结果。作家刘心武曾对文学读者的阅读动机与兴趣做了八个方面的划分:纯粹的文学兴趣,其中优秀的读者在阅读中实际上与好作品的作者共同完成着文学作品的创造;希望从文学作品中获得思想上的启迪;希望从文学作品中得到人生经验;希望从文学作品中得到新闻性、内幕性的满足;希望从文学作品中获得知识;利用文学消遣消闲;希望从文学作品中得到暴力和性满足(如个体书摊上的一些色情、暴力作品);平时并不读文学作品,但由于一部什么作品在社会上很轰动,在阅读浪潮裹挟下也产生偶然性的阅读兴趣。[①]

这说明文学消费是个性化、层次化和多样化的,消费者的主动选择性不仅表现在阅读不同类型、风格的文学作品,而且在阅读同一部具体作品时也会选择性地关注与吸收不同的方面。阅读中常有"跳读法"与"重读法"就反映了这方面的情况。跳读法是跳过某些章节、段落,专读自己感兴趣的内容。如有人跳过作品中欣赏能力不及的内容,有的人专挑爱情描写、刺激场面阅读。重读法是对自己喜欢的内容或段落一读再读,反复回味,如书中的哲理片段、诗词佳句、精彩对话、有趣细节等。它们都是消费者主动选择的生动表现。消费者的主体能动性还体现在对作品内容与形式的主观评价性上。文学消费是产品精神价值的消费,需要通过精神价值的转移才得以实现。文学产品是否具有真、善、美的价值,真、善、美各自达到了什么样的程度,消费者必然会做出自己独立的判断与评价。

然而,文学消费又是一个接受、享用文学信息的过程,具有受动的一面。消费者首先

---

① 刘心武:《作家与读者》,《文汇报》,1988年3月22日。

必须接触作品的语言文字层面,了解语言文字的意义;继而由语言文字层面进到作品的形象、情感层面,把握作品的形象和情感;接着,又由作品的形象、情感层面进到作品的主题、观念层面,领悟到作品的主题、观念。这就是文学阅读的全过程,是感受与认知的精神活动,读者充当着受众。大众传播学中有一种"注射模式"的理论,用"皮下注射器"的形象比喻,来说明媒介的信息内容被注入受众的静脉。如果单从信息的传递与接受而言,不以此否认受众会做出不同的主观反应(包括批判与拒绝),那么"注射"理论在揭示受众的受动性上是深刻的。文学产品提供的不是一般的信息,而是审美形态的文化信息,特点是以形象感人,以情感动人,以思想熏陶人,因此文学消费者在阅读与欣赏中被打动、被感染、被陶冶是普遍现象。消费主体的情感反应或思想变化是由文学对象引发的,这就是受动性。

(三)文学消费与文学接受的区别

文学消费已经包含了文学接受的内容。但是文学消费与文学接受是两个不同的概念,它们的含义并不完全相同。首先,文学消费既指未含阅读活动的购买、占有文学产品的物质消费行为,又包括阅读、欣赏作品的精神消费活动;而文学接受则专指审美文化范围内阅读、欣赏文学作品的一种特殊的精神活动,与购买、占有物质产品的消费行为无关。文学消费中常有这样的现象:有的人买书并不是为了阅读,而是为了收藏、摆设或显示某种品位、身份。法国学者埃斯卡皮认为,决不能把文学书籍的消费与阅读混为一谈:"我们可以举出那种'炫耀性的'、作为财富、文化修养或风雅情趣的标志而'应当备有'某本书的现象(此为法国各书籍俱乐部最常见的购买动机之一)。还有多种购书的情况:投资购买某一种罕见的版本,习惯性地购买某一套丛书的各个分册,出于对某一项事业或某一位深孚众望的人物的忠诚而购买有关书籍,还有出于对美好东西的嗜好而购买,这是一种'书籍兼艺术品',因为书籍可以从装帧、印刷或插图方面视作艺术品。"[①]

购买、拥有而未曾进入阅读属于文学消费行为,却不能称之为文学接受活动。文学接受的前提条件是阅读,它的对象是文学物质载体中的精神内涵,它的性质是积极能动的主体审美活动。文学消费需要物质购买力,可以为买而买;文学接受则需要精神消费能力,是为欣赏而阅读。

其次,文学消费与文学接受各自的角度与侧重点不同。文学消费属于文艺社会学范畴,是文学的生产、出版、传播与消费整个流程中的最后一个环节,尤其关注文学生产与文学消费之间的辩证互动关系;文学接受则是从审美心理学的角度出发,探讨创作、作品与阅读、接受的关系,突出接受主体精神活动中的审美反应与再创造性。角度不同,各自研究的对象与重点会有差异。正如有的论者所指出的:"许多研究者认为,从消费者出发能最有效地在社会全部联系中讨论事实。他们很少以感知过程和意义过程为重点,而是以探讨作者、文学作品、接纳者——不管叫他接受者、消费者还是惯称的'读者大众'——之

[①] 〔法〕罗·埃斯卡皮:《文学社会学》,于沛选编,安徽文艺出版社1987年版,第144页。

间的交际线为重点。"①

这就是说,文学消费以生产、产品与消费之间的关系为重点,而文学接受则侧重在作品阅读中的感知过程和意义过程,即读者对作品形象及其意蕴的把握与再创造。

总的来说,文学消费与文学接受的关系既有相互联系、打通的一面,又有不能互相替代和差异的一面。文学消费是文学接受的必备条件与初级状态,文学接受是文学消费的现实延伸与高级状态;文学消费包括但并不等于文学接受,文学接受是文学消费的最终完成与价值实现。

第二节　文学接受及其主客体条件

一、文学接受者的素质

文学接受与传统文艺学中"文学欣赏"或"文学鉴赏"的概念既有联系又有区别。文学接受是指对文学作品进行阅读、欣赏与再创造的一种特殊的审美精神活动。它包括文学欣赏或文学鉴赏的基本含义与特征。但是,文学鉴赏是以欣赏对象即作品为中心的,而文学接受则与1970年代开始活跃起来的接受美学相联系,主张在文学接受过程中以读者为中心。由于它们的理论背景不一样,因此在理解作品与读者关系时侧重点也产生差异。接受美学作为美学理论的一个派别,特别重视对艺术接受过程中阅读主体再生产、再创造特点的研究,认为作品的意义只有在阅读过程中才能产生,它是作品与读者相互作用的产物,而不是隐藏在作品之中、等待着人们去发现的"神秘之物"。

文学接受的性质表明,接受者作为主体具有自主性与能动性。然而这种文学的自主性与能动性并不是生而有之的,也就是说并非每个人都会无条件地成为文学接受者。无论是理想的读者还是普通的读者,进入接受的高潮状态还是一般状态,都需要接受者符合一些基本的和普遍的素质要求,即达到一个"入门线"。具体地说,文学接受者应具备以下三方面的内在素质:

(一) 接受者的语言文字能力

文学接受必须具备一定的语言文字能力。文学是语言的艺术,文字符号是作家思想的载体与作品的显现形式,断文识字是阅读的前提条件。对于文盲来说,文学作品只是一堆废纸,文字是无意义的符号,它们无法成为他精神活动的对象。美国读者反应批评的代表人物费什在回答"谁是读者"问题时列举了三条要求,其中两条与语言文字能力有关:"能够熟练地讲写成作品本文的那种语言;充分地掌握'一个成熟的……听者在其理解过程中所必需的语义知识',包括词组搭配的可能性、成语、专业以及其他方言行话之类的知识(亦即作为适用语言的人和作为语言的理解者所具有的经验)。"②

一个合格的读者,不单要认识文字,还要掌握语法规则,具有语言的阅读与理解能力。

---

① 〔德〕阿尔方斯·西尔伯曼:《文学社会学引论》,魏育青等译,安徽文艺出版社1988年版,第51页。
② 〔美〕斯坦尼·费什:《读者反应批评:理论与实践》,文楚安译,中国社会科学出版社1998年版,第165页。

这种对语言文字能力的宽泛理解与具体要求,其实是从文学作品的多样性与接受的复杂性出发的,有利于我们把握语言文字能力与地域方言文学、古代文学、外国文学接受的相关性。例如,方言是一种亚语言,能读懂母语文字的人却不一定能理解方言文学。清末韩子云的《海上花列传》是用吴语方言写作的小说,金宇澄获茅盾文学奖的小说《繁花》运用了大量的上海方言,这对于北方方言区长大的读者就有一定理解上的障碍。这说明语言能力是非常具体的东西,识字只是语言能力的基础,对于阅读文学作品而言,更重要的是语义知识、语法规则、语用习惯与语言经验。它们构成了一个读者必需的语言综合理解能力,是特定的语言环境长期熏陶和相当程度的语文教育训练的结果。

(二) 接受者的文化基础和思想水平

文学接受者应该具有起码的文化基础和思想水平。文学是社会文化系统的一部分,是特殊的审美文化。它与文化的其他领域保持密切的联系,包容着诸如哲学、宗教、历史、道德等方面的多种信息与内涵。同时,文学作品既是作家思想的载体,又深深地渗透着民族文化精神和社会时代意识。因此,文学接受者面对的是兼容并蓄的文化复合物。他作为主体,要与对象形成响应关系并进入对话状态,必须具有相应的文化知识和一定的思想水平。正如鲁迅所说的:"读者也应该有相当的程度。首先是识字,其次是普遍的大体的知识,而思想和情感,也须达到相当的水平线。否则,和文艺即不能发生关系。"①

虽然文学作品也起着传播文化知识与思想的作用,但它却不是分门别类的人文学科的初级读物或教科书。一般来说,它要求接受者文化知识的广度而不是深度,要求接受者具有大众文化的通识水平而不是学有专精的职业水平。在作家的心目中,事实上是把能与之进行文化和思想沟通的人列为潜在读者的。这种预设便是对接受者人文素质的某种规定,也使理解作品必需的一些知识前提变为作家与接受者共享共知的契约内容。

(三) 接受者的审美能力

文学接受者应当拥有基本的文学审美能力。在审美化的接受活动中,接受主体感受、理解、想象艺术美的修养与能力是十分重要的。主体缺乏审美能力,对象也就不成其为对象,即对主体而言不再是一件艺术品,二者不能形成审美的互动关系。

具体到文学接受,接受者需要有文学兴趣和一定的文学知识,相应地养成文学阅读习惯并不断积累文学经验。更为重要的是,接受者应该按文学的方式阅读文学作品,用审美的眼光来理解审美对象。这种阅读前的"先入之见"是文学审美能力的重要尺度。读者反应批评的另一位代表人物卡勒,对支配阅读行为的读者的潜在能力与接受方式做了阐释,他认为:"文学作品具有结构和意义,其原因在于人们用一种特定的方式来阅读它,在于这种可能的特性,隐藏在对象自身之中,被运用于阅读活动中的叙述原则所现实化了。"②

这就是说,文学作品的结构、意义、特性只是一种潜在的可能的因素,只有当读者按文

---

① 《文艺的大众化》,《鲁迅全集》第7卷,人民文学出版社1981年版,第349页。
② 〔美〕卡勒:《文学能力》,《外国文学报道》1987年第8期。

学的特性与叙述原则去解读它时,这种可能性才转化为现实性,作品才真正成为文学作品。因此按文学的方式阅读、理解文学作品是作品被理解被接受的先决条件,是作品与接受者之间的约定俗成的规则与默契,同时也是接受者的文学知识、经验与修养综合而成的文学能力的显示。没有这种文学能力,离开文学的特性去理解文学,在接受活动中就会遭遇障碍。例如,杜甫有一首诗《古柏行》对诸葛亮庙里的古柏作了这样的描写:"霜皮溜雨四十围,黛色参天二千尺。"宋代大科学家沈括在他的著作《梦溪笔谈》中考证说:四十围是直径七尺,进而指责树高二千尺是"无乃太细长乎"。沈括是用科学的方法读文学,只接触到日常语言符号体系,进入不到更深一层的文学语言体系。这样,他的批评反而证明了自己未能进入文学接受者的角色。

文学接受者的内在素质是逐渐形成、不断提高的。它既是阅读文学作品的必备条件,又在文学阅读中生长与改善。在这个意义上,文学接受活动身兼素质考试与素质培养的双重功能,是全面提高接受者素质的有效途径。

二、作为主体条件的接受心境

语言文字能力、文化基础与思想水平、文学审美能力构成了文学接受者的必备条件,使他能够顺利地阅读一切可能的文学作品。然而,当接受者面对具体的文学作品将要阅读时,还有一个接受心境的问题,即他以怎样的心境去投入即将展开的接受过程。如果接受者虽具有必备的素质,却不能处于适当的心境,文学接受活动仍会无法进行。因此,接受者的主体条件包括两个方面:一是内在素质,二是接受心境。前者是一般的能力准备,后者是特殊的心理要求。

所谓"接受心境",是指文学接受者在阅读前与进入阅读时的自觉或不自觉的基本心理状态,它会直接影响到接受者的阅读行为与接受效果。一般情况下,接受者如果心境不好或不适当,他就不能建立起与接受客体之间的通路,他的审美情感就会受到抑制,接受活动也就不会产生。马克思说过:"忧心忡忡的穷人甚至对最美丽的景色都无动于衷。"[1]

可见一定的接受心境是重要的和不可缺少的。具体地说,文学接受心境要满足以下三个方面的条件。

(一)接受者的兴趣

接受者要对具体的文学作品有兴趣。接受者仅有一般的文学兴趣还不行,还必须有针对某一部文学作品的特定的兴趣,如此阅读才能现实地进行。一般而言,接受者总是先从某种渠道得到有关某部作品或多或少的信息,从而激发起阅读兴趣。如书刊目录、内容提要、评论文章、友人介绍、课堂推荐、报纸上的争议、出版者的广告宣传、作家传记、文学作品的排行榜等,都会有意无意中提供某部作品的相关信息,而接受者是在对大量文学信息的过滤中挑出那些唤起自己阅读兴趣与冲动的作品,在个人有限的闲暇时间内进行主动的阅读。接受者兴趣的策动,总是有关具体作品的先期信息激发与引导的结果;但兴趣

---

[1] 马克思:《1844年经济学哲学手稿》,刘丕坤译,第79—80页。

的真正建立,还须作品的先期信息、后期信息与接受者的阅读动机、需求相呼应。否则,阅读即使已经进行,也可能半途而废。兴趣的中断或丧失仍然构不成完整的接受心境。

接受者的阅读动机与需求是多样化的,各种不同类型、不同层次的作品满足着因人而异的兴趣。阅读动机主要有以下三种:第一,审美和娱乐的动机,为了情感上的审美享受与精神上的愉悦、娱乐、消遣等目的而阅读;第二,求知与受教的动机,为了拓宽视野、增长经验与提高思想道德水准而阅读;第三,批评与借鉴的动机,批评家为了评论作品,作家为了学习创作技巧,一般读者为了提高写作能力,都属于这一类。接受者可以有自己个性化的专注于某一方面的阅读倾向,也可以在同一部作品中体现自己多方面的兴趣,还可以在不同的作品中分别实现自己不同心境下的需求。卢卡契说过:"在权威的伟大的文学旁边,还有一种如此众多的空洞的纯惊险性的文学。不要错误地认为,这种文学只为'没有教养的人'所阅读,而'优秀人物'只专心于现代伟大的文学。情况恰巧相反。现代的名著之所以被阅读,一部分是出于义务感,一部分是出于对作品所表现(尽管表现得很薄弱并且经过歪曲)的当代问题的重大兴趣;但是,为了消遣,为了娱乐,人们就贪读侦探小说了。"①

(二) 接受者的审美心态

接受者需要暂时与现实生活拉开一定的距离,以保持一种审美的心态。文学作品是一个虚构的世界,一片想象的审美天地。接受者要进入其中,就要摆脱纷繁俗务的干扰,暂时忘却自己周围的世界与人事,凝神贯注于作品。这就是一种与审美对象契合的审美态度,一种充分地投入到作品的意义世界中去的自由的心境。叔本华曾提出对待艺术品的最恰当态度是"纯感觉鉴赏的完全无欲望状态"的"静观说"。布洛在20世纪初又提出了影响深远的"距离说"。布洛认为,只有心理上有了"距离",对眼前的对象才能做出审美反应。这里,"距离"有两层意思,即既要与现实生活、现实功利态度拉开较大的距离,又要与审美对象即作品保持尽可能缩小的距离,也就是要暂时远离现实而不断逼近作品。布洛说:"无论是在艺术欣赏的领域,还是艺术生产之中,最受欢迎的境界乃是把距离最大限度地缩小,而又不至于使其消失的境界。"②

如果接受者与作品的心理距离太近,那就会把作品中虚拟的人物、景象与日常现实混同起来,没有与个人实际利害的功利欲望拉开一定的距离,从而丧失了审美的鉴赏态度。鲁迅就曾批评过这种现象:"中国人看小说,不能用赏鉴的态度去欣赏它,却自己钻入书中,硬去充一个其中的脚色。所以青年看《红楼梦》,便以宝玉、黛玉自居;而年老人看去,又多占据了贾政管束宝玉的身份,满心是利害的打算,别的什么也看不见了。"③

反之,如果心理距离太远,接受者抱着事不关己、无动于衷的漠然态度,更多地停留在自己的日常生活与思考中,那就迈不进作品的世界,也就谈不上审美享受了。

接受者的心境,应对作品持若即若离的态度,入乎其内又出乎其外。这就先需要接受

---

① [匈]《卢卡契文学论文集》一,中国社会科学出版社1980年版,第53页。
② 《作为艺术因素和审美原则的"心理距离"》,《美学译文》二,中国社会科学出版社1984年版,第105页。
③ 《中国小说的历史的变迁》,《鲁迅全集》第9卷,人民文学出版社1981年版,第338页。

者与自己周围的世界及现实功利、杂念在某种程度上相脱离,进入作品虚拟的审美世界后,又能与现实生活及自我存在做相关的自由联想。

(三) 接受者的对话愿望

接受者要有与作品及作者对话的愿望。所谓"对话",说白了就是发表看法,与人交流。文学创作与阅读、作家与读者其实是"对话"的双方,是互为依存的"对话者"。作家的创作冲动从根本上说是"对话"的冲动,是将自己头脑中的情感与思想、虚构及意义告诉、传递给他人。阅读是接受主体主动、自主的精神活动,也是接受者与他人及外部世界交往、交流的一种方式。从根本上说,阅读作品出于自觉或不自觉的与他人(包括作者与作品中的人物)精神对话的需要。阅读绝不是为了简单化与单向的接受,它同时必然包含着接受者对作品的内容与形式、作家的思想与情感、人物的性格与命运等发表自己见解的动机。尽管"发表"往往以内心独白或自言自语的方式进行,却揭示了阅读活动的对话性特点。接受美学的理论家姚斯曾从接受者对文学作品的语言做主观性解释这一角度来论证这一特点:"'词,在它讲出来的同时,必然创造一个能够理解它们的对话者。'文学作品的这种对话性特点也建立在与文学理解与本文的永恒对抗的基础之上,而不可简化成一种事实的知识。"①

这就是说,文学作品需要解释,需要接受者在多义中"工作"。字、词、句尚且如此,人物、主题、意义就更需要对话了。所以,法国学者伊夫·谢弗莱尔说:"一部作品被接受的方式,即被阅读、解释、领受或拒绝的方式。"②

接受意味着主观评价,也是接受者与作品、作者全面对话的过程。

持有对话的愿望对接受者的心境来说是重要的。尽管事实上对话总在发生,但接受主体自觉或不自觉却会产生接受效果的较大差异。自觉的对话意识是种主动的姿态,它不仅使接受者处于与作品、作者平等的地位,而且有利于自由、愉悦心境的保持与个性创造力的发挥。

三、作为客体条件的文学作品

文学接受是现实的具体进行的阅读、欣赏活动。如果作为接受主体的读者与作为接受客体的文学作品之间没有某种适应性,不能建立起一定的联系,那么文学接受仍只是纸上谈兵。郭沫若在他的《女神·序诗》中曾这样写道:

你去,去寻那与我的振动数相同的人;你去,去寻那与我的燃烧点相等的人。

这是作品呼唤适合它的读者,同样,读者也呼唤适合他的作品。超出读者现实需求、口味与能力的文学作品,读者可能一辈子都不会去阅读。因此,文学作品要成为有意义的接受客体,必须具备相对于读者而言的一定的条件。具体有以下三个方面。

---

① 〔德〕姚斯等:《接受美学与接受理论》,周宁、金元浦译,辽宁人民出版社1987年版,第26页。
② 深圳大学比较文学研究所编:《比较文学讲演录》,陕西师范大学出版社1987年版,第1页。

(一) 满足接受者的阅读需求

作品必须满足接受者至少某一方面的阅读需求。读者的需求因思想水平、文化基础与文学修养的差异而有所不同,但往往又是多种动机因素并存、混合的。优秀的文学作品能够满足不同层次的读者多方面的需求,一般的文学作品也应满足某一层次的读者至少某方面的需求。美国文学理论家韦勒克、沃伦曾指出:"在像荷马或莎士比亚的这些一直受人赞赏的文学作品中必然拥有某种'多义性',即它们的审美价值一定是如此的丰富和广泛,以致能在自己的结构中包含一种或更多种的能给予每一个后来的时代以高度满足的东西……在莎士比亚的一部戏剧中:头脑最简单的人可以看到情节,较有思想的人可以看到性格和性格冲突,文学知识较丰富的人可以看到词语的表达方法,对音乐较敏感的人可以看到节奏,那些具有更高的理解力和敏感性的听众则可以发现某种逐渐揭示出来的内涵的意义。"[①]

经典作品的伟大在于它的包容性与雅俗共赏性,所以歌德称之为"说不尽的莎士比亚"。

当下文学有高雅文学与通俗文学之分。高雅文学有时又称纯文学、美文学、严肃文学、精英文学,是一种典雅精致的、具有较高思想艺术价值的文学类型,主要服务于社会上文化修养较高的阶层;通俗文学又称大众文学,是一种通俗易懂、流行畅销的文学类型,富于娱乐消遣功能。它们分别满足着不同层次读者的不同需要。

(二) 一定程度的可理解性

作品必须具有一定程度的可理解性。文学接受是信息传递、精神沟通的活动,文学作品如果对接受者而言是难以理解的或不可理解的,就会形成阅读障碍而使接受活动无法进行下去。战国时期的宋玉在《对楚王问》里写道:"客有歌于郢中者,其始曰《下里巴人》,国中属而和者数千人;其为《阳阿薤露》,国中属而和者数百人;其为《阳春白雪》,国中属而和者不过数十人;引商刻羽,杂以流徵(zhǐ),国中属而和者不过数人而已。"

这个著名的例子揭示了这样的道理:接受活动的前提是作品对接受者而言具有可理解性。当然,可理解性并不意味着文学作品必须能够让接受者全部理解或彻底理解。事实上可理解性处于理解与不理解两端之间,拥有很大的弹性与摆动幅度。也就是说,文学作品至少要让接受者能部分理解,并以理解部分为基础,对未解部分产生兴趣并去努力理解。

文学接受活动中往往有这样的情况,接受者既对难以理解的作品丧失兴趣,也对一览无余、过于容易理解的作品产生失望。读者乐于接受的作品,其可理解性常常在理解与不理解之间的某个临界点上。接受者既懂又不懂,知其一而不知其二,从而兴趣倍增、一读再读,并充分调动主体能力,展开创造性理解的思维活动。文学作品应有的可理解性,就存在于熟悉与陌生、通俗与奇异的张力之中。

[①] 〔美〕韦勒克、沃伦:《文学理论》,刘象愚等译,第278—279页。

(三) 符合接受者的艺术趣味

作品必须符合接受者的艺术趣味。文学接受是审美文化的精神活动,它不仅要求读者与作品之间在思想与情感上呼应、沟通,同时也需要两者在艺术趣味上的契合、一致。当作品呈现的趣味与读者距离过大甚至相悖时,读者就会弃之而去。读者由于思想性格、文化修养、审美能力的不同,会形成自己在文学接受中特有的审美趣味与偏爱。刘勰在《文心雕龙·知音》中说:"慷慨者逆声而击节,酝藉者见密而高蹈,浮慧者观绮而跃心,爱奇者闻诡而惊听。"

刘勰指出了不同性格的人会有不同的趣味,从而对不同审美特质的作品产生发自内心的感应。艺术趣味有不同的方面,如不同的文学样式、体裁,不同的流派、风格,不同的表现方法、技巧,都会体现出不同的艺术趣味。但是总的来说,文学作品的审美价值与品位是有差别的,接受者的审美经验与艺术感受、鉴赏能力也是分层次的,因此艺术趣味有一个是否相符合的问题。一般来说,接受者要求特定的文学作品的艺术趣味一致于或稍高于自身的审美品位与水平。这样,文学作品能够引导接受者审美经验与能力的投入,接受者也能在愉悦的审美享受中提升自己的趣味与能力。

第三节 文学接受过程

一、期待视野与预备情绪

文学接受是一项特殊的审美与文化的精神活动,是读者与具体作品碰撞、沟通、契合的双向互动过程。文学接受从总体上说,发生于读者对作品的阅读。然而,作为接受主体的读者,他在阅读之前与之初的心理准备、心理状态,将对即将或正在进行的接受过程产生极大的影响。读者投身于接受过程时,他的头脑并不像英国哲学家洛克所说的是一块意识的"白板",而是已经具有了一定的生活经验、文学素养与阅读准备,已经进入了前理解与前审美的精神状态。接受主体心理的这种准备状态或初始状态,我们可以从读者期待视野与预备情绪的角度加以探讨。

(一) 期待视野

所谓期待视野(expectation horizon),是指接受者在进入接受过程之前已有的对于接受客体的预先估计与期盼,是读者原先各种经验、趣味、素养、理想等综合形成的对文学作品的欣赏水平与接受要求在具体阅读中的表现。读者的期待视野是一种"前理解"的心理状态,是文学接受活动的基础。

"期待视野"的概念是接受美学创始人之一姚斯提出的。姚斯认为:"一部文学作品,即便它以崭新面目出现,也不可能在信息真空中以绝对新的姿态展示自身。但它却可以通过预告、公开的或隐蔽的信号、熟悉的特点或隐蔽的暗示,预先为读者提示一种特殊的接受。它唤醒以往阅读的记忆,将读者带入一种特定的情感态度中,随之开始唤起'中间与终结'的期待,于是这种期待便在阅读过程中根据这类本文的流派和风格的特殊规则被完整地保持下去,或被改变、重新定向,或讽刺性地获得实现。在审美经验的主要视野中,接受一篇本文的心理过程,绝不仅仅是一种只凭主观印象的任意罗列,而是在感知定向过程中特殊指令的实现……这一新的本文唤起了读者(听众)的期待视野和由先前本文所形成的准则,而这一期待视野和这一准则则处在不断变化、修正、改变,甚至再生产之中。"[1]

这段话有几层意思。首先,读者在阅读之前已经先有了各种生活经验与文学经验,就文学经验而言,它是读者在以往的文学阅读中受熏陶或被训练的结果,由此形成一种经验性的视野。其次,读者的经验视野在阅读作品之初被作品唤醒,并以此为基础对作品及以后的阅读产生期待,希望作品能够符合、满足他的期待。再次,作品可以使读者的期待视野得以实现,也可能与之发生脱节或冲突,如果是后者,则读者的期待视野可能固守,也可能修正或改变。

读者的期待视野受到他的思想与生活经验、文学阅读与审美水平、特定的接受动机与期望值等因素的制约,因此,期待视野可以具体分为文学的期待、生活的期待与价值的期待三个层次。

文学的期待是指读者对作品的艺术形式与审美特质方面的期待,包括作品的文学性、文体、表现方法、结构技巧、语言特点、艺术感染力等。读者这方面的要求与期盼,是以他过去的文学经验与能力为依据的。以往的阅读经验告诉读者,什么是文学作品,什么是诗歌、小说、散文、戏剧,这些"前理解"就构成了他对正在阅读的作品的注意中心与心理期待。过去的文学阅读训练出读者一定的审美能力与鉴赏水平,使读者能够以此为基础生长出诸如结构、语言、技巧等具体的审美期待。打个比方,文学期待犹如一棵大树,既有文学性的主干,又有文体性的枝叉,还有文本形式诸要素的树叶。

生活的期待是指读者对作品生活内蕴与思想意义方面的期待,包括作品的题材、主题、情节、故事的发展、作家的意图等。文学作品是审美的意识形态,是社会生活的再现与表现,它总会具有或多或少的生活容量和思想容量。生活的期待是对与作品的篇幅、长度相应的生活和思想容量的期待。用通俗的话讲,就是作品的"含金量",有没有水分、泡沫。文学读者深知这一点。他在阅读之先,个人经历赋予他的生活经验与思想倾向不但是阅读的动力之一,同时也是产生对作品内容方面期盼的源泉。读者会以此为理解前提,要求并衡量作品内容的合理性与思想深度。

价值的期待是指读者从接受动机与需求中产生的对作品价值的整体期待。在接受活动终结时,读者会对作品价值做出或好或坏或一般的主观评判。但是,读者在阅读前就会对作品的价值有一种预先估计并产生相应的阅读期待,如相信它是好作品而把它当好作品来阅读,认为它是一般水平的作品而不寄予过高的期望。读者的这种价值预估受到先前阅读的影响。例如,谌容的《人到中年》是成功之作,受到广泛赞誉,几年之后她又发表了《人到老年》,读者就往往会以《人到中年》所达到的水准与成就来要求和衡量《人到老

---

[1] 〔德〕姚斯等:《接受美学与接受理论》,周宁、金元浦译,第29页。

年》。这种价值预估是接受动机与需求的具体表现,并对接受完成后的评判产生微妙而深刻的影响。

(二) 预备情绪

如果说期待视野强调接受主体先前的经验,那么预备情绪则突出读者最初的审美感受。所谓"预备情绪",是接受者从现实关注向文学接受过程跃进的中间环节,是读者受作品基本特质的激发而产生的一种特殊的情绪,是一种"前审美"的心理状态。

波兰哲学家、现象学美学的主要代表人物英加登首先提出"预备情绪"的理论。他指出:"在对某个实在对象的感觉过程中我们会为一种或许多特殊性质所打动,或者最终为一种格式塔性质(如一种色彩或色彩的和谐、一支曲子、一种节奏、一种形状的性质等)所打动,从而把注意力完全倾注在这种特质上,这是一种基本特质,它对我们并不是平淡无奇的。正是这种基本特质在我们身上唤起一种特殊情绪,我们姑且称它为预备情绪,因为正是这一种情绪引出了审美经验的过程本身。"①

预备情绪是文学接受者从日常生活的实际态度与研究态度向审美态度的转变,是审美经验的初始阶段与准备状态。由于它的出现,文学作品才成为审美对象,接受过程才开始运行。

具体地说,预备情绪具有三个特征:审美性、朦胧性与期望性。它们彼此衔接,又在一定程度上交叉互渗,由此构成接受初始的三个阶段。

1. 审美性

文学作品中某个打动读者的性质使读者产生了一种初发的审美情感。读者暂时中断了他与周围现实世界的联系,一定程度上对头脑中的日常生活经验进行压制或脱离,从而从现实关注、现实态度向审美关注、审美态度过渡。预备情绪最初是由文学作品的形象、情感、想象等审美因素引起的一种激动状态,比如一首诗歌直观的形式与富有诗意的题目打动了读者,一部长篇小说的内容简介、章回目录或开头的悬念吸引了读者,一部电影最初几个镜头展示的社会背景与人物个性使观众欲罢不能,都会使读者(观众)进入接受者的角色,产生预备审美情绪。

2. 朦胧性

读者最初对打动他的文学作品的审美特质的经验是停留在感受与直觉层面的,他与文学作品直接的情感交流处在萌芽状态与朦胧、含混的水平。也就是说,读者感觉到作品整体的基本性质或多种因素吸引、打动他,却无法明知"完形"的结构与多因素的关系,读者的审美心理状态尚是一个朦胧的"场"。这就是读者对接受客体感觉过程中的"格式塔性质"。

3. 期望性

有了审美态度与审美情感,继而在直觉的观照中朦胧地把握了客体对象,接着就到了

---

① 〔波兰〕英加登:《审美经验与审美对象》,载李普曼编《当代美学》,邓鹏译,光明日报出版社1986年版,第289页。

预备情绪的第三个阶段,即产生了一种掌握文学作品审美特质的冲动与期望,希望通过对这种审美特性的巩固掌握与深入体验,来满足读者自己的审美需求,扩大由阅读而带来的喜悦。预备情绪既包含了审美的情感要素,也带有期望的性质。正因为读者寻求进一步把握作品与满足自己的急切期望,预备情绪才充满了审美活力与各种创造性理解的可能性。

总之,期待视野与预备情绪是文学接受过程之前与之初的读者心理状态,它们为接受活动的深入提供了主体方面的动力与基础。

二、接受者审美心理结构的同化与顺应

(一) 接受者的审美心理结构

在文学接受活动中,不同的读者会对同一部文学作品做出不同的审美反应,甚至得出完全相反的审美评价,其原因在于读者审美心理结构的差异性。也就是说,接受主体与接受客体审美关系的建立,有赖于主体审美心理结构的中介。

正如文学作品的多种审美因素结成自成格局的网络一样,文学接受者拥有的审美体验、知觉与概念也是以结构形态存在于他的内心的。所谓"审美心理结构",是指接受者原有的文学知识、审美趣味以及阅读过的作品所构成的比较稳定的心理图式。"结构"最大的特征是它的整体性,即结构内各要素是有机结合的,整体大于各部分之和。也就是说,接受者面对作品时,他的文学知识、审美趣味、阅读经验并不是单独发挥作用的,而是协调一致地以整合的功能对作品做出审美反应。一般来说,审美心理结构包括个人性与集体性两个互相渗透、交融的审美层面。

审美心理结构首先是个人性的。每个接受者阅读的范围、数量、体验都不尽相同,文学知识的来源、种类、深浅也人各有异,审美趣味更因经历、个性、观念不同而千差万别。因此审美心理结构包容着诸多的个体因素,显出不同的整体面貌。

审美心理结构的集体性层面则是接受者受到时代文学风尚、民族审美文化积淀与艺术惯例的影响而形成的。它的存在体现了接受者与作品之间事先达成的某种默契,使某一具体作品成为众多读者的审美对象有了可能。其中,艺术惯例作为审美心理结构的既成部分具有重要意义。艺术惯例理论的完善者乔治·迪基认为:"它由戏剧、绘画、雕塑、文学、音乐等等各种艺术门类系统所构成,而每一个艺术门类都具备那种能授予客体以鉴赏资格的惯例的背景。"[1]

因此,不仅是艺术家和艺术作品,就是艺术接受者也都"惯例化"了。以此观照文学,则可以说接受者在原先文学知识的帮助下,在阅读过的文学作品的熏陶中,懂得了关于文学体裁、结构、技巧、语言等明显特征的"惯例",并被训练出按"文学惯例"的方式去阅读与接受作品。比如面对一部小说,接受者以前的阅读经验会暗示他:小说是虚构的,小说

---

[1] 参见〔美〕凯瑟琳·洛德:《社会惯例和迪基的艺术惯例的理论》,《美学译文》三,中国社会科学出版社 1984 年版,第 237—238 页。

主要由人物、情节、环境构成。于是，他不会把小说当成真人真事，不会把第一人称叙述当成作家本人，如认为《孔乙己》中的小酒保就是鲁迅本人。"惯例"体现了创作的某种规则、作品的某种特性、阅读的某种定势与习惯，同时也是它们之间沟通的必要前提。

对于审美心理结构来说，个人层面显示了它的独特性与偏爱性，集体层面则意味着它的公共性与沟通性。两者不同比例的交渗融合，造成其错综复杂又丰富多彩的具体形态。

接受者的审美心理结构一旦形成，就会具有较大的稳定性，并导致一定的思维定势与接受套路。然而它又不是一成不变的，它会在接受实践中做出自我调整，不断地丰富、修正以至根本性地改变自己，从而呈现出一个动态的建构过程。

(二) 审美心理结构的应对方式——同化与顺应

接受者的审美心理结构对文学作品采取两种主要的应对方式，即同化与顺应。所谓"同化"，是指接受者总是把具体文学作品整合到他原先就存在的审美心理结构之中，当作品的信息与结构相一致时，审美心理结构就得到强化与巩固。同化是接受者首先采取的本能性的心理行为，他总是从既有的审美心理结构出发，去领会、解释与评价作品。比如，对现实主义美学原则情有独钟的读者，总喜欢把作品纳入到社会生活的反映与再现这一模式中去理解，探究人物是否典型、情节是否符合生活逻辑、细节是否真实。如果这是一部现实主义作品，那么接受者不仅能顺利地理解、消化、吸收作品的内容与形式，而且读者的审美心理结构也会得到又一次满足与验证而更加自信。还有另一种情况，即作品中出现了一些读者所不熟悉的新的审美因素，但在总体上或主要方面还是与读者的审美心理结构合拍的，那么读者的结构就会同化那些新因素以丰富和补充自己，在原有基本格局不变的基础上形成一个新结构。

当文学作品在整体上或某个主要方面与读者的审美心理结构不一致时，结构的同化方式就会严重受挫而无法进行下去。这时会出现两种情况：一是读者放弃阅读、排斥作品，接受活动有始无终；二是读者的结构由同化方式改换为顺应方式，接受活动继续进行。所谓"顺应"，是指接受者的审美心理结构与具体文学作品中的新因素发生严重的不一致，只能通过自我转换来适应作品的新情况，作品对原有审美心理结构起改变与更新的作用。如果说同化是让作品适合结构，那么顺应是让结构适合作品。这是结构与作品互动的两种方式。一般来说，顺应总是同化失败后的选择。但在审美心理结构的形成阶段或不稳定的状态中，顺应占据着重要甚至主导的地位。

顺应在文学接受活动中是经常发生的。顺应的前提是对读者而言陌生、新鲜的创新性文学作品的存在，是那些内容与形式上都突破艺术惯例的审美因素的出现。我国新时期文学初始阶段关于"朦胧诗"的争议很有典型性。当时有篇文章《令人气闷的"朦胧"》(朦胧诗因此得名)率先对发表于《诗刊》1980年第一期上的《秋》提出责难：鸽哨的音调何以会成熟？气流怎么会发酵、酿酒？阳光怎样扫描信息？长期以来，狭窄的艺术视野和传统的表现方法培植出凝固的审美心理结构。这种心理定势包括每一个比喻都必须把喻体和本体交代得清清楚楚，每一个想象都应该降低到符合读者经验中那些踏熟了的路径，每一个词组搭配方式都以读者是否熟悉、能否立即理解其意义为标准，每一个主题都能一目了然地在诗的词句中找到。这样的审美结构是无法理解朦胧诗的。但不久以后,许多当初反对过朦胧诗的人也渐渐熟悉与适应了它的象征手法与语言组合的奇异,审美心理结构有了改变与更新,并能以新结构去同化小说、话剧中具有现代主义倾向的文学作品。这就是结构对新作品、新文学现象的顺应。

任何文学接受活动都是接受者审美心理结构与作品审美信息相互作用的过程,也是审美心理结构自我调节和逐步建构的动态过程。因此,结构意味着建构。审美心理结构正是通过把不断涌现的新作品或作品中的新因素结合进自身而得到更新与重建。即使仅仅把新东西置放在结构中的知识系统而不是趣味系统,即使对新作品的态度或反对或容忍但根本谈不上赞赏,结构也仍然得到了丰富和扩充。

在审美心理结构的动态过程中,同化与顺应是双向运动的建构关系。也就是说,同化与顺应互相包容、互相转换。同化在结构的基本格局不变的情况吸纳了新因素,也是某种程度上的顺应;顺应并不是原有结构的推倒重来或彻底遗忘,它通常只是让新引入的因素占据主导地位,而让旧结构的部分退居次席,即改变结构的成分及内部关系,最终新结构也必然具有同化倾向。因此,同化导向顺应,顺应又回归同化。双向建构的结果,接受者的审美心理结构从低级到高级、由简单趋丰富,不断演进。

三、召唤结构与接受的创造性

(一) 召唤结构

召唤结构(Appellstruktur)的概念是由接受美学的主要代表人物、德国的伊瑟尔(Wolfgang Iser,1926—2007)首先提出的。这里的"结构"不是特指文学作品形式要素之一的结构,即作品内部的组织构造和总体安排,而是泛指文学文本的潜在结构与图式化框架,包容内容与形式的诸方面。伊瑟尔认为:"文学作品有两极,可将它们称为艺术的和审美的:艺术的一极是作者的本文,审美的一极则是由读者完成实现的。""作品本身既不等于本文,也不同于本文的实现,它必须被确定为两者之间的中途点上。"[①]因此,召唤性(召唤读者实现文本)就成为文学文本最根本的结构特征,文本结构就是召唤结构。

伊瑟尔强调召唤结构中有许多"空白"。所谓"空白",就是指文本中未写出或未明确写出的部分,它们是文本中已写出部分向读者暗示或揭示的东西,有待于读者在阅读过程中去填补与充实。他举例说:"情节线索突然被打断,或者按照预料之外的方向发展。一般故事集中于某一个别人物上,紧接着就续上一段有关新的角色的唐突介绍。这些突变常常是以新章节为标记的,因此,它们被明显地区分开来。"这就造成情节上的中断或空白,但这种空白又意味着一种对读者的无言邀请。也就是说,需要读者把情节链条的缺环补上。

实际上,波兰哲学家、美学家英加登已提出关于文学作品"具体化"的理论。他认为:"一个艺术作品就需要一个存在它本身之外的动因,那就是一位观赏者,为了——如我所

---

① 〔德〕伊瑟尔:《本文与读者的交互作用》,《上海文论》1987 年第 3 期。

表述的那样——使作品具体化。"① 而"具体化"的客观依据,则是作为"纯意向性客体"的文学作品必然具有许多"不确定点"。例如,一部文学作品有限的词句无法再现客体所有方面的性质,只能直接地确定某些部分并间接地暗示其余部分。即使已经确定的东西也不是所有成分都十分清楚的,这些成分特有的细节仍是不完整不确定的。这种不确定性,有待于读者在阅读中予以具体确定,这就是接受活动中的"具体化"与创造性过程。

因此,作品的召唤结构,是指留有不确定性和空白点需要接受者将其具体化的文学作品本身。作品的"空白点"主要指内容上的某些空缺。作品的内容通常具有现实的实体特征,读者也总是把它当作真正的、实在的个别事物来解读的,然而无论作家的描写如何具体、丰富、细腻,与生活中的实际人物、事件相比它又总是不完整、不全面和留有许多空白、空缺的。这种空白存在于作品人物、情节、环境、景物、情感等各个层面。作品的不确定性主要指意义的多义、含混与相对性,包括词语、意象、故事、主题等含义的不明确与潜在的多种理解的可能性。文学语言本身就具有一定的模糊性,文学特殊的形象表达方式也使形象的含义含蓄、多义与富有弹性,作家的思想不仅有复杂、含混以至悖反之处,而且词不达意、言不尽意、故意隐蔽或模糊其意义的情况也是经常发生的。作品的具体化是指接受者在阅读中完成作品、实现作品的创造性的接受过程。接受者对作品不确定的意义加以确定,对内容的空白点加以填补与充实,使潜在的、未被实现的文本转换成已经理解的、具体实现了的文学作品。也就是说,接受者对作品的"召唤"做出了积极主动与创造性的回应。

(二) 接受者的创造性阅读与理解

召唤结构与作品的具体化表明,文学作品发表之后,文学活动并没有结束;只有经过接受者的创造性阅读与理解,作品才真正具有了现实的价值与艺术的生命。因此,作家创作出文学作品,只是完成了创造任务的一半,另一半则留给接受者去具体完成。作家创作作品是创造活动,接受者阅读作品也是创造活动。由于接受者的创造是建立在作家创造的基础(即作品文本)之上的,所以一般称之为再创造。在再创造活动中,接受者投入自己的生活经验与思想情感,将抽象的文学符号转换为脑中具体的艺术形象,对具体形象加以补充、丰富与改造,进而对形象的内涵与作品的意蕴进行再理解与再评价。具体地说,接受者的创造性体现在以下三个方面:

首先是作品形象的具体化,即接受者对作品形象的再现、补充、丰富与改造。读者阅读文学作品是一个想象与联想异常活跃的心理过程。读者通过再造性想象复现符合于文学描绘的形象,如人物、景物、场面、生活环境等,同时,联想机制又将读者已有的生活体验与经验纳入其中,便使形象更趋丰富、更具个人主观色彩。对作品文字未描绘而仅仅做了提示、暗示的内容,读者会依据已描绘已确定的内容去加以猜测与虚拟;对于作品的空白与缺失,读者则在自己生活经验与阅读经验的基础上借助于创造性想象去填补与充实,使

---

① 〔波兰〕英加登:《艺术的和审美的价值》,见蒋孔阳主编:《二十世纪西方美学名著选》下,复旦大学出版社1988年版,第271页。

形象更丰富更完整。形象的具体化实际上是形象的再加工与再创造,它已经不可能完全等同于作者创造的形象,而且也因接受者主体条件的不同而千差万别。此外,对形象"空白点"的填补是再创造的一个重要方面。例如鲁迅的短篇小说《孔乙己》,描写了孩子(酒店伙计)眼中孔乙己生活的几个片断。叙述者视野之外的孔乙己现实遭遇的具体、详细、真实情况,读者是不得而知的,孔乙己的最后命运、是否死了也是一个悬念。这些空缺都需要读者去想象、丰富与充实,结果就在作品基础上再创造一个孔乙己。

其次是作品情感的再度体验,即接受者将作品中的人物情感与作者情感转化为自己的具体情感。接受者在阅读中感受到作品中人物的丰富情感和微妙的内心世界,也体验到作者或直接抒发或含蓄于形象之中的情感状态。这种感受与体验,绝不是刺激—反应式的作品信息的单向传递与照搬,而是读者情感投入与参与的双向交流的心理活动,是读者以主观情感态度回应作品的情感评判过程。因此,这是对落实于文字的情感的具体化,是对作家已体验过的情感的创造性再体验。再度体验是接受者特定经历、心境与情感态度充分参与并自我表现的一种创造活动。唐代诗人白居易的名篇《琵琶行》就是一个例证。他聆听歌女琵琶曲而"座中泣下谁最多?江州司马青衫湿"!但他感叹"同是天涯沦落人,相逢何必曾相识"却并非歌女或琵琶曲所拥有的情感,而是他主观情感的创造。他联想到自己怀才不遇、正直受贬的遭遇,在再体验中寄托自我感伤的落寞情怀。

再次是作品意义的"合理误读",即接受者对作品含义的创造性理解与主观评价。从某种意义上说,接受者对文学作品的理解总是一种"误读"。因为它不可能与作者的原意完全重合,它总是作品潜在的多义性、不确定性的一种选择,它总带着读者经验、思想与认识理解水平的印记,它总是不可避免主观性的一次创造性理解活动。美国学者霍拉勃曾指出:"曲解——或径用布鲁姆自己的词汇:'误解'——被看做是阅读阐释和文学史的构成活动。我们决不可能像传统批评相信的那样去复述一首诗或'接近'于它的本意,我们最多只能构成另一首诗,甚至这种系统的再阐述也总是一种对原诗的曲解。"①

但是,误读也应具有合理性,并控制在一定的限度内,那些彻底背离作品、完全自由发挥的叛逆性误读是不可取的。合理而有限度的误读是指接受者对作品含义富有创造性的理解与发挥,它既不完全受作品本身的束缚,又在原文的基础上提出某种有节制的异见与新解。

理解是评价的前提。对作品含义的解释其实已经蕴含了接受者的观点。当接受者重建起作品的意义系统时,他的评价早已渗透、预设在其中了。鲁迅在论及《红楼梦》时说:"谁是作者和续者姑且勿论,单是命意,就因读者的眼光而有种种:经学家看见《易》,道学家看见淫,才子看见缠绵,革命家看见排满,流言家看见宫闱秘事……"②

不同的接受主体从不同的立场、角度看出不同的内容与意义,从而得出不同的主观评价。如果避开这些做出评价,单就作品意义的具体化来说,那么他们的评价还是符合创造

---

① 〔德〕姚斯等:《接受美学与接受理论》,周宁、金元浦译,第449页。
② 《〈绛洞花主〉小引》,《鲁迅全集》第8卷,人民文学出版社1981年版,第145页。

性理解的特点的。

第四节　文学接受效果

一、审美效果与文学功能

　　文学接受活动是读者个体化的审美体验过程。它大致上包括准备、发展、高潮、实现等几个阶段。所谓"审美效果",是指接受者在审美体验的高潮阶段或实现阶段所产生的直接或间接的一系列心理效应与最终成果。审美体验的直接效果包括审美、娱乐、情感方面的获取与升华,间接效果是指知识、思想方面的拓展与提高。审美效果是文学接受效果的重要构成部分。

　　审美效果首先与接受者的阅读动机和审美需要密切相关。一个接受者如果具备了接受文学作品的审美能力,却缺少阅读具体文学作品的欲望和动力,那么他仍然不会主动地介入文学接受过程,当然也谈不上获得审美效果了。接受者的审美欲望与需求有两种准备状态:一是无意的关注与阅读,如偶然接触或随意翻阅某部作品,这时他的欲望处于潜在的、朦胧的状态;二是有意的关注与阅读,接受者根据自己的需要寻找到对应的作品,他的审美欲望是明确、自觉和突出重点的。然而在接受活动中,无意注意往往会转化为有意注意,作品会唤起接受者的某些欲望或明确欲望的方向,使审美体验导向高潮。接受者的审美欲望可以有方向和重点,但一般来说,它总是多种动机并存的复合结构。

　　其次,接受者的审美效果又与接受客体即文学作品的社会功能相联系。文学是人的精神创造的产品,总是带有一定的目的和意义,具有一定的审美价值。它满足接受者的审美欲望、期待与需求,并多方面地影响接受者的心理与生活。孔子在《论语·阳货》中说:"小子何莫学夫诗?诗可以兴,可以观,可以群,可以怨;迩之事父,远之事君;多识于鸟兽草木之名。"

　　在孔子看来,诗歌能够激发情感,能够帮助人们观风俗之盛衰,也能团结人们与针砭时弊,还可以改善人际关系与增长知识。这里提到的文学的广泛的社会作用,正是文学作用于接受者之后产生的多方面的审美效果。从接受客体来说是文学功能,从接受主体来说是审美效果。审美效果是文学功能的具体实现。效果与功能之间,有结构的相同与层次的对应关系。尽管审美效果以文学功能的现实存在为前提,但离开了接受者与具体的接受过程,文学的功能与社会作用是无法实现的。

　　接受者的审美体验是一种内涵丰富的精神活动,是感知、想象、情感、理解、评判等一系列复杂的心理活动互相交织的过程。它深深地融入文学作品构成的各个层面与各种要素,并以高潮体验与动机实现的状态反映出多方面的审美效果,也使文学作品的各种功能得以显现和社会化。审美效果具体表现在以下五个方面:

　　(一) 精神的享受与愉悦感的获得

　　无论接受者是否意识到,精神享受与愉悦获得都是他潜在的、首要的阅读动机。文学作品是一种特殊的精神消费品,人们阅读它,是为了精神上的放松、休息、调节与平衡,是为了获得不同于日常生活经验与功利目的的快感和愉悦。日常生活的快感要受到个人境遇及物质条件的限制,往往是难以持久和不可重复的。文学阅读的快感则不同,接受者只要有空暇时间,他可以自由地选择能提供他不同愉悦的阅读对象,可以反复阅读、再三体验、久久回味,将快感维持在较高的水平。也就是说,这种快感是个人自控与主动期待的。此外,文学阅读体验到的快感,不是来自于某一单一的低级感官如触觉、味觉、嗅觉等的快感,也不同于视觉和听觉等高级感官的一般快感,它是以语言文字为中介、以文学形象为媒体的综合性快感。它不仅调动人的各种感官的感受功能,而且心理结构的各个层次如欲望、情感、想象、理解等也参与其内。多种心理因素共同作用的结果,使接受者体验到的愉悦感比日常生活更普遍更强烈。这也是人们不满足于日常快感经验而喜读文学作品的重要原因。

(二)情感的宣泄、补偿与升华

文学接受是一种强烈的情感体验活动,接受者会依据自己的情感需要与受文学作品的感染程度而产生种种情感变化与反应,其主要方式就是宣泄与补偿。宣泄是指接受者某种被压抑的情感通过作品的渠道得到排遣与疏导,从而导致心理的平衡和愉悦。接受者在现实生活中,会因为自身与周围世界的利害关系而形成多种多样的功利性欲望。这些欲望不可能得到现实的全部满足,有的立刻被放弃和遗忘了,有的却潜存下来,形成某种情感压抑。这种受压抑的情感具有一定的心理能量,当它逐渐淤积而找不到出路时,就会引发心态的失衡与变异。文学作品的"煽情"与感染作用,使接受者感同身受,某种被压抑的情感在重复激发中得到宣泄,因而减轻了这些情绪的内心压力。悲剧唤起人生的不幸感和同情之泪而冲淡接受者的内心痛苦,生活中的受挫者吟诵前人忧郁、感伤的诗句来排遣自我情感,都是这方面的例证。所谓补偿,是指接受者在现实生活中缺乏的情感体验借助文学作品得到弥补和替代性的满足。人的情感体验是有限的,而情感需求却是多方面的。当接受者在现实中感到情感贫乏或需求受阻时,文学作品能够使他得到假想的满足和欲望的达成。文学的补偿作用既使人暂时满足,又使人长久地不满足,但它开阔了接受者的情感世界,使他体验到生活中无法体验到的情感。

情感的宣泄与补偿必然导致情感的升华。也就是说接受者的自然情感、生活情感与作品中的情感合二为一,上升到一种艺术情感。它意味着对现实情感的解脱或超越,同时又使现实情感得到净化、丰富与提高。文学对接受者情感体验潜移默化的陶冶作用,证明它具有情感功能。

(三)认识空间的拓展

一部文学作品就是一个自足的艺术世界。它包容着社会生活方方面面的信息,传递着人物个性、命运和内心世界丰富的内蕴。接受者通过阅读文学作品,可以开拓视野,增长知识,认识人生,提高观察生活、理解现实的能力。正是在这个意义上,黑格尔说:"实际上艺术是各民族的最早的教师。"俄国的赫尔岑认为:"歌德和莎士比亚抵到整整一所大学。"而车尔尼雪夫斯基则指出:文学是"人的生活的教科书"。《红楼梦》被称为中国封建社会的"百科全书",单人物就出现六百多人,举凡名句俗谚、诗词韵文、典故引语、官制礼仪、地理经济、宗教哲学、风俗游戏、服饰饮食、园林建筑、生物医药、陈设器用等,几乎各种知识应有尽有。这就是文学的认识功能。接受者在专注的审美享受中,随意地接触到各种知识,好奇心与求知欲得到满足,认知范围与能力得到拓展、提高。

(四)人格境界的提高

接受者阅读文学作品,不仅是情感体验与认识成长的过程,同时也是一个思想上受熏陶、受教益的过程。面对文学作品中表现出来的善与恶、真与假、美与丑,读者总是与自己的生活、思想相对照、相比附,从而唤起心中的是非感和道德感。高尔基的自传体小说《在人间》塑造了初涉人世的"我",他生活困苦却养成了读书的嗜好:"书籍使我变成不易为种种病毒所感染的人。我知道人们怎样相爱,怎样痛苦,不可以逛妓院。这种廉价的堕落,只引起我对它的厌恶,引起我怜悯乐此不疲的人。罗庚保黎教我要做一个坚强的人,不要被环境屈服;大仲马的主人公,使我抱着一种必须献身伟大事业的愿望。"①

这个事例说明,文学阅读可以使接受者的心灵得到净化,人格变得高尚,思想境界获得提升,人也在一定意义上成为新人。这是因为文学特殊的审美方式,使观众不由自主地进入规定情境与是非标准,唤起他心中的人性和良知,从而影响他的思想和今后的行为。这就是文学的教育功能所达成的效果。

(五)审美能力的提高

接受者都具有一定的审美能力。审美能力实现所获取的审美愉悦与娱乐性的快感不同。娱乐性快感偏重于作品内容方面的接受,如情感的宣泄和补偿所产生的愉快心情。审美能力则主要是作品艺术形式的把握和品议能力,由此产生的愉悦较多地属于形式感方面。因此,文学的审美功能与娱乐功能是既有联系又有区别的。一般来说,审美是较高层次的娱乐活动,需要一定的审美观照能力,以接受与理解作品的形式化美感为主;娱乐则是大众化、粗浅化的审美,较少受到审美准备和训练的限制,并以消除自身的紧张和疲劳为主。文学接受既可以使接受者享受到一般的精神自由的快乐,也能够使接受者形成更为敏锐和细腻的审美能力,丰富与提高自己的审美趣味,享受到特殊的形式美感与审美性愉悦。

文学接受的审美效果主要指以上五个方面。它们有的是审美体验发展与高潮阶段的即时性效果,如精神享用和快感获得,情感的宣泄与补偿;有的则是审美需求、期待实现后的长久性的效果,如认识空间的拓展,人格境界的高尚,审美能力的提高,它们将影响今后的阅读,甚至改变接受者的人生轨迹。

二、心灵沟通与社会交往

(一)心灵共鸣与文化认同

在文学接受的高潮阶段常会出现这样的情况:接受者被作品通过形象表达出来的情

---

① 〔苏联〕高尔基:《在人间》,楼适夷译,人民文学出版社1956年版,第214页。

思强烈地打动,引起了思想感情的回旋激荡,他爱作者所爱、憎作者所憎,或者与作品中的人物同悲欢、共休戚。这种读者与作品之间实现了活跃的情感交流及对应关系的阅读心理现象,通常被称为"共鸣"。共鸣原是物理学上的名词。声学上的共鸣原理是指两个振动频率相同的物体,其中一个振动了,另一个在激发下也会振动发声。文学接受活动中的共鸣则是以作品为媒介的不同心灵之间的共鸣。因此,心灵共鸣的含义是指在文学接受过程中接受者与作家或作品中的人物产生的情感沟通,也指不同的接受者在阅读同一作品时产生的大致相同的激动、兴奋的审美体验。

当读者的感情经验与作品所表达的感情相通或相似时,读者就会进入心灵共鸣的境界,产生强烈的审美接受效果。读者与作品之间的这种心灵沟通,可以是全面的和细致入微的,也可以是范围有限却又是重要的和有深度的;可以发生在读者与作者之间,也可以形成于读者与作品中某个主人公的感应关系;既是作品对读者的感染与诱发,同时又是读者对作品内涵的主动深化与再创造。

心灵共鸣的另一层含义是指不同时代、不同民族、不同阶级或阶层的接受者,当他们阅读同一部优秀文学作品时,也会产生大致相同或相类似的情绪激动和审美体验。马克思、恩格斯对莎士比亚、巴尔扎克的作品评价甚高,列宁喜欢杰克·伦敦的小说《热爱生命》,毛泽东曾多次称赞《红楼梦》,这些例子不仅说明他们与各自喜爱的作品产生了共鸣,而且还意味着他们与喜爱这些作品的不同的接受者之间存在着以作品为媒介的心灵沟通。尽管他们对作品的见解有独到的深刻之处,但他们由作品而激起的兴奋的审美体验,却可能与许多一般的读者大同小异。精神分析学派的代表人物荣格曾从心理学角度阐释了不同接受者之间的心灵共鸣。他认为歌德的名著《浮士德》:"接触到某种在德国人灵魂中发出回响的东西,也就是一度被雅可布·布尔克哈特称为'原始意象'的人类导师和医生的形象。人类文化开创以来,智者、救星和救世主的原型意象就埋藏和蛰伏在人们的无意识中,一旦时代发生动乱,人类社会陷入严重的谬误,它就被重新唤醒。每当人们误入歧途,他们总感到需要一个向导、导师甚至医生。"①

这就是说,《浮士德》包含了德国民族甚至全人类的世代相传的信息,因而能激起不同时代、不同民族的接受者的共鸣。一般来说,接受者与作品的共鸣是接受者之间共鸣的基础,后者是前者无数次重复出现后的必然结果。共鸣的两种含义是相互关联的。

共鸣产生的根本原因主要有两个方面。其一是人性情感的相通性。喜怒哀乐,人皆有之。亲子之情、异性之爱、朋友之谊、祖国之恋、故乡之思、童年之忆等,都是相通的人性情感形式。人们如果处在相近似的生活境遇,往往就会产生相似的具体情感。李白的一首小诗"床前明月光,疑是地上霜;举头望明月,低头思故乡",千百年来一直激动着不同时代、不同阶层的读者,原因就在于此。其二是审美体验的共同性。人类的审美知觉与感受能力有相同的一面。不同时代、不同民族、不同阶层的读者对美的事物与形式也会产生相似的"共同美感"。比如宋代女词人李清照的《声声慢》,一开头连用了"寻寻觅觅,冷冷

---

① 〔瑞士〕荣格:《心理学与文学》,《荣格文集》,冯川译,改革出版社1997年版,第249页。

清清,凄凄惨惨戚戚"十四个叠字,其语言的自然、新奇、独创的美感,能唤起不同读者相似的审美体验而激发共鸣。

心灵共鸣主要是情感经验与审美体验因相似相近而引起的感应与沟通。心灵的沟通是多方面的。除了情感、审美的层次,还有观念、认知的层次。这就是文化认同。所谓文化认同,是指通过文学接受而产生的作家与接受者、接受者与接受者之间对某种文化价值的相同或相近的评价。

文学作品总是具有一定的文化品格与文化内涵,总是渗透着作者对这种文化的价值、意义的个人判断与评价。而且,作者总是试图把读者引导到他的价值立场上来,成为他的文化价值观的接受者和知音。接受者对作品的阅读也有:"一种基本要求:读者们要知道,在价值领域中,他站在哪里——即,知道作者要他站在哪里。"①当读者的价值观或价值倾向与作者接轨时,他就会感到思想上的融合与心灵上的贴近,就会加固、强化自己原有的价值立场并对作品的文化价值做出肯定性的评价,从而重建起强烈的文化认同。

鲁迅的《狂人日记》表明了他对中国几千年封建文化的价值评判和文明进化论的价值观。他在致许寿裳的信中说:"《狂人日记》实为拙作……偶阅《通鉴》,乃悟中国人尚是食人民族,因成此篇。此种发见,关系亦甚大,而知者尚寥寥也。"②"吃人"是隐喻性意象,野蛮人的习俗和原始性的文化传统分别构成了它的喻体与喻本。一方面是真实发生过的人吃人现象,从古时候吃易牙的儿子到吃徐锡林、吃狼子村的恶人,这些都是中国尚未割断原始脐带的证明。另一方面"吃人"意象又表达了纲领性的象征意蕴:在"歪歪斜斜的每页上都写着'仁义道德'几个字"的历史里,"满本都写着两个字是'吃人'"!揭示出中国几千年封建传统文化的半原始性本质。因此食人者意象跳出了作为文化构成之一的风俗意义,而上升为整个文化形态的象征。与此对立的是狂人形象。在狂人看来,人类社会分为两类,一类是吃人的人组成的社会,另一类是不吃人的人组成的社会;前者是中国四千年的历史和现实,后者则属于中国的将来。鲁迅从人类社会都沿着野蛮的"原始"向文明的"现代"这一进化轨迹演变的价值观,判定中国封建文化的原始性与无价值。这一"深刻的片面"表现出的彻底的反封建思想,通过文学接受得到了几代人的认同,并在接受者大众之间形成广泛的共识。接受者对《狂人日记》的文化认同,并不表明他们先有了与鲁迅同样的深刻思想,而是因为他们具有了接受和认同这一思想的前提条件,即他们都与鲁迅一样相信人类社会与文明是历史地进化的,都具有反封建的欲望和现代化的需求。如此才能"同声相应,同气相求",把自己的思想提升到鲁迅的认识境界。事实上,文化认同往往是基本一致而非完全相同。尽管接受者中不乏鲁迅的崇拜者,但他们中的大多数恐怕只会认同封建社会与文化"吃人",而不愿承认"中国人尚是食人民族"。

(二) 社会交往

从更广泛与更本质的意义上看,文学接受达成的效果便是人类的社会交往。文学的

---

① 〔美〕布斯:《小说修辞学》,华明等译,北京大学出版社1987年版,第83页。
② 《鲁迅全集》第11卷,人民文学出版社1981年版,第353页。

社会性与交际性是通过文学接受活动实现的。任何阅读体验都具有作者、作品中人物与读者之间含蓄的对话,任何文学作品都隐含着与不同时代的读者心灵沟通的势能。因此,文学是人际交往的重要工具,而作品中的意象与人物,则是可交际的最小单位。情节、场面、意境等,是一些最小单位的组合,具有更复杂的交际功能。例如,我们提起郭沫若诗中的"凤凰",鲁迅笔下的"阿Q",尽管只是两个字,但看过作品的人都知道其中丰富的含义。如果我们说谁像林黛玉,谁像武松,那传递的信息就更复杂了。没有文学,我们就少了这种特殊的交际方式与意味。这就是说,文学作品的交际模式与交际性提供了交际的可能,心灵共鸣与文化认同使交际活动在接受高潮中得以实现,而文学接受的最后效应则是广泛的社会交往以及交往中普遍社会价值观的确立。所谓文学的社会交往,是指通过文学接受而形成或传播普遍社会价值观的过程。

在人类的原始时代,作为文学源头的神话与仪式就起着组织社会生活、进行文化教育和建立普遍规范的巨大作用。原始部族中普遍的禁忌、信仰和人际关系规则就是通过神话、仪式这些"前文学"接受活动而形成、传播和强固的。孔子"兴观群怨"中的"可以群",揭示了文学接受的社会性与交际性,它可以把个别的分散的接受者整合进更大范围更具共同性的社会群体之中。孔子说:"《诗》三百,一言以蔽之,曰'思无邪'。"(《论语·季氏》)这指出了文学在建立接受者之间普遍规范的作用,将文学的社会交往中确立起来的原则推广至整个社会活动与人际关系的调适。

在人类的社会交往方面,法兰克福学派第二代领袖、德国思想家哈贝马斯(Jürgen Habermas,1929—)曾提出他的"交往行为理论"。他认为,社会交往是通过语言进行的人际交往,体现了具有普遍价值的"交往理性"。具体地说,交往理性包括真实性(理论理性)、正确性(实践理性)和真诚性(审美—伦理理性)。语言交往既包含了这三种不同的理性要求,又呈现了这三种理性成分的联系与统一。假如所说的话语都是谎言(与事实不符),违反了社会认同一致的规范(说话者的道德信条与此相悖),对别人采取毫不严肃(不真诚)的态度,那么语言便失去了作用,人与人之间既不可能达到相互理解与沟通,也不可能取得认同与共识。事实上,哈贝马斯关于语言交往行为的三种基本有效性前提,也就是文学的真、善、美的要求。文学接受是借助于作品并通过语言进行的人际交往行为,是人类的社会交往的重要形式之一。它的突出效果便是在作者与读者、读者与读者之间建立起心灵沟通的桥梁,达成真、善、美方面的普遍性共识,为更深广的社会交往提供多元社会价值观趋同、整合的基础。例如,鲁迅的《伤逝》,手记的形式体现出叙事者的真诚与内心真实,他的忏悔之心充满善意,作品的故事情节又渗透着人性的悲剧之美,从而影响着读者的社会价值观。雨果的《巴黎圣母院》通过"钟楼怪人"外貌与内心的对比描写告诉我们,美不在外表而在内心的善,指出了社会交往的误区与心灵盲点。因此,文学充当人际交往的特殊话语,必将有助于一个社会或语言共同体的成员达到对客观事物的共同理解,建立大家认同的伦理规范,保持和谐的人际关系,强化情感与审美的交流。这也就是文学接受活动最广泛最深刻同时也是最持久的效果。

第五节 文学批评

一、文学批评的意义

文学批评是在文学接受的基础上,以一定的理论和方法,对以文学作品为中心的各种文学现象进行研究和评价的文学活动。文学批评与文学接受之间存在着密切联系与内在融通。文学批评既是广义的文学接受现象的一部分和文学接受活动的一种表现方式,同时它又是文学接受过程的深化与高级形态。

文学批评与文学接受都是对文学作品的创造性阅读、理解与评价,但二者在对象范围、接受特征和知识背景等方面仍有所不同。首先,文学接受的对象通常只限于文学作品,而文学批评虽以作品为主要对象与基本出发点,却往往涉及更广泛多样的文学现象,如文学思潮、文学流派、文学运动、文学纷争和文学史等,需要在较为宏观的审视中把握具体作品,或者将具体作品的接受推进到某个文学系统的评判,甚至返身自顾地进行批评之批评、批评与反批评。其次,文学接受突出个体性,是个人化的阅读与创造;文学批评则在一定程度上是社会性接受,批评者代表的不仅是个人,而且也是一定的读者群的观点。美国文论家斯坦利·费什就曾经说:"批评家有责任成为许多读者而不是一个读者,其中每一个读者又都各自具有一种由政治、文化和文学等方面限制因素构成的机制。"①至少批评家在批评中考虑到其他读者的存在和他们可能有的观点。

再次,文学接受者需要具有一定的审美能力,却不一定具备系统的专业知识;文学批评家却往往受过一定的职业化训练,具备了必要的理论背景、知识框架与批评方法,能够熟练地运用专业术语写作。美国文学理论家韦勒克说:"批评是理性的认识,或以这样的认识为其目的。它终极目的,必然是有关文学的系统知识,是文学理论。"②

文学批评有别于一般文学接受的上述特点,使它在整个文学活动中发挥着重要的文学功能和社会作用。具体地说,文学批评的意义主要体现在以下三个方面:

(一)文学批评对作家的影响

从文学批评与作家的关系来看,文学批评对作家具有规范、引导的重要作用,是社会对文学作品的主要反馈形式之一。

批评家是通过具体作品的阅读研究进而认识、了解作家的;同样,他也通过对具体作品的品评、分析影响作家的创作。由于批评家具有较为系统的知识修养与理论背景,他往往站在比作家更高的视点上,帮助作家更深入地认识自己的作品,提高文学创作的自觉能力。批评家对作家的了解有时胜过作家本人,他能够深入作家内心世界中潜意识与不自觉的层面,发现作家自我认识的盲点和被遮蔽的东西。批评家对作品深层意蕴的发掘也

---

① 〔美〕斯坦利·菲什:《文学在读者:感情文体学》,汤普金斯编:《读者反应批评》,刘峰等译,文化艺术出版社1989年版,第121页。
② 〔美〕韦勒克:《批评的诸种概念》,丁泓等译,四川文艺出版社1988年版,第11页。

往往是作家未想到的却又是富有启发性的,对作品艺术价值的评估也由于置放到更大的文学系统中去考察而更显客观、中肯。因此,批评家对作家艺术潜力的确认、创作道路的总结、发展方向的建议能够起一定的规范与指导作用。

在文学作品大规模机械复制的时代,作者与读者事实上是互相隔绝的。也就是说,接受者大众对作品的理解与评价难以反馈给作者,对他产生影响与压力。文学批评则是社会反馈的主要和有效形式之一,将作品所激起的读者反应与批评信息传递给作者。批评家首先是一个普通读者,但他拥有的职业眼光和掌握的尺度又使他代表着一定的读者群及其社会性共识。而且,文学批评一般是以文本的形式见诸媒体的,它既通向作者也为读者大众所知,它预计到读者的反馈并常常以读者的代言人自居。这使文学批评通常具有公开的对话性质与丰富的社会反馈内涵。

(二) 文学批评对接受者的影响

从文学批评与接受者的关系来看,文学批评可以帮助接受者深入理解作品,对接受者的文学价值观念具有重要的影响与塑造作用。

文学批评是加深接受者与作品沟通的桥梁。文学作品是一种审美的精神产品,它本身具有的价值只有在消费、接受过程中才能实现,也就是说作品首先要为读者所理解。一些艺术创新的作品,一些思想深刻、内涵丰富的作品,一些超出读者阅读经验和高出于读者审美能力的作品,一些需要一定的背景知识才能把握的古代与外国作品,接受者往往会产生或多或少的理解障碍。这就需要文学批评的中介,帮助接受者更好地理解作品的思想、艺术价值。

文学批评还对接受者的文学观念和审美趣味起着塑造作用。批评家常常通过推荐作品、确立经典,帮助读者选择阅读的作品。古今中外的文学作品浩如烟海、鱼龙混杂,读者往往先从介绍、评论文章中获取关于作品的先期信息,然后决定是否值得阅读与阅读什么。对于有害的作品与作品中的消极因素,文学批评也能起到预警与防范的作用,提醒不良的倾向并指导正确的阅读。读者的审美能力和艺术趣味,一方面受作品的熏陶,另一方面也受文学批评的引导与塑造。把接受者大众的审美价值观提升到经典文学作品的水平、把握接受活动中艺术再创造的层次和批评家专业的眼光,这也是文学批评担当的责任。

(三) 文学批评对社会的影响

从文学批评与社会的关系来看,文学批评通过作品的分析、评价表达出某种价值观念与理想,从而对社会发生实际影响。

文学批评在分析、评价文学作品和其他文学现象时,必然要提出一系列的概念、观点,在其背后则有一定的学说依据与理论支撑。这些观点、理论既有艺术的、审美范畴的,也有文化价值观的和意识形态方面的。从后者来说,文学批评是一种与一定的社会意识形态深刻联系的批评话语,它通过与作品及其作者进行意识形态对话的方式张扬自身的意识形态价值,从而对社会生活产生重要作用。

文学批评作为一种特殊的意识形态话语,往往通过对文学作品思想意义的揭示和对文学思潮、文学运动理论背景的分析来影响社会的价值观念,发挥其社会作用。马克思、恩格斯对巴尔扎克、莎士比亚作品的评价,列宁对托尔斯泰作品的分析,别林斯基对普希金、果戈理作品的研究,鲁迅以杂文形式展开的文学批评,都表现出意识形态评价的效能。由于他们的观点不是用抽象的理论形式写出的,而是借助于对作品人物、情节的形象分析,因而能够传播得更广、更深入人心。

二、文学批评的方式

文学批评是文学活动的一个重要组成部分。文学批评的历史不仅与文学同样悠久,而且,文学批评与文学创作一样,都是富有创造性的。有着一定造诣的批评家在文学舞台上可以扮演与作家同样重要的角色。然而,文学批评方式与文学创作方式是不同的,它有着自己的特点和要求。正确的文学批评方式能够生产出好的批评作品,反之,不正确的批评方式将导致不合格或伪劣的批评作品。尽管文学批评的具体运作因人而异,但批评家在批评方式的掌握上却体现出一定的惯例与规范。一般而言,文学批评的方式应包括以下三个要点:

(一) 审美体验

批评家首先要成为接受者,就必须要对作品产生审美体验。

文学批评的主要对象是文学作品。文学作品是以情感与艺术形象来表现人对现实的审美关系的。因此,进行以文学作品为对象的文学批评时,必须充分注意到对象的这一特征。也就是说,批评家应该以文学的方式阅读文学作品,以审美的态度观照与体验作品中的艺术形象。这是一个合格的文学接受者都能够做到的,批评家首先应该做到。当批评家像普通读者那样进入阅读、欣赏的角色,在作品的形象世界中产生由衷、真切的审美体验之后,他才拥有了批评作品的权利。脂砚斋是我国古典名著《红楼梦》的第一位批评家。他的批评富有真知灼见,却又处处与作者感同身受,与作品中人物息息相通,在阅读中产生强烈的情感和审美体验。脂砚斋的批评之所以被后人一再引用与研究,除了他究竟是何人及他与曹雪芹是什么关系是个谜之外,更因为他的批评是以真切的审美体验为底色的。

因此,批评家应该有较高的艺术修养与审美感受能力。一个艺术感受力迟钝的人是不可能成为好的批评家的,因为他对作品审美价值的判断是大可怀疑的。那些虽具有一定审美欣赏能力却又跳过审美体验阶段、脱离作品艺术形象的具体感受和分析而对作品价值乱加评判的人,是谈不上真正的文学批评的。

(二) 理性分析

理性分析,即批评家要跳出一般的接受过程而以冷静的审视目光对待作品。

文学欣赏与审美体验的主要特征是感受性,它以个人主观感受的结果为依据。即使含蕴着理性认识,也带着个人体验与情感的印记。因此欣赏与体验允许个人偏爱的存在。文学批评虽然也必须首先感知艺术形象,对艺术形象进行审美的把握,但它的主要特征是一种理性的分析、认知活动。批评的目的是要对作家、作品和其他文学现象做出较为客观的认识与评价,这就需要它从偏于感性的欣赏与体验上升到理性的分析与评判,要考虑和关注作品在读者中唤起的普遍的接受效果与社会反应,要限制个人偏爱与情感倾向在批评中的干扰或支配作用。人们通常把文学批评归入文艺学或文学理论的范畴,其深刻的意义就在于强调文学批评是一种客观的、理性的、专业的学术分析与认知活动。

如果说欣赏和体验是对作品"入乎其内",那么理性分析就是"出乎其外"。批评家既要像一般读者那样入乎其内,还要从专业的角度出乎其外,以冷静的理性眼光分析作品。

(三) 价值判断

价值判断,即批评家须对作品做出高下优劣的主观评价。

批评家对作品整体价值的判断是在理解与阐释作品的基础上做出的。理解与评价是一种互相依存的关系:理解已经渗透着评价,是整体评价指导下的理解;评价则为作品的理解与阐释所证明,并是理解引导的最后结论。

批评家对作品的价值判断包括审美判断与倾向性判断,从而对作品的艺术价值与思想价值做出主观评价。作品的艺术价值是指作品通过艺术形象反映生活、表现情思所达到的形式化的审美程度,以及它对接受者具有的艺术感染力量。作品的思想价值是指作品所描写的生活中寓含的思想意义和作者对它的态度、评价,以及它对接受者具有的思想启迪的力量。批评家总是凭借自己的价值观对作品做出判断的,从这个意义上说,价值判断带有个人性与主观性;然而批评家的价值观又是社会的某种审美趣味和意识形态的反映,因而具有集体性与客观性。总之,批评家对作品的评价与被评价的作品,共同担负着影响读者进而作用于社会的文学功能。

三、文学批评的几种主要方法

文学批评的方法是发展的和多样的。随着社会日新月异的变化,文学批评方法的嬗变节奏也加快了。当下,一种批评方法独占批评领地的现象早已成为过去,文学批评方法的多元共存与互补竞争已经是不争的事实。我国新时期文学批评实践证明,多样化的文学批评方法给文坛带来勃勃生机,不仅大大开阔了人们的视野,而且深化了人们对文学的理解和文学的社会作用。提倡批评方法的多样化,前提是了解各种不同的批评方法。下面,我们从中国古典的批评方法、西方当代的批评方法和马克思主义批评方法这三个方面予以简要介绍。

(一) 中国古典的批评方法

中国古典的批评方法主要有印象式批评、诠释式批评和评点式批评。

1. 印象式批评

这是感想式的鉴赏式的批评,或三言二语、点到即止,或以诗论诗、用形象比喻表达感受。中国古代的诗话词话,大都属于这种印象式批评。欧阳修《六一诗话》中评周朴诗说:"其句有云'风暖鸟声碎,日高花影重'。又云'晓来山鸟闹,雨过杏花稀'。诚佳句也。"① 至于佳在何处,则没有下文。严羽《沧浪诗话》评李白、杜甫:"李、杜二公,正不当优劣。太白有一二妙处,子美不能道;子美有一二妙处,太白不能作。子美不能为太白之飘逸,太白不能为子美之沉郁。"② 除了点出风格,并未实质分析。印象式批评往往渗透着灵气与感悟,但失之于分析的笼统与理论的淡薄。

2. 诠释式批评

这是以诠解词句、阐释原意为主的批评方法。我国历来有注经的文化传统,《诗经》的注解即开诠释式批评之先河。在汉代,注解《诗经》的就有鲁、齐、韩、毛四大家。后来又有注上加注的,如郑玄的诗笺,或者集各家之注大成的,如朱熹的《诗集传》。据统计,注解杜甫诗歌竟有百余家之多。诠释式批评以疏通文字为前提,因为古代作品的生活环境与语义经过历史变迁已与今日不同;其次是阐发作品的主题和作者的意图,以复原作者的本意为诠释目的。然而在作品的意义层面上,要客观地还原作者的本意是难以做到的。这不仅是因为形象大于思想而"诗无达诂",而且还因为诠释本身是个人性的理解与评价活动,难以避免批评者固有意识的参与和主观性。

3. 评点式批评

即在原作上加以批注、点评并与原作一起印行的一种批评方法,有题头批、文末批、眉批、夹批、旁批等多种形式。它一般是具有较高鉴赏水平和学识功底的批评家在阅读作品时随感随写的即兴议论。脂砚斋评点《红楼梦》,金圣叹评点《水浒传》,毛宗岗评点《三国演义》,李卓吾评点《西厢记》,都是运用这种批评方法的成功典范。评点式批评不是单独存在的论文著作,因而不必讲究谋篇布局、逻辑体系,有灵活自如、即兴发挥的优势。同时它又是与作品文本紧密结合、共存一体的,能够让读者互相参照、感性与理性双向接受。

(二) 西方当代的批评方法

西方当代的文学批评方法种类繁多。它们大都依据于某种文化思潮或文学理论,有自己的特色、合理性以及一定的局限与不足。下面我们择其数种,做一些简要的介绍。

1. 英美新批评派批评

它也称为本体论批评、文本批评、形式主义批评。1920 年代肇端于英国,四五十年代在美国批评界占统治地位,代表人物有休姆、瑞恰兹、兰塞姆等人。他们主张作品中心论,反对浪漫主义表现论和传记批评,认为文学作品本身就是一个独立自足的情感与想象的世界。他们也提倡有机形式论,认为内容与形式是有机结合、不可分割的,作品本身就是活的生命体。他们还推出形式至上论,认为文学本体重在艺术形式,艺术作品等于技巧,因此重视音韵、文体、意象、隐喻、神话等形式因素的研究与批评。为此他们倡导"细读法",所谓用放大镜阅读每一个字,注意词语的搭配、选择、句型、语气、上下文、语境,强调作品的暗示、象征、联想、言外之意、意象结构。英美新批评派现今已逐渐淡出,但其许多概念与观点仍然在产生影响。

---

① 《历代诗话》上,中华书局 1981 年版,第 267 页。
② 《历代诗话》下,中华书局 1981 年版,第 697 页。

2. 精神分析批评

精神分析学是心理学的一个流派,它是奥地利精神病医生弗洛伊德所开创。后来弗洛伊德把自己的理论用于文学批评,由此形成一个批评流派。这派批评首先强调泛性欲主义,用俄狄浦斯情结来解释创作动机。所谓俄狄浦斯情结即恋母情结。弗洛伊德认为,古希腊悲剧《俄狄浦斯王》之所以打动我们,并非因为命运悲剧,正是杀父娶母的俄狄浦斯"让我们看到我们自己童年时代愿望的实现"。而达·芬奇之所以善画温柔女性的形象,是由于画家把自己对生母的感情倾注于作品人物身上的缘故。其次是在作品中发掘潜意识的象征,他们往往把作品中一切凹面圆形的东西如池塘、花朵、杯瓶、洞穴之类都看成女性子宫的象征,把一切长形柱状的东西如塔楼、山岭、龙蛇、刀剑之类都看成男性生殖器的象征,并把骑马、跳跃、飞翔等动作都解释为性快感的象征。总之,艺术即做梦,是人的潜意识欲望的达成。

3. 神话原型批评

作为批评方法,它起源于20世纪初英国的仪式批评,二次大战后兴盛于北美,并在英美新批评派后占据重要地位。英国学者弗雷泽关于巫术理论的巨著《金枝》和分析心理学家荣格的"集体无意识"理论是其渊源。加拿大学者弗莱则是这派的集大成者。这派批评首先对"神话"给予宽泛解释,认为它不仅指原始神话,而且包括现代用神话思维即超现实想象方式创作的一切作品。其次是"原型"的理论,所谓原型既指原始意象、原始模式、原始题旨,也包括不同时代不同地域的文学作品中反复出现的象征性交际单位,即人物、情节或意象。而神话、原型的背后则是人类经验与集体潜意识的显现。所以这派批评在分析具体作品时,主张把作品置放到某个文学的原型系统中去考察,并提倡一种远古神话与现代作品相联系、世界不同民族文学相比较的文学上的人类学方法。

4. 结构主义批评

结构主义是20世纪重要的文化思潮与学术思想。自瑞士语言学家索绪尔开创结构主义语言学以来,人类学、心理学、社会学和文学批评理论都深受其影响。结构主义批评认为,文学作品是一个符号系统,是完整的自我调节的实体,是按语言规律组织起来的语言的产物。因此文学批评的目的是探求主宰着具体作品的抽象结构。在他们看来,作品是由句子构成的,句子是由一些充当能指的语言符号构成的,作品本身就是一个"大句子",可以像分析语言那样分析其结构与功能。结构主义批评的重要成果在于叙事学。俄国形式主义学者普洛普开其先河,他从俄国一百多个民间故事中归结出31种功能因素,认为不同故事是若干功能成分排列组合的结果。法国结构主义叙事学者托多罗夫、热奈特等则在批评实践中把情节、人物、事件拆成零部件,通过重新构造与组合显示作品深层的叙事结构,并探求作品的意义是如何从这些基本的"叙事语法"中产生与变化出来的。

5. 接受美学批评

这派批评兴起于1970年代初的德国,其代表人物是姚斯(又译尧斯或耀斯)和伊瑟尔(又译伊塞尔),一般认为姚斯的论文《作为向文学科学挑战的文学史》为其开端。接受美学批评的宗旨可以概括为一句话,即"以读者为中心,读者决定一切"。也就是说,它反对作者中心、作品中心,认为读者对作品的意义、内涵、影响、文学史上的地位、作家的再创作、作品价值的实现等具有决定性作用。他们对"文学作品"一词内涵的改造最能凸显其思想。文学作品通常被认为是作家创造的,他们认为作品是由作家的文本与读者的创造性阅读这两个部分构成,因而是作家与读者共同创造与完成的。在美国接受美学被发展为读者反应批评。从名称上看,它比接受美学更注重读者心理,更强调主观性。费什和卡勒是这个学派观点比较系统、影响最大的两个代表。费什提出"那种把读者当做一种积极地起着中介作用的存在而予以充分重视,并因此把话语的'心理效果'当做它的重心所在的分析方法",即读者反应批评方法。①

6. 女性主义批评

它又译为女权主义批评,其基本出发点是性别与社会性别,核心宗旨是反对传统的男性中心主义的文化,是对传统价值观与文学批评传统某种程度的颠覆与质疑。女性主义批评起源于1960年代西方的妇女解放运动,其代表人物有美国的肖沃尔特、米莱特,法国的克里斯蒂娃。女性主义批评的基本原则有以下几点:首先,批判以男性为主体的传统文化,反对性别歧视;其次,探讨文学中的女性意识,认为它与男性中心模式有区别,或者认为它应脱离男性为参照系的二元对立框架;再次,重新评价文学史、理论史和批评史,认为原有的是父权制话语的产物;最后,关注女作家的创作状况,倡导一种具有女性自觉性的文学阅读。女性主义批评在西方有三种流派,诚如肖沃尔特总结说:"英国女性主义批评基本是马克思主义的,它强调压迫;法国女性主义批评基本是精神分析学的,它强调压抑;美国女性主义批评基本是文本分析式的,它强调表达。然而,它们都是以妇女为中心的文学批评。"②

7. 后结构主义批评

它又称解构主义批评或消解式批评。它是在结构主义基础上发展起来的,又是对结构主义不满和否定的产物。代表人物是法国的德里达、后期的巴尔特、美国耶鲁学派的德·曼、米勒等人。后结构主义兴起于1970年代初。它的最大特征是反对和批判逻各斯中心主义。"逻各斯"意即语言或定义,是关于正确阐明每件事物是什么的本真说明。西方哲学普遍认为,逻各斯是一种主张存在着关于世界的客观真理的观念。因此反逻各斯中心主义也就是反中心性、反元话语、反二元论、反体系性,要消解一切结构与一切真理的认识形式。后结构主义否定任何内在结构或中心,认为文学作品是一个无中心的系统,并无终极的意义,因而是一种闪烁变化的语言符号的游戏,读者的阅读则应持一种享乐主义的审美态度。美国耶鲁学派的批评家则认为,语言符号本质上是任意和虚构的,没有严格所指的意义,所以文学作品无须批评家的努力已经在自我消解,批评家的任务不过是把这种自我消解展示出来。后结构主义从根本上体现了后现代主义的文化、哲学思潮。

---

① 《读者心中的文学:感受文体学》,《外国文学报道》1987年第1期。
② 〔美〕肖沃尔特:《荒原中的女性主义文学批评》,鲍晓兰主编:《西方女性主义研究评介》,三联书店1995年版,第99页。

（三）马克思主义的批评方法

马克思主义文学批评方法是历史的观点与美学的观点相结合，是融合了历史批评的美学批评。恩格斯在 1847 年《诗歌和散文中的德国社会主义》一文中指出："我们决不是从道德的、党派的观点来责备歌德，而只是从美学的和历史的观点来责备他；我们并不是用道德的、政治的或'人'的尺度来衡量他。"[1]十二年之后，恩格斯在致斐·拉萨尔的信中再一次提出："您看，我是从美学的观点和历史的观点，以非常高的，即最高的标准来衡量您的作品，而且我必须这样做才能提出一些反对意见。"[2]由此可见，历史的观点与美学的观点是贯穿在马克思主义批评活动中的一个基本方法。

这首先是因为文学艺术是建立在一定经济基础之上的社会意识形态，文学作品都是一定历史条件下各种社会关系的产物，蕴含着具体的思想和历史内容，因此，衡量作品的思想价值与历史作用，就需要运用历史的观点，具体地说，就是运用历史唯物主义的理论。其次，文学的特质在于审美，作品所反映的社会生活虽然融合着政治、道德、宗教、哲学等多种社会因素和历史内容，但其中的审美因素是基本的主要的因素，如马克思所说的"人也按照美的规律来建造"的结果，因而应该用美学的观点加以审视与评价、检验作品是否符合文学的创造规律、是否具有艺术独创性与审美价值。

在马克思主义批评方法中，历史的观点与美学的观点是相互联系、辩证统一的。它既是作品思想内容的批评，又是作品艺术形式的批评；既是社会的、历史的批评，又是文学的、审美的批评。恩格斯提出的"德国戏剧具有较大的思想深度和意识到的历史内容，同莎士比亚剧作的情节的生动性和丰富性的完美融合"的要求与理想，充分体现了历史观点与美学观点的统一。而马恩对拉萨尔的剧本《济金根》的评论，就是运用其批评方法的极好例证。

本章小结

文学消费在文学活动链中具有重要作用，它是特殊的文化审美产品的消费，是既主动又受动的精神活动。文学传播经历了口头、书写印刷、电子三个阶段。

文学接受者应具有一定的内在素质与接受心境，文学作品也要符合读者的需求、水平和趣味。文学接受是一个过程，读者在接受前已有期待视野和预备情绪，接受中审美心理结构也会发生同化与顺应的变化，接受后读者则在精神、情感、认识、人格、审美等方面得到实现或提高，并在读者之间产生心灵沟通和加深社会交往。

文学批评对作家、读者、社会都会产生深刻的影响。批评方式包括审美体验、理性分析和价值判断。中国古典和西方当代的批评方法各有其特点，马克思主义的历史观点与美学观点相统一的批评方法则是我们应该掌握的。

---

[1] 《马克思恩格斯论艺术》二，人民文学出版社 1966 年版，第 371 页。
[2] 恩格斯：《致斐·拉萨尔》，《马克思恩格斯选集》第 4 卷，人民出版社 1972 年版，第 347 页。

本章的概念与问题

概念：

文学消费 文学传播 接受心境 期待视野 预备情绪 审美心理结构 审美心理结构的同化 审美心理结构的顺应 作品的召唤结构 作品的具体化 审美效果 心灵共鸣 文化认同 文学的社会交往 文学批评

问题：

1. 文学消费与一般商品消费有何异同？
2. 主要的文学传播方式有哪几种？它们各自有什么特点？
3. 如何理解文学消费的主动性与受动性？
4. 如何理解文学接受的主体条件？
5. 如何理解文学接受的客体条件？
6. 期待视野具体分为哪几个方面？
7. 预备情绪具有什么特征？
8. 如何理解审美心理结构同化与顺应的双向建构关系？
9. 如何理解文学接受活动的创造性？
10. 如何从审美效果理解文学具有的社会功能？
11. 如何理解文学接受中的心灵共鸣？
12. 如何理解文学的社会交往？
13. 如何理解文学批评的意义？
14. 如何理解文学批评的方式？
15. 马克思主义文学批评的内涵是什么？

第九章 文学的源流

上一章论述了文学接受,这是文学活动全过程的最后一个环节。但是,文学还有另外一个历时态的过程,即文学发生、发展的过程。文学发生、发展的理论不同于一般的文学史,它是对人类文学的起源、演进的动态过程做宏观的审视,探讨其中基本的、普遍性的规律。它涉及文学与外部世界的关系以及文学自身的发展状况,同时还要阐明文学思潮与流派在文学发展中的意义。

第一节 文学的发生

一、关于文艺起源的几种观点评述

任何事物都有一个发生与发展的过程,任何理论也都有它的历史的和逻辑的起点。以文学艺术为对象的研究同样如此。人们往往喜欢追本溯源,提出这样的问题,即世界上最早的文艺是从哪里来的?它为什么会产生以及怎样产生的?文艺起源问题的重要性在于解释了文艺发生的最早环节,将有助于解决一系列与之密切相关的问题,诸如文艺的本质、文艺的特征、文艺与社会生活的关系、文艺与人类心理的关系等文艺之谜。

然而,从发生学的角度研究文艺起源又是一项艰巨的工作。文学艺术是在人类社会出现之后才开始产生的,这一点毫无疑义。因此,研究它的起源就必须追寻到原始社会、原始人类和原始艺术。所谓原始艺术,是指人类在史前社会创造的最初的形成中的艺术。它是艺术从萌芽期向成熟期的过渡,是从非艺术向艺术的过渡。由于它具有既是艺术又不是艺术的双重性,通常被归入广义的艺术或艺术前的艺术,即前艺术中。自从人类脱离了动物界之后,他们的社会活动和生产制品中,如石斧、骨镞、陶罐、饰物等,就已经潜含着成长为艺术的因素。远在旧石器时代后期,原始神话、音乐、舞蹈、绘画等史前艺术就已经萌芽了。现今发现的欧洲洞穴壁画,距离我们已有三四万年。然而,以音响和形体为媒介的原始音乐、舞蹈,无法保存至今;以语言为媒介的原始神话,也多出自后人的记录甚至加工、改造。由于年代的久远、材料的缺乏,今天难以再现原始艺术的全貌,因此难免会有各种解释和观点的分歧。

在文艺的起源问题上,存在着各种不同的观点。其中自成体系、影响较大的理论主要有模仿说、巫术说、游戏说和劳动说。主张者从各自的哲学观和方法论出发,力图对文艺发生的动机和来源做出一元论的解释。

(一)模仿说

模仿说是一种最古老的艺术起源理论。它认为人与动物的根本区别在于人善于模仿,艺术即起源于人类的模仿本能,艺术是模仿自然和社会人生的产物。

古希腊哲学家赫拉克利特、德谟克利特、苏格拉底和柏拉图等人对此都有论述,但较为系统地阐述这一理论的是亚里士多德。德谟克利特认为,艺术起源于对自然的模仿:"从蜘蛛我们学会了织布和缝补,从燕子学会了造房子,从天鹅和黄莺等歌唱的鸟学会了唱歌。"①中国古代也有类似的说法,如太昊"师蜘蛛而结网"(《抱朴子》),伶伦作律,"听凤凰之鸣,以别十二律"(《吕氏春秋》)。这反映了古人不仅把原始艺术的起源,而且把人类的一切智慧和能力的发生,都看作是受自然的启迪和对自然的模仿。亚里士多德则在此基础上进一步指出,模仿是人类的天性。他在《诗学》中说:"一般说来,诗的起源仿佛有两个原因,都是出于人的天性。人从孩提的时候起就有模仿的本能(人和禽兽的区别之一,就在于人最善于模仿,他们最初的知识就是从模仿得来的),人对于模仿的作品总是感到快感,经验证明了这样一点,事物本身看上去尽管引起痛感,但惟妙惟肖的图像看上去却能引起我们的快感,例如尸首或最可鄙的动物形象。"②

这就是说,艺术产生于人的"模仿的本能"和"对模仿的作品感到快感"。在亚里士多德看来,艺术的不同门类是由于模仿的对象、媒介方式不同而形成的。

模仿说不仅主张艺术是对自然的模仿,而且也强调艺术是对社会人生包括人的真实情感的模仿。柏拉图在《法律篇》中指出:音乐"(模仿)善或恶的灵魂"。亚里士多德则发挥了这一观点,他认为:"音乐的节奏和旋律反映了性格的真相——愤怒与和顺的形象,勇毅和节制的形象以及一切和这些相反的形象,其他种种性格或情操的形象——这些形象在音乐中表现得最为逼真。"③

艺术是对自然和现实社会的模仿的理论,一直是传统现实主义信奉的基本原则,它对车尔尼雪夫斯基的美学思想也有极大的影响。

(二) 巫术说

巫术说主张原始人的一切创作活动都包含着巫术的意义,都是原始巫术的直接表现,由于巫术的思维法则的推动才促成了艺术的诞生。

巫术说是西方比较流行的一种艺术起源理论。它建立在对原始习俗和巫术信仰研究的基础上,提倡者有英国著名的文化人类学家爱德华·泰勒(Edward Burnett Tylor,1832—1917)和弗雷泽(James George,Frazer,1854—1941)。泰勒在《原始文化》中认为:"野蛮人的世界观就是给一切现象凭空加上无所不在的人格化的神灵的任性作用……古代的野蛮人让这些幻想来塞满自己的住宅、周围的环境、广大的地面和天空。"④

这就是原始人思维中的"万物有灵论"和巫术信仰,整个原始文化包括原始艺术活动皆受制于此。弗雷泽在其名著《金枝》一书中,从研究狄安娜女神崇拜的古俗和神话入手,提出了各原始部落的风俗、神话、仪式和信仰都起源于巫术的理论。他指出:"巫术所

---

① 《古希腊罗马哲学》,三联书店1957年版,第112页。
② 〔古希腊〕亚理斯多德著,罗念生译;〔古罗马〕贺拉斯著,杨周翰译:《诗学·诗艺》,第11页。
③ 〔古希腊〕亚里士多德:《政治学》,吴寿彭译,商务印书馆1979年版,第420页。
④ 转引自朱狄:《艺术的起源》,三联书店1988年版,第131页。

依据的思想原则基本可分解为两种：一是所谓同类相生，或谓结果可以影响原因。第二是凡接触过的物体在接触以后仍然可以继续互相发生作用。前者称之为相似律，后者称之为接触或感染律。根据相似律，通过模仿，就可以产生巫术施行者所希望达到的任何效果。而根据接触律，巫术施行者可利用与某人接触过的任何一种东西对他施加影响。这种东西可以是他身体的一个组成部分，也可以不是他身体的一个组成部分。前一种巫术称之为模仿巫术，后一种巫术称之为交感巫术。"①泰勒和弗雷泽的关于原始思维特征的观点成为巫术说有力的理论支柱。

直接运用这一理论来解释史前艺术的学者是萨洛蒙·赖纳许（Salmon Reinach）。赖纳许认为，艺术起源于狩猎巫术，它是作为一种能控制狩猎活动的实践手段而发展起来的，目的在于保证狩猎的成功，因此艺术是出于巫术动机的祈求手段。这就是说，在原始人的意识中，动物的图形与动物的实体之间有一种神秘的互渗联系，原始人相信描绘动物就能够影响动物和占有动物。从这个角度出发，巫术说解释了原始洞穴壁画中的一些难解之谜。例如，为什么许多壁画画在洞穴深部黑暗的地方和危险的岩隙上，为什么某些地方的岩壁却是空白的，为什么有的动物形象身上有被长矛和棍棒戳刺打击过的痕迹或者被画成身落陷阱、口鼻流血。这些都成为艺术与巫术相关的有力证据。他们由此推断，文学艺术起源于人类早期的巫术活动。

（三）游戏说

游戏说认为艺术与游戏一样，是一种非功利性的纯粹审美的生命活动，艺术起源于人类摆脱物质与精神束缚、追求自由天地的游戏本能。

游戏说最早可追溯到康德，但明确提出和系统阐述这一理论的是席勒（Johann Christoph Friedrich Schiller，1759—1805）和斯宾塞（Herbert Spencer，1820—1903），因此游戏说又被称作为"席勒—斯宾塞理论"。在19世纪末20世纪初，游戏说有很多信奉者，后继者如格罗斯等人又从不同方面对此做了修正、补充和发展。

康德认为，文学艺术是自由的，它是一种不带任何功利目的的纯粹审美活动。席勒从这一论点出发，提出了游戏说。他指出："野蛮人以什么现象来宣布他达到的人性呢？不论我们深入多么远，这种现象在摆脱了动物状态的奴役作用的一切民族中间总是一样的，对外观的喜悦，对装饰和游戏的爱好。"②

这里，游戏被视为人类区别于动物的最重要的标志，游戏与原始艺术创造成了不加严格区分的等同物。席勒还进一步认为，人们生活在现实世界中，受到物质和精神两方面的束缚，往往得不到自由；因此，人们总想利用剩余的精力，创造一个自由的天地，这就是游戏活动。这种人所固有的本能，是艺术产生的动因。

英国哲学家斯宾塞从心理学的角度发挥了席勒的美学观点，他补充说，人是一种高等动物，人区别于低等动物的特征在于，低等动物要把全部机体力量都消耗在维持生命所必

---

① 〔英〕弗雷泽：《金枝集》（缩写本），徐育新等译，中国民间文艺出版社1987年版，第19页。
② 〔德〕席勒：《美学书简》第26封信，载《古典文艺理论译丛》1963年第5期。

需的活动上,而人类则在维持和延续生命之外,还有过剩精力。因此,游戏和艺术都是过剩精力的发泄,是非功利性的生命活动。美感起源于游戏的冲动,艺术在实质上也是种游戏。正如他说的:"我们称之为游戏的那些活动是由于这样的一种特征而和审美活动联系起来的,那就是它们都不以任何直接的方法来推动有利于生命的过程。"①

游戏说提出后,不少赞同者又做了丰富和补充。如格罗斯指出,游戏并非无目的的活动,幼小动物和儿童的游戏都是未来生活所需要的实践活动的一种准备,例如女孩子玩布娃娃,是练习将来做母亲,所以游戏先于劳动,劳动是游戏的产儿。

(四)劳动说

劳动说即艺术起源于劳动的理论,认为原始艺术是适应着劳动的需要并在劳动实践过程中产生的,具有明显的功利目的。

普列汉诺夫是"艺术起源于劳动"理论的有力提倡者。但在他之前,已有不少西方学者对此命题进行了阐述。如沃拉斯切克在《原始音乐》一书中指出,原始人在歌唱和舞蹈中表现的节奏能力,如果没有得到集体劳动的促进,那么它就不可能在原始部落中达到那样较高程度的发展。毕歇尔认为,原始人许多生产过程中的声音本身已具有音乐效果,原始音乐是从劳动工具与对象接触时发出的声音中产生的,乐器是劳动工具演变的结果,因此"在其发展的最初阶段上,劳动、音乐和诗歌是极其紧密地互相联系着的,然而这三位一体的基本的组成部分是劳动,其余的组成部分只具有从属的意义"②。

普列汉诺夫是俄国早期的马克思主义者。在《没有地址的信》一书中,他根据考古学和人类学方面的大量材料,在批判总结和具体发挥前人观点的基础上,阐述了艺术起源于劳动的理论。拜尔顿说,在他所知道的非洲黑人那里,音乐的听觉发展得很差,但是他们对于节奏却敏感得令人吃惊:"划桨人配合着桨的运动歌唱,挑夫一面走一面唱,主妇一面舂米一面唱。"卡沙里对于巴苏陀部落的卡雯尔人做了很好的研究,他说:"这个部落的妇女手上戴着一动就响的金属环子。她们往往聚集在一起用手磨磨自己的麦子,随着手臂有规律的运动唱起歌来,这些歌声是同她们的环子的有节奏的响声十分谐和的。"③

普列汉诺夫引用了类似于此的有关原始歌唱、音乐、舞蹈、绘画的资料,具体论证了他的观点。他认为,原始艺术是适应着劳动的需要并在劳动实践过程中产生的,与原始人的劳动生活和生产斗争有着非常密切的联系,最初的艺术是劳动的产物,因而是有明显的功利目的的。

我国古代也有类似的说法,如《淮南子·道应训》里记载着:

> 今夫举大木者,前呼邪许,后亦应之。此举重劝力之歌也。

这里强调了艺术与劳动交织在一起,甚至是劳动的一部分。鲁迅受到普列汉诺夫观点的

---

① 〔英〕斯宾塞:《心理学原理》第2卷,转引自朱狄:《艺术的起源》,中国社会科学出版社1982年版,第121页。
② 转引自〔俄〕普列汉诺夫:《没有地址的信·艺术与社会生活》,曹葆华译,人民文学出版社1962年版,第40页。
③ 同上书,第37—38页。

影响,也主张艺术起源于劳动,他在《门外文谈》中说:"我们的祖先的原始人,原是连话也不会说的,为了共同劳作,必需发表意见,才渐渐地练出复杂的声音来,假如那时大家抬木头,都觉得吃力了,却想不到发表,其中有一个叫道'杭育杭育',那么,这就是创作;大家也要佩服,应用的,这就等于出版;倘若用什么记号留存了下来,这就是文学……"[①]艺术来源于劳动的说法,多年来在我国一直占据了主导地位。

上述四种艺术起源的理论,由于其哲学基础和研究方法的不同,基本上可以分为两类:游戏说、巫术说主要从生物学或心理学的角度来解答问题,强调人的主体方面的原因和心理、本能的因素,如人追求自由的天性和原始思维的特征。模仿说和劳动说则立足于朴素唯物主义或历史唯物主义的观点,偏重于从作为客体的外部世界和人的劳动实践方面来探讨艺术起源。所有这些理论,都具有不同程度的合理性和各自独到的价值,都为解开艺术起源之谜做出了自己富有启发性和开创性的贡献。然而,它们共通的不足之处在于,它们都对艺术起源的复杂的多元混合的因素,做出了较为单一化的处理和解释,从而不能涵盖原始艺术门类与现象的丰富性和复杂性。也就是说,它们各自的合理性是与某种程度上的片面性交织在一起的。

二、文艺起源于以劳动为前提的人类早期精神活动

我们认为,文艺起源于以劳动为前提的人类早期精神活动。生产劳动是原始人类最基本的实践活动,是原始人社会生活的主要内容,因此,要科学地阐明艺术的起源问题就无法回避原始人类的劳动实践。

(一) 劳动是原始艺术活动的前提条件

劳动是人类早期精神活动的基本原因,也是原始艺术活动的前提条件。劳动创造了人本身,创造了人类社会,创造了人类早期精神活动、艺术活动赖以产生的物质基础——人的灵巧的双手、发达的大脑、语言能力、感觉能力与认识能力。只有在这个前提下,人们才可能从事各种精神活动,才可能开始文学艺术的创作。恩格斯说:"只是由于劳动,由于和日新月异的动作相适应,由于这样所引起的肌肉、韧带以及在更长时间内引起的骨骼的特别发展遗传下来,而且由于这些遗传下来的灵巧性以愈来愈新的方式运用于新的愈来愈复杂的动作,人的手才达到这样高度的完整,在这个基础上它才能仿佛凭着魔力似的产生了拉斐尔的绘画、托尔瓦德森的雕刻以及帕格尼尼的音乐。"[②]

这段话以劳动完善了人手的功能为例,说明劳动为艺术的产生提供了人的身体方面的物质前提,劳动是艺术起源的基础和泛指性的动因。

(二) 原始艺术与劳动生活的关系

正因为劳动是人类早期精神活动、艺术活动的前提,所以原始艺术与劳动生活的关系十分密切。首先,原始艺术与劳动经常交织在一起,以至于艺术活动成为劳动的一个组成

[①] 《门外文谈》,《鲁迅全集》第6卷,人民文学出版社1981年版,第94页。
[②] 《劳动在从猿到人转变过程中的作用》,《马克思恩格斯选集》第3卷,人民出版社1972年版,第509—510页。

部分。原始艺术往往是带有功利目的的,它在劳动过程中起着动作一致、互相协调、减轻疲劳和增强劳动效果的实际作用。例如,原始民族常常"按照一定的拍子,并且在生产动作上伴以均匀的唱的声音和挂在身上的各种东西发出的有节奏的响声"。在一些原始部族那里,"每种劳动有自己的歌,歌的拍子总是十分精确地适应于这种劳动所特有的生产动作的节奏"。①

这表明,原始音乐和诗歌往往是伴随着劳动的节奏和音响而产生,并黏附于劳动,成为组织生产或交流劳动情感的手段。其次,劳动生活是原始艺术的重要表现对象和内容。由于原始人生活的最主要内容是生产劳动,因此劳动实践直接影响着原始绘画的题材内容,它们往往反映着当时的劳动生活,表现着生产对象。考古学的发现证实,狩猎部落遗留下的大多是动物画,如旧石器时代后期欧洲洞穴壁画中的野牛、马、鹿,我国新疆霍城、额敏、尼勒克等地石壁上发现的山羊、大头羊、鹿、角鹿、牦牛、马等绘画。而当原始部落从狩猎转到农业种植时期之后,绘画的内容也相应起了变化,出现了大量的植物绘画,如浙江河姆渡发掘出的新石器时代以从事农业种植为主的原始氏族遗址中,不少器物上就已经画有植物图案。这表明原始绘画的内容与当时的劳动生活、生产对象密切相关。

(三)人类早期的精神活动是艺术起源的直接原因

然而,劳动与原始艺术的密切关系,只是表明劳动是原始艺术产生的基本原因与必要前提,而不是说劳动是原始艺术起源的直接原因。劳动提供了艺术产生的物质前提与表现对象的重要内容,但原始艺术的真正诞生,还必须经过人类早期精神活动的中介。也就是说,原始艺术是思维活动与精神创造的直接产物,人类早期的精神活动是艺术起源的直接原因。人类早期精神活动涉及的对象不仅仅是劳动,而且也包括原始人生存活动的方方面面,生老病死、衣食住行、自然界、人与人之间的关系等,都是原始部落精神生活的重要内容与认识对象,也都是原始艺术的表现对象和源泉。新出土的考古资料证明,远古陶器上的几何图形与纹线与劳动几乎没有直接关系,山顶洞人用壳类作为装饰品这一行为本身也很难说与劳动有什么关系,但它们都与原始人精神活动中审美意识的萌芽相关。原始文艺中记录了氏族和部落发生过的事件的传说,关于人种起源和自然现象的幻想的神话,以及表现蒙昧的自我意识的图腾歌舞,都反映了原始人远比劳动内容要广泛的精神生活的各个方面。因此,劳动是人类早期精神活动包括原始艺术活动的基本原因,人类早期精神活动则是原始艺术产生的直接原因。文艺起源于在劳动基础上的各种早期人类精神活动的合力。

人类早期精神活动总的来说是混合状态的,包含着互相联系与渗透的各种因素,它们主要是原始思维及其特征、认知需求的满足和审美意识的萌芽。原始艺术即产生于这三种精神活动形式与内涵的合力。

原始思维及其特征是艺术产生的主要心理基础。原始思维具有如下三个特征:第一,原始人以感知和肖像表达为基本思维方式。这就是说,原始人缺乏抽象归纳的心理能力,

---

① 普列汉诺夫:《没有地址的信·艺术与社会生活》,曹葆华译,第39页。

其思维是以各种富有情感的、可望可画的、突出细节的原始记忆和表象来进行的。在原始思维中,抽象概念极少,都是通过具体事物的直观形式和感性表象表达的。第二,原始思维具有我向性思维的特点。所谓我向性,就是思维活动朝向自身,在处理自身与外部世界关系时,是以自我的情感、想象与欲望为中心的,它与现实性思维是对峙的。原始人由于处在主客体(人与自然界)分化的边缘,反映在意识中便缺乏精神的和物质的理性两分法与清晰界限,内在世界的知觉、情感与外在世界的形象、属性通常是混为一体的。他们把自己的需要、欲望和想象投射于客体,即认为它是具有客观性质的,往往把想象当作现实,从而表现出强烈的思维主观性。第三,原始思维是一种原逻辑思维。原逻辑即原始逻辑,前逻辑的逻辑,它是逻辑思维的源头,但在后者看来,它又是非逻辑非理性的。列维·布留尔曾指出,原始思维受神秘的"互渗律"的支配,"表现出几乎是不分析的和不可分析的。由于同样的原因,原始人的思维在很多场合中都显示了经验行不通和对矛盾不关心"[①]。

在原始艺术中,人与动物、植物、鬼神、灵魂之间,部分与整体、原因与结果、表象与表象之间,都存在着一种实体意义上的神秘互渗关系。天地万物交织成以超自然力量为根据的隐蔽网络,从而呈现出荒诞的具象世界,超现实的意象和画面,变形的人物和非理性的情节。欧洲史前洞穴壁画中著名的鸟头"呆子"和鹿角巫师,《山海经》里"人首蛇身"的共工、伏羲、女娲,这些似人似兽的形象都表现了人与动物图腾的互渗、嵌合关系,无法用文明人的常识和逻辑来解释。所有这些特点表明,原始思维是一种不自觉的艺术思维,本质上是形象的幻想式的思维。它不仅是原始艺术产生的心理基础,而且使艺术活动成为人类最早的重要精神活动,或者说,使其他的一切精神活动都带有艺术活动的形象性、情感性和想象性的特点。

认知需求的满足是原始艺术产生的主要精神动力。人类的童年时代犹如作为个体的儿童,充满了对世界及自身的好奇心与求知欲,对一切使他们感到奇怪的事物都要问一个"为什么"。茅盾在《神话研究》一书中说:"原始人的思想虽然简单,却喜欢去攻击那些巨大的问题,例如天地缘何而始,人类从何而来,天地之外有何物,等等。"[②]

由于知识的局限,他们只能通过神话的方式得到幻想的答案。例如图腾神话是人类对自身来源的最初追索与解释。在我国的原始神话中,龙和凤是众所周知的图腾动物,一般认为,龙蛇是炎黄氏族集团的图腾,而凤鸟则是夷人部落联盟的图腾。至今中国人还自称为"龙的传人"。这些解释了人自身来源的神话反映了原始人幻想和认识的一个方面,来源于认知需求的精神活动。

原始艺术的起源还与原始人类审美心理的发生这一精神活动相联系。原始人"自意识"的出现和萌芽中的审美意识,是艺术产生的关键环节。马克思所说的人类"自意识",它的形成使相对于客观存在的"意识"逐步地产生了相对独立性,从而也使艺术这一精神

[①] 〔法〕列维·布留尔:《原始思维》,丁由译,商务印书馆1981年版,第102页。
[②] 茅盾:《神话研究》,百花文艺出版社1981年版,第163页。

活动的特殊方式有可能出现。事实上,人类最初的"自意识"是各种意识雏形相互交织的混沌体。它不仅包容着原始人宗教、科学、哲学意识的发端,而且也隐含着原始人萌芽中的审美意识(包括娱乐意识)。在一定的意义上说,如果没有相应的审美意识作为艺术创作的心理基础,原始艺术是不可能发生的。在现今发现的石器时代的陶器造型和纹样上,就已经体现了原始人初始的对称感、装饰感和形式感。当然,这种萌芽中的审美意识还是未经分化的,它往往与原始图腾意识和功利目的黏附在一起。但作为人类最初起点的"自意识"的一部分,它不仅是客观存在着的,而且与情感、想象等其他的心理因素相互掺和,对原始艺术的发生起到了关键的中介环节作用。

第二节 文学发展与社会发展的关系

一、文学发展以社会发展为前提

从文艺的起源过程我们可以知道,文学作为人类的精神活动产物,是由人类创造出来的。它紧接着人类的产生而出现,伴随着社会的形成而诞生。它既是人类生活的反映,又是社会意识的表现。随着社会生活和社会意识的历时态演进,文学也产生相应的变迁。因此,文学的发展离不开社会的发展,文学的发展以社会的发展为前提,同时又是整个社会发展的一个组成部分。

(一)社会发展为文学内容发展提供基础

在漫长的原始社会阶段,社会群体还没有分化为阶级,因此文学表现出十分显著和单纯的集体性。当时的文学,或者反映人与自然的斗争,反映人们共同的劳动生活,如我国最古老的《弹歌》,"断竹,续竹,飞土,逐肉",描写的是原始人集体从事狩猎的情景;或者表现原始人对自然现象的某种认识和想象,如"羲和者,帝俊之妻,生十日",是对太阳起源的解释,"女娲抟黄土作人,剧务力不暇供,乃引绳于泥中,举以为人",是对人类起源的解释;或者反映原始人多方面的社会活动,如黄帝与蚩尤之战,刑天与帝争神,共工怒触不周山,反映了部落之间的战争;或者如夸父追日、精卫填海、嫦娥奔月等,表现了精神生活中美好的幻想和愿望。总之,原始文学反映了原始人共同的生活,表现他们共同的认识、情感和幻想,它不带阶级色彩。

进入阶级社会后,随着生产力的发展,阶级的产生,物质劳动与精神劳动开始分工,出现了独立的文学艺术部门以及专门的诗人、画家、乐师和舞蹈家,文艺得到了迅速的发展。物质劳动与精神劳动的分工是同奴隶制的建立联系在一起的,它对文学发展历史性的积极作用,正如恩格斯所指出的:"只有奴隶制才使农业和工业之间的更大规模的分工成为可能,从而为古代文化的繁荣,即为希腊文化创造了条件。没有奴隶制,就没有希腊国家,就没有希腊的艺术和科学。"①

---

① 《反杜林论》,《马克思恩格斯选集》第3卷,第509—510页。

然而另一方面，分工使社会形成了从事物质劳动与从事精神劳动的两个集团，文学也由此分离为民间文学与文人文学，这在一定程度上造成了文学在内容上的距离、艺术上的分野以至于精神上的差异。

随着社会的发展和各民族形成，每个民族共同的历史、文化传统和社会生活特点以及在审美趣味、语言等方面的特色，通过文学创作表现出来，这便是文学的民族性。伏尔泰在《论史诗》中曾分析过各民族文学风格的差异："意大利语的柔和和甜蜜在不知不觉中渗到意大利作家的资质中去。在我看来，词藻的华丽、隐喻的运用、风格的庄严，通常标志着西班牙作家的特点。对于英国人来说，他们更加讲究作品的力量，活力和雄厚，他们爱讽喻甚于一切。法国人则具有明彻、严密和幽雅的风格。"①

文学的民族性不仅表现在长期积淀下来的民族的审美趣味以及风格和语言的特点，而且还表现在文化内容上反映民族的情感、利益和精神气质。后者在民族矛盾尖锐时期的文学中流露得更为明显。到了近代，随着资本主义的发展和科学的进步，世界各民族的联系大大加强，各国文学的交流也日益频繁和强化，文学趋向于世界性。一方面，能够代表各民族文学成就的优秀作品已经越出国门，流传于世界，作家们越来越具有"地球村"的观念和视野；另一方面，各民族文学互相借鉴、互相吸取和交融汇合，不断地催生出具有世界性特征的新的文学素质。这就是文学的世界性。

总之，集体神话、民间文学与文人文学、民族文学和世界文学，都是文学在一定发展阶段上表现出的不同社会属性。它们随着社会的发展而出现，并反映着社会的现状和变化。事实证明，社会发展为文学内容和性质的发展提供了基础，两者呈现为同步关系。

(二) 社会发展为文学形式发展提供动力

文学随社会的发展而发展，这不仅指文学的内容方面，而且也包括文学的形式方面。文学形式适应着内容表现上的需要，新的内容是新的形式产生的重要推动力。而内容是社会生活的反映，它的不断更新有待于社会的向前发展。因此，文学形式的产生和发展有自身的原因，但从外部关系看，则是由社会发生变化而引起的。此外，有些文学体裁的兴起与演变还与社会发展所提供的物质手段和客观条件直接相关，如小说尤其是长篇小说的盛行与印刷技术，戏剧与城市的形成、舞台的设备，电影、电视文学与现代科技及传播工具，网络文学与互联网的发明等，都密切相关。总之，在文学发展史中，文学形式随社会的发展演变，经历了一个从简单到复杂、从少样到多样、从萌芽到成熟完善的发展过程。

从诗歌形式的发展来看，王国维曾在《人间词话》中对文体的盛衰演变做过这样的总结："四言敝而有《楚辞》，《楚辞》敝而有五言，五言敝而有七言，古诗敝而有律绝，律绝敝而有词。"②

诗歌形式的变化原因是复杂的、多方面的，但我们从中却可以发现一条线索，那就是从四言到五言再到七言诗句，字数不断增多的现象。诗句是诗歌形式的最基本的单位，诗

---

① 伍蠡甫编：《西方文论选》上卷，第323页。
② 《中国历代文论选》第4册，上海古籍出版社1979年版，第373页。

句字数的扩展,一方面使诗具有了反映生活的更大的容量,另一方面,由于一句诗中语词间的语法关系与意义组合存在着更多的变化的可能性,从而有助于表达更为细致和复杂的情思内涵。其自身之外的原因,在于社会的发展变化,在于生活内容的日趋复杂曲折和丰富多样。当产生于奴隶社会的四言诗不足以表现封建社会前期的社会生活时,西汉时期的五言诗就应运而生了。在封建社会中期,生活内容进一步变更和扩大,隋唐时的七言诗就得到了长足的发展,并成为诗歌的主流形式之一。

从戏剧等文学体裁的产生来看。原始祭祀歌舞已经包含了萌芽状态的戏剧因素,但我国戏剧艺术的真正诞生却是在唐代到宋金时期。那时,商业经济相当发达,手工业和交通运输业也比较兴旺繁荣,雇主、商人、企业主聚居的市镇为数众多。这产生了两方面的结果,一是城市中开始出现集中的游艺场所,为戏剧的演出提供了可能;二是市民阶层的形成,给文学带来了表现新的生活内容和市民意识的需要。戏剧形式正是当时社会发展到一个新阶段的必然产物。

(三) 社会发展影响文学发展的机制

社会发展影响文学发展是有它的运行机制的。也就是说,社会总是通过自己不同层次的结构变化以及一定的方式、途径去制约文学的发展。我们可以从以下四个方面具体考察这一影响机制。

1. 文学与社会政治、经济结构的变化

一定的政治体制与政治观点及其变化,对文学的影响是重大而又深刻的。这可以从三个方面来看。其一,处于社会变革时期的政治以及激烈的阶级斗争,影响文学的方向和性质。春秋战国时期政治动荡,各种社会矛盾激化,形成了"百家争鸣"的局面,是散文的黄金时代,优秀的诸子散文和历史散文因此都带有很强的政治哲理性。19世纪俄国批判现实主义文学的高度发展,一大批具有世界影响的大作家涌现,也与当时的政治环境有密切关系,民主主义思想反对农奴制和沙皇统治的激烈的阶级斗争,直接影响了作家和文学发展的方向。其二,不同时期的政治,影响到文学的内容与风格。乱世与治世、政治清明与政治浊乱的区别,也会造成作品内容与风格的不同。一般说来,统治阶级处于上升时期,文学多为歌颂性的,而当它处于逐步没落时期,文学则多为揭露性的。初唐与盛唐,文学往往表现出积极进取、博大乐观的风格。经过"安史之乱",到中唐、晚唐,文学则更多地反映了人民的不满和反抗,具有比较深刻的揭露现实的倾向,风格也转向怨怒哀伤。其三,统治阶级的政策制度以及个人好恶,也影响到文学的繁荣或萧条。建安时期曹操为一代文坛领袖,"昼携壮士破坚阵,夜接词人赋华屋",十分推崇文学,因此当时的优秀诗人几乎都集中在北方,形成了文学史上著名的"建安风骨"。相反,明清时代文禁森严,统治者大搞"文字狱",很多文人为避祸而去搞学术研究,文学的发展受到很大干扰。

社会经济结构对文学的影响与制约作用,表现在文学适应着经济结构的要求而产生,并随着经济结构的改变而改变。中世纪后期的欧洲,由于科学技术的发展解放了生产力,欧洲封建社会开始解体,资本主义生产方式正在形成,于是从14世纪到16世纪,欧洲文艺复兴时期的人文主义文学就应运而生了。以拉伯雷、薄伽丘、塞万提斯和莎士比亚为代表的一批作家,在作品中宣扬新的生活理想和人道主义世界观,反对封建贵族阶级和宗教的"神道"。他们代表着崛起中的新的经济结构的要求和新兴阶级的利益,对中世纪文学从内容到形式都进行了深刻变革。经济结构的变更和发展,必然导致文学或慢或快地发生变革。文学内容和形式的发展,都在一定程度上取决于社会经济结构的性质、要求和制约作用。

2. 文学与普遍社会价值观念的变化

普遍社会价值观念意味着一定时期的时代精神与社会心态。文学作为表现人物的生态与心态的精神产品,总是投射着作者一定的价值观念,并受到社会普遍价值观念的影响与制约。在人类的蒙昧野蛮时代,具有幻想和原始信仰特征的神话形式,是当时普遍的崇拜神灵的社会心态的产物。人类进入了农业文明社会之后,生产力的进步和分工的扩大,奴隶制的兴起和文字符号的确立,极大地刺激和提高了人类的认识能力,神话的心态逐渐过渡到现实经验的心态和以实践理性为特征的价值观。这引起古代人对原始神话遗产某种程度的怀疑,从而对神话做出历史化的解释和再创造。在荷马史诗中,神话与历史因素汇合,诸神性格不仅被世俗化、社会化,而且与新近历史中的事件、人物发生纠葛。在中国,将神话化为历史传说的例子屡见不鲜,黄帝、尧、舜、禹等在远古神话中都是人兽同体的天神,但写进史书中就往往变成了华夏族的祖先和禅让帝位的历史人物。从神到人,从幻想到历史,小说逐渐从神话中衍生出来,成为记叙故事(过去发生过的事)的文学样式,代表着经验理性的觉醒和理性价值观的确立。鲁迅在《中国小说的历史的变迁》中说:"从神话演进,故事渐近于人性,出现的大抵是'半神',如说古来建大功的英雄,其才能在凡人以上,由于天授的就是……这些口传,今人谓之'传说'。由此再演进,则正事归为史,逸史即变为小说了。"[①]小说的出现,是因社会心态向文明的转变引起的,与人们的思想观念从神话幻想提升到现实理性相关联。

3. 文学与各种文化活动的变化

文学是一种特殊的审美文化,它与社会其他文化活动如哲学、道德、宗教等存在着互相影响的关系。哲学、道德、宗教等精神文化领域的演变与发展,往往对文学产生重大作用。

哲学思想与文学思想有密切的联系,前者往往是后者的基础。17世纪古典主义文学与笛卡儿的唯理论,18世纪启蒙主义文学与洛克、狄德罗的唯物主义哲学,19世纪浪漫主义与空想社会主义、德国古典哲学、批判现实主义与黑格尔的辩证法、费尔巴哈的人本主义唯物论,20世纪现代派文学与非理性主义哲学、社会主义现实主义文学与马克思主义哲学,它们之间的对应关系和互渗作用表明,文学创作总是受到一定时期哲学思想的影响,作家的思想和创作方法总是被某种世界观所制约。同时,哲学思潮的变化对文学有重大影响,前者常常是后者的先导。

道德调节人与人之间的关系,是人们在共同的社会生活中所遵循的行为规范。以描

---

① 《中国小说的历史的变迁》,《鲁迅全集》第9卷,人民文学出版社1981年版,第302页。

写人为中心、以社会生活为表现对象的文学作品不能不反映一定的道德内涵,不能不体现作者一定的道德意识与理想。道德观念的历史性变化会促使文学内容的相应改变。在封建社会文学中,不少以爱情为题材的作品往往不同程度地表现出对男尊女卑、父母之命、媒妁之言等正统道德观念的肯定意识;而在现代爱情题材的作品中,则男女平等、自由恋爱的婚姻方式和道德观占据了主流。

在原始社会,文学因素与宗教因素是混为一体的。神话既是原始人的文学创作,又是表现他们敬畏和信仰的原始宗教。进入文明社会后,文学与宗教才开始分化。社会的宗教状况对文学有较大影响。欧洲中世纪文学,在宗教世界观的支配下成为神学的奴婢,宗教题材和宗教主题构成影响文学创作的主潮。此外,宗教对文学形式也有一定影响。流行于魏晋到隋唐时期的变文,原是寺院僧侣向听众做通俗佛教宣传的文体,它通过讲一段唱一段的形式来传播佛经中的神变故事。后来民间艺人也采用变文的形式讲唱故事,变文成为当时说唱文学、通俗文学的一种重要形式,并为以后发展起来的话本、词话、戏曲等文学形式提供了借鉴的基础。

4. 社会发展与新的文学观念的形成

在上述诸因素的影响下,文学观念也随着社会与时代的发展而产生新变化,文学的发展必须经过作家主体条件及其变化这一必不可缺的中介环节。也就是说,作家虽不是文学发展的最终根源,却是它的直接推动者,必须先引起作家主体条件的变化才能转而促使文学的发展。作家主体条件的核心内涵之一就是他的文学观念。

以西方现代派文学为例,它的兴起无疑是西方社会现代发展的结果。经历了世界大战浩劫的西方社会,出现了对传统理性秩序和价值观念的普遍怀疑,各种社会矛盾的激化造成了广泛而又深刻的危机,物质文明的膨胀在一定程度上引发了精神世界的空虚感和不平衡。这种社会状况推动了传统现实主义文学潮流向现代派文学的转变,并形成了它在主题内容上的特征,即揭示人与自然、人与社会、人与人、人与自我关系的全面扭曲和异化。然而,这种文学的演变过程并不是离开作家主体条件的变化自动完成的,相反,它借助于作家对新的文学观念的提倡、探索和艺术实践才得以实现,通过作家价值观与文学观的变更才具有现实可能性。首先,伴随着社会生活从前工业时代向后工业时代的过渡,作家的文学观念也在一定程度上越出了传统的理性模式,表现出非理性和反传统的倾向,并逐渐形成艺术上重主观表现、重艺术想象和重形式创新的文学观。其次,作家文学观念的变化反映在文学上,便促使一系列新的文学现象的产生,如情节因果性链条的淡化和断裂,人物潜意识层面的开掘和意识的不规则流动,语言的突破语法和形象的扑朔迷离,主题的象征暗示和多义性、不确定性,凭借直觉、幻觉和梦,缺乏常识推理关系的自由联想,打碎现实逻辑秩序、依据心理时空的结构方式,等等。总之,社会发展通过旧文学观念的变化与新文学观的形成来影响文学的发展,也是其固有的重要影响机制之一。

二、文学发展与社会发展的不平衡现象

(一) 文学发展与社会发展的平衡与不平衡

文学发展以社会发展为前提,而社会发展又是以生产力和经济的发展为基础的。根据马克思关于经济基础与上层建筑关系的原理,经济基础是与一定生产力相适应的生产关系的总和,包括文学艺术在内的意识形态则是建立在经济基础之上的上层建筑,上层建筑最终受经济基础制约。因此,文学发展归根到底要受到物质生活的生产方式的制约,它是在一定的社会经济基础之上产生,并反映经济基础的性质与变化。也就是说,物质生产制约着精神生产、艺术生产和文学生产。

然而,马克思又提出了物质生产与艺术生产不平衡关系的理论。所谓"不平衡关系",就是说艺术的繁荣与发展,并非总是与社会的一般发展、与物质生产的一般发展相一致,两者之间并不总是按比例增长的,物质生产相对落后与艺术生产相对发达的情况在文学史上时有发生。马克思认为:"关于艺术,大家知道,它的一定的繁盛时期决不是同社会的一般发展成比例的,因而也决不是同仿佛是社会组织的骨骼的物质基础的一般发展成比例的。例如,拿希腊人或莎士比亚同现代人相比,就某些艺术形式,例如史诗来说,甚至谁都承认:当艺术生产一旦作为艺术生产出现,它们就再不能以那种在世界史上划时代的、古典的形式创造出来;因此,在艺术本身的领域内,某些有重大意义的艺术形式只有在艺术发展的不发达阶段上才是可能的。如果说在艺术本身的领域内部的不同艺术种类的关系中有这种情形,那么,在整个艺术领域同社会一般发展的关系上有这种情形,就不足为奇了。困难只在于对这些矛盾做一般的表述。一旦它们的特殊性被确定了,它们也就被解释明白了。"[①]

一方面艺术发展以经济发展为基础,另一方面艺术生产与物质生产又存在着不平衡关系,这看起来似乎互相矛盾。解释这种情形的关键在于理解"特殊性",即要对一个时代文学发展所依赖的经济条件以及其他方面的社会历史条件的特殊性做出具体的分析。

(二) 物质生产与艺术生产之间不平衡的表现形态

物质生产与艺术生产之间的不平衡关系有两种表现形态。其一,从艺术形式来看,某种艺术形式的巨大成就,只可能出现在社会发展的特定阶段上,随着生产的发展,这种艺术形式反而会停滞或者衰落。例如,古希腊神话是神话发展的高峰,它只可能出现在人类的童年时代和社会生产不发达的阶段。当生产力和物质基础进一步发展时,神话这种历史上具有重大意义的艺术形式,不仅没有进一步繁荣,反而衰落下去以至最终消失了。在现代人看来,古希腊神话成为难以企及和不可重复的艺术精品。这就是神话这一具体艺术形式的发展与物质生产的发展、社会的一般发展之间的不平衡现象。这是因为神话的创造依赖于以超现实的想象认识世界的思维方式,这种思维方式只有在生产不发达、人们的认识水平尚停留在蒙昧阶段时才能成为社会的主流。在今天,经验理性的思维方式已

[①]《政治经济学批判》(导言),《马克思恩格斯选集》第 3 卷,第 112—113 页。

成为现代人的标志,现代人虽然可以运用超现实的想象方式进行文学创作,却已经无法彻底返回原始思维与神话思维了,因而这样的文学作品只能是仿效神话的现代神话或亚神话,在神话素质与信以为真的程度上都不能与古希腊神话、原始神话相匹敌,尤其是现代神话再也不可能成为渗透、支配一切艺术的主流产品。同样道理,今人写格律诗,其成就超不过唐诗。因为一个时代有它特有的繁荣的艺术形式,一个时代文学领域内各种艺术形式的比例与主次关系是随社会的发展而调整、改变的。

其二,从整个艺术领域来看,文学的高度发展有时不是出现在经济繁荣时期,而是出现在经济比较落后的时期。例如,18世纪的德国分裂为三百个左右的封建小邦,对外一直处于屈辱地位,与当时的英国和法国相比,德国在政治和经济上都还落后。但是,德国在文学方面却得到了很大发展,产生了像莱辛、歌德与席勒这样的代表18世纪文学最高水准的伟大作家,当时的欧洲文学是以德国的"狂飙突进运动"为代表的时代。造成这种不平衡现象的深层原因是:文学的繁荣和发展不仅要受到经济发展的制约,而且还要受到政治、哲学、宗教、道德、时代风尚和文学传统、文化交流等多种因素的影响。也就是说,文学的发展并不是单一因素决定的,而是多种因素系统"合力"的结果。具体地说,18世纪德国文学繁荣的主要原因有以下几点:首先,当时德国政治的黑暗与制度的腐败,激起了人民反抗现实的叛逆精神,造就了以莱辛、席勒和歌德为代表的反抗封建专制、追求自由民主理想的一代诗人和作家,他们掀起狂飙突进运动,使德国古典文学和民族文学得到很大发展。其次,当时德国资产阶级没有政治地位,资产阶级革命的条件还不具备,这一阶级的进步知识分子都在文化领域里求发展,从而为文学繁荣提供了丰富的人才资源。最后,外来文化与文学的交流、借鉴,也是促进德国文学发展的一个重要因素。德国文学的狂飙突进运动,是在当时法国和英国先进的启蒙主义思潮的影响下发动的,同时又给予法国和英国文学以巨大影响。

总之,从总的发展趋势来看,物质生产与艺术生产是相平衡的,经济因素是制约文学发展的根本原因。但在特定的历史阶段内,两者关系既有平衡的一面,也有不平衡的一面,因为文学的发展有它的相对独立性和自身的规律。

第三节 文学自身发展状况

一、文学的自觉

(一)从不自觉到自觉

文学的自觉首先表现在文学观念的形成和发展上。文学观念是对文学自身的认识,是关于文学内质和文学活动的理论反思。文学观念的出现标志着文学从不自觉走向自觉,从无意创作过渡到有意创作。也就是说,人们力图用文学观念去说明和解释文学,去影响或指导创作。因此,文学观念体现了文学的自觉意识,是文学自我反思的产物。

文学创作与文学观念具有伴生性。文学产生之后,人们就企图对文学现象做出解释。

最初的文学观念是和神话联系在一起的,它既是神话的一部分,又是神话的文学观。保存远古神话片断的著作《山海经》中说:

> 西南海之外,赤水之南,流沙之西,有人珥两青蛇,乘两龙,名曰夏后开。开上三嫔于天,得九辩与九歌以下。此天穆之野,高二千仞,开焉得始歌九招。①

这就是说,人间的文艺来源于天上神灵的赐予和创造。神话的文学观念虽不是现实经验的认识或解释,却无疑表明了一种对文艺自觉反思的意向。

随着社会的发展,神话的文学观念逐渐被作为文化的文学观念所代替。文学被视为文化现象,文学的文化功能被强调,但在很大程度上文学又被混同于文化。在先秦的典籍和诸子的一些学术著作中,开始出现了"文学""文""言辞"等概念。但这一时期所谓的"文学",含义还很广泛,实际上是一切文化学术的总称,即泛指所有运用书面语言写作的典籍,既包括诗歌、文学性散文,也涵盖着哲学、政治、历史等著作。当时的文学观念对诗歌给予一定的重视,如今文《尚书·尧典》中的"诗言志"说,孔子的"兴、观、群、怨"说,《诗大序》的诗的"六义"说(即风、雅、颂、赋、比、兴)等,或强调诗歌的文化功能与社会作用,或涉及诗歌的分类与表现方法问题,但对于诗歌之外的文学性散文仍缺少充分关注,对文学的审美特质未予足够认识。总的来说,在魏晋之前,广义的文学即文化的文学观念占据了主导地位。

魏晋时代是文学观念的一个重要分水岭。鲁迅曾指出,汉末魏初这个时代是很重要的时代,在文学方面起一个重大的变化……用近代的文学眼光看来,曹丕的一个时代可说是"文学的自觉时代",或如近代所说是为艺术而艺术(Art for Art's Sake)的一派。②

鲁迅说的"文学的自觉",指的是文学观念的自觉,以往的广义的文学观(即文化的文学观)历史性地转变为狭义的文学观(即审美的文学观),文学被赋予相对于文化而言特殊的审美性、艺术性,文学从置身其中的文化大家庭中分离出来,获得了独立发展的地位。也就是说,文学开始作为文学而存在,这是文学观念的一大进步。

曹丕作为文学的自觉时代的代表人物,在《典论·论文》中提出了"盖文章,经国之大业,不朽之盛事",把文章(即文学,主要指诗歌和文学性散文)的地位和作用提到前所未有的高度来认识。"文以气为主"则强调作家的创作个性的重要性,更重要的是涉及文学体裁的区分与特点问题,认为"夫文本同而末异,盖奏议宜雅,书论宜理,铭诔尚实,诗赋欲丽"③,把诗赋的语言形式美提到了首位。在魏晋南北朝时期,陆机的《文赋》、刘勰的《文心雕龙》、钟嵘的《诗品》等将曹丕开创的文学观念的自觉进一步推向深入,文学的审美特性成为普遍的共识。

对文学审美特性认识的深入有利于文学形式的探求与文体艺术理论的发展。从隋唐至晚清的一千多年间,诗歌、散文、小说、戏剧都先后进入成熟发展时期,所谓唐诗、宋词、

---

① 《山海经校注》,上海古籍出版社1980年版,第414页。
② 《魏晋风度及文章与药及酒之关系》,《鲁迅全集》第3卷,人民文学出版社1981年版,第501—504页。
③ 《中国历代文论选》第1册,上海古籍出版社1979年版,第158—159页。

唐宋散文、元曲、明清小说和戏剧等简拢提法本身，就反映了各种文学体裁兴盛演进的脉络。同时，关于不同文学体裁各自审美特点的文学观念和理论也互补互动地发展起来。唐宋时期，古典诗词和散文获得重大成就，诗歌与散文理论也极为繁荣。明清时期，关于小说、戏剧的文学自觉意识也发展起来。这些小说、戏剧理论，都从审美的文学观念出发，探讨具体文学体裁的艺术特性，体现了文学形式观念的自觉。

(二) 文学发展中的历史继承性

文学发展是有它必然的历史继承性的。任何时代的文学都不是凭空产生的，而是从历史留传下来的文学遗产中汲取思想和艺术的养分，受到业已形成的文学惯例和传统的影响，这就是文学的继承性。如果割断文学本身的前后继承关系，要创造一代新文学不仅绝无可能，而且只会导致文学的停滞或退化。

文学发展中的继承性表现在作品的思想内容上。我国许多古典名著如《三国演义》《水浒传》《西游记》等，都是经过长期在民间流传、酝酿，凝聚了无数民间艺人和作者不断付出的巨大劳动，最后由一人写定传世的。其题材内容的继承性表现得十分显著。以《西游记》为例，从"西游记"故事的产生、流传和演变，到吴承恩最后加工写定，围绕着同一题材的文学创作代代相承，经历约九百年的漫长岁月。《西游记》的成书过程可以划分为五个阶段，即历史故事阶段、佛教文学和民间传说阶段、平话阶段、戏曲阶段和长篇小说阶段。吴承恩主要根据《西游记平话》，也大量吸收民间传说和故事、神话，还参考了杂剧，在继承前人的基础上加入了自己的创造，写成了被称为明代四大奇书之一的《西游记》。

文学的继承性在艺术形式上表现得更为突出。文学体裁一旦形成，就具有自己发展的独立性和相对的恒定性。后人对体裁样式的革新和创造，必须继承业已形成的文学惯例，在不违背体裁本身的质的规定性的前提下进行。我国的小说体裁，经过了远古神话传说、六朝志怪志人小说、唐传奇、宋元话本、明清章回小说、现代小说这样一个历史的发展过程。每个阶段的体裁特点都有所变化，但最根本的一点，即小说作为叙事样式的故事性、情节性特征，却是一脉相承的。文学语言的继承性更是如此。每个作家都无从选择他自小生长的语言环境，都是自然而然地接受既成的语言系统和语言规范。作家所运用的文学语言，既不可能脱离民族语言的大系统，又在相当程度上是前人作品中语言熏陶和训练的结果。例如，六朝时期谢庄的《月赋》："美人迈兮音尘阙，隔千里兮共明月。"唐代张九龄的《望月怀远》："海上生明月，天涯共此时。情人怨遥夜，竟夕起相思。"宋代苏轼的《水调歌头·明月几时有》中的"但愿人长久，千里共婵娟"。这三首诗产生于三个时代，但在语言的运用以及语言意象所构成的意境上，都存在着明显的借鉴和继承关系。

(三) 文学发展中的革新与创造

然而，文学的继承并不是对古人的一味模仿，也不是对文学遗产和传统的因袭与照搬，而是需要在继承的同时勇于革新和创造。社会生活的发展，向文学创作提供新的内容，也提出新的要求。文学要适应新的时代需要和反映对象的变化，单靠对原有文学遗产的继承是不够的，还需要在文学的既成基础上进行革新和创造，以产生异于前人和超越前人的作品，这就是文学的革新性。文学的革新和创造，与文学的历史继承性一样，也是文学发展的基本特点。

从作家的创作情况来看,要有超越前人的成就,除了善于继承前人的文学经验之外,还必须勇于拓展和革新前人的经验,进行新的独创。曹雪芹创作的《红楼梦》之所以成为古典文学的瑰宝,当然与作者借鉴历代诗歌、散文、戏剧以及明清以来描绘社会、家庭生活的"人情小说"的成就有关,但更是他革新文学传统和发挥个人独创性的产物。在《红楼梦》第一回里,曹雪芹借石头之口,批评了"开口'文君',满篇'子建',千部一腔,千人一面"的才子佳人小说,表达了自己"不借此套""洗旧翻新"的创作意向。立意创新的结果,无论在主题思想、情节结构上,还是在人物塑造、语言运用上,《红楼梦》都取得了超越前人的巨大成就。正如鲁迅所指出的:"自有《红楼梦》出来以后,传统的思想和写法都打破了。"①

文学的发展离不开继承,同样也离不开革新。真正的继承已经包含着部分的革新因素,而革新在摆脱文学传统的束缚时一定程度上又总与传统保持着血缘的继承关系。同时,文学传统并不是凝固不变的东西,历史上的创造成为今天的传统,今天的创造在传统中注入新的因素和生命力,又将成为明天的传统。文学的继承与革新就是这样既互相渗透又互相转化的。

(四) 文学发展中对其他民族文学的借鉴和吸收

文学的发展不仅取决于对本民族文学遗产的继承与革新,而且还受制于对其他民族文学的借鉴和吸取。这就是说,各民族文学之间的相互影响和相互促进,是中外文学发展史上的客观事实,也是文学的自觉意识之一。这包含着两层意思:其一,在一个多民族组成的国家里,各民族文学必然相互影响、相互促进;其二,在世界范围内,不同国家、不同民族文学之间的相互交流,也是促进文学发展的不可或缺的重要条件。各民族的文学是各民族特定的社会生活和心理结构相互交融的产物,它一经形成,就具有自己的继承关系和独特的历史传统;同时,它又成为人类共有的精神财富,或迟或早必然趋向于与其他民族文学的交流,并在一个更大的超民族文学系统中获得自身的演变和发展。

各民族文学之间的相互影响,对于各自文学的发展具有重要作用。其相互影响与相互促进的交流机制主要有以下三方面的内容:

首先,各民族文学的相互交流并不是孤立发生的,它总是出现在各民族政治、经济交流的同时或之后,而地域、语言上的接近,则有助于文学相互交流的产生和扩大。在古代,欧洲各国之间政治和经济上的交往比较密切,所以文学上的交流也比较频繁和深入,各国文学有着较多的共同性和影响渊源;而欧、亚大陆的民族之间,因为政治、经济的关系疏远,文学上的联系就不十分显著;至于欧、亚与南北美洲,在新大陆发现之前,由于政治、经济的彼此隔绝,文学上也毫无交流可言。这也表明,在一定的历史条件下,地理与语言因素的接近对于文学交流是非常重要的,因为这些因素同时也制约着民族之间政治与经济上的联系。例如,汉族盘古开天辟地的故事来源于南方瑶、苗、黎等民族龙狗盘瓠的开辟

---

① 《中国小说的历史的变迁》,《鲁迅全集》第 9 卷,第 338 页。

神话,"盘古"乃"盘瓠"转音而来;蒙古族的历史小说《青史演义》,长篇小说《一层楼》《泣红亭》是在汉族小说《三国演义》《红楼梦》《镜花缘》的直接影响下产生的;藏族英雄史诗《格萨尔传》随佛教东流传入蒙古后,形成蒙古化了的英雄史诗《格斯尔传》等,都说明共同的地域环境和相近的语言体系,有力地促进了我国各民族文学之间的相互交流。

其次,不同国家和民族之间的社会关系愈是相似,它们的文学愈能相互影响。大致相同的历史发展阶段,相类似的社会矛盾和社会问题,都会强化不同民族间的文学共鸣,产生交互作用。欧洲文艺复兴时期,英国、法国、德国、西班牙等国都处于资本主义的萌芽状态,都产生了人文主义的思潮,于是,这些国家的文学不但表现出共同的倾向和特点,并且还产生了广泛的交流和互动,从而融会成一股新的文学潮流。我国"五四"新文学之所以受到国外进步文学的影响,是因为外国文学中表现的革命民主主义思想适应了我国民主主义革命阶段文学发展的内在要求。不同民族所经历的历史阶段和所碰到的社会矛盾存在着相似性。郭沫若那些表现了"五四"狂飙突进精神的诗歌,直接受到惠特曼、雪莱、海涅(Heinrich Heine,1797—1856)等讴歌自由的浪漫主义诗人的影响,他曾说:"当我接近惠特曼的《草叶集》的时候,正是'五四'运动发动的那一年,个人的郁积,民族的郁积,在这时找到了喷火口,也找到了喷火的方式,我在那时差不多是狂了。民七民八之交,将近三四个月的期间差不多每天都有诗兴猛袭,我抓着它也就把它们写在纸上。"①这说明,相似的社会条件所产生的相近的思想追求,是自觉接受他民族文学影响的重要原因。

再次,不同民族文学之间的相互影响,并不总是表现为对等的作用关系,也就是说,由于所处的历史发展阶段不同,一民族对他民族文学的影响往往比自己受到对方的影响要大些。然而,只要不同民族文学交流的事实存在,一般总表现为一种双向的对逆运动,即两个民族都在一定程度上转变原有的文学传统,向对方的文学成就学习和靠拢,由此产生民族文学交融后的新质和新的生命力,推动本民族文学的变革和发展。在我国唐代,由于封建社会处于鼎盛时期和文学的空前繁荣,我国文学对日本的影响就要比日本文学对我国的影响大得多。在近现代,东西方文学的大交流是最重要的世界文学现象,美国的庞德、爱尔兰的乔伊斯、法国的马尔罗、德国的布莱希特等作家都明显地受到东方文学的影响,但是西方文学对东方文学的作用更大,以人文主义文学思潮为基础的西方工业时代的文学对东方封建的农业文明文学造成的冲击,促进了东方旧的古典文学的变化和新的现代文学的诞生。在人类文学史上,近现代是"东方从属于西方"(马克思语)的时代。东西方文学相互影响中的不平衡现象是由于社会发展的不同步造成的,同时,这种交流趋势仍然是相互借鉴、相互吸取的双向对逆运动。拉美文学吸取了西方现实主义和现代主义的营养而产生出魔幻现实主义,反过来,魔幻现实主义又被称为继现代主义之后的后现代小说而给西方文学以巨大震动和影响。因此各民族文学、东西方文学互相作用的不平衡只具有相对的意义,并不意味着单向的流动和始终如一的不平衡。

---

① 《序我的诗》,《沫若文集》第13卷,人民文学出版社1959年版,第121页。

二、文学体裁的形成与发展

文学体裁是指表达作品内容的具体文学样式。体裁是文学作品形式的最外层因素，因此任何文学作品都具有一定的体裁形式。同时，体裁又是文学作品形态的分类概念，它是在文学的多样化与专门化发展中形成的。通常人们把文学体裁分为诗歌、散文、小说、剧本四个大类。

（一）诗歌、散文、小说、剧本的形成

诗歌是最早出现的一种文学体裁。梁代沈约说："然则歌咏所兴，宜自《生民》始也。"①诗歌在产生的初期是同音乐、舞蹈结合为一体的。《毛诗序》中说："诗者，志之所之也，在心为志，发言为诗。情动于中而形于言，言之不足故嗟叹之，嗟叹之不足故永歌之，永歌之不足，不知手之舞之，足之蹈之也。"②这说明早期诗歌与音乐、舞蹈有密切关系，都是人们情感激动的产物。

我国是诗歌（尤其是抒情诗）创作十分发达的国家。自从先秦时期产生第一部诗歌总集《诗经》以来的两千多年中，诗歌的艺术形式获得了极大发展。其中一个重大的演变就是从古代的格律诗过渡到现代的自由体诗。格律诗是指诗的节、行、字（或音步）数目以及声调和用韵都有严格规定的诗体。我国古代的律诗、词、曲，欧洲的十四行诗等都属于格律诗。格律诗是人们在诗歌创作中对这一体裁的形式特点的认识日益丰富，从而通过许多代的探索而成熟、定型的，因而中外的格律诗一般都具有和谐统一、寓变化于严整的特点，代表了古典诗歌形式的最高成就。但由于严格的格律限制了创作，不仅使很多东西难以表现，而且有限的格律也易于导致风格的雷同，因而在近代发展起不按照传统写作的自由体诗。我国"五四"以来的新诗就是挣脱传统格律诗束缚的自由体诗，它受到外国近代诗体的较大影响。总之，诗歌是一种高度凝练、充满情感与想象、结构跳跃、富有节奏和韵律之美的文学体裁。

散文这一概念，在不同历史时期有不同的含义。在我国古代，为区别于韵文、骈文，凡不押韵、不重排偶的散体文章均称散文。随着文学从广义的文章中独立出来，散文又泛指除诗歌之外的所有文学体裁，如小说、寓言、游记、传记文学等。"五四"以来的现代散文概念，则专指与诗歌、小说、剧本并列的一种文学体裁。散文的界限至今仍然存在着一定的模糊性。它可以包括诗歌、小说、剧本无法容纳的许多具体样式，如小品文、杂文、随笔、札记、游记、书信、传记、回忆录、报告文学等，但前提是这些作品必须具有文学审美的特性。也就是说，散文这一体裁是指文学性散文。总之，散文是一种题材广泛、结构灵活、注重表现作者的生活感受和特殊境遇、语言具有审美性的一种文学体裁。

小说起源于神话。它从神话继承了两个最重要的元素，即叙事性与虚构性。小说虽然渊源于远古神话，但作为文学体裁却成熟得较晚。也就是说，小说的形成有一个漫长的

---

① 《中国历代文论选》第1册，上海古籍出版社1979年版，第215页。
② 同上书，第63页。

演进过程。正如鲁迅所说:"从神话演进,故事渐近于人性,出现的大抵是'半神',如说古来建大功的英雄,其才能在凡人以上,由于天授的就是。例如简狄吞燕卵而生商,尧时'十日并出',尧使羿射之的话,都是和凡人不同的。这些口传,今人谓之'传说'。由此再演进,则正事归为史,逸史即变为小说了。"①

可见小说是从神话、传说、逸史这么一路演变过来的。从我国小说发展的历史看,小说经历了从神话传说到六朝志怪志人小说、唐代传奇、宋元话本、明清章回小说、"五四"以来的现代小说这样一个漫长的发展过程。西方小说历史的发展,按加拿大学者弗莱的说法,则经历了神话、传奇、高级模拟(现实主义小说)、低级模拟(自然主义小说)、反讽(现代派小说)五个演变阶段,而且反讽小说又具有返归神话的倾向。然而,无论小说的概念怎么变,小说的具体形态如何不同,作为小说本体特征的叙事功能(故事性、情节性)和虚构特性却是一以贯之的。一般认为,小说具有人物、情节、环境三大要素。小说是一种侧重刻画人物性格、叙述故事情节、描写社会生活环境的具有虚构性的文学体裁。

剧本指供演出或拍摄用的戏剧、电影、电视的文学底本,是戏剧艺术和影视艺术的一个重要组成部分。戏剧起源于原始宗教的祭祀仪式。英国剑桥学派(仪式批评学派)的学者认为,莎士比亚的戏剧来源于古希腊的戏剧,而构成古希腊戏剧基础的是原始的祭神仪式。同样,我国的戏剧也来源于远古的祭神歌舞和仪式活动。巫女们穿上神衣,装扮神的模样和动作,口中念念有词,翩翩起舞,这就是戏剧的萌芽。春秋战国到汉代,从娱神歌舞中产生了一个新的社会行业即俳优,他们讲笑话,装扮各种人物、动物,做出各种引人发笑的动作。魏晋到唐代,俳优的简单演唱发展到表演故事,这就是"参军戏"。戏剧发展到一定阶段,就有了供舞台演出的剧本。宋、元时期的南戏已经有了"戏文",中国传统的戏文是歌唱、音乐、舞蹈相结合的戏曲的剧本。现代戏剧主要是话剧,是"五四"前后从欧洲传入的。电影诞生初期的无声片一般没有剧本,有声片的出现刺激了电影剧本的发展。从戏剧、电影、电视剧本的一般特点,可以归纳出剧本是一种以人物台词为主要手段、事件与场景较为集中、具有一定的戏剧冲突的文学体裁。

上述文学体裁的分类是相对的。也就是说,不同体裁之间没有一条绝对的鸿沟,它们之间的互渗、杂交和边界模糊是文学史上常见的现象。例如,中国古代的话本小说开题、中间与结尾往往有评述的诗词,古典名著《红楼梦》《西游记》《水浒传》《三国演义》等都容纳了大量的诗词,诗词和散曲构成了元代杂剧的主体部分,这是诗歌向小说、剧本的渗透与介入。不同文学体裁之间的相互联系和影响,甚至酝酿出边缘性的新体裁,如散文诗、诗化小说、诗剧等。鲁迅的《野草》就是散文诗,其中的一些篇什如《过客》等还掺和着戏剧因素。

(二) 当代文学体裁的变异

在当代,后现代主义的著名口号是:"怎么都行"。落实在写作上,就成为对体裁的确定性、惯例性的质疑和对反体裁、无体裁写作的提倡。当代美国文论家伊哈布·哈桑(I.

---

① 《中国小说的历史的变迁》,《鲁迅全集》第 9 卷,第 302 页。

Hassan,1925—)认为:"按传统说法,体裁以在一个同时具有持久性与变化性的范围内的可认识的特征为先决条件,这是批评家们(如斯汤莱和利汶斯坦)常常推测的一个有用的同一性的假设。但这个假设在我们这个违反常规的时代,似乎更难持存。现在,甚至探讨体裁的理论家也欢迎我们超越体裁。"[①]

这就是说,无体裁写作主张体裁边界的消失,主张不同体裁更大程度上更自由随意地互渗,主张作者、读者与批评家重新改写传统的体裁契约。

我国1980年代末兴起的先锋小说进行了无体裁写作的实验。先锋小说家立志走一条文学形式彻底创新之路,其动力与焦虑之一便是如何摆脱前辈作家的影响,如何切断与传统文学之间可以辨识的联系。文学传统最为稳固的因素是体裁的划分及各自规定的惯例,于是颠覆体裁、取消体裁、模糊不同体裁之间的边界成了克服影响焦虑的捷径。先锋小说家的无体裁写作有两种形式。其一是多语体或杂语体小说,如孙甘露的《访问梦境》《信使之函》是诗歌、小说、散文、哲学、谜语、寓言等文体因素的混合物。但小说在侵占其他体裁领域的同时,也瓦解着自身的特质与潜力,在某种程度上成为写作边界消失后的语言游戏。其二是自反小说或元小说,即以"小说性"作为主题,以正处于创作、虚构与叙述活动中的小说家作为主角,把叙述的形式、技巧当作题材内容,从而使小说具有自我反观性和自相缠绕性。格非的《褐色鸟群》和孙甘露的《请女人猜谜》就是这类实验的范本。他们将小说的虚构过程、俗例与秘密解构给读者看,以故事的方式表达自己的小说观与艺术趣味,从某种意义上说这也是一种反体裁的举动,因为它部分地侵入了小说理论的地盘。从动机上看两者则更为相似,膨胀边界的无体裁写作与紧缩边界的自反小说都根源于证明传统文学体裁范式影响"不在场"的渴望。总之,无体裁写作从根本上说也是不同体裁之间相互影响、渗透的结果。

第四节 文学思潮与流派

一、文学思潮

(一) 文学思潮的含义

文学思潮是在一定的时空范围内流行的文学观念与文学创作潮流,它与特定的社会思潮、哲学思想相关联,体现了一定历史时段内文学的主要趋向,同时它又会影响、规范同一时代中相当一部分作家的创作活动。

文学创作是作家通过建构特定的语言系统而组成文本,塑造艺术形象,营造艺术境界,从而反映、表现了人与现实的审美关系的精神生产活动。它是一种基于个体的精神创造活动。但任何作家总是处于一定的时空之中,他的心理与精神、观念与理想不能不与制约着创作主体诸条件的社会关系相联系,与一定时代的经济、政治、哲学思潮相关。因而,

---

[①] 〔美〕伊哈布·哈桑:《后现代转折》,转引自王岳川《后现代主义文化研究》,北京大学出版社1992年版,第295页。

文学创作又是一种带有社会性的精神生产活动。即使是一位与当下现实主流有相当距离的作家,他的创作之中也总会印刻着他所处时代的痕迹。因此,在特定的时空条件之下进行创作的作家们往往会体现出近似的社会意识、文学观念、审美趣味。比如,"五四"时期的社会主导思潮是追求新文化,举起了个性解放、科学与民主的旗帜。处于这一时空的作家受到这一社会思潮的影响,在创作观念和创作实践中表现出对科学与民主的向往,对束缚个性实现的旧文化、旧传统的批判与抗议;同时,社会、政治、道德、哲学的新观念、新趋向,又渗入作为文学创作客体的现实生活的方方面面,进而酝酿、产生了新的文学趣味,形成群体性的艺术理想和要求。这又对作家的创作思想产生了重要影响,对作家新的美学观念的形成起催化、激发作用。如"五四"时期以白话文的自由形式抒写普通人的喜怒哀乐,表达对个性解放和人生疾苦的关怀等,是当时所普遍认同而实践的。所以,文学创作固然是一种个体精神创造活动,作家的创作个性和风格各放异彩,但由于他们身处同一时空,受到所处时代社会、文学诸种条件的影响,在其创作观念与具体创作中会形成某种共同的追求和趋向,如果他们所认同的这些社会意识、文学观念、美学理想突显出来,成为较为普遍的自觉的思想倾向,那么文学思潮也就出现了。因此,作为在一定时空范围内盛行的文学思想和文学创作的共同潮流、趋向,文学思潮是文学史上的一个重要的文学现象。

(二) 文学思潮的产生

如上所述,文学思潮之产生,首先与社会思潮有着紧密的关系。

文学是在一定的历史文化境况下发展的,作为观念领域的文学思想与思潮自然受到时代诸多文化思想潮流的影响。西方的文艺复兴和中国的新文化运动时期文学的大繁荣都离不开当时的社会思潮的大变动。胡适曾将中国的新文化运动称为"中国的文艺复兴",不是没有道理的。文学思潮处于一定的时空,它与所处的哲学、道德、宗教、伦理等观念组成的文化历史背景相联系。可以说文学思潮是一定文化历史语境中的产物,也是一定的社会文化历史的组成部分,彼此互相联系,互为影响。西欧的文艺复兴,是在封建制度开始衰落并走向解体,资本主义逐渐兴起时产生的。它采取复兴古代希腊罗马古典文化的方式,在各个领域中宣传人文主义思想。它反对封建教会的桎梏,以人性对抗神性,主张个性自由,要求人的解放。这一时期的文学,面对现实与现实中的人,使神性世俗化。薄伽丘的小说肯定人的天性,嘲笑对人欲的禁忌。意大利文化史家桑克提斯(Francesco de Sanctis,1817—1883)评价薄伽丘的小说"是新的'喜剧',但不是神的喜剧,而是人世的喜剧。披上斗篷的但丁消失了。中世纪及其幻影、传说,秘密的宗教仪式和恐怖,同它的阴影和迷离恍惚被逐出了艺术的殿堂。卜伽丘喧嚷地进入了这一殿堂,会长久地吸引着整个意大利"[①]。莎士比亚的作品歌颂爱情、自由、正直,揭示人性的伟大与渺小,崇高与卑劣,善良与罪恶,着力描写人和人的个性发展。这些作家的文学观念及其创作是受文艺复兴这一巨大的社会思潮的影响产生的,同时又是文艺复兴运动的有机组成部分和重要

[①] 〔意〕桑克蒂斯:《意大利文学史》第1卷,苏联外国文学出版社1963年版,第419页。转引自钱中文:《发展论》,社会科学文献出版社1989年版,第232页。这里的"卜伽丘"即本书中的"薄伽丘"。

方面。中国"五四"新文化运动高举科学与民主的大旗,反对封建束缚与封建礼教,孔孟之道首当其冲受到冲击,在道德、哲学等各个领域张扬革新精神,要求个性解放,而批判旧文化、建设新文化成为现实社会发展的需要。在文学领域,作家们正是在科学与民主精神的感召下改变过去陈旧的文学观念,在新的审美意识指导下从事创作。鲁迅在《文化偏至论》里提出"养个性而张精神",在《灯下漫笔》中说:"实际上,中国人就从来没有争到过'人'的价格,至多不过是奴隶","所谓中国的文明者,其实不过是给阔人享用的人肉的宴席。所谓中国者,其实不过是安排这人肉宴席的厨房",要"扫荡这食人者,掀掉这宴席,毁坏这厨房"。他在小说创作中成功地塑造了狂人、祥林嫂、子君等人物形象,与郭沫若(1892—1978)、郁达夫(1896—1945)、叶圣陶(1894—1988)、冰心(1901—1999)、丁玲(1904—1986)等一批作家及作品汇成一股文学思潮,成为伟大的"五四"新文化运动的重要组成部分。这些作品大多取材于农民、市民、普通知识分子的生活,尊重人,重视人的个性,探究人的命运、人生的意义和社会问题,对当时的社会进步、对中国的文化历史进程起着重大的影响和作用。

其次,文学思潮的产生往往也是文学自身演进、变化的结果。

文学除了外在的历史文化影响作用之外,它有自身的发展轨迹及其内在原因;而且外在的历史文化因素要对文学的发展发生影响,必然要通过文学自身内在各要素的调整和变化来实现、体现。明代的袁宏道(1568—1610)在《雪涛阁集序》中谈到文学思潮、风格的变化是一代代文学家对前人修正、扬弃的结果,他认为六朝诗歌的特点是"骈丽饤饾","其过在轻纤,盛唐诸人以阔大矫之;已阔矣,又因阔而生莽,是故续盛唐者,以情实矫之;已实矣,又因实而生俚,是故续中唐者,以奇僻矫之"。这些话以唐诗为例很概括地说明了文学思潮、风格在曲折交替中演进的道理。当然袁宏道的说明是着眼在文学内部艺术因素的调整方面,同时,我们可以指出外在文化历史条件的作用,比如盛唐诗歌与盛唐社会和盛唐文化之间的紧密关系。

再次,在世界文化乃至世界文学的各个分支之间的交流日益频繁、联为一体的时代,某一文学传统之中的一种文艺思潮的移植也可以成为另一文学传统中的文艺思潮产生的原因。

文艺思潮的发生在近代以来日趋频繁,而这是对应于各个文化传统之间日益紧密的交流的。歌德在1827年1月31日曾谈道:"我愈来愈深信,诗是人类的共同财产……我喜欢环视四周的外国民族情况,我也劝每个人都这么办。民族文学在现代算不了很大的一回事,世界文学的时代已快来临了。现在每个人都应该出力促使它早日来临。"[①]

歌德所说的"世界文学"在《共产党宣言》中得到了更清晰的阐述:"资产阶级,由于开拓了世界市场,使一切国家的生产和消费都成了世界性的了……过去那种地方的和民族的自给自足和闭关自守状态,被各民族的各方面的互相往来和各方面的互相依赖所代替了。物质的生产如此,精神的生产也是如此。各民族的精神产品成了公共的财产。民族

---

① 〔德〕爱克曼辑:《歌德谈话录》,朱光潜译,第113页。

的片面性和局限性日益成为不可能,于是由许多种民族的和地方的文学形成了一种世界的文学。"

所谓"世界文学",就是在近代经济、文化发展的世界化、全球化的基础上,对各文学传统尤其是不同的民族文学之间相互交融、相互影响,构成世界性格局的状况所做的概括和界定。在此"世界文学"时代,一地文学思潮的发生往往是异地文学思潮的地域性移植的结果。在欧洲,产生于一国一地的浪漫主义、现实主义和各种现代主义观念、思潮都迅速蔓延到其他欧洲国家的文学创作之中。而现代中国文学则提供了一个极典型的文学思潮移植的例子。"五四"新文化运动之后在短短十年间把西方两百年中流行过的各种文学思潮在此时此地都重演了一遍。郑伯奇(1895—1979)曾有论及:"短短十年间,中国文学的进展,我们可以看出西欧二百年中的历史在这里很快地反复了一番……西欧两世纪所经过了的文学上的种种动向,都在中国很匆促地而又很杂乱地出现过来。"①

不用说浪漫主义、现实主义文学思潮对现代中国文学的深刻影响,即使是在西方20世纪初蔚为风潮的现代主义文学思潮,它的种种文学观念,它的各个文学流派千奇百怪、琳琅满目的创作手法在中国也都可以找到热心的学习者和宣传者,如施蛰存(1905—2003)之于心理分析小说,李金发(1900—1976)、戴望舒(1905—1950)之于象征派诗,都是取得了相当成就的例子,他们的创作在现代中国文学史上占有重要的位置。

(三) 文学思潮的特点

文学思潮是一定时空范围内盛行的文学创作和文学思想的共同潮流、趋向。这种共同的潮流、趋向首先表现在共同的或相近的文学观念方面。

在文学创作的实践中,作家对于主客体关系的把握是不同的。作品与现实之间的各种各样关系的形成,很大程度上取决于作家的文学创作观念。流行于18世纪至19世纪的浪漫主义文学潮流,其文学创作与文学思想的共同趋向是理想主义精神。它按照自己的愿望,偏重于主观理想的表达和主观情感的抒发。雨果就认为:"人心是艺术的基础,就好像大地是自然的基础一样。"②乔治·桑曾对巴尔扎克说:"你有愿望,也有能力把你亲眼目睹的人物描绘出来……而我呢……却感到不得不把人物描绘成我希望于他的那样。"③正是由于对理想境界的向往,因而其主观情感的表达往往十分强烈。在艺术形象的构思上,浪漫主义作家往往按照生活应有的样式,按照自己主观的情感逻辑去想象和创造形象与理想境界,描写生活中可能出现和事实上不存在的事物。有的作家甚至主张直抒胸臆。乔治·桑曾对福楼拜说:"从写的东西里头抽去自己的灵魂,这又是什么病态的幻想?把本人对自己创造的人物的意见隐藏起来,因而让读者对人物应有的意见陷入迷离恍惚,等于甘愿不要人了解:这样一来,读者只好丢开你了,因为,假如他想听听你对他讲的故事的话,就全看你有没有明白指出:这个人强,这个人弱。"④

---

① 《小说三集·导言》,《中国新文学大系·小说三集》,上海良友图书印刷公司1935年版,第2页。
② 〔法〕雨果:《论文学》,柳鸣九译,上海译文出版社1980年版,第9页。
③ 转引自〔丹麦〕勃兰克斯:《十九世纪文学主流》第5册,李宗杰译,人民文学出版社1984年版,第157页。
④ 《乔治·桑和福楼拜的文学论争书信》,《文艺理论译丛》1958年第3期,第185页。

雨果说,如果文学是"一面普通的镜子,一个刻板的平面镜,那么它只能够映照出事物暗淡、平面、忠实但却毫无光彩的形象",他主张文学应是"一面集中的镜子,他不仅不减弱原来的颜色和光彩,而且把它们集中起来、凝聚起来,把微光化为光明,把光明化为火光"。① 在创作中,他尝试用强烈的美丑对比,激发读者的感情。《巴黎圣母院》中的人物,或者在丑恶的外表下面有一颗善良的心,或者在英俊仪表后面有邪恶的灵魂,这种人为的安排虽然不尽合于常规却产生了强烈的对比效果。

与浪漫主义文学思潮不同,现实主义文学思潮在文学观念方面的主要特点是它的现实主义精神。现实主义精神要求直面人生,不回避现实,无论现实是美好还是丑恶。司汤达也曾有关于一个作品好像一面镜子的比喻,但它与雨果的比喻不同,这面镜子只是如实映现对象:一路上,它既可以照见蓝色的天空,也可以照见路边的泥塘。② 现实主义文学思潮在文学创作观念上主张再现,巴尔扎克说:"我收罗了许多事实,又以热情为元素,将这些事实如实地描写出来。"他自称"法国社会将要做历史家,我只能当它的书记"。③

在艺术形象的构思上,现实主义主张按照客观世界固有的面貌,按照生活本身的逻辑,真实地、逼真地反映客观生活,描写生活中已经存在的和可能存在的事实。也就是说创作者对于形象表现的态度是客观的,他精细地观察,力图客观地再现,而不添加自己的脱离于对象的意志,达到追求真实的目的。持现实主义文学观念的作家往往花费极大精力研究所写事件、人物所处的文化历史情景,列夫·托尔斯泰为写作《战争与和平》就是如此,他曾阅读了难以数计的历史著述和资料,并亲自考察过战场遗迹。遵循生活本身的逻辑,真实地再现生活,甚至可以使作家的观念在它面前退却。如巴尔扎克在他的创作中甚至违反了自己的阶级同情和政治偏见,写出社会生活的真实。当然,这种对真实、客观性的要求也并不是说在作家头脑中、作品中无须理想、无须爱憎,只是这些主观的理想、情感不像浪漫主义那样直接抒发,强烈表露,而是要隐藏在作品真实具体的描述中,通过叙述过程自然而然地显示出来。也就像福楼拜(亦译弗洛贝尔)所说的:"艺术家不该在他的作品里面露面,就像上帝不该在自然里面露面一样。"④

通过以上对法国浪漫主义和法国现实主义文学思潮的分析,我们可以看出,一种文学思潮的特点很明显地表现在其具有共同或相近的文学观念上。

其次,文学思潮要求在作家人数与作品数量上的相当规模,呈现群体性的特征。

在一定的时空范围内,由于社会历史环境的变异,人们在思想观念,尤其是审美领域内思想观念的指引和影响下,在文学创作方面形成某种共同的趋势与追求,这股潮流是由一定数量的作家及其创作组成的。一个作家及其创作可能影响很大,甚至代表着某个时代,但若无相当数量的,与之在观念、风格上相同或相似的作家与创作,严格说来是不能称之为文学思潮的。

---

① 〔法〕雨果:《克伦威尔·序言》,伍蠡甫编:《西方文论选》下卷,上海译文出版社1979年版,第191页。
② 参阅〔法〕司汤达:《红与黑》,罗玉君译,上海译文出版社1979年版,第476页。
③ 〔法〕巴尔扎克:《人间喜剧》(前言),《文艺理论译丛》第2辑,第128页。
④ 《弗洛贝尔致乔治·桑》,伍蠡甫编:《西方文论选》下卷,第210页。

考察一下文学史的状况可以看出，无论是古典主义、浪漫主义或现实主义、现代主义文学思潮都由一批作家及其创作组成。如19世纪的现实主义文学思潮，在法国有司汤达、巴尔扎克、福楼拜等，在俄国有托尔斯泰、屠格涅夫、契诃夫等，在英国有狄更斯、萨克雷(1811—1863)等。他们创作的《红与黑》《高老头》《欧也妮·葛朗台》《包法利夫人》《战争与和平》《安娜·卡列尼娜》《复活》《罗亭》《父与子》《小公务员之死》《凡卡》《双城记》等现实主义作品则是世界文学宝库中的瑰宝。正是这些作家与作品构成了蔚为壮观的现实主义文学思潮。再如20世纪在苏联出现的以"社会主义现实主义"为自觉旗帜的文学思潮，虽然在对其界定与评价等方面有不同的看法，但在这一文学思潮中确实聚集着许多作家与作品。如高尔基和他的《母亲》、法捷耶夫(1901—1956)和他的《青年近卫军》、奥斯特洛夫斯基(1904—1936)和他的《钢铁是怎样炼成的》、绥拉菲摩维奇(1863—1949)和他的《铁流》、肖洛霍夫(1905—1984)和他的《被开垦的处女地》、西蒙诺夫(1915—1979)和他的《日日夜夜》、富曼诺夫(1891—1926)和他的《夏伯阳》等。这些作家与作品确实构成了苏联文学的一个重要方面。

(四)从浪漫主义、现实主义到现代主义

文学思潮是源于西方文学的一个范畴，因此我们以西方文学为例来说明思潮的演进。

西方文学史上，文学思想与创作的潮流自古就有，而古典主义是第一个充分自觉的文学思潮，它最早兴起在法国。苏联文艺理论家波斯彼洛夫在他的《文学原理》中曾有论述。他认为17世纪的法国作家不同于以往的地方就是他们"达到了高度的创作自觉性"："他们不仅创作，而且思考一般应当怎样创作，并且终于意识到和形成了自己文学创作的一些共同原则。换言之，17世纪法国作家团体第一次拟定了一定的创作纲领，并在创作自己的作品时以它的原则为指导方针。"[①]

古典主义是第一个有系统的理论纲领和自觉的文学观念的文学思潮。它适应于新兴的资产阶级与封建王权相结合的历史现实，以唯理论为其思想依据。唯理论崇尚理性，认为它是知识的真正来源而排斥经验的作用。古典主义最重要的理论家布瓦洛在《诗的艺术》中写道："首先须爱理性：愿你的一切文章永远只凭着理性获得价值和光芒。"[②]古典主义另一重要特征是遵从古代传统，以古希腊、古罗马文学为其模仿对象，如波斯彼洛夫《文学原理》中指出："他们的纲领原则之一，是作家为了创作具有高度艺术性的作品，必须依据古希腊罗马文学的最高成就，以它的古典作品为榜样，在自己的创作中模仿它们。由于这种自觉的有纲领的模仿古风的意向，第一个文学思潮因而得名为'古典主义'……此后，欧洲先进国家的文学就以思潮的形式充分地发展起来。"

对古代传统的模仿和推崇，古典主义作家和文艺复兴时代的作家是一致的，只是他们更多地从形式的严整谨密着眼。他们发展、完善了以亚里士多德为源始的所谓"三一律"，它被成功地运用于古典主义经典戏剧家拉辛的戏剧创作与表演之中。

---

① 〔苏联〕波斯彼洛夫：《文学原理》，王忠琪等译，三联书店1985年版，第172页。
② 〔法〕布瓦洛：《诗的艺术》，伍蠡甫编：《西方文论选》上卷，第290页。

18世纪末到19世纪初,浪漫主义文学代替了古典主义文学,成为遍及欧洲的文学运动和文学思潮。文学上的浪漫主义是对传统的占统治地位的古典主义的一次有意识的反叛,是对古典主义清规戒律的一次革命。古典主义虽有其历史贡献,但它重理性易导致概念化、类型化的人物性格,"三一律"也往往成为沉重的形式束缚。古典主义的规范与程式在社会和文学的新形势下显得愈来愈不适应。这时,浪漫主义带来了文学形式和表现内容的解放。

浪漫主义文学运动有它特定的历史背景。作为一种思潮,浪漫主义远不仅是文学范畴的,它是资产阶级反封建的民主运动以及民族自觉、解放运动在文学上的反应。对旧传统、旧制度的否定,对"自由、平等、博爱"理想的追求,乃至个性的解放,是当时思想文化界的普遍趋向。哲学,尤其是德国古典哲学,和空想社会主义思潮都具有一定的浪漫精神,对于浪漫主义文学具有较大的影响。康德哲学中对于想象力、天才等的论述对于狂飙突进运动产生启迪作用;费希特(Johann Gottlieb Fichte,1762—1814)哲学对于主观性和自我的肯定,高扬、激发了浪漫主义者的热情;而谢林(F. W. J. von Schelling,1775—1854)与德国浪漫派文学有着非常密切的联系。这些哲学家、美学家对于美、天才、灵感、悲剧、主观性等的重视、研讨,为文学的浪漫主义创辟了理论的基础。空想社会主义者对未来美好社会的构想、对黑暗现实的批判,给予浪漫主义者以理想乐土的憧憬。因此,浪漫主义文学强调主观精神、个人主义和批判意识。

"浪漫主义"一词起源于中世纪用方言写作的"浪漫传奇",包括英雄史诗、抒情诗、骑士传奇等。这种文学的幻想性与奇异性可以说是后代浪漫主义文学的先声,不少浪漫主义作家以它们为模式,写出新的传奇作品和抒情诗。18世纪是欧洲启蒙思潮盛行的时代,这时的文学,有的是遵循古典主义创作原则进行创作的,而有的如卢梭(Jean Jacques Rousseau,1712—1778)的《新爱洛绮丝》《忏悔录》、歌德的《少年维特之烦恼》,德国狂飙突进运动、英国感伤主义文学,则具有浪漫主义的某些特点,表现出对情感的重视,对个性自由、解放的颂扬。文学中,"浪漫主义"这一概念,最早始于席勒。他认为,素朴诗即古典诗,是对于现实的尽可能完美的模仿,而感伤诗即浪漫诗,是以概念世界为对象的,是理想的表现,要将现实提升到理想。在那个情感心灵极为动荡的浪漫主义思潮时代,在浪漫派内部,由于处于不同的发展阶段,也存在着理想取向不同、创作面貌各异的差别。例如在德国,先有施莱格尔兄弟(August Wilhelm von Schlegel,1767—1845,Friedrich von Schlegel,1772—1829)、诺瓦利斯(Novalis,1772—1801)等诗人,而后才有海涅等新一代浪漫派;在法国,先有写作《基督教真谛》的夏多勃里昂(Francois-Rene de Chateaubriand,1768—1848),而后才有写作《悲惨世界》的雨果;在英国,先有华兹华斯、骚塞(Robert Southey,1774—1843)等湖畔派诗人,而后才有拜伦、雪莱。

到1830年代,现实主义取代浪漫主义,产生了许多伟大的作家和伟大的作品。资本主义的进一步发展使它的固有矛盾日益暴露并尖锐化,现实社会中黑暗与丑恶的一面日渐明显,它打碎了曾为人们向往的美好的乌托邦理想,人们的怀疑、厌恶、批判随之而来。同时,科学的发展直接催生了实证主义哲学,它主张对对象做客观考察、描述,为当时许多社会科学学科也为文学铺展了一条新的道路。具有民主主义思想和改良主义要求的作家,转向现实主义创作,文学中揭露与批判的色彩日益增强,对现实进行观察、分析的精神为越来越多的作家所接受。这种不粉饰现实而是直面现实,并对现实持批判态度的现实主义一时成为广泛的文学思潮。

19世纪的现实主义当时并不像昔日的浪漫主义那样通过与古典主义的斗争而盛行,因而具有充分的自觉意识。现实主义是静悄悄地走上历史舞台的。当时的现实主义一词含义不明。"现实主义"第一次在文学中运用是在席勒的《论素朴的诗与感伤的诗》这篇有名的文章中,但席勒使用得更多的是"素朴的"与"古典的"这样的范畴。1850年,法国小说家桑弗洛里(Chamflaury)用"现实主义"描述当时的文学主潮;后来法国画家库尔贝(Courbet)以"现实主义"之名宣扬自己的艺术。在俄国,类似席勒划分"素朴的诗"与"感伤的诗",别林斯基诗论了"理想诗"与"现实诗"的特征。但无论是在法国、德国还是在俄国,"现实主义"作为一个文学概念一直不太流行,对它进行明确阐发并给予高度重视的是恩格斯。他在《致哈克奈斯》的信中确立了巴尔扎克作为现实主义典范作家的地位,并且提出:"据我看来,现实主义的意思是,除细节的真实外,还要真实地再现典型环境中的典型人物。"①

之后,高尔基又肯定了现实主义是19世纪最重要、最壮阔的文学思潮,并在《和青年作家谈话》《苏联的文学》中将这一文学思潮进一步定名为"批判现实主义"。

正是由于现实主义在产生过程中的上述特点,它从一开始就与浪漫主义有着种种复杂的关系。在创作的基本态度上它们之间自然有明显区别,但继承的一面也是明显的。19世纪法国较早的现实主义作家司汤达深受浪漫主义影响,在《拉辛与莎士比亚》中以"浪漫主义"的名号讨论现实主义;巴尔扎克在文学史上曾被归入浪漫派作家之列,而他确实深受英国浪漫派历史小说家司各特(Walter Scott,1771—1832)的影响。现实主义小说重视现实社会风尚,如巴尔扎克宣称要以《人间喜剧》充当一部社会风俗史,就是对浪漫主义文学主张的一个继承。

19世纪三四十年代,法国的司汤达、巴尔扎克,英国的狄更斯,俄国的果戈理等作家的作品构成了现实主义文学的第一个阶段。这些作家们怀抱着人道主义的理想,执着于改良主义的宗旨,对现实社会中的不平与丑恶进行了表现与揭露。如巴尔扎克的许多作品表现了金钱的血腥与罪恶,它吞没了亲情、腐蚀了年轻纯洁的心灵;狄更斯展示了底层社会人们的贫寒痛苦,对他们寄予深切的同情。他们塑造了大批资产者与封建主的典型形象:工厂主、高利贷者、守财奴、伪君子等,葛朗台老头、乞乞科夫们为人熟知。19世纪五六十年代,开始了现实主义的第二个阶段。俄国产生了冈察洛夫(Гончаров,1812—1891)、屠格涅夫、托尔斯泰等作家。这时的现实主义文学空前繁荣,而西欧的现实主义文学在发展中也逐步增长着自然主义的倾向。福楼拜的《包法利夫人》通过女主人公的生活悲剧真实地展示了包法利夫人的整个生活环境,是对于当代现实生活的严厉批判。托

---

① 《马克思恩格斯选集》第4卷,第462页。

尔斯泰通过《安娜·卡列尼娜》同样体现出他对俄国社会的认识与态度,而在《复活》中他对俄国社会的揭露与批判达到了空前激烈的程度。这些作家的作品在表达社会、人生理想和创造艺术方面都达到了很高的成就,堪称是现实主义文学的经典之作。恩格斯对之曾做出深刻的评价:"通过对现实关系的真实描写,来打破关于这些关系的流行的传统幻想,动摇资产阶级世界的乐观主义,不可避免地引起对于现存事物的永世长存的怀疑。"①

19世纪中期,资本主义继续发展,逐步进入帝国主义时期,现实主义文学思潮也逐步过渡到自然主义。这个以左拉为主要理论家和实践者的文学运动,在创作上排斥了浪漫主义对夸张、想象、情感的重视,又扬弃了现实主义的典型化创作方法,追求纯粹的客观描写。自然主义文学思潮是以实证主义哲学为理论依据的。法国哲学家孔德(1798—1857)反思那个科学急速扩张的时代,提出他的实证主义学说:科学的目的只是发现自然规律或事物间的一般关系,只需问事实、现象是怎样的,而不问为什么会这样。这种放弃对现象背后原因的探索而只考察现象表面的所谓实证精神,正是自然主义小说家所遵奉的。现实主义与自然主义在主张对生活的客观描绘上是一致的,但如果在现实主义中过于突出强调真实性、客观性,便容易趋向自然主义,像福楼拜早在1850年代就显示出自然主义的倾向。

1858年,泰纳在《历史批评文集》中首先规定了自然主义的含义:依据对现实的观察,按照科学方法描写生活。龚古尔兄弟(Edmond de Goncourt,1822—1896,Jules de Goncourt,1830—1870)合作的《日尔米尼·拉赛德》即以所谓严格的科学态度描写一个女仆的爱情故事,着力于她的变态心理。他们甚至主张以写史的态度来写小说,使小说不仅具有艺术性,而且具有科学性和历史文献的性质。左拉受孔德的实证哲学、泰纳的实证主义艺术论、吕卡思遗传学理论和贝尔纳实验医学的启示,发表了《实验小说》《自然主义小说家》等一系列论著,较全面地提出了自然主义的创作理论。他认为,一部小说犹如一篇实验报告,小说创作就是一个实验过程,小说家要研究环境对人的影响,而造成环境的活人如同无生命的物体一样受到物理、化学等规律的支配,作家应以实验态度观察和分析生活,通过作品形象得出符合自然科学规律的结论,创作活动"不要夸张,也不要强调,只要事实,值得称赞的或值得贬黜的事实。作者不是一位道德家,而是一位解剖学家"②。依据这样的原则,左拉精心设计并创作了一部包括二十卷的长篇小说《卢贡—马卡尔家族史》,副题为"第二帝国时代一个家族的自然及社会史"。他在其中描写了这个家族的两个分支的血缘遗传情况,并试图记录第二帝国时代法国社会的整个状况。它是自然主义的代表作。左拉虽然写到了现实问题,写到了人物的种种命运,但他的归因却是生理遗传。自然主义小说往往产生这样的流弊,琐碎的细节代替了典型的刻画,生理学法则代替了对社会的深刻观察、分析。卢卡契在《叙述与描写》一文中对比了托尔斯泰《安娜·卡列尼娜》与左拉《娜娜》中赛马的场面,指出托尔斯泰笔下的赛马是整个作品的一个环节,

---

① 《致敏·考茨基》,《马克思恩格斯选集》第4卷,第454页。
② 转引自让·弗莱维勒:《左拉》,王道乾译,平明出版社1955年版,第70页。

与小说整体紧密相连,而左拉笔下的赛马描写"可以说是现代赛马业的一篇小小专论;赛马的一切方面,从马鞍到结局都同样无微不至地加以描写了"①,但这只是偶然的穿插。还有一些自然主义作品,只热衷于对堕落、病态、色情、颓废现象不厌其烦地记录,距离真实的生活更远。正是针对自然主义对现实主义片面的发展所带来的流弊,恩格斯才说:"巴尔扎克,我认为他是比过去、现在和未来的一切左拉都要伟大得多的现实主义大师。"②

在西方文学发展衍变的历史上,现代主义的出现是一个意义重大、影响深远的转折。现代主义是存在于 19 世纪末到 20 世纪中期之间的一个文学思潮,它包括了现代西方文学中许多的文学流派。通常认为,象征主义是现代主义文学思潮中第一个文学流派,是现代主义真正的开端。从波德莱尔的《恶之花》开始,象征派诗人发展了"对应论",他们相信在人的内心世界和宇宙万物之间有着某种隐秘的对应关系,应发扬诗人的幻想能力,组合种种作为内心情思对应物的事物,以此来暗示人的种种复杂微妙的感受。这种主张导致对想象的高度重视,文学趋向于主观。这显然是对以往现实主义、自然主义文学的反叛,从此开始了现代派文学的基本走向。象征主义的兴起还是早在 19 世纪六七十年代的事,它逐渐扩展,演化为后期象征主义,从诗歌进入戏剧等领域。现代派重要人物庞德、艾略特、叶芝(William Bulter Yeats,1865—1939)都与之有密切的联系。

20 世纪初,由于社会文化背景发生了巨大变化,现代主义文学应运勃兴,一时间成为文学主流。资本主义自身的发展进入了一个新的历史阶段,各种激化的矛盾愈演愈烈,直至世界大战爆发。战争对于文明和秩序的摧毁无情地打破了人们的幻想,传统价值观念不可阻挡地崩溃了。现代科学的危机与物理学理论的革命急遽地改变了人们对世界的看法,理性不能主宰对世界的认识这种非理性主义观点似乎得到肯定。新思想深刻地影响了 20 世纪的作家们。尼采(Friedrich Wilhelm Nietzsche,1844—1900)对于人类文明的危机感和悲剧意识感染了越来越多的人;弗洛伊德揭示了人内心深处晦暗的潜意识一面……现代派文学在这样一种精神氛围中迅速膨胀,意识流、未来主义、表现主义、超现实主义等各派起伏纷纭。悲观情调和异化色彩在作品中聚集,同时俱来的是目睹深刻危机又痛感无可救药的迷惘、绝望、愤激。反传统成为现代主义文学潮流的主要特征。在思想观念上,悲观主义代替了乐观主义,对人类社会和未来失去了充足的自信。伴随着这种怀疑主义潮流的就是信仰的失落。许多现代派作家不再具备上一代人那样的悲天悯人的情怀,那种企求改良社会的热望。他们在写照变态社会、变态人生的同时,作品中透露出无可奈何的精神创伤。在艺术观念上,现代主义显示出全异的审美观念,从根本上背离了亚里士多德以来的整个古典艺术传统,模仿说被完全抛弃了。现代主义文学反传统的态度与历史上浪漫主义初期波澜壮阔的反古典主义有其相似之处,且有过之而无不及。如果说历史上浪漫主义文学运动重表现反再现,而实际上往往仍承认模仿客体是必要的话,现

---

① 《叙述与描写》,《卢卡契文学论文集》第 1 册,中国社会科学出版社 1980 年版,第 38 页。
② 《致哈克奈斯》,《马克思恩格斯选集》第 4 卷,人民出版社 1972 年版,第 462 页。

代主义则进而主张艺术想象创造客体而不是在客体中寄寓主观情思,表现主体成为唯一的、至上的。有些激进的反传统流派,如未来主义者甚至主张要将陀思妥耶夫斯基、托尔斯泰抛开。现代派艺术家违反大家已公认的约定和成规,创造了各种花样翻新的艺术形式和风格,采用长久以来受到忽视甚至是禁忌的题材,对传统的文化价值观念和信仰提出挑战。

二次大战后,西方现代文学又涌现出存在主义、荒诞派、新小说、黑色幽默等新潮,达到了一个新的文学思潮和流派的活跃高涨期,产生了又一批新的经典作家和经典作品。对它们的界定以往是作为现代主义文学的又一批流派来看待的。然而近一二十年学术界越来越多的学者认为在20世纪中期,一种带有新的文化特征并被命名为"后现代主义"的文化、文学思潮逐渐兴起。这引起了对20世纪文学思潮演变的看法的调整。

关于后现代主义的内涵甚至其起始,至今学术界都没有一致的意见。"后现代"一词,美国后现代主义文论家哈桑将它追溯到1934年出版的一部《西班牙与美洲诗选》,后来英国历史学家汤因比(A. J. Toynbee,1889—1975)也用过这个词。它与美国学者丹尼尔·贝尔的"后工业化社会"、詹姆逊的"晚期资本主义社会"以及托夫勒的"第三次浪潮"等概念相关联。从文学的角度来说,哈桑相信1939年詹姆斯·乔伊斯(James Joyce,1882—1941)的《芬尼根的守灵夜》的出版标志着现代主义的终结和后现代主义的开始。然而,后现代主义远非仅仅是一场文学运动或思潮,它的范围广布现代文化的各个方面,是一个涉及了哲学、艺术乃至思维方式与生活方式等众多领域的思潮。不同领域的思想大师们从不同的视角对它的兴起及缘由给出自己的解说。由于对后现代主义这一文化现象存在着种种不同的认知,以这一名称概括的思潮实际上就包含了各种互相矛盾甚至是互相冲突的观点。有一些思想家是自觉认同后现代主义的,另一些则持批判态度,还有一些学者则保持较为客观的立场。在这些持不同观点的思想家之间还发生过激烈的争论。他们的争论涉及了西方文化、历史的许多深层问题,极为复杂。或许法国思想家福柯(M. Foucault,1926—1984)《何谓"启蒙"》一文点出了现代主义与后现代主义在基本态度上的差异:前者面对自我和世界的矛盾和不可知深感痛苦焦灼,但仍然坚持努力探求;而后现代主义则安于知识与文化的困境,因而只关注于现在,既不怀旧也不前瞻。这一表达作为描述性的说明大概可以让不少人接受,然而更进一步的论述真是言人人殊,必然涉及论述者的知识立场和文化倾向。积极肯定者以后现代主义打破了固有文化等级秩序的压抑性和欺骗性,使原来被忽视和被压迫的边缘力量呈现出来,因而可说是革命性的;而反对、抨击者认为后现代主义对文化的秩序性及其理念的破解导致了文化虚无主义,化人类对理想、意义、真理的追求为无谓之举。

在文学领域,后现代主义也是一个不确定的现象。在各种后现代主义文学家的罗列之中,我们会发现差异极大的作家,如拉美魔幻现实主义的博尔赫斯、马尔克斯,美国黑色幽默的托马斯·品钦(Thomas Pynchon,1937—   )、约翰·巴思(John Barth,1930—   )、冯内古特(Kurt Vonnegut,1922—2007),欧洲荒诞派戏剧家贝克特、尤奈斯库(Eugene Ionesco,1912—1994),法国新小说的阿兰·罗伯-格里耶(Alain Robbe-Grillet,1922—   ),乃至纳博科夫(V. Nabokov,1899—1977)、卡尔维诺等人。我们很难想象这些作家具有多少相似性,他们中有些人在生活的时间、空间和作品的风格、手法等方面实在是风马牛不相及。或许,德国研究者科勒在他《后现代主义:概念史的考察》一文中的话是有道理的:"后现代主义并不是一种特定的风格,而是旨在超越现代主义所进行的一系列尝试。"①

鉴于上述的复杂情况,我们只能对作为一种文化实践和文学活动的后现代主义的美学特征与风格做初步的描述。

后现代主义文化的发展,一个很大的特点就是打破了各种文化形式的界限,原来的所谓高雅艺术与通俗文艺的区别已经不存在了。新的文化工业将这一切都化为文化商品,那些传统上的精英文化、高雅艺术同样是一种供人消费的对象。在文学中,后现代主义不再像现代主义那样认同精英文化传统,如詹姆斯·乔伊斯的《尤利西斯》就是对应于荷马史诗的,后现代主义的作家在创作时却对历史与现实中的流行文学与文化样式情有独钟,有研究者指出托马斯·品钦的小说灵感源于电影与流行乐,而冯内古特的有些小说则类似于科学幻想小说。同时,在文学创作内部的各种文体之间,界限也越来越模糊,约翰·巴思的作品中议论与虚构叙述相混合,在虚构与事实、艺术与现实之间难以分辨。

其次,后现代主义打破了西方传统的对事物现象背后的深度意义的追求,其艺术作品在意义层面是平面化的。现代主义文学在追求深度方面与西方思想传统是一脉相承的,乔伊斯《尤利西斯》、普鲁斯特《追忆似水年华》那样的小说是包含雄心壮志的作品,他们花费了极大的精力惨淡经营,想在一部书中囊括全部的宇宙、人生奥秘。然而后现代主义作家则拒绝这种努力,或者说是放弃这种企图,在他们的作品之中意义就是文本所显示的,在获取当时的阅读快感之外不必甚至无法进行深入而连贯的解释。荒诞派戏剧家相信戏剧不是思想表达的工具,而新小说派作家阿兰·罗伯-格里耶更是说:艺术只表现自身,对我来说,不共戴天的敌人,也许是唯一的敌人,大概也是永久的敌人,便是意义。在后现代主义文艺思潮之中,创作成为一种文字符号的游戏,因而阅读也成为各依己见的自由活动。后结构主义的文学理论家罗兰·巴尔特就宣称作者之死是现代文学阅读活动的起点。

与平面化相联系的是历史意识的丧失,这就是福柯所指出的后现代主义只关注现在而对过去和未来无动于衷。现代主义者要问:"我是谁?我从哪儿来?我将往何处去?"而这些问题对后现代主义者则是不存在的。美国文学理论家詹姆逊(Frederic Jameson,1934—)称这一特点为"精神分裂症",因为在这类病人的意识中不存在时间上的连续性。英国小说家兼文学理论家戴维·洛奇(David Lodge,1935—)总结后现代主义写作时将这一点概括为"非连续性"。而罗伯-格里耶称:现代小说已经没有时间了。后现代主义小说之中往往将时间、空间任意切割而后组合,如有的作家就将小说写成活页形式,读者可以如洗牌那样任意组合后阅读。詹姆逊曾将后现代主义的这一特征概括为时间的

---

① 转引自王岳川:《后现代主义文化研究》,北京大学出版社1992年版,第7页。

空间化。① 新小说派的克洛德·西蒙(Claude Simon,1913—2005)就非常强调自己得自绘画的启示,追求对世界的共时性表现,他在自己的小说《佛兰德公路》之中将回忆、幻觉等各种场景自由交错、拼接,力图达到共时展示的效果。与时间紧密相关的语言在后现代主义的文学之中也失去了连续与关联性,成为一串音符的无意义连缀。塞缪尔·贝克特的《等待戈多》中两个人物的对话颠三倒四、莫名其妙。这一派的主要理论家埃斯林(Martin Esslin,1918—2002)在《荒诞派戏剧》一书中对比荒诞派戏剧与传统戏剧时也肯定:"假如说一部好戏靠的是机智的应答和犀利的对话,这类戏则往往只有语无伦次的梦呓。"

丧失了历史意识和意义深度,文学作品中的人物实际上也就只是被掏空的木偶,无法将自己与外在的世界构成有价值的联系,无法将自己的当下与过去、将来构成可理解的统一体,用詹姆逊的话来说,就是主体的零散化。罗伯-格里耶以为当今的时代是一个抹杀个性的时代,因而描写人物的小说已经成为历史的陈迹。新小说派的另一位代表娜塔丽·萨洛特(Nathalie Sarraute,1902—1999)则称人物"只剩下一个影子"(《怀疑的时代》)。文艺复兴以来的文学人物形象曾是那样的高大而具力量,到现实主义时代人物兼容了崇高与卑下、光明与阴暗,现代主义时代出于对人类异化的激愤,卡夫卡曾将人变成了虫,而后现代主义文学之中人还是人,但那只是徒具人形的人,只是一种符号而已,他们完全可以互换。埃斯林说过:"假如说衡量一部好戏凭的是精确的人物刻画和动机,这类戏则常常缺乏能够使人辨别的角色,奉献给观众的几乎是动作机械的木偶。"(《荒诞派戏剧》)当人不再是作品的重心所在之后,读者面对的就是一个物化的世界。在新小说家罗伯-格里耶的观念之中,文学表现的对象甚至不再以人物为中心,而是以物为中心,他的一些作品中物象描写极为精细而人物个性则模糊不清。

在后现代主义作品之中最突出体现了新观念的特征是文本的拼贴、并置。那些作品在传统文学理论看来几乎没有什么结构的精心构筑,情节发展前后脱节。美国作家诺曼·梅勒(Norman Mailer,1923—2007)说约瑟夫·海勒(Joesph Heller,1923—1999)的名作《第二十二条军规》就是抽去其中一百页对全书效果也无影响,这就是因为作品是由许多缺乏关联的片断组合而成的。新小说派作家如萨洛特、罗伯-格里耶的一些小说本身几乎就是片断,如后者的《快镜集》。托马斯·品钦的《万有引力之虹》是一部长达九百页的小说,出版时颇为轰动,但它实在是难以卒读的,全书包罗万象,以二次大战为基本情节,但又穿插了无数杂乱的片断包括导弹技术与性变态,在文体上也是虚构叙述、随笔札记、议论评说的混合体。后现代主义的作品往往是这样杂然并置,意义或者毫不相干或者互为歧义,文字的聚集不是构成一种统一的含义,而是各自为政、涣散分裂。然而这正是后现代主义作家所追求的,巴塞尔姆(Donald Barthelme,1931—1989)说过:片断是我信赖的唯一形式,而拼贴是20世纪所有艺术手段的中心原则。而冯内古特说得更明白:别的作家要赋予混乱以秩序,我则要赋予秩序以混乱。他们正是通过这样的手段,将作品单一、

---

① 〔美〕詹姆逊:《现实主义、现代主义与后现代主义》,《比较文学演讲集》,陕西师范大学出版社1987年版,第44页。

统一的意义破解掉,使文本的世界成为多义而不可化约的。

文学思潮是一个从西方文学理论中引入的范畴,以上述的种种思潮类别的界定来描述中国文学史必然会面临着一系列困难。在中国文学的发展历程中,没有如西方近三百年来那样清晰、自觉的文学观念与文学思潮的变迁。我们颇难将作为文学思潮的古典主义、浪漫主义、现实主义等概念简单移植到中国文学史的研究之中。我们或许可以说在中国文学史上存在着类似于古典主义、浪漫主义、现实主义创作方式的作家甚至文学流派,比如我们可以说李白(701—762)是一位浪漫主义的诗人,而杜甫(712—770)是一位现实主义的诗人,像中唐新乐府诗人构成了一个具有现实主义倾向的文学流派。但要以这些范畴像在西方文学史上那样在中国文学史中理出前后相续、脉络清楚的文学思潮流变过程是不可能的,因为中国文学有它自己的发展动力和方向,我们应该进行进一步深入的研究来澄清这一课题。当然,"五四"以后的中国文学发展深受传入中国的西方文学观念、思潮的影响,我们可以看到各种以西方为范式的文学思潮、流派在极短的时间内几乎同时并起在中国文坛的壮观景象。

二、文学流派

(一) 文学流派的界定

我们回顾中外文学史的史实,可以看到有许多以流派名义存在的文人集群。它们的划分依据不尽相同,差异颇大。或者以创作对象、题材划分,如山水诗、田园诗、边塞诗;或者以艺术风格划分,如宋词中的豪放派、婉约派;或者以美学追求而划分的朦胧诗派、山药蛋派;或者以创作方法划分,如浪漫派、象征派、荒诞派;或者以地域得名,如江西诗派、公安派、桐城派,现当代文学中的京派、海派、荷花淀派;或者以作家名号得名,如元白诗派、韩孟诗派;或者以社团、刊物命名,如文学研究会派、学衡派、新月派、礼拜六派(又称鸳鸯蝴蝶派)等。在这些纷纭复杂的流派分类中,是否存在较为一致的划分标准呢?或者可以这么说:文学流派是指在一定历史时期中具有相近或相同的文学观念、创作倾向、艺术追求和美学风格的作家群体。

由此反观上述文学史上存在的形形色色文学流派,我们或许可以对文学流派有一个较为清晰而概括的认识。首先,它们都包括了一批作家,他们相对独立,但又总是一作家集群;其次,一个文学流派内部的作家对文学问题抱有大致相近或相同的看法,像文学研究会的作家基本都认同文学为人生的理念,而学衡派则对白话文学持有保守的意见,主张融合新旧文化与文学;再次,一个文学流派的作家的审美追求与艺术风格大抵近似,比如荒诞派戏剧家努力以荒诞的情节来表达他们对荒诞人生的认知,韩孟诗派在诗歌语言上力求不平凡,呈现出险怪、奇崛的面貌。

(二) 文学思潮与文学流派

文学流派与文学思潮是有区别的。文学流派侧重在创作文学作品的创作主体方面,一个文学流派必有一批作家努力创作了一批作品,而文学思潮则可以侧重在文学观念与文学思想的层面,它往往造成一定的文学创作潮流,但有时却可能主要是一种文学观念的主观要求而未必有很好的创作实绩。当然,文学思潮与文学流派确有着千丝万缕的联系,比如说在一种文学思潮之内或一个文学流派之内都具有某一共同的或相近的文学理念。但即使在同一时空范围内,文学思潮与文学流派也不是一对等同的范畴。

一种文学思潮往往造就某个或几个文学观念相近的文学流派,如我们在上面谈到的,现代主义文学思潮之中就存在着多个文学流派。而有时存在着一个文学思潮,但却谈不上文学流派的存在。比如在西晋时,当时诗歌的主导倾向是追求华美,尤其是文辞的美,因而产生了与以前比如建安时代的诗歌的那种悲歌慷慨而又爽朗质朴的风格不同的诗风。这一时代的全部诗人都没有例外,只是程度不同而已。即使是左思这样在《咏史》诗中表现出犹有建安风骨遗韵的诗人,也同样写有对仗工整而用语华丽的诗句,比如在《招隐诗》其一中的"白雪停阴岗,丹葩曜阳林",就不让陆机(261—303)的丽句。然而我们却无法在这时的诗人中分辨出不同的诗歌流派来,因为他们彼此间的风格总不那么协调,而审美趣味上又有种种的差别。像张华和陆机都是趋于华美的,但张华的诗歌还有较多的传统乐府风味,流丽秀美;而陆机的诗歌则体现出强烈的对华美的主观追求和效果上的修辞之美,甚至有时显得凝滞而不够流动。

有时在一个文学思潮之中,由于不同的创作观念、创作方法、审美理想等因素,会造成不同甚至是相互斗争、完全对立的文学流派。如明代中期的文学思潮基本是以复古为主的,但前后七子一派与唐宋派的斗争则相当激烈,正是因为虽同为复古,他们所主张的文学楷模不同:前后七子主张文章要以秦汉为学习榜样,而唐宋派则主张学习唐宋八大家的古文。再比如"五四"新文化运动时期,文学的总体倾向是一致的,是以新的文学形式和文学主题、内容对旧的文学传统的背离,是对新时代社会变革、个性解放的召唤和表达。但在这一共同的文学思潮之下,却存在着不同的创作取向,形成不同的文学流派。比如以当时最具影响的两个文学社团为基础形成的"文学研究会派"和"创造社派"而言,它们在创作观念、创作方法、学习对象等方面都有不小的差异,甚至可以说是对立:文学研究会主张为人生的文学,而创造社主张为艺术而艺术;文学研究会主张客观地描写社会、人生,而创造社主张主观地抒发内心情感;文学研究会提倡写实主义,主要介绍西方的现实主义和自然主义作品及理论,而创造社作家则迷恋浪漫主义乃至现代派艺术。这些都体现出文学思潮与文学流派之间的复杂关系。

(三) 文学流派的产生

文学创作是一种个人化的活动,在文学发展的早期,作家的创作基本是以个人创作才华的表现为主,那些大作家如高峰突起在文学的绵绵山脉上。中国的屈原、英国的莎士比亚几乎是空前绝后的,虽然他们也受益于前辈,但屈原之前的楚歌和莎士比亚之前那些作为莎剧原型的创作,与他们两位相比,距离之遥远有目共睹。而对一个大作家或有特色的作家的仰慕所引发的模仿、学习往往会造成一批文学观念、艺术志趣相近的作家群体,这种情况常成为文学流派形成的契机。比如北宋初期的诗文革新运动的初始就是有一批文士对唐代古文大师韩愈(768—824)、柳宗元(773—819)的文章积极收集、宣传,虽然我们不能说柳开(947—1000)、穆修(979—1032)、欧阳修(1007—1072)这几位韩、柳古文的热心宣传者构成了一个文学流派，但这对后来形成的以欧阳修为开创者的北宋古文运动有着重要的影响则是无疑的。对一个作家的学习、模仿，如果渐成气候，发展充分，也会直接形成文学流派，像当代文学中追随赵树理而形成的"山药蛋派"和以孙犁为代表的"荷花淀派"就是例子。

我们可以发现，文学流派的产生，在过去的文学史上往往是后人的一种追认。可以说文学史上相当一批文学流派是文学史家研究、分析、界定的结果。这些文学流派的形成是有一批作家在一定的时期里，由于相近的社会、文化背景，产生相似的审美追求，他们的创作受到大致相近的艺术观念的影响，作品在主题、题材、体裁等方面具有不少近似之处，因而被后来的作家或批评家视为一个文学流派。比如盛唐时代的边塞诗派就是。唐朝是一个强大的帝国，当时的许多诗人有机会前往边塞，亲身参与军旅生活，如岑参（约715—770）、高适（约700—765）都有实际的边塞生活，在他们的诗歌中，对边塞生活的描绘、对异地景物的刻画都基于他们的切身经验。他们的创作因此富有鲜明的特色，形成了盛唐诗歌中非常重要的一翼，所以后来的评论者就将这些诗人称为"边塞诗派"。不同时段的一批相似的作家在后代的批评家眼中也可以成为一个文学流派，如宋词中以苏轼（1037—1101）、辛弃疾（1140—1207）为代表的词人以豪放飘逸、慷慨浩歌为其特色，被视为"豪放派"，或径称为"苏辛派"。在这两种情况中，诗人们或受到同样的时代精神的感召而创作，或辗转相承、模仿发展，他们的作品多体现出相似的创作倾向、题材风格。在这样的时候，即使此一流派的作家当初根本没有形成团体、流派的意图，对他们的流派界定也会受到普遍的认同。在清代的文坛势力极大的"桐城派"就是一个典型的例子，它原来就不是方苞（1668—1749）、姚鼐（1732—1815）这些桐城派大作家自封的，而是后人的称呼，曾国藩《欧阳生文集序》记录了它的来历：乾隆之末，桐城姚姬传先生鼐善为古文辞，慕效其乡先辈方望溪侍郎之所为，而受学于刘君大櫆及其世父编修君范。三子既通儒硕望，而姚先生治其术益精。历城周永年寿昌为之语曰："天下之文章其在桐城乎？"由是学者多归向桐城，号桐城派。

随着文学发展的进程，作家创作的自觉性日趋提高。文学流派的产生也不例外，它们往往在自觉的文学观念和美学追求中形成。

纵观西方近代文学史，可谓流派林立，此起彼伏，蔚为壮观。曾有论者总观19世纪末至20世纪初的法国文坛，认为每隔七八年就会产生一个文学流派；几个作家志同道合，便草拟宣言、印行作品，于是新流派也就产生了。[①] 我们发现近代文学史上的种种流派之形成，往往与文学社团的组成有密切关系。欧洲的情况如此，中国也是如此。明代的文学结社特别多，郭绍虞《明代的文人集团》一文所缕述就达176个，这些文学社团都持有各自的文学观点，互相批评或者互通声气，文坛风气极为活跃，故而此时的文学流派也非常之多。1910年代以后，西方的种种文学观念、思潮蜂拥而入，在中国文坛匆匆搬演了一遍。此时的中国作家处于高度活跃状态之中，聚散分合，文学团体一时称盛，而有些社团只有三五

[①] 参见《法国作家论文学》，王忠琪等译，三联书店1984年版，第161页。

人而已。但既然组成文学社团，文学的趣味总是相投的，因而这个社团原来未必有公开明确的文学理念。比如文学研究会在1921年成立时周作人（1884—1967）起草的《宣言》中谈到成立团体的意义，只有联络感情、增进知识、建立著作工会的基础等三项，所以茅盾（1896—1981）在《革新〈小说月报〉的前后》中说："文学研究会并没有打出什么旗号作为会员思想上、行动上共同的目标。在当代文学流派中，它没有说自己是属于哪一派的。"但人们一致认为他们是以"为人生而艺术"为共同的文学观念的文学流派。其一是因为《宣言》中有一句"文学是一种工作，而且又是于人生很切要的一种工作"，其二是文学研究会的作家们在自己的创作中努力表现的就是民生的疾苦，努力探求的正是人生的意义。茅盾后来在《中国新文学大系·小说一集·导言》中也承认，《宣言》中的那句话"在当时是被理解做'文学应该反映社会的现象，表现并且讨论一些有关人生一般的问题'。这个态度在冰心、庐隐、王统照、叶绍钧、落华生以及其他许多被视为文学研究会派的作家的作品里，很明显地可以看出来"。

　　近现代以来文学流派的产生往往受到时代思潮与哲学观念的很大影响。像现代主义文学思潮中的许多文学流派就是例子。在整体上它们都是现代社会与文化危机的表征，而各个流派的出现则往往有它自己的哲学、文学思潮背景。如存在主义文学可以说是存在主义哲学的文学表现，它的代表作家如萨特（Jean-Paul Satre, 1905—1980）、加缪（Albert Camus, 1913—1960）等原本就是重要的存在主义哲学家。加缪《局外人》中所表现的疏离感和萨特《厌恶》中表达的世界存在之荒谬与人生意义之缺失的主题，完全就是存在主义哲学理念的文学传达。而荒诞派戏剧也是在存在主义思潮的直接影响之下产生的，它所传达的人生之荒诞的观念正是存在主义的命题；只不过它不像存在主义文学基本采用的是合乎理性的形象、情节，而是以变异、怪诞的戏剧境况、人物逻辑来应和其荒诞的主题，达到强烈的艺术效果。中国现代文学的发展尤其受到外国文化、文学思潮的影响，不仅"五四"新文学运动的主流派积极引进国外文学思想，即使是持较为保守态度的如"学衡派"也以西方的思想为自己的重要理论依据，他们之中如梅光迪（1890—1945）、吴宓（1894—1978）等都是早年的清华学校学生，后来的留美学生，他们在哈佛大学接受了欧文·白璧德（I. Babbitt）的新人文主义思想，主张兼容传统与现代，在传统之中发掘积极有益的成分，因而反对抛弃文言和批判传统思想，在《学衡》上译介了不少新人文主义的观点。外国的文化、文学思潮同样成为他们形成一个流派的重要因素。

　　文学流派的产生往往还是文学思想、观念冲突和斗争的结果。如20世纪初的俄国形式主义文学理论就主张所谓"陌生化"，即采取与以往不同的文学表现手法来创作具有全新面貌的作品。在当代文学思想空前活跃的情况之下，新的文学流派强调创新，从而与以往的文学传统构成冲突、对立的关系几乎是通例。如俄国的未来主义文学流派就公开主张将陀思妥耶夫斯基、托尔斯泰等俄国经典作家抛出文学之舟；而表现主义文学对现实主义、自然主义的文学观念持否定的态度，认为复制世界是毫无意义的，应该抓取现象背后的本质，因而作品往往采用变形、夸张等手法力图凸显他们所认为的事物的本质，结果导致的是主观性的大大加强，走到以往写实文学主流的反面；后来的法国新小说派也一再强调巴尔扎克的现实主义完全过时了。文学观念的冲突在现代较为明显而激烈,而在古代,事实上也普遍存在。如中国唐代中期以白居易(772—846)、元稹(779—831)等人为代表的新乐府诗歌运动就是自觉地继承《诗经》、乐府诗、杜甫"诗史"传统,而一变以往大历诗人写作流连风光的习气。差不多同时的以韩愈、柳宗元为领袖的古文运动也是自觉地针对内容空虚、文辞矫饰的骈体文传统,而主张继承秦汉文章风格,言之有物,文以载道。在明代文坛上,复古是一个普遍的文学倾向,如前后七子与唐宋派都是如此,而公安派则主张独抒性灵,自由创作,与之形成对垒。

(四) 文学流派的特点

文学史上的文学流派,一般说来,具有以下两个基本特点:

首先,一个文学流派内部的作家总有着相同或相近的文学观念和审美理想。

这种共同的文学观念与审美理想的生成往往是由于共同的时代氛围、生活经验而形成的。唐代的田园山水诗派,那些作家如王维(701—761)、孟浩然(689—740)、储光羲(约709—约762)等人由于各种原因都过着一种恬淡的生活,王维是半官半隐,孟浩然几乎始终是一个隐士,而储光羲也只做过几任微不足道的小官。因而在他们的诗歌之中都传达出一种淡远自然的生活情绪,虽然有时他们也会有心灵的冲动。他们的诗歌在传统方面是陶渊明(365?—427)、谢灵运(385—433)诗歌的继承和新变。因此,后代的文学史家才会将他们归为一类诗人。很难想象将文学观念和审美理想不一致的作家视为同一流源。比如鲁迅和郁达夫的关系不错,但那在文学史上只能视为两个作家的个人联系,他们的创作趋向是显然有异的。

共同的文学观念对一个文学流派的形成是关键性的。唐代是我国诗歌史上的高峰,之后的诗人都力图在唐人的影响之下走出自己的道路。宋代的诗人受到唐代诗人最大的压力,要创造有宋代特色的诗歌是他们的共识,可以说是一普遍的思潮。但宋代诗人探求的出路各不相同,宋初的梅尧臣(1002—1060)、苏舜钦(1008—1049)、欧阳修开始诗文革新运动,但他们的诗风有异,梅尧臣生涩而奇,苏舜钦雄豪而放,虽经欧阳修极力鼓吹,到底不能联成一气,自成一派。而北宋规模最大的诗歌流派"江西诗派"则正是在黄庭坚(1045—1105)所提出的文学观念的基础上发展壮大起来。黄庭坚以为古代的大文学家创作无不钻研传统典籍,所谓:"老杜作诗,退之作文,无一字无来处。"他认为他们的作品之所以成功正是因为他们善于化用古人陈言陈句,"点铁成金"所致。(《答洪驹父书》)他的根本思路就是以学问为诗,化旧为新。据惠洪《冷斋夜话》所记,黄庭坚主张的具体创作方法就是"换骨法"与"夺胎法";所谓"换骨"就是袭用前人的诗意而改用其他表达方法,"夺胎"大约是指模拟、变化古人的诗意。依据他的创作方法进行创作的诗人互相传授技法,逐渐形成了一个诗歌流派。南宋初年吕本中(1084—1145)作《江西诗社宗派图》,并刊印《江西宗派诗集》,于是"江西诗派"之名便流行起来。

其次,一个文学流派内部的作家,他们的文学创作大抵会表现出类似的文学风格和美学趣味。

共同的文学风格是一个文学流派成立的重要因素。上述"江西诗派"的得名由于地域,其实是不准确的,如被列为诗派中"三宗"之一的陈师道(1053—1102)是彭城人(今江苏徐州),而韩驹是蜀人,所以杨万里(1127—1206)为《江西宗派诗集》作序时就说,"江西诗派"之成立"以味不以形",即是以诗歌的诗味即风格特色为依据的。

在文学风格方面最为直观的就是作品的语言层面。唐代的韩孟诗派在这一方面就很突出。他们的诗风都是怪异奇特的,韩愈的诗歌风格是所谓"盘空硬语",而韩愈非常推崇的孟郊(751—814)和问诗艺于韩愈的贾岛历来被品评为"郊寒岛瘦",诗风是趋于枯寒萧瑟的。作为前辈,孟郊的作诗方法对韩愈是有影响的,朱熹评他们合作的《远游联句》说:"韩诗平易,孟郊吃了饱饭,思量到人不到处,联句中被他牵得亦着如此做。"表现在诗歌的语言方面,这派诗人选词造句相当用心,"唯陈言务去",为此苦吟成诗成为作诗的法门,如贾岛为斟酌"僧推月下门"还是"僧敲月下门"而冲撞了韩愈车驾的故事就在文学史上广为流传,因此而形成了"推敲"一词。韩愈在诗歌语言上的一个突出特点是"以文为诗",将散文化的句式运用于诗歌之中,使诗歌原来所具有的节奏被打乱,显得生涩奇崛,给人新鲜而特别的感觉。而当时另一批诗人以白居易、元稹为代表的诗歌则走的是通俗、明白的一路,像白居易有时写诗要改得让老妪听懂才算完成。这两派诗人在不少方面存在差别,但诗歌风格,尤其是他们诗歌语言之间的不同取向是他们归属不同诗派的最主要因素之一。

风格还往往体现在文学题材的选择上,因为题材的选择总是与一定的文学倾向和美学趣味相联系。如盛唐时代的田园山水诗派与边塞诗派的成立,与他们各自的题材选择特点就紧密相关。此外,不同的文学体裁也会体现不同风格特点,如上述韩愈、孟郊的那些呈现怪奇风格的作品大多是以古体诗的形式写出的,因为近体格律诗有严格的声律、对仗、篇幅限定,要在其中翻出各种变化无异于戴着镣铐跳舞,远没有古体形式那样自由,起码像韩愈的"以文为诗"是很难在格律诗中实践的。与韩孟诗派同时的元白诗派之擅长长篇歌行也成为其一大特征,如白居易的《长恨歌》、元稹的《连昌宫词》都是名篇。流派的风格还可以体现在创作的技法、形象的塑造、意境的营构等方面。如上面提及的"江西诗派"之"夺胎""换骨"就是其基本诗法,而婉约派细腻婉曲的情致、豪放派骏爽奔放的气势也都是其各自成派的要点所在。

正是由于各个文学流派在不同层面所具的独特性,所以我们在文学史上常常可以看到对文学流派从不同角度的命名,这些不同角度的命名实际上是抓住各个文学流派风格表现的主要方面而来的。

文学风格是一个文学流派独立于其他文学流派的重要标志,但并不是说一个文学流派内部的所有作家都是一个风格的。上述"郊寒岛瘦"的品评就表明,在韩孟诗派之中孟郊、贾岛两位重要的代表诗人的风格不完全相同,而他们与韩愈较为硬健的诗风也有差异。我们应看到个人风格与流派风格之间既相关又差异的辩证关系。

本章小结

文艺起源的主要观点有模仿说、巫术说、游戏说和劳动说。我们认为,文艺起源于以劳动为前提的人类早期精神活动的合力。

　　文学内容与形式的发展以社会发展为前提。社会发展影响文学发展的机制包括政治、经济结构，社会价值观，各种文化活动与文学观念。艺术生产与物质生产既平衡又不平衡。

　　文学审美特性认识上的自觉促进了文学形式的成熟与文体理论的发展，文学发展中既有继承又有革新，各民族文学之间存在着相互影响与促进的交流机制，不同文学体裁之间也是相互影响与渗透的。

　　文学思潮的产生与流变既有文学自身的原因，也受到社会文化的影响与制约。文学流派具有相近的创作风格和文学观念，有自觉结合与不自觉组合两种类型。

本章的概念与问题

概念：

模仿说　巫术说　游戏说　劳动说　诗歌　散文　小说　剧本　现实主义　浪漫主义　现代主义

问题：

1. 如何评价模仿说、巫术说、游戏说和劳动说？
2. 为什么说文艺起源于以劳动为前提的人类早期精神活动？
3. 人类早期精神活动的"合力"具体指哪几个方面的内容？
4. 如何理解文学发展以社会发展为前提？
5. 社会发展影响文学发展的机制是什么？
6. 艺术生产和物质生产不平衡关系的表现形态是什么？
7. 为什么说魏晋时代是文学观念的一个重要分水岭？
8. 文学审美特性的自觉与文体艺术理论发展有何关系？
9. 各民族文学之间的交流机制有什么具体内容？
10. 怎样理解不同的文学体裁之间的相互影响与渗透？
11. 怎样理解文学思潮？
12. 什么是文学流派？

2006 年版后记

这部教材是编写组全体成员团结协作的成果。具体分工如下：

童庆炳 导论、第一章
王一川 第二章
顾祖钊 第三章
高小康 第四章
季广茂 第五章
王纪人 第六章
李春青 第七章
方克强 第八章、第九章第一、二、三节
黄世瑜 第九章第四节

本教材修订稿完成后,请三位审稿人加以审订。他们是：

杜书瀛 中国社会科学院文学所研究员
程正民 北京师范大学文学院教授
陶东风 首都师范大学文学院教授

编写组认真吸收了他们的意见和建议,并进行了修改。特此致谢。

童庆炳
2006 年 10 月 16 日

2018年版后记

本书为全国高等教育自学考试教材《文学概论》(2018年版),是我受教育部考试中心委托组织编写的。由我的老师童庆炳先生生前主编的《文学概论》(2006年版)自出版以来,在实际教学中接受反复检验,得到各方面肯定。值此机会,我要向已于2015年6月14日遽归道山的童庆炳先生致敬!

根据教育部考试中心工作程序,鉴于该教材出版已逾十载,当前高等教育自学考试领域教学状况已经和正在发生持续变化,从汉语言文学专业教学新需要着眼,现在需要对该教材做必要的修订。

这次修订的基本思路是,在教材理论原则、框架及体例等总体不变的前提下仅仅作局部调整:第一,通阅各章理论表述,在需要时对基本概念、定义、论述语句等作必要的局部调整及完善,着力适应当前学生自学考试的新需要;第二,重新审视各章原有文学作品及文学现象实例,在需要时做部分调换,以期增强当代适应性;第三,重新阅读各章的本章小结、本章概念与问题,在需要时做部分调整,目的是更加贴近学生的自学考试需要。

本次修订工作根据教育部考试中心安排进行,仰赖修订编写组全体专家的协同努力。童庆炳先生生前承担的导论和第一章,分别由我和陈雪虎教授做修订。黄世瑜教授未参加此次修订,其原承担的第九章第四节由方克强教授承担。考虑到这次只是局部修订,故需充分尊重原编写组的基本学术贡献,现将原编写组分工及此次修订编写组分工合并呈现如下:

  导 论 童庆炳、王一川

  第一章 童庆炳、陈雪虎

  第二章 王一川

  第三章 顾祖钊

  第四章 高小康

  第五章 季广茂

  第六章 王纪人

  第七章 李春青

  第八章 方克强

  第九章 方克强、黄世瑜

陈雪虎教授还兼做此次修订编写组联络及书稿排版等事务。

特此向原编写组和此次修订编写组的各位师长及同人致谢。写到这里,我不禁加倍怀念先师童庆炳先生,能再次参加到先生生前主编教材的团队中继续研习,实为我的荣幸。

限于我个人的水平,虽勉力承担本次修订工作,但仍会存在不足,敬请读者方家指正。

王一川
2017 年 7 月 16 日记于北京大学均斋